COBALT-SERIES

月の輝く夜に／ざ・ちぇんじ！

氷室冴子

集英社

月の輝く夜に／ざ・ちぇんじ！　目次

イラスト／今　市子

月の輝く夜に

1

その夕べ、有実《ありざね》の屋敷から報《しら》せがきた。

晃子《あきらこ》を乗せた車はつつがなく内裏《だいり》に入られたという。

「大姫《おおひめ》さまは、たいそうご立派なごようすでした。母は感激して泣いていました」

報告する使者の維盛《これもり》も、やはり目を赤くしていたという。維盛の母は、晃子の乳母《めのと》だった。

そう、とわたしは思った。乳母はまた泣いていたの。あの乳母はいつも、壊れた井戸のように泣いていたものだったけれど。

わたしはひとりで庇《ひさし》の間《ま》に移り、格子《こうし》越しに、ぼんやりと庭のほうを見やった。

昼から降りだした白い雪をまぶされて、庭の木々は夕闇《ゆうやみ》に浮かぶ雪人形のよう、築山《つきやま》は童《わらべ》らが雪転がしで造ったお山のようだった。

あたりは一面、真白な雪に覆《おお》われて、冬の夕闇を押し返して白光りしていた。晃子が入内《じゅだい》した日にふさわしい清らかな眺めだった。

晃子とともに庭を眺めたのは、この夏のことだった。けれど、もう二度と、ふたりで庭を見ることはないだろう。

山から移し植えた、赤い可憐《かれん》な姫百合《ひめゆり》を見て目を輝かせ、

「まあ、見て。まるで、わたしの痣《あざ》のように、目にしみるほど赤いわ！」

と勝ち誇ったように高らかに笑う晃子の声も、もう聞くことはないのだ。

「わたしはね、貴志子《きしこ》さま。入内したら、二度と里には退がらない。月に還《かえ》った赫弥姫《かぐやひめ》のように、もう人の世には戻らないのよ。だからわたしのことを覚えておいてくれる人がほしいわ。わたしを忘れないでね」

そういった晃子の右頰《ほお》には、ぷつぷつとした瘡蓋《かさぶた》の跡がいくつもあった。

晃子の底光りする白い肌は、赤い痣をかくれなく目立たせていた。そうして右顔を覆う赤赤とした痘痕《あばた》のために、黒子《ほくろ》ひとつない滑らかな左の横顔はいっそう美しく、侵《おか》しがたい品高《しなたか》さを備えていた。

そう、晃子はとても美しい人だった。まるで冬の夜空に凍《こご》えて輝く月のように。

そう思ったとたん、また涙が溢《あふ》れてきた。


「頼みごとがあるのだがね。大姫をしばらく、こちらで預かってくれないだろうか」

と有実がきりだしたのは、庭の白藤《しらふじ》がみごとに咲きしだれる初夏のころだった。

その一年ほど前から、父親ほどにも年上の大納言《だいなごん》有実の求婚を受け入れていたわたしは、毎日ぼんやりと暮らしていた。

有実は頼りにする人ではあっても、彼のほうからわたしに頼みごとをするとは思ってもいなかったし、その頼みごとというのが、彼の娘を預かることだといわれて、心から驚いた。

「だって、あなたの姫といって、年はいくつ？　十歳か……」

「大姫だから十五だよ、あなたよりふたつ、妹《めまい》だね」

と有実は笑いながらいった。十五と聞いて目眩がして、ましてて妹などといわれては粟肌《あわはだ》立つ思いがする。今さらながら、有実との年の差を思い知らされてしまう。

なにが哀《かな》しくて有実の十五の娘を預からなくてはならないの、母親がお亡くなりになったのならともかくお元気でいるのだし……と思いながら、

「娘ほどの年の恋人と、ほんとうの娘を、ひとつ屋敷に住まわせて、人の噂《うわさ》は怖くないの。また何をいわれるか知れないわ。今度はわたしが居《い》たたまれなくて都《みやこ》を出てしまいそうよ」

憎まれ口をたたいて、うまく断ろうとするのを、

「その娘が、あなたのお屋敷にいっとき、方違《かたたが》えしたいといいだしてね」

有実はするりと受け流して、すまし顔でいった。有実は人の噂《うわさ》などというものは、痛くも痒《かゆ》くもない男なのだ。それはわかっていたし、正直な心のうちを晒《さら》せば、わたしも噂などはどうでもいいのだった。

他になにか断る口実はないものかとあやふやに笑っていると、有実はいつもの、少し戸惑いがちな優しい口ぶりで、冗談めかしていった。

「豊姫《とよひめ》のこともあるからね。晃子はあなたに興味をもったのかもしれない」

「そう……」

　豊姫というのは、彼の、要するに正室だった。

　結婚して二十年はゆうに過ぎている古手で、それだけでも世間では充分に、大納言、源《みなもとの》有実室で通じてしまう。

　産みも産んだり六、七人もの子供もいて、その長子などは、わたしよりも年上の二十歳《はたち》かそこいらで、兵衛佐《ひょうえのすけ》かなにかだった。豊姫は母として、妻として、揺るぎない立場にいた。

　それなのに、その揺るぎない正室のはずの豊姫が、あらぬ醜態《しゅうたい》をみせたのは、

「やはり、鬼の巣窟《すみか》の前を通られたのが、よくなかったのね」

　わたしはしょんぼりと有実の肩に頭をのせて、溜息《ためいき》をついた。

　三月《みつき》ほど前の春先のこと、有実が風邪《かぜ》をこじらせて長く寝ついてしまった。それでわたしは、その快癒祈願《かいゆきがん》にと、嵐山《あらしやま》あたりにある縁《ゆかり》の寺に御籠《おこも》りに行った。

　夜をついて読経《どきょう》の末席に連なっていたところ、そこに、

「ここにいたのだね、猛々《たけだけ》しい大盗人《おおぬすびと》が！」

　突如《とつじょ》わめきながら、手に光るものを持った女が、床を踏みならして御本堂《ごほんどう》に駆け込んできた。

　髪をふり乱し、目を赤く血走らせた顔は、どうみても物狂いそのものだった。

　小法師《こぼし》や、寺男らが女のまわりを取り囲んで、なんとか取り押さえようとしていたけれど、物狂いの馬鹿力にはどうしたって勝てない。

　女は十人近い男らを振り払って、まっすぐに、わたしを目指して向かってこようとする。

手に持った光る物は、よく見ると、寺の北口あたりに置いてあったと思われる草刈り鎌《がま》だった。その鎌を、女は両手で持って振りかざして、迫ってくるのだった。

その時は、まさか有実の正室とは思わないから、きっと里に住まう老いた物狂いだと思いこみ、

「だれか取り押さえて。あの女、わたしにばかり向かってくるわ、怖い……！」

はしたなく泣き叫んで、とっさに、そばにいた僧侶《そうりょ》にしがみついたりもした。僧侶も、あまりのことに震えていたのを覚えている。

物狂いの女が、とにもかくにも、男らに取り押さえられたのを横目で見届けてから、

「いったい、どういう素性《すじよう》の者なのかしら。怖かったわ……」

当てがわれていたお局《つぼね》に這《は》うように逃げもどり、一緒に来ていた従姉《いとこ》の葛野《かずの》に、御本堂での出来事を息もつかずに話して聞かせた。まだ怖さが残っていていささか気が昂《たかぶ》り、聞きようによっては浮かれてみえたかもしれない。

「よく覚えていないけれど、衣《きぬ》など、よい物を着ていた気がするわ。家の者が憐《あわ》れがって、そんな物を着せているのかしら。よい匂《にお》いもしたわ。空薫物《そらだきもの》の衣だなんて、なんだか品高い物狂いだことね。わたし、読経の席にいながら、うたた寝していたのかしら。それで夢をみていたのかも……」

すると、五つ年上の思慮深い葛野は眉《まゆ》をひそめて、なにかを思い巡らせるように瞬《まばた》きしたあと、

「貴志子、その人は、あなたを大盗人といったのね。あなたをそう罵《ののし》るなら、よもやとは思うけれど、六条《ろくじょう》あたりの縁《ゆかり》の御方では……」

とつぶやいて、ふっと口をつぐんだ。六条とは有実の屋敷がある通りで、葛野が六条さまというとき、それは有実のことだった。

あからさまに名を口にしないのは、殿上人《てんじょうびと》の身分を憚《はばか》っているからだけれど、有実に親しみを持っていない表れでもある。

この美しい年上の従姉は、わたしが有実を通わせるようになったことを、良いこととは思っていなかった。あなたはまるで、みずからを貶《おとし》めるような恋をするのねといったことがある。わざと人の誹《そし》りをよぶような振る舞いだわ、と。

「六条あたりの縁だなんて、不吉ないいようねえ。あれは御息所《みやすんどころ》の生霊《いきりょう》だったというの」

まさかとその時は思っていたから、わたしはわざと憎まれ口を叩《たた》いたりもした。

確かに、六条の縁などといわれると、生霊になって源氏《げんじ》の正室に祟《たた》った御息所を思い浮かべてしまって、恐ろしさがいや増してしまう。それに御息所の生霊でさえ、鎌を手にはすまいと思う。

「まあ、そんなつもりでは……ごめんなさい」

葛野も、あまりにも平仄《ひょうそく》が合いすぎると気づいたのか、気まずそうに俯《うつむ》いてしまった。

ところが、その夜も明けないうちに、葛野の不安どおりだったことが明らかになった。

報《しら》せを聞いて、豊姫の長男、有実の総領息子が血相をかえて駆けつけてきたのだ。そのうえ、たぶん噂を恐れてだろう、詫《わ》びをいいたいと申し入れてきた。

わたしたちは御簾越《みすご》しに、さらに几帳《きちよう》を隔《へだ》てて対面した。

「母は、父がこの年になってからの思わぬ夜歩きに、もやもやと心を痛めておりましてね。それがこの日、病《やまい》を得た父の快癒祈願にと、たまたま嵯峨《さが》のあたりの寺にゆく途中、こちらの寺の前を通りかかりまして、あなたさまが参籠《さんろう》されているのを、どうしてか知ったのですな。おそらく、寺の小坊主のおしゃべりでも小耳に挟んだ女房《にようぼう》が、こざかしく母に耳打ちでもしたものか。それで魂消《たまげ》るほど取り乱してしまったのでしょう。母は鬼の巣窟《すみか》の近くを通りかかったばかりに、魔に憑《つ》かれてしまったようだ」

そういって、長男は両手を脇《わき》について、かたちだけ頭をさげたような衣《きぬ》ずれの音がした。

御簾の向こうに、恋人の長男がいるというのも奇妙で、居心地はたとえようもなく悪く、わたしはぼうっと逆上《のぼ》せたようになっていた。

鬼の巣窟とは、わたしが籠っているこの寺のことで、わたしを鬼と当《あ》て言《ごと》しているらしいと察しはついたけれど、怒る気にはさらさらなれず、まあ鬼が詫びることはないだろうと黙りこんでいた。

すると側《そば》についていた乳母の讃岐《さぬき》が、狼狽《うろた》えながらも、なにかお言葉をと小声で促すので、

「ほんとうに、まだ春浅い夜の夢のような、朧《おぼろ》げな何かがあったような、なかったような……不思議な心地でおります」

とありがちに暈《ぼか》したことを、讃岐にいわせた。

するとと長男はむっとしたように黙りこみ、ややあって、

「父は若い頃から、遊び人ではありましたが、それまでは身をわきまえた小宰相君《こざいしょうのきみ》のような女たちと、淡《あわ》いつきあいですんでいたのだが。四十を前にしてにわかに分別《ふんべつ》を失ったのか、この一年ばかり、娘のような年若い女に恥も外聞もなく惑《まど》わされまして。父は狐狸《こり》に化《ば》かされているのではないか、と家の者どもは案じておりますよ」

刺々《とげとげ》しい口ぶりで、いかにもわたしを傷つけてやろうとする悪意をぶつけてきた。

わたしは長男のいった言葉よりも、彼の悪意そのものに傷ついて、しょんぼりした。

父親ほどの男を恋人にすると、厄介《やっかい》なことがいろいろある。正室に殴《なぐ》り込まれたり、謝りに来たはずの息子に、鬼だ狐狸だと罵りを浴びせられたり。

いつもぼんやりしているわたしも、さすがに悔しくなってきて、

「お父さまが不実《あだ》な方だと、ご子息さまは身を清く、誠実《まめ》やかにおなりになるものですわ。あなたさまの北《きた》の方《かた》は、さぞお幸せでしょうね。まめ人《びと》こそ夫《つま》とすべきでしたわね」

といい返してやった。

坊ちゃん育ちの長男は、身分低い女よと見下げている父親の年若い愛人に、よもや口応《くちごた》えされるとは思ってもみなかったらしい。ものもいわずに立ち上がり、勢いあまってか立ち上がりざまに指貫《さしぬき》の裾《すそ》を踏みつけて転んだらしい。物音《も》でそれがわかり、わたしはなんだか可笑《おか》しくて、いけないと思いつつ、うふっと笑い声を洩らしてしまった。

それがますます彼の怒りに火を注《そそ》いだようで、息子は尾に火がついた牛のような勢いで、ど

かどかと床を踏みならして帰っていった。

けれど、都の屋敷に戻ってからの騒ぎに比べたら、その夜のやりとりなど長閑《のどか》なものだったと懐かしく思えたほどだった。

有実は、年は四十まぢかといったところで、それで大納言といえば、ほどほどの出世はしているものの、公卿《くぎょう》のなかでも、これといって目立つ男ではない。というより、有実は目立つのを、巧《たく》みに避けているようにも思われた。

そんな男に、娘ほどにも年若い新しい恋人がいて、その恋人が籠っている寺に、押しも押されぬ正室が、あろうことか草刈り鎌をもって踏み込んだという出来事は、あっというまに広まってしまった。

わたしが亡き和泉守《いずみのかみ》の娘で、遺産でおっとり暮らしているとか、凄《すご》いばかりの美女らしいとか（これには、有実と一緒になって笑い転げてしまった）、謝りにいった息子までがあらぬ振る舞いをしかけたらしいとか（これは御子息にはお気の毒な尾鰭《おひれ》だった）、信じられないような噂の嵐が、都じゅうを駆け抜けたようだった。

それでもわたしは、ぼんやりした性質《たち》だから、噂も他人事《ひとごと》のようでおもしろかったけれど、正気にかえった豊姫のほうは、居たたまれなかったらしい。

誇り高い人であれば、それも当然というもの、ごく身近な女房だけを供にして六条の屋敷を出て、縁《ゆかり》の荘園《しょうえん》がある近江《おうみ》のほうに引っ込んでしまった。

おかげで有実は、月に一度は、わざわざ近江の荘園に出向くはめになった。豊姫を慰《なぐさ》め、都に帰ってきてくれと、かきくどく。

そうした遣り取《やと》りを半年ほども続けていれば、豊姫の傷ついた心も慰められ、そのころには噂好きな都人《みやこびと》も、つぎの噂を見つけているだろうというのが、有実の思惑のようだった。

つまり有実たち夫婦は今、なにやら納得ずくで、息のあった別居生活をしている最中でもあったのだ。

「母君のことで、大姫はわたしをきっと憎んでいるわ。豊姫ばかりか大姫まで、わたしの屋敷に乱入させるつもりなの、あなたは」

わたしは有実の肩に頭をのせたままで、ぶつぶつと愚痴《ぐち》をこぼした。

有実の肩はいつもがっしりとしていて、頭をのせるにはとても具合がよくて、暖かかった。

わたしは有実の肩に頭をのせたり、寄りかかったりするのが、とても好きだった。

「これは方違《かたたが》えだと思えばいい。大姫が、方違えに、貴志子の屋敷を借りたとなれば、世間も、豊姫と貴志子は仲直りしたと思ってくれるかもしれないよ」

有実は困ったように笑って、ぽんぽんとわたしの頭を軽く叩いた。

わたしはむうっとふくれてみせた。

「豊姫の御名のために、大姫と仲良くしろというの？　それは筋違いでは……」

「仲良くすることはないよ。ただ、いろいろあって、晃子は今、気鬱《きうつ》でね。あの娘のわがままは、できるかぎり叶《かな》えてやりたいのさ」

有実の口ぶりはとてもよい父親を思わせて、それがわたしを優しい気持ちにさせた。有実がいい父親だと想像することは、とても楽しい。

「でも、晃子さまはわたしの屋敷にきて、どうなさるおつもりかしら」

「まあ、大姫は変わっているから」

「しばらくといって、どのくらいなの？」

「大姫が飽きれば、すぐにも出ていくとなるかもしれないよ」

「なにもかも大姫しだいなのね。そんなに娘思いだったとは知らなかったわ」

「いや、まあ……」

口ごもる有実の眉間《みけん》には皺《しわ》が刻まれ、なるほど、ずいぶん大姫に手を焼いているのだろうと思わせられた。有実のそんな苦々《にがにが》しげな顔はめったに見られないので、わたしは心を動かされた。有実のためなら、できる限りのことをしてあげたいという気になってしまうのだった。

「ふうん、大姫をお預かり、ねえ……」

「どう？」

と有実は笑いながら、わたしの顔を覗《のぞ》きこんだ。

人のいい、決して相手が否《いな》とはいわないのを信じている顔。それはずうずうしいのとも違って、あまり人を疑うことをしない、いつも相手のなかの一番いいところだけを見る育ちの良さを思わせる。

有実はわたしを、幼いころに父親を亡くしながら、遺産や、よい親族や従姉《いとこ》に守られて育ったせいで、おっとりしていて、十七の年よりも幼い、ぼんやりうっかりした娘だと思っている。

有実がわたしをそう見ているのがわかるから、わたしも自分のことを、よい娘だと思えるのだった。有実がいなければ、わたしは自分が何者なのかさえ、わからなくなってしまう。いつもいつも夢のようなことを考え、ぼんやりしているから。

「どう?」

ともう一度、有実が尋ねて、わたしはうわの空で、いいわと答えていた。

2

いいわと答えたものの、わたしはそれきり、そんな約束は忘れていた。

恋人同士のおしゃべりなど寝言のようなもの、朝になれば、まぼろしのように音もなく消えてしまうものだ。

だから、それから十日ほど過ぎた昼さがり、なんの前触《まえぶ》れもないまま、次々に荷車が屋敷に横付けされて、几帳《きちょう》や屏風《びょうぶ》の設《しつら》えの品々やら、衣裳箱《きぬばこ》やらが幾具《いくよろい》も運び込まれて、あろうことか、

「おーい、部屋がひとつ、いっぱいになったぞォ」

「ここには気のきいた女童《めのわらわ》のひとりもおらんのか。酒とはいわん、水くらい飲ませてくれんかね」

などと男らが怒鳴りちらしながら、わたしの居《い》る母屋《おもや》に面した庭先にも入り込んでくる気配

がした時は、気を失うほど驚いてしまった。

庭の手入れをする庭男の声でさえ、それほど間近に聞いたことはないのだ。明るい昼間に、盗賊の群れに襲われたような心地がした。

(有実《ありざね》ったら、あれは本気だったの⁉)

にわかに恨《うら》みが湧《わ》いてきて、居ても立ってもいられなくなり、部屋の隅で几帳の柱にしがみついていた。どうしたらいいのか、さっぱり判《わか》らなかった。

いつにない騒々しさは表門から遠い東北《ひがしきた》の対屋《たいのや》にも届いたらしい。東北を常《つね》の住まいにしている葛野《かずの》もなにごとかと足早に渡ってきたけれど、事情を知って、

「それは仕方ないわね」

呆《あき》れ果てたように吐息《といき》を洩《も》らした。その口ぶりはすでに諦《あきら》めていた。

「そんなお約束をしたあなたがいけないわ。どうして六条《ろくじょう》の縁《ゆかり》の方をお迎えする気になれるのか信じられないけれど……この家の主《あるじ》のあなたがお承《う》けしたのだから。諦めるしかないわね」

「葛野は諦めがよすぎるわ、どんなことでも」

わたしは葛野にまで、やつあたりしたい気持ちだった。

「恋人同士のおしゃべりなんて、ぜんぶ嘘《うそ》と夢物語よ。よくもよくも、わたしを丸めこんでくれたわ。子どもだと思って、うまく口車にのせて……」

「あなたはそう思っているの？」

葛野は伏し目がちに呟《つぶや》いた。

「口車にのせられたってこと？　そうよ、だって……」

「いいえ、恋人同士のおしゃべりはみな、噓と夢物語だなんて情けないことを、本心から思っているの？　ほんとうの、心の籠《こも》った言葉は、あなたと六条さまの間にはないの？」

「そんなこと、真顔でいわれても……」

葛野のいいようにも、言葉にも、どこか非難の響きがあった。わたしはなぜだか、とても慌《あわ》ててしまった。何もかも葛野に見透かされている気がした。

「だって、有実と向かいあっていた時は、そんなこともあっていいと思ったのよ。有実はなんだか困っているようで、つい気をゆるしてしまったのね。でも落ち着いて考えたら、どうしたっておかしいわ。有実の大姫《おおひめ》が、わたしの屋敷でしばらく暮らすなんて。立派なお屋敷があり、母親も……今はお留守だけれど……」

「やはり、六条の姫とお会いするのは、さすがのあなたも気まずいのね」

と葛野は袖《そで》で口もとをおさえて、いたわるように囁《ささや》いた。

それならなぜ、父親ほどにも年の離れた人を恋人に選んだの？　と咎《とが》めたいような、姉めいた顔をしているので、わたしもそれ以上は愚痴《ぐち》をこぼせなくなってしまった。

ともかくも急いで格子《こうし》を下ろさせ、妻戸《つまど》もぴったりと閉ざさせたために、まだ昼さがりだというのににわかに部屋は薄暗くなり、いよいよ気持ちも沈んでしまいがちで、苛立《いらだ》たしさ、悔しさはたとえようもなかった。

その格子越しにも、庭先からざわざわと騒々しさが入りこんできて、

「いやねえ。その晃子《あきらこ》さまというのは、いつ、いらっしゃるのかしら」

とわたしは独り言めいて呟いた。

もっとも、その心配もそう長くは続かなかった。

荷物があらかた運びこまれた夕刻、主《おも》だった家の者たちを部屋に集めて、しばらくの間、六条の大姫をお預かりすることになったと説明《ことわけ》しているところに、

「貴志子《きしこ》さま、大姫のお車が、こちらに向かっているとの前触れのお遣《つか》いが参りましたわ。大《だい》納言《なごん》さまからは、万事よろしくとのお言付《ことづ》けもありました」

家政万端をしきっている乳母《めのと》の讃岐《さぬき》が、顔色をかえて駆けつけてきたのだ。

わたしは晃子がこちらに向かっているという前触れの報《しら》せよりも、万事よろしくという、そっけない有実の言付けのほうに、怒りが弾《はじ》けてしまって、

(有実のやつー！　よろしくとはなによ、言付けだけってなによ。本人が来ていうべきじゃないの！)

と悔しさのあまり胸が詰まりそうだったけれど、落ち着いて考えれば、有実と晃子のふたり揃《そろ》って来られては、ますます気まずいことになる。そう考えると、この日はいっさい有実が姿を現さず、気配もみせないのは、それなりの配慮と思えないこともない。

ともあれ、ここまでくれば葛野のいうとおり諦めるしかなさそうなのは確かで、もうどうにでもなれとばかり、讃岐にすべて任《まか》せて、逃げきることにした。

お屋敷のなかでも、いっとう日当たりもよく造作《ぞうさく》にも手をかけた西の対屋に入っていただい

て、あちらから付いてくる女房も揃っているだろうし、当たらず障《さわ》らず、やり過ごせばいい。

そう思っていたわたしは、今から思えば、愚《おろ》かなものだった。

車宿《くるまやどり》のほうがざわついていて、ああ、着かれたのかなと思いながら、部屋に明かりを入れさせて、気散《きさん》じに絵物語を眺めていると、

「六条の姫さま、姫さま、そちらではありません。そちらへは……」

「大姫さま、姫さま、お留《とど》まり遊ばしませ！」

という、うちの女房の声と、聞き慣れない女房の声が入り乱れる騒々しさが近づいてきて、はっとして顔をあげると、御簾《みす》のむこうに、人影が現れた。

と思うまもなく、御簾がゆらいで、その人影はさっと部屋に入ってきた。わたしは驚きのあまり、手にしていた絵巻物をとり落としてしまった。

早くから灯《ひ》を入れていた部屋は、いつになく明るく、だから、その人の右頬《ほお》一面が痘痕《あばた》のような、瘡蓋《かさぶた》を引っ掻《ひか》いたような、赤みを帯びた痣跡《あざあと》に覆《おお》われているのがはっきりと見えた。

それにまた、ろくに櫛《くし》も入れていないに違いない、もつれあい絡《から》みあった鳥の巣のような髪。黒髪に雲脂《ふけ》が散っているのか、白髪めいて見えるほどだった。

かたく引き結んだ酷薄そうな色のない唇《くちびる》（紅《べに》も差していなかった）、相手を見据《みす》えるような切れ長の目元に、影をつくるほどの長い睫毛《まつげ》には、目脂《めやに》まで付いているような……。

庭木の手入れの手伝いに、下種《げす》が連れてきた里娘だといわれたら、すっかり信じてしまう荒《すさ》み果てた姿に、わたしはただただ呆気《あっけ》にとられていた。

「晃子さま？」

そんな馬鹿なことが、と疑いながら、とりあえず思いあたる名を口にしてみた。

晃子はふん、と肩をそびやかして、

「ほかに、誰が来るというのよ。晃子に決まっているわ」

そういうなり、ふいに口もとを袖《そで》で押さえて、くすくすと笑いだした。

「あなた、貴志子さま、並々《なみなみ》の人なのねえ」

「はあ……」

「母さまが、ああいうことをしたくらいだから、きっと都でも一、二の目映《まばゆ》いばかりの美女だと思っていたわ。噂《うわさ》でもそうなっていたでしょう。噂って当てにならないのね。うちの女房たちはみな、あなたより見栄《みば》えがすると思うわ」

「ま……」

「見目《みめ》よい女ばかり見ていると、目慣《めな》れない生女《なまおんな》がよく見えるのかしら。父さまは四十を前にして、はやくも老眼《おいめ》になったのかしら。老次《おいなみ》にかかる恋にも我が父は遇《あ》えるかも、ってことかしら。なんてことでしょう、老いらくの恋は古代めいて、恥ずかしいわね。母さまが恥ずかしさのあまり乱心したのも、無理はないわ」

「と……」

鬼だ狐狸《こり》だと罵った晃子の兄など、まだ生易《なまやさ》しい悪口だったと思えるほど、息もつかせぬ矢《や》継《つ》ぎばやの雑言《ぞうごん》が続いた。その多くは、わたしにというより、父親に向けたものだったけれど。

わたしはすっかり度肝《どぎも》を抜かれていて、けれど晃子が引き歌にしたのが万葉《まんよう》の御歌《おうた》であること、容姿《かおかたち》や性質《たち》はともかく才《ざえ》はある姫だわ、ととっさに見極めるだけの気力は残っていたらしい、ここで気負けしてはいられないと頬がひきつってきた。

「殿方というものはね、晃子さま。必ずしも、美しい女ばかりに靡《なび》くとは限りませんのよ。相性というものがありますのよ」

なんとか一人前の女の威厳《いげん》をととのえていってやると、

「まあぁ、驚いた。まるで辻占《つじうら》の婆《ばば》みたいな、つまらないことをいうのね。容姿の見劣りする女が、悔しまぎれにいう負け惜しみよ、そんなのは」

十五の小娘は、わたしのいうことなど踏み潰《つぶ》す勢いで、ぶるんと頭を振った。雲脂が飛んでくるのではないかと、わたしは身が固まってしまった。

なにが恐ろしいといって、雲脂や目脂をつけた女を目の当《ま》たりにするほど、この世に恐ろしいことはないと思う。鎌《かま》を手にして踏みこんできた豊姫《とよひめ》でさえ、唇には紅をさして、空薫《そらだき》の衣《きぬ》をまとっていた、と物狂いの豊姫がゆかしく思えたほどだった。

「父さまにさんざん駄々《だだ》こねて、ようやく、あなたを見顕《みあらわ》しに来たというのに、がっかりしちゃった。母さまも愚かね。実物を見たら、妬《ねた》むどころではなくて、苦笑いして、おしまいだったでしょうよ」

「まああ……」

すっかり呆《あき》れ果てて、晃子を見上げたわたしは、そのまま言葉を失ってしまった。

立ちはだかってわたしを見おろす晃子の目は、まるで針のように鋭く、わたしを容赦《ようしゃ》なく突き刺していた。晃子は冷たくわたしを値踏みしていて、なぜかはわからない、少なからず失望しているようだった。

わたしには訳がわからなかった。父親の愛人が美しくないというのは、それほど気落ちするものなのだろうか。まあ、美しいに越したことはないかもしれないけれども……。

晃子は肩をそびやかして笑みを浮かべ、

「わたしはね、貴志子さま。半年か一年後には、入内《じゅだい》する身なのよ。あなたとは身分が違うの。入内のおりには、女房のひとりに加えてあげてもいいわ。このお屋敷にいる間、せいぜい機嫌《きげん》をとってくださいな」

と驚くべきことを言い放ち、あまりのことに腰が抜けて座りこけているわたしに、投げつけるような笑い声を残して、するすると部屋を出ていった。

わたしはしばらくの間、ほんとうに腰を抜かしていたと思う。膝《ひざ》に力が入らなくて、腰を浮かすこともできず、いざって脇息《きょうそく》のあるところまで移り、脇息に凭《もた》れて大息をつくまで、生きた心地もなかった。

なにもかもが信じられなかった。あれが有実の大姫だということも。まして入内する身だということも。思わず目を伏せてしまうほど、くっきりと痘痕《あばた》の痣跡《あざあと》があるのに、入内などとは……。

(痘痕といえば……)

ふと思い出すことがあった。

そう、あれは三年前だったけれど、筑紫《つくし》のほうから流行した疱瘡《もがさ》の嵐が、都を襲った。

地下《じげ》の者はもちろん、上達部《かんだちめ》や名のある高僧も次々に病にたおれて、今日はどこぞの宮が亡くなられた、明日はどこぞの参議《さんぎ》どのが危ないといった噂が、満ち溢《あふ》れていた。

疱瘡というのは不思議な病《やまい》で、かかっても軽い人は軽く、重い人は亡くなってしまう。助かっても、痘痕がぶつぶつと顔に残る人もいれば、ほとんど残らない人もいる。

ああ、とわたしはなにか、ひどく痛ましい思いに打たれた。

晃子はおそらく、あの疱瘡の病にかかって、消えようもないほどの痣跡が残ったのだ。あの三年前の春に。わたしと有実が出会った春に……。

あの春にはいろいろなことがあったのだと思い、いいようのない切なさがひたひたと押し寄せてきて、わたしを涙ぐませた。


「そう、晃子もあの病でやられてね。命は助かったが、酷《ひど》い痣が残ってしまったよ」

とその夜やって来た有実は、持ってきた書状を読みながら、うわの空でいった。

地方の荘園からの申状《もうしじょう》がきていて、今夜はそれを読まなければならないから行けない、というのを、今夜来ないなら、晃子も追い出すし、あなたとも二度と会わないと文《ふみ》で脅《おど》しつけて、呼びつけたのだった。

灯を引き寄せて書状を読む有実の顔など、めったに見られないから、わたしはおもしろくて有実の横顔をしげしげと眺めた。

「あなたはほんとうに、あの晃子さまを入内させるつもりなの？」

咎《とが》めるつもりはなかったけれど、声に、その気配が出たらしい。有実は顔をあげて、わたしを不思議そうに眺めた。わたしが晃子の入内を話題にするのを訝《いぶか》っているようだった。

「もう決まっていることだよ。近く、正式に宣旨《せんじ》が下る。晃子は入内の前に、どうしてもあなたに会いたい、会わないかぎり、入内なんかしないと駄々をこねてね。進退窮《きわ》まってしまったよ。姫を宥《なだ》めるべき母親は、物思いを抱えて近江《おうみ》に籠りきりだし」

いかにも苦りきった口ぶりだった。わたしは笑いだしてしまった。

「そんなに入内させたいの？　入内して、晃子さまが幸せになると、あなたは思っているの？」

「いや。あの娘《こ》は、ときめく女御《にょうご》にはなれないよ。だが、いずれ婿《むこ》を迎えなければならない。あの痣跡があるかぎり、婿に気を遣《つか》いながら生きるしかないだろう？　それなら、薦《すす》めてくださる方もいるし、入内させるのもいい。ああいう娘だから、せめて女として最高の身分で飾ってやれたらいい。愚かだろうが、親とはそうしたものだよ」

「そうなの？」

とわたしはあやふやにいった。

わたしはほんとうは、こういいたかったのだ。あなたは、娘を入内させたがるような男ではないはずなのにね、なにか裏があるのじゃなくて？　と。

けれど、いわなかった。わたしと有実の間には、そういった話題を口にする習慣はなかったのだ。それで、わたしは違うことをいった。

「ねえ、わたしたちが岩倉《いわくら》の青雲寺《せいうんじ》で会ったのは、三年前の春ね。あなたは家族の快癒祈願《かいゆきがん》で来ていると仰《おっしゃ》っていたわ。あれは、晃子さまの快癒祈願だったのね」

「そうだよ。しかし、おしゃべりはあとだ。これを読んでしまわないとね」

有実はそっけなくいって、また書状に目を落とした。

わたしは唇を噛《か》みしめて、黙りこんだ。わたしの膨《ふく》れ上がるばかりの不満の気配を感じたのか、彼はすぐに顔をあげて、困ったように吐息《といき》を洩《も》らした。

「だから、こういうものを持って、来たくなかったんだよ。怒ると思ったから。今までにも、これで何度もしくじっている」

これで、というのは、恋人のところに仕事を持ち込んで、という意味のようだった。

「わたしは怒っていないわ。でも、そんなに大事な書状なの？」

「まあ、そうだね。村人が差配《さはい》の役人を飛び越えて、直訴《じきそ》してきている。差配が税をごまかしているという訴えだ」

と有実はものうげにいって、

「今夜じゅうに片づけてしまいたい。明日は、左大臣《さだいじん》のところの出戻りの一の姫が、めでたく三たびの婿取りがかなう宴《うたげ》があるのでね。内輪の祝宴だが、どうしたことか、わたしも招《よ》ばれている。客が増えれば、ますます恥を晒《さら》すようなものなのにね」

さも可笑《おか》しそうに、くすっと笑った。悪戯《いたずら》っぽい目が、くるりと動いた。

皮肉なこと、意地悪なことをいう時、有実はとてもいい男に見える。

当代一の権勢家の左大臣には、有実もなにかと世話になっているはずなのに、平気で左大臣家の弱みを笑い話にする淡白なところが、有実にはあった。

左大臣家の一の姫とやらが、これまでに二度も婿を替えているというのは、わたしも知っていた。都で知らぬ人はいないだろう。

一度目は、親の許さぬ年下の公達《きんだち》との駆け落ちで。もともと一の姫は今上《きんじょう》が東宮《とうぐう》であられた頃、東宮妃にも擬《ぎ》されていた方だった。それほどの姫が身を捨てての出奔《しゅっぽん》に、父大臣《ちちのおとど》は身内の男という男たちをかき集めて追手《おって》を放ち、連れ戻してきた者に姫を与えると約束したという。東宮妃の夢を絶たれた左大臣は、憎しみに取りつかれていたのだろう。

一の姫はどこやらの山の中で、恋人とともに隠れているところを見つけられ、その場で恋人と引き離されて、都に連れ戻された。連れ戻しに功があった身分が下の受領《ずりょう》の者と、やがて一の姫はむりやりに妻合《めあ》わせられたという。

いっときは、あの伊勢《いせ》物語のような悲恋というので、一の姫も哀れな……と都の女たちは涙をしぼって同情したはずだったけれど、その後も一の姫は、夫とともに任地の遠国《おんごく》に下ることはもちろんなく、実家の左大臣家に里住《さとず》みし続けたまま、何人もの愛人を通わせるようになり、やがて任地に下っていた夫から、土地の女との間に子が生まれた報せがきて、それきりだった。

都人は身分違いの品高《しなたか》い妻に踏みつけにされた受領の元夫《もとづま》に同情し、一の姫もあまりに人嬲《ひとなぶ》りした振る舞いだ……と囁《ささや》き合った。そのころには、一の姫に同情する者は、都にはひとりもいなくなっていた。

いまや浮《う》かれ女《め》と陰口をたたかれるほど、左大臣家の悩みの種になっている御方だと聞いている。

「大臣どのも、今度ばかりは一の姫におとなしくしていてほしいところだろうね。大臣どのは、つくづく娘運が悪い。二の姫は病がちで寝たきりだし。頼みの三の姫は、まだ十歳になったばかり。このうえ、総領姫までが浮かれ女と噂されたままでは、立場もない。三の姫の将来にも、差し障《さわ》りが出るからね」

「娘をもつと、男親は苦労するのね。あなたも、そう?」

なにげなしに尋《たず》ねると、有実は少しだけ怯《ひる》んだ目をして、じっとわたしを見つめた。やがて、ふいに熱心にいった。

「今でも、お父上の夢をみるかい?」

「あら、いいえ……」

思いもかけないことを言い掛けられて、わたしは虚《きょ》を衝《つ》かれて、口ごもった。

わたしたちが初めて会ったのは三年ほど前の、岩倉の青雲寺の境内《けいだい》でだった。その時のことを、有実は忘れずに覚えているらしいのが、なぜだか気恥ずかしかった。

あれは、わたしが十四歳の春だった。

従姉《いとこ》の葛野がふいに思い立って、写経を縁《ゆかり》の寺に納めるというので、わたしも付いていった。

寺はそのころ都に広まっていた疱瘡《もがさ》の祈禱《きとう》などで、参籠者《さんろうしゃ》が多かった。賀茂《かも》の祭りのお行列をみるための場所取りでさえ、あれほど混み合いはしないというくらい、局《つぼね》という局には参籠者がひしめきあい、夜通しの読経《どきょう》の音《ね》も人の気配でかき消されがちだった。

夜風が暖かな優しい春の夜だった。あたりには止《や》むことなく桜の花びらが散っていた。境内には樹齢《じゅれい》二百年だという桜の大木があって、まるで地の底から、汲《く》めども尽きぬ桜花を吸いあげて、空に吹き上げているようだった。

それほどみごとな桜吹雪《さくらふぶき》をみるのが初めてのわたしは、夜になってから、そっと局を抜け出して、桜の木の下で、降りしきる桜の花びらを茫然《ぼうぜん》として眺めていた。

きれいな、まるで夢のような、散る花を惜しんで泣きたくなるような夜だった。

それで、わたしは大木に寄りかかって、啜《すす》り泣いた。涙は次々と溢《こぼ》れてきた。

すると、ほんのり紅《くれない》がかった白い花びらの向こうから、

「年ごろの姫が、夜に、ひとりで出歩くのはよくないですよ」

という声が聞こえてきた。驚いて顔をあげると、貴族の男が立っていた。それが有実だった。

境内のあちこちに焚《た》かれた篝火《かがりび》のせいで、かすかに顔は見分けられた。

目が異様に輝いてみえたのは、あとになって家族が病の床《とこ》にいる心労のせいだと知ったけれど、その時はたいそう鋭い目をした、隙《すき》のない男だと身が竦《すく》む思いがした。ただ身につけている狩衣《かりぎぬ》の絹目《きぬめ》が、夜目にも輝いて見え、相手はそこいらの郎党《ろうとう》ではなく、身分の高い上達部《かんだちめ》だろうとは察せられた。

怪しい夜盗のたぐいではないと安心したのと、剝《む》き出しの顔を見られている恥ずかしさで逆《の》上《ぼ》せてしまい、気がつくといってしまっていたのだ。

「亡くなった父さまの夢を見て、眠れなくて、つい……」

と。いいながらも、涙は止まらずに溢れて、頰を伝っていた。

なぜ、それまで思い浮かべてもいなかった亡き父のことを口走ったのか、自分でもわからない。もしかしたら有実の年格好から、ふと幼い頃に亡くなった父を思い出したのかもしれない。

有実は驚いたように黙りこんで、涙顔のわたしから、遠慮がちに目をそらした。

「お気の毒なことだね。わたしの家族も、今、篤《あつ》い病の床についている。快癒《かいゆ》の祈願が叶《かな》うといいのだが。生きてさえいてくれたら、幸せと思わなければならないね」

しばらくして、自分にいい聞かせるように低く呟いた。そして、泣いているわたしを幼子のように袖でくるみこみ、抱きかかえるようにして、局まで送り届けてくれたのだった。


屋敷に戻ってからまもなく、地方の領地から届いた物だからといって、布や干物《からもの》、みごとな細工物などが有実から届けられた。

添えられていた文《ふみ》には、父親代わりの心遣《こころづか》いと思ってください、とあった。

父親代わりの心遣いは、三月に一度のはずが、一月に一度になり、半月に一度になり……やがて気がつくと二年越しになっていた。その間、届け物に添えられた文だけが有実の気配を思わせる物で、有実という男の姿かたちも朧《おぼろ》げになってしまっていた。

そのせいか、呑気《のんき》なわたしなどはいつしか、遠い父祖《ふそ》をたどると、血《ち》の縁《ゆかり》の御方なのかもしれないなどと都合のいい納得の仕方をしてしまっていた。遠縁の叔父君《おじぎみ》がなにくれとなく心遣いをしてくれているように思っていた。

けれども、そろそろ結婚の話が出てもおかしくない年ごろのわたしに、いつまでも贈り物や添え文が届いていたのでは世間にも聞こえが悪い、と身近な者たち、乳母《めのと》や葛野などは気を揉《も》んでいたらしい。

とくに葛野は、有実の本心がわからないと不審がり、六条邸の下男《げなん》などが遣いで足繁《あししげ》くやって来るのを厭《いと》うていた。ある日、小指の先ほどもある大粒の真珠《しらたま》を嵌《は》めた櫛箱《くしばこ》が届けられた時、受け取るべきではない、送り返すようにと強く諫《いさ》められてしまい、断りの文を書かせられた。

思えば、有実に文を書いたのは、その時が初めてだった。わたしは届け物も貰《もら》いっぱなし、添え文も読みっぱなしだったのだ。ただ有実の手跡《て》がたいそう美しいみごとなもので、使われる紙も、凝《こ》った漉紙《すきがみ》であったり、目新しい継紙《つぎがみ》であったりすることに、娘らしく心を動かされてもいた。墨痕《すみあと》は艶《つや》やかに底光りして、そんな墨でものする文字には真心がこめられているように思えたものだ。

もっとも目敏《めざと》い女房たちは、こんな墨色《すみいろ》は唐物《からもの》でなければ出ない、届け物の絹も美濃物《みのもの》だし、有実卿《きょう》は豊かな美濃のほうに領地をお持ちで、財力も凄《すご》いらしいなどと、そちらの噂話に熱心だった。

ともあれ、父親代わりなどとは亡き父にも申し訳なく、お心遣いはこれきりということに……とそっけない文を書いた。その文が届いたかどうかという頃、有実はなんの前触れもなく屋敷にやってきた。まるで宮中から退出してくる大通りで文遣《ふみづか》いの者と往き合い、その場で文を読み、そのまま駆けつけてきたかと思える素早さだった。

そして戸惑う門番や、押しとどめる女房たちを振り切るように、わたしに面会を求めて、まるで夜盗のように、じかにわたしの部屋に歩み入ってきて、いったのだった。父親の心遣いがいらぬなら、恋人ではどうですか、と。

わたしは思わぬ成り行きに、几帳《きちょう》の陰に身をひそめて小さくなりながら、ええ、そうね、と震える声で答えていた。あなたがそう仰《おっしゃ》ってくださるのを、ずっと待っていたような気がするわ、と。

そう口にしてから、気がついた。わたしはほんとうに、有実がわたしを求めてくれるのをずっと待っていたのかもしれない、と。あの春の夜に、剝《む》きだしの泣き顔を見られたときから。有実しか、わたしの抱えこむ淋《さび》しさを癒《いや》してくれる人はいないように思われたのだ。

どうして有実が、わたしを求めたのかは考えなかった。有実の心の動きを知ろうとするには、彼は年上すぎ、わたしは幼すぎた。わたしはただ、救われたように思った。

けれども晃子を見た今、わたしはようやく、有実がわたしを求めた理由が、わかったような気がしていた。

「ねえ、有実」

とわたしは書状を読んでいる有実の腕に、そっと手を置いた。

「あの大姫、晃子さまは疱瘡の病にかかるまでは、それは美しい、自慢の大姫だったのね。大姫があのような鬼鬼《おにおに》しい人になったのは、病のあとなのね。あなたはそれが、とても辛《つら》かったのではなくて？　愛情を受けとめてくれる娘がいなくなって」

わたしが言い終わらないうちに、有実は凄《すご》い勢いで顔をあげて、わたしを見つめた。

顔色ひとつ変えずに、眉《まゆ》ひとつ動かさない彼の顔には、どんな答えも浮かんではいなかった。そうだとも、違うとも。それでも、わたしは構わずにいった。

「わたしは、晃子さまの身代わりなのね？　わたしは、少しは、あなたのお役に立っていたの？　少しは、あなたを慰めることができた？」

有実はなにかいおうとして息を吸い込んだものの、その唇からはどんな言葉も洩れず、また書状に目を落とした。書状を持つ彼の手は震えてもおらず、目はただしっかりと文字を追っていた。

そうして、持ってきた書状をすべて読み終わり、するすると巻き仕舞ったあと、

「明日の宴のまえに、大臣どのと打ち合わせがあるからね」

言い訳というのでもない、おそらくはそのとおりだろう理由を述べて、帰っていった。晃子の部屋に寄りたい素振りも見せなかった。まるで晃子がわたしの屋敷にいることを忘れているようだった。

彼の乗った牛車《ぎっしゃ》が、籬《まがき》の向こう、通りを遠ざかってゆく音を聞きながら、わたしは脇息に寄

りかかり、ぼんやりしていた。

悲しくはなかった。ただ、ひどい息苦しさを覚えながら、有実が帰っていったあとの闇《やみ》の彼方《かなた》に、じっと耳を澄ませていた。去っていった有実が、このまま二度と訪れてこないような気がして。それは耐えがたく淋しいに違いなかった。

3

晃子《あきらこ》はわたしの屋敷に来たがっていたというわりに、屋敷に入ってしまうと、憑《つ》きものが落ちたようにおとなしくなっていた。

鬼神《きじん》のような荒ぶる現れ方をしたのは初めの日だけで、あとは一日じゅう部屋に籠《こも》り、連れてきた乳母《めのと》や腹心の女房《にょうぼう》たちに囲まれて、歌や手跡《て》のお稽古《けいこ》をしているという。これでは何のために来たがったのか、ただただ父の恋人の品定めに来てそのまま興味を失い、居《い》すわっているだけに思われた。

どうやら入内《じゅだい》に備えているらしい……と、うちの女房たちも噂《うわさ》しはじめていた。そのころにはもう、都のあちこちで、晃子入内の話は表立って語られているようだった。わたしには知りようもないけれど、宣旨《せんじ》とやらが下ったのかもしれない。

有実《ありざね》は屋敷に来ても、晃子に会いたがる気配はなかった。その素振りさえ見せなかった。

「入内前の大姫《おおひめ》と、へたに対面して、機嫌《きげん》を損《そこ》ねてもまずいからね」

とお手上げだというように笑い、いよいよ入内の話は進んでいるようだった。

そんなある日、晃子が来て一月《ひとつき》も過ぎた頃、晃子が夏咳《なつしわぶき》の病《やまい》めいて床《とこ》につきがちなようだと讃岐《さぬき》が耳打ちしてきた。朝げ夕げを調《ととの》えてお運びするのは我《わ》が家の務めで、台盤《だいばん》の上げ下げをするうちに、それと察したらしい。晃子のほうからは、なにも伝えてきてはいなかった。

入内前の姫の身になにかあれば、有実にも申し訳ないことになってしまう、お見舞いに伺《うかが》いたいと申し入れて、晃子が屋敷に来てから初めて、わたしは西《にし》の対屋《たいのや》に赴《おもむ》いた。晃子のほうでも、見舞いの対面を断らなかった。

「貴志子《きしこ》さま、わたしがこのお屋敷に来て、迷惑なのでしょう？」

床《とこ》から半身を起こして、わたしを迎えた晃子は、そんな憎まれ口をきいたけれど、口ぶりは穏やかだった。わたしたちの間には薄物をかけた夏几帳《なつきちょう》があるきりだった。その几帳越しに気配をうかがっても、晃子は病というより、夏の暑さに負けて、気鬱《きうつ》がちになっているだけのようだった。

「いいえ」

とわたしは首を振った。

「迷惑とは思っていませんわ」

「そうね。あなたには関《かか》わりのないことだものね。わたしの入内などは」

「ええ」

とわたしはうっかり素直に頷《うなず》いてしまった。晃子はどうやらわたしを睨《にら》みつけたようだったけれど、すぐに笑いだした。すずやかな、耳にこころよい笑い声だった。

「そうね、あなたはそういう人ね。わたしは賭《か》けていたの。あなたがわたしを見て、驚いて、こんなわたしが入内すると知って、ますます呆《あき》れて、豊姫《とよひめ》の娘が出世するのを妬《ねた》んで、父さまになにやかやと口出しして邪魔《じゃま》してくれるのを」

「なんてまあ……」

とわたしはあやふやに口ごもった。ほんとうに心から驚いていたのだ。

晃子はふふふと楽しそうに笑った。

「あなたが口出しして邪魔したとしても、今さら運命は変わらないけれど、でも父さまも、娘みたいに若い恋人にうるさくいわれて、うんざりすればいい。うまくして、あなたたちの仲が壊れればいいと思ったの。そうすれば、わたしの入内も、少しは価値があるわ。いい形見になるわ」

「形見なんて、不吉なこと……」

「でも、あなたを一目みて、だめだと思ったわ。このひとは口出しなどしない、妬みもしないって」

「どうして?」

「あなたは、父さまになんの執着《しゅうちゃく》も持っていないから」

当然ではないかというように、晃子がわたしをじっと見つめているのが夏几帳の薄物ごしにも感じられた。

わたしは目をみひらいて、息をつめた。あたりの蒸し暑い夏の気配が、いっとき凍ったように思われた。

ふいにふたりの間にあった夏几帳が、控えていた女房の手でずらされた。気づかないうちに、晃子が命じたらしい。薄物をまとっただけの晃子が半身を起こして、わたしをじっと見つめていた。わたしは思わず目を伏せた。

目を伏せたのは、晃子が体ごと、こちらに向き直っているために、右顔を覆《おお》う痣跡《あざあと》がはっきりと見えてしまったからだった。夏痩《や》せして顔が青ざめているせいか、痣はいっそう赤く浮き上がってみえて、隠しようもなかった。

わたしが狼狽《うろた》えているのを楽しむように、晃子は朗《ほが》らかにいった。

「有実の娘が、入内しようと入水《じゆすい》しようと、この女にはどうでもいいことなのだと、すぐにわかったわ。わたしは賭けに負けてしまった。あなたは、わたしが最後に摑《つか》んだ賽《さい》だったのに。役立たずな賽だこと。象牙《ぞうげ》でできているかと思ったら、猪《いのしし》の牙《きば》か何かでできた紛《まが》い物《もの》で、わたしの手のほうが傷ついてしまったわ」

そういいながら、晃子は枕《まくら》の下から、手のひらにすっぽりと入ってしまうような、小さな鏡を取り出した。背面に珍しい象嵌《ぞうがん》を施《ほどこ》した素晴らしい細工の手鏡だった。

その手鏡は、父の有実が造らせて持たせたのだろうか。痣で覆われた半面をもつ娘に、そんな鏡を誂《あつら》えてやる有実の気持ちがよくわからなかった。

その鏡で、しげしげと自分の顔を眺めながら、晃子は楽しそうに笑った。

「ねえ、貴志子さま。わたしは入内しても、決して今上《きんじょう》の御心に適《かな》わないわ。後宮《こうきゅう》のひとすみで、誰からも忘れられて、埃《ほこり》をかぶって暮らすのよ。そうやって、生きながら死ぬんだわ。そうしたら、父さまは少しは苦しむと思う？　かつては自慢の種だった娘、いずれは妃《きさき》、女御《にょうご》にもなる娘だと野心を託していたわたしが、後宮のひとすみで屍《しかばね》のように埋《う》もれて暮らして、少しは苦しむかしら」

「お辛《つら》いでしょうね、きっと」

「苦しんでもらわなくては困るわ」

「どうして？　有実は、あなたのためを思って、入内を進めているのよ。あなたを、最高の身分で飾ってあげるために」

「どこまでも浮き世離れしてる人ねえ、あなたは。おめでたい人」

晃子は呆れたように、首を竦《すく》めて笑った。まるでがんぜない解《と》き髪《が》の女童《めのわらわ》のような可愛《かわい》いしぐさだった。その日の晃子はとても和《なご》やかで可愛らしかった。

「わたしが後宮に入るのは、左大臣家《さだいじんけ》の三の姫が入内する前に、ほかに美しい姫が入内して、今上のご愛情を浴びては困るからなのよ」

「左大臣家の……三の姫？」

わたしはぼんやりと晃子を眺めた。なぜ、ここに左大臣家の名が出てくるのか、さっぱり判らなかった。

ふと思い出すことはあった。有実の口から、左大臣家の三の姫のことを、確かに聞いた覚えがある。左大臣家の秘蔵の姫だとか、まだ十歳だとか……。

おっとりと女ばかりで暮らしているわたしには、朝廷のこと、政治のかけひきなどは知りようもない。ただ、いくつかの噂が耳を掠《かす》めていくだけだった。

長く摂政《せっしょう》を務めた左大臣が、元服《げんぷく》されて久しい今上帝をさしおいて僭越《せんえつ》な振る舞いが多いとか。左大臣の睨《にら》みがきいていて、どの公卿《くぎょう》も娘を入内させられず、お若い帝《みかど》はおかわいそうであられるとか。なまぐさい噂、うす汚れた噂は、いろいろある。

「さすがの左大臣も、まだ月経《つきのもの》もないような、十歳やそこらの姫を、すぐに入内はさせられない。かといって、いつまでもほかの姫の入内に睨みをきかせていては、重臣たちの反発も怖い。それで父さまと相談して、わたしを入内させることにしたのよ。痘痕《あばた》の残る、わたしを」

晃子は、まるで他人事《ひとごと》のように、さらさらとした口ぶりだった。

「わたしなら、今上もお心の寄せようがないわね。疱瘡《もがさ》の痣跡が、こんなにくっきりとあるんだもの。そんな左大臣の汚い下心《したごころ》を知りながら、父さまは入内の話を受けたわ。受けたほうが、身のためというわけね」

静かに語る晃子はいつのまにか、わたしに、痣のない左顔を見せていた。

痣ひとつない、疵《きず》もくもりもない晃子の白い左顔は、見惚《みと》れるほど美しかった。疱瘡《もがさ》に冒《おか》される前の晃子はどれほど美しく、有実たちの野心、希望の星だったろうか、とわたしは胸が疼《うず》いた。

晃子はゆっくりとわたしに向き直った。月が巡《めぐ》るように、痣のある右顔が目の前に現れた。

痣のある右頰を見ても、それでも、その時の晃子はろうたけて美しかった。

「わたしのお役目は、ご愛情をいただかないことなの。今上がうんざりして、せめて、次に入内する姫が美しくあってほしい、並々であってほしいと願うように。そのために、わたしは後宮にゆくのよ。父さまはそれを知っているわ。断ることはできたのよ。わたしが泣きながら否《いな》んでいると。死んでしまうほど悩んでいると。そういって断ることはできたわ」

「……そうね」

晃子の目に盛り上がる涙を見ないために、わたしは庭のほうに目を移した。

打ち水をしたはずなのに、庭石は白く乾いて、風もないために庭木の葉はそよとも動かず、あたりは蒸し暑さのなかで、死んだように静まり返っていた。

「内々に、入内の話が出るようになったのは、一年あまりも前だったわ。父さまは、それからまもなく、貴志子さまに通われるようになったのだったわね、そういえば」

「ああ、そう……」

わたしはようやく、有実の正室、豊姫の狂乱のほんとうのわけを知ったように思った。

豊姫は、大姫の晃子が、むごすぎる役目を負って入内することが、母として耐えられなかったのではないだろうか。豊姫は、不幸せな晃子を、どの子供たちよりも愛《いと》しんでいるのだろう。

その晃子に、酷《むご》い入内話が持ちあがってからは、豊姫や晃子の悲しみが本邸を覆い尽くして、有実を無言で責めたてたことだろう。

ああ、とわたしは思った。有実はさぞ、本邸にいるのが辛《つら》かっただろう。妻や娘と顔を合わせるのが気まずかっただろう。彼には逃げ場所が必要だったのだ。

うわのそらの、世間の風とは無縁のところで、美しい従姉《いとこ》とふたりきり、女房や縁戚筋《えんせきすじ》の女たちにひっそりと守られて暮らしているわたしは、すこしは、有実の慰《なぐさ》めになっていたのだろうか。そう思う、わたしの心を見透かすように、晃子が笑った。

「わたしは入内したら、二度と里には退出しない。月に還《かえ》った赫弥姫《かぐやひめ》のように、濁《にご》りのある人の世には戻らないわ。後宮のひとすみで忘れられたように生きながら死ぬのよ。だから、あなただけでもわたしを覚えておいてね」

「有実は、あなたを愛しく思っているわ。それだけは確かなことですわ」

「そんなふうに父さまに優しいのは、あなたに疚《やま》しさがあるからよ」

晃子は鏡の中の自分をまだ眺め続けながら、そっけなくいった。

たぶん晃子は、鏡の中の自分の痣を見続けることで、ひとの心の奥底にある隠しておきたい傷をみつける術《すべ》をも、いつのまにか身につけたに違いない。

「みてみて、貴志子さま。庭の姫百合《ひめゆり》が、きれいなこと！」

晃子は鏡から目を逸《そ》らして庭を見て、そのとたん、楽しげに声をあげた。

庭さきには、有実が山から球根ごと掘り出させて運ばせ、植えさせた、姫百合の一群れがあった。小さな花房がいくつも咲いて、そこだけ草深い山中の涼風《すずかぜ》が感じられた。

「夏草の中で、ひっそりと鮮やかな花ね。まるで、わたしの顔の痣のように赫《あか》いわ」

「そうね。かわいらしい花、晃子さまに似つかわしい花よ」

というわたしなど無視して、晃子はますます楽しそうに笑った。

「わたしはこんな痣が残るまでは、この世に思いどおりにならないことがあるとは思ってもみなかった。恵まれて、驕《おご》りの春の中にいたわ。病のせいで、命は助かったけれど痣は残ったと知ったときは、死のうと思った。でも痣が残った代わりに、見えなかったものも見えるようになったわ。身分の低い者など、人の子とも思っていなかったのに、身分より大切なものがわかるようになった。わたしはこんな痣があっても、とても幸せだった。この痣を、撫子《なでしこ》の花のようだといってくれる人もいたのよ」

そういう晃子の背後に巡らせた几帳のかげで、誰かが泣き伏す気配がした。しゃがれた年嵩《としかさ》の声からして、乳母のようだった。

いつもひっそりとして、気配を消すようにしている乳母。大事に大事に、慈《いつく》しんで育ててきた自慢の大姫が、病のすえに、月の半面のような痘痕顔《あばたがお》に変わってしまった無惨な運命は、乳母の心にも、消えない傷を残しているようだった。

わたしは晃子の横顔を眺めたまま、すぐには立ち上がる気力もなく呆《ほう》けたように座り続けていた。

どのくらい経《た》ったのだろう、ふと籬《まがき》の向こうの通りが騒がしくなり、荒々しい馬の蹄《ひづめ》の音が、邸内に入る気配がした。

晃子は鏡を名残惜《なごりお》しそうに枕の下に隠してから、ゆっくりとわたしを見た。

「父さまのお遣いじゃないの？　行っていいのよ」

「いいえ」

とわたしは目を瞑《つぶ》って、ぼんやりと答えた。目眩《めまい》のするような嬉《うれ》しさと、それと同じだけの胸苦しさに耐えながら。

「あれは、この屋敷にいる従姉あての遣《つか》いよ。あれは、わたしへの遣いではないの」

そうだった。

あの懐かしい、いつもいつも耳が捜している蹄の音は、わたしのもとに駆けてくるのではない。

半年に一度ほど、馬を駆ってやってくる使者は、いつものように、主《あるじ》の文《ふみ》を結びつけた枝か、組紐《くみひも》の色目も美しく結んだ文箱《ふばこ》を手にしているだろう。それは、今のこの時期にふさわしい、夏らしい、茜色《あかねいろ》の文かもしれない。文を開くと、むせるような芳《かぐわ》しい香りが指先に纏《まと》いつくだろう。

けれど、その文を、わたしはこの手にすることはない。そこに書かれた言葉のかずかずを、わたしは決して、読むことはないのだ。あれは葛野《かずの》のもの。

わたしの母代わり、姉代わりになって育ててくれた優しい、控えめな葛野だけが、久しぶりの文を開き、文字を辿《たど》り、夜を待つことができるのだった。

「あなたも不幸せな人なのね。他に好きな人がいるのに、どうして父さまを通わせたりしたの?」

しばらくして、晃子が夢から醒《さ》めたようにまともな、ひどく穏やかな声音《こわね》でいった。その声には思いのほか、労《いたわ》りが滲《にじ》んでいた。そのことがわたしを泣きたくさせた。

かたく瞑っていた目から、涙が溢《こぼ》れおちそうになり、わたしは歯をくいしばった。

4

いつごろからだろう、わたしは同じ邸内《ていない》にひっそりと暮らす葛野《かずの》のもとに、だれか公達《きんだち》が通ってきている気配を感じていた。

それに気づいたのは、わたしが初めて月経《つきのもの》を迎えてまもなくのころで、異様に勘《かん》が冴《さ》える時期、そうしたことに敏《さと》くなる年頃だったのかもしれない。

けれど、それは年に数回のまれなことで、わたしの乳母《めのと》の讃岐《さぬき》はもちろん、ほかの耳敏《みみざと》い女房《にょう》《ぼう》たちも、くわしいことは知らないようだった。

早くに両親を亡くして屋敷に身を寄せる葛野は、居候《いそうろう》である身をひどく気にして、なににつけ遠慮がちだったから、葛野付きの数少ない女房たちもみな、ひっそりと暮らしていた。

葛野に通う公達が誰であれ、葛野付きの女房が口を滑らせることはなく、むしろ隠したがっているようだった。

そのせいだろうか、屋敷の者たちはみな、口には出さないまでも、

(自慢にもできない身分の者を、通わせているのね)

と思い、少し軽んじているふうでもあった。

わたしは葛野が好きだった。母や姉代わりになって、わたしを可愛《かわい》がってくれる人と慕《した》って

いたから、幸せな恋をして、身分の確かな公達の正室として、幸せになって欲しかった。だから葛野に通ってくる、名も明かさぬ男をひそかに憎んでいた。

きちんと名を明かして、世間にも葛野の恋人であることを明らかにしてほしいのに、そうしないのは、不実な男に違いないと決めていたのだ。

三年前の春、どこからか文《ふみ》が届いたあと、葛野はふいに思いたったというように、岩倉《いわくら》の青《せい》雲寺《うんじ》に、写経《しやきよう》を納めに行くといいだした。ひどく取り乱していた。

おとなしい葛野が、たとえ寺とはいえ、外出するといい出すのは、よほどのわけがあるのだろうと察せられた。わたしは強引に、寺に付いてゆくといい張った。

葛野は強張《こわば》った笑みを浮かべながら、いいわといった。というより、わたしなど目に入っていないようだった。

寺に入ったその夜、葛野の局《つぼね》からは、夜遅くまで明かりが洩《も》れていた。まるで、誰かが来るのを待つように。

わたしは子どもめいた恐れ知らずの好奇心から、讃岐たちの目を盗んで庭に降り、葛野の局のほうに忍んでゆき……そして見たのだった。あの夜目にも鮮やかな二藍《ふたあい》の直衣《のうし》姿のあの人が、葛野のいる局に、そっと忍び入るところを。

庭の篝火《かがりび》を受けた横顔には、おだやかで優しい笑みが浮かんでいた。その笑みはわたしの目を奪い、心を奪ってしまった。わたしは引き寄せられるように、局に近づいた。

足音を忍ばせて階段をのぼり、勾欄《こうらん》に手をかけるわたしの耳に、葛野のすすり泣きの声が聞こえてきた。

「お気の毒なことでしたわ。北《きた》の方《かた》さまが、こんなふうに、果敢《はか》なくおなりになるとは。憎い流行《はや》り病《やまい》ですわ。宮が、あまりにお気の毒で……」

と葛野は袖《そで》で顔を覆《おお》っているような、くぐもった声で泣き続けていた。

「そうですか？」

と宮と呼ばれた男が、うわのそらのような声でいうのを、わたしは夢心地で聞いていた。

「わたしたちの間には、もともと恋などなかった。亡き父帝がこの結婚をお勧《すす》めになったから、断ることはできなかっただけだ。あの人が亡くなったからには、あなたと会うために、人目を恐れることもない。あの人は、嫉妬《しっと》ぶかい人でした。わたしは、あの人の亡骸《なきがら》を抱きながら、あなたのことばかり考えていましたよ」

それは歌合わせで、歌を詠《よ》みあげる判者の声のように、よく通る、嫋々《じょうじょう》とした響きをもっていた。聞く者をうっとりと酔わせる華《はな》やぎがあった。

正室が亡くなったばかりの悲しみに耐えているようには、聞こえなかった。それは正室の死にも涙しない男の冷たい声であり、けれど艶《あで》やかさに溢《あふ》れていた。

葛野は非難の滲《にじ》んだ声で、そんなことは……と呟《つぶや》いたようだった。

わたしはふと、その日の昼さがりのことを思い出した。

「きょうは六条大納言《ろくじょうだいなごん》さまほか、弾正《だんじょう》の宮《みや》さま、三位入道《さんみいのにゅうどう》さまのご縁者など、貴人《あてびと》のご参籠《さんろう》ご参詣《さんけい》が多くて、気の張ることだな」

……と寺男らはどこか誇らしげに声高に愚痴《ぐち》をこぼしながら、庭木の手入れをしていたような……。

わたしは急いで、その場を離れた。足もとがふらついて、体じゅうが震えていた。

わたしは、一目でわたしの心を奪った人が、長く葛野に通っている人であることの運命の皮肉に震えていたのかもしれない。その人が、宮、と呼ばれることの畏《おそ》れ多さにおののいていたのかもしれない。

宮には北の方がいて、その方は、流行りの疱瘡《もがさ》で亡くなったばかりだという。なのに宮は、亡くなった正室の亡骸を抱きながら、葛野を思い浮かべるほど、葛野を愛しているのだ。あの弾正の宮さまは……。

どれもこれもが、行方《ゆくえ》の見えない暗闇《くらやみ》の中を歩きだすような、そら恐ろしいことばかりだった。

十四歳で初めて夢のような恋をしたわたしは、その場で、恋を失ってしまったのだ。

自分に当てがわれた局に戻る途中にあった桜の木の下で、息が続かなくなって立ち止まり、わたしは木に寄り掛かって身を休めた。桜の花びらが雨のように降りしきっていた。

わたしは桜の木のしたで、疱瘡のために亡くなったという、宮の北の方のことを思って、啜《すす》り泣いた。恐ろしい病で死んでしまっても、それでも、あの宮の心を引き留めることはできないのだわ、美しい従姉《いとこ》、葛野のほかには誰も……。

降りしきる桜の花のように、わたしはいつまでも涙を吹き溢《こぼ》し、声が聞こえて顔をあげた時、そこに有実《ありざね》がいたのだった。篤《あつ》い病に寝ついている娘を案じるあまり、青ざめて、悲しげな有実が。

「亡くなったお父さまの夢を見て……」

といいながら、わたしはまだ泣いていたけれど、それは父のせいではなかった。見たこともない宮の北の方を思って、同情して泣いていたのだった。いいえ……

わたしが泣いていたのは、弾正の宮の心を引き寄せるだけの、葛野のようなおとなびた美貌《びぼう》も、美しい心ばえもない惨《みじ》めな自分がかわいそうだったからだ。わたしは自分のために、幼くて、醜《みにく》い心しか持たない自分のために泣いていたのだった。

屋敷に戻り、有実からの届け物をひとごとのように眺めながら、わたしが息をひそめるように待っていたのは、いつか葛野のもとに通ってくるはずの弾正の宮、その人だけだった。

もう一度だけでいい。もう一度だけ、宮のお姿を見ることができたら、夢見がちな子どもめいたこの胸騒ぎも収まるだろう、なにもかも春の夜にみた夢だったと忘れられる。きっと忘れられる。

けれど、宮が通ってくる気配があったのは、桜の夜から、半年も経《た》ったころだった。

意外に思うわたしの耳は、知らずしらずのうちに、噂《うわさ》ずきな女房たちのおしゃべりに引き寄せられていた。それまでは、女房たちの噂話などうるさくて、双六《すごろく》や、貝合わせにばかり夢中になっていた、愚《おろ》かで、幼い子どもだったのに。

「あなた、聞いた？　あの浮気な弾正の宮の北の方さまも、あの疱瘡で亡くなられたそうよ」

「なんてことでしょう、お気の毒な」

「あら、でも、宮がお従姉の女八の宮とご結婚されたのは、女宮のご領地や財産めあてだと、もっぱらの噂で……」

「そうねえ。北の方が亡くなって、かえって、あちこちに夜歩きできて、気楽になられているのではないかしら」

「ほんとうに、あれくらい浮気な宮もお珍しいわね。いろいろ、ご不満なこともおありでしょうけれど、それにしても、手当たり次第ですもの」

たくさんの噂話を、わたしは脇息《きょうそく》に寄りかかり、うたた寝のふりをしながら、涙をこらえて聞いていた。体じゅうを耳にして、むさぼるように聞いていた。

弾正の宮は、先帝の四の宮で、今上帝《きんじょうてい》とは腹違いの兄宮であることや。かつては東宮位《とうぐうい》をのぞんだこともあったけれど、さまざまな政争の果てに、傍流《ぼうりゅう》においやられた悲運の宮であることや。財産めあてで、年上のお従姉の女宮と結婚なさったこと、たいそう浮気な宮であることも。人の噂はときに酷《むご》いほど、すべてを教えてくれる。

そうした噂のかずかずは、わたしを大人にしていった。わたしは葛野がなぜ、宮の訪れが少ないのを悲しむふうもなく、まるで雪に埋もれた柳《やなぎ》のように、ひっそりと暮らしているのかを悟り始めていた。

葛野は初めから、宮にはたくさんの恋の相手がいて、自分はその中のひとりに過ぎないことを知っているのだ。それを恨《うら》むには、葛野は優しすぎ、身を弁《わきま》えすぎていた。

まれな訪れで満足するよう、葛野は知らずしらずのうちに、諦《あきら》めを覚えていったのかもしれない。諦めを覚えることで、葛野はますます美しく、翳《かげ》りのある美貌を研ぎ澄ませていったのかもしれない。

けれども、わたしは諦めることができなかった。一年経《た》っても、二年経っても。

諦めるには、わたしはまだ幼かった。それに初めての恋だった。

苦しい恋から逃れるには、新しい恋が必要だった。誰でもいい、ただ、わたしの心の奥底に秘めた苦しい恋など気づかずに、優しくしてくれる人であれば、誰だって……。

いつもいつも、来るはずのない使者の気配を全身で窺《うかが》いながら、

（今日もまた、宮の使者さえ、来なかった……）

と繰り返す失望のうちに、目の焦点さえ合わずに茫然《ぼうぜん》としているわたしを、世間知らずのぼんやりした子どもだと笑って許してくれる大人の恋人が、わたしにはどうしても必要だった。

でなければ、いつか葛野の部屋に駆け込んで、泣きながら、宮に会わせてほしいと叫びだすかもしれない。葛野の部屋に忍び込み、葛野に贈られた恋文をひとつ残らず読み漁《あさ》って、妬《ねた》ましさに、顔を火照《ほて》らせるかもしれない。そのときのわたしの顔は、どんなにか醜いだろう。

毎日が灼《や》けるように苦しい日々の終わりに、有実が来て、求婚してくれたとき、わたしはほっとした。これで救われたと思った。

流れの速い恋の川に呑《の》みこまれて、息ができずに溺《おぼ》れ死ぬ間際《まぎわ》に、目の前を横切る流木に縋《すが》りつくように。わたしは有実に縋りついた。この人とさえいれば、わたしは葛野に嫉妬《しっと》するこ

ともなく、いつまでも葛野を姉のように慕《した》うかわいい妹でいられると思った。

けれども、有実を通わせて一年も経つというのに、わたしの耳も、心も、まだ違う人を追っていた。

葛野と同じ邸内に、わたしという者が居《い》ることさえ知らないだろう、浮気な宮の気配だけを、わたしは相変わらず待ち、待ち続けることに慣れすぎてしまっていた。

有実を通わせていることと、宮の気配を待つことは、もう分かちがたく結びついてしまっていて、いつもわたしを切なく、苦しくさせるのだった。

5

その夜が更《ふ》けてから、葛野《かずの》のいる東北《ひがしきた》の対屋《たいのや》に近い門あたりに、ざわざわとした気配があった。やはり宮が来たのだ。

女房《にょうぼう》たちを早くに退《さ》がらせて、わたしはひとり夜の中で虚《うつ》けていた。同じ邸内に宮がいる、そのことがわたしを喜ばせ、打ちのめしてもいた。

宮はどんなふうに葛野を慰《なぐさ》め、不実を詫《わ》びるのだろう。どのような話をして、どんなふうに笑うのだろう。

それを思うだけで、妬《ねた》ましさのあまり息が止まりそうだった。いいえ、使者が騎《か》った馬の蹄《ひづめ》の音を聞いた時から、わたしはもう嫉妬《しっと》に青ざめていたのかもしれない。

「そうだったの。あなたには、父さまのほかに、好きな方がいたのね」

昼間、晃子《あきらこ》はわたしを冷たく眺めながら、いった。

「わたしが苦しめなくても、父さまは、若い恋人に裏切られていたのね。それなら、いいわ。わたしは心置きなく、このお屋敷を出ていけるわ」

そういって静かに声もなく笑う晃子に、わたしは泣きながら訴えたかった。わたしの愛する人は、わたしがいることさえ知らないのだ、と。それは愛されないために入内《じゅだい》するあなたの不幸と同じくらい、不幸なことだと。そういって泣きたかった。わたしはいつのまにか、晃子に愛情めいたものを感じているのかもしれなかった。

わたしは脇息《きょうそく》に凭《もた》れたまま、虚《うつ》けたように灯台の灯《ひ》のゆらめきを眺めていた。どのくらい経《た》ったのか、ふと庭のほうで、庭木の葉がざわめく音を聞いた気がした。

わたしはなぜということもなく、晃子ではないかと思った。

「晃子さまなの？　眠れないの……？」

と声をかけながら、簀子縁《すのこえん》のほうにいざり出てみた。

その声に誘われるように、庭の木々がさらにざわざわと揺れた。まるで迷子になった童子が、わたしの声を頼りに、近づいてくるような気配だった。

そして、ふいに、目の前の木々をかきわけるようにして、薄ようの狩衣《かりぎぬ》に、立烏帽子《たてえぼし》姿の公《きん》達《だち》が、そこに現れた。まるで闇《やみ》を割ってまぼろしが現れたような、それは唐突《とうとつ》な現れ方だった。

「あ……？」

と人影は呟《つぶや》いて、すっきりとした立ち姿がかすかに揺れた。その拍子《ひょうし》に、衣《きぬ》にたきしめた華《はな》やぐような香りが、小波《さざなみ》のようにあたりに広がった。

十六夜《いざよい》ばかりの月明かりは強く、簀子縁に吊《つ》った釣灯籠《つりどうろう》は、いつになく明るかった。わたしは瞬《まばた》きするまに、彼が弾正《だんじょう》の宮《みや》、その人であるのを知った。

いいえ、たとえ月明かりのない暗闇であっても、わたしは宮の衣にたきしめた香りを嗅《か》ぎ分けることができたはずだった。三年前の夜からずっと、目にも鼻にも、耳にも心にも、宮その人の記憶が刻まれていたから。

宮は初め、戸惑った表情を浮かべていた。

けれど、浅ましく取り乱すことはなかった。むしろ月下《げっか》の思わぬ出会いを楽しむように、ゆっくりと袖《そで》をかざした。

わたしは手に扇《おうぎ》もないのに気づき、あわてて袖で顔を隠しながらも、逃げなかった。逃げようと思えば、いくらでもできたのに。

「葛野が手に負えないので、思わず庭に逃げ出して、月明かりの散歩を楽しんでいたのですが、迷ってしまって。そう広くもないのだが、初めての庭歩きだから。しかし、おかげで噂《うわさ》の姫と、出会えましたね」

かつてたった一度、耳に刻みこんだのと同じ声で、宮は呟いた。

噂の姫とはなんだろう、宮はわたしを知っているのだろうか。と思うまもなく、宮がいった。

「大納言有実《だいなごんありざね》の北《きた》の方《かた》が、夫の、若い恋人のもとに乱入した噂は、耳にしていますよ。葛野と

同じ邸内に、年ごろの姫がおられるのは知っていたが、まさか、あのような華々しい噂の的《まと》になる人だとは思わなかった。知っていたら……」

「知っていたら、気まぐれにでも、声をかけておくのだったと、浮気なお心が動きましたか」

震える口もとから洩《も》れてきたのは、まるで有実の長子を前にしたときと同じような、皮肉な言葉だった。わたしは自分の意地悪さに、なかば茫然《ぼうぜん》となってしまった。

いつまでたっても宮の返事がないので、宮は呆《あき》れて、去っていったのではないかと怯《おび》えながら顔を上げた。宮は相変わらずそこに佇《たたず》み、笑っていた。

「そうですね。ここ一、二年のうちに、気がついていましたよ。わたしが訪れるたびに、気配を窺《うかが》おうと息をひそめている人がいるのを。一度など、渡殿《わたどの》の柱のかげに潜《ひそ》んで、帰ろうとするわたしの車を、覗《のぞ》き見ていましたね。あれはあなたでしたね」

宮は、片恋《かたこい》に愛されている者だけがふるまっていい驕《おご》りのままにいい放った。わたしは血の気《け》が引くのを感じた。

「文《ふみ》を書いてみたいと、心が動くこともありましたが。そのうちに、父親ほどの有実卿《きょう》を通わせておしまいになった。わたしは有実ほどにも、魅力がないですか」

声には艶《あで》やかな華やかさがあり、心から、この夜の出会いを楽しんでいるふうだった。

近くの庭池で、魚のはねる水音がした。わたしにはそれが、無惨にこじ開けられた心の扉の音のように思われた。秘めた恋がいま、当の相手によって引きずり出され、粉々に砕かれようとしている。

宮その人に知られていたという驚きと、知っていながら、宮はこんなふうに、なんの思いやりもなく、あからさまに戯《たわむ》れ事《ごと》にしてしまえるのだという悲しみが、体の底から湧《わ》き上がってきて、わたしを震わせた。わたしはがたがたと震えだしていた。

雲が切れて、月の明かりがますます冴《さ》えてきた。わたしは思いきっていった。

「あなたが心の底から、葛野を愛《いと》おしく思っておられる優しい方なら、あなたの足もとに縋《すが》りついてでも、お願いしたわ。少しでもいい、わたしをお心に留《とど》めてください、そのためならなんでもする、と。でも、宮は、葛野にそこまで心を打ち込んではおられない。美しい葛野さえ、果敢《はか》ない遊び恋の相手にしてしまう不実《あだ》な人は、諦《あきら》めたほうが賢いわ」

「そうですね。葛野も、今度ばかりは許してくれそうにもない。今も、泣き咽《むせ》んでいますよ。左大臣家《さだいじんけ》の一の姫に婿取《むこと》りされたことを、知られてしまった。ただの政治的な取引で、恋ではないと、くりかえし説得《ことわけ》したのだが……」

と弾正の宮は笑って、一歩だけ、階段に近づいてきた。

辺りがぐらりと揺れたような気がして、わたしはとっさに目を瞑《つぶ》った。左大臣家の一の姫に婿取りされた、という言葉が、耳鳴りのように、くりかえし耳奥で谺《こだま》していた。

わたしはすぐに思い出していた。有実が皮肉がちに笑い話にしていた、奔放《ほんぽう》な一の姫の三度《みたび》めの婿取りのことを。そのお相手は、弾正の宮であったのだ。

この宮は……と、わたしはほとんど感嘆《かんたん》の吐息を洩らしそうになった。かつては財産のために従姉宮と逢い、今また、権勢ある左大臣家の、浮《う》かれ女《め》と陰口を叩《たた》かれる一の姫を妻にしたのだろうか。

宮は知っているのだろうか、左大臣の思惑とやらを。

まだ十歳たらずの三の姫を、いずれ入内させるまえに、三の姫の将来のために、遊びずきな浮かれ女と評判の悪い一の姫を、おとなしくさせなければならない。そのための婿取り、いわば一の姫を籠《かご》の鳥にするための婿の君にすぎないことを。

目をあけると、宮は、月の光の下で剝《む》きだしになったわたしの顔を楽しむように、しげしげと眺めていた。わたしと目が合うと、にっこりと笑った。

わたしはすぐに悟った。宮は、左大臣の思惑を知っている。知っていて、やすやすと政治的な取引と笑って、婿がねになれる人なのだ。わたしが一目で心惹《ひ》かれてからずっと、かたときも忘れずに慕《した》い続けてきた宮は。

わたしは瘧《おこ》りにかかったように、ふいに笑いだしそうになっていた。

「不実《あだ》な人だわ、宮は……」

笑いを堪《こら》えるあまり、目に涙が浮かんでくるのを恥じながら、わたしはいった。

「今まで、どなたも愛されたことはないの？　たとえ世を捨ててでも打ち込みたいと願う姫は、おられなかった？　それが、どのような人でもいいから。わたしでなくてもいいから。これまで、ともに死んでもいいと思うような方は、ひとりもおられなかった？」

「死んでもいいと口にしたことはありますが……。心の中では驚いていましたよ。自分がそこまで、うまく嘘《うそ》をつける男だとは、そのときまで知らなかったのです」

あっさりとそういって、宮は目の前に伸び出ている木の枝を、小さく手折《たお》った。その指は象牙《ぞうげ》のように白く、手折った枝よりも細かった。酒の杯《さかずき》や、笛よりも重いものは持ったことのない、優雅な公達《きんだち》の指そのものだった。優雅で、弱くて、脆《もろ》い……。

宮は枝をかざして、葉と葉の隙間《すきま》から、月を仰《あお》ぎ見た。その片頰《かたほお》に皮肉な笑みが浮かび、すぐに消えていった。

「今上帝《きんじょうてい》は、かつて東宮位を争ったわたしを、御不快に思われているふうだ。生き延びてゆくためには、いろいろと処世も必要です」

「お従姉の宮の財産や、新しい妻の実家の力添えなども？」

と問うわたしの皮肉など聞こえない風情《ふぜい》で、宮はゆっくりとわたしを見た。

「葛野は、一の姫に不実なわたしを詰《なじ》って、一の姫のために泣いている。あなたもそうですか」

「いいえ」

とわたしは目に力をこめて、笑おうとした。

「わたしは泣きません。愛するに足らない不実《あだ》な人を、うっかり愛してしまった自分に怒っているだけだわ。浮かれ女といわれるような一の姫が幸せか、不幸せかなど、知ったことではないわ」

「あなたは気丈な人だ」

宮はふいに楽しげに声をあげて笑いだした。まるで少年のような、曇《くも》りのない晴れやかな笑い声だった。ともに誘われて笑いだしたくなるほど、朗《ほが》らかで笑《え》まわしい声だった。

「亡き母君にその気丈さがあれば、たかが東宮位を逃したくらいで、夜ごと日ごとに泣き暮らし、醜《みにく》い心そのままの死に顔を晒《さら》して、頓死《にわかじ》にすることもなかったでしょうね」

楽しげにいう宮の声の底には、心をひやりとさせる、刃《やいば》の閃《ひらめ》きのような鋭さがあった。わたしは目をみひらいた。

「母君は夢を見てしまった。そして死ぬまで、その夢から逃れられなかった。わたしの記憶にある母君は、いつも泣き顔で、世の流れを恨《うら》む言葉しか口にしなかった。今上のご生母どのを、死ぬまで妬《ねた》み続けていた。母君が死んだのは、わたしが元服《げんぷく》してまもなくですが、わたしはほっとしたものだ。これ以上、母君の醜い顔や、しゃがれた泣き声、心の毒に触れなくてもいいのだと思ってね。ばかげた夢は見ないほうがいい。母君は、身の程を知るべきだった」

「宮が葛野に通われるのは、そのせいですか。葛野は身の程を知り、北の方になりたいと望むような、まばゆい夢などは見ないから」

「そうかもしれない。しかし、あなたは変わっている」

と宮はいかにも楽しそうに、口もとだけで笑った。

「賢くて、だれよりも誇り高い有実が、あなたの機嫌《きげん》をとっているのはなぜだろう。他の男に心を奪われて、うわのそらのあなたに」

「有実が、まさか……」

「有実は気づいているでしょう。奥方の騒ぎで、殿上《てんじょう》の間《ま》でからかわれている時も、浮かぬ顔をしていた。ただ、相手がわたしだとは思っていないでしょうね。恨み重なる男に一矢《いっし》むくいるためだけにでも、今ここで、あなたを奪いたいほどだが」

「恨み、重なる……？」

　問いかけるわたしの声を背にして、宮はすでに庭の向こうに行きかけていた。けれど、ふと思い出したように振り返った。

　宮は、これから自分がいうことが、どれだけわたしを傷つけられるかを推《お》し量《はか》るように、ゆっくりと目を細めた。

「有実は、当代一の権勢を誇る左大臣の懐《ふところがたな》刀のような男ですよ」

　そういう宮の口もとが、今も、なまなましい憎しみのためか、かすかに歪《ゆが》んだ。

「十数年前、前東宮《さきのとうぐう》が急死されて、空位になった東宮位を巡って、争いがあった。今上帝を東宮にするために、めざわりな皇子《みこ》たちを巧《たく》みに蹴落《けお》としていったのが、源《みなもとの》有実です。母が愚かな夢を見たのも、まだ若かった有実に唆《そそのか》されたからだ。東宮には四の宮こそがふさわしいと、やつは母に囁《ささや》いたのです。母はその気になり、あからさまに父帝にも仄《ほの》めかし、縁者たちに大がかりに働きかけてしまった。ほかの皇子たちを後見《うしろみ》している公卿《くぎょう》はみな、母とわたしを追い落とすために力を合わせましたよ。母はあせりすぎて、たくさんの敵をつくってしまっていた。そう仕向けたのが、有実です。賢い男だ」

　わたしは両手を握りあわせて、震えを堪《こら》えていた。そうしないと気を失いそうだった。宮の口から聞かされるすべて、なにもかもが夢のようだった。

「まずわたしが潰《つぶ》され、有力な後見を持っていた三の宮も潰され、やがて東宮位に就《つ》いたのは襁褓《むつき》がとれたばかりの幼い七の宮で、生母は左大臣の異腹《ことはら》の妹だった。その時に、有実の中納《ちゅうな》言《ごん》の昇進も決まりました。いずれ東宮妃には、七つも年上の左大臣家の一の姫を、という御内意を父帝から引き出したのも、有実のはずですよ。世の流れは、左大臣と有実の望んだとおりになりそうだった。だから、わたしはどうしても、一の姫の東宮妃だけでも妨《さまた》げなければならなかった」

　そういって、あからさまな月の光を遮《さえぎ》るように宮は舞うようなしぐさで、たいそう優雅に、袖で顔を隠した。

「もう七、八年も前になりますか。東宮の御元服の儀があった夜、十七のわたしと、十八の一の姫は、手に手をとって、駆け落ちしたわけです。一の姫は、古い歌物語のような成り行きに、逆上《のぼ》せて泣いておられた。目の前にある東宮妃の身分をも捨てる恋に、酔っておいでだった。わたしも泣いていた。これで、せめて母君の恨みが晴らせるだろうか、左大臣や有実の鼻をあかせるだろうかと思いつめながらね。おかげで、都に連れ戻されてから、あやうく無品《むほん》の親王《しんのう》となるところでしたよ。まだご存命だった父帝のご配慮で、しばらく謹慎《きんしん》するだけですみましたが」

「では、今上帝の御世《みよ》になってからは、さぞ……」

　という声が掠《かす》れるのもかまわず、わたしは気強く笑おうとした。

「さぞ、生きにくかったでしょうね。当代一の力のある方々に、睨《にら》まれていては……」

　いいながら、涙が頬を滑り落ちていった。

わたしはずっと誰を慕っていたのだろう。わたしは誰を恋人にしたのだったか。

わたしが垣間見《かいまみ》た春の桜夜の宮は、優雅で、華やかで輝いてみえた。そのあとに出会った有実は、篤《あつ》い病《やまい》の床《とこ》にいるという晃子を思ってか、辛《つら》く、悲しそうだった。

わたしは、わたしたちは、なんという幻《まぼろし》のような世を、一夜で散ってしまう桜のような儚《はかな》い世を、いくつもの仮《かり》の面《おもて》を付け替えながら生きているのだろう。無惨な恋の思い出や、あさましく高貴な野心のために。

「一の姫は、連れ戻されて、むりやり妻合《めあ》わせられてからも、夫をさしおいて、愛人を次々に通わせたと聞くわ。宮が不実《あだ》な人だと知って、苦しまれたのね」

「そうですね。その一の姫を、今度はぜひ妻に、と左大臣が申し出てきた。いずれ三の姫の入内《じゅだい》のためには、継《つ》ぎの当たった古衣《ふるぎぬ》のような一の姫は目障《めざわ》りなのでしょう。今のわたしには、左大臣の申し出を拒《こば》む力はもう、ない。一の姫は、三日夜《みかよ》の餅《もち》のあと、わたしを殺しても飽き足らないほど憎んでいる、と泣き喚《わめ》いていましたよ。その顔は死ぬまえの母君によく似ていたな。憎しみに凝《こ》り固まっていて、醜くて、愛情のかけらもなくて……」

そういって、そのときのことを思い出したのか、宮は苦く笑った。

「今のような世ではね、貴志子《きしこ》どの、恋はなんの力にもならない。いずれ有実は大臣《おとど》にもなりますよ。せいぜい大切にしていただきなさい」

「でも、わたしは宮を……宮だけを……」

とっさに口を突いて出てこようとしているのは、思いもかけない、いいえ、昔から知っている言葉だった。三年前のあの夜から、わたしはずっと、その言葉だけを呪文《じゅもん》のように胸に抱《かか》え込んできたのだった。けれども今、その言葉を口にして、どうなるというのだろう。

わたしは予感した。宮はたぶん、二度と葛野のもとには来ない。来られない。

母君のため、愚かな復讐《ふくしゅう》の手だてに利用した一の姫の夫として、その一の姫に憎まれながら、宮の一生は静かに朽《く》ちてゆくのだ。左大臣たちに飼い馴らされながら。

それは当然の報《むく》いだった。一の姫や、財産だけを目当てに妻にしたという従姉宮や、諦めの中で、まれな宮の訪れを待っていた、かわいそうな葛野のことを思えば。

けれど、わたしは二度と、宮の気配さえ聞けなくなるのだ。そう思うと、三年前の幼かった子どものように、涙が吹き溢《こぼ》れてきた。

ぴりりと夜を裂くような音がして、目をこすると、宮が狩衣《かりぎぬ》の片袖を破いたところだった。その片袖を持って、宮は大股《おおまた》に近づいてきて、わたしの膝《ひざ》もとに片袖を放った。

「涙で汚れた顔をしている。これでお拭《ふ》きなさい」

その片袖におそるおそる触れたときには、宮はもう、背中を見せて木々の向こうに消えていくところだった。木々の騒《ざわ》めきの向こうに、下草を踏む足音が遠ざかっていくのを、わたしは半《なか》ば放心して聞いていた。

どのくらいの刻《とき》がたったのか。

背後に気配を感じて振り返ったわたしは、渡殿《わたどの》の勾欄《こうらん》に寄りかかるようにして立っている晃子を見た。その横で、晃子を抱くようにして支えているのは、乳母《めのと》の息子の維盛《これもり》だった。

晃子は髪を纏《まと》めあげて背中で結《ゆ》わえ、手には市女笠《いちめがさ》を持ち、小袿《こうちぎ》を腰紐《こしひも》でからげた壺折《つぼお》り姿だった。まるで、このままそっと旅に出るような出立《いでた》ちだった。

月の光を浴びたふたりの姿に、わたしはふと、年若い弾正の宮と、左大臣家の一の姫が駆け落ちする夜に行き合わせてしまったような幻影《まぼろし》に囚《とら》われた。

いずれ入内する身を約束されながら、恋しい男とすべてを捨てて都を出奔《しゅっぽん》しようとする姫と、その姫に寄り添う、若い、思いつめた目をしている命がけの男。けれど、追手《おって》が掛かり、ふたりはきっと追いつかれ、引き裂かれ、連れ戻されてしまう……。

そんな幻想を重ねるほど、ふたりはしっかりと抱き合い、怯《おび》えたように、わたしを激しく見つめていた。わたしが声をあげたら、人が駆けつけてくる。人目に隠れてひっそりと咲く姫百《ひめゆ》合《り》のような忍び恋が露見《ろけん》して、引き裂かれてしまう、そのことに怯えるように。

「痣《あざ》をもらってから、見えないものが見えるようになったわ」

といった晃子が見たのは、かつては人の子とも思っていなかった身分違いの、乳母の息子の優しさだったのだろうか。

痣跡《あざあと》を、薄紅《うすべに》の可愛《かわい》い撫子《なでしこ》の花のようだといったのは、あの維盛だったのだろうか。それはどんなにか暖かく、深く、晃子を癒《いや》しただろう。

迫るばかりの入内の日を前にして、ふたりは思い余って、都を出奔しようと部屋を抜け出し、そして……宮とわたしの話を、聞いたのだろうか。

なにもかもが、夏の夜の鮮やかな月明かりがみせた、夢のようなできごとだった。

あれは、ほんとうに夢だったのかもしれない。翌日には、晃子はちゃんと自室にいたのだから。乳母はやはり、壊れた井戸のように、泣いていたそうだけれど。

晃子は入内の準備が整ってからのちも、秋の終わりまで、わたしの屋敷に居続けた。

わたしたちは二度と対面したり、語り合ったりはしなかった。

そして今日、雪のちらつく中を、晃子を乗せた入内車はひっそりと有実の屋敷を発《た》ち、内裏《だいり》に入られたというのだった。


数日後の夜、やって来た有実の顔は、連日の祝い事や晴れの儀式のせいか、さすがに窶《やつ》れて見えた。額《ひたい》には汗が浮き、下瞼《したまぶた》には隈《くま》ができていて、わたしは初めて、有実に生々しいものを感じた。

彼の顔をまじまじと眺めながら、わたしはいおうとした。もう、わたしたちの仮初《かりそ》めの恋は終わってしまったわね、と。わたしたちはお互いを、うまく騙《だま》し続けることができなかったわね。

そういおうとするわたしの心を見透かすように、有実はわたしを抱き寄せて、頭を撫《な》ぜた。いつもの彼のしぐさ、わたしが好むふりをしていたしぐさだった。そして、ふいにいった。

「あなたが誰を慕っていたか、知っているよ」

驚いて、身を離そうとしたわたしは、もっと強い力でねじ伏せられるように、有実の胸に強く抱き寄せられた。息ができなくなるほど苦しかった。

「通い始めてすぐに、気がついていた。あなたは、心の奥にしまいこんだ自分の夢のような恋ばかり覗《のぞ》きこんでいて、わたしの目の色を見ようともしなかったね。一度でも本気で見れば、わかったはずだ。わたしが嫉妬《しっと》で苦しんでいるのを」

「でも、どうやって……」

そのとき、わたしの頭にあったのは、それだけだった。なぜ、有実は宮のことを。

そして気がついた時には、頭にあったはずの有実の手がいつのまにか首筋にあり、その手に容赦《ようしゃ》ない力が籠《こも》っていた。わたしは息が詰まり、咳《せ》き込んだ。

「調べたよ。あなたが人と出会いそうな行事、場所はすべて。そうして三年前の夜に戻った。あの夜、寺にはいろいろな貴人《あてびと》が来ていたね」

触れるほど近くにある有実の顔、その目の色を、わたしは苦しさにもがきながら、初めて本気で覗きこんだ。その目はひどく苦しげだった。わたしは初めて有実の嫉妬を信じる気持ちになった。

「一の姫の婿など誰でもいい、と左大臣は投げやりだった。大臣に、弾正の宮を勧めたのは、わたしだといったら。あなたはさぞ怒るだろうね」

ええ、とも、いいえ、ともいえないほどの力が首に掛かり、わたしは一瞬だけ気を失い、すぐに我に返った。有実はとうに、手を離していた。わたしは全身から汗が吹き出るのを感じた。ひんやりとした汗は、まるで毒のように体のあちこちに染みついていくようだった。

わたしは目を瞑《つぶ》ったまま、有実の肩に頭をのせて、全身で荒く息をした。有実の肩はいつものように暖かく、その暖かさがわたしを泣かせた。わたしたちはこの一年あまりというもの、なにをしてきたのだろう。なにがあるのだろう、みごとに欺《あざむ》きあってきた、わたしたちの朝《あした》には。

「あなたは晃子の身代わりではないよ。豊姫は気も狂うほど嫉妬していた。晃子の入内など、頭から消えるほど嫉妬していた。晃子もそれを知っている」

「晃子さまは、あなたを憎んでいるわ。たぶん、わたしもよ、わたしも……」

「それでもいい。しかし、あなたはわたしの側《そば》にいるんだ。いずれは右大臣《うだいじん》にもなる、わたしの側に」

有実の声は、娘に子守歌を聞かせる父親のようにまろやかだった。わたしは目を瞑ったままだった。見上げなくてもわかる、有実の顔はあいかわらず穏やかで、優しいに違いなかった。

わたしはいつもいつも、ぼんやりしているから、そんなに苦しくはないかもしれない。優しい有実のそばで、わたしはそれなりに幸せに暮らしていくかもしれない。けれど、月の明るい夜などは。

月そのもののような晃子の、その右頬に咲いている可憐《かれん》な撫子の花々を思い出して、眠れない夜を過ごすだろう。

桜が鮮やかに散る夜には、堪《こら》えきれずに泣くだろう。わたしが愛した、わたしを一瞬でも愛さずに、片袖だけを残して去っていった宮の面影《おもかげ》を思い出して。

宮に騙されて、運命を狂わされたという、お会いしたこともない、これからもお会いするはずのない一の姫や。憎んでもあまりある宮と、ふたたび妻合《めあ》わせられた巡り合わせの酷《むご》さや。そう仕向けた有実の心の奥にひそむ闇《やみ》や。晃子を抱くようにして立ち尽くしていた乳母の息子や。自分のためにではなく、一の姫のために泣いたという葛野や。有実の暖かな肩や、生きながら死ぬのだという晃子の笑い声や、弾正の宮がまだ出会っていない、心から愛する姫君や……――

そういったもの、いろいろな人たち、たくさんの夜と花々と季節を思い浮かべて、わたしはきっと泣くだろう。桜の散る夜に。月の輝く夜に。

ざ・ちぇんじ！

（前編）

一　権大納言の憂鬱

ときは平安、ところは京の都、時候は爛漫《らんまん》の春。

どこからか、鶯《うぐいす》の啼《な》き声も聞こえてこようというのうららかさで、世は泰平《たいへい》の極《きわ》みである。

平安時代も後期となると、家柄《いえがら》の格付けもしっかり定まってきて、多少能力があったところで、今さら、とび抜けて出世するなどかなわぬ時世で、人の生き死ににかかわるような政争も政変も起こらない。

ここ数年来の政界の重大事件といえば、一年前、病気がちだった帝《みかど》が譲位して、年若い新《しん》帝《みかど》が立ったものの、新帝には東宮《とうぐう》に立てるべき皇子が生まれず、やむなく年の離れた妹宮《いもうとみや》が異例の女東宮《にょとうぐう》として立ったことぐらいで、貴族たちは未《いま》だに、寄るとさわると、

「今上《きんじょう》さんには、まだ皇子が生みまいらせへんのやろか。女御《にょうご》さんだちは、どないしてはるのや」

「なんちゅうても、女東宮ちゅうのは異例中の異例、いわば男皇子《おとこみこ》さんが生まれはるまでの応急措置やし」

「今上さんが東宮の頃には、死産とはいえ、御子《みこ》もできはったことがあるし、タネがないちゅ

うことはないやろしなあ」

「皇子さんが生まれはって、東宮に立ってくれはらへんことには、天下が落ちつきまへん」

などと噂《うわさ》している。

確かに、将来の帝となる東宮が女性では、いろいろと問題もあるし、天下の一大関心事であるには違いないが、しかし、裏を返せば、これぐらいしか、声を大にして心配することがないというのは、平和な証拠である。

「あー、平和や。平和ちゅうのんは、ありがたいものや。なァ、俊《とし》や」

柔らかな陽差《ひざ》しの昼下がり、権大納言《ごんだいなごん》・藤原顕通卿《ふじわらのあきみちきよう》は、ぼんやりと前庭に目をやりながら、しみじみと呟《つぶや》いた。

権大納言の近くに控えていた源俊資《みなもとのとしすけ》は、なんと相槌《あいづち》を打っていいのかわからず、へどもどした。

源俊資は、権大納言所有の東国荘園《しようえん》の役人で、所用で上京したため、なにはさておいても、日頃お世話になっている主人の権大納言に挨拶《あいさつ》を、とご機嫌伺《きげんうかが》いに来ているのである。

「今日《こんにち》は、お日柄もよく、権大納言さまにおかれては、ご機嫌よろしゅう……」という口上《こうじよう》も終わらないうちに、「平和やなあ」と大上段からかまされたため、挨拶の後が続かない。

権大納言・藤原顕通卿は、摂関家《せつかんけ》の流れを汲《く》む京中でも屈指の名門で、近衛《このえ》の長官も兼ねるという大貴族である。

宮中でも上席に遇され、いずれは大臣か関白《かんぱく》かという人物で、天下国家の安泰を喜ぶのに、

やぶさかでない立場の人ではある。ではあるが、

〈うちのお殿さんが、天下国家の安泰を喜ぶような、大人物とも思われへんのやけど……〉

と、俊資は釈然としない。

どちらかというと、家柄の良さだけでエリートコースにのっかってきた、気のいい人物で、都の貴族の間では、「まあまあの権《ごん》さん」と呼ばれている。

朝廷の政策会議でも、地方の徴税《ちょうぜい》をもっと重くすべしという強硬意見と、地方の税は軽くして新しい財政再建政策をとせまる革新意見が出て、鋭く対立したりすると、この「まあまあの権さん」が調停役を発揮し、

「まあまあ、なんもお互い、そないにきばらんと、ものごとにはほどほどちゅうことがありますやないか。税を重くしたかて、作物がでけんことにはお話にならしまへんし、新しい財政再建政策ちゅうたかて、あんた、今すぐ右から左に、ええ案が浮かぶもんでもあらしまへんがな。子供の喧嘩《けんか》やないのやし、ここは仲よう、譲り合いまひょ」

と、人の良さ丸出しで、にこにことという。

こういわれると、対立していた貴族たちも、自分の意見に固執《こしつ》するのは大人気《おとなげ》ない気がして黙りこみ、険悪な雰囲気《ふんいき》は一掃されるのだが、しかし会議の後で、はて、いったいどういう政策が決定されたのかとなると、実のところ、何も決まっていないのである。

こういう具合で、行動力をともなった政治力は、ほとんどゼロに等しい。

ただ、意見の調整役として抜群の能力を発揮し、相応の敬意を払われているのではあるが、

それにしても、こういう人物が、「平和が……」などと大局的なことをいうはずがない。

源俊資の戸惑《とまど》いも、もっともだった。

「人間、平和に暮らせたら、これに勝るものはおまへん。いくら金銀に囲まれて、お大尽《だいじん》で暮らしたかて、争いや騒動ばかりでは、人生、虚《むな》しいもんや。そう思うやろ、俊」

「はあ……、さいですなあ……」

〈どないしたんや、うちの殿さん。なんぞ、脂《あぶら》っこいもんでも食うて、胃の調子が悪いんやろか。それとも、なんぞ思うとこがあって出家でも考えてはるんかいな〉

ふとそう考えて、俊資はあわててしまった。

わが殿が、大臣にもならぬうちに、早々に中央政界から引退し、坊さんになってしまえば、わが身はどうなるのだ。

自分が地方で羽振りをきかしていられるのも、朝廷に強い結びつきをもつ権大納言がいればこそ、なのである。出家などされては、元も子もない。

ここで出家などさせてはならじ、と俊資は腹に力を入れた。

「し、しかしでんな、お殿さん。なんやかやいうたかて、俗世はよろしおます。出家してもたら、なんもかもパァでんがな。女《おなご》遊びかて、でけしまへんのどっせ」

「なにいうてんのや、おまえは」

権大納言は目を見ひらいた。

俊資はいよいよあわてて、

「ほんまのことでんがな。お殿さんには、ごつい美人《べっぴん》の……ちゅうわけにもいかんけど、ほどほどの北の方（奥さん）が、二人もいてはりますやろ。出家したら、お二人はどないなりますのや。おいたわしいことだす。な、お殿さん、ここはもっぺん、考え直して……」

「けったくそ悪いやっちゃな、おまえ。せっかく、二匹の鬼がおらんごとなって、束の間《つかま》の平和をかみしめとるちゅうのに、なにを思い出させるんじゃ」

権大納言は顔をしかめ、吐き捨てるように呟《つぶや》く。

「おらんごとなって……ちゅうと……」

俊資は、はっとした。

そういえば、邸内はいやに静かである。

毎年、地方の名産品を持ってご機嫌伺いに来るが、この三条邸はいつも、妙に騒々しかった。

権大納言には二人の正妻がいて、三条邸の東の対《たい》と、西の対にそれぞれ住んでいる。

東の方《ほう》からは、何やらわけのわからぬ読経《どきょう》の声がして、おどろおどろしく、西の方からはキンキンとヒステリックな声が響いてくるといった按配《あんばい》で、俊資はそのたびに腰が落ちつかず、早々に辞去していたのである。

今回は、それがない。

「北の方さんだちは、いかがなされました？」

「政子《まさこ》は乳母《めのと》が病気ちゅうのんで見舞いに出かけ、夢乃《ゆめの》は西山《にしやま》に行った」

「西山……」

俊資はぼんやり口ごもり、

「いや、そうでっか、お元気でっか。お殿さんもいけずや。おらんごとなったちゅうから、わしは一瞬、はやり病《やまい》で、はかなくなりはった（死んだ）かと……」

といいかけ、あわてて口をつぐんだ。

縁起の悪いことをいってもた、と首をすくめて、権大納言を窺《うかが》ったが、権大納言は怒りだすどころか、ほーっとため息をつき、

「二人とも、はやり病でポックリ逝《い》ってくれるタマかいな。アホらし」

と恨《うら》みがましくいう。

俊資はますます混乱した。大切な主人の気を悪くさせては、出世にかかわる。

たぶん権大納言と二人の妻の間は、世間にありがちなように、倦怠《けんたい》期を迎えているのであろう。

こういう時は、子供の話をするに限る。権大納言家には、評判のお子がいるではないか。

「北の方さんだちもお達者で、よろしおした。それで、お二人のお子だちはどないだす？　若君さんも、お姫《ひい》さんも、さぞ大きゅうおなりでっしゃろ。お二人の北の方さんから、若君さんとお姫さんが一日違いで生まれはった時は、わしら地方の者もお祝いに馳せ参じさしていただきましたなあ。お二人とも、よう似てはって、美しい赤さんでした。あれから、かれこれ十四、五年でんなあ。いやあ、こうして目をつぶると、あの頃のことが、思い出されまんなあ。若君さんは産声《うぶごえ》も元気いっぱいで、たくましゅうて、ご立派な赤さんぶりでした。そういえば、お

姫さんは難産で、産声もようは聞けんと、気ィもみましたが、今はお達者で……」

そういってふっと口をつぐんだのは、異様な殺気を感じたからだった。

驚いて目をあげると、権大納言が嫌悪《けんお》の情もあらわに、自分を睨《にら》みつけているではないか。

「お、お殿さん……」

「さっきから黙って聞いていれば、なんやペラペラと、口のへらんやっちゃな。せっかくの休み、台なしにされたら、かなんわ。とっとと去《い》ね！」

「去ね……て、お殿さん、わし、なんか、ぐつ悪いこと申しましたんかいな」

「悪いだらけや。あー、もう、けったくそ悪いっ。去ねたら、去ね！」

権大納言に大声で怒鳴りつけられ、俊資はわけがわからないなりに、これ以上口を開けば、ますます立場が悪くなると察して、ほうほうの体《てい》で逃げ出した。

〈しかし、なんで怒鳴られな、あかんのや。権大納言家のお子だちいうたら、都じゅうの評判やないか。若君は光源氏《ひかるげんじ》の再来か、いわれるほどの器量で、頭脳明晰《めいせき》、明朗活発。その若君にうりふたつというからには、絶世の美女《べっぴん》に違いないお姫さん……あのお殿さんと十人並みの北の方さんでこしらえたにしては、えらい儲《もう》けもんやと、みんな噂しとるやないか〉

俊資は納得がいかず、邸《やしき》を出て、上京中の宿にしている知人宅に向かいながらも、しきりに首をひねったのだった。

一方、感情に任《まか》せて俊資を怒鳴りつけたものの、根が気のいい権大納言は、すぐ反省した。

なにも知らぬ実直な俊資が、お世辞でいうことに、いちいち腹を立てることもなかったのだ。〈しかし、知らんちゅうのは、めでたいこっちゃ。な一にが、北の方さんも達者でよろしおした、や。達者過ぎて、殺しても死なんわ〉

権大納言は、そんな物騒なことを考え、脇息《きょうそく》によりかかって、ため息をついた。家柄もよく、エリートコースにのって順調に出世し、子宝にも恵まれ、万事うまくいっているようにみえる権大納言にも、心中深く、悩みはあるのだった。

例えばの話、二人の北の方である。

権大納言がまだ若く、位《くらい》も役職もそれほどではない頃に、通った女人がいた。源宰相《げんのさいしょう》の娘で、名を夢乃《ゆめの》といった。

世を騒がすほどの美女でもなく、ひっそりと暮らしていて、あまり公達《きんだち》の話題にものぼらない人だったが、女性は静かでおとなしいのが一番、という考えだった若き日の権大納言は、せっせと実直に通った。

ところが、通うほどに、だんだん夢乃をもてあますようになっていった。

なにしろおとなしい性格で、何事も発散できずに内にこもってしまうため、妙に迷信深いのだ。

占いなどにも凝《こ》っていて、夢合わせ（夢占い）や星占い、人相占いから手相占いなど、あらゆる占いに精通していて、毎日いろんな胡散臭《うさんくさ》い占い師を家に出入りさせる。

それだけならまだしも、占い好きが昂《こう》じて時々、神意を得たなどと称して、わけのわからない言葉を、ぶつぶつと呟きだすこともあった。

日頃おとなしく、ひっそりとしているだけに、神憑《かみがか》って、一心不乱にぶつぶつと何事かを呟く様《さま》は恐ろしく、これはとんでもない女性を妻にしてしまった、と権大納言は青ざめた。そこで、今度は夢乃と全く正反対の女性を捜し求めた。そして見出《みいだ》したのが、藤《とう》大納言の娘、政子である。

政子は公達の間でも、たびたび話題になる女性だったが、それは美しさや歌才などのためではなく、気の強さのためであった。

なにしろ闊達《かったつ》で、明るく、はきはきしていて、父親も時々やり込められると評判の向こうっ気の強さであった。

権大納言は、それに惹《ひ》かれて通い出したのだが、じき、その気の強さに手を焼くことになった。

もう一人の妻、夢乃に対する嫉妬《しっと》や批判を、臆面もなく口にするのみならず、権大納言が脳ミソを絞ってつくり、やっと送った和歌なども、あまり出来ばえがよくないと、几帳《きちょう》越しに、

「なーんて、へったくそなお歌でしょう。代作して下さる、お歌の上手《うま》い方はいないんですの？　こんな歌才のなさでは、あなた、出世はおぼつきませんわよ」

ときっぱりいい、日頃から歌才のなさを苦にしていた権大納言は、深く傷ついた。

冬のある日、政子の館《やかた》に夜盗《やとう》が押し入り、女房どもは蜘蛛《くも》の子を散らしたように逃げまどったが、政子一人は単《ひとえ》に袿《うちぎ》をひき被《かぶ》って、夜盗の前に立ちはだかり、火桶《ひおけ》を投げつけて、みごと

捕らえるということまで、やってのけた。

　この出来事は京中の噂になり、権大納言はすっかり面目《めんぼく》を失ってしまった。

　あまりに風変わりな二人の女性を妻に持った権大納言は、当然ながら、女性というものにすっかり夢を失い、これ以上の厄介事《やっかいごと》はごめんだとばかり、新しい女性を捜し求めることもなく幾年かが過ぎ、やがて大邸宅を造営したのを機に、二人を正妻として迎えたのであった。

　二人の妻の性格は一向に変わらず、東の対屋《たいのや》に住む夢乃は相変わらず迷信深く、現在は新興宗教にかぶれていて、毎日お題目《だいもく》を唱《とな》えているし、西の対屋に住む政子も相変わらず、気に入らないことがあると几帳を蹴倒して歩く元気さである。

　そういう二人の妻に、日々悩まされている権大納言であってみれば、偶然にも政子が見舞いに出かけ、夢乃が自《みずか》ら信奉《しんぽう》する新興宗教の教祖の生誕四十周年記念式典出席のため、西山に出かけた今日は、しみじみ、「平和やなあ」とため息をもらすのも無理のないことではある。

〈ほんまに、当たりが悪かったというか、女運が悪かったというか、それもこれも前世の因縁《いんねん》と思えば、それまでやが、それにしてもまさか子運にまで見放されるとは、思いもせえへんかった。若とお姫さんのことは、なんぼなんでも、前世の因縁と思い切ることはでけへん。あのお子たちが生まれてからというもの、心が安まる時があれへん。すっかり毛も抜けてしもて、髻《もとどり》を結《ゆ》うにも髢《かもじ》を足さなあかんようになって……〉

　権大納言が寂《さび》しい頭をなでながら、ひとり感慨にふけっていると、

「お殿さん！　お殿さんは、どこにいてはりますのえ。お殿さん！　大変どすえ！」

それまでの静寂《せいじやく》を破って、ドスドスという地響きと、破《わ》れ鐘《がね》のような野太い声が響き渡った。

三条邸《さんじようてい》の名物女房、古参の近江《おうみ》である。

この時代は、栄養価の高い食べ物がありあまっているわけではないのに、なぜか福々しく肥《こ》え太り、何かというと、「大変どすえ」を連発しながら、巨体を揺すぶって駆け回るのだ。

権大納言は、ため息をついた。

〈あの声は、近江か。またぞろ、うちのお子だちが、何ぞしよったたんかいな。せっかく西の鬼も、東の神憑り鬼も出かけとるちゅうのに、結局、わしはのんびりでけへん運命なんやろか〉

西の鬼とは政子、東の神憑り鬼とは、言わずとしれた夢乃である。

権大納言はうんざりしながら、扇《おうぎ》を引きよせ、

「わしはここやで」

と言って、簀子《すのこ》（廊下《ろうか》）に放り投げた。

扇を見て、近江は息をきらしながら、巨体を揺すぶって駆け込んできた。

「お殿さん、ここにおいでやしたんか！　大変どすえ」

「もう、おまえの大変には、なれっこや。ようもそう、年がら年中、大変を見つけて走り回れるもんやな。おまえんとこに、なんやらいう幼なじみが遊びに来とると聞いたけど、もう帰ったんか？　ゆっくりしてて、いいんやで。鬼は二匹ともいてへんし、わしの方は客も帰って、勝手にしとるから」

権大納言はのんびりいい、脇息を倒して枕《まくら》にし、体を横にしかけた。

ところが近江は、むんずと権大納言の肩を掴《つか》み、がくがくと揺すぶった。

「呑気《のんき》なこと、おいいやして！　それどころでは、おへんのどすえ。お姫さんが、綺羅《きら》さんが、とんでもないことをしでかしかけとるんどす。起きとくれやすて」

「やっぱり、綺羅がまた、何ぞしよったんか」

権大納言はおちついたものだった。

「また、あの子のことや。腕自慢の弓を競うて、一等賞になったとか、暴れ馬を乗り回したとか、牛の尾っぽを引っこ抜いたとかいうのやろ。そんなことでは、わしはもう、驚けへん。おまえも、あれのことは、よーく知っとるやろ。そう、いちいち、大騒ぎせえへんでも、見流しといたらよろしがな」

「なにをまた、悠長《ゆうちょう》なことを！　小弓や馬ぐらいのことで、今さら、この近江がここまで慌《あわ》てますかいな。憚《はばか》りながら、この近江、お姫さんが生まれた時から、お仕《つか》えさせていただいとるんどすえ。お姫さんのことでは、すっかり胆《きも》が座ってて、ちっとやそっとのことでは驚かしまへん」

「ふん。では、何や、いうてみ」

権大納言がため息まじりにいえば、近江はついと膝《ひざ》を進めて、

「綺羅さんが、弾正尹宮《だんじょういんのみや》さんのお子と、決闘しはるんどすて」

「な、なんやて⁉」

権大納言は、ぎょっとなって立ち上がった。

「けっけっけっ……決闘やて！　なんじゃ、それは！」

「はいな。なんや綺羅さんが考案しはった方法だとかで、お二人が東と西に立って、互いに決められた数の矢だけ、射《い》かけ合うんどすて」

「矢を射かけ合う!?　あほな！　下手《へた》したら死ぬるやんかっ」

「そやから、大変どすて、いってるやおへんか」

「矢……矢を射かけ合う……、なん……なんちゅうことを！」

　権大納言は顔をまっ赤にした。

　あきれ返って、すぐには言葉も出てこない。

「あ、あれは生まれた時から、ぎゃあぎゃあと、並みの女子《おなご》とも思えん元気さで泣きよって、わしを不安に陥《おとしい》れたものや。一日遅く、夢乃はんが産みやした若君が、半死半生のまま、ろくな産声《うぶごえ》もあげんかったしな。けど、まさか、その産声どおりに育つとは思ってもみんかったで。姫ときたら、もの心ついた時から、女子の好きそうな琴《こと》や貝合わせには、目もくれんと、蹴鞠《けまり》やら小弓、はては庭木に綱かけて、ターザンごっこまでやりよってからに。片や若君は、父であるわしにも、よう姿を見せん恥ずかしがりで、侍女《じじょ》どもは綺麗な女物の着物着せて、喜んどる。これはいったい、なんちゅうことなんや！　どうゆう前世の因縁《いんねん》なんかいな。そのうち女は女らしゅう、男は男らしゅうなるやろと、気長に待ってこの十四年、世間ではとっくに元服《げんぷく》（男の子の成人式）やら、裳着《もぎ》（女の子の成人式）やらやらなあかん年頃なのに、それもでけへん。世間の人は、姫を若君だと思い、若君を姫だと信じて、疑《うた》ごうてもおらん。わしも、その方が都合がよろしから、適当に濁《にご》しておったけど、そろそろこのアホくさい倒錯劇《とうさくげき》も、しまいにせなあかん、思うとった矢先やというのに、決闘やて⁉　女と男が決闘なんぞ、閨《ねや》の中だけで充分や。まして、弾正尹宮のお子いうたら、たしか先年に元服した評判の悪たれやおへんか」

権大納言はそういって、気まずそうにゴホンと咳払《せきばら》いした。

「あんなんと決闘とは、命しらずもいいとこや。止《や》めさせな、うちのお姫さん、傷もんになる。な？　近江、そやろ。いくら男そのものいうたかて、所詮《しょせん》は女やし……」

「——といいたいお殿さんのお気持ち、ようわかりますけど……」

近江は力なく、首を振った。

「どう見ても、この決闘の分《ぶ》は、綺羅さんにありますえ。綺羅さんの弓は、都の若い者の中では、ピカ一どすやろ。弾正尹宮のお子も、それで頭を丸める丸めないと、騒いどるんどすて」

「どういうこっちゃ」

「弾正尹宮の坊《ぼん》の乳母ちゅうのが、うちの幼なじみなんどす、相模君《さがみのきみ》いうて。その相模はんが、今さっき、うちのところに駆け込んできて、この決闘、是《ぜ》が非《ひ》でも止めさしとくれやす、宮のお子は、成り行きで決闘することになったものの、綺羅さんが相手では一分《いちぶ》の勝ちの見込みもない。死ぬるのは嫌や。こうなったら頭丸めて、清水《きよみず》にでも籠《こも》るしかない、と毎日震えてはる、可哀《かわい》そうで見てられへん、とこないな話なんどすわ」

「うむ……」

権大納言は一言もなく、うなった。

乱暴者をもってなる弾正尹宮の若でさえ、怯《おび》えているとは、綺羅はそんなにたくましく育っていたのかと、今さらながら呆然《ぼうぜん》とする思いだった。

「ともかく、お止めせな、あきまへんえ。相手は、仮にも宮のお血筋どす。お怪我《けが》さしたら、綺羅さんもただではすみまへんえ」

「そら、そうや。西の対に行ってみる」

権大納言は足音も高く、西の対に向かった。

向かいながらも、ため息ばかりが洩《も》れてくる。

世に並びない名門の権大納言の心中深い真の悩みは、二人の妻のことよりも、実にその子供たちのことなのであった。

気の強い政子が産んだ姫君は、運好《よ》く容貌《ようぼう》が母に似ず、てり輝くばかりの愛敬《あいきょう》があり、くっきりした眉《まゆ》も唇《くちびる》も、明るさと晴れやかさを漂わせていた。

それはつまり、どう見ても少女の美ではなく、少年の美なのである。

しかも容貌のみならず、気質も万事に少年じみていた。

女房たちとの扇投げや双六《すごろく》、絵巻物などには洟《はな》もひっかけず、蹴鞠、石投げ、小弓にばかり興味を持ち、長ずるに及んでも、和歌や習字、琴などの女としての必須教養課目の勉強もせず、教えもしないのに笛の吹き方を覚え、邸《やしき》に出入りする老学者に教えを乞《こ》うて、漢学などにも才能を見せている。

才能といったって、要は古今の名詩を暗記して、臨機応変に口ずさむくらいのものだが、暗記力は抜群、そのうえ頭の回転が早いので、実にそつがない。

女物の服を嫌がり、少年の服を着ているが、それがまた、これ以上はないほどによく似合う。

これはどうみても、まともな姫ではない、へたな若君より男らしいではないかと、権大納言は頭を抱《かか》えているのだった。

邸に出入りする貴族は、小馬にまたがって邸内を駆け回り、女房の袿《うちぎ》を引っかけては、からかい遊んでいる少年姿の姫を見ても、誰も女とは思わず、同い年の若君だと思いこんで、

「権大納言さんも、りりしい若君をお持ちだすな。よろしなァ、出来のいい子をもつ親は、それだけでめっけもんと思わな、あきまへん。その点、うちはぼんくらでなァ」

と、うらやむのである。

その姿形《すがたかたち》、馬に乗る様、漢詩朗詠《ろうえい》の声の様も、どれもこれもが綺羅《きら》綺羅しいほどの美しさ、愛らしさであるために、人々は、綺羅の若君と呼んで親しんでいる。

そして、その「綺羅の若君」にうりふたつという東の対屋に住む姫を「綺羅姫」と呼び、

「あの綺羅の若君の女版や。どれほどの美人《べっぴん》か、想像できます。都一の后《きさい》がね（后候補）どすな」

と、またもや権大納言をうらやむのだ。

権大納言も、よもや姫が男まさりの生活をし、若君の方が女っぽく生活しているともいえず、人のいうように、ついつい、姫を綺羅君、若君の方を綺羅姫と呼んでしまう。

しかし、その綺羅君も綺羅姫もともに十四歳。少女の成人式といえる裳着や、少年の成人式である元服をしなければならず、世間の人たちもぽつぽつと、

「よほど盛大なお式の準備をしてはるのやろか。それにしても遅うまんな」

と噂し始めているのだ。

それを思うだけでも頭痛がしてくるというのに、今度は決闘までするという。

しかも相手の弾正尹宮の若は、恐ろしさのあまり、頭を丸めようかとまで言っていると聞いて、眼の前がまっ暗になる思いだった。

西の対に近付くにつれて、何やら奇声が聞こえてきた。

「ヤーッ‼　トゥウ――ッ‼　ツキーッ！」

ぎょっとして、こけつまろびつ走って行くと、綺羅が庭に降りて、棒きれを振り回している最中だった。

「き、き、綺羅、あんた、何やってはるのや。物《もの》の怪《け》にでも憑《つ》かれたんかいな」

「あら、おもうさん」

綺羅は棒きれを振り回すのをやめて振り返り、父を認めると、走り寄ってきた。

運動していたため、血色がよく、肌もほのかに朱を帯びた桜色でつやつやしていて、汗のにじんだ額《ひたい》に前髪がぱらぱらと乱れかかっている様は、なんとも美しい。

棒を振り回しやすいように、萌黄《もえぎ》色の狩衣《かりぎぬ》の袖《そで》を後ろの方に落とし、白い単《ひとえ》の袖をむき出しにして、いわば片肌を脱いだ形だが、それがまた、凜々《りり》しく、潑剌《はつらつ》とした少年ぶりで、父であ

る権大納言は思わず、うっとりと見入ってしまった。

思えば、もし綺羅が、まこと男として生まれたならば、どれほどの栄達をはかるか、しれないのだ。

家柄さえよければ、ボケでも馬鹿でも、ある程度までは出世できるのが、この学歴社会ならぬ家柄社会、まして綺羅はボケでも馬鹿でもなく、家柄はといえば、京中でも屈指の名門、摂関家の流れをひくのである。

末は大臣、関白も夢ではないと思うにつけ、綺羅が女として生まれたのが、恨めしい。

「あんた、棒きれ振り回して、どないしたんや」

「別に、たいしたことじゃないわよ。近いうちにちょっと運動するから、体力つけとこと思って」

綺羅は棒を脇《わき》にはさんで、階《きざはし》に腰をおろし、単の袖でぱたぱたと首すじをあおぎながら、あっさりいった。

そのしぐさの男っぽさにみとれ、権大納言はしばし黙り込んだ。わが子ながら、ほんとに女の子かいな、と不思議な気さえするのである。

「それより、おもうさんこそ、どうしたのよ。てっきり、東西の鬼のいぬまに命の洗濯で、昼寝でもなすってると思ったわ」

「うむ。そうしようと思うとったんやけど、そうそう寝ていられんことができてな」

父君はもごもごと呟いた。

まか」

「大ありや。なんや、今聞いた話では、弾正尹宮の坊《ぼん》と、決闘するというやんか。これはほんまか」

「ほんとよ。明後日《あさって》、やるの」

綺羅はあっさりいった。

「やるの……て、あんた、なして、そないな無茶を……」

綺羅は華やかな顔をムッとしかめた。

「無茶も苦茶もあるもんか。あのニキビ面《づら》したやつが、こともあろうに、小百合《さゆり》にちょっかい出したのよ」

「小百合に?」

ちょうどその時、小百合が綺羅のために、冷たい水を持って現れた。

小百合は綺羅と同じ十四歳の女童《めのわらわ》で、綺羅の乳母の子、つまり綺羅にとっては乳姉妹《ちきょうだい》である。

綺羅は小百合とたいそう仲が良かった。

丸顔で、目がくりくりしていて、性格も綺羅によく似て、すばしこく気のきく女童で、あと一、二年もすれば、有能な女房（侍女《じじょ》）になるだろうと、父君も目をかけていた。

「ほう、さよか。小百合にか。そらまた、結構なことやないか。若宮は前途のあるお方やし、とうに殿上《てんじょう》も許されとる。本来なら、小百合なんぞ、近《ちこ》うに寄ることもでけん高貴なお方やで。若宮のお手掛けになったかて、なんの不都合が……」

「おもうさん‼」

綺羅は脇にはさんであった棒を、素早く握り直し、ばしんと高欄《こうらん》を叩《たた》きつけた。

父君はぎくりとして、半分、体をずらした。

「おもうさんは本気なの⁉　あんなニヤケに小百合が遊ばれて、平気なの？　とんでもないわ。しかるべき名家の殿の信頼も厚い家司《けいし》か、金持ちの受領《ずりょう》かでなければ、妹とも姉とも思ってる大切な小百合を、やれるもんですか。不細工で、まだガキのくせして、いっぱしの交野少将《プレイボーイ》を気取ってるマセガキの、一時の遊び相手になんて、させられますか。いっぱつ、どかんとヤキを入れてやんなきゃ」

「ヤキ……、あんたは、なんちゅう怖いことを……」

父君はおろおろと、口ごもってしまった。

勢いのいい綺羅の前に出ると、父君はどうも、思うことの半分もいえないのである。

弾正尹宮の若が震えてはるちゅうのも、もっともや、と父君は内心、若宮に同情した。

もともとが、この時代は、男はさほど胆《きも》も太くなく、優雅をもって最上の美徳とする、男か女かわからないような世相で、だからこそ女の綺羅がちょっと男装したぐらいで、若君と思われて疑いももたれないのだし、父君もまた、怒鳴り声などには慣れていない優雅な貴族なのである。

「と、ともかく、決闘はやめ、や。これは説教やない。命令どっせ」

「だって、おもうさん」

「だってもヘチマもない。やめるんどす。おわかりか」

「……へーい」

綺羅は舌打ちし、しぶしぶ返事をした。

父君は、いい機会だから少々説教してやろう、と腹に力を入れた。

「綺羅や、あんた、若宮が小百合に求婚したこと聞いて、何とも思わへんのか」

「だから、ヤキを入れてやろうと」

「ヤキなぞ、どうでもよろしがな。いいか、小百合とあんたは、同い年なんどっせ。その同い年の小百合に、早々に求婚者が現れてるちゅうのに、あんたは……」

「なあに、あたしにも妻《さい》を持てっての」

綺羅は欠伸《あくび》をしながらいった。

「さ、妻やて⁉ 何をアホなこと、おいいや。あんたかて、そろそろお年頃、いいかげん男のカッコはやめて、早《は》よ裳着をすまして、いい男はんを通わし、とこういいたいんや。女子ちゅうもんは、りっぱな公達を婿《むこ》取りしてこそ、幸せなん……」

「婿取り？ このあたしが⁉」

綺羅はぷぷーっと吹き出した。

「あたしが、どんな公達を婿取りするっていうのよ、おもうさん。あたしよりも見事に馬を乗りこなし、あたしより立派な弓の使い手ならば考えもするけど、みーんな腰抜けばっか。いいたかないけど、あたしよりいい男なんて、見たことないなあ」

父君は、うむむとうなった。

実際、綺羅のいう通りなのである。

「せ、せやけど、綺羅、あんた、あれだけ毎日、若い者に囲まれて遊んどるのやし、一人や二人、これはちゅうのは……」

「みんな、東の綺羅姫が目当てなのよ。あたしとうり二つというからには、きっと絶世の美女だろう、なんてね。まっさか、その姫が、男だとは思わないだろうなあ」

綺羅はそういって、うっふっふと笑った。

父君はぐっとつまりながら、

「あんた、そないに弟を笑いもんにして、今に天罰がくだりまっせ」

「いやね、東の夢乃さまじゃあるまいし、天罰なんて神憑ったこと、いわないでよ。あたしは充分、あの子に同情してんだから。ともかく、弾正尹宮の坊々《ぼんぼん》との決闘は止めにします。それでいいでしょ。それから、あたしの婿取りなんて馬鹿げた考えは、もたない方がいいわよ、おもうさん。あたしは今のままで、充分満足してんだから。これだけ自由を満喫《まんきつ》して、今さら、重っ苦しい十二単《じゅうにひとえ》なんて着て、ずるずる部屋の中をはいずって回れるかってのよ」

「お、恐ろしいこっちゃ。それもこれも、政子はんが、まともな女子に育てんかったから……」

「――わたくしのせいですって⁉」

父君が小声でぶつぶつと呟くが早いか、出かけていたはずの政子が、いつのまに帰ったものやら、突如《とつじょ》として現れ、怒鳴った。

父君は仰天《ぎょうてん》した。

まさか、ここに政子が出てくるとは思っていなかったのだ。

驚きのあまり、言葉がすぐには出てこず、何度も唾《つば》をのみ込んだ。

「あ、あんた、いつのまにお帰りだったんや……」

「たった今ですわ。それより、あなた、今、何の話をしてらしたの。わたくしが綺羅をまともに育てなかった、ですって⁉　綺羅がまともな子じゃないと、こうおっしゃりたいんですのっ⁉」

「し、しかしやな、そら、どう考えたって、まとも、というわけには……」

「綺羅ほどかわゆらしい、裏心《うらごころ》のない、性格のよいお子が、どこにおりまして⁉　それもこれも、わたくしや乳母が心をこめて、育てたからですわ。殿方は、おしめひとつ取り替えるでなし、乳一滴、与えられるわけでもないくせして、いうことだけはたいしたものですわね。さ、もっとおっしゃってくださいまし。えーえ、わたくし、謹《つつし》んで拝聴いたしますわよ。さ、さ、早くおっしゃって。さあ、さあ‼」

夜盗に火桶《ひおけ》を投げつけた若かりし頃の闘志そのままに、床を踏み鳴らして迫る。

その勢いに押され、父君は呆然として息をのむばかりだった。

綺羅が、父君に代わって、きっぱりいった。

「おたあさん、静かにしなさいよ。外からお帰りになったばかりなら、お手水《ちょうず》もまだなんじゃない？　髪も乱れてて、ほこりっぽいわよ」

「だって綺羅、あんな無体《むたい》なことといわれて、黙ってられませんよ。だいたい、おもうさんは、いつだってわたくしを悪者になさるんだから」

「そんなことはありませんてば。おお、ほこりっぽいこと。東の夢乃さまなら、外出から帰ってきて、着替えもなさらず人前に出るなんてことは、ないでしょうにね」

政子はさっと顔色を変え、ものもいわず、ものすごい勢いで自分の部屋に引きとった。

いつのまに隠れたものか、几帳の陰から父君がはい出してきて、

「おおきに、綺羅や。わしは、どうもあんたのたあさんが苦手や。おお、くわばらくわばら。ま、ま、あんたもあんまり無茶せんとな。女も、ああなったら、連れ添う男は一生の不幸や」

とぼそぼそ呟き、説教もそこそこに、すごすごと背を丸めて部屋に戻った。

一人になって、気分直しに酒でも飲もうかと思ったが、西の政子鬼が帰っているとすると、いつ何時《なんどき》、現れて、

「あなた、昼日中《ひるひなか》から、御酒《ごしゅ》を召しあがるとは、なんという体《てい》たらくですか。あなたがそんなふうだから、東の夢乃さまが面妖《めんよう》な新興宗教にかぶれて、邸じゅうにおどろおどろしいお題目が満ち満ち、あげくに、ああいうふがいない、跡とり息子ともいえないオカマ息子ができるんですっ」

と、口をきわめて罵《ののし》るか、しれない。

父君は、女房に白湯《さゆ》を命じながら、

〈悪妻は百年祟《たた》るちゅうけど、とすると、わしには二人の悪妻がいてるから、二百年も祟られるんやろか。人生四十年として、妻とお子だちにさんざん悩まされ、人生をまっとうしたあげく、冥途《めいど》にいっても百六十年も祟られたら、かなわんわ〉

と、ため息をついていると、

「大変どすえ、お殿さん！　大変どすっ‼」

近江が再び駆け込んで来た。

「綺羅さんが……綺羅さんが……」

「なんや。今、説教して、決闘は止《や》めさしたで」

「そっちの綺羅さんやおへん。綺羅の姫さん、あれ、若さん……姫さん……、どっちやろか……」

近江はおろおろと口ごもった。

いくら古参の女房といっても、いいかげん年をとって記憶力がおとろえているうえ、世間には若を姫といい、姫を若といい繕《つくろ》っているので、時々混乱してくる。

近江はイラだったように眉を寄せ、奥の手をつかった。

「ええ、もう、つまり、腰の下に、余分なもん、付けてはる方どすがな」

「そら、東の弟の方や」

「そっちの綺羅さんが、突然、貧血起こして倒れはりました」

「またかいな！」

父君は舌打ちして、寝っころがった。

「一日に一度は、倒れてるやないか。姉が姉なら、弟も弟、男のくせして、血の道（婦人病の総称）とは、なんちゅう情けないやっちゃ。もうええ、ほっとき。わしゃ寝るど」

「お殿さん、そないなことおいいやして。東の主《おも》だった女房は、みんな夢乃さんの西山籠《にしやまご》もりにお供して、東の対屋は人少ななんどすえ」

「知らん知らん、わしゃ知らん。今日は物忌《ものいみ》じゃ。突然、物忌になった。これ以上、お子だちのことで、毛が抜けるのはたくさんじゃ！」

父君、権大納言はやけくそになって叫び、耳をふさいで、たぬき寝入りした。

二　綺羅二人

　さて、こちらは先刻の西の対屋《たいのや》――。

　綺羅《きら》は素振りで汗ばんだ首すじを拭《ふ》きつつ、部屋に入り、よく気のつく小百合《さゆり》が用意してあった屯食《とんじき》（おにぎり）をぱくつきながら、

「可哀《かわい》そうなおもうさんよねェ。ああ毎日、おたあさんに怒鳴られてたんじゃ、身がもたないと思うな。気のせいか、毛が薄くなっちゃってさ」

と、同情をこめて小百合にウインクした。

　母親以上に、自分が父君の悩みのタネになっていることには、一向に気付く様子がない。

　小百合はさすがにそれに気付き、くすくす笑いながら、

「それより綺羅さま、弾正尹宮《だんじょういんのみや》の若さまと決闘しなくてもよくなって、わたしは一安心だわ。わたしのせいで事が大きくなったので、困ってたんです」

　綺羅はふんと鼻を鳴らした。

「何いってんのよ。この運動不足の折から、せっかく思う存分、体を動かせると楽しみにしてたのにさ」

「でも、弾正尹宮の若さまがお相手じゃ、たいした運動にもなりませんわ」

「ま、そりゃそうね。ああ、つまんない」

　綺羅はごろんと横になった。

「だいたい、ふがいない男が多すぎるわ。男の服装してるから、一応男には見えるもののへなへなと歌や恋にうつつ抜かしてばかりで、弓も射《い》れない輩《やから》ばっかり！　弾正尹宮の坊々《ぼんぼん》なんか、その最たるもんよ。顔なんかニヤケきって、ちょっと見には女みたいだわ」

「だって綺羅さま、そういう柔和《にゅうわ》なお顔付きが貴族的なんですのよ」

　実際、容貌《ようぼう》だけでは男か女かわからないような柔媚《じゅうび》さ、華奢《きやしゃ》で繊細な美しさが、この時代の男性美の基準なのである。

　だからこそ、女の子の綺羅が男の格好をしても、充分、男の子として通用しているのだが、綺羅自身はそういうことに一向気付かず、世の中の男のふがいなさ、弱腰を怒っている。

「日本の男たるもの、もっと雄々《おお》しく、凜々《りり》しくあるべきなんだ。そう思わない？　小百合。おたあさんに毎日怒鳴られてるおもうさんも、お気の毒だけど、反面、やっぱりだらしないわよ。あたしが夫なら妻《さい》なんか一喝《いっかつ》してやるのに」

「綺羅さまが妻を一喝……ですか……」

　小百合は口ごもった。

　綺羅は、ん？　というように小百合を見て、

「なによ。あたしにできないと思ってんの？　できるわよ、怒鳴りつけるくらい」

「い、いえ、できるできないの問題じゃなくて、ですね……」

小百合はなんといっていいものやらわからず、黙り込んだ。

自分が妻を持ったら、という仮定をすること自体、異常だということに、どうも、まったく気付いていないらしいのが、小百合には信じられない。

単に幼すぎるだけなのか、それとも、やっぱりどこか異常なのかと考え込むのは、こういう時だ。

乳姉妹《ちきょうだい》として育ちながら、物心ついた頃には綺羅はすでに少年姿で、綺羅の乳母《めのと》である母が、そんな綺羅を見て、「お育ての方法が間違いだったんやろか」と泣いているのを不思議に思ったものだった。

綺羅はどこから見ても可愛《かわ》ゆらしく、華やかな若君で、邸《やしき》に遊びに来る客人の注目の的《まと》、人気の的だった。

そういう綺羅と乳姉妹なのが誇らしく、母の嘆《なげ》きの理由が一向に理解できなかったが、しかし、それだけに綺羅がほんとは姫だったと知った時のショックは大きく、二、三日寝こんだ覚えがある。

どうして姫の綺羅が若君の格好をし、若君の生活を送っているのか未《いま》だにわからない部分もあるが、小百合なりに観察をしてきて思うに、政子《まさこ》譲りの気の強さと、もって生まれた気質にかてて加えて、政子の夢乃《ゆめの》への対抗意識が遠因のような気がする。

夢乃の産んだ若君が、様々な事情でおよそ若君らしくないのを当てこすり、「あちらの若君より、こちらの綺羅の方がよほど若君らしいわ」などといって、綺羅の少年らしいふるまいを増長させてしまったのが、まずかった（と思う）。

そのうえ、何も知らない世間の人は、綺羅の愛らしい容姿、潑剌《はつらつ》としたもの腰、機転のきく賢さを口をきわめて賞《ほ》め称《たた》え、末は大臣か関白《かんぱく》かとはやしたてるので、政子もすっかりその気になってしまい、今では半分、綺羅が姫であることを忘れているようなところがある。

それが綺羅のために良いのかどうか、小百合には自信がないのだが、綺羅が自由気ままに振るまうのを見るのが好きだし、それに正直なところ、潑剌とした綺羅は小百合の憧《あこが》れでもあるのだ。

綺羅が見るからに重そうな十二単《じゅうにひとえ》を着ているところなど、想像もできない。

しかし、それなら、このままの状態が続くのかとなると、それも不自然な気がして、小百合は小百合なりに、綺羅の将来を心配しているのである。

父君や小百合の心配を知らぬは綺羅本人で、彼女自身はのんびりしたものだった。

「あーあ、退屈だ。今日は、東の対屋がやけに静かだなー。いつもだったら、夢乃さまの新興宗教のお題目《だいもく》が、うるさいくらいに聞こえるのに。教祖の生誕祭には、あの子は行かなかったんでしょ」

「夢乃さまは、お連れしたかったようですけど、お殿さまがさすがに青ざめてお止めしたうえ、若君さま自身が、どうしても行かなきゃならないのなら、舌をかみ切って死ぬと大騒ぎして、行かなくてもよいことになったんですって」

「ふうん。あの子も珍しく、頑張ったのねえ。夢乃さまがいなくて、ほっとしてるだろうな」

それとなく耳を澄ますと、なにやら東の対屋の方がザワついている。

気のせいか、近江《おうみ》が、例の「大変どすえ」をがなりたてているようでもある。

「どうしたんだろ。夢乃さまが、もうお帰りになったのかしら」

「ちょっと、お末《すえ》のお端《はした》（下女）に聞いてきます」

よく気のつく小百合はさっと走って行き、しばらくして戻って来た。

「綺羅の若君さまが、また貧血を起こされたんですって。主《おも》だった女房たちは、夢乃さまについてお出かけなので、慣れない女房が二、三人しか残ってなくて、右往左往《うおうさおう》してるんだそうです」

「ふうん……。おまえ、看病に行っておやりよ。そうだ、あたしもご機嫌伺《きげんうかが》いに行こうっと」

綺羅はよいしょっと立ち上がり、小百合を連れて、すたすたと東の対屋に歩いて行った。

主だった女房たちが、みな出払っているので、東の対屋は静かなものだった。

「ひとごこちついて、眠ってんのかしら。いやに静かね」

綺羅はそっと御簾《みす》をからげて、中をうかがった。

几帳の陰に、袿《うちぎ》をひきかぶって臥《ふ》している弟君がいた。眠っているようである。

「あいかわらず、透き通るような肌ねえ」

綺羅は弟君の近くに腰をおろし、小百合に囁《ささや》いた。

小百合はこくんと頷《うなず》き、ため息まじりにまじまじと若君を眺めた。

顔立ちそのものは綺羅そっくりで、どっちがどっちともいえないくらいなのだが、ともかく肌がぬけるように白い。白珠《しらたま》のようである。

なにしろひどい難産のあげく産声《うぶごえ》なしで生まれ、周囲の人は死産だと勘違《かんちが》いし、女房たちは泣きふすやら、夢乃はひきつけを起こして叫ぶやら、僧侶の加持祈禱《かじきとう》の読経《どきょう》の音《ね》が響き渡るやらで騒然としている最中に、ようやく、ヒィヒィといううめき声がし、一日たって産声らしきものが上がったという、いわくつきの誕生で、乳母から乳をもらっても吸うこともできず、ようやく吸ったかと思えばむせて息が止まるといったふうで、これではまともに成長すまいというのが大方の見方だった。

夢乃は半狂乱になって、ツテのあるあらゆる宗派の僧侶に加持祈禱を頼み、つきっきりで看病した。

どうも、そのあたりから、もともと迷信深かった夢乃の様子が一層おかしくなってきて、とうとうある夜、夢で神意を得たといいだした。

若君がつつがなく成長するためには、姫として育てなければならない、というのだ。

「蓬萊山《ほうらい》の仙人さまが現れて、わたくしにそう約束して下さったのですわ。姫として育てれば、つつがなく成人し、幸福になる、とおっしゃったのですわ。そうでなければ明日の夜には死ぬといわれ、わたくしは両手を合わせて、必ず姫として育てます、お命ばかりはお助け下さいましとお願いしたのですわ」

と眼に涙をためて主張する夢乃の迫力に押され、父君の権大納言《ごんだいなごん》は、

「助かるものなら、あんたの好きにしたらええ。ふびんなお子や、好きにしたり」

と、ついついいってしまったのである。

乳もろくに吸えないようでは、どうせ長くはあるまいという絶望から、夢乃の母親としての気持ちを考えて好きにさせたのであり、よもや若君がちゃんと生き延びるとは、この時、父君は考えていなかったに違いない。

しかし、若君はどうした加減か、乳にむせて息が止まり、ちょっと寒くなると肺炎を起こしかけ、暑くなると脱水症状を引きおこし、そのたびに邸内を騒がせながらも、なぜか死なずに成長したのである。

病気がちな体質は今も変わらないものの、昔ほど床《とこ》に臥《ふ》しがちでもなくなり、人並みな、日常生活は送れるまでになっている。

ただし——。

そう、ただし、姫君として育てられた、という点では、決して人並みな日常生活とはいえないのだった。

若君がだんだん成長するにつれて、父君は不安になってきて、そろそろまともな若君として育ててはどうか、というのだが、そのたびに夢乃が、

「蓬萊山の仙人と、お約束しましたわ。姫がつつがなく育っているのは、そのおかげなのですわ。あなたは、わたくしのお子を殺すおつもりですの」

と物に憑《つ》かれたような眼で、じいーっと睨《にら》まれ、恨《うら》みがましい震え声でつめよられると、も

しここで、この女に恨みを買ったら、生霊《いきりょう》になって祟《たた》られるのではないかという恐怖に襲われ、父君はそれ以上強くいえない。

かくして、若君は姫としてかしずかれ、美しく生《お》い育ったのである。

姉弟《きょうだい》とはいってもたった一日違いで、容姿もそれぞれの母に似ず、美人と評判の高かった権大納言の亡き母君に似て、うり二つの双子みたいな二人だが、二人が二人とも、まともな育ち方をしていないことに、小百合は、

〈こうなると、ほとんど前世の因縁《いんねん》としか、いいようがないわよねえ……〉

とあきれるのである。

「う……ん……？」

眠っていた若君が、人の気配を感じたのか薄目をあけ、綺羅と小百合の人影を認めて、ぎょっとしたように顔色を変えた。

「だ、だれっ？　讃岐《さぬき》!?」

讃岐というのは、夢乃お気に入りの女房である。

類は類をもって集まるというのか、夢乃が集めた東の女房たちはみな、そろいもそろって神経質で迷信深いのだが、讃岐はその中でも群を抜いていて、かなり狂信的なところがある。

若君誕生の時から夢乃に仕《つか》え、夢乃の夢のお告げの経緯《いきさつ》もみな知っているので、若君をより姫君らしく育てることをおのが天命と心得、命を賭けているのだ。

若君がちょっとでも男言葉を遣《つか》ったり、姫君らしくない仕種《しぐさ》をしたりすると、容赦《ようしゃ》なく打ち

すえ、

「そんなことでは、蓬萊の仙人さまに呪《のろ》い殺されますよっ」

とこめかみに青筋をたてて叱《しか》りとばすので、若君にとっては鬼より怖い存在なのである。

「なにが讃岐、よ。ちゃんと目を開けて、見たらどう？　あたしよ」

「――ああ、姉さまか……」

若君はほっとして、汗をぬぐった。

「また貧血だって？　どうしたのよ」

「さっき、西の政子さまがお帰りになったでしょ。庭先にも人の声や牛車《ぎっしゃ》の音がするから、てっきり、うちのおたあが、予定を変更して帰ってきたんだと思って、胆《きも》をつぶしたの」

「んまあ！」

綺羅はあきれ返った。

なんという、かよわい弟なのか。

「夢乃さまご一行は、二、三日しなきゃ帰らないでしょ。何をそう、びくびくしてんのよ」

「強迫観念があって、落ちつかないんだもの」

「可哀そうな子ねえ、あんたって」

綺羅がしみじみいうのを、若君は情けない思いで聞いていた。

ほんとうに、われながら可哀そうな身の上だと思う。

幼い頃は、それでもまだ、よかった。美しい着物を着て、女房たちに、姫、姫とかしずかれ、大切にされて、それが普通だと思っていた。

誕生日が近づくと、母の夢乃が腹心《ふくしん》の女房たちと手をとり合い、

「あの子がここまで無事に育ってきたのも、おまえたちのおかげです。これ以上はないほど、姫らしく育って……」

と泣いているのを聞きはさんで、

〈姫らしく育ってって、じゃ、ほんとは姫じゃないのかしらん〉

と思うこともあったが、さほど深くは考えなかった。

青天の霹靂《へきれき》ともいえるカルチャーショックは、十歳頃にやってきた。

その頃、お端《はした》の子に光男《みつお》と呼ばれる、やはり十歳くらいの童《わらわ》がいて、庭の掃除をしたり、使い走りをしたりしていた。

顔に愛敬があり、性格も素直なので女房たちも可愛《かわい》がり、お菓子のあまりがあると、

「光男、ちょっとおいで。いいものがあるよ」

などと、声をかける。

光男は、可愛いと評判の姫がいる東の対屋に来るのが好きで、東の女房たちによくなつき、雑用をみつけては、せっせと東の対屋に来ているので、若君は御簾《みす》越しに光男を見ることも多く、顔や名前は覚えていた。そして庭を走り回ったり、元気よくしゃべったりするのを見たり聞いたりして、

〈あーあ、姫もあんなふうに走ってみたいなあ。思いっきり、声を出してしゃべってもみたい。

御簾の外にも出られず、一日中座ってるなんて。姫って疲れるもんねえ。髪だって重たくって、洗ってもらった日は一日じゅう、頭が重くって重くって、首がもげそうだもん。男の子なら、髪を切りそろえて、すかすかして、楽だろうなあ〉

と無邪気に思っていた。

そんなある日、若君の近くには珍しく女房がおらず、一人、ぼんやりと御簾越しに庭を眺めていると、池の近くで朽《く》ち葉掃除をしていた光男が、足をすべらせて池に転げ落ちるのが見えた。

びっくりしたが、大声をあげて人を呼ぶわけにもいかず、おろおろと立ったり座ったりしていると、光男はひょっこりとはい上がってきた。そしてあたりを見回し、人がいないと見てとると、濡《ぬ》れた衣服を脱ぎだし、庭木に引っかけて乾かし始めたのである。

ずぶ濡れの光男の素っ裸を目《ま》のあたり（とはいっても、遠く御簾越しにではあったが）にした若君は、思わず目をみひらき、御簾にへばりついた。

いくら、生まれてからこの方、外出したこともなく、狭い部屋の中の一角で、御簾と几帳に囲まれて暮らし、俗世のことは何もしらず、世間的な知識には乏《とぼ》しいといっても、自分の体のことは自分が一番よく知っている。

今、目の前にある光男の裸の姿は、まぎれもなく、自分と同じものである。

自分の方が色が白く、病気がちで痩《や》せ細っており、肩幅や胸板、腕や足の肉付きは比べようもないが、それでも、つくべきものがちゃんと光男にもあり、自分の下にも同じものがあるという事実に、若君は愕然《がくぜん》とした。

〈光男と姫は、おんなじだ〉

〈おんなじなのに、どうして、着るものや髪の長さが違うのかしら〉

〈光男はお金持ちじゃないから、あんな格好をしてるのかしらん〉

〈だけど、光男は姫と呼ばれてないのに〉

〈それも、光男がお金持ちじゃないからかな〉

などと、あれこれ考えてみたが、どうもわからない。

ただ、ともかく、光男と自分は、根本的に同じ種類の人間だというのは確かである。

「ねえ、光男はこういう服は着ないの？」

若君は、用心深く女房に聞いてみた。

女房は笑って、

「何をおっしゃいますの。光男は下働きの子ですのよ」

「でも、お金持ちだったら、着るの？」

「お金持ち？　ああ、貴族だったら、ということですか。いいえ、光男は男の子ですから、小《こ》袿《うちぎ》を着たりはしません。父君さまと同じ狩衣《かりぎぬ》や、水干《すいかん》を着ます」

「光男は男の子で、男の子は父君さまみたいな服を着るの？」

若君にとっては、一大発見であった。ということは、とどのつまり、自分は父君と同じ種類の人間ということである。

それがなぜ、母や女房たちと同じ服を着て、母と同じように、終日、御簾の中で暮らさねばならないのか。

「じゃ、姫は男の子なのに、どうしてこんなの着てるのよ。どうして⁉」

若君は思わず叫んでしまい、顔色を変えた女房が夢乃を呼んできて、大騒ぎとなった。

夢乃や讃岐が総出で若君をなだめすかし、なんとかいい繕《つくろ》おうとしたが、一度見た光男の素っ裸の強烈な印象は忘れられるものではなく、いつになく頑強に真実を問いつめ、とうとう夢乃が折れて、若君誕生にまつわる事の次第の全貌《ぜんぼう》を語ったのだった。

その時は、話のあまりの奇妙さや夢乃の興奮ぶりにびっくりして、「そうだったのか」程度の感想しか出てこなかったが、だんだん落ちついてきて、それに自我意識や理解力が芽ばえてくるに従って、事の異常さ重大さがのみ込めてきた。

なんといっても、男の子が姫として育ってきたのである。

今こそ、時々父君が自分をじいっと見ては涙をこぼし、

「何の因果で、こないに可愛ゆい姫に育ちはったんや。これがほんまに姫君やったら、家柄《いえがら》からいっても器量からいっても、後宮《こうきゅう》に上がって女御《にょうご》や中宮《ちゅうぐう》も夢やないというのに……。ああ、恨めし。蓬萊の仙人もにくたらしいが、なまじ、あんたの器量が恨めしい。結局、尼《あま》にするしか、手はないんやろな。尼ちゅうたかて、あんたを尼にしてくれるような、けったいな尼寺がどこぞにあるのや」

と愚痴《ぐち》をいってた意味が、よくわかる。

なんとか、本来の姿に戻してもらおうと思っても、夢乃が折れたのは真実を話すところまでで、その後は頑として、一歩もひかない。

「あなたが産声もあげずに生まれた時、お乳もよう吸えず、みんな吐き出すのを見た時、この子も殺してわたくしも死のうとまで、思いつめたのですよ。でも有難《ありがた》いことに、蓬萊山の仙人さまが、あなたを生かしてやると約束して下さったんです。あなたが今、生きていられるのは、そのおかげなんですよ。男の子に戻りたいなどといって、あの時の仙人さまと母の約束を破るつもりなの？　これまでの母の苦労を、あなたは少しもわかってくれないの？　あなたが男の子になるというのなら、母は死にますよ。それでもいいの⁉」

ともかく、若君が姫をやめれば死ぬと信じこんでいるので、手がつけられない。

若君も、病気がちで決して育つまいといわれた自分を生かすため、神にも仏にもすがりついてくれた母の気持ちを思うと、強《し》いて、

「男の子に戻りたい」

とはいえないのだった。それに無理を通そうにも、母や女房が総出で説得にかかってくると、その圧迫感だけで胸が苦しくなり、眩暈《めまい》がしてきて、息ができなくなる。

「難産直後の赤ん坊の時ならいざしらず、ここまで生きてこれたんだもの、特別に虚弱体質ってわけじゃないのよ。要は運動不足と、陽《ひ》にも当たらない不健康な生活からくる貧血症に過ぎないわ。もっと、しゃんとしなさいよ」

と、姉の綺羅は気軽にいうけれど、母や女房たちより体力的に劣っているのは確かで、とて

も母たちに対抗するだけの気力もない。

かくて、姫と呼ばれるまま、十四歳の今日に至っているのだが、世間のことも気になる年頃で、いい年をした男が女装させられ、姫と呼ばれることに耐えられず、今では父君が会いに来ても顔を合わせるのが辛《つら》く、几帳の陰にうずくまって、はいとか、ええとしかいわない。

父君がそれを、どこまでも女っぽい子だと情けなく思っているのが、ひしひしと感じられて、いっそう身の置きどころがない。

そんなことから、人と会うことにひどく臆病になり、対人恐怖症にも陥《おちい》っている。

たとえば寝殿《しんでん》の方で、父君が宴会を開き、人の出入りが激しかったりすると、いつ、この情けない女装姿を来客に垣間見《かいまみ》られないとも限らないという恐怖で、気が遠くなり、がたがたと震えがきて、失神状態になってしまうのだ。

心の底では、いつか男に戻りたいと願ってはいるものの、これでは、いつ本当に戻れるのか、戻ってもまともな男子として生活できるのか、かなり心もとない。

だいたい、母親一行が帰って来たのかもしれないと思っただけで、現在、母や女房たちが夢中になっている新興宗教のお題目の幻聴がして、胸が苦しくなって貧血を起こすようでは、男として、あまりにもふがいない、と若君は情けなくなってくる。

世間では、姉の綺羅を若君と思い、自分を姫だと信じきっているらしいが、実際、姉の綺羅は、初めて会った時から生き生きとして、自分がまともに育てられていれば、こうもあろうかという理想そのものだった——と思うにつけ、若君の憂鬱《ゆううつ》は晴れない。

「なによ、あんた。切なそうに、ため息なんてついて」

「姉さまと初めて会った時のことを思い出してたの」

「一年前だっけ」

綺羅も思い出した。

そもそも、東の対屋の主人の夢乃とその女房たち、西の主《あるじ》の政子とその女房たちは、当然ながら交流があまりない。

どちらの妻が、より多く愛されているというわけではないので、邸内の勢力は、それこそ二等分であり、だからこそ、双方の女主人を頭《かしら》に、双方の女房たちの対抗意識が強いのだ。

夢乃の女房たちは、綺羅を、

「ふん、あんなオトコオンナ、嫁のもらい手もなく、そのうち尼寺行きよ。いえ、僧房《そうぼう》入りかしら。さぞかし、大僧正《だいそうじょう》に可愛がられるでしょ。今のうちから、稚児《ちご》の手管《てくだ》でも覚えといたらどうかしら」

と罵《ののし》るし、政子の女房たちは若君を、

「何がいやだといって、オカマほど気色《きしょく》の悪いものはないわね。ナヨナヨシナシナと、あれで、つくものをつけて生まれてきたのが、この世の不思議よ」

と口汚く囁《ささや》く。

こんな女房たちの口から、綺羅姉弟の世を憚《はばか》る秘密——一方が若君として育っている姫であり、もう一方は姫のように育てられている若君であることが、世間にばれないのが不思議なほどだが、そこは双方とも牽制《けんせい》し合って口を固く閉ざしているものと見える。

さて、そういう女房たちに、それぞれガードされて育ってきた綺羅とその弟は、当然ながら、つい一年ほど前まで、全く交流がなかった。

ところが一年前、綺羅が前庭で童らと蹴鞠《けまり》をしていた折、綺羅が思いっきり蹴り上げた鞠が前庭をつっきり、東の対屋の方にすっ飛んでいった。

綺羅が鞠を追って東の対屋に入り込んだ時、格子《こうし》を上げ、御簾も巻き上げて、庭の花を見ていた弟を垣間見た、というわけだった。

綺羅は呆然とした。

桜色の衣《ころも》を六重襲《むえがさね》にし、その襲《かさね》と葡萄《えび》染めの上着との映り具合も楚々《そそ》として、可憐《かれん》で、小百合がせがむのでしぶしぶ一緒に見る絵巻物の中の姫よりも、もっと美しい。髪もゆらゆらと長く、豊かで、顔はといえば、自分そっくりである。

ただ綺羅本人は、性格の強さがしっかり顔にも表れていて、少年らしい腕白さが仄見《ほのみ》え、いつも走り回っているので頰《ほお》も肌も血色がよく、はちきれんばかりの健康美に溢《あふ》れているのに比べ、女装の弟の肌は透き通るほどに白く、脇息《きょうそく》に寄りかかっている様《さま》は、今にも消えてしまいそうに弱々しく、優美で、表情も物語の薄幸《はっこう》の姫のように物憂《ものう》げだった。

〈あれが、女房たちにさんざん聞かされた、オカマの弟なの⁉〉

綺羅はまじまじと、弟を眺めた。眺めれば眺めるほど、うっとりしてしまう可愛ゆさである。

若君は人の気配に振り返り、綺羅を見るやいなや、まっ赤になったと思うまもなく、

「あ」

といったなり、貧血を起こし、倒れてしまった。

東の女房たちがばたばたと立ち騒ぐので、綺羅はどさくさにまぎれて脱《ぬ》け出したが、女房たちからさんざん悪口を吹きこまれていたにもかかわらず、とても懐《なつ》かしい親しみを覚えた。もともと顔は双子そのもののそっくりさんで、姉弟である。一目見て、親しみを抱いてもおかしくはない。

綺羅はさっそく、弟をガードしている東の女房たちにばれないよう、こっそりと手紙を送り、弟もすぐにそれに返事をよこした。それ以来、二人は密《ひそ》かに文通を続け、女房たちの目を盗んで会ったりして、今日に至っているのである。

「あの時のあんたを見た感動って、忘れられないわね。ほんとに綺麗で、優雅で、静やかで、これぞ姫君としての理想そのもの、って感じだったもの。夢乃さまも、よくぞここまで、お育てになったたってものよ」

「よしてよ」

若君は不愉快《ふゆかい》そうに遮《さえぎ》り、ぷいと横を向いた。

「それより、さっき母屋《おもや》の方で、近江がまた、大変どすえをやってたけど、姉さま、また何かしたの」

「まあね、ちょっとしたことよ」

「おもうさんに心配かけては、だめだよ、姉さま。いい方なのに、いろいろお悩みなんだから」

「まったくよね。いっちゃなんだけど、夢乃さまも、うちのおたあも、自慢できるような人じゃないもんね。おもうさんみたいに女運のない人って、珍しいと思わない？　将来はほっとても摂政関白《せつしようかんぱく》になれる家柄の人が、悪い女にとっつかまったわね、あははは」

若君は、屈託なく笑う綺羅を、ぼんやりと眺めた。

どうやったら、これだけ天真爛漫《てんしんらんまん》になれるのか、不思議な気がする。いくら、母に強制されても女装している自分とは事情が違い、自分の好みと自由意志で男のなりをしているとはいえ、なんといっても十四歳、そろそろ将来のことを真面目《まじめ》に考えなければならない時期である。

まさか、いつまでも男の格好をして、飛び回っているわけにもいかないだろうに。

そういつもいつも、会えるわけでもなし、ここいらで少し、お互いの将来について話し合った方がいいのではないだろうか。

「ねえ、姉さま。綺羅姉さまは、将来、どうするつもりなの」

「そうねえ。いつまでも、牛の尾っぽを引っぱって、遊んでる場合でもないわよね」

「そうだよ。その通りだよ」

さすがわが姉、遊んでばかりのように見えても、ちゃんと考えるべきことは考えているのかと、若君はほっとした。

「そうねえ。遊び仲間は、ぞろぞろ元服《げんぷく》しちゃって、宮廷に出仕《しゆつし》してるもんなあ。元服なんて、そうそういつまでも、延《の》ばせるもんでもないわよね」

綺羅は腕組みをして、ふむ、と考え込んだ。

「元服、出仕って……姉さま……」

　弟君はあきれかえって、言葉につまった。

　ちゃんと将来のことを考えてるのかと思えば、あたら女の身で元服、出仕とは、なんとまた、突拍子《とっぴょうし》もないことを考えているのだろう。

「だって、姉さま、あなた、女の子でしょう。元服なんて、できっこないじゃないですか」

「体は女の子でも、心は男の子でえす」

「男の子でえすって……、姉さま……」

　弟君は絶句してしまい、深いため息をついた。

「姉さまは楽天的でいいな。ぼくはどうしたって、そんなに気楽になれないよ」

「そのうち、あたしが出世して大臣にでもなったら、堀川《ほりかわ》のあたりに豪邸をかまえてさ。あんたを引きとってあげるわよ。夢乃さまが一年に一つ見つけてくる新興宗教のお題目が聞こえてこないだけでも、精神衛生上、いいと思うわ」

「ほんとに、あれには泣かされる」

　夢乃は、その狂信的性格のおもむくところ、新興宗教が出てくると、すぐ入信するところがあり、同じ狂信的女房たちとともに、毎日毎日、護摩《ごま》を焚《た》き、太鼓を打ち鳴らし、鈴を振って、怪《あや》し気《げ》なお題目やお経を唱えているのである。

　若君はそれを聞くと、食欲もなにもかも消え失せ、いっそ坊さんにでもなって、もの静かな山中に籠《こも》ってしまいたいと、半《なか》ばやけくそで思うのだった。

しかし、このままでは坊さんにもなれず、尼さんになるしかないのではないか、自分を尼さんにしてくれるような尼寺が、どこかにあるのだろうかと心配になり、悩みは尽きないのである。

小百合がふと思い出したように、

「綺羅さま、そろそろ式部丞《しきぶのじょう》さまとのお約束の時刻ですが……」

と、遠慮がちに言った。

式部丞にお供をしてもらって、市《いち》を見物に行く約束をしているのを思い出し、綺羅はあたふたと立ち上がった。

若君はそんな綺羅を、うらやまし気《げ》に見上げた。

「いいな、自由に好きなところに行けて。また、来て下さいね」

「そのつもりよ。でも、あたしも讃岐って苦手よ。ものすごい眼《め》で睨むんだから。女って嫉妬《しっと》深くって、執念深いから、いや」

綺羅は首をすくめて笑い、やがて、さっささっと元気な足どりで帰って行った。

残されたかよわい弟君は、男として育っていることに何の疑問も不安もなく、むしろ自由を楽しんでいる綺羅と、あまりにも違いすぎるわが身の境遇をひき比べ、嘆息《たんそく》した。

このような姉弟二人の、悲喜こもごもの複雑な生活を世間の人は知らず、権大納言家の溌剌とした、才気溢れる、可愛ゆらしい綺羅君の名だけは知れ渡っていた。

と同時に、容貌はその綺羅君とうり二つながら、父親にも顔を見せるのを恥ずかしがる純情で可憐な綺羅姫の存在も、都の公達《きんだち》は、忘れがたく、心に刻んでいるのだった。

三　北嵯峨にて

「綺羅《きら》さま、いつまで駄々をこねてるんです。いいかげんに、帰りましょうよ」

小百合《さゆり》はふき出る汗を拭《ぬぐ》いながら、さっきからウンともスンともいわない綺羅に向かって、厳しくいった。

綺羅は肘枕《ひじまくら》で横臥《おうが》していたが、小百合の叱《しか》り声にムッとしたように顔をしかめ、くるりと背を向けた。

しかし一向に、口をきかない。

小百合は苛々《いらいら》と、

「綺羅さまったら！　お口を失《な》くしてしまったんですか。何か、しゃべってくださいまし」

と姉のような口調で言うと、ようやく一言、

「──暑い」

と、ぼそりといった。

「は？　何ですって？」

「暑いといったのよ。団扇《うちわ》であおいでよ、気のきかない人ね」

「んまあ！」

小百合はあきれたが、仕方なく団扇をひきよせ、綺羅に風をあおぎ送った。

実際、六月《みなづき》に入ってからの暑さは異常で、都の三条邸《さんじょうてい》では、部屋の中でじっとしているだけで、汗がしたたり落ちるほどだった。

だから三日前、綺羅がふいに、

「北嵯峨《きたさが》の山荘に行く。小百合もついておいで」

といいだした時は、これでやっと涼を得られると内心喜んだが、しかし、緑に覆《おお》われ、昼でも鬱蒼《うっそう》とした感じの嵯峨山荘も、思ったほど涼しくはなかった。

ここ二、三年、手入れが行き届かず、山荘のところどころが傷《いた》んでいて、その目障《めざわ》りさが、かえって暑苦しく感じられるほどだ。それに、今回の山荘行きは全くの突然で、それだけに充分な準備も用意もなく、薄縁《うすべり》も御簾《みす》も古いものを倉から出させる始末で、居心地が悪いこと、このうえもない。

まして、供《とも》らしい供もつけず、綺羅の身の回りを世話する者に至っては自分一人だと思うと、小百合はにわかに都の三条邸が恋しくなった。

綺羅の身の回りの世話だけならまだしも、なにしろ同行の者が少なく、人手不足なので、小百合は台所の仕事から、朝夕の掃除まで手伝わされている。

今日も朝から、井戸水を汲《く》みあげる手伝いを頼まれ、釣瓶《つるべ》を引きあげているうちに、ムラムラと反抗心が湧《わ》き起こってきた。

権大納言家《ごんだいなごんけ》の使用人といっても、小百合は貴人の身の回りの世話をする高級侍女《じじょ》で、水汲みなどというお端《はし》仕事《た》をやりつけてはいないのである。

なんで、このわたしが水汲みを、と思うと無性に腹がたち、釣瓶を放り出して、座敷にねじ込み、京に帰りましょうとせっついたが、綺羅はブスッとして頭《かぶり》をふるばかりだった。

「じゃあ、せめて、女房を二、三人、下女を数人、呼びよせて下さい。これ以上、水汲みするなんて、まっぴらです」

「あたしは元服《げんぷく》前の半人前だからね。お供にそんなにたくさん、連れて来るわけにはいかないの。半人前のあたしには、半人前の女房の小百合でちょうどいいんだ」

「んもう！　なんて根にもつタイプなんでしょう。あきれますわ」

小百合はいよいよ腹が立って、団扇を放り投げた。

主従関係にあるとはいえ、乳姉妹《ちきょうだい》の気安さもあり、小百合は怒ったりした時など、姉のような口をきく。

「そんなふうに、すぐむくれて、駄々をこねる子供ですもの、半人前といわれるのは当然なのですわ」

「子供!?　あたしが子供だってのｌ?」

「そうですわ。だいたい、綺羅さまが元服なんて、できるはずないじゃありませんか。それなのに、無理をいって父君さまを困らせ申しあげて。少しは恥ずかしいとお思いなさいっ」

水汲みの恨《うら》みも手伝って、小百合が眉《まゆ》をつりあげて叱《しか》りつけると、綺羅はすっくと立ち上がり、物もいわずに部屋を飛び出して行った。

しばらくして、供の者が庭の方から現れて、

「小百合はん、綺羅さんが供の者はいらないいわはって、外に出て行かはったけど、どないしまひょ」

といった。

小百合はため息をつき、

「放っておいていいわ。少し、頭を冷やせばよろしいんです」

「けど、こない山の中で、大丈夫ですやろか。山賊にでも襲われはったら……」

「綺羅さまなら、山賊の腕にかみついて逃げてらっしゃるわよ」

小百合はあっさりいい捨て、再び嫌な水汲みをすべく腰を上げた。

綺羅が本当は女であることは、綺羅付きのごく少数の女房しか知らず、この供の者も、当然、綺羅を権大納言家の年相応の凛々《りり》しい御子息と思っている。

その主家の子息を頭ごなしに叱りつけ、あっさりとあしらう小百合の威勢《いせい》にすっかり感服し、供の者はすごすごと引き下がった。


小百合に怒鳴りつけられ、山荘を飛び出した綺羅は、ずんずんと山道を歩きながら、腹の中で怒りをぶちまけていた。

〈なんて子なのよ。生まれた時から、ずっと一緒で、あたしの気持ちを一番わかってくれなき

やならない小百合が、あんなことというなんて！　半人前だなんて、よくもいえたもんだわね。左近少将《さこんのしょうしょう》と同じじゃないの。あたしを馬鹿にしてっ！〉

〝左近少将〟に思いが及ぶと、いよいよ怒りが押さえつけられなくなり、綺羅は小枝を手折《たお》って、手あたりしだい、ピシピシと叩《たた》きまくった。

父君と珍しく口論し、大喧嘩《おおげんか》の末に家出同然で山荘に来たのも、荒れたムシ暑い山荘で不愉《ふゆ》快《かい》な思いをしなきゃならないのも、腹心《ふくしん》の女童《めのわらわ》の小百合と口論したのも、すべて左近少将のせいのような気がしてくる。

それがヤツ当たりであることは、よく承知しているのだが、怒りはおさまらない。

綺羅は細い山道をずんずん突き進んだ。

ここ数年はご無沙汰《ぶさた》だが、幼い頃は毎年、この山荘に来ていたので、ここいらの地理には詳しく、しばらくすると、お目当ての池が現れた。

幼い頃は、よく水浴びをした池である。

綺羅はあたりを見回した。

この辺は山道も細く、木々も生《お》い繁《しげ》って枝がさし伸び、よほど地理に詳しい人間でなければ、めったに来ない。

誰もいないのを見すまし、綺羅はパッと着物を脱ぎ捨て、池にとび込んだ。冷たい水が肌を刺すように気持ちよく、うだるような暑さも、ここしばらくの憂鬱《ゆううつ》も、苛立《いらだ》ちも、水に溶けてゆくようである。

もぐったり、浮かんだり、ばしゃばしゃと水しぶきをあげて泳いだりしながら、ふと、

〈このまま、行方《ゆくえ》知れずになれば、あの頑固おもうも、元服のことを考え直すんじゃないかしら〉

などと、意地の悪いことを考えた。

そもそもの発端は、三カ月前の式部丞《しきぶのじょう》との市《いち》見物だった。

東の弟と久しぶりの会見をした後、式部丞と牛車《ぎっしゃ》に相乗りして、朱雀大路《すざくのおおじ》の左京《さきょう》にある東の市に行き、弟や小百合に贈ってあげる絹《きぬ》や錦《にしき》を見て歩いた。

貴族も庶民も入り乱れての賑《にぎ》やかさで、元来が派手好きの綺羅は浮き浮きしていた。

ただでさえ、華やかな顔立ちの綺羅が、いい気分でにこにこしているので、通り過ぎる人が必ず振り返る。

中には、人の頭ごしに、首を伸ばして自分を覗《のぞ》き込む者もいて、綺羅は不思議だった。

「変だな。わたしは、どこかおかしいですか。みんながじろじろ見るので、気になって仕方がない」

顔をしかめて式部丞に尋《たず》ねると、式部丞はぷっと吹き出し、

「そりゃ、きみが可愛《かわい》いからですよ」

と受け合った。

賞《ほ》められると悪い気はしないのが人の常で、綺羅は首をすくめて、

「いやあ、そんな……」

と謙遜《けんそん》した。

式部丞は、そんな仕種《しぐさ》も可愛いというように笑って、

「いや、本当に。いつまでも童姿《わらわすがた》に留《とど》めておおきになりたい権大納言さまのお気持ち、よくわかるな」

綺羅が十四歳になっていながら、未《いま》だに元服する気配がないことを、都の人たちはいろいろと噂《うわさ》していた。

大がかりな元服式の準備をしているのだとか、童姿があまりに可愛いので、元服させるのが忍びないのだとか、ま、人の噂は気楽なものである。

元服させようにもできない理由がわかったら、人々は仰天《ぎょうてん》することだろう。

「しかし……」

式部丞は、ふっと表情を改めた。

「いくら童姿が幼《いと》けなく、可愛いからといって、これ以上元服をのばすのは、どうしたものかな。元服しなければ官位も授からないし、一人前の出仕《しゅっし》もできない。まだ年若いきみにこんなことというと、大人の打算のように思われるかもしれないけど、出仕が遅れれば、それだけ出世も遅れるよ」

さすが二十五歳の青年だけあって、いうことには説得力があった。

綺羅には出世欲がほとんどないので、式部丞のいうことは、今ひとつピンとこなかったが、

〈そうか……やっぱ、この歳《とし》で元服しないってのは、他所目《よそめ》から見ても、おかしいものなのよ

ね〉

　と、改めて考えこんでいた折も折、向こうから声高《こわだか》にしゃべりながら歩いてきた若者二人に、肩をぶつけられ、よろめいた拍子《ひょうし》に膝《ひざ》と手をついてしまった。

　若者二人はおしゃべりや見物に夢中で、ぶつかるまで綺羅に気づかなかったらしい。

　ぶつかった後も、綺羅の方をろくに見もせず、

「気ィつけんかい、童《わっぱ》」

と乱暴にいいおいて、通り過ぎようとした。

綺羅はカッとなった。

気が強いうえに負けず嫌いで、プライドの高い綺羅にとって、公衆の面前で、片手片膝をつかされたのは、屈辱《くつじょく》以外の何ものでもない。

「待ちなさいっ」

　綺羅は鋭く呼びとめた。

「人にぶつかっておいて、その態度は何です。きちんと謝りなさい！」

「何やて」

若者二人は、足を止めて振り返った。

　いかにも貴族の子らしく、艶《つや》の出た絹や綾《あや》の着物を着た綺羅を見て、一瞬怯《ひる》んだように黙ったが、子供一人に大人二人の数にたのんだのか、

「なんや、どこぞの坊々《ぼんぼん》か。供もつけんと、出歩いたらあきまへんで。人買いに攫《さら》われまっせ」

「そや、女子《おなご》みたいに可愛いから、高《たこ》うに売れるやろ」

と、小馬鹿にしたように笑う。

周囲の人たちも、つられたように笑った。

綺羅はいよいよたけり狂い、若者につかみかかろうとした時、綺羅から目を離して買い物をしていた式部丞が、騒ぎに驚いて駆けつけた。

「何をしている！　おまえたち、どこの者だ！」

「あ、式部丞さま……」

若者二人の顔つきが急に変わった。

どうやら、式部丞を知っているらしい様子である。

式部丞も二人の反応に気付き、

「わたくしを知っているのか。そういえば、見覚えのある顔だが……」

「はっ、恐れ入ります。式部卿宮《しきぶきょうのみや》家でたびたび、遠くから、お姿を拝見しております」

式部卿宮といえば、式部丞の上官である。

その家の者なら、式部丞の顔を見知っていて、当然だった。

「宮家に出入りの者か」

「式部卿宮の御一人子《おんひとつご》の君《きみ》、左近少将にお付きしている者でして……」

式部丞への礼儀は礼儀として、「左近少将に付いている」という口ぶりには、尊大さがあった。

いったい「左近少将」とは何者か、と綺羅はムッとした。

式部丞は綺羅の服についた土を、丁寧《ていねい》に払ってやりながら、

「おまえたちの身元はわかった。ところでこちらは、権大納言家の御子息、世に言われる綺羅君であられる」

と穏《おだ》やかにいった。若者二人はいよいよ顔色を変えた。

さすがに、自分たちとは身分の違う貴人を童呼《わっぱ》ばわりした、事の重大さに気付いたらしい。

「いったい、何事があったのか」

「はっ、なんとも、その……その人ごみですから、どうかお察し下さって……ちょっと肩が触れただけでして……」

「そうではないでしょう」

綺羅は、声を荒らげた。

「ぶつかって、わたしは膝をついてしまった。おまえたちは、気をつけろ、童《わっぱ》、といったではないですか」

この騒ぎに集まって、成り行きをワクワクして見物していた野次馬《やじうま》たちが、

「そうや、そうや」

と野次を飛ばした。

「女子《おなご》みたいと、いうてたやないか」

「高う売れるともいってはったでェ」

普通なら、貴族には反感を持つはずの庶民も、見るからに小さくて可愛い少年が、大の男に

喰《く》いついていくのが好もしいのか、応援する。

式部丞はおちついて、

「それが本当なら、無礼千万なことだ。今日は、わたしが綺羅君のお供をしており、綺羅君に何かあれば、わたしの責任になる。事と次第によっては、権大納言さまにご報告しなければならないが、それでよいか」

若者たちは顔を強張《こわば》らせた。

権大納言家は京中の名門中の名門、睨《にら》まれては大変なことになる。

「えらい、すんまへん、いや、ほんとうにどうも、申しわけありませんでした」

若者たちは深々と頭を下げた。

綺羅も、権力をふりかざすのはさすがに本意ではないので、表情をなごませた。

それですめばよかったのだが、公衆の面前で恥をかかされた形になった若者たちは、気がおさまらないのか、こそこそと逃げ出していく時、

「フン、権大納言家のお子いうたかて、元服もしてへん無位《むい》のガキやんか」

「うちの少将は五位《ごい》や」

と吐き捨てるように呟《つぶや》いた。

綺羅はまたまたカッとなったが、若者たちは足早に逃げ去ってしまった後だった。

三条邸に帰る間中、綺羅は牛車の中でブスッとして、一言も口をきかなかった。

あのような下賤《げせん》な男どもに、無位のガキといわれたのが、息がとまりそうなほど悔《くや》しい。

しかし、元服もしておらず、朝廷から位階《いかい》もいただいていないのだから、そういわれても仕方がないのである。

式部丞もしきりに気にして、

「いや、左近少将はきみより、確か二つほど年上で、なかなかの俊才でね。若い公達《きんだち》の中では、今のところ、一番の出世頭《しゅっせがしら》なのだ。御本人は明朗で、剛毅《ごうき》な、近頃珍しい男らしい、いい人なのだが、周りの者が図にのって、目にあまる言動もあるのだ。それに、きみのことは、よく宮中の公達の中でも話題になって、出仕すれば、左近少将とは年も近く、格好のライバルになるだろうなどと、気楽な噂をたてる者も多いから、向こうでは、きみのことを意識してるのかもしれない。それが下々《しもじも》の者には妙に伝わって、反感になってるのかもしれないが……」

と、あれこれいってくれるのだが、無位のガキといわれた悔しさは、消えなかった。

それからというもの、元服していないことがいやに気にかかる。

気がつけば、つい二、三年前までよく遊びに来て、一緒に小弓や鞠《まり》に興じていた幼なじみは、今はみな元服して、出仕し、あまり遊びに来ない。

もちろん、彼らは綺羅が好きなので、何かの折にやってくるが、ちょっとした近況報告をした後は、すぐ帰り仕度をする。引きとめても、

「今日は、これから、中納言《ちゅうなごん》さまのお邸《やしき》で歌会があって……。これもつき合いだから」

といいにくそうにいい、帰って行く。

今や、綺羅のところに遊びに来るのは、綺羅よりずっと年下の、十歳前後の童《わらわ》か、東の綺羅

姫目当てと思われる二十歳《はたち》過ぎの公達ばかりであることに、綺羅は今さらながら思い当たった。

下賤の者に無位のガキといわれたことといい、親しかった者が離れていき、一人とり残される寂《さび》しさといい、それもこれも父君が元服させてくれないからだと思うと、いてもたってもいられず、父君に泣きついた。

しかし、優柔不断《ゆうじゆうふだん》の「まあまあの権さん」も、ことこの件に関しては、驚くほど頑固だった。

「あんたな、元服やら出仕やらは、子供の遊びとは違うのどっせ。一人前の男として、世間にも認められ、それ相応の働きもせなあかんのや。わしがあんたの正気の沙汰《さた》とも思えん男のカッコを認めとるのは、それがまだ、家の中ですんどるからや。いくら男にしか見えへんいうても、所詮《しよせん》は女、出仕してボロが出たら、あんたもわしも、畏《おそ》れ多くも主上《おかみ》をたばかった科《とが》で島流し、下手《へた》したら死罪でっせ。そこんとこ、わかってはるのかいな」

と顔色を変えて怒鳴られると、綺羅としても、さすがに何もいえない。

それどころか、自分が元服し、出仕することが、主上をたばかる罪だといわれると、考えもしなかったことだけに、胸にこたえてしまった。

そんなわけで鬱々《うつうつ》として楽しまず、人を集めて遊ぶこともふっつりと止《や》め、家の中に引きこもってばかりいたが、そうなると、権大納言家の綺羅君が重病にかかったという噂がたった。

幼なじみが心配して見舞いにかけつけるのだが、綺羅はかつての遊び友達が、髪を切って髻《もとどり》を結い、冠《こうぶり》をかぶるという大人の様子をしているのが、寂しくてしようがない。

しかも見舞いがかちあったりすると、友達は綺羅そっちのけで宮中の噂話に花をさかせる。

その噂話に、必ずといっていいほど、左近少将の名が出てくるのも、綺羅には腹立たしい。

東市《ひがしのいち》での一件以来、まだ見ぬ左近少将に、ライバル意識をもっているのである。

自分は容貌も、人が誉《ほ》めてくれるからにはいいのだろうし、武術にも学問にも自信がある、左近少将ふぜいに負けるもんか、というわけだ。

そこに、手痛い矢が放たれた。

つい、四日前のことである。

綺羅病気の噂に、連れ立って見舞いにやってきた二人の友人と、あれこれとよもやま話をしていた時、

「五月《さつき》もあけて、うっとうしい長雨も終わったかと思うと、ホッとするね」

「梅雨《つゆ》あけといえば……」

と、大夫《たゆう》の君がいった。

「長雨の間の主上の無聊《ぶりょう》をお慰《なぐさ》めしようと、つい先日、若い者たちで蹴鞠《けまり》の会をやってね。非公式だけれど、主上もご臨席下さって、盛大なものだったな。ぼくたち、蹴鞠の名手の綺羅に手ほどきを受けてるから、かなりイイ線までいって、主上から、お誉めの言葉をいただいたよ」

「ふうん」

綺羅も自分までが誉められたような気がして、にっこりと笑った。ところが、

「だけど、結局、左近少将にはかなわないよなあ。最後には、あいつ一人で目立っちゃってさあ」

と、大夫の君が悔しそうにいったとたん、綺羅は表情を改めた。

〈また、左近少将か〉

「あいつ、憎ったらしいよな。一人で鞠を独占して、わざと受けにくいように上げるんだから。だけど人目には、ぼくらが下手《へた》だから受けられない、というように見えちゃうしさ」

「主上《おかみ》から、ご褒美《ほうび》の御衣《ぎょい》を賜《たまわ》る時だって、『あちらは綺羅流だそうですが、わたくしは飛鳥《あすか》井《い》流の技《わざ》ですから』なんていうんだぜ。蹴っとばしてやろうかと思ったよ」

飛鳥井流というのは、何ごとにも格式を重んじる平安貴族の間で重視されはじめている、蹴鞠の流派、家元みたいなものである。

その飛鳥井流と並べて、自分の名を引き合いに出すなど、わざと馬鹿にしているとしか思えない。

主上の御前で、自分の名が汚《けが》されたと思うと、いてもたってもいられず、綺羅は顔色を変えた。

しかし、いい返そうにも、事は自分の関知できない宮中でのことであり、どうしようもないのだ。

そう思うと、いよいよ怒りがつのってくる。

大夫の君は、なおも、

「ぼくらも、あんまり腹が立っちゃったからさ。御前で、綺羅がいたら、左近少将と張り合って、いい試合になったでしょう、綺羅の蹴鞠の技は美しくて、かなう者は都にはおりませんといってやったさ」

「あれにはスッとしたな。主上にお供していた大納言や大臣たちも、そうだそうだと頷《うなず》いてたよ」

「な、なにも、都一という腕前ではないよ、わたしは」

といいつつ、綺羅は少しいい気分になったが、その後が悪かった。

「ところが、あの左近少将め、『元服前の半人前の坊やと比べられるとは、わたくしもまだまだ技倆《ぎりよう》不足ですね』と笑いとばしてさ。終始、馬鹿にされて、ぼくたち……あれ、綺羅、どこ行くのさ。病気なのに、大丈夫なの？　綺羅、綺羅ってばっ」

友達二人が引きとめるのも振り切って、綺羅は父君のいる寝殿《しんでん》に走った。

もう、我慢できない！

東市でのことは、何もわからない下々の者の無礼と許せても、公《おおやけ》の場で、「半人前の坊や」と馬鹿にされて、黙っていられるか。

何が何でも元服して、出仕し、いい気になってる左近少将に、目にもの見せてやる！

しかし、父君のガードは固かった。

父君にしてみれば、女の綺羅が、いつわって元服、出仕したことがバレれば、政治生命にかかわるスキャンダルだから、それこそ命賭けで反対する。

かくして綺羅は、

「元服を許して下さらないのなら、いつまでたっても半人前の人間として、ものの数にも入らぬ身、都にいても意味はないから、山に籠《こも》ります！　元服を許して下さるまでは、決して帰りませんからねっ」

と捨てゼリフを残して、小百合を引きつれ、北嵯峨の山荘にやって来たのだった。

しかし山荘は薄汚く、ついてきた者は不満をあらわにするし、都の父君は自分を呼びよせる気配もみせない。

綺羅は思いっきり水をはねあげた。

〈誰も、あたしの気持ちなんて、わかってくれないんだ。えいっ、くそっ、にくたらしい！　考えてみれば、家出ったって、行き先は北嵯峨とわかってんだもの、おもうが心配するはずないんだ。行き先なんか、いわなきゃよかったな。小百合だって、飛び出したあたしを捜しに来ないとは、なにごとよっ。供人《ともびと》だって、ついて来るなといわれても、主人の身を案じて、物陰からそっとついてくるのが務めじゃないの〉

こういうところは実に女性一般の性質そのままに、次々と八ツ当たり的に怒りを飛火《とびひ》させていた綺羅は、はっとわれに返った。

自分を捜しにくるのが小百合ならよいが、供の者だった場合、とんでもないことになる。以前、東の弟君に、「体は女でも、心は男の子でえす」といったが、心は男でも、とどのつまり体は女、その女の体をさらして水浴びをしている最中に、供の者が自分を捜しに来たらどうなるのか。

綺羅はあわてて池辺《いけべ》に泳ぎだした。

人が来る前に、服を着なければいけない。

あせっているので、泳ぎが得意なはずだが一向に進まず、池辺にたどりついた時は息が切れて死にそうだった。

その上、長い時間水につかっていたので、体が冷えきっている。

下手《へた》をしたら風邪《かぜ》をひくとばかり、勢いをつけて池からはいあがった、その時だった。

突然、生い繁った木々をかきわけるようにして、男が現れたのである。

およそ五秒というもの、素っ裸の綺羅とその男は無言で向かい合い、六秒後、綺羅の悲鳴が静寂《せいじやく》を破った。

「な、な、な、何者っ‼」

綺羅は両手で胸をかくしてしゃがみ込み、喉《のど》も裂けよとばかり叫んだ。

「し、失礼したっ‼」

男は顔をまっ赤にして、くるりと背を向けた。

「こ、この近くまで来たところ、水の音がするので不審に思い、見に来ただけなのだ。まさか、このようなところに……」

そんないいわけはどうでもいいから、さっさと立ち去れと思うのに、男は足がすくんででもいるのか、それともスケベ根性を出しているのか、一向に立ち去る気配がない。

「決して、不埒《ふらち》な思いで来たのではない。それをわかっていただきたい」

わかったから、さっさと行け、といいたいのだが、驚きと恥ずかしさのあまり、声が出てこない。

当然ながら、実の父君にも見せたことのない素っ裸である。

いくら男っぽい性格をしているとはいっても、素っ裸になると、にわかに女の羞恥心《しゅうちしん》が出てきて、目の中まで真っ赤になる思いだった。

「そなた、見たところ……」

「見たところっ⁉」

綺羅はカッとなって叫んだ。

一瞬の間なのに、そんなにまじまじと見られたのだろうか。

なんという、ドスケベ男だ。

男は後ろ向きになったままで、あわてて弁解した。

「い、いや、ちらりと見ただけだ。そ、そんなに、しかと見たわけでは……」

「…………」

「……山中《やまなか》の賤《しず》の女《め》とも思えぬが……」

綺羅は苛々《いらいら》してきた。

ともかく、立ち去ってもらわなくては、着替えるに着替えられない。

いつまでも素っ裸のまま、胸を隠してしゃがみ込んでいるのも、これでなかなか、しんどいのである。

寒いし、足がしびれてくる。

　ここは何といいつくろっても、さっさと立ち去ってもらわねば、と綺羅は忙しく頭を働かせた。

「もしや、都のしかるべき姫ではないのか。何か、やんごとない事情で……」

「じ、実は、意に染まぬ結婚をおもうさまに勧《すす》められ、数《かず》ならぬ身とは申しながら、心をいつわって嫁《とつ》ぐよりはと、浄土《じょうど》に生まれ変わることを念じて、入水《じゅすい》したのでございます」

「じゅ、入水⁉　愚《おろ》かな！」

　男は驚いて振り返り、綺羅はぎょっとして悲鳴をあげた。

「すっすっ、すけべっっ。何回、見る気なのよっっ」

「すまぬ！」

　男は再び、くるりと背を向けた。

　首筋まで、真っ赤である。意外に純情らしい。

「そ、そなたの気持ちはわかる。意に染まぬ結婚は、苦しみばかりが多い。しかし、入水など愚かなことだぞ。父君、母君の嘆《なげ》きを思うがよい」

「え？　ああ、まあ、そりゃそう……ですね……」

「父君も、命を賭《と》してのそなたの思いには、心を打たれるやもしれぬ。話し合われてみるがよい」

「――はあ……」

「今一度――、今一度、考え直されよ。死ぬは容易《やす》いが、生くるは難《かた》い。しかし、生《しょう》あるものなれば、なべて生くるが仏の御心《みこころ》」

「…………」

なんでここで、ましてこういう状況で、人生論を聞かされて説教されねばならないのかと、くしゃみをこらえていた綺羅はうんざりした。

「これ、聞いているのか」

「は、はいっ、聞いてますっ。——死ぬために入水しながら、死にきれず、衣服は流されながらも、わが身ひとつが岸に漂い着いたのも神仏の思し召《おぼしめ》し、はかない身ではありますが、今ひとたび、この世の片隅で生きてみとうなりました」

寒さと、口から出まかせの嘘《うそ》八百にさすがに気がひけて、つっかえつっかえそう言うと、男は安心したように頷《うなず》いた。

なんともはや、単純な男だと思うとおかしかったが、あと一押しで追い返せる、と綺羅は息を吸い込んだ。

「とは申しながら、このようなアラレもない姿を、殿方《とのがた》に見られてしまい、息《の》も絶える心地です。哀《あわ》れと思し召《おぼしめ》しなら、生きよと思し召しなら、どうか、今すぐ、お立ち退き遊ばされて……。わたくしのことは、お忘れ下さいまし。哀れと思し召しなら、どうか、よよよ……」

「——哀れに思う」

「はあ?」

「哀れに思うぞ」

「………」

男が馬鹿正直に、いやにしみじみと同情をこめて言うので、綺羅は白けてしまって、返事をする気にもなれない。

〈どこの田舎《いなか》貴族かしら、この馬鹿。だいたい、ちょっと頭を働かせば、いくら自殺しかけたからって、素っ裸で、池からはい上がってくる女なんて、そうはいないわよ。それをまあ、一から十まで信じちゃって、あげくに、哀れに思うぞときたもんだ〉

折しも、この時、近くで人の気配がした。

繁った雑草を踏み分け、枝を払う音がする。

馬鹿な田舎貴族の他に、また人間が出てくるようでは、いよいよ万事休すだと、綺羅の心臓は縮みあがった。

しかし、耳を澄ますと、どうも、「綺羅さまあー」という声がするようだ。

〈小百合だ！〉

綺羅はあわてふためいた。

「家の者が、わたくしの姿が見えないのに気付いて、探しに来たらしゅうございます。わたくしは、池に落ちたことにいたしますから、どうか入水のことは忘れて、早く、早くお立ち退き下さいませっ」

「──生きると、誓うな」

「ち、誓いますってば！」

「ならば、よい。そうだ、これを……」

男はなおもグズグズして、袖《そで》の中をまさぐっている。

小百合は本当にこちらにやってくるらしく、声もとぎれがちに聞こえてくる。

素っ裸の自分が、男と二人でいるところを小百合に見られたらと思うと、気が気ではなかった。

と、突然、目の前に何かが降ってきた。よく見ると、珍しい、紫水晶の数珠《じゅず》である。

「今日の戒《いまし》めに、持っていなさい。再び死を思う時があれば、わたしを思い出して、耐えて生きるように」

「はあ……。ご丁寧《ていねい》に、どうも……」

「――そなたのことは、忘れない」

男はそういい置いて、ぱっと駆け出して行った。

綺羅は数珠を握りしめて、ぽかんと男を見送った。

〈どういうんだ、あれ。なんか、すっかりヒーローになりきってるみたいだけど……〉

「綺羅さま‼　ご無事でい……」

男と入れ替わるようにして、小百合が枝をかきわけて現れ、素っ裸の綺羅を見て絶句した。

「き、き、き……」

綺羅は衣服を隠してあった繁みに駆け込み、大急ぎで服を着ながら、

「何よ、なんか文句あるの」

「もん、文句って、綺羅さま！　そのあられもない格好は……‼」

「ちょっと池に転がり落ちたのよ」

「嘘おっしゃい！　裸になって池に落ちるような、準備のいい人がどこにいますかっ」

小百合は目の当《ま》たりにした綺羅の裸に、同性としての羞恥も覚え、耳も首も真っ赤にしている。

綺羅はぷっと吹き出した。

〈小百合のいう通りよねえ。どう考えたって裸なんて異常よ。入水したどさくさで衣服が流されたなんて、あの男、ほんとに信じたのかしら。あせっていたから、よく見なかったけど、かなり品《しな》のいいものを着てたような気もする。どっかの受領《ずりよう》かな。紫水晶の数珠なんて、高価《たか》いものを簡単にくれちゃって〉

「笑ってる場合じゃないんですよ、綺羅さま。このあたりに山賊が徘徊《はいかい》してるらしいんです。お庭を掃いてたら、ものものしい都の役人たちが、見慣れぬ男を見なかったかと聞きに来て、びっくりしましたわ。今日は外に出ない方がいいといわれて、家の者が、今、大騒ぎで綺羅さまを手分けして捜してますわ。こんなところで水浴びしてて、山賊に遭《あ》ったらどうなさるんですっ」

せっせと服を着ている綺羅に向かって、小百合は色をなして説教する。

服を着終わった綺羅は、そんな小百合をなだめながら、

〈あの男、もしかしたら山賊の頭領かしら。そのわりに言葉や物腰は雅《みやび》てたけど……。でも、

山賊も海賊も、頭領には宮《みや》の落胤《らくいん》を名のる輩《やから》は多いし、大半は嘘だけど、中にはほんとに、無《む》品親王《ほんしんのう》の御子《みこ》の、そのまた御子というのはいるもんね。あれも、その手合いかも……〉

などと、あれこれ考えながら、山荘に帰った。

思いがけない池辺での出来事は、思い出すたびにおかしくて、おかげで山荘に来てからもおさまらなかったイライラが、嘘のように消え失せた。

山荘籠りをブツブツ言う小百合の手伝いをして、水汲みをしたり、桂川《かつらがわ》から鮎《あゆ》を取り寄せて焼魚パーティーを開いたりして、それなりに山荘暮らしを楽しみ始めた矢先、都の父君から、急ぎの使いが手紙を持って来た。

手紙には短く、『元服を許します。いや、急いで、せなあきまへんのや。早《は》よ、帰りなはれ』と、乱れた字で書いてあった。

父君の急変は不思議であったが、ともかく、綺羅の願いがかなうわけである。

都に帰れるというので小躍《こおど》りして喜ぶ小百合らと共に、北嵯峨の山荘を後にしたのは、家出（？）して十日目のことだった。

四　綺羅の元服と裳着

都に帰ると、三条邸《さんじょうてい》は上を下への大騒ぎだった。

東の対屋《たいのや》からは、いつもにも増して、某新興宗教のお題目《だいもく》がおどろおどろ気《げ》に響き、太鼓の音は耳を突き破らんばかり、日がな焚《た》き続ける香《こう》で、一寸先まで朦朧《もうろう》とする有様である。

一方、綺羅《きら》の母君のいる西の対屋も、政子《まさこ》の威勢《いせい》の良い声が、梁《はり》も揺るがさんばかりに轟《とどろ》き渡っている。

「出雲《いずも》や、招待状はそろったの？　ああ、もう、何をグズグズしているの。この度《たび》の、わが子綺羅君の御元服《ごげんぷく》には、天下の耳目《じもく》が集まっているのよ。前例のないほど、華やかに、盛大にしなくてどうするの。権大納言家《ごんだいなごんけ》に綺羅君ありと、天下に知らしめすのよっ」

あまりに騒然としているのに驚いて、帰京挨拶《あいさつ》かたがた寝殿《しんでん》におもむくと、父君は布を目にあてがい、しきりと涙を拭《ぬぐ》っている。

頬《ほお》はげっそりとこけ、病人のようだった。

自分が家出している間に、いったい何事が起こったのかと、さしもの綺羅も蒼《あお》ざめた。

「お、おもうさん、いったい、どうしたというのよ。なんで泣いてるわけ⁉」

「東の夢乃《ゆめの》はんとこで焚く香に、やられたんや。目やにが出て、目やにが出て、痛《いと》うてかなんわ」

父君はしきりに目をしばたいた。

「あんたの元服が決まった日から、うちのお姫《ひい》さんも裳着《もぎ》をさせろと、矢の催促や。はねつけたら、女房どもを総動員して、騒音公害、大気汚染公害まき散らかして、実力行使やで。わしは、何の因果《いんが》で、こないに苦しめられな、あかんのや」

香にやられただけでなく、本当に泣いているらしく、鼻をすすっている。

「あんたの元服のことだけでも頭が一杯やというのに、このうえ、東の綺羅の裳着まで要求されて、ほんまに……」

「あたしの元服って、どうして急にそういうことになったのよ。もちろん、あたしは嬉《うれ》しいけどさ」

綺羅はどうにも信じられなくて、尋《たず》ねた。

あれほど政治スキャンダルになるのを恐れて、猛反対していた父君が、こうも急に元服を受け入れるというのは、どう考えても不思議である。

父君は鼻をかみ、悔《くや》しそうに、

「どうしてもこうしても、畏《おそ》れ多くも当今《とうぎん》さん直々《じきじき》のお声掛かりや。断るなんてことはでけへんやんか」

「当今さん……。当今……」

綺羅はぼんやりと呟《つぶや》き、次の瞬間、絶叫した。

「当今て、もしかして主上《おかみ》!?」

「もしかしなくても、主上や」

「！」

綺羅はそのまま、絶句してしまった。

主上といえば、いうまでもなく平安の都の頂点にいます御一人《ごいちにん》、この国の最高権力者である。

その人、いや、その御方《おかた》が、なぜ自分の元服などに、お声を掛けるのか。

「ど、ど、どういうことよ。それは……」

「うむ。二日前のことや。弟の右大臣《うだいじん》やら、大納言やらと、御前で話すことがあってな。最初は、秋の除目《じもく》（人事異動）のことやら何やら、固い話ししとったんやが、そのうち、話が妙な方に行ってしもたんや」

父君は、その時のことを、苦々《にがにが》しく思い出した。

最初は、たあいのない会話だった。

「天変地異もなく、流行病《はやりやまい》もなく、都があんじょう治まってますのは、これ、ひとえに当今さんのお力どすなあ」

「いや、まったく。これまでの歴史にも例のないほど、天下泰平《たいへい》で、それもこれも当今さんの徳のなすところ」

「世の徳という徳、才という才が当今さん御一人に集まってもて、わしら俗《ぞく》の者は、無能の烏《う》合《ごう》の衆でんな、ほっほっほ」

と、機嫌《きげん》よくかけ合い漫才をやっているうちはよかったが、そのうち年長者の大納言が、

「ほんまに、最近の若いもんはみな、出世にばかり目を血走らして、見ててイライラしまんな。字もよう書けん、歌もよう詠《よ》めん、そのくせ金と女のことでは、アホになってる。とにかく、優秀な人材というのがおまへん」

と、例によって、若者批判をやりだし、

「徳の高い当今さんがおわしますのに、その宮廷に華を添えるような、器量も才もある若い者がおらへんちゅうのは、寂《さび》しいことだすなあ。左近少将《さこんのしょうしょう》あたりは、まあ、一応の及第点やが、なまじ華やかな分、軽薄やし」

「そうでんなァ。世もこれだけ平和や、宮廷の花ちゅう見目よい公達《きんだち》、後宮《こうきゅう》の花ちゅう美々《びび》しい女房の一人もおらんことには、なんや張り合いがおまへん」

弟の右大臣がそういった時、それまで御帳台《みちょうだい》の中にいるものの、帳《とばり》を降ろしていて、大臣たちの会話を聞いているのかいないのか、ずっと黙っていた帝《みかど》が口を開いた。

「確かに、宮廷にも後宮にも、これはという人はいなくて、寂しいね。わたしにおもしろ味がなくて、それが自然に影響してしまうのかもしれない」

「と、と、とんでもおまへん！　そ、そ、そんな意味で申し上げたんと違います」

宮廷に張り合いがないといってしまったので、帝の御不興《ごふきょう》を買ってしまったのではないかと、右大臣はまっ蒼《さお》になっていった。

「さ、最近は優秀な人材がないちゅうことで、決してそないな……」

「しかし、院《いん》となられた父君が帝の御治世《ごじせい》には、あなた方のような優秀な臣下《しんか》が才を競っていたのだからね。次代をになう若い優秀な臣下がいないというのは、わたしの責任だ」

「そ、そ、そ……」

右大臣も大納言も顔色を変え、救いを求めるように権大納言を見た。

権大納言も、さすがにあわてて、

「まあまあ、当今さんは即位されはりまして、まだ二年。当今さんの徳に引かれて、頭角を表す者《もん》が出るのは、これからどすわ。そないに急《せ》かれては、若い者《もん》も気の毒というもんでっしゃろ」

とうまくいいつくろい、右大臣もここぞとばかり、

「いや、ほんまにこれからどすわ。だいいち、本命が出てまへん。兄上《あにうえ》さんのところの若にしてからが、元服もすんでへんのやからして。なあ、大納言さん」

「そや、そや、その通りだす」

大納言も、必死で相槌《あいづち》を打つ。

「綺羅さん、いいやしたな。なんや、見る者が目もくらむ思いがするほど美しゅうて、可愛《かわ》ゆい若ちゅう話やおへんか。そういうお子を秘蔵しはってるんやから、宮廷が寂しいのも道理だす」

話が嫌な方向に来たなと思ったのは、この時だった。

帝の御機嫌を損《そこ》ねないためとはいえ、二人の高官が、先を競って綺羅を誉《ほ》めあげては、帝に強い印象を与えることになる。

案《あん》の定《じょう》、帝が興味を示した。

「そういえば、綺羅君のことは、たびたび耳にする。先日の蹴鞠《けまり》の会の時も、若い者らが、噂《うわさ》をしていた。若い者にも人気のある、美しい子らしいね。いくつ?」

「は、あの、その……十……四でして……」

「十四⁉」

帝はそういったきり、ちょっと黙った。

権大納言は、生唾《なまつば》を飲みこんだ。

話がいよいよヤバイ方向に突き進んで行きそうで、生きた心地がしない。

「十四といえば、とっくに元服して、出仕《しゅっし》し、侍従《じじゅう》にもなろうという歳《とし》ではないか。元服したという話は聞かないが……」

「は、はあ……」

「元服はまだなのか」

「ま、まだ……ですのや……」

「どうしてだ」

「………」

権大納言は言葉が見つからず、口ごもった。

世にいう綺羅君は、実は女《おなご》ですのや、とは口が裂けてもいえない。

冷や汗と脂汗《あぶらあせ》が体じゅうから吹き出し、頭がくらくらしてきた。

権大納言が黙りこんでしまって、座が緊張したのを見かねて、右大臣が、

「兄上さんは、子煩悩《こぼんのう》やからな。いつまでも童姿《わらわすがた》にしときたい、思うてはるのやろ。同い年の綺羅姫さんの裳着も、まだやし」

「そうだ。そういえば同い年の姫もいるのだったね。綺羅君そっくりの美女で、慎《つつ》しみ深い姫だとか」

帝は頷《うなず》きながらいう。

権大納言は、弟の右大臣を睨《にら》みつけた。

できるものなら、この場で、このドアホ、何いうてけつかるねん、余計なこと抜かしよって！と怒鳴りつけたかった。

下手《へた》に帝が興味を持って、後宮に上げろといいだしたら、どうしたらいいのだ。

「十四になるまで、元服や裳着をさせないのには、何か理由《わけ》があるの」

「と、とんでもありまへん。何も、理由なんぞありまへん。ただ、姫はえらい内気で、父であるわしにも、よう顔を見せん恥ずかしがりですのや。新参の女房が近くに来ただけで、気ぶっせいになりはる、手のかかる姫でしてな。き、綺羅も、なんや、万事に子供じみてましてな。ガキ大将になって、童らと遊んどるのが一番ちゅう、情けないお子で……。あんなんが出仕しても、みなさんに迷惑がかかるだけや思うと、元服させるのも良し悪《あ》しやと……」

権大納言は、必死になって熱弁をふるった。

帝は笑いながら、

「おかしな人だね、権大納言は。貴族は誰もが、ろくに大人にもならないうちに、子供を出仕させたがるものなのに。出世欲がないのだね。そこが、あなたの立派なところだ。そういう人の子供も、出世欲などなく、心一途《いちず》に、仕《つか》えてくれるのではないだろうか」

確かに、貴族はみな、なんとか子息を早く出仕させ、出世レースに乗せようと必死になるものなのである。

その気配がまるでない権大納言に、帝が好感をもつのももっともだった。

「今の宮廷は、あなたたちのいう通り、華やかさがない。人々の注目の的《まと》になる貴公子がいないのは、寂しいものだ。後宮の女房たちも、物足りないだろう。わたしも、評判の人を見てみたいし、出仕させなさい」

「出仕て……」

権大納言は絶句した。

都の貴族が元服が遅いと噂しようと、綺羅が元服させせろとゴネて、あげくに家出しようと、事は自分の政治生命にかかわるだけに、気強く無視したりはねつけられたりした。

しかし、帝自身の口から、「出仕させなさい」といわれては、はねつけるわけにはいかない。それを無視すれば、それこそ政治生命の終わりである。

いくら平和だの、政争はないのといっても人の生死にかかわる大事件にはならないというだけで、それなりに失脚や栄達《えいたつ》はあるのである。

「し、しかしでんな……」

権大納言は、力をふり絞《しぼ》った。

失脚はしたくない、しかし綺羅を出仕させては、帝に対して、重大な秘密を持つことになり、爆弾を抱《かか》えこむようなものなのだ。

「出仕、仰《おお》せられても、綺羅は無位《むい》どすから、童姿のお務めちゅうことになります。それでは、一人前に扱われのうて、辛《つら》いこともありますやろ。出仕さしていただくにしても、も少し、時期を見て……」

父君にしてみれば、その場逃れにいったことだったが、帝はもっともというように深く頷き、

「それが親心というものだろうな。殿上《てんじょう》には五位《ごい》の位《くらい》が必要だ。権大納言家の綺羅君を五位に叙《じょ》す。話しているうちに、急に見たくなった。一日も早く元服を終え、参内《さんだい》させるように」

といい切った。

権大納言はそれ以上何もいえず、深々と平伏《へいふく》して、

「ありがたき御沙汰《ごさた》でございますする」

というしかなかったのであった。

「そんなことがあったの……」

そういう事情を聞き、綺羅は深々とため息をついた。

元服したいとゴネまくり、家出までしたものの、いざ帝自《みずか》らの指図《さしず》で元服となると、事の重

大さに、さすがの綺羅もどっと疲れを覚える。

「なんか、いやに話がでかくなってんのね」

「でかいどこやおまへん。その日のうちに、あのへらず口の右大臣が、帝お声がかりで綺羅が元服するといいふらかして、都じゅうの注目の的やがな。中風病《ちゅうふうや》みで寝こんではった父上の関白左大臣《かんぱくさだいじん》までが、孫の元服やら裳着やらの晴れの日に寝とられへん、何がなんでも、加冠《かかん》役か腰結《こしゆ》いの役をやらしてもらうと、えらい気ィ入れはってな」

もう父君は涙声だった。

加冠役とは、元服式の際、童髪《わらわがみ》を切って髻《もとどり》を結った頭に、冠《こうぶり》をかぶせる役であり、腰結いというのは、裳着式の時、裳《も》の腰紐《こしひも》を結う役である。

二つとも、成人式の立会人のような役目で、形式的とはいいながら、後々《のちのち》の後見役《こうけんやく》、相談役になってもらえる有力な貴族に頼むのが例である。

その役に関白左大臣が名のりをあげるというのも、名門中の名門、権大納言家であればこそ、ではある。

「お祖父上《そふうえ》さんも、はりきってんのね。そろそろ政界から引退しようという方なのに」

「それだけやないで。弟の右大臣めも、名のりを上げよった。主上《おかみ》が綺羅元服をお指図したのは、自分が綺羅を話題にしたからやと、いやに恩着せがましく抜かしよって、是非《ぜひ》でも加冠役にさしてくれ、いいよるねん。今頃、関白左大臣とこで、どっちが加冠役やるか、くじ引きでもしてるはずや。天下の左右の大臣までまきこんでは、この元服、逃れるわけにもいかへん。

わしは腹をくくりました。あんたも覚悟をきめなはれ。元服さしたります。嬉しいやろ。な、嬉しいやろっ」

父君はやけくそになって叫び、感極《かんきわ》まったのか、よよよと泣き伏した。

綺羅は面喰《めんく》らってしまい、泣き伏している父君を「大変どすえ」の近江《おうみ》に任《まか》せて、自分の部屋に戻った。

自分がいない間の出来事を、顔見知りの下女たちから聞き出し、すっかり事情をのみ込んだ小百合《さゆり》が待っていた。

「北嵯峨《きたさが》に行っている間に、大変なことになってたんですわね。政子さまは元服式準備のため、目を血の色にして走り回り、昨日も興奮のあまり、血が頭にのぼって倒れたそうですわ」

「ふうん」

「東の夢乃さまは、綺羅姫御裳着《おんもぎ》のお式を勝ちとるべく、二日前から不寝《ねず》の大読経会《だいどきょうえ》に突入し、香を焚き過ぎて、昨夜などは火事と見間違えられ、検非違使《けびいし》の役人ら数人が、飛んで来たとか」

「……ふうん……」

「東の綺羅さまは御裳着のお話が出てから、人事不省《じんじふせい》に陥《おちい》り、ただいま東北《ひがしきた》の対屋《たいのや》に移されて、権大納言さま差し回しの女房三人に看病されているよしにございます」

「おもう差し回しの女房って、どういうことよ。讃岐《さぬき》とか、東の女房は？」

「東の女房がたはみな、一人残らず、夢乃さまとともに読経会に参加、讃岐さんが束《たば》ねになって、要求貫徹までお務め放棄《ほうき》を宣言してるそうで。早い話が、ストライキですわね」

「……スト……」

あまりの騒動に、綺羅は呆《あ》っ気《け》にとられてしまった。

確かに、噂に聞く左近少将にライバル意識をもち、負けるものかと元服をねだりはしたが、その時はまさか、このような騒ぎになるとは思ってもみなかったのである。

今日から元服ですといわれ、即、出仕すればすむものと、漠然《ばくぜん》と考えていたのだ。

しかし、何事にも格式を重んじるこの貴族社会、よくよく考えれば、そんなにスンナリいくはずがなかった。

加冠役やら、お髪《ぐし》上げ役やら何やらがいるし、お披露目《ひろめ》の祝宴も設けねばならず、親戚縁者が集まっての一大イベントにならざるを得ない。

しかも、帝御自《おんみずか》らのお指図とあらば、華やかに、かつ迅速《じんそく》にとり行われねばならない。

父君の混乱と苦悩も、察するにあまりあった。

それだけなら、もともと自分が望んだ元服だしと気をもち直すにしても、自分の元服のせいで、東の綺羅の裳着の話がからまってくるとなると、綺羅も寝覚めが悪い。

好き勝手に男の子のように振るまい、自分から元服を望んだ綺羅と違って、弟君はやむにやまれぬ事情で女装させられているのであり、それだけでも死ぬ辛《つら》さを味わっているところにもってきて、裳着などさせられ、名実ともに姫として世間に披露《ひろう》されてしまえば、恥ずかしさのあまり、憤死《ふんし》してしまうかもしれない。

綺羅はいてもたってもいられず、小百合を引き連れ、東北の対屋に駆けつけた。

病室から、角盥《つのだらい》を持って出て来た、父君差し回しの女房・弁《べん》の小君《こぎみ》は、綺羅を見て、人差し指を口に当てた。

「今、ようやく気をとりもどしはったところどす。興奮させはらんよう、頼みます」

頷いて、そっと部屋に入ると、几帳《きちょう》を隔《へだ》てた向こうに、ぼんやりと臥《ふ》している弟君がいた。

何やらブツブツ呟いている。

よく耳をすますと、

「裳着は嫌……絶対、嫌……裳着……」

と、うなされている。

綺羅が膝行《いざ》り寄ると、びくんと身を強張《こわば》らせ、がたがたと震えだした。

「さ、讃岐⁉　讃岐だね⁉　おもうさんは裳着を許したのっ」

悲鳴に近い声で、震えながらいう。

「讃岐じゃないわ。あんたの姉さまよ」

「姉さま？」

とたんに、弟君の声が力を得ると同時に、刺々《とげとげ》しくなった。

どこにそんな力が残っていたのか、たった今まで人事不省に陥っていた人とも思われない勢いで、がばと衾《ふすま》をはねのけ、上半身を起こした。

「ようこそ、お帰りなさい。北嵯峨はさぞかし涼しく、過ごしやすかったでしょ。帰ってくれば元服の準備が着々と進行中で、慶賀《けいが》に堪《た》えません。そうそう、元服のお祝いもまだでしたね。

このたびは御元服の御仕度《おんしたく》、万端《ばんたん》整い、おめでとう存じ上げたてまつりますっ」

こめかみに青筋をたて、唇《くちびる》を震わせて一息にそういい、息がつまって咳《せ》きこんだ。

小百合があわてて寄り添い、背中をさすった。

「あんた、何もそう、喧嘩《けんか》ごしに、ものをいわなくたっていいじゃない。もっと穏《おだ》やかに……」

「穏やかだって？」

弟の綺羅は眉《まゆ》を吊《つ》り上げた。

「二日間、ぶっ通しで騒音を聞かされ、香にむせかえって、どうやって穏やかでいられるのっ。そりゃ、姉さまは念願の元服式を迎えられて、嬉しいかもしれないけどね。あいにく、ぼくは裳着をしたいと願ったことなんて唯《ただ》の一度もなかったんだ。それを、それを、姉さまが元服するばっかりに、おたあが半狂乱になってしまって……！　ぼくはもう、長くはないよ。このまま、死んでしまいたいっ」

女として育てられているうちに、女のヒステリーが身についたのか、弟の綺羅はわっと泣き伏し、手がつけられない。

綺羅はため息をつき、

「ねえ、そう悲観するもんじゃないわよ。おもうは優柔不断《ゆうじゅうふだん》だけど、こと、あたしたちに関しては、政治生命にかかわるっていうんで、いやに頑固だしさ。あたしの元服だって、なかなか許してくれなくてさ。今回、お許しがでたのは、主上《おかみ》の御命令だからよ。あんたの裳着に関しちゃ、主上はどうこうおっしゃってないんだし、おもうも裳着まではさせないわよ。その証拠に、夢乃さまが二日間頑張ってるのに、まだ折れてないでしょ」

と、懸命《けんめい》になだめすかした。

弟の綺羅は手の甲で涙を拭《ぬぐ》いながら、

「──そうかしら……」

と心細げに呟いた。

「そうよ。主上の御命令がない限り、おもうは裳着を断固、拒否するわ。あんたも心をしっかりもって、夢乃さまの実力行使に負けちゃだめよ」

「う、うん……」

弟の綺羅がしゃくりあげながらも、力を得て、こくりと頷いた時、にわかに東の対屋の方から、鬨《とき》の声のごとき歓声が聞こえてきた。

と同時に、これまでにもまして力強く太鼓が連打され、邸《やしき》全体に響き渡った。

何事かと、思わず綺羅姉弟が手を握り合っていると、弁の小君が顔色を変えて駆けこんできた。

「申し上げまする。お殿さんが、ただ今、東の綺羅さんの御裳着も、御元服と同日、執《と》り行うと決めはりました」

「ええっっ⁉」

綺羅姉弟は同時に叫び、早くも弟の綺羅は体の力が抜けて、姉に寄りかかった。

「ど、どうしてまた、おもうが……⁉」

「小耳にはさみました話では──」

弁の小君は咳払いした。

女房というものはみな、無類の噂好き、盗み聞き好きで、家の中のことは、なんでも知っているものなのである。

「主上の御指図だそうです」

「主上⁉　なんで主上が、この子の裳着のことまで……」

綺羅は信じられない。

弁の小君は、まあまあとなだめるふうで、

「なんや、関白さんがくじ引きで右大臣さんに負けはって、加冠役をしそこなったちゅうことどす。おさまりきらん関白左大臣さんは主上に訴えて、かくなるうえは、もう一人の孫の腰結い役をやらしてほしい、孫さえ一人前になったら、年も年やし、剃髪《ていはつ》して出家したい、心のどかに出家するためにも、二人の孫の行く方をはっきりさせとおますと泣き落としはったとか。主上も、十四で元服もまだなのはおかしいが、十四で裳着がまだなのもおかしい、一緒にやるがよろしと仰《おお》せにならはったとかで……」

「う──ん……」

弁の小君がいい終わらないうちに、弟の綺羅は顔を真っ赤にして、泡《あわ》を吹いて失神した。

弁の小君や小百合が、やれ水だ薬湯《やくとう》だと立ち騒ぐ中、綺羅は弟を抱きながら、

〈あたしの元服でこんな騒動になるなんて、なんだか嫌な予感がする。このまま元服して出仕して、無事にすむんだろうか〉

と、ふと不安になった。

帝のお声がかりということで、権大納言家の綺羅君綺羅姫の元服と裳着は、速《すみ》やかに準備された。

加冠役に権大納言の弟の右大臣、腰結い役には権大納言の父君の関白左大臣が立つことになり、当代の大臣が自ら進んでの役ということで、貴族たちは羨《うらや》ましがった。

そのうえ、関白左大臣は腰結い役を終えた後、政界から引退するつもりらしいという噂も流れ、そうなれば、後を継ぐのは当然、摂関家《せっかんけ》嫡流《ちゃくりゅう》の権大納言である。

自慢の息子を帝お声がかりで元服させ、やがては関白左大臣にもなろうという権大納言の栄光を、誰もが噂した。

「綺羅さんの元服を延ばしに延ばしたんは、当今《とうぎん》さんの気ィを引くためだったんや。当今さんは、綺羅さんの出仕を、今か今かと待ちかねはってるいうやおまへんか」

「こうして天下の目を、二人のお子だちに集めはるつもりだったんやわ。ぼやぼやしとると思たら、なんの、さすがは古狸《ふるだぬき》やないか」

「元服前から五位いただいて、元服と同時に侍従《じじゅう》職でっせ。この分では、秋の司召《つかさめ》しの除目《じもく》に昇進は確実、うまくしたら、今年じゅうに四位ですわな。末は摂政《せっしょう》関白どすな」

「姫《ひい》さんかて、裳着前から、こない当今さんにお心掛けていただいて、都一の后《きさい》がね（后候補）どす。ああ権《ごん》さんの腕には負けまっさ」

やっかみ半分の噂が渦《うず》巻《ま》く中、吉日を選んで、元服と裳着は行われた。

東の対屋で行われた裳着式では、東の綺羅姫は今にも倒れかかりそうになるのを左右から女房が支えるという、緊迫感溢《あふ》れたものとなり、それを伝え聞いた人々は、近頃珍しい、なんという奥床《おくゆか》しい姫君かと驚き、年頃の公達《きんだち》は、密《ひそ》かに心をとどろかせた。

一方、西で行われた元服式には、帝のお声がかりということもあり、諸大臣、公卿《くぎょう》が参列し、ものものしいまでに盛大だった。

まず角髪《みずら》髪の童の姿で綺羅が、席につく。

この日のために織らせた綾目《あやめ》も見事な童水干《わらわすいかん》姿で、居並ぶ貴族たちはため息をもらした。

噂に聞く綺羅の華やかな容貌《ようぼう》に、今さらのように驚いたのだった。

加冠役に立った権大納言の弟、綺羅にとっては叔父《おじ》に当たる右大臣も、惚《ほ》れ惚《ぼ》れと見とれた。

噂には聞いており、叔父と甥《おい》という関係ではあるが、そうめったに会うこともなく過ごしてきたのが、つくづく惜しまれた。

この美貌といい、利発な仕種《しぐさ》といい、将来、必ず出世する、と右大臣はとっさに判断した。

〈うちには、まだ未婚の三の姫がいる。うちの婿《むこ》に欲しい！〉

右大臣は、髪《かみ》剃《そ》ぎ役の治部卿《じぶきょう》に髪を切ってもらっている綺羅を、値踏みするようにじっとみつめた。

右大臣には三人の姫がいて、一の姫は現在の帝の後宮《こうきゅう》に女御《にょうご》として入っているが、顔も才も並みでしかなく、帝に特別の寵愛《ちょうあい》を得ているとはいいがたい。

しかも摂関家嫡流ではないので、后《きさい》に立つことはできない。

二の姫は親の目をかすめて、権中将《ごんのちゅうじょう》ふぜいを通わせてしまい、右大臣夫婦の関心と期待は、今は三の姫に移っているのだった。

〈后になれんもんなら、何も無理して入内《じゅだい》させることもありまへん。えらい物入りやし、顔も才もせいぜい並みで、他の女御さんだちより優《まさ》ってるともいえん子で、肩身もせまいやろ。何より、一の姫がすでに入ってる。姉妹で当今さんを競うても、后になれる見込みはゼロで、アホらしいわ。それよりは出世頭を婿取りした方が、なんぼかましや〉

そういう考えでいるところに、常日頃から噂に聞く綺羅が元服することになり、将来の婿選びのつもりで、権大納言に頼みこんで加冠役をさせてもらったのである。

噂は当てにならないし、見込み違いをしては無駄足を踏む、この目で人柄《ひとがら》を見極めなければという計算があったからなのだが、今や右大臣は綺羅をおいて三の姫の婿はない、とまで思いこんだ。

〈童のうちから、ツバつけとくんやった。ああ、もちっと早《はよ》うに叔父、甥《おい》にかこつけて会《お》うて、三の姫のことを吹き込んどいたら！　今日の綺羅さんを見て、婿に欲しと思うてはる親御はんも、ぎょうさんいてはるやろ〉

右大臣の不安を裏書きするように、後ろの方に控えている大納言と中務卿宮《なかつかさきょうのみや》がヒソヒソと、

「童姿も可愛《かわ》ゆいけど、髻結った姿も美しゅうおすな。うちには似合いの二の宮がいてるのやが」

「何をおいいや。確か二の姫宮は、当年とって十九であられましたな。ちっと無理とちゃいますか。うちの姫は十三で、その点、何の問題もあらへん。ぴったしや」

「ほー、年は似合うても、器量というものがありま。あんたんとこは、今末摘花《いますえつむはな》と評判のブス、あわわ、いや、これ聞かなんだことにしとくれやす。おほほ」

と、かまびすしいこと、この上もない。

右大臣は首をぐっと振り向けて、貴族たちを睨《にら》みつけた。

〈なんの、ここで負けてたまりますかいな。負けられまへん。ぼやぼやしてたら、鳶《とび》に油揚げや。わしはやりますえ。腕によりかけて、引っこぬいてみせます。二年後三年後には、綺羅君は、わが右大臣家の婿や！〉

自分の将来が右大臣の心中で決められているとは、つゆ知らず、綺羅は緊張して居《い》ずまいを正していた。

右大臣を始め、列席している貴族の大半がいやに殺気立って自分を見つめているのが、妙に気になる。

これまで完璧《かんぺき》に男としてふるまってきたものの、こういう席には目の利《き》く貴族たちも多く、女とばれやしないかとヒヤヒヤしているのである。

そのうえ、右大臣たちの視線はさておいても、はるか後方の方から、自分の姿を頭の先から足の下まで、じっと見ている人がいるような気がしてならない。

右大臣たちの値踏みするような視線と違い、何かいいたげな、やたら意味ありげな視線で、そちらを振り向いてみたいのだが、髪を結ってもらっていて、動くことができない。

第一、こういうお式の最中に、きょろきょろするのはみっともないと、ぐっと我慢しているのである。

それにしても気になる。

〈なんだろ。あたしの昔の遊び友達は、別室にいて、ここにいるのは、まがりなりにも上級の貴族ばっかりだし、あたしを知ってる人はそう多くないのに。どこかであたしを見てて、あたしの元服を喜んでくれて……〉

綺羅ははっとした。

ふいに、北嵯峨での田舎《いなか》貴族を思い出したのである。

都に帰って来てからは、忙しさにとりまぎれて全く忘れていたが、あの男、本当に田舎貴族、もしくは山賊の頭領なのだろうか。

身につけていた夏直衣《なつのうし》は品が良く、ぽんと放ってよこした紫水晶の数珠《じゅず》は、どうみても唐渡《からわた》りのもので、並みの貴族が日頃持ち歩くものではない。

田舎貴族と思わせたとろい物腰も、裏を返せば、それだけおっとりした貴族ぶりともいえないことはない。

もし、あの時の貴族がここに、この席にいたらと思うと、綺羅はにわかに胸騒ぎがしてきた。

なんといっても、女の素っ裸を見られているのだ。

あの時と同じ顔の人間が、元服しているのを見たら、腰を抜かすのではないだろうか。いや、仮にあの男がここにいなくても、宮中に出仕している貴族の一人だとしたら、どうなるのだ。

自分はこれから出仕することが決まっている。

宮中でばったりとあの男に会ったら、あの男の口から、自分の秘密が洩《も》れてしまうのは火を見るより明らかではないか。

そうなれば、帝をたばかった罪で島流し、下手《へた》すりゃ死罪……。

「綺羅さん、綺羅さんや」

加冠役の右大臣が、そっと囁《ささや》いた。

「どないしはったんや。御気分がすぐれんのどすか。なんや、急に顔色が悪うなりはって」

「い、いいえ、緊張しているだけです。お恥ずかしい」

なんとかいいつくろったものの、不安は消えない。

おかげでお式の後半は、ろくに身が入らなかった。

式が終わり、祝宴に移るので、衣替えのため自室に引き込むと、父君が挨拶《あいさつ》にやってきた。

「おもうさん、今日の元服式に、どんな人が出てたの」

元服の祝いの言葉もさえぎって、綺羅は急《せ》きこんで尋ねた。

「どんな？　そら、都中の人が来てたいうても、いい過ぎやないで」

「ずっと後ろの方よ。孫廂《まごひさし》や簀子《すのこ》の上に居並んでたようなオジンじゃなくて、庭に降りてた人たちの中で、これはという貴族は？」

「そないにいわれても……、庭ちゅうと、若いもんが多かったが……」

「背が高くて、顔のいい男……だったと思うけど。もう一度見れば、わかるんだけどな」

綺羅は北嵯峨で会った男を思い浮かべながら、いった。

「なんや、そら。背が高うて、顔がいい？　顔がいい当代一の公達いうたら、そら、左近少将でんな」

「左近少将⁉」

綺羅はぎくりとした。

噂に聞く、まだ見ぬライバルの左近少将も、今日来ていたのか。

「参列者の公達ん中でも、えらい目立ってはったで。あちらさんも、あんたのことは気にしてはるんやろな、極上の衣《きぬ》をつけて来はって、あんたをじいっと睨《ね》めつけてはったわ。あんたが出仕すれば、光源氏《ひかるげんじ》と頭中将《とうのちゅうじょう》のように、好敵の一対《いっつい》やと、人は無責任にいいよるから、あちらさんもその気でおるのやろ」

「あたしをじっと見てた……」

綺羅はぞくっとした。

もし、すでにライバル視している左近少将が、北嵯峨の男だとしたら、自分はライバルに命にかかわる弱味を握られてしまったことになる。

そう考えると、念願の元服での喜びも出仕への期待も消え失せ、綺羅は床に座りこんでしまった。

そこに「大変どすえ」の近江《おうみ》が来て、東の綺羅姫が、今日三度目の意識不明に陥《おちい》ったと告げ、父君は絶望の吐息《といき》を洩らして東に走って行った。

めでたかるべき元服・裳着の当日からして、こんなに続々と問題が起こるのでは、これから先はどうなるのかと、根っから楽天的な綺羅もさすがに気が重くなってくる。

〈ともかく、明日は初出仕だわ。帝にお目通りした後は、何事にも出しゃばらず、身を慎《つつ》しんで目立たないようにしていよう。あの北嵯峨の男が左近少将か、それとも別にいるのかわかるまでは、一にも二にも目立たないことだ〉

綺羅は気をとり直し、自分自身を納得させるように、そう呟いた。

明けて翌日、綺羅は初出仕した。

出仕と同時に侍従職《じじゅうしょく》を得ているので、まず中務省《なかつかさしょう》に行く。

出仕してすぐ主上《おかみ》にお目通りなど、かなうはずはないのだが、なんといっても帝自身が綺羅に会いたがっているからというので、特別の段取りがされた。

後見役にあたる右大臣に伴《ともな》われ、右大臣の娘、弘徽殿女御《こきでんのにょうご》に挨拶に行く途中に、散策中の帝が通りかかり、お声を掛けるというのである。

昨夜、徹夜で段取りを覚えこんだものの、初めて見る内裏《だいり》の美しさ晴れがましさにぼうっとなり、ろくに頭が働かないところにもってきて、挨拶回りをしている時に北嵯峨の男に会ってしまったらと思うと、綺羅は気が気ではない。

「綺羅さん、落ちつきなはれ。そないにソワソワしはらんとも、よろしおす。当今《とうぎん》さんはええ御方やし」

弘徽殿の細殿《ほそどの》近くを、ゆるゆると歩いている間じゅう、右大臣はすでに舅《しゅうと》のごとく、あれこれ気を遣《つか》う。

綺羅はうわの空で、

「え？　ああ、そうですね。あのう……、ところで左近少将は、どこにいます？」

「左近の？　さあ、知りまへんな。今は、左近少将を気にしとる場合やありまへん」

右大臣が小声で叱るようにいった時、

「おや、右大臣。女御の御機嫌伺《ごきげんうかが》いですか」

という声が、背後からした。

とたんに、右大臣は裾《きょ》をさばいて振り返り、振り返ると同時に膝《ひざ》をついた。

綺羅もあわてて、それにならった。

どうやら段取り通り、帝の登場である。

「見なれない者がいますね。誰？」

「はっ。本日より出仕いたしました侍従でござります。弘徽殿女御にご挨拶に参るところで……」

右大臣が、綺羅の略歴を短く話す間、頭《こうべ》を垂れたままで、綺羅は波打つ心臓を押さえていた。

初めて聞く、帝の声である。

〈ずいぶん、若々しい方みたい。いい香りがする。高価《たか》い香《こう》を使ってんのね。どっかで嗅《か》いだような、なつかし……い……え？〉

綺羅の思考が、一瞬、停止した。

どこかで嗅いだような香り、なのである。

真夏なのに、ふと漂った春の香り、梅花香《ばいかこう》であろうか。

微妙に品の高い香りの質は、禁中秘蔵《きんちゅう》の調合によるものなのだろう。

並みの貴族が身につけようのない香りのはずである。

なのに、なつかしい。どこかで嗅いだ覚えがある。

これは、どういうことなのか。

〈まさか……〉

綺羅は唾をのみ込んだ。

ふとよぎる恐ろしい考えに、心臓がねじれそうな気がする。

〈そ、そんなはずないわ。声を聞けば、わかるわよっ、さっきはろくに聞いてなかったから……〉

「侍従の君、初出仕ごくろう」

帝が軽やかに言った。

綺羅は息が止まる思いだった。

右大臣がしきりに肘《ひじ》で突っつくので、のろのろと顔を上げた時、目の前にいたのは、まぎれもなく北嵯峨の田舎貴族、その人だったのである。

恐怖のあまり、蒼白《そうはく》になって顔を強張《こわば》らせている綺羅を一目見るなり、帝はあっと叫び扇《おうぎ》を落として、二、三歩後退《あとず》さった……。

五　帝の憂鬱

まだ、ところどころに雪が残っているものの、日中《ひなか》ともなればほのぼのと陽《ひ》が暖かく、梅の枝の先のつぼみも、ほころびようという新春のある日、帝《みかど》は脇息《きょうそく》に凭《もた》れかかって、静かにため息をもらした。

「なかなか、お身が入りませぬな。わたくしの講義は、つまりませんか」

文章博士《もんじょうはかせ》は苦笑して、穏《おだ》やかにいった。

「え？　あ、すまない。どこまでいったのだったかな」

帝はあわてて、書をめくった。

わずかな時間をみつけて、非公式に進講を受けていたのである。

文章博士は首をすくめて、ぱたりと書を閉じた。

「今日は、もう、これで終わりにいたしましょう。御物思いがあられるようですから」

東宮《とうぐう》時代からの師である文章博士に、心の中まで見透かされたようで、帝は顔を赤らめた。

確かに、ここ数日、帝は憂鬱《ゆううつ》だった。

文章博士が退出し、一人になってから、あれやこれやとその理由を考えたが、つまるところは、三位中将《さんみのちゆうじよう》が物忌《ものいみ》のため、出仕《しゆつし》していないからだという事実に行きあたるのである。

あの華やかで、明るく、活発な綺羅《きら》の姿がないと、宮中は寂《さび》しいものだった。

〈早いものだ。綺羅が出仕して、二年か。あの頃は侍従《じじゆう》の君だったが、今では父は左大臣《さだいじん》、綺羅自身は三位中将か〉

つれづれなる昼下がり、近侍《きんじ》の者も退《さ》がらせ、一人ぼんやりしていると、考えるのは綺羅のことばかりである。

二年前の晩夏、綺羅が初出仕した時のことが、昨日のことのように甦《よみがえ》る。

右大臣《うだいじん》に伴《ともな》われて歩いている後ろ姿を見た時から、帝の心は人知れず、ときめいた。

細い項《うなじ》といい、ほっそりとしたスマートな体つきといい、確かに、人々が噂《うわさ》するように雅《みやび》なものがあった。

しかし、それ以上に帝の心をときめかせたのは、その後ろ姿が、かの北嵯峨《きたさが》の姫君に似ているような気がしたからだった。

右大臣が長々と綺羅の略歴を述べている間、帝は俯《うつむ》いている綺羅をじっと見下ろした。

やはり、似ているような気がする。

では、あの姫君は、やはり権大納言家《ごんだいなごんけ》の姫君、今ここにいる綺羅君の妹君だったに違いない。

人々の噂では、姫君は綺羅君そっくりで、生まれた頃は、どちらがどちらか、見分けがつかないほどだったという。

早く、綺羅の顔を見たい。

ようやく右大臣の説明が終わり、綺羅がゆっくりと面《おもて》を上げた。

帝は期待に満ちて綺羅を見つめ――その次の瞬間、扇《おうぎ》をとり落としてしまったのだった。

あまりに、そっくりだったのである。

初出仕の戸惑《とまど》いと、今上《きんじょう》にお目通りする緊張のためか、青ざめて震えているのも、かの北嵯峨の姫君を思い出させた。

あの後、何と言葉をかけ、綺羅が何と受け答えたのか、よく覚えていないほど混乱していた。清涼殿《せいりょうでん》にまい戻り、朝政《あさまつり》もうっちゃって、茫然《ぼうぜん》としていたので、やれ侍医《じい》だ典薬頭《てんやくのかみ》だと入れかわり立ちかわりやってきて、大騒ぎになったものである。

もう一度、綺羅の顔を見たいものだと思い立ち、弘徽殿《こきでん》に使いを出したが、急に気分が悪くなったとかで退出した後だった。

綺羅の印象があまりに強かったため、その夜は、北嵯峨での出来事を夢で見たくらいである。

北嵯峨の姫君――それは、帝にとって忘れられない人だった。

あの頃の帝は、即位して二年たつというのに、まだ男皇子《おとこみこ》に恵まれず、落ちつかない毎日だった。

一応、東宮には皇妹である久宮《ながのみや》が立ってはいるものの、女東宮《にょとうぐう》という異例の措置を不満に思う貴族は多かったし、何より当時十三歳の久宮自身が万事に子供っぽく、

「東宮なんて、つまんない。あれもしちゃだめ、これもだめってばかりなんだもの。お兄さま、早く男皇子を産んで」

などとブツブツいい、お付きの女房たちに、

「これ、東宮さん。お兄さまやのうて、当今《とうぎん》さん、今上さんどす」

と叱《しか》られては、ぷーっとふくれて、「東宮なんて、やだっ」とゴネている。

確かに将来の女帝としての器《うつわ》ではないし、かといって帝の血筋の者は、久宮をおいてなく、悩みは深かった。

一時は子種《こだね》がないのでは、というけしからぬ噂も立ったが、東宮時代に、妃の一人、麗景殿《れいけいでんの》女御《にょうご》が死産とはいえ、皇子を産んだ実績がある。

即位してすぐ、多産系だという売り込みに心を動かされて、女御に迎えた右大臣家の一の姫、つまり弘徽殿女御《こきでんのにょうご》も皇女は産んでいる。

子種のないはずはなかった。

しかし、肝心の、生きた皇子となると、全く生まれる気配がないのだ。

それを心配した諸大臣や、引退して院《いん》となった父君の勧《すす》めで、新たに女御を迎えたのが、また悩みの種になった。

東宮時代からの妃である麗景殿女御は、もう年で容色も衰《おとろ》えているし、右大臣の一の姫、弘徽殿女御も容色は十人並みでおっとりしている。

そこに新しく入ってきた梅壺女御《うめつぼのにょうご》という女性は、確かに美しく、そのうえ若く、打てば響くような気のきいたところがあったが、なまじ容姿や才に驕《おご》り高ぶって、先の二人の女御を問題にせず、事あるごとに馬鹿にした言動をとる。

東宮となる皇子を産むのは、このあたくしとばかり、後宮《こうきゅう》でわがもの顔に振るまい、そうなると二人の女御、及びそれを取り巻く女房たちが黙ってはおらず、さらにはそれぞれの女御の後見《バック》たる大貴族どうしの反目《はんもく》にまで発展する。

帝はその騒々しさに、捨てばちな気分になり、憂鬱な毎日だった。

そんな時、どういうきっかけだったか、今となっては判然としないが、梅壺女御とのいざこざから、麗景殿女御が突如《とつじょ》、出家するといいだした。

帝より五つほど年上の二十七歳、思慮も分別《ふんべつ》もあり、東宮時代から苦楽を共にし、仕《つか》えてくれた、いわば糟糠《そうこう》の妻である。

愛妻という雰囲《ふんい》気《き》ではないが、姉のように頼りにもし、親しみを覚えて、大切にしていた人の突然の申し出にびっくりし、なんとかなだめすかして思い留《とど》まらせ、一方、梅壺女御に、日頃の言動を慎《つつし》むよう、それとなく注意した。

すると梅壺女御はヒステリーを起こし、

「そんなに、あんな枯れ桜がいいのなら、あたくしが身を引いて、尼《あま》になればよろしいのねっ」

と喚《わめ》きだし、出家する出家すると騒ぎ立てる。

それを聞き及んだ弘徽殿女御が、日頃、梅壺にないがしろにされている恨《うら》みもあってか、

「出家したいいわはるものを、俗世にとどめとくのは、お気の毒いうものどすえ。うちの知り合いに、徳の高い阿闍梨《あじゃり》がいてはるから、ご紹介しまひょか」

といったとかいわないとかで一《ひと》騒動、さらには梅壺が憤激のあまり、弘徽殿の呪詛《じゅそ》を怪僧に

依頼したとかしないとかで二騒動《ふたそうどう》、そのうえ、それぞれの女房たちが、よるとさわると掴《つか》み合わんばかりの喧嘩腰《けんかごし》で、罵言《ばげん》が飛び交《か》うだけならいざしらず、実際に扇や鏡、はては炭櫃《すびつ》の灰まで持ち出してきて投げ合うに至って、帝はつくづく嫌になった。

物忌と称して、部屋に閉じ籠っていたが、ふいに何もかもに嫌気がさして、ごく親しい者数人だけを供《とも》にして、ごくごく秘密に嵯峨野《さがの》に向かったのである。

小倉山《おぐらやま》の近くに、父君の母君、即《すなわ》ち帝にとっては祖母にあたる女院《にょういん》が、出家して静かに暮らしている。

出家したとはいっても、なかなかに洒落《しゃれ》っ気も茶目っ気もある人で、幼い頃はこの人のもとで育てられたこともあり、帝は何かあると女院に手紙を書いたり、御所《ごしょ》に来ていただいたりするのである。しかし、さすがに自《みずか》ら出向くのは初めてで、女院自身も驚いた。

「東宮時代とは、身分も違うというのに、なんちゅう軽はずみなことを、おしやすのや」

「すぐ帰りますよ。ただ、愚痴《ぐち》を聞いてもらいたかったんです」

帝がしみじみいうと、老いてなお盛ん、という感じの女院は、心得顔に頷《うなず》いた。

「後宮の女御さんたちのことは、聞いてますえ。ほんまに、皇子一人、ようも孕《はら》まんと、一人前の女御面《づら》するのも片腹痛いわ。梅壺が出家すると騒いだんどすて？」

「よくご存じですね」

帝はさすがに驚いた。

後宮の騒々しさは騒々しさとして、外には洩《も》れないよう細心の注意を払っているつもりだったのである。

女院は、ふんと肩をそびやかし、

「情報網に抜かりはありまへんえ。出家したいもんなら、させたらよろしのどす。わたしが介添《かいぞえ》をして、こちらの庵《いおり》で下働きの尼《あま》としてでも、こき使《つこ》うてあげますわな。何をおいてもお仕えせななららん当今《とうぎん》さんに、さんざ無理いいやるような女狐《めぎつね》、後宮に置いとく義理はあらしまへん」

さすが皇太后《こうたいごう》の貫禄《かんろく》で、後宮の勢力を誇る梅壺女御も、けちょんけちょんである。

帝はなんとなく気が落ちついて、

「いや、あの人も根は悪い人ではなくて……」

などと調子のいいことをいい、そのうちに世間話に花が咲いた。

帝はつくづく女運が悪いという話になって、

「こういっては何ですが、帝というのも損な役回りですよ。並みの貴族なら、ちょっとした夜歩きや、寺詣《まい》りの折にでも、好もしい女性と運命的な出会いもしようけれど、内裏《だいり》から一歩出るにも、文官武官を引きつれての行幸《ぎょうこう》では、理想の姫と出会うどころではない」

「そうどすなあ。源氏物語《げんじものがたり》でも、光源氏《ひかるげんじ》が紫の上《むらさきうえ》に会《お》うたのは、北山籠《きたやまご》もりの時やし、薫大将《かおるのだいしょう》が大君《おおいぎみ》を垣間見《かいまみ》たんも、出家したいと八の宮《はちみや》のとこに通ってた時どすわな。当今さんには、そういう折はありまへんな。せいぜい、御忍びでこちらに来はった、今が、最初で最後の機会《チャンス》どすえ。おきばりやす、ほっほっほ」

なんとも豪放な女院である。

帝も声を合わせて笑いはしたものの、そんな機会がよもやあろうとは、思ってもみなかった。

供でついてきた蔵人少将《くろうどのしょうしょう》ら近習《きんじゅ》の者が青ざめて、

「大事にならぬうちに、還御《かんぎょ》なさいませ」

とやいやいうのがうるさく、女院としめし合わせて、そっと館《やかた》を抜け出し、ぶらぶらと北嵯峨の方に散歩に出たのも、単に供の者の裏をかいて、少し心配させてやれという青年らしい悪戯《いたずら》っ気《け》からで、決して、理想の姫と出会う最初で最後の機会に、期待していたわけではなかったのである。

歩いて行くに従って、木々が鬱蒼《うっそう》と繁り、蟬《せみ》の鳴き声も一段と激しくなった。

涼やかな風は都では味わえないもので、こうして静かな山道を歩いていると、都の後宮の喧《けん》騒《そう》が嘘《うそ》のような気がしてくる。

と、その時、前方の方で水のはねる音がした。

木々が枝をさし交《かわ》して繁っているので見えないが、どうやら池があるらしい。

帝は何気なく、枝を払って前に踏み込んだ。

目に飛び込んできたのは、白い雪のような、ぼんやりとした塊《かたまり》だった。

それが人の形をしているのに気付くまでに三秒ほどかかり、さらに、その人が女であることに気付くのに一秒かかった。

〈女、だ。どうして、こんなところに女が……しかも、衣《きぬ》も着ず……〉

帝はぼんやりと女の顔を眺めた。

突然、女の悲鳴があがり、帝はようやくわれに返ったのだった——。

あの時を思い出すたび、帝は顔が赤くなる。と同時に、甘美な思いにひたされてゆくのである。

〈死の淵《ふち》から帰りついたあの姫は、青ざめて、息も絶え絶えに震えていた。ずうずうしくて、騒々しいばかりの女に囲まれていたわたしには、夢のような人だった……〉

なんのことはない、あの時綺羅は一刻も早く池辺《いけべ》に辿《たど》り着こうと、必死になって泳ぎ、そのせいで息切れがしていただけなのである。

それに、いくら真夏とはいえ、ずっと水につかっていたのだから、池から上がった直後は体が冷えていて、震えていたのもあたりまえだった。

まして素っ裸ともなれば、いかに男っぽい綺羅であろうと、動くこともできず、うずくまるしかなかったのだが、帝は何度も追憶を繰り返すうち、あの出会いを完璧《かんぺき》なまでに物語風に美化してしまっているのである。

〈とぎれがちに、身の上を語るのも哀《あわ》れが深かった〉

と帝は思っているが、声がとぎれがちだったのは、それらしい口実を考え考えしゃべっていたからで、立て板に水、というわけにいかないのは当然だったのだ。

〈意に染まぬ結婚を嫌うあまり、入水《じゅすい》するとは、かよわそうに見えても、内に秘めたものは強く激しい姫なのかもしれない〉

かよわい姫が素っ裸でいるところを男に見られ、失神もせず、それどころか入水に至る身の上を、あれやこれやと話すのは不思議だと考えないところが、世間知らずといおうか、いかにも甘ちゃんの年若い帝らしい。

姫が、

「哀れに思《おぼ》し召《め》しなら……」

と泣き伏してしまった時（綺羅は別に泣き伏しはしなかったが、後ろを向いたままの帝にとって、姫は泣き伏したはずなのだ）、帝はあやうくもらい泣きしそうになった。

姫の語る身の上に同情したせいもあるが、なにより「哀れに思し召しなら」という科白《せりふ》が泣かせる。

〈いったい、今様《いまよう》の女たちに、こういう美しい、奥床《おくゆか》しい、はかなくも健気《けなげ》な科白がいえるものか。梅壺といい、あれを取り巻く女房や後宮の女たち全般が、いいたい放題をいっているではないか〉

という私怨《しえん》があるので、姫への讃美と同情の念は、いよいよ強まるばかりだった。

帝という身分を明かして、姫の名を聞き出そうかとも一瞬思ったが、こういう尋常《じんじょう》でない出会い方をした姫が、素直に身元を明かすとは思えない。

それどころか、自分が帝であると知れば、羞恥《しゅうち》と絶望のあまり、再び入水するかもしれない。

どうしようかと思っているうちに、急に姫が動転した声で、

「家の者が捜しに参りました」

といった。

なんといっても極秘の御忍びで、こちらに来ている我《わ》が身である。

人に我が姿を見られるのは、避けねばならない。

それに、自分の近習《きんじゅ》の者も、今ごろは自分を必死で捜し回っていることだろう。

ずっと姫とこのままでいたいが、これ以上ここにいては、大事にならないとも限らない。

帝は断腸《だんちょう》の思いで、立ち去ることにした。しかし、なんとか、後々、姫と再会したい。それより何より、姫に忘れられたくない。

とっさに、いつも身につけている亡き母君の形見の数珠《じゅず》を思い出し、それを姫に渡した。

「――そなたのことは、忘れない」

ほんとは面と向かって、みつめ合っていいたかったのだが、なにぶん相手は裸であり、それはできなかった。しかし、それだけに、出会った瞬間に見た姫の顔は目に焼きついている。

女院の館に駆け戻り、蒼白な面持《おもも》ちで駆け寄って「還御《かんぎょ》を」と迫る近習の者を蹴散らして、

「この近く、北嵯峨の方に山荘を持つ貴族がいますか」

と女院に詰め寄った。

女院は意味あり気に、にやにやと笑って、

「なんや、えらいええことがおありやったんどすか？　お顔の色がよろしおすな」

「じらさないで、教えて下さいよ。誰と誰の山荘があるんです」

「先年亡くなりはった、五の宮さんの山荘は豪勢なものどすえ。御所風なお造りで……」

「五の宮には、年頃の娘や孫はいないはずだ。他には？」

「そう……。そうそ、権大納言《ごんだいなごん》さんとこの山荘がありますわなあ。そういえば、つい二、三日前、あまり大袈裟《おおげさ》でないお仕度《したく》の一行が、この辺、通り過ぎたと女房の誰ぞが話してやったけど……」

「確かめてみて下さい！」

帝はいつになく、強気でいった。

女院が女房たちに問い合わせてみると、女童《めのわらわ》の泉《いずみ》という少女が、

「まちがいなく、権大納言さまの家の方々ですわ。あちらさまは一年に一度いらっしゃるので、お付きの中には、自然に見覚える方々もいます。あの御一行の中に小百合《さゆり》さんという女童が、確かにいましたから、小百合さんがお務め先を変えたのでない限り、あれは権大納言家の御一行に間違いありません」

と受け合った。

〈権大納言の姫君だったのか⁉〉

帝は、宮中でよく顔を合わせる権大納言を思い浮かべた。

そういえば、権大納言には二人の子供がいるはずである。

同い年の若君と姫君で、若君は確か……。

権大納言家の若君については、日頃、何かと聞いている覚えがあった。

無事に内裏《だいり》に帰りついてから、改めて蔵人少将らを召して、あれこれ聞いてみると、

「権大納言家の若君、といいますと、綺羅君のことですか？　はい、そりゃあ可愛《かわ》ゆいお子でいらっしゃいます。去年でしたか、権大納言家の萩《はぎ》の宴《うたげ》に招かれた折、綺羅君が座興《ざきよう》に、舞いをひとさし、舞われましてね。扇をさす手振りも、小首を傾《かし》げるちょっとした仕種《しぐさ》も、下手《へた》な舞姫よりあでやかで、美しゅうございました。若い者らは、その綺羅君にそっくりだといわれる綺羅姫のことを思って、ソワソワしておりましたよ。気の早い者は、権大納言さまに、姫のことを話しかけて、探りを入れてみたのですが……」

気の早い者とは、どうやら蔵人少将自身のことであるらしく、彼はポッと頬を赤らめた。

帝はいてもたってもいられず、いささか表情を強張《こわば》らせて、

「どうしたのだ。まさか、結婚の内諾《ないだく》を得たというのではなかろうな」

とつめよった。

ことによったら、意に染まぬ結婚を強要されたというのは、この男のことではないか、それならこの男をすぐに左遷《させん》してやる、とまで思いつめた。

蔵人少将はとんでもないというように、

「内諾どころではありませんでした。ただもう、ものすごい見幕で、姫のことは話題にしてほしくない、結婚など考えたこともない、いずれは尼《あま》にするつもりだなどとおっしゃって」

「尼!?　あの姫を、尼にだと!?」

「あの姫？　……主上《おかみ》は姫をご存じなのですか」

「あ、いや……」

帝はあわてて扇で口元を隠した。

「もちろん、知るはずがない。しかし、年若い姫を尼になど、あの権大納言はそれほど信心深いようには見えぬが……」

「そうなのです。だから、わたくしはてっきり、あ、いや……、その若い者は、よほど高い身分の貴族を、婿《むこ》がねにしていて、悪い虫がつかないために牽制《けんせい》しているのではと考えて、引き下がったよしにございます」

「よほど高い身分というと……」

帝は思わず知らず、声が上ずった。

この国じゅうで、身分が一番高いのは、いうまでもなく自分である。

もしや権大納言は、姫を入内《じゅだい》させようと考えていたのではないだろうか。

蔵人少将は、帝の考えをす早く察して、重々しく頷きながら、

「恐れ多いことながら、主上の後宮の御一人《おひとり》に擬《なぞら》えておられるのかとも思ったのですが……」

といい、勿体《もったい》ぶったように、そこで言葉を濁《にご》した。

「思ったのだが？　思ったのだが、実は違ったというのか」

「いえ、そのようなことは。ただ、権大納言さまは一向に、その素振りもお見せにならぬご様子ですね」

そういえば、そうである。

帝と貴族の姫との結婚が多分に政治的なもので、帝の好みや意見は二の次三の次とはいいな

がら、貴族はことあるごとに娘を話題にして、帝の気を引き、準備を進めるものである。しかるに、権大納言はかつて一度も、自分の前で姫を話題にしたことがない。

これはどう考えても、おかしい。

しかるべき家柄《いえがら》の貴族で、娘が年頃ならば、誰しも入内を考えるものである。

まして権大納言は、今でこそ、上がつかえていて昇進していないが、いずれは左大臣にもなれる家柄、そうなれば姫は后《きさい》にも立てるのである。

これまでの歴史の中でも、権力にたのんで、気の進まぬ帝に娘を押しつけるような大臣は多かった。

〈あの人のよい、まあまあの権大納言では、無理矢理に押しつけることはしそうにもないが、しかし、わたしは少しも嫌がっていないぞ。わたしの意向も聞かないというのは、おかしいではないか〉

そう考えて、帝ははっとした。

〈もしや、姫の方で嫌がっているのではないか⁉〉

ゴリ押しをしない権大納言は、まず娘の意向を確かめたのではないだろうか。

ところが姫は入内を嫌がり、はてはあのように入水にまで及んだのでは――？

姫がそれほど嫌がっているのであれば、権大納言が、その性格からして、入内を諦《あきら》め、その素振りも見せないのは、当然かもしれない……。

帝は、おのが考えに愕然《がくぜん》としてしまった。

穿《うが》ち過ぎだとは思うものの、一度頭にひらめいたこの考えは、あまりにも、あらゆる情況にぴったりと合った。

女院の館で、あれが権大納言家の姫君ではないかとわかった時、それでは再会するのは難しくない、いざとなれば入内を勧めればよいと単純に思ったものだったが、しかし、もし姫自身が入水するほど入内を嫌っているのであれば、うかつに声は掛けられない。

帝の心は千々《ちぢ》に乱れた。

折りしも、権大納言をまじえて、私的な御前《ごぜん》会議があったが、帝は姫のことをもち出そうか、いや下手にもち出したことで姫を追いつめ、また入水させては大変と、そればかりを考えていた。

そんな帝の気持ちも知らず、大納言や右大臣は、見目のよい公達《きんだち》がいないだの、美人の女房が少ないだの、宮廷に華やかさが足りないだのと、好き勝手なことをいっている。

とりわけ、

「後宮の花ちゅうような、美しい女房がおらへん」

の一言は、当たっているだけに、胸にぐさりときた。

美しい女房どころか、美しい女御もいない。

三人いる女御は似たりよったりで、少しましな梅壺はその美貌をかさにきて、横暴な振るまいを繰り返し、騒ぎのタネになっている。

毎日、女同士で陰《かげ》に陽《ひ》に争いが続き、それをうまく捌《さば》けずオロオロしている自分の未熟さをからかわれているような気さえして、帝は憮然《ぶぜん》とした。

「それもこれも、わたしにおもしろ味がないからね」

と嫌味をいってやると、さすがに大臣たちはあわてたようだったが、そこからふいに、思いもかけない綺羅君の名前が飛び出してきたのだった。

綺羅君は、妹の姫とうり二つだという。

どういう子なのか、ふいに興味が湧いた。

年を聞けば、十四歳だという。

あの北嵯峨の姫君も、そのくらいだった、と思ったとたん、もう矢も盾《たて》もたまらず、綺羅を見たくなった。

〈うり二つというのはオーバーでも、多少、俤《おもかげ》はあるだろう。見たい。なんとしても見てみたい〉

それに出仕して、近くに召していれば、話の拍子《ひょうし》に、妹の綺羅姫のことが聞けるかもしれない。うまくすれば、綺羅君を媒介《なかだち》にして、姫の心を打診《だしん》し、入内を勧めることもできるではないか！

帝は、これまでにない強引さで、綺羅の元服《げんぷく》や出仕を勧め――そして、綺羅の侍従は出仕したのであったが……。

帝はふと、頭を上げた。

殿上《てんじょう》の間が、なんとなくザワついている。

もしや、綺羅の物忌《ものいみ》がとけて、出仕したのかもしれないと、帝は女房に様子を見に行かせた。

女房は戻って来て、

「宰相中将《さいしょうのちゅうじょう》さま始め、若い方々が何やら話しておられます」

と報告した。

宰相中将とは、かつて綺羅がひそかにライバル視していた左近少将《さこんのしょうしょう》である。

綺羅と同様、この二年の間に順調に昇進し、いまや三位中将である綺羅と宰相中将は、宮廷の人気を二分する公達である。

「若い者だけで楽しんでいるのは、ずるいね。こちらに来るように、いいなさい」

帝は笑いながらわざと老人じみていったが、帝も二十四歳の好青年である。

宰相中将や権中将《ごんのちゅうじょう》、源少将《げんのしょうしょう》や左大弁《さだいべん》がざわざわと渡って来た。

見れば、いつも綺羅をまじえて騒ぐ若者グループである。

帝は何かと綺羅に用事をいいつけたり、話し相手に呼んだりするので、綺羅を中心にしたグループは自然、帝に召されることも多く、みな、帝のお気に入りとして宮廷での地位を固めている。

「何を騒いでいたのだ。楽しそうだな」

「とんでもありません」

宰相中将は顔を赤くして、

「わたくし一人が、みなにからかわれていたのです。主上のお召しで、助かりました」

と、言った。

本当に困っていたらしく、権中将らを睨《にら》んでいる。

「どうしたのだ。宰相中将がまた、新しい恋人でもつくったのか」

帝の言葉に、権中将や源少将らは笑った。

宰相中将は綺羅と違い、浮気で有名だった。

もてるのを幸い、これといった正妻も置かず、あちらこちらに恋人をつくり、遊び歩いているのだ。

そこがまた、〝色好み〟で粋《いき》な遊び人として、実直で未《いま》だに浮いた噂一つない（ま、当然なのだが）綺羅とは別の意味で、宮中の女房たちにもてはやされている。

「いえ、新しい恋ではなく、古い方ですよ。二年越しの恋の方です」

源少将がくすくす笑った。

「古いというと……」

帝は咳払《せきばら》いした。

「綺羅姫のことか」

「これはしたり！　主上もご存じであらせられましたか」

源少将は扇で膝《ひざ》を打った。

「宰相中将のご執心《しゅうしん》は、よほど天下に広まっているものとみえる」

「いや、あれだけまめに文《ふみ》をお書きになれば、隠していても知れようというもの」

「この二年の間に、都じゅうの公達が脱落し、姫を諦《あきら》めたというのに、まだ諦めないのは、さすが、今様交野少将《いまようかたののしょうしょう》、見上げたものです」

「綺羅姫に贈った文が、この二年でとうとう二百を超えたそうですよ、主上。今、それをみなで祝っていたのです」

「二百……、それはまた、熱心なことだな」

　さすがの帝も感心した。

　宰相中将はムッとして、

「御前で、何を下らぬことを申し上げるのか。いくらでも笑いものにするがいい」

とふてくされたように、いう。

　帝は複雑な思いで、宰相中将を眺めた。

　実際、綺羅が出仕してからというもの、噂ばかりで実物を見たわけでもなく、綺羅の容貌《ようぼう》や才能に疑いをもっていた者たちも、一様に感じ入った。

　噂以上に華やかで愛らしい容姿は、運動不足でモヤシのような公達の中では一層映《は》え、きびきびした動作は人目をひいた。

　帝のお声掛かりの元服という鳴り物入りで出仕したわりには、出過ぎることもなく、万事に控え目である。

　綺羅にしてみれば、あらぬところで女の身とばれないよう、人目に立たないよう身を慎しんでいるだけなのだが、人はまさかそんな理由があるとは思いもよらない。

それやこれやで、人々は全面的な好意をもって、綺羅を受け入れた。

と同時に、公達の関心は、その愛らしい綺羅にうり二つといわれる綺羅姫に向かったのである。

この時代、公達が姫君の姿を見ることはほとんどない。

姫君の家族や側近の女房たちが、必死になって流す噂を頼りに、「どこそこの姫は美しい」とか、「だれそれの姫は歌才があり、慎ましい」と判断して、恋心を抱く。

いわば、勝手に想像して恋心を募《つの》らせ、せっせと求愛の手紙を贈るのである。

だから首尾よく結婚し、夜が明けてから素顔を見て、ぎょっとする、というようなこともあり得る。

『源氏物語』の末摘花《すえつむはな》の話は、それが主題になっているほどで、実際、そういうことはよくあった。

だからこそ、この時代の恋は疑心暗鬼《ぎしんあんき》でスリルがある、ともいえるのであるが、五分五分の賭けであることには違いない。

その点、綺羅姫の場合、見本が目の前にあるのだ。

綺羅君の女版と思えば、どれほどの容姿か想像にかたくない。

よしんば、半分くらいの容姿と差し引いても、まだ美人である。

折よく、綺羅の元服と同時に綺羅姫の裳着《もぎ》も行われた。

権大納言家では、本格的に婿捜しに入るだろう。

そういう思惑《おもわく》が入り乱れ、綺羅の出仕と同時に、綺羅姫に求愛の手紙を贈るものがどっと増えたのだった。しかし、権大納言の態度は、厳としていた。

「姫は人並みはずれた恥ずかしがりですのや。殿方《とのがた》の文を見ただけで、顔色を変えて倒れはる。どないもこないもならしまへん」

事実、男からの文がうずたかく積まれるたびに、弟の綺羅は、

「もー、やだっ、こんな生活!!」

と泣き散らし、夢乃《ゆめの》を始め女房たちに叱《しか》りつけられては失神している。

「無理に結婚さそ思たら、死んでしまうかもしれまへん。わしはもう、姫の結婚は諦めてます。いずれ、しかるべき庵《いおり》をたてて、尼にさせよ思うてますのや」

権大納言はきっぱりいう。

初めは、「このわたしの愛情と情熱で、かたくなな姫の心を開けてみせます」などと熱心にいっていた公達も、せっせと贈る文にはなしのつぶて、加えて権大納言の断言となると、さすがに望み薄と察し、かなわぬ高嶺《たかね》の恋よりも、かなう身近な恋の方がよいとばかり、求婚者は一人減り、二人減っていった。

そして二年後の今、残っているのは宰相中将一人というわけである。

「宰相中将は、浮気だという批判もあるけれど、それほど情熱的なのは立派だね」

「主上《おかみ》まで、おからかいになるのですか」

宰相中将はいよいよ赤くなった。しかし、帝にしてみれば、からかっているのではなく、本

気で感心しているのである。

なにしろ、綺羅姫の俤《おもかげ》見たさに、綺羅の出仕を急がせたくらいで、綺羅姫への執心は人並みでない、と自分では思っていたし、今でも思っている。

しかし、当然といえば当然、あたりまえといえばあたりまえながら、綺羅は北嵯峨の姫君、つまり綺羅姫にあまりにも似すぎていた。

今日は綺羅姫のことを聞いてみよう、明日は話題にしようと思いながら、綺羅を目の前にすると、綺羅姫のことはすっぽりと忘れてしまって、綺羅の話している顔の表情に見惚《みと》れ、笑い声に聞き惚《ほ》れてしまう。

一度、ふとした折に、

「妹君のことなのだが……」

と言うと、綺羅はさっと青ざめた。

「ある人から聞いた話では……――」

帝は注意深く、ボカしながら、

「かつて、北嵯峨の方で、姫らしき方のお姿をお見掛けしたというのだが」

と本題に入ったとたん、綺羅はがくっと前にくずれ落ちた。

ぎょっとして、女官たちを呼び集め、自らも玉座《ぎょくざ》を降りて駆け寄ったが、なんと綺羅は失神していた。

もちろん、すぐに気をとり戻し、ここぞと看護したがる女官たちをがっかりさせた。

綺羅は御前での失態をしきりに詫《わ》びながら、

「じ、実は、これは父も知らぬことなのですが、妹は北嵯峨で、入水しかけたことがあるのです」

と、震え声で告白した。

やっぱりあれは綺羅姫だった、と表情を強張らせる帝から、目をそらしながら、

「父が何気なく見せた公達の文を、たいそう気に病《や》みまして……。何事にも思いつめる性質《たち》の姫で、その人と結婚させられると思い込んだのですね。いえ、父には毛頭《もうとう》その気はなく、だから未《いま》だに、父は結婚を勧めた覚えもなく、入水のことなど、思いもよらぬことなのですが……。運よく助かりはしましたが、北嵯峨と聞くと、つい、入水のことが思い出され、今でも胸のつぶれる思いがいたします」

口ごもり、青ざめながらいう綺羅は、見るのも気の毒なほど、がたがたと震えていた。

天にも地にも、たった一人の妹が入水したことなど、思い出したくもないのだろうと思うと、帝は北嵯峨の話をもち出した自分が許せなかった。

「して、妹君は、今は？」

「生きる気力はとり戻しまして、今はただ信心一筋、念仏三昧《ざんまい》の日々でございます」

そういえば、権大納言家の東の対屋《たいのや》から聞こえる読経《どきょう》のすさまじさは、殿上人《てんじょうびと》の間でも笑い話になっている。

念仏というのであれば、あの時、自分が渡した数珠が、その導《みちび》きをしたのであろうかと、帝

は感慨《かんがい》深く、納得したのだった。

世の中とは、つくづく誤解で成り立つものである。

帝が自分から綺羅姫の話をもち出したのは、後にも先にもその時一度きりで、以後は決して話題にしなかった。

なにより、また綺羅が失神すると思うと、それだけで胸のつぶれる思いがする。

それに、北嵯峨では一度見たものの、後は権大納言家の奥深くに引き込んでしまい、今となっては存在を確かめる術《すべ》もない綺羅姫より、実際に目の前にいる綺羅の方が現実感がある。

綺羅は男だとわかっていながら、ふと、あれは、この綺羅だったのではないかとさえ思う時があり、そんな埒《らち》もないことを考える自分の愚《おろ》かさにはっとして、苦い思いをかみしめる帝なのであった。

綺羅も、つくづく罪つくり、ではある。

「まったく、宰相中将のご執心には頭が下がりますよ。綺羅君、いや三位中将が出仕するまでは、権大納言家の綺羅坊や、などと軽んじていて、そのくせ、ひとかたならぬ競争心を見せていたのに、綺羅君が出仕したとたん、手の平を返したような親密ぶり。いまでは、宮中一番の綺羅の親友ですからね。妹君を得んがためとはいえ、その行動のす早いこと。将を射《い》んと欲《ほっ》すれば、ですね。ははは」

傍若無人《ぼうじゃくぶじん》な源少将らしい言葉に、左大弁は扇を鳴らし、とんでもないことをいいだした。

「さて、はたしてそれだけかどうか、わたくしなどは疑っているのですよ。お二人はあまりに親しく、綺羅中将の行くところ、必ず宰相中将の姿あり、ですからね。綺羅は馬にしては俊馬《しゅんめ》、昨今流行《はやり》の奇《あや》しの恋ではなかろうかと……」

「では、それこそ本命馬というもの！」

源少将も合の手を入れ、みなはどっと笑った。

笑わないのは、帝と、当の宰相中将のみである。

帝にしてみれば、笑うどころではない。

奇しの恋という言葉に、隠された本心を指摘されたようで、すっかりあわててしまった。

〈何を馬鹿な！　わたしは単に、綺羅が北嵯峨の姫の兄で、あまりによく似ているから、好もしいと思っているだけなのだ！〉

などと、誰に対してというわけではない反論を心の中で繰り返し、そんな自分のこっけいさに気付いて、憮然《ぶぜん》としてしまう。

一方、宰相中将は、笑っている同僚をきっと睨みつけ、

「御前で、そこまで愚弄《ぐろう》するとは、左大弁どの、源少将どの、戯《ざ》れ言《ごと》というには、あまりに無遠慮。本気で怒りますよ」

と、いきり立っている。

年かさの権中将が、あわてて笑うのをやめ、

「いやいや、愚弄したのではありません。お気にさわったのなら、お許しを。しかし、この場にいなくても、これだけ噂の的《まと》となる綺羅君は、つくづくうらやましい。まさしく宮廷の花、

右大臣が三の姫の婿にと、熱望されるのも無理はありませんね」

と、話題を変えた。

とたんに、座がしん、とした。

宰相中将や左大弁ばかりか、帝までが怪訝《けげん》な顔で自分を見ているのを見て、権中将は咳払いした。

「右大臣が綺羅を？　それは初耳だが……」

帝は、表情を改めた。

「わたしも初耳だぞ！」

あれほどからかわれても、礼儀の一線をくずさなかった宰相中将も、御前であるのを忘れて、かみつかんばかりにいう。

「それは、本当か、権中将どの！」

「あ、いや、わたくしは別に、妙なお話を主上《おかみ》のお耳に入れるつもりは……」

権中将は帝を始めとする皆の反応に、戸惑っているように見えた。

帝は興奮を表に出している宰相中将を、ちらと見ながら、

「宰相中将はどうやら、綺羅姫ばかりか、右大臣の三の姫にも執心しているらしい。気を揉《も》ませるのは可哀《かわい》そうだ。知っていることを話してごらん」

と、うまく宰相中将にひっかけて、先を促《うなが》した。

権中将は何度も咳払いしながら、

「いや、これは困りましたね。ただ、わたくしは、ご存じの通り、右大臣の二の姫を妻にしておりまして……、そこから、あれやこれやと……。なにしろ右大臣がご執心で、それに三の姫ご自身、綺羅君の噂を耳にして、ご立派で慕《した》わしい方と頼みに思っているご様子だとかで……」

「貴族の姫が、うかつに公達の噂を耳に入れるなど、はしたないことだ。よい教育を受けてるとは思えないね」

帝は顔をしかめ、つい、悪意のあることを呟《つぶや》いてしまう。

権中将は妻の妹のことなので、あわてて、

「恐れながら、右大臣の一の姫は弘徽殿女御《こきでんのにょうご》さまであられます。里第《さと》に御退出の折、姫君の三の姫と語らうことも多く、女御さまから綺羅君の晴れがましい噂を聞くことも多いのでしょう」

「それは、そうかもしれない」

弘徽殿女御のことをもち出されては、それ以上、悪くいうこともできなかった。

権中将は調子づいて、

「右大臣の御意向は、すでに左大臣を通して綺羅君にも届いていると聞いています。今をときめく綺羅君の正室として、右大臣家の姫ほどふさわしい人はおりますまい。正直なところ、わたくしはこの話がまとまってくれればと願っているのですよ。そうなれば綺羅君とわたくしは相婿《あいむこ》として、一緒に右大臣家に通えるというものです」

と笑った。

帝はしばらく扇を開いたり閉じたりしていたが、

「見なければならない書類もある。今日はこれで」

といって、宰相中将らを退《さ》がらせた。

しかし一人になったところで、見るべき書類などあるはずもなく、ますます沈んでゆく。

宰相中将にからんで〝奇《あや》しの恋〟などという言葉が飛び出し、それだけでも苛々《いらいら》するというのに、右大臣家との縁組の話まであるとは。

〈右大臣は、綺羅の父・左大臣と勢力を二分する権門《けんもん》だ。三の姫との話が本当なら、いくらわたしとて、ないがしろにはできない。しかし……、おもしろくないな。綺羅も綺羅だ。そういう話が出ているなら、どうしてわたしに隠しているのか。その素振りも見せず、真面目《まじめ》ぶっているのが、憎らしいではないか〉

帝は苛々して、立ち上がり、女官を呼んだ。

「麗景殿《れいけいでん》に、梅を観に行こう。連絡しなさい」

「御梅見でしたら、梅壺《うめつぼ》さまのお梅が美しゅうございますよ」

女房の春日《かすが》は、梅壺から袖《そで》の下をたっぷりもらっているのか、何かと梅壺を贔屓《ひいき》にする。

日頃は、袖の下は宮中ではよくあることと放っているが、こういう時はさすがに頭にきて、

「わたしは麗景殿の梅が見たいのだ。梅壺の梅は、花がこれ見よがしに大ぶりで下品だし、匂《にお》いも薄くて風情《ふぜい》がない。好みではない」

と、嫌味たらしくいってやった。

春日は、さっと顔色を変えた。

梅壺女御にひっかけていったと、気づいたのかもしれない。

すぐの間に、この話は梅壺に伝わり、ひとしきり女御がヒスを起こすだろう——と思うにつけ、鬱陶《うっとう》しくて、帝の憂鬱は深まるばかりだった。

六　綺羅君の結婚!!

長く続いた物忌《ものいみ》がとけ、久しぶりに出仕《しゅっし》した綺羅《きら》は、同僚の態度が微妙に違うのに、敏感に気付いた。

親友の宰 相 中将《さいしょうのちゅうじょう》はむっつりしているし、一方、権 中将《ごんのちゅうじょう》や左大弁《さだいべん》らはニヤニヤと意味ありげに笑う。

「いや、綺羅もそういう年だよな。なまじ子供子供してるから、今まで考えなかったけど」

などと、思わせぶりなことをいう。

「どうしたのです。何の話です。いったい」

と聞いても、はっきりとはいわない。

元来が開放的で、てきぱきしている綺羅は、そういう同僚の態度に、

〈ったく、だから都の貴族は、みな、モヤシだというのよ。いいたいことがあっても、はっきりはいわない。そのくせ、うじうじと思わせぶりなことをいう。女と同じじゃないの〉

と毎度のことながら、腹を立てる。

実際、出仕して驚いたのは、宮廷のあまりの女性化だった。

誰も彼も、決して本当のことはいわない。匂《にお》わせるだけである。

政策会議にしたところで、ぽんぽんと活発な意見交換があるわけではなく、会議以前の段階で充分な根回しがされており、御前《ごぜん》会議はただ決定を報告するのみ、で終わることが多い。

根回しが充分いっていない時は、それなりに緊迫するが、それも表立った討議にはならず、ただ女の嫉妬《しっと》のように、じわじわと陰険な雰囲気《ふんいき》が漂い、しかしそれも、父君である「まあまあの左大臣《さだいじん》」（権《ごん》さんから昇進したのである）が出て来て、文字通り「まあまあ、ここはお互いに譲り合って……」で、幕、である。

幕になったからそれで終わりかと、単純明快な綺羅は思うのだが、本当の戦いはその後で、主流派と異なる考えの公卿《くぎょう》を中傷誹謗《ちゅうしょうひぼう》する噂《うわさ》が、あちこちで囁《ささや》かれることになる。

それも決して、表沙汰《おもてざた》にはならず、あくまで、ヒソヒソと裏から裏へ流れる。

そして、ある日突然、その公卿は宮廷から姿を消し、家に閉じ籠《こも》りがちとなり、はっと気づくと、宮廷内の勢力は見るも無残に消え失せているのである。

一度、父君に、

「おもうは、世は平和だ平和だと、口癖《くちぐせ》みたいにいうけど、どこが平和よ。権謀術数《けんぼうじゅつすう》の激しいこと、まさしく百鬼夜行《ひゃっきやこう》じゃないの」

とかみついたことがある。

父君は呑気《のんき》なもので、

「さすが綺羅君、賢うて、よう、難しい言葉を知ってまんな。しかし、やっぱり、世の中は平和なんやで。なんちゅうても、戦《いくさ》がありまへんな。これは、ありがたいことや。庶民は兵に駆り出されることもなく、田畑を荒らされることもない。人が死なんちゅうのは、ええことや。それに比べたら、貴族の一人や二人、失脚したかて、大したことやない。わしら貴族が、互いの足を引っぱり合《お》うてる間は、まだまだ平和や」

と、いやに悟ったことをいう。

一瞬、なんという大人物かと綺羅も惚《ほ》れ惚《ぼ》れしたが、なんのことはない、単に事なかれ主義なだけなのである。

名門に生まれ、すでに関白《かんぱく》左大臣という、臣下としては最高の地位についた父君にしてみれば、それこそ「公卿の一人や二人、失脚したかて、大したことやない」のであろう。

しかし、まだ若く、性格もさっぱりしている綺羅は、そう簡単に割り切ることができない。理不尽《りふじん》な失脚には憤《いきどお》るし、無責任な噂には腹が立つ。

と同時に、噂には過敏にならざるを得ないのも事実だった。

なにしろこの時代の一番早く確実な情報は、人から人へ直接伝達される、とどのつまりが〝噂〟なのである。

新聞やラジオがあるわけではないので、人は噂を頼りにせざるを得ないし、人が頼りにすることによって、噂は多数の支持や反発を得て、徐々に現実的な重みを持つようになる。

だいたい人間は、ものの数にも入らぬ者がいうことには、さほど耳を貸さない。

人が耳をそばだてるのは、内容にもよるが、かなり地位のある者、聞くに価《あたい》する人間がいうからである。

とすれば、あながち「噂だから」と切り捨てるわけにもいかない――という悪循環が、いよいよ噂を盛んにさせるのだ。

だから同僚たちの一様に不審な態度を、綺羅は腹立たしく思いながらも、反面、

〈何か、妙な噂があるのかしら。もしや、女の身が、ばれたんじゃ……〉

と勘《かん》ぐってしまう。

やましい重大な秘密があるので、落ちつかず、人一倍、噂には神経質になるのだ。

何かある、と思ったのは、同僚たちの態度からばかりではなかった。

自分の参内《さんだい》は、すでに帝《みかど》もご承知のはずなのに、一向にお召しがないのだ。

これまでは、物忌や病気籠りでしばらく出仕が滞《とどこお》り、久しぶりに参内すると、すぐに御前に呼ばれ、あれこれと家のことや病《やまい》のことなどを聞かれるのに、今回はそれがない。

なぜなのか、まるでわからず、それだけにいっそう、苛立《いらだ》ちが募《つの》った。

考えまいと思っても、「女の身であるのがばれたのかも」と考えてしまい、そのたびに心臓が一瞬止まり、失神してしまいそうになる。

元服《げんぷく》をせがんでいた時、父君は色をなして、

「女とばれたら、主上《おかみ》をたばかった罪で島流し、下手《へた》すると死罪でっせ」

といっていたが、さほどの現実感はなかった。

しかし、出仕し、宮廷のあり方を知れば知るほど、父君のいったことが正しかったとつくづ

く思う。

自分のせいで、由緒正《ゆいしょ》しい左大臣家に後世までの汚点を残すと思うと、負けず嫌いの綺羅は口惜《くちお》しくてならない。

流罪《るざい》、死罪となって、後世の人々に後ろ指をさされるようなことには、決してしたくないと思う。

それにもまして、騙《だま》されたと知った時の主上の怒りを思うと、綺羅は心底恐ろしかった。

北嵯峨《きたさが》で出会った時は、

〈どこの田舎《いなか》貴族だ、この馬鹿は〉

などと思ったものだが、内裏《だいり》で禁色《きんじき》の衣《きぬ》を身につけ、色とりどりの女房に仕《つか》えられて、優雅に立ち居振る舞う主上を、目《ま》の当たりにすると、

〈やっぱ、人には、その人に合った場というものがあるんだ。北嵯峨ではとろくてダサく見えたけど、こうして内裏でお見申し上げると、それが優美に見えるから不思議よ。顔も、ちらっと見た時は、さほどでもなかったけど、まじまじと見ると美男子であられるもんねえ。あたしよりは落ちるけど〉

と勝手なことを思い、慕《した》わしく思っている。

どうやら北嵯峨での自分を、噂の妹君だと思っている節《ふし》があり、それかあらぬか、たいそう自分を気にかけて下さっているようでもある。

他の貴族にしてみれば、帝のお気に入りで出世は約束されたと、そればかりを羨《うらや》むが、さほ

ど出世欲のない綺羅にしてみれば、単純に、純粋に帝の好意が嬉《うれ》しく、誇りでもある。

しかし、女の身だとわかれば、なまじ親しみを覚えて下さっているだけに、騙されたという怒りは大きいだろう。

それが、綺羅には耐えられず、この身の秘密だけは、なんとしても守り通さねばという思いを、日々、強めているのである。

帝からお召しのないまま、何日か過ぎたある日、出仕するのもおもしろくなく、物忌と称して家に閉じ籠っていると、父君の左大臣が真っ青になって、内裏から退出してきた。

「き、き、綺羅！　大変やっ。一大事どっせ!!」

「大変どすえ」の近江《おうみ》のお株を奪った形で、着替えもせず、綺羅の部屋に飛び込んできた。

綺羅も思いわずらうことがあったので、ぎょっとなって立ち上がり、

「どうしたの!?　まさか秘密がばれたんじゃ……！」

と叫んだ。

帝の不興を買っているとすれば、それくらいしか考えられないのだ。

父君は、まだ春も浅いというのに、顔を汗だらけにして、

「それどこやおへん。いや、少しは関係ないこともないけど」

といい、大きく息を吸った。

「あの右大臣《うだいじん》め、自分の持ってる情報網を最大限に利用して、とんでもない噂を流しくさった！

なんちゅうやっちゃ！　あれが弟のすることかっ。血はつながらんでも、これまでさんざ引き

立ててやった恩も忘れよってからに」

いつもは呑気な父君とはうって変わって、すごい怒り様である。

こういうのは、元服をねだって拒否された時ぐらいで、綺羅も怯《ひる》んだ。

「右大臣がどうしたってのよ。噂ったって、あの方、あたしを女だとは知らないでしょ。それどころか男と信じてて、最近やたら、いい男振りだの、女房が黙っていないだろうだの、隠した恋人がいるんじゃないかだのといってるぐらいよ。こっちは気恥ずかしくて、黙ってるけど」

綺羅はどこまでも、女の身がばれるかばれないかの次元でしか、ものを考えていない。

父君はもどかしそうに舌打ちした。

「あいつ、いくらわしをせっついても、どないもならんと察して、本人に当たっとったんか。あんたもあんたや。そこまでいわれて、何でピピッと来へんのや。それは婿《むこ》がねとして、探りを入れられとるんどっせ」

「婿がね……」

綺羅はぽかんとした。

いくら気性が男っぽく、男の服装《なり》をして出仕し、ボロも出さずうまく務めているとはいっても、肝心のところで男感覚が抜けているので、自分が、年頃の娘を持った貴族にとって、格好の婿がねだという意識がないのである。

「婿がねって、あたしが誰の婿に?」

「右大臣の三の姫やがな」

父君は苛々《いらいら》していった。

「あいつは、あんたが元服した直後から、三の姫の婿にと考え、わしをせっついてたんやで。もちろん、わしはとんでもないと相手にもせえへんかったけどな。あいつにしては気長に、この二年というもの、何ぞあるたんびにあやこやいうてきたが、そろそろ、痺《しび》れを切らしたんやろ。あんたに直接、当たったんやわ」

「だっ……て、あたし、知らないわよ。何も返事なんてしてないもん……」

「そやから！」

父君はもはや、絶叫せんばかりだった。

「それでは埒《らち》があかんと、強硬手段に出たんや！　噂をばらまきよった。わしが結婚を許した、綺羅も異存はないいうてるて」

「あたしが異存がない!?　そんな馬鹿なっ！」

「知らぬは本人ばかり、あんたとわしだけが、ぼやぼやしてて、今日までなんも知らんかったんや。この噂、もう主上《おかみ》もご存じやで」

「主上も!!」

綺羅は呆然《ぼうぜん》とした。

では、参内してもお召しがなかったのは、その噂を御不快に思し召《おぼめ》したからなのだろうか。

「だいたい、わしはこの噂を、主上からお聞きしたんやからな。綺羅の結婚ともなれば、家柄《いえがら》からいうても、身分からいうても内密に済ましてええもんとちゃう、なんで知らせへんのやと、きつうお叱《しか》りやった。そん時のわしの驚き、綺羅にわかりますか。御前で仰天《ぎようてん》して腰抜かさんかったのは、さすがやったと、退出する牛車《ぎつしや》ん中でしみじみ胸をなでおろしたで。あんた、こないな噂になってもて、どないするつもりや」

「ど……どないするって、どうしたら……、だいたい、なんで急に……」

「急やないらしい。あんたが長《なが》の物忌で、しばらく出仕せえへん間をねらって、右大臣と娘婿《むすめむこ》の権中将がつるんで、せっせと扇《あお》いだらしいわ」

「権中将というと、右大臣の二の姫の……」

「せや。権中将め、これまでは身分違いの婿と冷遇されてやったが、この噂を御前で持ち出す約束で、やっと右大臣家でも人並みの婿扱いされたらしい。その時、わしの耳に入っとれば、是《ぜ》が非《ひ》でも揉《も》み消したものを！　うまいもんで、見事にわしをのけて広まりおってからにいっ！」

父君は話してるうちに、また感情が昂《たか》ぶってきたらしく、歯も折れよとばかり、ぎりぎりと歯ぎしりした。

「左遷さしたろ思ても、今となっては後見《バック》に右大臣がついとって、どないもならんわ。つくづく、憎い右大臣め！　あ、だ、だめや、やばい、血が上がってくううんっっっ」

といったなり、血圧が急騰《きゆうとう》して昏倒《こんとう》した。

夜中まで東の対屋《たいのや》の怪《あや》しげな祈禱《きとう》が続き、ようやく意識をとりもどしたものの、虚《うつ》ろな目で、心配顔で覗《のぞ》き込んでいる綺羅に、

「どないするつもりや。ほんまに、どないしたら、ええんや。それもこれも出仕なんぞ、したからや。いや、そもそも元服を許したからや。あん時、主上《おかみ》の仰《おお》せとはいえ、頭丸めさせるなり何なり、方法はあったはずや」

と、うわごとのようにいう。

「結婚となれば、元服どこの話やありまへん。出仕は男の服着てたら、何とかなるやろけど、結婚となれば、服を脱がな話になりまへん。ああ、どないしょう。どないしたら……。主上のお耳にも入ってもた噂を揉み消すことは、いかなわしでも、でけへん。どないしょう……」

そういって、はらはらと涙を流す父君を見ると、綺羅もさすがに胸に迫るものがあった。

こういう計画的な噂は許せないにしても、結婚話は、年頃の公達《きんだち》ならいずれは出てくるものなのだ。

そこまで考えず、元服や出仕をねだった自分の子供っぽさに、綺羅は今、初めて、気づいた。

父君もそこまで考えて、反対していたのかどうかは、すこぶる怪しい。

どちらかというと、おのが政治生命にかかわるスキャンダル要因としてのみ、元服・出仕を考えていた節がある。

が、それにしても、あの時、父君の意見に従っていれば、と綺羅は気弱く考えた。

しかし、今となっては、どうすればいいのか。

「あん時、わしが命張って、元服に反対しとったら、こんなことにはならんかった……。こんなことには……」

父君が恨《うら》みがましく自分を見るのに耐えられなくて、綺羅はぷいと顔をそむけた。

長い政治生活における最大の危機とはいえ、あまりにクドクドいわれると、なんとなく反抗心が湧《わ》いてくるのだ。

〈なによ、そりゃあたしも元服をねだったけどさ。主上《おかみ》のお声掛かりというので、コロッと態度を変えたのは、おもうじゃないのよ。出仕し始めの頃は青ざめてたけど、うまくいってるのがわかると、さすがわしの子や、綺羅はうまくやると思うてた、結局はこうなる運命だったんや、とか何とか調子のいいことといってたくせに〉

今さら元服・出仕を恨んでもどうしようもない、それよりも家門にかかわるこの一大事に、父娘一致して力を合わせ、対処すべきじゃないかと、早くも態勢を建て直すのは、さすが綺羅である。

その点、父君はだらしがなくて、はらはらはらはらととめどなく涙を流し続け、

「ここまで来たら、出家しかありまへん。わしは出家して、入道《にゅうどう》になります。あんたも、若い身空でいたわしいが、一緒に尼《あま》……、いや人目もあるから、僧になっとくれやす。男姿であることは変わらへんけど、結婚せえへんだけでも、ましや」

といいだした。

「僧ーっ⁉　あたしが僧になるっての？　頭丸めて、辛気臭《しんきくさ》い墨染《すみぞ》めを着るの？　冗談はよしのすけ！」

綺羅は表情を強張《こわば》らせ、いきり立った。

この難局は確かに辛《つら》いが、かといって、みすみす出家するには、綺羅はあまりに若く、俗世への未練もたっぷりあり過ぎた。

「そうですわ、あなた！　綺羅を出家させるなど、とんでもないですわっ」

突然現れたのは、西の政子《まさこ》であった。

主人が倒れたと聞いても、東の夢乃《ゆめの》を牽制《けんせい》する必要上、見舞いにも来なかった政子が、ここぞという時に現れ、例によってヒステリックに吠《ほ》えたので、左大臣はがっくりと目をつむった。

「あなた、綺羅を尼にするだなんて許しませんわよっ。当節、尼などというものは、色気も脂《あぶら》気《け》も抜けた枯《か》れ婆《ばば》か、よほどもてずに婚期を逃した女の行きつく、最後の墓場じゃありませんの！」

「あ、尼やのうて、僧やがな……」

「なお悪いじゃありませんかっ」

「おたあさん！」

綺羅はあわてて、割って入った。

「おもうさんを殺す気なの？　絶対安静の病人を困らせて、どうするのよ。東の夢乃さまをご覧なさい。静かに……はしてらっしゃらないけど、回復を願って祈禱なすってるじゃないの」

政子はしぶしぶ帰って行ったが、父君は今の騒動でぐったりと疲れ、強《し》いて出家をという元気もない。

綺羅もため息をつき、

「ともかく、明日参内して、噂の実体をはっきりと確かめてくるわ。そのうえで、また対処法を考えましょう」

と慰《なぐさ》めるようにいうと、父君は子供のように、うんうん、と力なく頷《うなず》いた。


綺羅参内を聞くなり、帝は御前に召した。

先日、ちょっとつむじを曲げて呼ばなかったところ、綺羅もつむじを曲げたのか、物忌と称して出仕しなくなり、このまま参内しないのではないかと、急に不安になった矢先だったのである。

綺羅の顔色は悪く、よく寝ていないのか、眼が赤かった。

いつもきびきびしていて、その様子は爽快《そうかい》でさえあったのに、今は妙にソワソワしていて、落ちつきがない。

それもこれも、具体化しかけている結婚話のせいではないかと思うと、帝の心は波立った。

「たいそう久しぶりの気がするね。女房たちが、放《はな》ち紙（勤務表）に綺羅の名がない日が続いて、寂《さび》しいといっていたよ」

「長の物忌でしたので」

綺羅は短くいった。

帝の機嫌《きげん》が悪いのは一目見てわかるので、どうにも言葉が続かず、つい型通りの素っ気ない、いくぶんうわの空の挨拶《あいさつ》になってしまう。

しかし帝にしてみれば、それが結婚話に心を奪われているからのように思える。

〈今までは、物忌や病気が重なって三、四日も参内しないと、五日目にはいさんで参内して、その間の宮中でのことを聞きたがり、新しくものした漢詩の類《たぐい》を詠《えい》じたりして、出仕を心から楽しんでるふうで、それがわたしには心強かったというのに〉

自分が綺羅の結婚にすっかり機嫌を損ね、綺羅がその雰囲気を察して窮《きゅう》しているのだとは、わからない。

「物忌の間じゅう、まさか綺羅姫のように読経三昧《どきょうざんまい》だったとも思えないね。何をしていたのだ。恋しい人に歌でも書いていたの」

「ま……」

綺羅は顔を赤らめて、口ごもった。

出仕してからというもの、主上が綺羅姫の名を口にしたのは唯《ただ》一度で、ここにふいに出てくるとは思わなかったので、すっかりあわててしまったのである。

まして、恋しい人に歌がどうのこうのと露骨《ろこつ》な嫌味を言われ、どう答えていいのかわからない。

〈答えに窮している！　図星だったのだ。やはり三の姫との話は、本当だったのか。いくら噂が盛んでも、綺羅の口から聞くまでは信じまいと思っていたのに！〉

帝は表情を険《けわ》しくして、突然、いった。

「実は、これはまったく、内密の考えで、まだ、右大臣にも、左大臣にも、洩《も》らしてはいなかったが……」

「は」

話が急に政治的な色彩を帯びたので、綺羅は面喰《めんく》らいながらも、平伏した。

「かねがね、右大臣の三の姫を女御《にょうご》に迎えたいと、思っていたのだ」

「ええっっ⁉」

綺羅は御前であることも忘れ、ぎょっとして顔を上げた。

「さ、三の姫を新女御に……」

綺羅は、すぐには信じられない。

世は一夫多妻制、主上ならずとも妻《さい》を多く持つ貴族はいる。

さして色好みとは思えない父君にしてからが、二人の正妻を迎えている。

主上の後宮《こうきゅう》に、何人女御や更衣《こうい》がいようと、別に非難する理由はない。

しかし、綺羅の見るところ、主上はさほど色好みとも思えず、かえって三人の女御を扱いかねて、うんざりしているようだった。

それなのに、新たに三の姫を迎えたいという帝の真意が、今ひとつ摑《つか》みかねた。

「し、しかしですね、恐れ多くも今上《きんじょう》におかれては、麗景殿《れいけいでんの》女御さま、弘徽殿《こきでんの》女御さま、梅壺《うめつぼの》女御さまのお三方さまが妍《けん》を競っておられます」

「だからといって、四人いて悪いということはなかろう」

「そ、それはそうですが……、しかし、三の姫は弘徽殿女御さまと御同腹の妹君、姉妹で寵《ちょう》を争われるのは……」

「前例がなかったわけではない」

「それは……」

綺羅は口ごもりうつむいたが、心の中ではムラムラと怒りが湧き上がってきた。

〈なんというスケべよ！　姉妹で侍《はべ》らせるなんて、人道に悖《もと》る行為だわ。万葉《まんよう》の時代じゃあるまいし、何が前例がある、よ。古代めかして、冗談じゃない。知らなかった。優雅で、品のある物腰で、上品にふるまったところで、とどのつまりは女好きだったなんて！　そのくせ、女を見る目がない！　こういっちゃなんだけど、弘徽殿女御だって、ブスとはいわないまでも十人並みじゃないの。その妹といえば、よほどの突然変異でない限り、やっぱり十人並みだわよ。そういうことがわかんないんだから、どうかしてるわ。あたしの方が、よほど美人だわよ。弟の綺羅をというのなら、まだ納得できるわ、どういう美意識なんだろ〉

ここまでくると、ほとんど嫉妬《しっと》が混じっているのだが、さすがに綺羅は気づかない。

一方帝は、綺羅が無言のうちにも、怒りを身内に滾《たぎ》らせているのを感じた。

これはいよいよ、三の姫を奪われるとあせっているに違いないと思い、憎らしさは募る一方だが、かといって怒りっ放しにさせるのは気がひけた。

これも、惚れた弱味のようなものである。

「つまり、東宮《とうぐう》の問題もあるしね」

「東宮の……。恐れながら……？」

「つまり、今は妹宮《いもうとみや》の久《なが》が東宮に立っている。しかし、本人は十五になっても、一向に子供っぽいし、東宮を嫌がっていることに変わりない。あまり前例のないことと、天下も心配している。やはり、わたしの血筋の皇子が立つべきだろう。しかし、三人の女御たちは、どなたも男《おとこ》皇子《みこ》を産んで下さらない」

「つまり、男皇子の誕生を願われるあまりの新女御なのですか」

綺羅はあきれ返った。

姉妹で侍らすというのも、双方が好ましいというのであれば、仕方ない。

しかし男皇子欲しさの入内《じゅだい》のお勧めであれば、男皇子を産んだ場合はいいが、もし、御三方同様、その運に恵まれなかった時はどうなるのか。

五人目の女御、更衣を求め、三の姫は捨て置かれるのではないのか。

同じ女として、そういうむごい仕打ちを黙って見過ごせるか、とこういう時は女の意識をとりもどす。

と同時に、まだ見ぬ三の姫に対して、いいがたい同情を覚えた。

〈心から好きで慕わしいというのなら許せるけど、いや、本当は美意識の点で賛成できないけど、でも、三の姫を男皇子を産む道具と考えているのが頭にくるじゃないの。優しい顔してるのに、考えることがえげつないッ。三の姫は入内しても、決して幸せになんかなれないわよ〉

もとをただせば単純明快な同性の嫉妬をたくみに義憤《ぎふん》にすり替え、綺羅は三の姫の入内を阻《そ》止《し》しようと固く心に決めた。

「恐れながら、三の姫の入内の御意向は、右大臣にお伝えなのでしょうか。実はわたくしと三の姫との縁談は、かなり前からありまして、双方合意のもとに、すでに互いの文《ふみ》も交わしている次第なのです」

綺羅は並々ならぬ決意を見せて、きっぱりいった。

控えるべきところでは控えるが、本意を述べる時は臆せずいう、いつもの綺羅らしい態度に、帝ははっとした。

綺羅には不思議と出世欲というものがなく、そのせいか出世に汲々《きゅうきゅう》として、人の顔色を窺《うかが》ってばかりいる他の貴族たちのような卑屈《ひくつ》さがない。

もしここで、三の姫入内をゴリ押しすれば、綺羅は怒りや失意のために、半年や一年、病気と称して参内しなくなるかもしれない。

そういうことをやりそうな性質なのだ。

半年や一年ならいざ知らず、失恋の痛手から、若者特有の情熱に任せて出家でもされたらと思うと、にわかに帝は気弱になった。

あくまで三の姫入内をいい立て、実際に入内させて、綺羅の結婚を阻止し、それによって綺羅の恨みを買うか。寂しくとも綺羅の結婚を認め、これまで通り、一番のお気に入りとして身近に伺候《しこう》させるか。帝の心は二つの考えの間で大きく揺れた。

〈しかし、綺羅の結婚を妨《さまた》げたところで、どうなるというのだ。それこそ奇《あや》しの恋と、われと我《わ》が身の愚《おろ》かさを認めるようなものではないか。それよりは綺羅の気のすむようにさせ、理解者として、信頼と尊敬と愛情を得ていた方がよい。……その方がよいのだ。綺羅も、珍しく、三の姫には執心《しゅうしん》している。実直で浮いた噂ひとつなく、女房たちはあまりに冷たいなどと不満に思っているようだったが、密《ひそ》かに三の姫と心を通わしていたのかもしれない。木の葉隠れの恋（表面には表れない恋）とは、激しいもの、これに横ヤリを入れては、綺羅は一生、わたしを許さないかもしれない〉

帝は、深い、細いため息をもらした。

人知れず、抱いていた恋心を、われとわが手で断ち切る思いがした。

「右大臣には、まだ何もいっていない。あせる必要もないだろうと、ゆっくり構えていたのだ。綺羅と三の姫の噂を聞き、すっかりあわててしまったが……。わたしも、近い将来、朝廷の重《じゅう》鎮《ちん》となるであろう、信頼する臣下の正室となるべき姫を、力で奪うことは本意ではない。後世への悪い前例を残しては、わたしの名にもかかわる。しかし、今ひとたび、聞く。綺羅は三の姫との結婚を、心から望んでいるのか」

静かに、しかし情理を尽くしての問いかけに、綺羅の心は轟《とどろ》いた。

〈そんなに、三の姫入内を思いこんでおられたのだろうか〉

そう思うと、三の姫への妬《ねた》ましさに、一瞬言葉を失ったが、なにくそ、ここで折れてたまるものかと、

「心から望んでおります。幸せにしてさしあげたいと、心から思っております」

ときっぱりいった。

心から結婚を望んでいるというのは嘘《うそ》だが、幸せにしたいというのは本心だった。

〈ごめんね、三の姫。せっかくの入内のチャンスをぶっつぶしちゃって。でも、どうしても、これ以上女御を置かれるなんて、嫌だったんだもの。三人の女御は、あたしの出仕前に入内してるから仕方ないけど、あたしの目の前で新女御を迎えられるなんて、口惜しいじゃないの。あたしの面子《メンツ》がたたないわ。その代わり、あたしは子供ができなくっても大切に大切にするから〉

と心の中で詫《わ》びた。

どうして新女御が入内すると、綺羅の面子がたたないのか、そこに関連性は何もないわけであるが、綺羅は一人で納得している。

帝は頷き、

「ならば、この話はこれで止《や》めよう。わたしは誰にも話さない。綺羅も他言無用に……」

「はい」

「退《さ》がってくれ。疲れた。一人になりたい」

帝は低い声でぼそりと言い、ぱちりと扇《おうぎ》を開き、綺羅の視線を避けるように顔を覆《おお》った。

「畏《かしこ》みまして……」

綺羅は複雑な思いで、退出した。

恋敵《こいがたき》と思うと、顔も見たくないのかもしれない。

ここしばらくは参内しても、お声が掛からないのを覚悟しなければならないだろう。それなりにそれを思うと寂しかったが、少なくとも新女御入内は阻止できたのだと思うと、それなりに「勝った！」という満足感があった。

このあたりは女の浅知恵としか、いいようがない。情況というものを把握してないのだ。

案の定、退出して帰って来た綺羅が、開口一番、

「三の姫と結婚することになっちゃった」

というのを聞き、父君はぐぐぇと蛙《かえる》が踏み潰《つぶ》されたような奇声を発し、泡を吹いて白目をむき、再び昏倒《こんとう》した。

今度という今度は、二日間意識が戻らず、あれほど仲の悪かった政子と夢乃も、一時休戦の形で、病床《びょうしょう》に詰めたほどだった。

三日目にようやく意識が戻ったが、枕元には気の毒なほど、抜け毛が散らばっていた。

綺羅を呼びよせて詳しい事情を聞いても、

「成り行きでそうなっちゃった」

というだけで、要領を得ない。

宮中で何かあったのではないかと思い当たると、呑気《のんき》に寝てもいられず、出仕したが、綺羅本人が結婚すると断言したことは、すみずみまで伝わっており、会う人ごとに、

「当代一の組み合わせどすな、それにつけても、右大臣さんが羨まし」

「後宮じゅうの女房という女房が、嘆《なげ》き悲しんどるそうでっせ。あれだけ誠実なお人柄や、正

室迎えはったら、決して宰相中将のように遊びはらへんやろて」

「なんにしても、右大臣さんの大金星や」

と、祝いとも恨み言ともつかぬことをいわれる。

トドメは、帝だった。

「いつまでも出仕当時の若子《わくご》のようなつもりでいたが、早《はや》十六歳、妻を持ってもおかしくない年頃なのだからね。結婚は、早くするがよい。こういう騒ぎが長びくのは、本人の出仕にもかかわる。こんなに知れ渡っては、今さら勿体《もったい》ぶって、婚約期間を置くのもかえって嫌味だろう」

すっかり納得したように、二人の結婚を自明のこととして語るのである。

自分が昏倒して床《とこ》に臥《ふ》している間に、何事が起こって、こういう話になったのか、わからぬままに、事態はもはや、左大臣の戸惑《とまど》いを許さぬ方向に動き始めているのだった。

右大臣に出し抜かれた父親たちや、苦い思いをかみしめる帝、ただもう驚き呆《ほう》けている左大臣を尻目《しりめ》に、手放しで喜んでいるのが右大臣と娘婿の権中将だった。

「権中将はん、ようやってくれはった。あんたのおかげや。綺羅さんを婿に迎えられるんは、あんたのおかげや。兄上さんはなしのつぶて、綺羅さんもすっとぼけて、いっこも話が進まへんと、さすがのわしも苛々しとったけど、これで溜飲《りゅういん》が下がりよりましたえ」

「いえ、なんといっても、わたしも右大臣さまの婿の一人、こういう時にはお役に立てなくてどうしますか」

「二の姫は、よい婿どのを通わしやったものや。これは三の姫に綺羅さんを下さるための天の配剤、神の啓示、仏の御心《みこころ》だったんやわ。わしの娘を思う一念、ついに二年がかりで婿に口説き落としたえ。主上《おかみ》も、一日も早《は》よ結婚をと仰《おお》せられはったそうや。かくなるうえは広隆寺《こうりゆうじ》や。薬師如来《やくしにょらい》さんにお頼みして、やや児《こ》をいただかな」

右大臣のそういう狂喜乱舞の様を伝え聞くにつけ、左大臣はこらえきれずに涙を流し、

「綺羅や。あんた、ほんまにどないするのや。今となっては出家もでけへんのどっせ。右大臣の顔を潰《つぶ》すことになるし、三の姫も婿に捨てられたと指差されて、せつないお立場や」

「まだ出家にこだわってんの？　出家はしないわよ」

綺羅はうんざりしていった。

騒ぎもここまで大きくなると、もうどうとでもなれという、意地とやけくそである。

それくらい、綺羅の結婚にからんでの噂は、華々しかった。

なにしろ、婚約期間ともいえる恋の歌のやりとりも、大部分省略しているくらいで、右大臣家が結婚を急がせているとか、綺羅の隠していた恋が表沙汰になり、綺羅自身があせっているのだとか、かまびすしいこと、この上もない。

「出家しないで、ほなら、どないするつもりや。何ぞ、妙案があったら教えてほしいわ。結婚するのやで。元服やら出仕やらとは、肝心なとこで、決定的に違うのやで」

これをいうたび、左大臣の声は悲鳴に近かった。

無理もない話で、どうして綺羅がこうものんびり構えているのか、左大臣にはどうにも理解できないのである。

いったい、〝夜〟の方はどうするつもりでいるのか。

いくら性格は男、この重ね着時代に、男の服を着れば男にしか見えないといったところで、脱いでしまえば、とどのつまりは女で、男としての機能はもってないのである。

「綺羅や」

左大臣はとうとう、覚悟をきめて、改まった口調でいった。

泣いてばかりでは始まらないと、いささか遅きに失《しっ》したものの、腹に力を入れた。

綺羅も改まって居ずまいを正した。

「あんた、子供はどないするおつもりや。あちらさんでは、当然、やや児を欲しがるはずや」

「ああ、――そうね」

綺羅はポッと顔を赤らめた。

「それは、問題よね。でも、結局、諦《あきら》めてもらうしかないと思うんだ。なんたって女と女じゃ、神仏も子供を下さらないものね」

「な、なんや。そこんとこ、わかってはるのかいな」

「そりゃ、とっくにわかってるわよ」

父君は、少しだけ安心した。

何も知らずにぼんやりしているのかと思えば、そういうわけでもないらしい。

「では、もう一歩、突っ込んで聞きますえ。あんた、夫婦のこと――つ、つまり、よ、……夜のことやけど、え、と、つまり、いかにしたら、子供が生まれるかちゅうことどすわな、そこいらは、知ってはるのか。そ、その、やり方ちゅうか……、コツというか、なんというか……」

綺羅はますます赤くなった。

「やーね、おもうったら、何を言い出すかと思えば。一緒に寝るんでしょう」

「ね、寝る⁉　ずばりや！　知ってやったんかっ」

左大臣は恥ずかしさも吹っ飛んで、思わず怒鳴ってしまった。

では、綺羅は何もかも承知で、それでもなお、結婚する気でいるということなのだろうか。

「親と子とはいっても、そういうことはあからさまに話すもんじゃないわよ」

綺羅は眉《まゆ》を寄せ、真剣にいう。

〈あたしだって、月に一度の生理日なんか、おもうにばれないように気をつかってるし、宮中で人目についたら困るから、しっかり物忌だの病気だのといって、家に籠ってるじゃないの。うるさい礼儀作法はどうでもいいけど、そういうタシナミって、やっぱり必要だと思う〉

綺羅なりに、考えているのである。

父君はじっと考え込んでいる様子だったが、やがて頭を上げ、吹っ切ったようにいった。

「わかりました。結婚しなはれや。わしはもう、なんもいいまへん。あんたなりの考えもあるやろ」

「あー、やっと泣くのを止《や》めてくれたのね。よかった」

「わしも覚悟を決めました。そのかわり、結婚でボロ出したら、やっぱり島流し、死罪やで。

それればかりか災厄《さいやく》は右大臣家にもかかるんどっせ。こんだけ恥も外聞も振り捨てて迎えた婿が女やったら、右大臣家は子々孫々の笑い者、三の姫は女を婿にしたおどけ者ちゅうて、死んでも救われまへん。そこんとこ、よう胸にたたんでや」

「う……ん」

「三の姫も、石女《うまずめ》の評判が立つのは可哀《かわい》そうやが、女を婿にしたと笑われるよりは、まだましや。なんぼか、大切にしや」

まだ幾らかの不安は残るものの、ともかく、綺羅は結婚とはどういうものか、すべて知っていて結婚するというからには、それなりの目算があるのだろう、と左大臣は判断したのである。

あれほど不安だった出仕も、綺羅は見事にこなしている。

案外、結婚もうまくいくかもしれない。

かくなるうえは、うまくいってほしいと祈りたいような気持ちだった。

綺羅は父君の承諾を得たことで、ふんぎりがついた思いで、久しぶりに東北《ひがしきた》の対屋に向かった。

弟の綺羅は、裳着《もぎ》を終えてからというもの、頻繁《ひんぱん》に来る殿方の手紙にいちいち騒ぎ立て、その度《たび》に失神して東北の対屋に病床を設けるので、今では東北の対屋を常《つね》の住まい場所にしている。

東の読経《どきょう》やお題目《だいもく》がさほど聞こえないのが精神衛生上よいのか、裳着を終えてから以前ほど一挙手一投足を監視されないのが効いたのか、二年前に比べて、少しは血色も肉付きもよくなっていた。

「お久しぶり」

綺羅が覗くと、弟は脇息《きょうそく》に凭《もた》れて、書をめくっていた。

見ると、『和漢朗詠集《わかんろうえいしゅう》』である。

綺羅は口笛を吹いた。

「どうしたの？　いっぱしの公達みたい」

「姉さまみたいに、外を歩き回るわけじゃなし、退屈だもの」

弟君は書を閉じ、居ずまいを正した。

「ねえ、姉さま、結婚するってほんとう？」

「あんたまで知ってんの……といっても、うちのおたあが、あの声で走り回ってるもんね」

「うちのおたあも、目を吊《つ》り上げてるよ。今に、あちらが結婚するなら、こちらも婿取りをといいだすんじゃないかと、ヒヤヒヤしてるんだ」

「あり得る話ね、あはは」

「あははって……姉さま」

弟君はいつになく真剣だった。

「笑っていいの？　本当に大丈夫？　三の姫って、どういう方なの」

「えーっと、歳《とし》は十五ったかな。顔はもちろん見てないけど、弘徽殿女御さまの妹君なら十人並みってとこかしら」

「性格は？　妙に勘の鋭い人だったら困るでしょう」

「あ、それは大丈夫みたい。宰相中将が、『おまえ、本気なのか。あの姫はあまりに子供っぽいことで有名なんだぞ。真冬の夜、人魂《ひとだま》が邸内に飛び交って、女房たちが悲鳴を上げて逃げまどった時も、ぼんやりと座ってたんだって。こわくないのですか、人魂ですよといったら、あら、蛍《ほたる》かと思った、蛍にしては大きいと思ったの、と宣《のたも》うたそうだ。人並みはずれた世間知らずだと思わんか』といってたからね。うまくやるわよ」

「うまくって……」

弟君は思い悩むように眼を伏せ、薄縁《うすべり》の編み目を見つめたまま、

「博識で、如才《じょさい》ない姉さまのことだから、心配してないけど、でも、一応……、あの……、男女のあり方とか、そういうことは知ってるの、か、な……」

とつかえつかえ、消え入るような声でいった。

耳の先、袖《そで》からふと見える指の先まで赤い。

綺羅はふーっと大息《たいそく》をついた。

「あんたって、案外、ませっ児《こ》ね。おもうにもさんざんいわれたわよ。子供のつくり方がどうの、コツがどうのって」

「あのおもうさんが、そういう露骨なことを姉さまにいったわけ⁉」

「タシナミが欠けてんのよ」

「――そう。おもうさんが、いろいろ教えたのか……。それで姉さま、それでも結婚は……」

「もちろん、するわよ」

「……するの……か。まあ、すべて知ってて、それでも結婚するというなら……別に……」

「何をブツブツいってるの。そうやって、女みたいに細かいことを考えるから、いつまでたっても、男らしくなれないのよ」

綺羅は少し苛々して、きっぱりいった。

父君も弟君も、やたらと思わせぶりなことをいうのが、何事もはっきりした方が好きな綺羅の癇《かん》にさわるのだった。

〈まったくもう、子供のつくり方がどうだってのよ。あれは男の人と女の人が、結婚しますと約束して、一つお布団《ふとん》で一緒に眠ったら、しかるべき時期に、出雲《いずも》の神さまやら如来《にょらい》さまやらが相談して、可愛《かわ》ゆい御《お》ややを下さるのよ。あたしと三の姫の場合は女同士だから、神仏も御ややを下さらないけどさ。今さら、こんなこと聞き質《ただ》して、どうしようっていうのかしら。タシナミというものを知らなすぎるわ〉

綺羅は姉ぶった横柄《おうへい》な態度で、弟君を見た。

「何事も鷹揚《おうよう》に構えて、細かいことにクヨクヨしちゃだめよ。わが家の男の血筋って、どうも、石橋を叩《たた》いて叩いて、あげくに渡らないところがあるわ。案ずるより産むがやすしというではないの。あらっ、今の情況にぴったりだわ、この諺《ことわざ》。ね？」

不安そうに目を瞬《しばたた》かせている弟を尻目に、綺羅は自分のいったことに一人で納得して、ふむふむと頷いているのであった。

七　綺羅の憂鬱

「──綺羅《きら》さま……綺羅さま……」

小百合《さゆり》の声がする。

うとうとしていた綺羅は瞼《まぶた》をあけ、頭を上げた。

どうも、まだ、体がだるい。

下腹も、少し痛む。

それでも綺羅は思いきって、体を起こした。

「着替えを持って来たの？　着るから手伝って」

「でも、綺羅さま、まだ顔色が悪いですわ。今日一日、物忌《ものいみ》だとか何とか、ごまかしたらどうですか？」

「これ以上、籠《こも》ってると、右大臣家《うだいじんけ》に対しても失礼だわ。大丈夫よ、生理そのものはもう終わったんだし、生理痛のひとつやふたつ、精神力でカバーするって」

元気よくそういって立ち上がったものの、重い痛みがまだ腰に残っていて、綺羅はへたり込んでしまった。

「だめだわ、どうも、この夏の天候不順で、すっかり月の巡りが狂っちゃったみたい。えい、面倒だ。頭痛がするので、今日も参れません、と右大臣家に使いを出して……、いや、自筆の手紙がいいな、書き物一式、出して」

「はいはい」

綺羅がさらさらと書いた手紙を持って、小百合が家の者にあれこれと指図《さしず》しに行っている間、綺羅はごろんと横になって、ぼんやりと天井《てんじょう》を眺めた。

心は男だの何だのといい、出仕《しゅっし》し、結婚までしている三位中将《さんみのちゅうじょう》が、なんで生理痛で悩まなきゃならんのかと思うと、つくづく情けない。

「おやおや、深いため息ですのね、綺羅さま。はい、いつもの梅湯《うめゆ》」

戻って来た小百合は、薬湯《やくとう》の入った椀《わん》を差し出した。

梅の実の種を焼いて砕いた粉を、溶かし込んだ湯で、小百合の母直伝《じきでん》の婦人病薬だという。

綺羅は顔をしかめながらも飲み、

「いやになるな、もう。毎月、四、五日はこれだもの」

とぼやいた。

「仕方ありませんわ。女の性《さが》ですもの」

「おまえも軽くいなすわね」

綺羅は椀を置いた。

「あたしは毎月、決まって四、五日も続けて実家に籠ったりして、いつ右大臣に不審の目で見られるかと、気が気じゃないのよ」

「そういう精神的な負担が、生理痛の原因ですってよ、綺羅さま。だいたい、右大臣家の三の姫と結婚なさるまでは、ついぞ、これほどの生理痛に悩まされたことは、なかったんですのに」

「それだけ、気を張ってんのよ。結婚して三カ月しか経《た》ってないのに、もう三年も経ったような気がするわ」

「でも世間では、お二人の睦《むつ》まじさは物語にもないほどだと、噂《うわさ》してますわよ」

「これだけ緊張して、取り繕《つくろ》ってるんだもの。それくらいの噂は、なんとしてもたってもらわなきゃ」

「お可哀《かわい》そうな綺羅さま」

小百合は心底、同情をこめていった。

幼い頃から、身近で育っているだけに、綺羅の心の内といったものには敏感で、人にはわからないちょっとした変化にも、小百合はすぐ気づく。

最近の綺羅には、確かに濃い疲労の跡があり、憂愁《ゆうしゅう》が漂っていた。

綺羅は情けなさそうに小百合に微笑《ほほえ》みかけ、それから物憂《ものう》く黙り込んだ。

結婚して三カ月経った今日この頃、綺羅にはあれこれと物思いが深かった。

父君や弟君はいろいろと心配していたようだが、万事そつのない綺羅は、今のところ、右大臣家の人々に、女と見破られるようなことは何一つしていない、と思う。しかし、そのための苦労や緊張には、人に語れないものがあった。

婿《むこ》に迎えられるということは、日常生活の多くを、相手方に見てもらうことである。食事もくつろぎも、着替えも何もかも、右大臣家の女房たちの目があるので、少しも気を抜くことができない。

下手《へた》にくつろぎ過ぎて、うたた寝でもすれば、女房はこれ幸いと袿《うちぎ》など着せかけようと近寄ってくるので、油断ならないのである。

それより何より、神経を遣《つか》うのは、着替えの時で、

「わたくしは父上の方針で、あまり人の手をわずらわさないよう、何事も自分でやるよう躾《しつ》けられまして」

などといって、小袖《こそで》や上着くらいは自分で着てから、直衣《のうし》だけを着せかけてもらっている。

「自分でお着替えになりはるやなんて、名門の公達《きんだち》とも思われしまへん」

などと、手伝う機会のない女房たちはむくれているが、ともかく隙《すき》を狙《ねら》って近寄ろう近寄ろうというのがありありで、綺羅は生きた心地がしないのである。

この夏は暑さが激しく、本当ならもろ肌を脱いで、上から薄物の単《ひとえ》を被《かぶ》るというラフな格好をしたいのだが、それもできず、きっちりと夏直衣を着込んでいる。

「お若《わこ》うてあらしゃるのに、あまりにきっちりし過ぎてますえ」

と女房たちは不満らしいが、綺羅はそれどころではない。

暑さでぼうっとして、立てば暑気あたりで倒れそうだし、じっと座っていると汗がたまってきて、痩《や》せ細る思いである。

そうやって右大臣家で、人知れず神経を遣っているせいか、殿上《てんじょう》しても、かつてのように、気ままに、明るく、快活に人と接することができない。

つい、「ふうー」と重いため息をついたり、「あー、疲れた」と呟《つぶや》いたり、家での気疲れが高じて、参内《さんだい》するとかえって気が弛《ゆる》むのか、欠伸《あくび》をしたりうたた寝したりしがちだが、どうしたことか、仲間の公達や他の殿上人は、意味あり気ににまにまと笑い、

「お盛んと見えますな」

とか、

「若うて、新婚ちゅうのは、とかく無理をしがちなもんどすけど、やり過ぎはあきまへん。あての年になると、枯れてきますよって」

「始めほどほど、中どんどん、いいますがな。特におもろいのは、二、三年経ってからでっせ。今はまだ入り口や、あんまりきばらんとな、おほ、おほほ」

などと、訳のわからないことをいうのである。

どうやら自分の結婚に関してのことらしいので、なんとなく顔を赤らめ、

「いやあ、そんな。わたしは未熟者で……」

などとごまかしてはいるが、何をいわれてるのかわからない苛立《いらだ》ちは、精神衛生上、たいへんよろしくない。

ストレスはたまる一方である。

つくづく、結婚というのはしんどい、と思う。

結婚は人生の墓場どす、と父君が口癖《くちぐせ》のように呟いていたのが、しみじみ共感できる。

しかし、ストレスがたまるくらいなら、自《みずか》ら決めた結婚だし、自業自得《じごうじとく》と諦《あきら》めもする。

が、もう一つの悩みの方は、自業自得と割り切ることはできなかった。

「綺羅さま、右大臣家に行かせた使いの者が、お返事をいただいて参りましたわ」

小百合が、三の姫からの手紙を持って来た。開けて見ると、クセのない素直な手蹟《て》で、

『頭痛でいらっしゃれないのですってね。せっかく、珍しい絵巻物が手に入ったから、一緒に見ようと思ってたのに、寂《さび》しいです。

早く元気になって、お家に来て下さいませ。

あらあらかしこ

綺羅さま

妻《さい》より』

と書いてある。

綺羅はふーっとため息をついて、手紙を横に置いた。

「相変わらず素直な、子供子供した、微笑《かんたん》ましいお手紙ですわね」

許しを得て手紙を読んだ小百合は、感嘆《かんたん》した。

「相変わらず、か。ほんとにね……」

綺羅は唇《くちびる》を嚙《か》んだ。

もう一つの悩みとは、新妻、三の姫のことだった。

ともかく疑うことを知らないというか、素直な、素直すぎる姫なのである。

新婚三日目——といったところで、新婚らしい行為は何もなかったわけであるが——の夜、露顕《ところあらわし》で初めてはっきりと顔を見た三の姫は、十五歳にはとても見えない、幼い姫だった。

どう見ても十二、三歳という感じである。

声も口調も、仕種《しぐさ》も、幼くて、

〈ほんとに妹みたい。可愛《かわ》ゆいわ。仲良しになろう〉

と、強く思った。

雛《ひな》人形のような姫は、美しい綺羅を見て気に入ったのか、話しかければにこっと笑い、

「わたしとの結婚は、嫌ではありませんか」

と尋《たず》ねると、ゆっくりと頭《かぶり》を振り、

「いいえ、綺羅さまは綺麗だから」

と恥ずかしそうにいった。そして、ふと不安そうに、

「美濃《みの》は、お婿《むこ》さんができたら、お人形遊びをしてはだめというの。子供っぽいといって叱《しか》るのよ。お人形遊びをしては、いけない？」

と眉《まゆ》を寄せ、哀願するようにいうのだった。

美濃というのは、綺羅における小百合のごとく、三の姫にとっての腹心《ふくしん》の女房らしい。

綺羅はあまりの子供っぽさ、素直さに吹き出してしまった。

「いいえ、かまいませんよ。わたしも一緒に遊びましょう。そうだ、腕のいい細工師を知っています。あなたのために、作らせましょうね」

早刻、見事な人形を特注し、三の姫に贈った。

結婚まではどうにか漕《こ》ぎ着けたものの、果たして娘が綺羅の気に入るか、あまりに子供っぽいと愛情も薄かったらどないしよう、と気をもんでいた右大臣は、結婚早々のその贈り物に涙も流さんばかりで、よほど嬉《うれ》しかったのか宮中で吹聴《ふいちょう》して回ったほどだった。

綺羅の結婚がうまくいかないよう、密《ひそ》かに願っていた宮中の女房たちは、

「新床《にいどこ》で人形をねだりはるようなネンネに、憧《あこが》れの綺羅さんを奪われてしもたやなんて、口惜《くや》しおす」

と一様に色をなしたという。

三の姫は、その人形を抱きしめたり、頬《ほお》ずりしたりしながら、

「いい人。綺羅さまはいい人ね」

と心底嬉しそうにいい、側《そば》に控えた美濃が、

「お優しい婿君で、姫さまはお幸せですね」

と水を向けると、こっくりと頷《うなず》き、綺羅を振り返って、

「綺羅さまがお優しいから、姫は幸せです」

と無邪気に笑いながら、いう。

その笑顔を見て、綺羅は、胸を針で突かれたような痛みを覚えた。

なんといっても、自分はこの姫を騙《だま》しているのである。

今はまだいいが、いずれもっと大人になれば、子供も欲しがるだろう。

しかし、綺羅は姫に子供をあげることができない。

〈結婚相手が女じゃ、出雲《いずも》の神さまも如来《にょらい》さまも、御《お》ややを下さりはしないだろうなあ〉

あと数年すれば、女としては不名誉な〝石女《うまずめ》〟の評判をたてられるのだと思うと、申しわけなさに、今さらながら顔が強張《こわば》る思いだった。

この後ろめたさは、右大臣家で女の身とばれないように気を遣う以上に、綺羅にはこたえた。

自分のせいで、何の罪もないこの姫を不幸にするかもしれないのだ。

〈ごめんね、三の姫。その代わり、決して浮気しないから——といっても、浮気しようがないけどさ。でも、誰からも後ろ指差されないよう、誰の目にも綺羅の最愛の人と映るように、尽くすからね〉

綺羅は心の中で、合掌《がっしょう》した。

夜の寝室では、内裏《だいり》であったことや後宮《こうきゅう》の話など、細々《こまごま》としてやり、三の姫が寝つくのを見守ってから自分も眠り、朝は三の姫が目覚める前に起きて、掛衣《かけぎぬ》を整えてやるというように、きちんとした結婚生活を送っている（と綺羅は信じている！）。

宮中では、何かと女房たちの誘惑《ゆうわく》も多いが、綺羅は目もくれず（目をくれても、どうしようもないが）、毎日のように右大臣家に行き、生理の時だけ実家で休養をとることにしている。

宮中で宿直《とのい》の夜は、せっせと三の姫に手紙を送る。美しい布があると聞けば、三の姫のために買い求め、珍しい琴《こと》があると聞けば、三の姫のために買い求めるといった調子で、世人《せじん》も右大臣自身も、綺羅と三の姫の仲睦《なかむつ》まじさを少しも疑っていないが、綺羅の後ろめたさは一向に消えないのだった。

この罪悪感から逃れるには唯《ただ》一つ、離婚しかないのであるが、今となっては、それもかなわぬ身——と思うにつけ、父君の反対を押しのけ、帝《みかど》への対抗心から結婚した自分の軽率さが、悔《く》やまれるのである。

「ああ、何もかもがしんどいわ。鬱陶《うっとう》しくて、やりきれない」

「でも綺羅さま、宮中でのお務めで、いくらか気も紛《まぎ》れますでしょう」

「宮中で気が紛れる？　紛れるもんなら、こんなに疲労困憊《こんぱい》してるもんか」

綺羅は咬《か》みつくように呻《うめ》いた。

小百合の母直伝の梅湯が効いたのか、翌日は生理の名残《なごり》の痛みもなくなったので、綺羅は参内した。

「やあ、綺羅君」

権中将《ごんのちゅうじょう》が綺羅を見て、近寄って来た。

「また頭痛だって？　きみ、病弱だな。一月《ひとつき》に何日かは寝こんでるじゃないか」

右大臣家の二の姫の夫である権中将は、相婿《あいむこ》となった綺羅に、何かと親し気に話しかけてくるようになっている。

しかし綺羅は、こいつが主上《おかみ》に、あることないことを、というよりないことばかりを申し上げたおかげで、巡り巡って結婚するはめになったのだという恨《うら》みがあって、冷ややかだった。

「病弱なのは血筋ですから」

と素っ気なくいって、さっさと殿上した。

そのとたん、待ちかまえていたごとく、帝《みかど》のお声が掛かった。

綺羅はにわかに疲労を感じながら、御前に伺候《しこう》した。

「頭痛ということだったけど、もう大丈夫なのか」

帝はにこりともせず、いう。

綺羅も目を伏せたまま、

「はい。どうやら、この夏の天候不順で体調が狂ったようで、申しわけありません」

と、ぼそぼそ声でいう。

一瞬の沈黙があり、綺羅はヒヤリとした。

例のやつが、始まりそうな気配である。

と思うまもなく、帝がいった。

「体調が狂ったのは、そのせいばかりではないだろう。いろいろと忙しくて、休む間もないようだし」

やっぱり始まった、と綺羅は腹に力を入れてかかった。

これから先は、迂闊《うかつ》なことはいえない。

どこで揚げ足を取られて、結婚を皮肉られるかわからないのだ。

「顔色が良くないようだが」

「は、恐れ入ります」

「三の姫は看病して下さらないのか」

「は、実家で休んでおりまして……」

「なるほど。病《やまい》の時ぐらい実家に帰らねば、関白左大臣《かんぱくさだいじん》もお寂しいだろう。毎日、右大臣家に入りびたりではね」

「……恐れ入ります」

「参内しても、時間がくると、すぐ退出してしまう。楽器自慢が揃《そろ》ったので、一曲合わさせようと呼びに行かせても、もういない。人数が揃わないので、もう何度も合奏が流れ、みなみな、物足りない思いを味わっている」

「……恐れ入ります」

「新婚当初は、誰しも公務に身が入らないというが、これほどなのは珍しいのではないか」

「…………」

「宰相中将《さいしょうのちゅうじょう》なども、綺羅はつき合いが悪くなったとこぼしている。結婚は結婚として、親友まで蔑《ないがし》ろにするのは、傍目《はため》から見ても気持ちの良いものではないね」

「…………」

さすがの綺羅も、こう畳《たた》み込んでこられると、「恐れ入ります」というのさえ、どうでもいいという気になってくる。

何をいっても、強引に嫌味に持っていくのだから、黙っているのが一番いいのだ。

そのうち、帝も黙りこみ、冷え冷えとした空気が流れて、「もう、いい」と素っ気ないお言葉が下る。

そうすると綺羅はゆるゆると退出する、というのが、この三カ月の間に定まったパターンなのである。

「当代一の公達である綺羅を、それほど惹《ひ》きつけるとは、よほど三の姫はすばらしい方らしいね」

と、帝はまだ飽きもせず、ねちねちと続けた。

「綺羅がこれほど執心《しゅうしん》するほどの方であれば、やはり、なんとしても後宮《こうきゅう》に来ていただくのだった、と後悔している。わたしは諦めがよすぎたようだ」

「……恐れ入ります……」

綺羅は力なくいった。

よくもまあ、これほど執念深く嫌味を言い続けられるものだと、感心するくらいである。

〈なによ。何だかんだいっても、一度は諦めた姫じゃないの。それを、人の妻になったとたん、また心を動かすなんて、どこまで女好きでいられるのか。天上天下御一人《てんじょうてんげごいちにん》である方が、「隣の芝生が青い」的感覚でいるなんて、恥ずかしいとお思いにならないのかしら。三カ月間、あた

しをいびりにいびり抜いて、それを慰《なぐさ》めにしてるなんて、あんまりよっ〉

最近では、御前にお召しがあると、とたんに胃のあたりが重くなる気がする。

〈神経性胃炎かもしれないわ。右大臣家で気を遣い、三の姫に気を遣い、出仕すれば主上《おかみ》にいびり抜かれて、いったいあたしの安息はどこにあるというのよ。あたしが何をしたというの⁉ ただ女の身で出仕して、女の身で女と結婚しちまった、というだけじゃないのよ。……ま、かなり……異常だけど……〉

綺羅は切な気《げ》にため息をついた。

帝は鋭くそれを聞きとがめた。

「つまらなそうだね、綺羅。それほど、出仕するのは気が進みませんか」

言葉までがよそよそしくなり、綺羅はいたたまれない気がする。

「とんでもありません。どうして、そんなことがありましょう。わたくしは以前に変わらず……」

「そうだろうか。以前の綺羅は長期の休暇届けなど、出したことはなかった。来月の七月といえば、いろいろと宮中行事も多く、忙しいというのに、綺羅は休暇を願い出ているだろう」

「それは……」

綺羅は口ごもった。

実は前々から、十日ほどの休暇を願い出てあるのだ。

三の姫が、生まれてこの方《かた》、旅というものをしたことがないというので、ねだられて、長谷《はせ》詣《もう》でに連れて行くことになってしまった。

　旅慣れない姫と、お付きの女房たちを引き連れての長谷行きとなれば、片道だけで三日はかかりそうで、まして途中の名所をゆるゆると見物したりすると、やはり十日は必要なのである。

「い、家の者が、長谷詣でを望んでおりまして……」

「家の者とは、誰？　実家の関白左大臣の方か」

　帝は意地悪く、いい募《つの》る。

　綺羅は仕方なく、

「姫、いえ……妻《さい》が……」

　と口ごもり、ぽっと頬を赤らめた。

　帝はあからさまにムッとして、

「七月は行事も多く、忙しい。綺羅も、中将として陣に詰めねばならぬことが多いはず。いつまでも子供ではないのだ。高官として、公務を優先させる思慮《しりょ》を持ちなさい」

「恐れ入ります……」

「――もう、いい」

「失礼致します」

　綺羅は平伏し、す早く御前を退いた。

　公務を優先させよというのは、つまり、休暇届けを辞退せよという御命令である。

〈行事が多いったって、せいぜい七夕《たなばた》や文殊会《もんじゅえ》ぐらいじゃないの。出仕以来、初めての休暇を

とり止《や》めさせるなんて、やり方がひどいわよ〉

明らかに嫌がらせとわかるだけに、綺羅は憤懣《ふんまん》やる方なかった。

いったい、どうして、こういうことになってしまったのか。

結婚するまでは、綺羅は自他共に認める帝の一のお気に入りで、出仕するのが楽しくてならなかった。

それが今は、お声が掛かると胃が痛み、御前では嫌味のいわれ放題、あげくにあの手この手で嫌がらせをされる。

『源氏物語《げんじものがたり》』にも、源氏の妻の女三宮《おんなさんのみや》と通じた柏木《かしわぎ》が、源氏の怒りを買い、事あるごとに嫌味をいわれて、神経衰弱《うたげ》になった例があった。

あげくに、とある宴の席で、

「わたしが老《お》い呆《ぼ》けているのを、柏木が笑っているようだ」

と酔ったふりをした源氏にからまれ、怨《うら》みのこもった目で睨《にら》みつけられて、繊細な神経はまいってしまい、そのうえ飲めないお酒を強要されて、体に無理がかかり、柏木は死ぬのである。

いってみれば、いびり殺されたようなものだ。

それを思い、綺羅はぞっとした。

まさか、いびり殺されるとは思わないが、しかし酒宴の席で、酔ったふりをした帝《みかど》にからまれるというのは、ありうる話である。

綺羅はこのまま退出するのもむしゃくしゃするので、麗景殿女御《れいけいでんのにょうご》のところに遊びに行くことにした。

麗景殿女御は三十路《みそじ》にさしかかった女人《にょにん》である。さきの内大臣を父にもち、内親王《ないしんのう》を母にもつ、家柄《いえがら》も血筋も申し分ない方で、帝の東宮《とうぐう》時代からの妃《きさき》である。

帝の即位とともに女御の宣旨《せんじ》を受けたが、それは寵愛《ちょうあい》ゆえというより、功労賞とでもいうべきもので、父君も亡くなった今は後見《こうけん》も頼りなく、今さら妙な野心など持っていない。

そんな環境を、別段悔やむふうもなく、三十路女の落ちつきを見せ、おっとりと構えている。

そんな様子が好もしくて、綺羅は姉か叔母《おば》のような親しみを覚え、よく遊びに行くのである。

「おや、綺羅。今、ちょうど、女御さまとおまえの噂をしてたんだ」

行ってみると、先客がいた。宰相中将である。

帝の伯父《おじ》である式部卿宮《しきぶのきょうのみや》を父にもち、容姿も物腰も洗練された雅《みやび》な公達で、出仕当時から騒がれていた。

宰相中将がまだ左近少将《さこんのしょうしょう》だった頃、綺羅はまだ見ぬ彼にライバル意識を持っていたが、それは彼の方でも同様で、「権大納言家《ごんだいなごんけ》の綺羅坊や」などと公言して憚《はばか》らなかった。

それが今や、綺羅の親友で、後宮の女房たちの人気を二分しているというのだから、縁とはわからないものである。

「わたしの噂など、どうせ悪口でしょう」

綺羅は拗《す》ねてみせながら、円座《わろうだ》に腰を下ろした。

綺羅が座ると同時に、御簾《みす》の後ろで、ざわざわと人が入れ替わる衣摺《きぬず》れの音がする。

綺羅が伺候したというので、局《つぼね》に下がっていた女房たちが、どっと伺候したのである。

宰相中将はそれを知って、くすくす笑いながら、

「悪口なんて、とんでもない。おまえが出仕しないので、この数日、主上《おかみ》の御機嫌《ごきげん》が悪かった、と話してたのさ」

「たった今、さんざん苛《いじ》められてきました。こんなに憎まれていては、出仕が辛《つら》くなりますよ」

綺羅が本音半分でいうと、宰相中将は扇を振って、

「主上は三の君に嫉妬《しっと》していらっしゃるのさ。ねえ、女御さま」

と同意を求めると、御簾の中の女御はほのかに笑って、

「綺羅さんは、これまで、誰よりも熱心にお仕《つか》えしてはった方でっしゃろ。それが、ぱったりと内裏に背ェ向けて、右大臣さんにばかり通いはるんやもの、お寂しいんどすえ。女が入ると、友情はみるみる遠ざかるという諺《ことわざ》のとおりやと、ついこの前もボヤきはって」

「なんせ、おまえは主上のお気に入りだからな。口の悪い奴《やつ》らは、奇《あや》しの恋ではないかといっている」

「馬鹿馬鹿しい」

綺羅は肩をすくめた。

〈どこが奇しの恋なもんか。三の姫を盗《と》られた口惜《くちお》しさで、鬼になってるというのに〉

いびられ続ける恨みが骨の髄《ずい》まで染《し》みこんでいて、とても本気にはできない。

「これほどお美しい女御さまがいらっしゃるのに、奇しの恋などと申しては、こちらに対して

失礼でしょう」

「おや、一本取られたな」

宰相中将は笑いだし、しかし、ふっと真面目《まじめ》な顔つきになった。

「しかし、おまえの結婚で、いろんな方角にさしさわりが出てるのは確かだ。第一に、俺だよ。おまえがめったに左大臣家に帰らないから、おまえにかこつけて遊びに行く口実がない。ますます綺羅姫から、遠のいてしまった」

「中将さんは、まだ綺羅姫にご執着《しゅうじゃく》どすの」

女御が尋ねると、中将は身を乗り出し、

「もちろんです。唯《ただ》、一筋に思い焦《こ》がれているのです。綺羅にも、何度も仲介を頼んでいるのに、友達甲斐《がい》のない奴で、全然とり合ってくれない。そのうち、忍びこんで既成事実を作ってしまおうかと、思いつめているくらいですよ」

「中将！　きみ、そんなことをしたら絶交だからねっ」

綺羅がさすがに青ざめ、あわてていった。

単なる冗談だとはわかっていても、プレイボーイの中将のこと、いざとなれば、それくらいのことはやりかねないのが怖い。

そんなことをされては、綺羅姉弟の秘密が一気に暴《あば》かれてしまう。

中将はからかうように、

「おまえは妹思いだからね。下手《へた》したら、殺されかねないな。しかし、なんだってそう、出し惜しみするんだ。このままじゃ、ほんとに売れ残って、尼《あま》になるしかないぜ。おまえにうり二つというのなら、すごい美人だろうに」

「おと……妹は、朝な夕なに、兄のわたしを見て育ちましたのでね。理想が高いのです。そこいらの中将ふぜいでは、相手にならないと思っているのでしょう」

「いってくれますね。俺とおまえでは、俺の方が落ちるとでもいうのか」

「御簾の中の方々に、伺《うかが》ってみましょうか」

「それはだめだ。おまえは新婚だろ。今、宮中の女性の間では、人気が急落しているんだ」

「では、あなたも御同様でしょう。今日はこちらの女性、明日はあちらの女性と、毎日が新婚の連続のはず」

「まいった！」

宰相中将と綺羅は顔を見合わせ、どっと笑った。

二人はいいコンビで、二人が寄るといつもこんな調子で笑ったり、軽い口争いをしたりで、周囲もぱっと華やぐのである。

綺羅や宰相中将が現れると、女房たちが先を競って伺候するのも当然だった。

綺羅は女御に問われるまま、先日出かけた市《いち》の様子をおもしろおかしく話しだした。

ここしばらくのわずらわしさを振り払うように、わざとはしゃいでしゃべる綺羅の様子を、宰相中将は微笑みながら眺めた。

帝のお声掛かりという、いわば鳴り物入りでものものしく元服《げんぷく》する綺羅を、初めは親の権力をかさに着た高慢な子と思いこんでいた。

出仕すれば、自分の一番の競争相手になるのはわかっていたし、反感も持っていた。元服式に列席した時は、将来の敵がどれほどのものか、とっくり見てやる、というつもりだったのである。

ところが、現れた綺羅はほっそりした雅な雰囲気で、女と見まごうばかりの愛らしい容貌だった。

一瞬のうちに闘争心がそがれ、気がつくと、彼はしげしげと綺羅を眺めていたのだった。話してみると人見知りしない性格で、やることなすこと、衒《てら》いがない。元気いっぱいで、次から次へと冗談をとばし、誰よりも澄んだ綺麗な声で、首をすくめるようにして笑う。

宴でも、男とは思えない軽やかな身のこなしで、しなやかに舞い、息をきらして席に座って、「酔っちゃったかな」と舌を出したりする。

そういう仕種《しぐさ》のひとつひとつが、自分や他の公達とは種類の違う人間のように新鮮で、愛らしい。惹《ひ》かれずにはいられない。

そんな綺羅にうり二つといわれる綺羅姫に、どっと求婚者が集まったのも無理はないが、今では一人欠け二人欠けして、残っているのは自分ぐらいのものである。

しかし、はたして、どれほど綺羅姫に執着しているのかとなると、宰相中将自身、よくわからないのだった。

綺羅に妹姫への恋心を言いかけ、綺羅一流の軽口でかわされるのを楽しむ気持ちが、確かにある。

だいたい、プレイボーイでならしている宰相中将、ほんとに欲しい女なら、忍びこんでモノにするぐらいはできるし、実際、これまでにも何度かやっている。

綺羅姫に対して、そこまでやらないのは、

「変な真似《まね》をしたら、絶交しますよ」

と、その時だけは真剣になっていう綺羅に、本当に絶交されたら大変だと思っているからなのだ。

そういう宰相中将の気持ちは自《おのず》ら表に出るのか、仲間は奇《あや》しの恋などと言って、からかったりする。

ムキになって否定するものの、宰相中将は今ひとつ、自分の気持ちが摑《つか》めないでいるのだった。

「まあま、そないなことがおありどしたんか」

綺羅の話に女御がにこやかに相槌《あいづち》を打った。

と、そこへ、藤三位《とうさんみ》と呼ばれる女房が、ばたばたとやって来た。

「なんどすの、藤三位。綺羅さんや中将さんがおいでやというのに、その騒々しさは」

女房が叱ると、藤三位は手をついて、

「申しわけありまへん。けど、急いでおりましたもんやから。梅壺《うめつぼの》女御が、こちらに御機嫌伺いに参りたいと仰《おお》せられとるんどすて」

梅壺女御と聞いて、綺羅と宰相中将は顔を見合わせた。

二人とも、梅壺女御は苦手なのである。

「まあ、梅壺の？」

麗景殿女御も眉をひそめた。

これまでの悪い関係を思えば、御機嫌伺いどころではないはずである。

「いやゃわ。あちらさんはときめいてはる若い方やし、話も合いまへん。何やかやといい繕《つくろ》うて、お断りし」

「そ、それがもう、常寧殿《じょうねいでん》の方までお渡りどすのや」

「なんどすて。なんぼなんでも、こちらの意向を、あまりに蔑《ないがし》ろにしてはるやないの」

「そやよってに急いで……あ、あきまへん、そこの渡殿《わたどの》に、先導の女房が見えましたえ」

「なんちゅう……！　しょうことない。式部《しきぶ》、小宰相《こざいしょう》、早《は》よ、仕度おしやす」

突然、前触れもなく遊びに来られると、いろいろとさしさわりが多いのは、いつの時代もどこの家でも同じで、後宮とてその例外ではない。

女房たちはばたばたと動き回り、几帳《きちょう》をずらしたり、御簾を降ろしたりと、大変な目にあった。

「まあまあ、時ならぬ大掃除でもおやりなの、麗景殿さま。たいそうお忙しそうね」

華やかに扇で口元を押さえながら、梅壺女御はきらびやかに登場した。

「これは梅壺の、ようおこしやしたな」

時ならぬ大掃除かという嫌味にムッとしながらも、そこは三十路女の落ちつきで、麗景殿女御はゆったりといった。

「綺羅さまや中将さまがいらしているというものですから、お話に加えていただけないものかと思いましたのよ。綺羅さまは、いつもこちらにばかりで、少しも梅壺にいらっしゃらないでしょう。こんな折でもなければ、会えませんものね」

梅壺女御は、麗景殿女御への挨拶《あいさつ》もそこそこに、綺羅の方ににじり寄って、恨みがましくいった。

女房たちの憧れの的《まと》の綺羅や中将が、少しも部屋に寄りつかないので、常日頃口惜しく思っていた女御は、麗景殿に綺羅が伺候したと聞きつけ、よし、直接、遊びに来るように声を掛けてやろうと、とるものもとりあえずやって来たのである。

三十路近く、とっくに寵愛《ちょうあい》も失せたオバン女御のところなら、気安く遊びに行けるが、後宮一の勢力を持つ、若く美しい自分のところへは、さすがに気恥ずかしいのだろう。しかし内心は来たくてたまらないはずである。

やはり、直接声を掛けてやるのが親切というものだ。

当代一の公達の綺羅や中将が、自分のところに入りびたるようになれば、他の女御方へのデモンストレーションにもなる。まして美しい公達に囲まれるのは悪い気はしない、というわけだった。

「綺羅さまも中将さまも、ご遠慮なさらず、来て下さっていいのよ」

「はあ……、勿体《もったい》ないことで……」

綺羅は気のりのしない拍子抜《ひょうしぬ》けした声で、ぼそぼそと口ごもった。

綺羅は梅壺女御が好きではない。

他の女御方に比べれば、まずまずの美人だが、本人が誇るほどのものではないと思っているし、なにより、主上の寵愛を気取る高慢さには、ムカムカするのだ。

「女房たちも楽しみにしていますわ。ね、近いうちに、必ず来るとお約束しなければダメよ」

「はあ、いえ、参上したいのはやまやまですが、しかし、何かと忙しくて落ちつかぬものですから……」

「あら、そのわりには、よくこちらにいらっしゃるじゃありませんの」

「はあ……」

「こちらにいらっしゃるのは忙しくなくて、あたしのところに来る時は忙しい、というわけですの⁉」

梅壺はつめ寄って来る。

「いや、そういうわけでは……」

綺羅は助けを求めるように、麗景殿女御の方に視線をさまよわせた。

しかし、麗景殿女御は梅壺と口をきくのも嫌なのか、御簾の中でそっぽを向いている。

元来が、気のきいた言葉で話題を転じたりするのが苦手な、おっとりした方なのである。

「綺羅さま、はっきりなさいませよ」

「まあまあ、梅壺女御さま、そうお苛《いじ》め遊ばすな」

見かねて、宰相中将が割って入った。

「綺羅は本当に忙しいのです。今日も、これからは今までのように、あまりたびたびは伺えないと、こちらに申し上げにいらしてるぐらいなんですよ」

「まあ。そんなにお忙しいとは、どういうことなの」

梅壺女御は、まだ疑わしそうにしている。

宰相中将はにやっと笑い、

「ご存知かと思いますが、綺羅は新婚さんでしてね。しかも、新妻にぞっこんでおられる。もう、奇《あや》しいほどの惚《ほ》れようで、今は他の女も仕事も、目に入らないんですよ。ここしばらくは、右大臣家にしか行きたくない、ということらしいですね、ははは」

と、そっと綺羅にウィンクしながらいう。

綺羅は中将のウィンクの意味を、素早く察し、

「いや、そう、はっきりいわれると、何ですか、つまり……まあ、そういう次第で……」

と照れながら頷《うなず》く。

「んまあ……！」

梅壺はあきれたように、綺羅を眺めた。

綺羅と右大臣の三の姫との結婚は、政治的なものだとばかり思っていたのだ。

美しい女というのは、えてして、男はすべからく自分に恋するもの、と思いたがる傾向がある。

梅壺がいい例で、当代の貴公子の綺羅を憎からず思っていて、あわよくば、色っぽい歌のひとつも貰《もら》いたい、帝の寵妃《ちょうひ》だから浮気する気はさらさらないが、綺羅から歌を貰ったとなれば自慢になる、たとえ結婚したといっても、自分がちょっと秋波《しゅうは》を送れば、絶対のってくる、と確信していたのである。

それが今、綺羅自身の口から、新妻以外は目に入らないというようなことをいわれて、梅壺はガゼン、女の誇りを傷つけられた。

「う、右大臣の三の姫というのは、そ、それほどに素敵な方ですの？　噂では、まだ人形や貝合わせに夢中になっている、世間にもないほどの子供っぽい方だというじゃありませんか」

「そこが可愛ゆいのです。世間の汚い風に当たったことのない、それこそお人形のように清らかな姫です。大切にしてあげたいと、そればかりを願っています」

と、これは本心で答えた。

梅壺はあまりにあからさまな称賛《しょうさん》に、顔色を変えた。

女の前で、他の女を賞《ほ》めるという愚挙《ぐきょ》を、綺羅は犯してしまったわけである。

「んま……、たっ、たいそうな入れこみようですのねっ。あたくし、綺羅さまはもっと、理想の高い方かと思ってましたわっ」

「綺羅にはお美しい、稀《まれ》なる妹姫がいらっしゃるから、美人など見飽きて、子供っぽい方に関心を持たれるのかもしれませんよ」

梅壺の怒りを柔らげようと、宰相中将があわてていった。

ところが、それがまた梅壺のカンにさわった。

綺羅姫の噂は、梅壺もたびたび聞いている。

裳着《もぎ》式の時、腰結《こしゆ》い役に立った前関白《さきのかんぱく》左大臣が、

「天女ちゅうのは、あれを言うんやわ。肌は白うて雪のごとく、姿は風に揺れる柳のごとく、髪はぬばたまの夜のごとく、非の打ちどころない姫《ひい》さんやった。わしの孫かと思うと、そら恐ろしいほどのありがたさや」

と、後日、嬉し涙を流しながら語ったという。

それを伝え聞いた時は、

〈ふん、老いぼれのメクソじじいのいうことが、あてになるもんですか。孫娘を入内《じゆだい》させるつもりか、大ボラ吹いて〉

と思いながらも、心中は穏《おだ》やかではなかった。

穏やかどころか、不安と嫉妬で荒れくるっていたのである。

もし、主上《おかみ》がその噂を聞き、入内を勧めたらどうしよう、自分の地位が危ないと、梅壺はそれこそ神仏にもすがりたいほど、あせっていた。

ありがたいことに、主上は一向に入内を勧める気配もなく、ホッとしたものだが、自分をそこまであわてさせた綺羅姫には、言うに言われぬ恨みを抱いているのである。

その綺羅姫のことを、今、ここにもち出すとは、自分に対する当てつけではないかと、梅壺は怒りに燃えた。

「綺羅さまの妹姫といえば、たいそう風変わりな方らしゅうございますわね。殿方の文《ふみ》には目もくれず、なんとか教のお題目《だいもく》を唱える毎日だとか」

「お題目を唱えているのは、東の御方《おかた》さまで、おとう……、妹姫ではありません。綺羅姫は風変わりなのではなく、単に恥ずかしがり屋なのです」

「なんにせよ、結局は売れ残って、せっかくの美貌も徒《あだ》ですわね。いき遅れの女の行く末は、例外なく惨《みじ》めなものだそうですけど」

「それでも、夫の愛を得るために狂奔《きょうほん》し、たしなみを失っていく女よりは、よほど幸せでしょう」

「んまあ‼」

梅壺はひくひくと唇《くちびる》を震わせた。

なまじ他の女御方より、才気のある人なので、自分に対する皮肉だとピンときたのだ。

「あたくし、失礼しますわっ」

梅壺女御はすっくと立ち上がった。

しかし、このまま引き下がるのも口惜しくて、きっと綺羅を睨みつけ、

「綺羅の中将、主上《おかみ》のご信任が厚いからといって、あまり思い上がった態度は見苦しゅうございますよ。不愉快《ふゆかい》ですわ」

綺羅は一瞬ムッとしたが、すぐに、人を惹《ひ》きつけずにはおかない華やかな笑みを浮かべ、

「なるほど。思い上がった態度は、確かに見苦しく、人を不愉快にいたしますね」

とさらりといい返した。

あまりに露骨な皮肉に、麗景殿女御も宰相中将も蒼《あお》ざめた。

梅壺は泡を吹かんばかりに、真っ赤になり、

「主上のご寵愛深いあたくしに、よくも、そんなことが……！　覚えていらっしゃいっ」

と捨て科白《ぜりふ》を残し、ものすごい勢いで帰って行った。

「おい綺羅、まずいんじゃないのか」

宰相中将は心配そうにいった。

「小面憎《こづらにく》い女だが、一応は後宮一の勢力を誇る女御だ」

麗景殿女御も頷いて、

「そうどすえ。あの人には、うちもさんざ悩まされましたから、ようわかります。黙って引っこむ人やおへん。どうしはったんどす？　どんな性質《たち》の悪い冗談でも、軽くいなしはる機転をお持ちやのに」

「妹姫のことを悪く言われると、つい興奮してしまうんですよ。それに、わたしはどうもあの方が苦手で……」

綺羅は苦笑した。

実際、どうしてこうも梅壺女御に対しては辛辣《しんらつ》なのか、自分でも不思議な気がするくらいで

ある。

他の女御に対しては、主上の妃ということで、それなりに尊敬の念を抱いているというのに、梅壺女御に対しては、

〈なんて下品な香《こう》の匂《にお》いだろう〉

とか、

〈美人美人というけど、あたしの方がよっぽど美人よ。あんだけ飾りたてて化粧すれば、どんなブスも見られるようになるって〉

とか、ついつい批判がましく見てしまうのである。

「まあ、おまえの気持ちはわかるよ。あれほど、いけすかない女も珍しい。俺の恋人があんなだったら、横っ面《つら》のひとつも張りとばして、黙らしてやるんだがな」

宰相中将もいまいまし気《げ》にいい、しかし、ふっと声を落とした。

「それにしても、やばいことにならなきゃいいが……」

「これ以上、主上に苛《いじ》められては、それこそ柏木のように、死ぬしかありませんね」

綺羅はぶすっとしていった。


その頃――。

帝は重い足どりで、凝花舎《ぎょうかしゃ》（梅壺）に向かった。

病気で籠っていた綺羅がようやく出仕したというのに、またいつものように皮肉の限りをい

ってしまったという自責の念にかられ、人を遠ざけて、一人でぐずぐず悩んでいるところに、梅壺女御の使いの女房が駆けつけてきて、

「女御さんが至急、申し上げたい儀がございますそうで」

という。

またヒステリーの発作かと思うとゲンナリしたが、放っておくと、いっそうヒスが昂《こう》じて、手がつけられなくなるに決まっている。

綺羅のことで沈んでいたが、それなりの気分転換になるだろうと立ち上がったものの、梅壺が近付くにつれて、梅壺女御の怒り声が途切れ途切れに聞こえてきて、気分転換どころの雰囲気ではなさそうだった。

「何をそう、嘆いているのです」

帝が入って来ると、梅壺は上座を滑り降りて、殊勝気《しゆしようげ》に平伏しながら、

「綺羅の三位中将のことですわ。あたくし、今まで、これほど口惜しい思いをしたことはございません」

と、泣きださんばかりにいった。

「綺羅の?」

座につきながら、帝はにわかにときめいた。

「綺羅がどうしたというのです」

「三位中将は、新妻の方が大事なので、これからは後宮には滅多《めつた》に顔を出さない、といいふら

していのですわっ」

「えっ！」

帝はぎょっとして、梅壺を見返した。

帝の反応に気をよくした梅壺は、

「本当ですわ。出仕していても、三の姫ばかりが気になって、何も手につかないほどだなどと、ぬけぬけと申したのですわ。なんという体《てい》たらく、なんという驕《おご》りでしょう！　主上《おかみ》一筋にお仕え参らせることこそ、殿上人《てんじょうびと》の誉《ほま》れというものではありませんか。それなのに、妻のため、内裏のお務めを疎《おろそ》かにすると公言して憚《はばか》らぬとは、主上への裏切りですわっ！」

「綺羅がまさか、そのような……」

帝は言葉を失った。

まさかとは思う。

綺羅は誰よりも熱心に出仕し、宮廷生活を生き生きと楽しんでいたではないか。少なくとも、三月《みつき》前までは――。

〈そうだ。それは三月前までのことだ。右大臣家の三の姫との恋が噂になり、世間も驚くような突然の結婚の後、綺羅はすっかり変わってしまった。参内しても、ぼうっとしていることが多く、時に物思いにつかれたようにため息をつく。それも妻を恋うるためかと思うと、憎らしくて、つい嫌味を言ってしまうのだ。大人気《おとなげ》ないと反省するのも辛く、わたしの物思いは深まる一方だというのに、綺羅は出仕も疎《うと》ましいほどに、三の姫一筋だというのか⁉〉

「三の姫のことを、世間の汚い風に染まらぬ、人形のような人だなどと、臆面《おくめん》もなく申すずうずうしさですのよっ」

帝が顔色を変えて黙りこんでいるのを見て、梅壺はいよいよ気強くいい募《つの》った。

「大切にしたい、幸せにしたいなどと、思い上がりもはなはだしいですわ。いったい、御自分を何者だと思っているのですか。主上よりも、たった一人のつまらぬ女の方を大切にしたいと申す不埒者《ふらちもの》を、捨て置くことはできませんわ。これは侮辱《ぶじょく》ですっ。あたくしに対する、いえ、宮廷に対して、主上に対しての許されざる侮辱、冒瀆《ぼうとく》ですわっ。そんなに都のお務めが嫌ならば、太宰府《だざいふ》の門番でもしているがよいのですっ。床《とこ》の間《ま》に、人形のような三の姫を飾りたて、毎日眺め暮らすがよいのです。ええ、そうですわ。主上、そうなさってくださいませ。三位中将を大宰府へなりと、左遷《させん》なすってくださいませ。あのような思い上がり者には、懲《こ》らしめが必要なのですわっ。主上、聞いてらっしゃいますの⁉　主上！」

「——聞いている」

長い沈黙の後、帝は静かに、きっぱりといった。

怒り狂って捲《まく》し立てていた梅壺女御は、常にない帝の声に、はっとして顔を上げ、息をのんだ。

帝は、これまで見たことがないほど険しい顔で、目は怒りを湛《たた》えて底光りし、心なしか小刻みに震えてもいたのである。

さすがの梅壺も、帝の異常な様子に驚き、と同時に恐ろしくなってきた。

自分としては、うまくすれば、綺羅を謹慎《きんしん》処分にできるかもしれないぐらいにしか、考えていなかったのである。

これまでは、麗景殿女御や弘徽殿女御《こきでんのにょうご》のことで、どれほど涙を流して訴えようが、髪をふり乱して主張しようが、帝は聞いているのかいないのか、ろくに返事もせず、「わかりました。あなたの気持ちはわかりましたから」というばかりだった。

どうせ今度もそうだろう、少しオーバーにいわないと効果がないと思って、あることないことをいったのだったが、帝の様子では、どうやらすべてを信じたのではないか。

もし、自分の訴えのせいで、綺羅が本当に大宰府にでも飛ばされたら、どうなるのか。

実家の左大臣家と、綺羅を婿取りした右大臣家、つまり都で一、二を争う名門二つを、一気に敵にまわすことになるのではないか！

梅壺はさーっと血の引くのを覚え、すっかりあわててしまった。

「ま、も、もっとも、妻をそれだけ大切にする、愛情細やかなお人柄《ひとがら》なら、お務めを蔑《ないがし》ろにするはずはないですわ、ね、ほほ……ほ」

「しかし、綺羅は、三の姫のために、後宮には足を向けないといったのでしょう」

「え、ええ、まあ、それらしきことは……」

梅壺は必死になって思い出そうとした。

「これまでのように、たびたび後宮には来れない。忙しいので」というようなことを、宰相中将がいい、綺羅も頷いたのは確かだったはずである。

自分は嘘《うそ》はついていない。

「そのようなことは申しましたけど……」

「あなたのお話は、よくわかりました。わたしも、いろいろ考えてみます」

帝は厳しくいい切って、立ち上がった。

梅壺はすっかり混乱し、

「でも、あの、ね、主上《おかみ》、ほほえましい夫婦愛ですわ。夫婦とは、元来そうあるべきで……主上！　主上！　お静まり遊ばして！」

と懸命にいいたてたが、帝はものもいわずに、足音も高く帰って行った。

梅壺女御は呆然として、その場にへたり込み、左大臣家と右大臣家の双方から恨みを買った時のことを思って、震えだした。

帝は清涼殿《せいりょうでん》に向かいながら、「綺羅め、綺羅め、今に見ていろ。このままには、するものか」と、半ば無意識のうちに呟いていた。

嫉妬のあまり胸は焦げつき、眩暈《めまい》さえしそうである。

可愛さあまって憎さ百倍、今や帝は、綺羅に対する最も効果的な報復方法を、あれやこれやと考えめぐらせ始めたのであった。

八　綺羅姫の出仕!?

綺羅《きら》はその日宿直《とのい》して、翌日、右大臣家《うだいじんけ》に行った。

生理で四日ほど実家籠《ごも》りし、その後宿直したので、右大臣家へは六日ぶりである。

女房たちは色めきたって迎え、右大臣や北の方《かた》までが、揃《そろ》って挨拶《あいさつ》に現れた。

右大臣は、ひざまずいて綺羅の沓《くつ》まで脱がせかねない勢いで、

「まあまあ、ようお帰りやす。宿直は仕方おへんけど、何や、病気というたんびに実家に行ってしまうのも、寂《さび》しいことどっせ。うちで看病させていただきたい思うとりますのに」

「あまりこちらに入りびたっていては、父が寂しがりますのでね。親孝行のつもりで、帰っているんです」

「それもそうやな。余所《よそ》にも通わんと、うちの三の姫一筋に通うてくれはって、主上《おかみ》がほどほどにとおっしゃるくらいどすからな。最近は後宮《こうきゅう》の弘徽殿女御《こきでんのにょうご》さんとこに伺《うかご》うても、女房たちの機嫌《きげん》の悪いこと。綺羅さんが三の姫に夢中やというので、わしのせいやとばかりに、けんつく喰《く》わしよる。いや、わしも三の姫も果報もんどすわ、おっほっほ」

と、大笑いする。

綺羅は苦笑しながら、三の姫のいる西の対屋《たいのや》に行った。

姫は女房を相手に、絵巻物を見ていた。

「あ、綺羅さま、いらっしゃい」

綺羅を見て、嬉《うれ》しそうに笑う。

女房の美濃《みの》が、てきぱきと、綺羅のために座をつくった。

三の姫はいかにも深窓《しんそう》の令嬢らしく、そういうことを指示する能力に欠けているのである。

「何を見ていらっしゃったの？」

そう尋《たず》ねると、三の姫の顔がぱっと輝いた。

「長谷詣《はせもう》での絵なの。綺麗な姫が女房と一緒に、詣でてるの。紅葉《もみじ》や雪や、梅や桜や藤波が、とても美しいの」

「ああ、長谷詣での四季を描いてあるんですね」

「わたくしたちも、長谷に行くんですものね。楽しみね」

三の姫は絵を巻き上げながら、うきうきといった。

この時代、女性はめったに外出などできないので、詣でにかこつけての旅行は、一世一代のスリリングなできごとなのである。

今回の長谷詣でも、観音信仰《かんのんしんこう》のためというよりは、物見遊山《ものみゆさん》が目的のようなものなのだ。

「果物《くだもの》（お菓子のこと）や飲み物をたくさん、持って行きましょうね。道々の押し花をつくって、旅日記を書きましょうね。湖《うみ》は渡らないのかしら。お船に乗りたいのだけど」

　ここしばらく、それればかりを想像していたのか、うっとりと言う三の姫を見て、綺羅は顔をしかめた。

「船は石山詣《いしやまもう》での時ですよ。しかし……、長谷詣でのことですが」

　といい淀《よど》み、

「ごめんなさいね。お休みがなくなってしまったので、お連れできなくなったのです」

「まあ……」

　三の姫はさっと顔を強張《こわば》らせた。

　無理もないことで、長谷詣での話が出てからは、それればかりを楽しみにしてきたのである。

「だって……、だって、綺羅さま、連れて行ってくださるって……」

　三の姫の目には、みるみる涙が浮かんでくる。

　綺羅はあわてて、

「ごめんね、ほんとにごめん。そのうち、ちゃんと連れて行くから。ね？　双六《すごろく》の相手をしてあげますよ。それとも、笛を吹こうか。泣くんじゃないって」

　あれこれと、御機嫌をとり結ぼうと、綺羅も必死である。

〈御《お》ややをあやす乳母《めのと》じゃあるまいし、なんで、あたしがこんなことやってんだ？　世の夫婦って、みんな、こうなのかしら〉

　とは思うが、泣かれてはどうしていいかわからない。

　三の姫に仕《つか》える女房たちは、噂《うわさ》に高い綺羅が、こんなにも三の姫のことを大切にするのが、誇らしくてたまらない。

「さあさあ、姫《ひい》さん、そないに綺羅さんを困らせ申しあげては、あきまへん。綺羅さんは内裏《だいり》のお仕事で、お忙しいお方やし」

「そうどすえ、姫さん。そやのに、毎日のように通うていただいて、世間でもめったにないことどす」

女房たちにそう宥《なだ》められると、素直で人のいい姫は涙を拭《ぬぐ》い、さっそく笛を所望《しょもう》した。

綺羅はほっとして、笛を持ってこさせ、吹き始めた。

注文通りの曲を、何曲でも吹いてくれる綺羅を見ていると、姫は楽しみにしていた長谷詣でが潰《つぶ》れたのも、そう悲しくなくなってくる。

〈連れて行かないと、意地悪してるんじゃないんですもの。お仕事で忙しいのなら、仕方ないわ。ほんとに、こんな綺麗な人が、わたくしを大切にしてくれるなんて、物語のようだわ。優しくて、物腰も柔らかで、絵のようだわ。美濃のいい人とは、大違い〉

三の姫は、そっと美濃を盗み見た。

美濃は乳母の子で、三の姫より三つ歳上だが、一番の仲よしである。

気がきいて、万事にそつがない実務家だが、どうも柔らかさとか情緒に欠ける人だった。

何かというと姉ぶって、三の姫をぴしぴし叱《しか》りつける。

しかし、最近、その美濃が急にもの柔らかになり、気のせいか、美しくなった。

どうしたのかと思っていると、突然、

「わたくしにも、いい人ができたのですわ、姫さま」

といいだした。

自分にも綺羅というういい人がいる姫は、興味をもって、

「まあ。どんな人？　綺羅さまのような、美しい人？」

と尋ねると、

「がっしりしていて、眉《まゆ》も濃くて、色は浅黒くて、逞《たくま》しい、男振りのいい人ですわ」

と嬉々《きき》としていう。

三の姫は嫌な気がして、思わず扇《おうぎ》で顔を隠した。

〝がっしりして〟〝眉も濃くて〟〝色も浅黒い〟など、むくつけき熊男《くまおとこ》としか思えない。

絵巻物で見る男性はみな、色白で、優雅で、女のように美しい顔立ちである。

綺羅はその点、理想そのものである。

そんな人を夫に持っている自分が誇らしく、

「どうして、そんな奇妙な人がいいの？」

といってしまった。

美濃は彼を思い出しているのか、姫のいうことに別段気を悪くしたふうもなく、うっとりとした目を宙にさまよわせ、

「そうなんですの。最初は、ずうずうしい、嫌な奴《やつ》だと思ってたのですわ。でも、強引に〝い〟をされたら、ころっとまいっちゃったんです。素敵でしたわ、逞しくって。わたくしは遅手《おくて》で、

初めての〝い〟だったのですけど、彼がその相手でよかったですわ」

と、頰《ほお》を上気させていった。

姫は、きょとんとした。

〝い〟というのが何なのか、よくわからない。

「〝い〟って、何なの、美濃」

そう聞くと、美濃は赤い顔をますます赤くして、くすっと笑った。

「嫌ですわ、姫さま。〝い〟は、〝い〟ですわよ。恋のいろはの〝い〟」

「いろは……って……」

「ま、しらばっくれて。そういうのを、下々《しもじも》では、カマトトと申しますのよ」

「だって、本当に知らないのだもの」

「はいはい、そうでしょうとも。〝い〟はおろか、〝は〟までしっかりおやりのくせに。今度、綺羅さまにお聞きになってごらんなさいまし。実地で教えて下さるでしょ」

と、とり合ってくれなかった。

姫はふいに、それを思い出した。

〈そうだわ。聞こう聞こうと思っていたら、ご病気でいらっしゃらなくて、忘れていたわ。今、聞いてみよう〉

綺羅が笛を吹き終わるのを待って、三の姫は膝《ひざ》を進めた。

「あのね、綺羅さま。わたくし、教えていただきたいことがあるの」

「なんです。お歌ですか？」

「いいえ、〝いろは〟のことなの。〝い〟って、何ですの」

「いイ？」

綺羅はぽかんとした。

ところが、傍《そば》にいた若い女房たちが真っ赤になって、袖《そで》で顔を隠し、一斉に、

「いやーっ、きゃー、すけベッ」

と叫んで、つっぷしてしまった。

一方、老女房たちは苦笑して、目くばせをし合っている。

綺羅には、わけがわからない。

「いろは……というのは、その、色は匂《にほ》えど散りぬるを、のいろは……でしょう」

「それだけなの？　でも、美濃は、初めて〝い〟をされて、ころっときたと言っていました」

「〝い〟をされて、ころっと……ですか……」

ますますわからない。

若い女房の中には、耐えきれずに、ばたばたと席をはずす者もいた。

美濃はといえば、真っ先に逃げ出している。残った者も、耳まで赤くしていた。

「美濃は、綺羅さまにお聞きになったら、実地で教えて下さるだろうって」

「実地で教える……」

綺羅がそう呟《つぶや》くと、若い女房たちはまた、一斉に「きゃーっっ」と叫んだ。

老女房の一人が、たまりかねたように、

「さあさあ、姫《ひい》さんも、もう戯《たわぶ》れはやめとくれやす。若いもんの中には、オボコも多いよって、耳の毒どす」

と苦笑する。

「だって……」

三の姫は不満そうに綺羅を見やった。

いつも、何を聞いてもすぐに教えてくれる物知りの綺羅なのに、どうして、〝いろは〟についてははっきり教えてくれないのか、わからない。

わからないも道理で、綺羅も〝いろは〟の意味を知らないのである。

「え、そ、そうですね……。そのうち、教えてあげます。いろいろと、きちんと調べて……」

その場を繕《つくろ》うつもりでそう言うと、またまた若い女房たちは、

「うわーっ、いやっ」

と叫ぶのだった。

その後、ずっと、くすくすという忍び笑いが綺羅の周りをさざ波のように取り巻き、綺羅はすこぶる居心地が悪かった。

その夜、姫のいる寝所《しんじょ》に入って行こうとすると、女房たちは目くばせをし合い、まだくすくすと忍び笑いを洩《も》らしている。

「なんなの。どうしたというのです」

じれったくなって、そう尋ねると、

「いえいえ。どうぞ、姫《ひい》さんに、〝いろは〟を教えてさしあげとくれやす」

と笑いをかみ殺しながら、御簾《みす》の中へ綺羅を押しこんだ。

あの笑いには覚えがある、と綺羅は思い当たる。

「お盛んどすな」という時の殿上人《てんじょうびと》の口元に浮かんでいるのと、同じ笑いだ。

しかし、いかんせん、綺羅には一向に、その笑いの意味が理解できないのである。

昼間、綺羅を相手に双六《すごろく》や碁《ご》打ちをして、さんざん遊び疲れた三の姫は、くうくうと寝息をたてて眠っている。

綺羅はめくれあがった薄衾《うすぶすま》を掛け直してやりながら、

〈あー、やだやだ。宮中でも思わせぶりなことを言われ、主上《おかみ》にはいびられ、帰って来れば右大臣夫妻に気を遣《つか》い、女房たちに気を遣い、それでも足りずに、わけのわからないことでからかわれる。それもこれも結婚したからだわ。昔が懐《なつ》かしい。苦労も知らずに小馬に乗って、牛の尾っぽ引っこ抜いて、弟とおしゃべりして……。あれがたった二年前のことだなんて、信じられない。運命ってわかんないもんよね。弟なんて、裳着《もぎ》式こそあげさせられたけど、それ以後は変化もなく、平穏無事なもんだわよ。女の生活って、つくづく楽だわ。家事は下女がしてくれるし、身の回りのことは女房がしてくれるし、生活費は親と夫が稼《かせ》いで来るんだから。その点、男は外に出れば七人の敵、梅壺《うめつぼ》みたいないけすかない女も、ただ主上の妃《きさき》だというだけで御機嫌をとらなきゃいけない……。何を好き好《この》んで、男の世界に関わっちゃったのかしら。

まともな姫に育ってりゃ、もとはいいから絶世の美女として一世を風靡《ふうび》して、うまくすりゃ後宮《こうきゅう》入り、梅壺なんか洟《はな》もひっかけず、のんびり暮らせたっていうのにさ〉

思わず知らず、深いため息が洩《も》れてくる。「身は女でも、心は男でえす」などといっていた二年前の自分は、つくづく子供だったと思う。

だが、今となっては、どうすればいいのか。

女の身であることを明かせば、軽くて流罪《るざい》、悪くすれば死罪である。

帝《みかど》の怒りも恐ろしい。

女と結婚した馬鹿な女として、三の姫は生き恥をかかされてしまい、結局、落飾《らくしょく》するしかないだろう。

まさしく、八方塞《はっぽうふさ》がりである。

〈あーあ、弟が羨《うらや》ましい。そりゃ、男が姫として育ったってのは、多少問題があるけど、でも、あたしみたいな悩みはないもんね。なんかあったら、「あれえ」とか言って、失神してりゃいいんだもん。楽なものよ〉

八ツ当たりとは知りつつ、今頃、東北《ひがしきた》の対屋でぐっすり眠っているであろう弟君を思うと、恨《うら》み心が湧《わ》いてくる。

しかし、この頃、運命の歯車は大きく回りだしていた。

弟君は決して、そういつまでも、安眠を貪《むさぼ》っているわけにはいかなかったのである。

それから何日か経《た》ったある日、綺羅は右大臣家から参内《さんだい》すべく、車を出させたが、途中、猫の屍骸《しがい》にぶつかってしまった。

じきに七月《ふみづき》で初秋の時期とはいえ、ここ二、三日は残暑で蒸し暑く、腐乱《ふらん》して、虫がたかっている。

綺羅は穢《けが》れにあったというので、参内を取りやめ、右大臣家に戻り、籠った。

外出中に穢れにあうことを行《ゆ》き触《ぶ》れといい、物忌《ものいみ》と同じように家に籠って、精進潔斎《しょうじんけっさい》しなければならない。

参内しても、またいびられると思うと、近頃は熱心さも失《う》せ、これ幸いとばかり、昼寝をきめこむことにしたのだ。

夕刻、参内していた右大臣が帰って来た。

「綺羅さん、今日はどないしはったんどす。朝方、わしの後ろから車が来てはると思うとったのに、朱雀門《すざくもん》の手前まで来て、ひょいと見たら、いてはらへん。びっくりしましたで」

三の姫と碁を打っているところへ、右大臣があたふたとやって来た。

よほどあわてているのか、服も着替えず、顔は上気して、真っ赤である。

「車がたてこんで、なかなか前に進まないので、三条《さんじょう》あたりで左に折れたんですが、運悪く行き触れになりまして、引き返したのです」

「そうでっか。いや、今日という今日は、殿上《てんじょう》しはるべきでしたわ。今日は、秋の除目《じもく》にそなえて、役人の勤務表やら何やら整理する会議がありましたやろ」

「しかし、あれはそう重要なものでは……」

綺羅は右大臣が、何をそう興奮しているのか、まるでわからない。

右大臣は忙しく首を振り、

「ああ、会議はどうでもよろし、問題はその後や。いやはや、驚きました。普通、こういう話は、ちゃんと根回しされるはずなんやが、なにしろ突然や。居並ぶ殿上人は、みなみな唖然《あぜん》、呆然《ぼうぜん》、びっくり仰天《ぎょうてん》どすわ。あの様子じゃ、関白《かんぱく》の兄上さんにも初耳のことやったんやろな。目ェむいて、泡も吹かんばかりやった。よっぽど嬉しかったんやろか、会議が終わったとたんに、転《こけ》つまろびつしいしい、退出しはったで。いやはや、なんともかんとも」

しきりに一人で感嘆《かんたん》し、納得して、「うーむ、えらいこっちゃ」「兄上さんの誉《ほま》れは、天井知らずや」「兄上さんは、つくづく、お子に恵まれてはるなァ」と、しきりに唸《うな》っている。

綺羅はもどかし気《げ》に、

「宮中で何かあったんですか」

「大ありどす。綺羅姫さんを、尚侍《ないしのかみ》にしたいいう案が、会議に御臨席になった主上から、突然、出されたんどすがな」

右大臣は唾《つば》を飛ばして、叫んだ。

「尚侍……え、え⁉」

「さいな、これが驚かずにいられまひょか。そら、尚侍《ないしのかみ》いうたら、主上《おかみ》の女秘書で、書類を整理したり、主上さんに奏上《そうじょう》したりの公職どす。法律にも定まった、女には珍しい国家公務員どすがな。せやけど、そら建て前で、本音いうたら、何のことはない……」

右大臣は言葉を濁《にご》した。

もちろん、綺羅にもわかっている。

とどのつまりが、妃の一人なのだ。

『源氏物語《げんじものがたり》』にも、朧月夜《おぼろづきよ》尚侍というのが出てくる。

これは、帝の女御になる予定だった姫が、源氏と通じてしまい、おめおめ女御として入内《じゅだい》するわけにはいかない。しかし帝はご執心《しゅうしん》である。というので、名目上、尚侍として出仕《しゅっし》したのであり、内実は妃である。

歴史の中でも、身分の高い未亡人に惚《ほ》れ込んだ帝が、女御として入内させるわけにもいかず、尚侍として出仕させたという例がある。

つまりは、そういう立場なのが尚侍なのである。

もちろん、実務能力本位で、本来の仕事をするために出仕する尚侍もいなかったわけではない。

男社会と同じように、下の方からこつこつと昇進し、尚侍となるキャリアウーマンもいることはいる。

しかし、綺羅姫が、その実務能力を買われて尚侍に推挙されたとは、逆立ちしても信じられない。

綺羅は蒼白になった。

体が小刻みに震えてくる。

弟が侍妾《じしょう》の一人として、あっていいのだろうか。

そんなことが、召される？

「いや、わしんとこの一の姫が、弘徽殿女御として入内してはるし、綺羅姫さんが尚侍として出仕ちゅうことになると、うっとことと兄上さんとこは、微妙な関係になりまっけど」

綺羅が蒼白になって黙り込んでいるのを、何と誤解したものか、右大臣は心配そうに、

「せやけど、わしはなんも思うとりまへん。弘徽殿さんは、そこそこの御愛情かけていただいてます。綺羅姫さんが出仕しはったかて、いけずはしませんの。こら、お約束しますわ、ほんまに。うっとこの大事な大事な婿君《むこぎみ》さんの、妹姫どす。弘徽殿さんにとっても、義妹《いもうと》どすがな。そこんとこは、心配せなんどくれやっしゃ」

「いえ、別に、そんな……」

右大臣の心遣いはわかるが、何と返答していいものやら、見当もつかない。

ただもう、驚き呆《あき》れるばかりである。

そこに、左大臣家から至急の使いが来た。

すぐ帰って来てほしい、というのである。

「この件についてのお話や。事が事だけに、早《は》よ行ったらよろし。行き触れのことなら、後で

どこぞの寺に祈禱《きとう》させたら済むこっちゃ」

右大臣も、気を遣ってあれこれいってくれる。

綺羅はとるものもとりあえず、実家の三条邸《さんじょうてい》に帰った。

父君がいるはずの寝殿《しんでん》は、夕刻とはいえ、まだ明るいのに、蔀戸《しとみど》をすべて降ろし、御簾まで降ろしきって、森閑《しんかん》としている。

女房たちはみな、「大変どすえ」の近江《おうみ》までが、寝殿に続く渡殿《わたどの》の端に寄り固まって、恐ろし気に寝殿の方を窺《うかが》っていた。

「どうしたのよ、みんな。近江、おもうさんは？」

「綺羅さん‼」

近江は目に涙を浮かべ、綺羅の直衣《のうし》にすがりついた。

「大変どすのや。お殿さんが、お殿さんが脳の病《やまい》にならはったんどす。青鬼みたいな顔で帰らはって、お部屋に閉じ籠ったまんま、ウンともスンとも言わしまへん。若いもんに様子を見に行かすと、『うちはもう、終《しま》いや。おまえも早いとこ、新しい勤め口捜してや』とじいっと見ながらいわはるんどすて。そのうち、わっと笑いはって、ころころころころ、転がりはるんどすて。けけけけ、うふうふ、涎《よだれ》流しはって、笑い転げはるんどすて。どないしまひょ。どないしたらええんどすぅぅ」

泣きじゃくる近江を宥めすかし、綺羅は寝殿に近づいた。

今は笑い声もなく、部屋は死のごとく、静まり返っている。

妻戸《つまど》から、そっと覗《のぞ》くと、部屋の隅っこで父君は膝を抱《かか》えて、声もなく泣いていた。

「お、おもうさん……」

「綺羅か?」

父君は顔を上げ、薄暗がりの中に綺羅を認めるやいなや、駆け寄ってわっと泣きついた。

「綺羅や、もう終いや。もう、どないもならん。主上《おかみ》が、主上が、ひ、ひ、ひ、姫を、ひ、ひ、ひひひぃぃぃ」

笑っているのか泣いているのかも、わからない有様である。

ようやく聞き出したのは、帝はいつにない強い調子で、綺羅姫の尚侍出仕を提案し、あまりに突然の話で前例がないと反対した源大納言雅隆卿《げんのだいなごんまさたかきょう》を、眼光鋭く睨《にら》みつけたというのである。

源大納言は帝のお怒りを蒙《こうむ》ったとばかり、顔色を失い、会議途中で急に気分が悪くなって、退出してしまった。

それぐらい強い思《おぼ》し召《め》しで、列座していた殿上人は、とうとう誰一人、反対できなかったというのだった。

「ということは、結局、尚侍の話は本決まりになったってことなの!?」

「近いうち、正式決定ちゅうことになるやろ。主上があんだけ強い態度をとりはったんは、例のないこっちゃ。宣旨《せんじ》が下れば、逃れられへん」

父君はしゃくりあげながらいい、また泣き伏してしまった。

綺羅は呆然として、座りこけた。

弟が尚侍として、実質的には妃の一人として出仕すれば、綺羅姉弟の秘密は白日《はくじつ》のもとにさらされてしまうのである。

自分がしんどい結婚生活に耐えているのは、何のためなのか。

すべては身の秘密がばれないためではないか。

もっともそれは、綺羅自身の事情であり、帝は関知していないが、しかし、わからないのは帝の考えである。

〈ついこの間まで、三の姫に執着《しゆうじやく》していたというのに、どうして、打って変わって、弟なんかに興味を持つのよ。それだったら、あたしが出仕した二年前、公達《きんだち》がこぞって弟に熱をあげた綺羅姫フィーバーの時に、声をかけるのが当然じゃない。なのに主上は弟の話なんか、一度も持ち出さなかったわ。——いや、たった一度、北嵯峨《きたさが》のことを話したんだけど、あれ一度きりよ。それが突然、今、この時になって……。だいたい北嵯峨でのあたしの嘘っぱちを、主上はすっかり信じてるはずだわ。意に染まぬ結婚を強いられて、入水《じゆすい》しかけた可哀《かわい》そうな姫、と思ってるはずなのよ。なのに無理矢理、妃の一人にしようとしたら、また入水するかもしれない、ぐらいのことは考えてもよさそうなもんだわ。いったい、どういうおつもりなのか……。もしかしたら……〉

綺羅は、はっとした。

もしかしたら、新女御に、と執心していた三の姫を自分に奪《と》られた、その腹いせではないだろうか⁉

〈でも、まさか、いくらなんでも……〉

綺羅は自分の考えを笑い飛ばそうとした。

しかし、どうにも、それ以外、考えられない。

綺羅姫に無理な出仕を押しつけて苦しめ、それによって自分を困らせようとでもいうのでない限り、この突然の命令は説明がつかないのである。

綺羅はむらむらと怒りに燃えた。

なんという姑息《こそく》な手段で、仕返しをするのか。

そんなに自分が憎いなら、直接、「憎い」といえばいいではないか。

帝の逆鱗《げきりん》に触れたというのなら、さっさと、尼《あま》、いや僧にでもなってやる。

罪もない弟を引っぱり出して、苛《いじ》めようなどという、その心が恨めしい。

「いいわ、おもう。あたしが突然、発心したことにして、出家する！」

綺羅はきっぱりいった。

父君は涙と洟《はな》にまみれた顔を上げ、

「アホなこと！　あんたが出家して、済むような話やないやんか。主上は、あんたやのうて、綺羅姫の方を欲《ほ》し、仰《おお》せられとるんどっせ。こないな話が出てきてから、あれを尼にしても、露骨《ろこつ》な断り方やと人の噂もこわいし、主上のお怒りもこわいわ」

「いいえ、あたしが出家すれば済むはずよっ」

そして、山奥に籠り、夢乃《ゆめの》のような読経三昧《どきょうざんまい》の日々を送り、少し奇妙な行動をとろう。

そうすれば、人々は自分を信心のあまりの奇人と評し、都に置いて残された三の姫に、いたく同情するだろう。

帝もその同情にかこつけて、それこそ、尚侍として、お側《そば》に召せばいいのだ。

人々も、僧になった奇人の夫のことなど、一日も早く忘れさそうとして、出仕を勧めるだろう。

そうなれば、帝は思う存分、三の姫を愛すればいいのだ。

もはや、それしかない。

〈それにしても、返す返すも恨めしい主上の御心！　三の姫のことが、それほどに好きだったとは！　天下の美人が目の前にいるってのに、どうしてわかんないのよっ、おたんこなす！　口惜《くちお》しいったら、もうっ。どこまでも、すけべなんだからっ〉

湧き上がる嫉妬《しつと》をたくみに怒りにすり替えて、綺羅はかんかんだった。

翌日、待ちかねたように、一番のりで参内した。

「綺羅の三位《さんみのちゆうじよう》中将さま、早《は》や早《ば》やと御殿上です」

殿上の間の様子を清涼殿《せいりようでん》（帝の日常の間）から覗くことのできる櫛形窓《くしがたのまど》にやらせた女房が、そう報告するのを、帝はいい気分で聞いていた。

綺羅姫のことが心配で、すっ飛んで来たのだと思うと、今さらながら、自分の計画はすばらしいものであると自賛したくなる。

綺羅姫は、人の気配を察しただけで失神するような内気な姫だという。

そのため、親友の宰相中将《さいしようのちゆうじよう》にどんなに泣きつかれても、綺羅は断固として、橋渡しを拒み続け、それればかりか、「妙な真似をしたら、絶交しますよ」といい続けているのだ。

そんな妹思いの綺羅であればこそ、妹出仕の話に気もそぞろなのだろう。

これで実際に妹が出仕してくれれば、妹の身を案ずるあまり、朝一番で参内し、毎日、妹の局《つぼね》に顔を出さざるを得なくなる。

三の姫のために後宮には足を向けないと公言していたというが、それどころではなくなるのだ。

むしろ、妹可愛《かわい》さのあまり、しげしげと後宮に通い、右大臣家への足が遠のくかもしれないと思うと、帝の頬《ほお》は、自然に弛《ゆる》むのであった。

もっとも、御前に進み出た綺羅を見て、帝の浮かれた気分も、いささか静まってしまった。

綺羅は明らかに怒っているのである。

妹のことが心配で、萎《しお》れているとばかり思っていたので、怒りは意外だった。

「ずいぶんと、機嫌が悪いようだな」

綺羅はしばらく無言だったが、やがてきっと顔を上げ、きっぱりいった。

「突然ですが、わたくし、出家いたしとうございます」

「出家……？　と、突然、何をまた……」

帝は呆《あ》っ気《け》にとられてしまった。

どうしてここに、出家が出てくるのか。

「俗世の縁《えにし》も、それですべて、絶《た》てましょう。三の姫も、最初は寂しい思いをなさるでしょうが、周りの者も力づけ、主上のお優しい御心で、慰《なぐさ》む時もくるでしょう。恐れ多くも、主上の思し召し深い女性を妻にした、わが身の程を知らぬ振るまいを、今は充分に悔いております」

話しているうちに感情が高ぶってきて、綺羅は顔をまっ赤にし、目に涙をにじませた。

「これにて、妹を尚侍にという思し召しも、その意義を失いましょう。どうか、今すぐ、このお話を白紙に戻していただきとうございます。罪もないおと……、いえ妹に、気苦労ばかりが多い後宮生活だけは、させたくはありません。あの人は、不幸な生いたちをしまして、それで人並みでない苦しみを味わっている人なのです。人々には奇妙に思われるほどの内気さも、すべてはあの人の苦しみからくることです。思いつめる性質の人で、すぐに人事不省《じんじふせい》に陥《おちい》る人を、後宮に召して、それでわたくしを困らせようなどとは、あまりに浅ましい御心ではありませんか。いくら、いくら、三の姫が忘れられないからといって、わたくしを憎く思し召しだからといって……！」

綺羅は感極まって、絶句した。

帝は呆然としてしまった。

綺羅姫出仕のことは、すべて、綺羅の関心を後宮ひいては自分自身に惹《ひ》きつけておこうという裏心からで、三の姫などは念頭にもなかったのだ。

〈しかし、綺羅にしてみれば、三の姫本位に考えるのも、当たりまえかもしれない。三の姫を女御にという、わたしの嘘っぱちを未《いま》だに信じているのだから。だから、出家するなどという、

途方もないことを考えたのか〉

やっと事情がのみ込めると同時に、帝はにんまりとした。

あれほど三の姫に執心し、日を置かず通っているほどであるのに、妹を出仕させないためには、その三の姫さえ捨てて、出家するというのだ。

ということは、綺羅にとっては、愛する妻《さい》よりも、内気で病弱な妹の方が、より大切だということになる。

そうとわかれば、何が何でも綺羅姫を出仕させねばと、帝はいっそう決心を固めた。

「綺羅、あなたは誤解している。わたしはもう、三の姫のことはきっぱり諦《あきら》めているのだ」

「そうでしょうか」

綺羅は疑わしそうに、いった。

これまで、さんざん、「わたしは諦めがよすぎた」だの「綺羅がそれほど執心するなら、すばらしい姫なのだろう」だのと、嫌味の限りを尽くしてきたので、綺羅が信じないのも無理はない、と帝は苦笑した。

「いや、これまでいろいろといってきたのは、とどのつまり、あまりに夫婦仲のよい若い者への嫉妬だったのだ。わたしの方は、夫婦仲がよいとはいえぬし……」

綺羅の表情が少し柔らかくなるのを見て、帝は声に力を入れた。

「宰相中将も、あなたに愚痴《ぐち》をこぼしているそうではないか。綺羅も仲の良い友人が、妻ばかりを大切にして、自分を顧《かえり》みないことがあれば、やはり気を悪くして、嫌味のひとつもいいたくなるだろう」

「はあ……」

綺羅には一向にそういう気持ちはないが、男とはそういうものなのかもしれない、とも思う。

「そう……かも、しれません」

「そうであろう。それだけのことなのだ。決して、三の姫への執心のためではない。まして、今回の綺羅姫尚侍に関しては、わたしは三の姫のことなど、ちらとも考えなかったのだ。すべては、女東宮《にょとうぐう》、久宮《ながのみや》のためである」

「東宮さまの？」

話が思いがけない方にきたので、綺羅は怒りも忘れて、帝の話に耳をそばだてた。

「東宮さまが、どうかなさったのですか」

「うむ。――綺羅も知っての通り、久宮は東宮を嫌がっている。受けるべき東宮としての学問も教育も、嫌がって逃げ回り、未だ充分な教養もない。しかも東宮であるために、周囲は腫《は》れ物に触るように接してしまい、わがまま放題に育っているのだ。東宮には、博士《はかせ》や養育係の女房たちより、姉のような威厳ある存在の女性《ひと》が必要だと、日頃から思っていたのだよ」

「姉のような存在……」

「それには、身分卑《いや》しい者であってはならない。東宮自身、蔑《ないがし》ろにはできぬ身分の姫でなければならないのだ。今の京中で、身分といい、教養といい、綺羅姫をおいて、そのような方はいないではないか」

綺羅は目をぱちくりさせた。

あまりにも意外な話で、考えもしなかったのだ。

それも道理で、帝もとっさに考えついたのである。

しかし、口に出したとたん、これはいい口実だと、我ながら感心してしまい、すっかりその気になってしまった。

「それに、東宮には友達がいない。地位から考えれば、それも仕方のないこととはいえ、寂しい思いをしていることだろう。それは、かつて東宮だったわたしが、一番よく知っている。それでも、わたしはまだ男の身で、蹴鞠《けまり》に、弓に、狩にと、気散《きさん》じもできたが、ろくに外出もかなわぬ女の身では、気鬱《きうつ》は昂《こう》じるばかりに違いない。東宮には、友が必要なのだ」

なまじ嘘八百というわけでもなく、これはこれなりに、日頃から漠然と思っていたことだけに、帝の口調も真剣で熱心なものになる。

綺羅も帝の口調に、嘘ではないものを感じ、考えこんでしまった。

〈三の姫の恨みで、出仕を強いてるってわけでも、ないのかしら……。でも、それにしても、弟を出仕なんてさせられないわよ。尚侍なんて、主上のお側近くで働くことが多いし、自然、他の殿上人の目にもつきやすいじゃないの。あの子、また例の赤面対人恐怖症の発作で、血圧が上がってぶっ倒れちゃうわ。だいたい、こういっちゃなんだけど、あたしにそっくりの美貌で、薄化粧なんかして、きれいに正装したら、女のあたしでも惚れ惚れするくらいの美女だもの。主上のすけべ心が、動かないとも限らないわよ〉

そう考え、綺羅は再び、「恐れながら」といった。

「主上のお気持ちは、よくわかりました。今回のことが、三の姫にからんでのお仕打ちと考えた、わたくしが愚かでした」

「そうか。わかってくれたか。では……」

「いえ、しかし、やはり、このお話はむごうございます。お忘れですか？　姫は以前、意に染まぬ結婚を強いられ、入水しかけたほどでございます。いくら女東宮さまのお遊び相手として、出仕いたしましても、万が一、主上のお目にかなうことになれば、結局は妃の一人として遇されることになりましょう。主上の御心に、抗《あらが》うことなど、できる者は一人としておりません。そうなれば、妹は再び、思いつめて、今度こそ、死んでしまうかもしれません」

これには帝も、あっと驚いた。

綺羅の関心を右大臣家の三の姫から、引き離すことばかりを考え、綺羅姫がかつて結婚を嫌って、入水したことをぽっかりと失念していたのだ。

ともかく、綺羅を中心に物事を考えていたので、それ以上のことは、まったく考え及ばなかった。

確かに、綺羅姫は、結婚を強いられて、入水しかけている。

いくら女東宮の遊び相手といっても、やがて帝の思し召しがあるかもしれない、と綺羅が考え、心配するのももっともだった。

帝自身、それを指摘されると、ついつい男の本性が出てきて、北嵯峨の姫君の成長した姿をこの目で見られるのだ、と急に心が騒いでくるから、男というものは、どうしようもない。

しかし、現在は北嵯峨の姫君の幻《まぼろし》より、綺羅の方が大切である。

まして、これほどまでに必死になって、綺羅姫出仕を阻《はば》もうとしているのを見るにつけ、いよいよ、どんな手を使ってでも出仕させようと奮い立った。

「綺羅の心配ももっともだ。あのかよわい姫を……いや、その、噂に聞く内気な、たおやかな姫を、再び入水させたくはないと思う。しかし、わたしが綺羅姫出仕を願うは、ただひとえに女東宮のためです。決して、怪しい気持ちからではない」

「――そうは仰《おお》せられても、もし、主上があの子をご覧になることがあれば、お考えを変えることもありましょう」

「一目見たら忘れられぬほどに、それほどに美しい方なのか！」

帝は思わず、感嘆の叫びを洩らした。

それほどの姫であれば、是非《ぜひ》ひと目、と心は動く。しかし、それでは綺羅を説得できぬと、あえて心を押さえつけ、

「わたしは決して、決して、そのような邪念は抱かない。約束する」

「――と仰せられても、人の心は移ろいやすく……」

「ならば、わたしは決して、姫と会わない！」

「え」

綺羅はびっくりして、顔を上げた。

「決して、姫を見ようとは思わない。内侍《ないし》やその長官の尚侍《ないしのかみ》は、普通、温明殿《うんめいでん》に詰めるが、綺羅尚侍は、わたしの住居《すまい》から最も遠い、宣耀殿《せんようでん》に住まうがいい。女東宮は昭陽舎《しょうようしゃ》（梨壺《なしつぼ》）にいらっしゃるから、その方が近いし、よいだろう。綺羅姫出仕はあくまで、女東宮のためという、わたしの気持ちも、それでわかるはずだ」

「え、あの……」

思い切った帝の申し出に、綺羅はびっくりして、口ごもってしまった。

尚侍の常の住居殿である温明殿ではなく、宣耀殿をと言うとは、いかにも女東宮本位の出仕の勧めに思えるのだ。

まして、決して弟を見ないと断言するとなると……。

「わたしが綺羅姫と会う時は、――会う時があるとすればだが、綺羅が同席している時に限ると、約束しよう。もし、綺羅のいない時、わたしが尚侍に無理な伺候《しこう》を強いたなら、その時は綺羅の思う通りにするがいい」

「え、でも……、でも……」

綺羅はすっかり混乱してしまった。

自分が出家するといえば済むと思っていたものが、とても、そう簡単に済むものでもないのだ。

帝が、「綺羅姫を見ない」と断言してまで、女東宮のために出仕を望んでいるのであれば、自分が出家しようとしまいと、弟は出仕せざるを得ないのではないか。

そういう綺羅の動揺の隙《すき》を突くように、帝は強い調子でいい募《つの》った。

「わたしがこれほどの誠意を見せ、また誓いもしているのに、どうして綺羅や左大臣は、それを信じてくれぬのか。心外な思いがする」

「お、主上の御心はよくわかります。わかりました。し、しかし、たとえ主上のお心遣いがありましても、尚侍としての公務上、殿上人に姿を見られることも多く……」

「尚侍としての実質的な公務は、すでに古参の勾当内侍《こうとうのないし》が代行している。綺羅姫の尚侍は、あくまで身分にふさわしい地位としてであって、姫は宣耀殿で、女東宮の遊び相手として、相談役として、それに専念すればよいのだ。わたしですら会わぬ深窓の姫を、むざむざ無遠慮な男の目に触れさせはしない。安心するといい」

「ありがたい仰せですが、姫は、内気な人で……、それはもう内気で、見なれぬ新参の女房が近くにいるだけで、気鬱《きうつ》になり、寝こむ人でして……、才気に溢《あふ》れ、社交的な女房の多い後宮では、気疲れも多く、身が心配で……」

しどろもどろの反駁《はんばく》に、帝はにやっと笑った。

「それほどに心配なら、綺羅が姫の後見役として、毎日、様子を見に来てあげればよいではないか」

「わたくしが、ですか……?」

「そう。万事にそつなく、心得ているあなただからね。姫をお助けしてあげるが、いい。そうやって、徐々に人と交わることを覚えれば、極端に恥ずかしがりの性格も、直るかもしれないよ。だいたい、あなたや左大臣どのが過保護にして、姫をいよいよ内気にしているのではないのか。きっと、そうに違いない」

「いえ、そんな。姫には、いろいろと事情が……」

「ともかく」

まだ、くどくどといいかける綺羅を制して、帝はきっぱりといった。

「わたしは、できる限りの誠意を見せたのだ。左大臣家でも、誠意を見せてほしい。これは女東宮のため、ひいては後々の帝のため、また天下のためです」

こうまで大上段にふりかぶられては、綺羅はもう、何もいえなかった。

退出し、家に帰って、帝との会話を逐一《ちくいち》報告すると、父君は涙を拭《ぬぐ》い、怪訝《けげん》な表情になった。

「女東宮のため？　ほんまかいな。けど、昨日はそないなこと、おくびにも出しはらへんかったで」

「おもうもみんなも仰天して、ろくに聞いてなかったんじゃないの？　だって、きっぱり、そうおっしゃったわよ」

「う――む。温明殿ではなく、宣耀殿に住まわし、決して姫と会わへん、と仰せられたか……うーむ……うー……」

父君は頭を抱えて、考えこんだ。

綺羅や父君、弟にとってはありがたい申し出だが、反面、そこまでいわれては、いよいよ辞退できないところまで追い込まれてしまったようなものである。

と、東北《ひがしきた》の対屋の方で、何やら物音がする。

何かがぶつかって落ち、割れたような、倒れたような音が、ほとんど間断なく聞こえてくる。

「何よ、あれ」

「それやがな」

父君は苦りきっていった。

「夢乃《ゆめの》はんとこの女房が、どこぞから尚侍出仕の話を聞きこんで、綺羅姫にいいよったんや。東の連中は、あんたが結婚したことで、出し抜かれたと無念がったが、これで溜飲《りゅういん》が下がったと大喜びやし、あれは例によって……」

「人事不省に陥ったの？」

「ちゃう。毎度同じでは、芸がないと思たんやろか、急に政子《まさこ》はんも顔負けの怒り方で、ヒステリーの発作起こしやってん。枕は投げるわ、布団は引き摺《ず》り回すわ、几帳《きちよう》の布は破るわ、御簾は蹴飛ばすわ、いやはや、女そのもんやで。東の連中も呆っ気にとられて、今度という今度はお経も唱えんと、さわらぬ神に祟《たた》りなしとかいうて、ひっそりしとる。あれ付きの女房は、蔀戸を上げる棒やら箒《ほうき》やら、はては東から魔除《まよ》けの薙刀《なぎなた》まで借りてきて、応戦してたんやが、身が危のうて、今は局《つぼね》に逃げ戻っとるわ。ほんまに、もう……」

父君は再び頭を抱えこんだ。

綺羅は気になって、いてもたってもいられず、東北の対屋に足を運んだ。

妻戸《つまど》を叩き、

「ちょっと、あんた、聞こえてる？」

と囁《ささや》くと、とたんに何かが飛んできて、妻戸にばらばらとぶち当たった音がする。

綺羅はゾッとしながらも、妻戸を引いてみた。

かけ金はかかっていなくて、戸は開いた。

戸の近辺には、碁石が無数に散っていた。

されば、碁石を投げつけたらしい。

これは小さいものの、当たれば、それなりに痛いのである。

何が飛んでくるのかわからないので、綺羅は腕で顔を庇《かば》うようにして、そろそろと前進した。

部屋の真ん中に、いいかげん髪は乱れるだけ乱れ、服もみごとに着崩れ、さながら酔っぱらいのような姿で、弟がうずくまっていた。

周囲の几帳《きちょう》は倒れ、脇息《きょうそく》や双六盤は部屋の隅に転がり、台風一過の様《さま》である。

「ねえ、綺羅姫……」

「誰が姫だって!?」

弟はきっとなって、顔を上げた。

怒りのため顔は青ざめ、そのくせ頬は上気してほんのり赤く、切れ長の目がすっと吊り上がっている様子は、こんな場合には不謹慎《ふきんしん》だが、いやに美しくて、綺羅はため息をついた。

「そう、怒んないでよ」

「怒るなって!?　これが怒らずにいられると思うのっ。入内だよ。この、ぼっ、ぼっ、ぼくがじたじとなった。

目から火花が飛び散り、口を開ければ炎が吹き出しそうで、綺羅もあまりの弟の荒れ様にた
「入内っっ‼」

「入内じゃないわよ。出仕よ。入内ってのは、正式な儀式をして、内裏に入る女御とか皇后の時に使う言葉で……」

「ぼっ、ぼくは、宮中語の用法を聞いてるんじゃないよ。ぼくが物語なんて、読まないと思ってるの？　暇にまかせて、これまでもいろいろ読んでんだ。尚侍なんて、いいとこ、妾《めかけ》の一人じゃないか。いったい、どうすんだよ。この体で、どこをどう頑張ったら、妾になれるというのさ」

「——主上は、その気はないって……」

「その気がない？　その気がなくたって、何かの拍子にその気になったら、どうすんだよ。だいいち、この情けない女装姿を人に見られるのかと思うと、無念で無念で……！」

「見、見られないわよ。賜《たま》わるお部屋は、後宮の奥っこだもの。それに、決して主上や殿上人は、あんたに近づかないって、お約束……」

弟の視線の鋭さに、綺羅はぞくっとして言葉をのみこんだ。

父君が何かの折に、「ぎゃーぎゃーいう、あんたのたあさんもこわいけど、夢乃はんのこわさはまた、別のオモムキがありまっせ。神憑《がか》った目で、じいいっとみつめられてみいや。いやもう、精《せい》も魂《こん》も吸い取られるようで、体じゅうがそそけ立ち、腰が抜けそうや。神憑りになる

時は、瞳が薄茶色になって、白目んとこがいよいよまっ白《さら》になりまんのや。あの目で見られたら、なんもかんもわしが悪い、どうなとしてくれ、だから睨《にら》まんでくれと叫び出しとなる」といっていたが、本当にその通りだと実感せずにはいられない、青光りする目である。

「――姉さま」

弟は、じっと綺羅を見据えたまま、いやに静かな声でいった。

「賜わるお部屋、といったね」

「え、いや、その……」

「誰も近づかないと約束した、とかいったね」

「つ、つまりね、あたしはね……」

「ということは、姉さまやおもうさんは、この話を承知したということなの？　そして話は、賜わるお部屋の場所とか、そういうことまで具体化しているというの？」

「い……あ、あの、お、弟よ、あたしがついてるわよ、あたしが……ちょっ、ちょっと、あんた、綺羅姫⁉」

弟が様子がおかしいので駆け寄ると、あわれ弟は怒りと絶望のあまり、憤死する人間はこうもあろうかという凄《すさ》まじい形相《ぎょうそう》で、泡をふき、白目をむいて悶絶《もんぜつ》している。

弟の肩を摑《つか》んで揺らしながらも、どうやら出仕は避けられそうになく、とすれば、自分の気苦労はまた増えるのだと思うにつけ、呑気《のんき》に気絶している弟が羨《うらや》ましく、また憎らしくもなって、思いっきり往復ビンタをくらわし、

「ちょっと！　何を呑気にのびてんのよっ。あたしが男として出仕して、いろいろと辛酸《しんさん》を舐《な》めてんのよ。あんただって、少しはその苦労を知りなさい。もう、こうなったら、やけくそよ。これから宮中での礼儀作法や決まりを、教えてあげるから、しっかりと覚えなさい。こら、起きろってばっ」

と、どやしつけた。

とうとう、左大臣家の奇妙な娘と息子は、二人とも出仕することになったのである。

片や、女の身でありながら、結婚までしている綺羅の三位中将。

片や、男の身で女ばかりの後宮に入り、女東宮の相談役となるはずの綺羅尚侍。

どうなることか、とめどなく広がる綺羅姉弟と左大臣の不安と恐れをのみ込んで、京の都は何事もなく、今日も静かに暮れて行くのであった……。

ざ・ちぇんじ！（後編）

一　宰相中将の煩悶《はんもん》

八月《はづき》十五日、宮中では観月《かんげつ》の宴《うたげ》が華やかに催された。

澄みきった夜空に、くっきりと浮かぶ月は凄《すご》いほどに美しく、人を奇《あや》しい気持ちにさせるような、不気味な光を放っていた。

殿上人《てんじょうびと》は左右に分かれ、月を題材に和歌を競い、楽器の演奏を競った。

当然、こういう席にはなくてはならぬ綺羅《きら》も参席していたが、とても月を愛《め》でる気分ではなく、ぼんやりとしていた。

あと一カ月もすれば、弟は尚侍《ないしのかみ》として出仕《しゅつし》するのである。

父君も綺羅も、その仕度《したく》に大わらわで、寝る暇《ひま》もないくらいだった。

綺羅姫出仕に際しては、綺羅姫の身の回りを世話する女房《にょうぼう》が四十人、つき従ってよいことになっている。

その尋常《じんじょう》でない数からいっても、

「女御入内《にょうごじゅだい》並みのお仕度でっせ。やっぱり、尚侍出仕というたかて、ほんまのほんまは……」

という意味あり気な噂《うわさ》がたったが、父君はそんな噂を尻目《しりめ》に、気心の知れた女房をかき集めるのに、四苦八苦していた。

綺羅姫の秘密を守り抜くためには、迂闊《うかつ》な女房は雇えないのだ。

かといって、東のヒステリー軍団の中からは、一人たりとも選びたくない。

小百合《さゆり》が、綺羅や弟君のたっての願いで、お付き女房の中に加わることになったが、当節、教養もたしなみもある女房は数少なく、父君の苦労は計りしれない。

一方、綺羅は急きょ、宮中規範の教授となって、三人の女御方のそれぞれの地位、勢力から始まって、礼儀作法一般について講釈する毎日である。

しかし、精神が不安定になっている弟君は、ちょっとしたことで引き付けを起こし、ぶっ倒れる。

そんな弟を可哀《かわい》そうだとは思うものの、しかし彼は倒れてしまえば、一時的に辛《つら》い現実から逃れられるが、綺羅はぶっ倒れることもできないのだ。

それどころか、弟が出仕すれば、毎日、弟が宮中でぶっ倒れてやしないかと心を痛めなければならない。それを考えると、呑気《のんき》に倒れてる弟に、水をぶっかけてやりたくなる。

そのうえ、今まで通り、せっせと右大臣家《うだいじんけ》に通わなければならない。

一の姫が弘徽殿《こきでんの》女御として入内している右大臣家では、いくら気にしないといっても、綺羅姫が尚侍という微妙な地位で出仕することに、かなり神経を尖《とが》らせている。

ここで綺羅の足が遠のくと、せっかく円満にいっている左大臣《さだいじん》と右大臣の関係が悪化しかねず、事は政治権力がからんでいるだけに、ややこしいのである。

そしてまた、三の姫はどうしたものか、やたらと〝いろは〟のことを聞きたがり、答えに窮《きゅう》していている綺羅を女房たちが笑って見ているという風で、どうにもやりきれない。

今の綺羅は、馬鹿面《づら》を下げて勿体《もったい》ぶって月を眺めているよりは、どこへなりと自分を知っている人間のいないところへ行って、もろもろの憂《う》さを忘れ、ゆっくりしたいというのが本音《ほんね》だった。

宰相中将《さいしょうのちゅうじょう》は、そんな憂《うれ》いがちな綺羅を、そっと盗み見ていた。

何を物思いしているのか、ろくに宴にも加わらず、そのくせ、月の光を片頰《かたほお》に受けてため息をついている様《さま》は、悩ましいほど美しく、自分では知らずに、公達《きんだち》の注目を集めている。

「いや、月下美人《げっかびじん》の名を献上《けんじょう》したい美しさだな」

宰相中将の隣の座を占めている兵部卿宮《ひょうぶきょうのみや》が、そっと囁《ささや》いてきた。

宰相中将は、ぎくりとした。

兵部卿宮は当年とって三十歳の男盛り、兵部卿という実権のない、名ばかりの名誉職にいて、それを悔《く》やむふうもなく、恋や学問に戯《たわむ》れている風流人である。

恋に戯れるのは、貴族として名を高めこそすれ、何も非難するにはあたらないのだが、その相手が問題なのだ。

女性であろうと男性であろうと、美しくて好みに合えばよいという、実に両刀使いの達人で、兵部卿宮の近侍《きんじ》の者は、牛飼童《うしかいわらわ》に至るまで美童である。

宰相中将は一応、女にしか興味がない通常人《ノーマル》なので、兵部卿宮を、

〈ふん、すみれ族の親玉が、何を色好みぶって〉

と、いい感情を持っていない。

何をかくそう、なかなかにハンサムで学識の高い兵部卿宮には、再三、女を横盗《ど》りされていて、恋の上でのライバルなのだ。

何かにつけて宰相中将とライバル視される綺羅は、こと恋愛に関しては、異常なほど潔癖《けっぺき》で、とても宰相中将のライバルにはなり得ないのである。

その恋のライバルである兵部卿宮が、意味あり気《げ》に綺羅を眺めているのが、宰相中将にはうとましいと同時に、心が騒いだ。

「ごらんなさい、宰相中将。みなも綺羅中将に見惚《みと》れていますよ。観月の宴が、妙なことになっている。まさしく、綺羅どのこそ、今宵《こよい》の主役の月、とでもいいたいですね」

「あなたのような怪《あや》し気《げ》な目で見られても、綺羅は困るばかりでしょう。〝かつ見れど、うとくもあるかな。月光《つきかげ》のいたらぬ里もあらじと思えば〟という心境ですね」

宰相中将は嫌味をいってやった。

〝かつ見れど〟というのは、紀貫之《きのつらゆき》の歌で、「確かに月は美しく、惚《ほ》れ惚《ぼ》れとするけれど、一方ではその美しさがうとましい。美しい月の光が、わたし一人のものではなく、あらゆるところに輝き渡っているから」というほどの意味である。

「ほう……」

兵部卿宮は口笛を吹き、扇《おうぎ》で口元を隠して含み笑いをした。

「では、きみは、月光《つきかげ》のいたらぬ里こそ、あらまほしけれ、と思ってるわけですか。なるほど……、いや、一人占めしたい気持ちは、よくわかりますよ。独占欲こそ、恋の本質ですからね」

「ばっ、馬鹿な！」

宰相中将は柄《がら》にもなく真っ赤になり、絶句した。

なんという突飛《とっぴ》なことをいうのか、それでは俺が綺羅に恋しているようではないかとあきれたが、あきれるそばから、綺羅に恋している図星を指されたための動揺ではないかという気もして、いよいよ慌《あわ》てた。

兵部卿宮は、宰相中将の動揺を見透かすように、声を殺して忍び笑った。

「奇《あや》しの恋は禁色《きんじき》の深きすみれの色なりき、誇る匂《にお》いはなけれども、ただに床《ゆか》しく咲き初《そ》めて、人知れずこそ散りゆかん、と申しましてね。なかなかに風情《ふぜい》のあるものです」

「な、なんです、それは」

「なに、世の無理解を悲しんで、戯《たわむ》れにつくった戯《ざ》れ歌ですよ。しかし、いい得て妙、でしょう。ふっふっふ」

「馬鹿馬鹿しい。何が、ただに床しく、ですか。あなたの恋は、いつも華々しく、終わる時はそれ以上に騒々しいではないですか」

「それは、本命ではない戯れの恋です。わたしも本気になれば、どこまでも忍びますよ。綺羅どのも……」

「えっ！　あなた、やっぱり、綺羅を……!?」

恥も外聞もなく叫んでしまい、周囲の冷たい視線を浴びて、宰相中将は口ごもった。

兵部卿宮はくすくす笑った。

「いかにも、わたしは気に入ってますねえ。しかし、わたしが言いかけたのは、綺羅どのも、苦しい忍び恋をしてるのではないかということです。たいそう憂《うれ》わしげだ。そこがまた、美しくて、気が疼《うず》くのだがね」

兵部卿宮の言葉に、宰相中将はっとして綺羅を振り返った。

綺羅はちょうど、扇を顔にさしかざして、そっとため息を洩《も》らしたところで、顔は見えないが、扇の揺れや全体の雰囲気《ふんいき》から、ため息の深さが知れる。

宰相中将の心はいよいよ波立ち、抑《おさ》えがたくなった。

宴が終わってからも、綺羅の沈んだ様子は、ひとしきり噂になり、

「今夜の綺羅さんは、いつになく、うつけてはりましたな」

「綺羅姫が十月《かんなづき》に正式出仕しはるというので、いろいろ気ぜわしいのやろか」

「あの人が沈んではると、宴もおもしろ味を欠きまんな」

「いやいや、しかし、なかなかの見物《みもの》ではありましたで。なんちゅうても、身が細うて、すっきりしたお姿や。下手《へた》な女《おなご》より、なんぼか……」

などと、好き勝手なことをいい合っていた。

それを聞くにつけても、宰相中将はおちつかなかった。

すみれ族の親玉だけならいざしらず、自分や他の殿上人の心をさえ騒がすほど、物思わし気

にしている綺羅が悪いのだと、妙に腹が立ってもくる。

宰相中将はその夜、宿直することになっていたので、宿直所に行った。束帯《そくたい》（公式の時の服装）を脱ぎ、宿直のための略装に着替え、ぼんやりとしていると、いやでも兵部卿宮の言ったことが思い出されてくる。

〈苦しい忍び恋だと？　そんな馬鹿なことがあるものか。綺羅には、あれほど熱愛している三の姫がいるではないか。――しかし、ここしばらく、ずっとふさぎ込んでいるのは確かだ。そういえば先日も、恋のいろはとは何だと、いやに真面目《まじめ》な顔で聞きに来たっけ。何を今さら、カマトトぶってとあきれて、ものもいえなかったが、もしや、〝いろは〟の〝い〟から始めたい女でも、できたのか〉

新しい女、と考えるだけで、宰相中将の心は轟《とどろ》く。

と同時に、こんなふうに綺羅のことばかりを考え詰めている自分の愚《おろ》かさに、苦笑してしまうのであった。

あれほど執着《しゆうじやく》し、人にもからかわれていた綺羅姫への恋は、どうなったというのか。

伝え聞くところによると、尚侍《ないしのかみ》とはいっても、実質的には女東宮《にょとうぐう》の相談役のような立場で、出仕するという。

しかし、そうはいっても、いつ何時《なんどき》、帝《みかど》のお手が付いて、妃《きさき》の一人にならないとも限らない。

それも充分考えられることなのに、自分は不思議なほど、平静だ。

少しも、慌てていない。

なのに、綺羅のうつけた表情に、これほど心を捕らえられ、ああでもないこうでもないと悩んでいる。

これは、どういうことなのか。

〈それにしても、遅いな〉

宰相中将は、ふと耳をそばだてた。

今夜は綺羅も宿直することになっているのに、来る気配がまったくない。

〈名対面《なだいめん》の時刻も近いというのに、どうしたんだ。酒に酔って、どこかで寝込んでいるのかな。あいつに限って、そんなみっともない真似《まね》はしないだろうが……〉

宰相中将はぼんやり待っているのも辛《つら》いので、沓《くつ》をはき、地に降りて、庭の方から捜しに出ることにした。

ところが、丁度、夜のお召しで、梅壺女御《うめつぼのにょうご》が清涼殿《せいりょうでん》に渡る行列にぶつかってしまった。

香炉を持った先導の女童《めのわらわ》に、女房たち十人ほどがざわざわとつき従っている。

人目につく東の高欄《こうらん》側に、人目を遮《さえぎ》るように几帳《きちょう》をさしかざして、梅壺女御の歩みに従って、女房たちが四人がかりで、その几帳をずらしつつ歩くので、女御の姿は見えない。

〈人に見られて困るタマか。自己顕示欲《けんじよく》のかたまりのくせして〉

とは思いながらも、ここで行き合ってしまったのは仕方ないと、控えて、玉砂利《たまじゃり》の上に膝《ひざ》をついた。

「あーら、宰相中将どの」

梅壺女御はひょいと几帳から顔を覗《のぞ》かせ、びっくりしている女房たちを尻目に、気軽に中将に声をかけた。

「今宵の月は、美しゅうございますね」

「は」

「あなたのご親友が、今、藤壺《ふじつぼ》のあたりにいらっしゃいましたわよ。ぼんやりして、悩まし気なご様子なので、あたくし、声をかけましたら、真っ赤になって、顔をそむけてしまいましたわ。あれ、どういうことなんでしょうね。忍ぶれど、色に出にけり、ということでしょうかしら。ほほほ」

梅壺女御は勝ち誇ったようにそれだけをいうと、ぷいと顔を扇で隠して、さっさと歩いて行った。

中将は、胸くそが悪くてしようがない。

〈顔を赤くしただと？　綺羅のやつ、まさか、あんな女に横恋慕《よこれんぼ》してるんじゃあるまいな。しかし、届かぬ花は美しい、のたとえもある……〉

あわてて飛香舎《ひぎょうしゃ》（藤壺）の方に行ってみると、何やら細々しい声が聞こえる。

どうやら、漢詩を口ずさんでいるらしい。

風流人の綺羅が口ずさんでいる詩に興味があり、もっとよく聞こうと一歩踏み出した中将は、どきりとして立ち止まった。

綾《あや》の上品な直衣《のうし》に、紅色《べにいろ》の艶《つや》やかな上着をはおっているその姿は、優美で、たおやかで、だが、思わず手を差し伸べたいほど弱々しげだった。

もともと綺羅は、公達の中でも小柄《こがら》な方だったが、今夜という今夜は、それがひときわ小さく、また、なよやかに見える。

月光を浴びた横顔は、まったく、ぞっとするほどの美しさで、詩を口ずさんでいるため、かすかに動く唇《くちびる》は紅を差したように紅《あか》く、愛らしい。

中将は搏《う》たれたように、立ちすくんだ。

〈ああ、あれが女だったら、即、押し倒すのに……。いや、女じゃなくたって……！〉

人の気配を感じたのか、綺羅は振り返り、中将を見て、ちょっと驚いたように目をみひらいた。

その表情がまた、中将の心を捕らえるのだった。

「や、やあ、こんなところで何をしてるんだ。そろそろ名対面の時刻だぞ」

「そうか。捜しに来てくれたの？　悪かったね。月をね、なんとなく観《み》ていて……」

「梅壺女御に、声をかけられただろう」

「……ああ」

綺羅はふっと口をつぐみ、黙りこんだ。

と思うまもなく、ぼそりと呟《つぶや》いた。

「ああいうのは、いいね」

「いい⁉　いいって、梅壺女御がいいって意味か」

中将は驚いて叫んだ。

綺羅は苦笑し、

「まさか。女が女の格好をするのは、いいってことだよ。さっき、あの行列を見て、つくづく思った……」

「?」

「なんていうのかな。自然だよ、やっぱり」

中将はわけがわからず、問うように綺羅をみつめた。

「そりゃ、自然だが……自然すぎて、別に感心するほどのことでもないだろ。女が男の格好をするはずないんだから。いや……」

中将はふと思いついた。

「もしかして、おまえ、白拍子《しらびょうし》（男装の踊り子）に惚れてるのか」

「──いや、まさか」

「心配ごとがあるんじゃないのか。話せよ。親友だろ」

「ありがとう。でも、なんでもないよ」

綺羅はうわの空でそういってから、ふと中将に笑いかけ、

「そうそう、妹の出仕が決まってしまって、あなたも残念だろうね。いつか、お慰《なぐさ》めの宴でも催そうか」

とわざと元気めかして、いう。

中将は危うく、綺羅姫などどうでもいい、俺はおまえが、と口走りそうになって、思わず唇を噛《か》みしめた。

〈どうやら、奇《あや》しの恋に捕《つか》まったらしい……〉

中将は苦いものを飲みこむように、心の中でそう呟いた。


よくも悪《あ》しくも、燃えあがると抑えられないのが中将の性格で、それからというもの寝ても覚めても、綺羅の俤《おもかげ》がつきまとう。

殿上の間で、重要な会議の最中でも、目も心も綺羅に吸い寄せられ、そこから離れない。

他の公達と談笑などしているのを見かけると、カッとなって、思わず割って入る。

そんなことが十日ほども続いた後、中将は決心した。

〈このまま、悶々《もんもん》と悩むのには耐えられない。思いきってうち明け、受け入れてもらうしかない。たぶん拒絶されるだろうが、そうなったら、押し倒すまでだ。綺羅は男にしては小柄で、力では完全に俺の方が優っている〉

心を決めると、それなりに落ちついた。

実家の左大臣家では、これから出仕する綺羅姫の仕度で大忙しだろうし、そういうところで恋の告白をしても、興醒《きょうざ》めである。

やはり、婚家の右大臣家の方が、落ちついて、しんみりと語り合えるだろう。

同じ邸内のどこかに愛妻がいると思うと、多少気もひけるが、それゆえのスリルもある。

その日、宰相中将は念入りに香を焚《た》きしめ、新調の白直衣も鮮《あざや》かに、夜を待って、右大臣家を訪れた。

ところが、綺羅はいなかった。

つい先刻までいたのだが、綺羅姫の出仕仕度の相談で呼び出され、実家の左大臣家に行ったというのである。

「せやけど、あちら泊まりという話は聞いてまへんし、しばらくすれば戻らはるはずや。それまで待ってなはれや。綺羅さんの親友で、当代一、二の公達が来てくれはったんやからな」

右大臣は、機嫌《きげん》よくいった。

「綺羅さんの友達が、もっともっと、ぎょうさん来てくれはったら、この邸《やしき》も賑《にぎ》やかになるんやけど。いざとなると、綺羅さんは実家を頼りにしてもうて、寂《さび》しいもんや」

酒や料理を次々と運ばせながら、手厚くもてなしてくれるのはいいが、右大臣の話はだんだん左大臣家への恨《うら》み言《ごと》になっていく。

「だいたい、言うたら何やけど、実家も悪いと思わへんか。いくら綺羅姫さんの出仕の仕度が大変で、手がいるからちゅうて、もう、他家の婿君《むこぎみ》になった人をでっせ、事あるごとに呼びつけんといても、ええやんか。な、そう思いますやろ、宰相中将さん」

「はい、そのようで……」

「そやろ？　そう思いはるやろ。うっとこからは弘徽殿女御《こきでんのにょうご》を入内《じゅだい》させてもろてる。新尚侍《ないしのかみ》出仕となれば、正直なとこ、おもろないやんか。せやけど、大事な婿君の妹姫さんやと思うから、いいたいことも胸に収めて、鷹揚《おうよう》に見せとるんどっせ。兄上さんは、そこんとこを、ちいともわかってくれはらへん」

「はあ……」

宰相中将は相手が相手だけに迂闊《うかつ》な相槌《あいづち》も打てず、落ちつかなかった。

綺羅は一向に戻る気配もない。

苛々《いらいら》しながら、果てしなく続く右大臣の愚痴《ぐち》につきあっているところに、左大臣家から綺羅の手紙がきた。

「妹が貧血を起こして寝こんでしまったので、お慰めするため、今夜はこちらに泊まります。すみません」と書いてある。

右大臣や、三の姫付きの女房たちはがっかりして、口々に左大臣家の悪口をいったが、一番がっかりしたのは、宰相中将だった。

これでは、何のために来たのか、わからない。

右大臣も長く引きとめたのを謝り、恐縮して、

「こないなことになるとわかってたら、若い人の時間を無駄にさせなんだのに。それもこれも、何かちゅうと綺羅さんを呼びつける兄上さんのせいや。いやいや、それはさておき、もう夜も更《ふ》けて、外は闇夜《やみよ》や。よかったら、泊まってってとくれやっしゃ。女房らも、綺羅さんと並ぶ公達が来はったと、大喜びしてはるし」

と、しきりに勧《すす》めてくれる。

なまじ意気込んで来ただけに、綺羅に会えないとなると拍子抜《ひょうしぬ》けして、帰り仕度をするのも億劫《おっくう》だった宰相中将は、謹《つつし》んでその申し出を受けることにした。

ありがたいことに右大臣は、夫の来ない三の姫を慰めるために、じきに席を立った。

後は若い女房たちが、ひとめ、評判の公達を見ようと、入れ代わり立ち代わり、酒や話の相手に現れる。

いつもの宰相中将なら、如才《じょさい》なく気のきいた話をして女房たちを喜ばせ、あわよくば美人の女房と目と目で合図して、納得ずくの恋の一夜をすごすのだが、今夜はとても、その気になれない。

それどころか、なまじ姿形《すがたかたち》の美しい女房を見ると、もしや綺羅とできているのではないかなどと、あらぬ妄想《もうそう》を抱いてしまう。

だいたい綺羅ほどの公達が、さほど美人だという噂も聞かない三の姫に、主上《おかみ》からお叱《しか》りを受けるほどに夢中になるなど、信じられないではないか。

妻に夢中であると見せかけ、舅《しゅうと》の右大臣さえも欺《あざむ》いて、美女の女房とよろしくやってる可能性は、充分にある。

「さすが天下の右大臣家、美しい人が多いな。綺羅も、これでは、この家に来るのが楽しくてしようがないだろう。ねえ、きみ」

宰相中将はかまをかけるつもりで、酒を注《つ》ぎに来た美しい女房に話しかけた。

ところが、女房はふっと表情を固くして、

「わたくし、こちらにお仕《つか》えしてから、まだ一度も綺羅さまにお目にかかっていませんのよ。お殿さまは、わたくしのような者を、決して西の対屋《たいのや》に近づかせて下さいませんの」

と不満そうにいう。

「こう申しては何ですが、三の姫さまより見目《みめ》の悪い女房たちばかりで、西の対屋を固めているのですわ。それですもの、綺羅さまのお心が、三の姫さまにしか行かないのは当然ですわ」

この女房は容姿に自信があり、天下の綺羅が婿として通うようになれば、必ずいい目が見られると期待していたのであった。

ところが、そこは抜かりのない右大臣で、美しい女房たちを決して綺羅の前には出させない。それだけに、この女房に限らず、容貌《ようぼう》に自信のある女房たちの恨みは深くて、宰相中将の探りに、先を競って不満をぶつけ始めた。

「大切な婿君さまというのはわかりますけれど、ああもガードが固ければ、綺羅さまも息苦しいと思いますわ」

「姫さまのお側《そば》近くの女房たちだけが、綺羅さまを独占して、わたくしたちはお姿さえ見せていただけないなんて！」

「きっと内心、綺羅さまもうんざりなさっているのではないかしら。月に数日、御患《おんわずら》いとおっしゃって、実家に帰られますでしょ。わたくしの睨《にら》むところ、きっと実家には思う女房がいるのですわ。えい、口惜《くちお》しい！」

「そうよそうよ。最近、綺羅姫出仕の御仕度とかで、よく実家にいらっしゃるのも、その口実ですわ。三の姫さまも、少しは現実の厳しさに気付くとよろしいのよ。あの程度の容姿で、綺羅さまを惹《ひ》きつけていられるなどと、本気で思ってらっしゃるなんて」

「周りの女房たちがまた、頭《ず》にのらせるからいけないのよ、あのブス集団！　綺羅さまが毎夜のお渡りで、西の廊下《ろうか》の磨《す》り減《へ》りが激しい、などといい散らかして！　わたくし、あの連中にギャフンといわせるためなら、綺羅さまの秘密の恋人が現れてもいい、とまで思ってますわっ」

いやはや、女の嫉妬《しっと》というのは浅ましいもので、さしもの宰相中将もたじたじだったが、しかし、綺羅の〝秘密の恋人〟の言葉にぎょっとなった。

「き、きみ、綺羅には、その手の噂があるのか」

「あればよいのに、と願っているだけですわ、中将さま」

女房は悔《くや》しそうにいった。

「だって、都一《みやこいち》といわれる綺羅さまが、あんなネンネのオカメブスに夢中だなんて、わたくしどものプライドはどうなりますのっ」

仕えている主家への遠慮も気遣《きづか》いもあらばこそ、クソミソに罵《ののし》るのである。

〝秘密の恋人〟というのは、美人女房たちのあらぬ想像とわかって、ホッとするのも束《つか》の間《ま》、宰相中将の心はまたも沈みこんでゆく。

女房たちにここまで嫉妬させ、ここまでいわせるくらい、綺羅の三の姫への打ち込み方は一途《いちず》なのだろうか。

夜も更けるにつれて、女房たちは一人退《さ》がり、二人退がりして、いつしか宰相中将は一人になったが、心は鬱々《うつうつ》として、容易に眠れなかった。

家人たちも、今はみな、寝静まったようで、邸内はしんとしている。

今頃、綺羅は何をしているのだろう。

女房の一人が言ったように、左大臣家に隠し恋人がいて、よろしく楽しんでいるのだろうか。

それとも、熱愛するのはやはり三の姫ただ一人で、つれづれなる夜更け、三の姫を思いこがれて、自分のように眠れぬ思いをもてあましているのだろうか。

〈西の対屋、といったな。綺羅が熱愛している姫のお部屋は……〉

初めは単純に、そう思っただけだった。

しかし、その三の姫を垣間見《かいまみ》てみたいという好奇心が、むくむくと頭をもたげてくるのに、時間はかからなかった。

綺羅ほどの公達に愛されている若妻への、プレイボーイとしての興味と、綺羅の愛を独占している者への嫉妬がない交《ま》ざって、中将はいてもたってもいられなくなった。

なんといっても、三の姫とひとつ屋根の下にいるのである。

こんな機会《チャンス》は、めったにあるものではない。

中将は思いきって立ち上がり、そっと部屋を抜け出した。

西の透廊《すきろう》を渡り、あたりを窺《うかが》ったが、格子《こうし》はみな降ろされている。

だが、内の灯火が頼りなく揺れているのが透かし見えるから、誰か起きているはずだった。

女房に見とがめられたら、よほどのオカメでない限り、「あなたが恋しくて、会いに来た」といえばいいと割りきっているので、宰相中将も大胆になっている。

ふと見ると、かすかに明かりの洩《も》れている部屋があった。

妻戸《つまど》を引いてみると、あっけなく開いた。

どうやら、女房が掛け金をかけ忘れたものらしい。

内には几帳が立てられ、その向こうに女の気配がする。

プレイボーイで鳴らしているだけあって、人の気配でも、男のものか女のものかぐらいは、わかるのである。

宰相中将はしばらく妻戸の外側に佇《たたず》んで、内を窺った。


三の姫はもの音がしたような気がして、身を起こした。

耳を澄ませたが、何も聞こえない。

気のせいだったのかと、再び横になったが、しかし、すぐに眠る気にもなれなかった。

つい今しがたまで、父の右大臣がいて、クドクドと左大臣家の悪口をいい、あげくに、

「あんたもな、のほほんとしてやったら、いつ何時、綺羅さんが夜離《よが》れするか、わからへんで。もともと左大臣の兄上さんは、この結婚に、あまりいい顔はせなんだのや。そこを寄り切ったんは、わしと二の姫の婿はんの力なんやからな。運よく、綺羅さんはあんたを気に入ってくれ

はったけど、ここで気ィ弛《ゆる》めたらあかん。親のわしでさえ、どこがそないに気に入ってもろたのか、ようわからへんくらいで、ある日ぱったり、憑《つ》きもんが落ちたように飽きられるちゅうことだって、あんのどっせ。もっともっと気張って、夫の気を惹きつけるよう、努力せな」

と説教されたのが、さすがに気になっているのである。

それというのも、最近、綺羅の様子は確かにおかしいのだ。

優しいのは相変わらずだが、以前に比べて幾分か無口になり、目が合うと、困ったように顔を伏せるか、そらすかしてしまう。

女房たちは、つまらないことを根掘り葉掘り尋《たず》ねるので、綺羅君はあきれているのだと苦笑するけれど、そこがよくわからない。

〈〝いろは〟のことを聞くのが、そんなにいけないのかしら〉

三の姫は仲の良い女房の美濃《みの》を思い浮かべる。

半月ほど前、顔を真っ赤にし、目を輝かせて駆け込んでくるなり、

「姫さま、わたくしもとうとう、〝は〟までいきましたわ」

と、美濃はいった。

「そりゃ、不安もありましたけど、でも好き合ってるんですもの、えいっと覚悟を決めちゃいましたわ。ああ、嬉《うれ》しいわ。彼とわたくしは、もう、一心同体なんですわ。ちょっぴりイタかったですけど、ちょっぴりというか、だいぶ……いえ、ものすごくイタかったですけど、でも嬉しいですわ」

何やら、一人ではしゃいでいて、いつもの大人びた美濃とも思えなかった。

何が〝は〟で、何がイタかったものやら、三の姫にはまるでわからなかった。いまだにわからない。

ただ、どうやら、それがとてもすばらしいもので、嬉しいものだということは、美濃の様子から察せられた。

美濃はさらに、乳姉妹《ちきょうだい》の気安さで、

「ね、姫さまはいかがでした。あんなすばらしい方が夫だなんて、姫さまは羨《うらや》ましいですわ。さぞかし、お優しくして下さったでしょうね。わたくしほど、イタくはなかったと思いますわ。でも結局、綺羅さまは綺羅さまであって、わたくしのいい人ではないんですものね」

ともいった。

さぞかし優しくして下さった、とはいかなる意味か。

綺羅はいつだって優しいが、美濃のいう〝優しくして下さった〟ということと、日頃の綺羅の優しさとは、どうも微妙に違うような気がする。

それが知りたくて、美濃のいう〝恋のいろは〟の意味を聞くことが、どうしていけないのだろう。

〈ああ、知りたくてたまらないわ。〝いろは〟って何なのかしら。どうして、あんなに物知りの綺羅さまは、教えて下さらないのかしら。不機嫌《ふきげん》になってしまうのかしら。わたくしを子供だと思っているのかしら〉

子供だと思われているかもしれないと考えると、三の姫は口惜しいやら悲しいやらで、いよいよ寝つけない。

さすがに自分が子供っぽいということは、親や女房たちに注意され続けて、気にしているのである。

〈いいわ。今度、綺羅さまがいらしたら、絶対に答えていただくわ。教えて下さるまで、口をきいてやらないから、いい。わたくし、もう子供じゃないんですもん。人妻ですもん〉

そう決めると、少し心が落ちついた。

「ああ、早く綺羅さま、いらっしゃらないかしら……」

三の姫は、われ知らず、声に出して呟いた。

妻戸の外で内を窺っていた宰相中将は、それを聞きつけ、几帳の陰にいるのは三の姫だと確信した。

それまでは、女房の一人かもしれないと、判断がつきかねていたのである。

三の姫だとわかると、宰相中将はいてもたってもいられなくなった。

〈ああ、顔が見たい！　几帳一つを隔《へだ》てて、あの綺羅の愛妻がいるのだ。女房たちが嫉妬まじりで何といおうと、やはり美女には違いあるまい。美女を前に、手をこまねいている気か、中将！　恋にかけては、綺羅など遠く及ばぬ都一の色男の、この俺だ。このまま引き退がっては、恥だぞ！〉

初めは単なる好奇心だったものが、本来の浮気心に火がつき、荒々しい感情にとり憑《つ》かれてしまった。

宰相中将はぐっと妻戸を引き、内に踏み込んだ。

ぴったりと妻戸を閉め、内から掛け金をかけてから、思いきって几帳をずらした。

「誰？　美濃……？」

はっきり聞こえた物音に、そういって振り返った三の姫は、目をみはった。

見知らぬ男が、几帳を蹴倒さんばかりにして、立っているのである。

男性といえば、綺羅ぐらいしかまともに見たことがなく、父の右大臣と会う時ですら、御簾《みす》越しや几帳越しの三の姫にとって、この突然の闖入者《ちんにゅうしゃ》の存在は、もはや夢まぼろしとしかいいようがなかった。

恐ろしいなどという普通の感情を超え、三の姫はただ呆然《ぼうぜん》とするばかりだった。

一方の宰相中将は、一抹《いちまつ》の落胆《らくたん》を禁じ得ず、立ちつくしていた。

綺羅の熱愛する人であるからには、綺羅の女版とまではいかなくても、それに近い美女を思い描いていたのだ。

しかし、今、目の前にいて、ぼんやりと自分を見上げている三の姫は、女房らのいうようなオカメブスではないものの、これといった特徴も見当たらない、せいぜいが十人並みの女性に過ぎないではないか。

〈い、いや、もっとも、女は顔だけじゃないぞ〉

強引に部屋に押し入った手前もあり、宰相中将は自《みずか》らを鼓舞《こぶ》するごとく、考え直した。

〈綺羅も、子供っぽいところがいい、といっていたではないか。性格や情緒が問題なのだ〉

そう思って、改めて見直すと、なるほど、見ひらいた目にも口元にも、気取りがない。額《ひたい》の生《は》え際《ぎわ》のあたりは、年相応に艶《なま》めかしく、肩にうちかかる髪もしなやかである。

プレイボーイの中将の本性が、むくむくと頭をもたげ始めた。

綺羅に愛され、何不自由なく暮らしている若き人妻をクドキ落とす困難さを思うと、一層ファイトが湧《わ》いてくるから、男というのは始末におえない。

中将はすばやく几帳を押しやり、三の姫の手を取った。

「ずっと以前から、ひとすじに、あなたに恋いこがれてきた者です。綺羅どのとご結婚なさった時は、もう、こんな甲斐《かい》のない恋は諦《あきら》めてしまおうと思いましたが、やはり駄目でした。夜《よ》毎《ごと》、寝もやらず、思うはただ、あなたのことのみ、浮かぶはただ、あなたの俤《おもかげ》。愛《いと》しい人よ、わたしの気持ちに答えてくれますね。情けをかけて下さい。天下の右大臣家の姫、主上《おかみ》の覚えもめでたい綺羅の三位《さんみの》中将《ちゆうじよう》の妻であるあなたを恋《こ》うるは、命賭けのことなのです。このように忍び込んだことが知れれば、わたしにとっては身の破滅。その危険をも顧《かえり》みず、こうして会いに来たわたしを、どうかお見捨てにならないで下さい！」

プレイボーイの条件のひとつは、口から出まかせのクドキ文句をいううちに、自分でもその気になってくることで、宰相中将はしっかりその気になってきた。

破滅も恐れずに忍んできた情熱の恋に、われ知らずぼうっとなり、ぐっと三の姫を引き寄せた。

ところが、三の姫はあっさりと、引き寄せられるがままになっている。

宰相中将は拍子抜けした。

ここはやはり、真心のこもったクドキに動揺しつつも、一応は抵抗するのが筋ではないか。

であってこそ、闘志も新たに、そら涙をはらはらと盛大にこぼし、袖《そで》をもみ絞《しぼ》りつつ、第二段階へと突入できるのであるが……。

〈どういうんだろう？　浮気慣れしてんのかな〉

中将はかなりしらけてしまったが、しかし、引き寄せた以上、やるべきことはやっちまいたい。

だいいち、のんびりしていては、いつ人が来るかわからない。

中将は意を決して、三の姫の顎《あご》に手をかけた。

しかし、この期《ご》に及んでも、三の姫はまだぼんやりしていて、近づいてくる中将の顔をまじまじと見ている。

〈やりにくいな、もう！〉

中将は心の中で舌打ちしながらも、す早く接吻《せっぷん》した。

しかし、一向に反応がない。

三の姫は歯をくいしばるようにして唇をひき結んだまま、応《こた》える気配がないのだ。

そのくせ、中将を押しのけるとか、あるいは噛みつくとかして、逃れようとする様子もない。

黙って、唇をふさがれるがままになっている。

と思うまもなく、中将の腕の中で、がくっと倒れた。

「ど、どうしたんですかっ⁉」

ぎょっとして、思わず叫ぶと、三の姫はまっ赤な顔をして、胸を押さえながら、

「い、い、息ができなくなって……。だって、口をふさぐから……」

と、息も絶え絶えに、すーはーすーはーと肩で大息《たいそく》をついている。

中将はすっかり混乱してしまった。

「なに、馬鹿なことといっててんですか。鼻で呼吸するんですよ、鼻で。息を止めてちゃ、窒息《ちっそく》するでしょうが。それに感じがつかめたら、お互いに少しずつ唇をずらして、息を吸えばいいんです」

「まあ、そうなの」

三の姫はびっくりしたように中将をみつめ、にっこりと笑った。

「もの知りなのねえ、あなた」

中将はいよいよ混乱したが、今さら止めるわけにはいかない。

半分やけくそになりながら、中将は三の姫を抱く腕に力を入れた……。


翌日、美濃はいつもより足早に、西の対屋に向かった。

明け方近くまで、恋人とよろしくやっていたので、つい寝すごしてしまったのだ。

格子を上げる時間は、とっくに過ぎている。

三の姫は寝つきも寝起きも、すこぶるいいので、もう起きているかもしれないと思うと、気が気ではなかった。

しかし、三の姫の部屋のあたりは静かで、どうもまだ、眠っているようである。

美濃は安心して、元気よく部屋に入って行った。

「さあさあ、姫さま。まだ、お寝《やす》みですの？　そろそろお起き遊ばして。東の対屋にお泊りだった宰相中将さまはもうお帰り遊ばしましたのよ。うちの婿君さまほどではありませんけれど、さすが音に聞こえた中将さま、見事な美男ぶりでしたわ」

そういって几帳《きちょう》をずらして見ると、姫はもう起きていた。

ぼんやりと脇息《きょうそく》に倚《よ》りかかり、熱に潤《うる》んだ目で、じいっと妻戸のあたりを眺めている。

「姫さま。どうなさいましたの」

美濃は洗面の仕度に気をとられ、あちこちを歩き回りながらいった。

「美濃！」

突然、三の姫は振り返って、動き回る美濃に呼びかけた。

その声の尋常でない切実さにびっくりして、美濃は立ち止まった。

「どうなさいました？」

「ねえ。〝い〟って、〝い〟って……」

「はあ、い、がどうかしましたか」

「い……いいえ、なんでもないのよ」

三の姫は顔を赤らめて、目を伏せた。

とても、美濃にはいえない。

〈でも、でも、あ、あれが、〝い〟なのだわ！　最初は、息ができなくて、死んじゃうかと思ったけど、あれが〝い〟というものなのだわ……。その次が〝ろ〟で、その次が〝は〟なのだわ。わたくしも、とてもイタかったけど、でも、でも、逞《たくま》しくて、素敵な方だった。宰相中将さま……、ずっとわたくしを思い続けていたとおっしゃっていた……。ああ、何もかもが、初めて！　初めて……〉

夢のような一夜の出来事を、うっとりと思い返していた三の姫は、はっとして胸を押さえた。

そうだ。

初めて、だったのだ。

宰相中将も、それを知って、たいそう驚いていた。

信じられない、と震えながら呟いていた。

そんなに信じられないことなのだろうか。

「ね、美濃。〝いろは〟は、夫婦なら、必ずするものなの？」

「まあ、朝っぱらから、どういうご冗談ですか。早く、お手水《ちょうず》をおすませ下さいませ」

「ねえったら！　教えて」

三の姫は必死の面《おも》もちで尋ねた。

美濃は困って、苦笑した。

「はいはい、もちろん、そうでございますわ。〝いろは〟もない夫婦なんて、この世には一組たりとありませんのよ。何事も、手順というものがございます。〝いろは〟をきちんとやって、そうすると、御《お》ややができるのです」

「だって……、もしかしたら、そんなこと、しない夫婦だって、あるかもしれない……わ」

「そりゃ、よほど憎み合ってる夫婦とか、どちらかが一方をすごく嫌ってるか、飽《あ》きてしまったか、そういう夫婦なら、もしかしたら何もしないかもしれませんけど」

「ものすごく嫌って……?」

三の姫はさっと顔を強張《こわば》らせた。

美濃はびっくりした。

「まあ、姫さま、何もそんなに驚かれることはありませんわ。姫さまご夫婦には、縁のないことでございますもの」

三の姫は美濃のいうことなど、ろくに聞いていなかった。

ただ、綺羅と自分の間には、夫婦として当然あるべき〝いろは〟の手順がないことだけが、今さらのように思い知らされるのである。

「どうして、ものすごく嫌ったりするの? どうして、憎んだりするの?」

「どうしてと申しましても……。そうですわね、まあ、たとえば、一方が浮気をしたとかですと、もう一方はいい気はしませんわね」

「浮気って？」

「三日夜《みかよ》の餅《もち》（結婚初夜から三日後に、それぞれが餅を食べあう風習）を食べあった相手以外の方とも、〝いろは〟をすることですわ」

ネンネの三の姫には、到底わからないだろうと思いながら、美濃は笑っていった。

「三日夜の餅を食べあった以外の人と……〝いろは〟を……？」

三の姫はぶるぶると震えだした。

昨夜、自分はまぎれもなく、三日夜の餅を食べあった綺羅以外の人と、〝いろは〟をしたのではないか。

それが、浮気というものだなんて、知らなかった！

そういうことをするような自分だから、綺羅に嫌われていたのだろうか。

だから、綺羅は〝いろは〟をしなかったのだろうか。

浮気はつい昨日のことであり、それ以前から綺羅との交渉はなかったことを思えば、もう少し建設的な考えもできるはずなのだが、なにぶんにも徹底した世間知らずなので、三の姫はただただ呆然とするだけだった。

三の姫の異常さに気付いた美濃は、走り寄った。

「いったい、どうなさいましたの、姫さま。夢見が悪かったので……あら？　姫さま、この血！まあ、月の穢《けが》れですか」

「え？　なあに？　なんのこと……？」

〝いろは〟の意味を知ったことから始まって、綺羅が自分に指一本触れぬ不思議さや、夫のある身で浮気してしまった恐ろしさなどが、いっぺんに頭にきて、三の姫は失神寸前の茫然自失《ぼうぜんじしつ》の状態になっており、美濃が何を騒いでいるのか、まるで理解できない。

「なんのことって……、まあ、予定が狂ってしまわれたのかしら。たしか半月前に終わったはずですのに、ご様子がおかしいのは、月の狂いのせいかもしれませんわね。ともかく、横になって下さいまし。月の穢れなら、精進物《しょうじんもの》でなくては」

美濃は慌ただしく、台所の方に駆けて行った。

三の姫は何が何だかわからぬままに、これまでの安穏《あんのん》とした無彩色《むさいしき》の生活が、にわかに極彩《ごくさい》色《しき》を帯びだすのを直感し、小刻みに震えだした。


一方、宰相中将は自邸に帰るなり、人払いして、蔀戸《しとみど》もすべて閉め降ろし、御簾まで降ろし、几帳や屏風《びょうぶ》のありったけを四方に立てて、完全に一人になってから、ようやく事の重大さを自覚することができた。

それまでは、あまりにも奇異で、三の姫の部屋を出る時も、牛車《ぎっしゃ》に揺られている時も、頭の中は真っ白だったのである。

〈初めてだった！　三の姫は、未通娘《ばーじん》だった！〉

しかし、信じられない。

確かな証拠の出血をこの目で見たが、それでも信じられない。

あれほど通いつめていた綺羅が、三の姫に、指一本触れていなかったとは！

主上《おかみ》から、それとない注意を受けるほどの熱愛ぶりで、宿直《とのい》中はせっせと文《ふみ》を書き送り、市《いち》で珍しい女物の布が出ていると聞けば、自ら出向いて買っていた綺羅が！

〈どういうことなんだ。まさか綺羅は、あっちの方がまるでダメなんじゃ……。それとも……、女には興味のないすみれ族なのかな……。いや、あの美貌、すみれ族ならとっくに兵部卿宮《ひょうぶのきょうのみや》の毒牙にかかり、そっちの世界のアイドルになってるはずだが、そんな話は聞かない。綺羅の周囲には、ついぞ見目好《みめよ》い童《わらわ》はいないし……。わからん、まるでわからん……いや……〉

中将は、はたと思い当たることがあった。

麗景殿《れいけいでん》で梅壺女御《うめつぼのにょうご》に、

「子供っぽい方なのですって」

といわれた時、

「そこがよいのです。大切にしなければと、そればかりを思っています」

と、きっぱりいっていたではないか。

〈三の姫があまりに子供っぽいので、綺羅は我慢強く、待っていたのではないのか⁉〉

そう思いついたとたん、中将はさーっと青ざめた。

〈手荒な真似をして、心に傷を残すよりは、自然な形で結ばれたいと願ったのではないか、あの優し気な綺羅なら、いかにもありそうなこと。それほどまでに三の姫に執心しているの

か⁉〉

それほど大切に、大切にしていた人を、あくまでも一夜の戯れで手折《たお》ってしまったと思うと、中将は目の前が真っ暗になる心地がした。

綺羅姫のところに忍び込む、と冗談を言いかけると、顔色を変えて、「絶交ですよ」といっていた綺羅である。

妻を寝取られたと知ったら、絶交ですむかどうか、わかったものではない。

いや、それよりも綺羅がこのことにショックを受け、出家でもしてしまったらどうなるのか。

〈冗談じゃない。坊さんなんて、生嗅《なまぐさ》以外は、みんな、すみれだ。綺羅なんか、いい餌食《えじき》だ。狼《おおかみ》の群れに、羊を投げ入れるような真似ができるか。それくらいなら、俺の手で……!〉

中将はおろおろと立ったり座ったり、また立ったりと、事情を知らない人が見たら、物《もの》の怪《け》憑《つ》きに見えそうな気配である。

つくづく、自分の奔放《ほんぽう》な色好みが悔やまれた。

これからは禁欲を旨《むね》とし、人妻、他人の恋人の類《たぐい》には決して手を出すまいと、恋愛問題を起こすたびに立てる誓いを、新たに立て直すのだったが、しかし、今はそれさえも虚《むな》しい気がする。

綺羅は、いったい、どう出るだろうか。

すべては、それにかかっている。

綺羅が素知らぬふりをしてくれるなら、あんな人形みたいな女、二度と手を出すものか。

綺羅が怒り狂ったら、これは命を賭けた恋だったと大風呂敷《おおぶろしき》を広げ、男泣きに泣いて同情を引き、許してもらおう。

綺羅が絶望して出家しようものなら——自分も後を追って出家しよう！

そこまで改悛《かいしゅん》の情を示せば、氷の心の持ち主でも、許してくれるのではないか。

なに、ほとぼりが冷めたら、還俗《げんぞく》すればよいのだ。

そうだ、それしかない！

中将はがたがた震えながら、ぶつぶつぶつぶつぶつと呟き続けた。

そこに、綺羅の来訪が告げられた。

宰相中将は血の気を失った。

早くも事件を知って、怒り狂って駆けつけたのだろうか⁉

「どちらにお通ししましまひょ、若さん」

「とっ、床《とこ》をつくれ！　病《やまい》で臥《ふ》しているというんだっ」

「お帰りいただくんどすか」

「いや、ここに通せ。俺は寝る！　早く床をつくれ、早く！」

中将はあたふたと直衣《のうし》を脱ぎ捨て、表着《うわぎ》や袿《うちぎ》、衾《ふすま》などを幾重《いくえ》にもひき被《かぶ》って、横臥《おうが》した。

綺羅との対面を思っただけで、ほんとに病気になったように、悪寒《おかん》が走る。

とてもあからさまな対面はできない気がして、急ぎ、御簾を降ろさせた。

しばらくして、品のよい香が薫《かお》り、その薫香《くんこう》に露払《つゆばら》いされるようにして、艶《あで》やかに綺羅が現れた。

孫廂《まごひさし》に設けた席に、ゆったりと腰を降ろすその様も優美で、宰相中将は病中の身であるはずなのも忘れ、御簾越しにしげしげと見惚れた。

「病気なのですって？　どうしたんです、いったい」

座るなり、綺羅が心配そうにいった。

その声には、何の怒りも疑いもなく、ただ友の身を案じる親しさだけがある。

宰相中将はほっとすると同時に、にわかに良心の痛みがぶり返し、冷や汗が出てきた。

「い、いや、なに、ちょっと腹痛がね……」

「腹痛？」

綺羅は眉《まゆ》をひそめた。

「もしや、昨夜か今朝《けさ》、右大臣家で出された食事に、中《あた》ったのではないの？」

「いや、ち、違うよ。ここ二、三日、調子が悪かったのだ」

「なら、いいけど。御病気の時、訪ねて来て悪かったね。昨夜、右大臣家に来てくれたそうだけど、何かあったのかと思って、それを聞きに来たのですが」

「え、あ、ああ、そう、う、美しい月夜なので、月明かりをさかなに夜語《よがた》りでもと思って……」

「……昨夜は、闇夜だったが……」

綺羅は怪訝《けげん》そうにいった。

宰相中将は息をのみ、口をぱくぱくさせた。

何か言わねば……、何か口実を……。

「あ、あ、そそ、そうだったね。あ、あいたっ、あいたたた！　腹が急にっ」

突然のことに、綺羅はびっくりして腰を浮かした。

「誰か、誰かある！　中将さまがお悩みです、誰かっ」

綺羅の叫び声に、四方から女房たちがどっと押し寄せた。

少しでも容姿のよい女房は、一人残らず中将の手がついているので、みな、ここぞとばかりに先を争い、人を押しのけて看病しようとする。

まして一人っ子の中将を甘やかしている両親は血相を変え、加持《かじ》だ祈禱《きとう》だと走り回り、邸内は大騒ぎになった。

綺羅は病中に訪ねた無礼をしきりに詫《わ》びながら、帰って行った。

綺羅を乗せた牛車の音が遠ざかるのを、宰相中将は切ない思いで聞いていた。

もう、これからは、とても平静に綺羅と対面できない気がする。

思えば、いつ何時、三の姫の口から、自分の名が出ないとも限らないのだ。

今回はうまく切り抜けたものの、綺羅に会うたび、今度こそばれたのではないかと、胆《きも》を冷やさねばならない。

となると、当然、綺羅を避けて生活することになるだろう。

綺羅に恋心を打ち明けて、受け入れてもらうどころの話ではなくなる。

しかし、いったい何の因果《いんが》で、惚れたあげくに恋心を打ち明けようとまで思いつめた相手を、避けなければならないのか。

ただちょっと、超オクテの人妻をつまみ食いしてみただけじゃないか。

食ってみりゃ、固いばかりで、舌の肥《こ》えた自分には、てんでもの足りなかった。

あんなもののために、本命を逃さねばならないのか……。

宰相中将は己《おのれ》の所業を棚《たな》にあげ、何もかも三の姫のせいにして、絶望の深いため息を洩らした。


〈大丈夫かしら、中将〉

中将の煩悶《はんもん》を知るよしもない綺羅は、帰る道すがら、牛車にゆられながら、ぼんやりと先刻の対面を思い返した。

〈お腹《なか》が痛いというわりには、倒れかかった時、頭を押さえてたような気がするけど、声も震えて乱れがちで、とてもただの腹痛とも思えないけどな〉

多少軽薄ではあるけれど、出仕以来の良きライバルである中将の病気は、やはり心配だった。

「綺羅さま、これからどちらに行かれます？　右大臣家ですか、それとも実家へ？」

供人《ともびと》が、囁いた。

予定外の実家泊まりで、早朝、急いで右大臣家に向かう準備をしているところに、右大臣家から手紙がきて、宰相中将が来訪して泊まったことなどが書いてあった。

　宰相中将が婚家に訪ねてくるだけでも珍しいのに、帰りを待ちわびて泊まったとなると、ただの用事ではないように思えて、急きょ、中務卿宮《なかつかさきようのみやけ》家を訪ねたのである。

　この次に行くとなれば、やはり右大臣家であろう。

「右大臣家へ」

　そう命じながら、綺羅は思わず知らず、がっくりと肩を落とした。

　予定外の実家泊まりで、ひとしきり、右大臣から嫌味をいわれるだろう。

　知りたがり屋の無邪気《むじやき》な三の姫は、相変わらず、〝恋のいろは〟の意味を聞きたがるだろう。

　側近《そばちか》くに仕える女房たちは、やはり、クスクスと意味あり気に笑い合い、肘《ひじ》で突つき合い、目くばせをするだろう。

　それやこれやを考えると、どっと疲労感が押し寄せてくるのである。

　ところが、右大臣家に着いてみると、どうも様子が変だった。

　迎えに出た右大臣は、昨夜の急の実家泊まりを責めるどころか、

「綺羅姫さんの出仕も近づいて、兄上さんとこも、お忙しいでっしゃろ。綺羅さんもいろいろ、大変どすな。お察ししします」

　と、妙に物わかりが良い。

　嫌味でいっているとも思えず、不思議な気がしたが、

「最近は何かと実家の用をつとめることが多く、こちらには不義理を続けて、申しわけなく思

っています。三の姫にも寂しい思いをおさせしているのではないかと、そればかりが気がかりです。姫の御機嫌はいかがでしょう」

と、型通りの挨拶《あいさつ》をした。

当然、すぐにも西の対屋に行くように勧められるとばかり思って、立ち上がりかけたが、右大臣の顔色は冴《さ》えない。

「姫がどうかしたのですか」

「はあ……。いや、どうも、何やら朝から、むずかりまして……」

「朝から？」

綺羅はなんとなく、宰相中将を思い浮かべた。

中将は昨夜、ここに泊まり、家に帰って発病したのである。

もしや伝染病の類《たぐい》ではと思うと、さすがに顔色が変わった。

「御病気なのではないですか⁉　お腹《なか》の具合はどうなのです。薬師《くすし》の手配はしましたか」

「え、いえ、そういうことでは……」

右大臣の歯切れは悪く、綺羅はいよいよ心配になった。

「御病気なら御病気で、お見舞いをしなければなりませんが」

「いや、違いますのや。男親の口からいいにくうおますのやが、実は、月のものが狂いましてな……」

「あら……」

綺羅は赤くなった。

さすがに身は女性なので、男の口から生理に関係する言葉を聞くと、にわかに羞恥心《しゅうちしん》が甦《よみがえ》るのである。

「そ、そ、そうでしたか……」

「いや、なんとも、なにぶん、まだ子供ですからな、いろいろと不定期で……」

「そ、そう、ですね……」

綺羅と右大臣は、ともに真っ赤になって口ごもった。

「せっかく、来てくれはったのに、申しわけありまへんなあ」

「とんでもありませんよ。しかし、お会いすることはかなわなくても、御簾越しにでも、一言、外泊のお詫《わ》びをしたいのですが」

綺羅はいつでも、ここまで気を遣っているのである。

そして、いつもなら、右大臣はそういう綺羅の心遣いを涙を流さんばかりに喜び、手をとって西の対屋に連れて行くのだった。

ところが今日は、綺羅の心のこもった申し出に、右大臣はさっと顔を強張《こわば》らせた。

「そ、そら、ありがたいお心どすわ。ほんまに、綺羅さんの優しい心遣いには、わしら、いつも感激して……」

「とんでもありません。夫として、当然のことです」

後ろ暗さのある綺羅は、あえてきっぱりいって立ち上がった。

西の対屋に向かい、三の姫の部屋の近くまで来て、訪れを告げるべく扇を鳴らそうとした時、女房の美濃の声がした。

「さあさあ姫さま、いつまでむずかっておいでですの。実家の御用でお忙しい中を、綺羅さまは朝一番で来て下さいましたのよ。月の穢《けが》れで、お会いできなくとも、お礼の口上《こうじょう》ぐらい述べなくては、妻としての立場がありません。わたくしが口上を伝えますから、何かお言葉を……」

「いや!」

諭《さと》すような美濃の声を鋭く遮って、三の姫のかん高い声がした。

「いや、いや! 綺羅さまにはお会いしません。決して、お会いしません!」

「ええ、ええ、今日はお会いしようにも、できない体ですわ。だから、せめてお言葉を、と申し上げているんです」

「いやよ! もう綺羅さまには、二度とお会いしたくない。憎まれてるんですもの。嫌われているんですもの。わたくしも、綺羅さまなんか、大っ嫌いよ。わあぁぁー」

最後には悲鳴に近い声で、泣き伏したらしい。

綺羅はびっくりしてしまった。

つい昨日まで、仲睦《なかむつ》まじく双六《すごろく》や貝合わせをしていたというのに、どうして突然「大っ嫌い」になるのだろう。

憎まれているのだの、嫌われているのだのとは何のことなのか。

た。

と、背後に人の気配を感じ、ぎょっとして振り返ると、右大臣が冴《さ》えない顔つきで立ってい
〈まさか、女の身とばれたんじゃ……！〉

綺羅はごくりと息をのんだ。

〈まさか……〉


「実は、朝から、あんなんどすわ。どないしたのか、訳がわかりまへん。せっかく来てくれはったのに、情けない様を見せてもて、ほんまに。昨夜は、綺羅さんが急に帰られへんようになったと聞いて、がっかりしてやったから、きっとそれで、つむじ曲げてるだけや思いますわ。わがままなお子やから……」

昨夜はがっかりしていたと知って、綺羅はほっとした。

とすると、綺羅が女であることを知った気遣いはない。

あのおとなしく、子供っぽい三の姫が、こんなふうに感情も露《あらわ》に叫ぶなど、結婚以来初めて聞くが、しかし、生理中の女性は精神が不安定で、多少ヒステリックになるものである。

それは綺羅も経験済みなので、理解できた。

まして、生理不順とくれば、多少、異常であっても心配することはない。

女の身であることがばれてさえいなければ、綺羅には恐れるものはないのである。

「な、綺羅さんや、御機嫌を損じんといておくれやす。最近は綺羅さんも忙しゅうて、以前ほど、わが家に入りびたりちゅうわけにもいかへんから、姫も寂しおすのやわ。嫌いやというた

かて、女心の裏返しや。ゆめ本気に、とらんといておくれやす」

右大臣は半泣き顔で、両手を合わせんばかりに言う。

綺羅は苦笑しながら、

「とんでもありませんよ。むしろ、姫を寂しがらせた責任を感じます。それに姫も、月……の乱れで、気が昂《たか》ぶっているのでしょう。女の身は繊細なものですから」

といった。

大っ嫌いと大声で叫ばれても、なお、笑って理解を示す婿君の寛大さに、右大臣は感極《かんきわ》まって涙をこぼした。

「ありがたいことや。なんちゅう、ありがたいお心や。そやのに、わしは、実家ばかりを大切にしはると、愚痴ばっかりこぼして、情けないわ。綺羅さんの本心は、これでようわかりました。もう、いくらでも、実家の御用をつとめはっておくれやす。これからは、うちを蔑《ないがし》ろにしてるやなんて、口が腐ってもいいまへん。綺羅姫さん御出仕の御仕度もありますやろ。姫があんなんでは、お引きとめするのも恥ずかしい。どうぞ、実家にお戻りやして」

「いや、なにもそんな……」

といいつつ、綺羅は心底ほっとした。

舅《しゅうと》の右大臣に嫌味も言われず、乳母《めのと》よろしく三の姫のお守《も》りをせずともよく、気持ちよく、気楽な我が家に帰れるなど、結婚以来、初めてのことである。

家に帰っても、弟をなだめたりすかしたりで大変だが、右大臣家への心遣いをしなくてもすむだけ、肩の荷が降りるというものである。

綺羅は、三の姫の生理不順に感謝しながら、嬉々《きき》として実家に帰りついた。

三の姫の異変の真の意味を知れば、とても感謝するどころではないのだが、あわれ、綺羅はまったく、何も、気付いていないのである。

今の綺羅の頭にあるのは、唯《ただ》ひとえに、弟の出仕のことだけで、それ以外は、三の姫の異変も親友の宰相中将の急病も、そうたいして重要なことではないのだった……。

二　綺羅尚侍

「綺羅尚侍《きらのないしのかみ》さん、尚侍さんは起きてはりますか」

昭陽舎《しょうようしゃ》（梨壺《なしつぼ》）仕《づか》えの女房《にょうぼう》、三位局《さんみのつぼね》が困惑しきった声をあげながら、宣耀殿《せんようでん》の方に渡ってきた。

小百合《さゆり》に手伝ってもらって、起きぬけの顔を洗い、着替えていた綺羅尚侍――綺羅の弟君は、ぎょっとして衣服をかき集めた。

小百合はとびあがって、あわてて几帳《きちょう》をずらして尚侍を隠し、腹心《ふくしん》の女房数人を呼び集めて人垣をつくる。

しかるのち、小百合が尚侍の名代《みょうだい》として、三位局と対面した。

「綺羅尚侍さんは、起きてあらしゃいますか」

相変わらず、直接に綺羅姫と対面できないことに、多少の落胆《らくたん》を覚えながら、三位局はいった。

「ただいま、お手水《ちょうず》が済んだところでございます。これから、朝の御膳《ごぜん》をとられますが」

「お急ぎ下さるよう、こなたさんからお伝え下さい。女東宮《にょとうぐう》さんが、またおむずかりですのや」

さえた。

「んまあ、またですか」

小百合は思わずいってしまい、身分を弁《わきま》えない失言だったと気付いて、あわてて口を手で押さえた。

しかし、どうにもあきれてしまう。

綺羅の弟君出仕《しゅつし》につき従って、後宮《こうきゅう》に参って約二カ月、女東宮がわがままの果てにヒステリーを起こさない日があったろうか。

天気が良いといっては「つまんない」、雨が降るといっては「つまんない」、新しい袿《うちぎ》が気に入らないといっては「うっそおー」、特別注文の貝道具が出来上がってくる頃には「飽《あ》きちゃったもんねー」――万事がその調子で、お付きの女房たちが見かねて諭《さと》しかけると、

「なによ、なによ、わたくしを叱《しか》るの？　主上《おかみ》に申し上げるわよ。女房が東宮のわたくしを、蔑《ないがし》ろにするって」

と、「主上」という切り札を振りかざして暴れ回る。とんでもないじゃじゃ馬娘ではないか。こんなわがまま姫君に仕えなきゃならないなんて、綺羅の若君さまもお気の毒に、と小百合はいたく同情したものである。

「ともかく、泣いて暴れて、手がつけられへんのどすわ。朝の御膳も蹴《け》飛《と》ばしはって……」

三位局は情けなさそうに、呟《つぶや》いた。

「早《は》よ、尚侍さんに来ていただかな、また何ぞ壊されます。早よ、御前に伺候《しこう》しとくれやす」

「わかりましたわ。お伝えします」

小百合は頭を下げ、弟君のいる部屋に急いだ。

部屋に一歩足を踏み入れて、小百合は思わず立ち止まった。

女房たちの手を借りて、御前に伺候するべく十二単《じゅうにひとえ》の装束《しょうぞく》に身を調《ととの》えている弟君は、女の小百合でさえ見惚《みと》れるほどの美しさである。

いつも見慣れていた綺羅にそっくりの容貌《ようぼう》だが、抜けるような色白さや、押せば倒れそうな細々しさは、綺羅にはない女らしさであった。

乳姉妹《ちきょうだい》の綺羅のたっての望みで、弟君の出仕につき従って参内《さんだい》して以来、毎日のように近々しく接しているにもかかわらず、小百合はふとした折に、弟君の女らしい美しさに搏《う》たれてしまう。

そして、自分の女としての自信が揺らぎ、口ごもってしまうのである。

「あ、あの、ただ今、三位局さまが……」

「聞こえたよ。だから用意していたんだ。今日は何が原因で、ヒスを起こしてんだろうね」

「存じませんわ。十一月《しもつき》なのに、まだ雪が降らないという理由じゃありませんかしら」

「きついな、小百合も。行くよ」

弟君は首をすくめ、さっと裾《すそ》を捌《さば》いて、簀子縁《すのこえん》に降りた。

四人の女房があわてて几帳を持ち、人目につく東側に几帳を置いて、綺羅尚侍の歩みに従って几帳をずらしていく。

そうすると、庭で働いている女孺《にょじゅ》や女蔵人《にょくろうど》ら身分の低い者はもちろん、後宮の女房たちの姿を垣間見《かいまみ》ようとする不心得な殿上人《てんじょうびと》らの目をも、完全に遮《さえぎ》ることができる。

まるで夜のお召しに、夜御殿《よんのおとど》に向かう女御《にょうご》行列のようなものものしさだが、これは、極端な人見知り癖《へき》があり、度はずれた恥ずかしがりの綺羅姫のため、主上《おかみ》が特別に許可しているのである。

というより、綺羅が必死になって頼みこんで、出仕実現の条件のひとつにしたのだった。

綺羅尚侍は几帳に守られて、女東宮の常住居の梨壺にしずしずと向かった。

麗景殿《れいけいでん》の前を通る時、麗景殿《れいけいでん》女御付きの女房たちがざわざわと御簾《みす》の近くに寄ってくるのがわかった。

出仕して二カ月以上経《た》つにもかかわらず、御前に伺候する時以外は部屋に籠《こも》りきりで、ごく親しい女房たちとしか接しない新尚侍の姿を見る機会はほとんどないので、梨壺に向かう行列はいつも、他の女房たちの注目の的《まと》なのである。

弟君は綺羅に教えられている通り、御簾の中の女房たちに、扇越《おうぎご》しに笑いかけ、軽く会釈《えしゃく》した。

御簾の中にいる女房たちの、感嘆《かんたん》のため息と囁《ささや》きが聞こえてきた。

「相変わらず、慎《つつし》み深いお方どすなあ」

「扇で顔を隠してはるけど、ちらと見える目元も美しゅうて」

「見とうやす、髪がまた一段と伸びて、ゆらゆらしてはるわあ」

どの囁きも出仕当初と変わらず、好意に満ちたものなので、弟君はほっとした。

出仕前、姉の綺羅に、

「世の中、すべては人間関係で決まるのよ。どんなに政治能力があっても、人の支持を受けなきゃ出世できないし、どんなに歌才文才があっても、人づきあいが悪いと、歌会や宴《うたげ》に招《よ》んでもらえず、才能を発揮できないのよ。まして女ばかりの後宮となれば、なおさらだわ。それぞれの女御がたに付いている女房たちは、新尚侍《しんないしのかみ》という微妙な立場で出仕するおまえに、当然、良い印象を持ってないはずよ。むしろ、自分の仕える女主人のライバルだと、反発してるかもしれない。だからおまえは、出過ぎず、万事に控え目にして、御簾越しに見られることがあれば、会釈のひとつもして、好印象をもたれるよう努力しなきゃだめよ。そうすりゃ、おまえを陥《おとしい》れようとする人間も出てこないし、例の秘密も守りやすくなるはずだわ。人間関係の機微《きび》なんて、難しいようで、容易《たやす》いものよ。思いやりのある一言、人なつこい微笑で、案外うまくいくんだから」

と、くどいほど注意されていたのである。

その時は、姉の説教口調やしつこさにうんざりしたものだったが、出仕した今では、姉のいったことは正しかったと、しみじみ思う。

初出仕の日、部屋に当てられた宣耀殿から梨壺に向かう行列の時も、今日と同じように麗景殿の前を通ったが、御簾の向こうに女房たちが鈴なりになっているのが、すぐわかった。

しかも、尋常《じんじょう》な女房の数ではない。

姉の話では、麗景殿女御の実家はさほど裕福ではなく、充分な後見《こうけん》ができずにいるので、女房も二十数人を数えるのみ、のはずである。

　ところが、御簾の向こうから、食いつくように自分をみつめている人影は、その三倍はありそうだった。

　後で聞いたところによると、日頃仲の良くない梅壺女御《うめつぼのにょうご》と弘徽殿女御《こきでんのにょうご》が、一時休戦の形で麗景殿女御のところに遊びに来ていて、それぞれのお付きの女房たちもつき従って、来ていたという。

　もちろん、綺羅新尚侍を一目見るためで、女御行列にも等しいものものしいお渡りに、みなは一様に色めきたった。

「んまあ、なんちゅう大仰《おおぎょう》さやの。まるで女御気取りやないの」

「並みでないお付き女房の数どすえ。まして、あの御几帳！　何様のおつもりやろか」

「色白いゆうても、あんなん、青白いというたほうが、通りが早いわ。病気持ちとちゃいますのん」

「もったいぶって、扇で顔隠して、なんぼの造作してはるちゅうのや」

　御簾越しに聞こえてくる囁きは、一応声はひそめているものの、当然、綺羅尚侍に聞かせようとしている、まぎれもない悪口であった。

　生まれてこのかた、邸《やしき》の奥深くに籠り、ろくに他人と接していなかった綺羅の弟君は、まず、そのあからさまな悪意にゾッとなってしまった。

　邸の中で接する女房たちの多くは、母の影響を受けた神憑《が》りヒス女で、とてもまともな女とはいえないが、しかし、とにもかくにも、自分を大切に大切に扱ってくれた。

しかし、ここでは、みなが自分を嫌い、侮《あなど》り、傷つけようとしているのだ。

こんな悪意だらけの鋭い目で見据《みす》えられては、じきにボロを出して、例の世を憚《はばか》る綺羅の姉弟《きょうだい》の秘密――綺羅中将《きらのちゅうじょう》は実は女で、新尚侍の自分が男であることなど、すぐ看破《かんぱ》されてしまうのではないだろうか。

そう思っただけで胸が苦しくなり、あやうく倒れかかって、ふらついた。

あの時、支えてくれた小百合が、

「しっかりなすってください、尚侍。ここで、あなたさまがコケたら、累《るい》は綺羅さまにも及びますのよ」

と叱りつけるようにいってくれなければ、とっくに失神していたはずである。

しかし、「累は綺羅に及ぶ」の一言で、失神寸前の弟君は、踏みとどまった。

自分の出仕が決まってからというもの、姉の綺羅は、文字通り東奔西走《とうほんせいそう》して、その準備をしてくれたのだ。

健康そうだった頰《ほお》がみるみる痩《こ》け、つやつやしていた肌が青白くなり、いつも笑っていたのに、いつのまにか悩み深そうなしかめ顔で、ため息をつくことが多くなっていた。

そのすべてが自分のせいでないとはいえ、やはり、弟の出仕には誰よりも胸を痛めていたはずである。

その姉の苦労にもむくいず、今、ここでボロを出して、いいものだろうか。

そもそも、奇妙な事情で、こんな女装をさせられているとはいえ、自分はまぎれもなく、〝男〟のはずである。

すぐに失神する、かよわい身ではあるが、絶対的に、断固として、〝男〟である。

母が何と言おうと、母の腹心の女房のコワイ讃岐《さぬき》が何と言おうと、やっぱり〝男〟なのだ。

女の身の姉が、うまく秘密を隠し通して、滞《とどこお》りなく宮仕《みやづか》えしているというのに、男の自分が、初日からコケるなど、なけなしの男としてのプライドが許さないではないか。

にわかに目覚めた男のプライドに縋《すが》りついて、弟君はぐっと顎《あご》をつき出した。

と同時に、「好印象をもたれるように努力しなさい」という姉の教えを思い出し、恐る恐る扇をずらし、ちらりと御簾の方を見やった。

と、不思議なことに、悪意丸出しでザワついていた女房たちが、一瞬、黙ったのである。

女房たちにしてみれば、新尚侍があまりにも綺羅中将にそっくりなので、度胆《どぎも》を抜かれたのだ。

都じゅうの憧《あこが》れの貴公子、宮廷を彩《いろど》る花の公達《きんだち》である綺羅は、結婚してからというもの新妻《にいづま》にべったりで、みなの顰蹙《ひんしゅく》を買ってはいるけれど、やはり、変わらず、みなのアイドルなのである。

その綺羅にうり二つの新尚侍が流し目をくれたのだから、女房の中には思わずしらず赤面《せきめん》する者もあった。

弟君は女として育てられてきただけに、そういう雰囲気《ふんいき》の微妙な変化を察する鋭さは、女並みに冴《さ》えていた。

そこで、ここぞという隙《すき》をついて、実に優しく、優雅に、人なつこく、さりとてわざとらしくなく、慎《つつし》み深く微笑《ほほえ》みかけたのである。

笑いかけるだけでなく、ついと裾《すそ》を蹴揃《けさば》き、御簾の方に向かって、小首を傾《かし》げ、会釈した。

その優雅な仕草《しぐさ》に、御簾の内側の女房たちがため息をつくのが聞こえた。

「まあ、ま、綺羅さんそっくりであらしゃるのねえ」

「さすが、あの綺羅さんの妹姫さんやわ。なんや、愛敬《あいきよう》が裾までこぼれるようやおへんか」

「恥ずかしがりいうお話やけど、ほんまやね。ほら、耳まで赤くしてはるわ。床《ゆか》しい方やないの。今どき珍しい古代《こだい》ぶりで」

それとなく伝わってくる囁きも、先刻とはうって変わって穏《おだ》やかで、弟君は拍子抜《ひようしぬ》けしたほどだった。

そういうわけで、弟君の初出仕は、思いがけなくスムーズに運んだのである。

それ以後、今日に至るまで、行列の際の微笑と会釈だけは、欠かしたことがない。

それだけでも、他の女御がたや、それぞれのお付きの女房たちの、綺羅尚侍《ないしのかみ》を見る目がかなり柔らいだが、しかし、綺羅尚侍の株《かぶ》をぐっと上げ、後宮の女たちの好意を決定的にしたのは、決して単なる微笑や、会釈のおかげではなかった。

早い話が、綺羅尚侍はあまりにも控え目であったため、悪意の持ちようがないのだ。

控え目も控え目、なにしろ女東宮のお召しで梨壺に伺候する時以外、部屋に籠りきりで、いるのかいないのかもわからない。

毎日のように、綺羅中将が御機嫌伺《うかが》いに参内するので、やはりいるのだろうと納得できるものの、ともかく静かなのである。

思わせぶりに琴《こと》をかき鳴らすことも、ついぞなく、内々で華やかに遊んで、勢力を誇示するふうもない。

どうやら新尚侍は、本当に女東宮の教育係、相談役として出仕したのであって、主上《おかみ》の妃《きさき》の一人になる心配はいらないのではないか、と誰もが思い始めた。

そんな矢先、実にタイムリー・ヒットともいうべき事件が起こった。

主上が女東宮の御機嫌伺いにおでましになり、ふと悪戯《いたずら》心を起こして、尚侍のいる宣耀殿に、前触れもなく足を伸ばしたのである。

ところが、小百合を相手に双六《すごろく》をしていた綺羅尚侍は、主上の姿をちらと見るやいなや、恐怖に凍りついた悲鳴をあげ、両袖《そで》で顔を覆《おお》ってつっ伏し、そのまま失神してしまった。

左大臣家《さだいじんけ》からつき従ってきた女房たち、総勢四十人が、すわ一大事と一斉に馳《は》せ参じて、宣耀殿の尚侍の部屋は黒山の人だかりとなり、一方、ちょうど尚侍の御機嫌伺いに来る途中だった綺羅中将が、血相を変えて駆けこんできた。

綺羅中将は失神した妹姫を抱《かか》き抱えながら、涙ながらに、

「お約束と違うではありませんか。決して、決して、綺羅姫と会わぬと仰《おお》せられたのに、それを信じて、人並みはずれた恥ずかしがりの妹を、なだめすかして、無理やり出仕させましたの

に、このような無体なことをなさいました。主上《おかみ》はお約束を反古《ほご》になさいました。妹姫は驚きのあまり、心の臓が早鐘《はやがね》を打っております。羞恥《しゅうち》のあまり、死んでしまうかもしれません。妹姫を退出させます！　もう一刻も、後宮に置いておけません。たとえ、主上の逆鱗《げきりん》に触れましても、どのようなお咎《とが》めを受けましても、妹姫を退出させます！」

と主上に激しく抗議し、それを聞きつけた女東宮が飛んできて、

「尚侍は、退出なんてしないわよ。どうして退出するの？　わたくしは許しません。主上がお約束を破ったから、退出するというの？　どうして主上は、お約束をお破りになったの？　尚侍が退出するなんて、嫌！　主上がお悪いのだわっ！」

と駄々をこねて泣きだし、宣耀殿は上を下への大騒ぎとなったのである。

結局、主上が顔色を変えて謝り、もう決して、前触れなしに宣耀殿には渡らない、女東宮か綺羅中将が一緒でなければ、尚侍とは会わない、また同席する時も几帳越し以上は望まないと明言したのである。

それを伝えきいた後宮の女たちは、雪崩《なだれ》をうつごとく綺羅新尚侍に好意を寄せ、後宮の雰囲気は、綺羅新尚侍歓迎に一変した。

いくら女東宮の相談役とはいっても、いつ何時《なんどき》、お手が付くかわかったものではないと疑っていた者たちも、主上の姿を見かけただけで、後宮じゅうに響き渡る悲鳴を上げて失神するような姫では、その心配はまずあるまいと胸をなでおろしたのである。

それどころか、恥ずかしがり屋だという話は聞いていたが、これほどとはと驚き、

「女房を四十人連れてきはったのも、道理どすな。こないに人並みはずれた内気さんやと、周りの者がよほどしっかりしてないと、あきまへん。当代一の勢力をもつ左大臣家のお姫《ひい》さんやもの、中宮《ちゅうぐう》や后《きさい》も夢やないのに、もって生まれた性《しょう》とはいえ、おいたわしいことどすな」

と同情の声もあがるほどだった。

女は、自分の敵になり得ない同性には、たいそう寛大になれる生き物なのである。

かくして、出仕以来二カ月余、綺羅尚侍はボロを出すこともなく、それなりに平和に後宮生活を送っているのであった。

麗景殿の前を通り過ぎ、梨壺の近くの渡殿《わたどの》を過ぎた時、聞き慣れた女東宮の癇癪声《かんしゃくごえ》が響いてきた。

「なによっ、東宮らしくないって、どういうことよ。わたくし、東宮なんて、なりたくなかったんだもん。あれもダメ、これもダメって、それじゃ、どれだったらいいのよ。いいなさいよ。三位、一条《いちじょう》、さあ、わたくしは何をしたら、そうやってクドクドとお説教をされなくていいの!?」

「で、ですから、まず、朝の御膳を召しあがるようにと……」

上臈《じょうろう》女房の一条が、びくびくと震え声でいっているのが聞こえる。

と、ドンドンと女東宮が地団駄《じだんだ》を踏む音がした。

「それが嫌だっていってるじゃないの。ああ、もう、なにもかも嫌！」

例によって、例のごとくのいつものわがままぶりだと、尚侍はため息をつき、呼吸をととのえて進んだ。

「女東宮さま、お呼びと伺いましたが」

平伏して、落ちついた声でいうと、女東宮はきっとして振り返った。

「なによ、尚侍じゃないの。誰も呼んでやしないわよ。お戻り」

「そういうわけにもまいりません。この騒ぎはなにごとですか。御膳が倒れて、床が汚れているではありませんか」

部屋の中の屏風《びょうぶ》は、隅にふっとび、朝の膳が倒れて羹物《あつもの》が床に流れ、粥《かゆ》とまじり合って、見た目にも汚い。

雉《きじ》の干物《からもの》は踏みつけられてぐにゃぐにゃになり、栗《くり》の甘葛煮《あまずらに》の汁はねばねばとしていて床に汚点《しみ》をつけている。

「早く始末しなければ、床が汚れてしまいます。誰か、掃部司《かんもりのつかさ》を呼んで下さい」

「は、そうどすわな……」

女東宮の癇癪に、ただただオロオロするばかりだった三位局や一条らは、ざわざわと立ち上がり、女官を呼びつけた。

掃除をする間、女東宮は別室に移されたが、ブスッとしていて、一言も口をきかない。

これが三位局や一条なら、なだめたりすかしたりして、なんとか口をきかせようとするのだが、尚侍は一向にその素振りもなく、黙って いるだけである。

そのうちに、女東宮は目に見えて苛立《いらだ》ってきて、とうとう口を開いた。

「どうしたのよ、尚侍。どうして、朝の御膳を蹴とばしたのかと聞かないの」

「世に、粗忽《そこつ》な姫は多いですからね。袴《はかま》も捌《さば》けぬお転婆娘《てんばむすめ》もいて……」

「わたくしは粗相《そそう》をして、御膳を蹴とばしたんじゃないわ」

「そうですか」

「……どうして、わざと蹴とばしたのか聞かないの」

「聞いてほしいのですか」

女東宮はぐっとつまり、みるみる眉《まゆ》を吊《つ》りあげて、ダンと床を踏み鳴らした。

「だって、だって、馴鮨《なれずし》が出てきたんだもの。わたくし、あれは大っ嫌いだって、いつもいってるのに、三位ったら栄養があるからって、無理に食べさせようとするんですもの」

「馴鮨」

綺羅尚侍は、あんぐりと口をあけた。

嫌いなものが一品出てきただけで、ここまで癇癪を起こすのかと思うと、今さらながら女東宮の子供っぽさがおかしくなってくる。

それにしても、その馴鮨は、床の上にはなかったようだが……。

「見るのも嫌だから、庭に投げちゃったもんね」

女東宮は得意気にいう。

尚侍はあやうく吹きだしそうになり、あわてて顔の筋肉を引きしめた。

叱りもせず、かといってなだめてくれる風もない尚侍に、女東宮は困ったように顔をしかめた。

何かをいうか、するかしてくれないと、癇癪の起こしようがないのである。

「わ、わたくし、ほんとは栗の甘葛煮は、少し……だいぶ好きなんだけど、な……」

「当然です。栗煮は手間もかかるし、甘葛はとても高価で、普通の人はなかなか食べられないのですよ」

「わたくし、普通の人じゃないもん。東宮ですもん」

「……」

「と、東宮だから、食べたくない物は、食べなくたっていいんですもん、ね……」

「そうですか。東宮はこれからお食事がいらないのですね。一条どのに、そうお伝えしましょう。小百合、一条どのに伝言を……」

「待って、待ってよ！」

女東宮はぎょっとなって、叫んだ。

育ち盛りで食べ盛りの十五歳の乙女《おとめ》にとっては、一日二回の食事と間食《おやつ》が、何よりも楽しみなのである。

「食べないなんて、いってないでしょ。食べるわよ。我慢して食べるわ」

「心をこめて作った料理を、あのように扱われて、水司《もいとりのつかさ》や膳司《かしわでのつかさ》の女官がいい気持ちがするでしょうか。みな落胆して、新しい御膳など用意できないでしょう。それに女東宮のお気に召さない御膳を参らせた罪で、主上《おかみ》から罰せられるかもしれませんし」

「そんなつもりじゃなかったわ。主上にお頼みするわ。そんなつもりじゃ、なかったんですもん」

「では、みなにそういって、お謝りなさいませ。そして、新しい御膳を参らせるよう、お頼みなさい」

女東宮はぶうっとふくれ、口惜《くちお》しそうに尚侍を睨《にら》んだが、尚侍が平然としているのを見て、癇癪を起こしても無駄だと悟り、一条を呼びつけて、不承不承《ふしょうぶしょう》謝った。

一条や三位局は、毎度のことながらの新尚侍の手腕に感嘆《かんたん》し、さかんに感謝の目くばせをして退《さ》がった。

女東宮は、謝ることが負けだと思っているらしく、ぷりぷりして、扇を振り回しながら部屋の中を行ったり来たりしている。

綺羅尚侍はその様子を、ゆったりと眺めていた。

最初の頃こそ、なんというわがまま娘だと驚き、小百合の言う通り、こんなじゃじゃ馬に仕えねばならない己《おの》が身の不運を嘆《なげ》いたが、慣れてみると、さほどのことではなかった。

お転婆にかけては姉の綺羅がいるし、それに癇癪だヒステリーだといったところで、すこぶる開放的な発散型なので、たかが知れているのである。

弟君は、さほど世間の風に当たっているわけではなく、むしろ箱入りといってもいいほどだが、ことヒステリーにかけては、大家《たいか》並みの年季を積んでいる。

神憑《かみがか》り的な根暗の極みのヒス、内へ内へと内向して、恨《うら》みを底に秘めた陰湿なヒスに、十数年間にわたって耐え忍んできたのだ。

あれに比べたら、女東宮の気まぐれヒスなど、実に罪がない。

一人でひとしきり騒ぎまくった後は、それなりに恥ずかしいのか、ぷうっとふくれて俯《うつむ》くなど、可愛《かわ》ゆいではないか。

女東宮付きの女房は、誰も彼も由緒《ゆいしょ》正しい貴族の出だけあって、それなりの教養も礼儀も心得ているが、いかんせんヒステリーの扱い方には慣れておらず、女東宮が癇癪を起こし始めると、ただもう、おろおろするばかりなのが、弟君には歯痒《はがゆ》いくらいだった。

女東宮はふいに歩き回るのを止《や》め、ぎろりと弟君を睨んだ。

「尚侍は意地悪ね。わたくしは東宮なのに、少しも大切にしてくれない。いつか主上に申しあげるわ。きっと、そのうち、お咎《とが》めがあるんだから」

勝ち誇ったようにそういう女東宮の顔を見返しているうちに、ふいにおかしくなってきて、弟君は吹きだしてしまった。

〈子供なんだよなあ。他愛《たわい》ないというか、可愛ゆいというか……。綺羅姉さまは、妻《さい》が子供っぽくて疲れるといってたけれど、右大臣家《うだいじんけ》の三の姫も、こんな感じかしら。女の子って可愛ゆいよ。年くった根暗のヒス女は、コワイけど〉

弟君はにこにこと女東宮を眺めた。

「主上」「お咎め」という最後の切り札にも、一向に動じる気配のない尚侍に、女東宮は困り果ててしまう。

いつも、そうなのだ。

どんなに暴れても、わがままほうだいをいっても、新尚侍はぼんやり眺めているか、薄笑いを浮かべてじっと見ているかで、やりにくくてしようがない。

初めて、お目見えした時から、そうだった。

兄の主上の意を受けて、自分を監視に来たお固い人とばかり思って、小豆《あずき》を小袋につめ込んだつぶてを用意し、現れたら投げつけてやろうと待ちかまえていたのに、尚侍はあの憧れの綺羅中将そっくりで、すっかり出鼻をくじかれてしまった。

それでも気をとり直して、つぶてを一つ投げると、尚侍はさっと青ざめ、「あ」といったかと思うと気を失ったのである。

これまでにも、女房たちにつぶてを投げつけて楽しんでいた女東宮は、綺羅新尚侍のあまりの弱々しさにびっくりしてしまい、と同時に、自分がとても乱暴で無法なことをしたような気がして、思わず謝ってしまった。

あれがいけなかったのだわ、と女東宮はいつも忌々《いまいま》しげに思い返す。

あれで、謝り癖《ぐせ》がついてしまったんだ。

新尚侍は、わたくしが謝るのは当然と思ってしまったのだわ。

そのうえ、自分が苦もなく謝らされたのが口惜《くちお》しくて、再び新尚侍が伺候した時、

「尚侍は御病気ではないの？　後宮仕えは無理ではないかしら。退出した方がよくはなくて？」

とさんざん嫌味をいってやったら、あろうことか、尚侍は待ってましたとばかり、

「その通りです。女東宮から主上《おかみ》に、そうおっしゃってください。わたくしは、出仕など無理なのです。女東宮のお許しさえあれば、今すぐにでも退出いたします」

といい、思いもかけない返答にびっくりして、反射的に、

「だめよ。絶対だめ！　尚侍《ないしのかみ》を退出なんてさせないわっ」

と叫んでしまった。

つくづく、あれがまずかった、と思う。

天《あま》のじゃくの性格が災いして、ついつい引きとめてしまった。

だけど、引きとめないと、本当に退出してしまいそうだったのだ。

そんなのは、初めてだった。

誰も彼も、東宮である自分に気に入られようとして諂《へつら》い、おためごかしを言い、華やかな宮廷生活から遠ざかるまいと欲を見せるのに、尚侍には、そんなものがついぞ見られない。

口には出さないけれど、出仕を嫌がっているのは確かで、決して、下手《へた》なお世辞はいわない。

それが腹立たしい反面、だからこそ尚侍は信用のできる人ではないかと思ったりする。

十歳になるやならずやで、何もわからないうちに東宮にされ、生活が急に窮屈《きゅうくつ》になってしまい、仲のよい遊び相手などできるはずもなく、周囲の人々はみな、「東宮だから」と腫《は》れ物《もの》に触るように扱う。

そのくせ、「女東宮は好ましくない」と思っているのはありありで、困ったものだというような目で見るのだ。

じゃあ、わたくしはどうすればいいのよ、東宮としての生活を強要され、そのくせ女東宮はやっぱりダメだというんじゃ、わたくしはどうすればいいの!?　と暴れたくもなるではないか。うまく言葉にできないから、暴れたり泣いたり喚《わめ》いたりするしかないのだが、誰も親身《しんみ》になってはくれない。

ただ機嫌《きげん》を損《そこ》ねないよう、とばっちりをくわないよう、遠巻きにしているだけだ。だけど尚侍は、ヒステリーの最中でも駆け付けてくるし、どんなに酷《ひど》いことをいっても、笑って見ている。

自分の気持ちのすべてをわかってくれているとは思わないけど、確かに、他の女房連中とは違うと思う。

それに、尚侍にじいっと見られるのは、悪い気はしない。

きっと、憧れの綺羅中将にそっくりだからに違いない。

うん。

きっと、そうだわ。

だって、女のひとに見られて、どきどきするなんて、おかしいのに、尚侍に見られているのに気づくと、なぜかどきどきするんですもん。

「女東宮さん、新しい御膳が揃《そろ》いましたえ。どうぞ、召しあがって下さりませ」

三位局が、呼びに来た。

女東宮は、弟君を振り返った。

「尚侍もいらっしゃい。一緒にいただきましょう」

「光栄なことですが、わたくしは人前で食事はいたしません」

「わたくしの御前よ。それが嫌なの？」

「いや、東宮ではなく、他の女房たちが揃《そろ》いますので……」

弟君は注意深くいった。

なんといっても男の身、どこでどういう不審を買うかわかったものではないので、接する人間は少なければ少ないほど良い。

今のところ、女東宮自身、女東宮付き女房の中でも上臈《じょうろう》の三位局や一条など、ごく限られた少数としか接しておらず、これ以上は一人たりとも増やしたくないのだ。

「ほんとに、恥ずかしがり屋なんだから。いくらなんでも、極端すぎるわ。尚侍の声を聞いた者だって、数えるほどなのよ。下の女房たちは不満に思っているわ」

女東宮はブーブーと文句をいったが、尚侍の態度は頑としているので、諦《あきら》めた。

「いいわ。退がりなさい。後で、碁《ご》をしましょう」

女東宮は食事の間に行った。

弟君は宣耀殿に戻るべく、立ち上がった。

後ろに控えていた小百合や、簀子縁に居並んでいたお付き女房たちが、ざわざわとその周りを取り囲んだ。

「ごくろうさまでした、尚侍。いつもながら、お見事な手綱《たづな》さばきですわね」

宣耀殿に向かいながら、小百合が感心したように囁いた。

「今では、尚侍なしでは梨壺は収まらない、と噂されるのも、もっともですわ。よく我慢できますわね、あのじゃじゃ馬に」

小百合は、綺羅でさえ怒鳴りつけることもある気丈な子なので、女東宮のようなわがままほうだいの甘ったれを見ていると、横っ面《つら》をはりたくなってくるのである。

「小百合がいうほどの天《あま》のじゃくでもないよ、女東宮は。ただ世間知らずで、子供っぽいというだけだよ」

「理解がありますのね」

「なんていうか、抑圧された者同士、感じ合うところがあるんだよ。なりたくもない東宮にならされて、東宮として育てられてきたなんて、同情するなあ。ぼくだって、自由気ままに育てられたとは、逆立ちしてもいえない環境だったし」

弟君は共感をこめていい、部屋に戻った。

出仕が決まってからというもの、一日に一度は失神して、姉の綺羅や父君を心配させていたものだったが、こうして出仕して二カ月もたった今、後宮生活も思ったほど辛《つら》くはなく、弟君はまずまず平和な毎日に満足していた。

そこに、姉の綺羅の訪れが知らされた。

三　衝撃！

綺羅《きら》の登場は、いつも華やかである。

綺羅《きらの》中将《ちゆうじよう》の参内《さんだい》を聞きつけるが早いか、局《つぼね》に退《さ》がっていた女房《にようぼう》たちがどっと伺候《しこう》し、御簾《みす》越《ご》しに綺羅の姿を見ようとするからである。

だから弟君や小百合《さゆり》は、女房が綺羅の訪れを告げに来る前に、麗景殿《れいけいでん》あたりが急に騒々しくなることで、それと察するくらいだ。

また綺羅が、そういう女房たちの心情を心得ていて、にこにこと笑顔をふりまきながら歩くので、女房たちはいっそう騒ぐ。

なにしろ綺羅の歩みに従って、女房たちが御簾の向こうで移動するありさまなのだ。

今日もまた、愛想《あいそ》をふりまいているらしく、遠くの殿舎《でんしや》で女房たちの金切り声がする。

しばらくして、

「やれやれ、ひどい騒ぎになっちゃった」

といいながら、綺羅がやってきた。

「今日はまた、いちだんと華やかに参内したんだね、姉さま。遠くで悲鳴が聞こえたよ」

「いや、弘徽殿《こきでん》の細殿《ほそどの》のあたりで、御簾越しにあたしを見てた若い女房が、後ろから押されたのかな、御簾のたるみから転がり出てきたのよ。びっくりしたわ」

「まあ！」

小百合はぷっと吹き出した。

いくら綺羅の姿が見たいからといって、御簾から転がり出てしまうなど、教養高い女房としては恥ずべき失態である。

弟君もおかしそうに顔をゆがめながら、

「みっともないね、それは」

「でしょう。当人も真っ赤になって失神しそうなくらい恥ずかしがってるし、可哀《かわい》そうだから、なんとか場を取《と》り繕《つくろ》わなくちゃと思って、『衣通姫《そとおりひめ》の例《ためし》もあります。美しさは衣《きぬ》を通しても表れるもの、まして御簾ひとつで隠しきれるものではありませんね。おのずと現れ出《い》づるものです』とか何とかいって、うまく収めたつもりだったんだけどな。当人はそれ聞いて失神しちゃうし、御簾の向こうにいた女房たちは金切り声をあげるし、えらい騒ぎで、しばらく前に進めなかった」

綺羅はあっさりといい、小百合の勧《すす》める湯を飲んだ。

弟君はすっかり感心して、姉を見た。

姉の綺羅が評判の公達《きんだち》になりおおせているのは、邸《やしき》の中に引き籠《こも》っている時も伝え聞いていたが、出仕《しゅつし》してみて、綺羅の人気を目《ま》のあたりにし、驚いたものである。

まして今のように、『衣通姫《そとおりひめ》』云々《うんぬん》という歯の浮くようなセリフを、楽々と口にするのを聞くと、これはもう人間の出来が違うとしか思えない。

「家に籠ってたんじゃ、わからなかったよ。すごいプレイボーイぶりじゃない、姉さま」

「何いってんの、こんなの社交辞令よ。おまえ、いつかは男に戻りたいと思ってるんでしょ。その時のためにに覚えといた方がいいわよ」

「来るかな、そんな日が」

弟君はため息をついた。

「今年もあと一月余《ひとつきあま》りだというのに、いいことなんて、ひとっつもなかったよ」

「そうね。あたしも今年という今年は、さんざんだったわ。結婚しなきゃならなかったし、主上《おかみ》の御不興を買っちゃって嫌味ほうだいいわれたし……、さすがのあたしも、最近は、馬鹿な真似《まね》してるなって、ふっと後悔の念にかられることがあるわ。月なんて見ると、柄《がら》にもなく感傷にひたっちゃってさ。この前の月見の宴《うたげ》の時、きらびやかな梅壺女御《うめつぼのにょうご》の一行を見かけてさ、あんなのを着たら、あたしだって、それ相当の美人のはずなのになァと思うと、男のなりした自分が、正気の沙汰《さた》じゃないような気がした」

強気の姉にふさわしくない弱音《よわね》に、弟君と小百合は顔を見合わせた。

綺羅がこんな弱気なことを口にするなど、信じられない。

しかし最近の綺羅が、往年《おうねん》の潑剌《はつらつ》さを失い、物思わしげにうち沈んでいることが多いのは確かだった。

「あたしとおまえが入れ替われないもんかと、ぼんやり考えることもあるわ。そうすりゃ、おまえは男に、あたしは女にと、まともになれるもんね」

「あ！」

弟君は思わず目をみひらいた。

「それ、いいじゃない！　あんまり単純なことで、思いもつかなかったけど」

弟君が意気込んでいうのを、綺羅は手で制した。

「馬鹿ね。そう、うまくいくもんですか。おまえはともかく、あたしはどうしようもないわよ。この髪だもの」

「あ……ああ、そう……か……」

弟君はがっくりと肩を落とした。

男も女もさして変わらない両性時代とはいえ、男と女の決定的な外見の違いは髪の長さである。

女は身を覆《おお》うばかりの髪があり、弟君も長い髪だ。

しかし綺羅は髻《もとどり》をくずしても、肩を覆うぐらいしかない。

弟君が男に戻るには、髪を切ればいいが、綺羅はどうしようもないのである。

「いい案だと思ったのにな。ほんとに、いつまで十二単《じゅうにひとえ》なんてクソ重苦しいの、着てりゃいいんだろ。女ばっかりの後宮《こうきゅう》勤めまでさせられてさ。宮仕《みやづか》えで唯一《ゆいいつ》の救いは、新興宗教のお題目《だいもく》が聞こえてこないことだな。解放感で、なんとなく体に力が湧《わ》いてくるよ。正月にも、家に帰りたくないや」

綺羅はふっと含み笑いした。

「女東宮《にょとうぐう》とも、うまくいってるしね」

弟君はカッと顔を赤くした。

「ばっ！　馬鹿、なんてこと、いうんだよ」

「ふふん、噂《うわさ》は聞いてるわ。わがままで、手のつけられない女東宮も、新参の綺羅尚侍《ないしのかみ》のいうことだけは聞くって。いったい、どうやって、じゃじゃ馬ならししたのか、教えてもらいたいわね」

「じゃじゃ馬は、姉さままで慣れてるからね」

「ま、ずいぶんね。おまえ、妙なところで男の意識に目覚めて、馬鹿な真似しちゃだめよ」

「ななな、なんだよ、それは！」

弟君は顔を真っ赤にして口ごもり、綺羅はけらけらと笑った。

と、その時、女房が駆けつけてきた。

「主上《おかみ》がこちらにお渡りどす。綺羅中将がいてるから、約束違反やないやろ、仰《おお》せられて」

「えっ‼」

弟君が青ざめるより早く、小百合が立ち上がって几帳《きちょう》の用意をし、綺羅は局に退がっている女房に伺候するよう、使いを出した。

ややあって、帝《みかど》が優雅な姿で現れた。

弟君は几帳を四方に立てて、身を縮まらせている。

相変わらずの恥ずかしがりぶりに苦笑しながら、帝は、

「ずいぶん楽しそうだね。あなたの笑い声が、麗景殿の辺《あた》りまで響いていたよ」

と綺羅を見た。

「尚侍《ないしのかみ》が出仕したせいか、毎日のように内裏《だいり》で綺羅を見かけることが多くなった」

帝はご満悦《まんえつ》の体《てい》である。

自分の思惑が図に当たり、綺羅が毎日、尚侍の様子を見に来るのが、嬉《うれ》しくてたまらないのだ。

噂によると、右大臣家《うだいじんけ》へも以前ほど足繁《しげ》くは行っていないらしい。

それも綺羅の妹思いにつけこんで、妹姫を出仕させたからだと思うと、今さらながら、自分の考えはすばらしかったと思う。

帝は尚侍の几帳の方に目を向け、

「あなたも出仕して二カ月以上たちますが、どうです、慣れましたか」

「はい、こちらのみなさまは、よい方々で、いろいろ教えていただいております」

歯が浮くよなあと思いながらも、弟君はしとやかにいった。

何か聞かれた場合は、そう答えるようにと、綺羅に教えられているのである。

「それはよかった。女東宮も、あなたに馴染《なじ》まれて、あなたのいうことだけは聞くそうですね。

そう、今宵《こよい》は女東宮の梨壺《なしつぼ》で、管弦《かんげん》を催そうか。あなたにお目通りはかなわなくとも、琴《こと》の音《ね》

なりと聴きたいと願っている公達も多いだろうし、彼らも呼んで」

帝は上機嫌《じょうきげん》でいった。

しかし、弟君は几帳の陰で、ぎょっと息をのんだ。

いくら御簾越し几帳越しとはいっても、いつ何時《なんどき》、誰かに姿を見られないとも限らない。そんなのはまっぴらである。

弟君は必死になって、綺羅に合図を送った。

綺羅はわかったというように頷《うなず》き、

「恐れ入りますが、何度も申し上げました通り、尚侍《ないしのかみ》は恥ずかしがり屋で、たとえ御簾越しといえど、公達の集まるところへ参ることなど、できないのでございます」

「綺羅が側《そば》にいてあげれば、よい」

「そ、それがわたくし、今宵は右大臣家の方へ……約束が……」

綺羅は口ごもった。

とたんに帝は不快そうに眉《まゆ》をしかめた。

「わたしの宴《うたげ》より、三の姫の方が大事ですか」

帝は怒ると、急に丁寧《ていねい》な言葉遣《づか》いになる時があり、綺羅はそれが恐ろしい。

「い、いいえ、決して、そんな。しかし、今日は、右大臣が、特に大切な話があるので来てくれるように、とおっしゃったものですから」

「大切な……？」

「はい。最近、三の姫の気分が優れず、うち沈んでおりますので、その相談ではないかと」

帝は、顔をくもらせた。

「そういえば、今日、右大臣と会った時も、ソワソワして、落ちつきがなかったが……。三の姫は御病気なのだろうか」

「さあ、よくわかりませんが……」

「何か、思い悩まれることでもあるのかな。どうしたのだろうね。当代一の婿《むこ》をもつ幸せな方が」

そういって、帝はふっと意地の悪い笑みを浮かべた。

「あらぬ人の恋の恨《うら》みを、買っているのかもしれないね。夕顔《ゆうがお》や葵《あおい》の上《うえ》のように」

「わたくしには、六条御息所《ろくじょうのみやすんどころ》のような方はおりませんから」

「綺羅が気がついていないだけかもしれないよ」

帝は皮肉に笑い、ともかく、それでは宴はまたにしようと言って、じきに帰って行った。

弟君は几帳を押しやって、伸びをし、ばたばたと扇《おうぎ》であおいだ。

「いやー、びっくりした。宴を催そうなんていいだすんで、どうしようかと思ったよ。この真冬に汗かいた」

「いやだわ。やっぱり、おまえに興味もってんのかしら」

「そういう感じじゃ、なかったでしょ。それより主上《おかみ》って、けっこう姉さまに辛《つら》く当たるんだね。家にいた時は、帝の一番のお気に入りって噂だったのに」

綺羅は肩をすくめた。

弟が出仕して以来、どういうものか嫌味がぷっつりと止《や》み、喜んでいたのだが、話が三の姫に関連してくると、思い出したように嫌味がぶり返す。

まだ三の姫を諦《あきら》めていないのだと思うと、あきれるよりも、感心するぐらいだった。

「そうだわ。三の姫といえば、そろそろ右大臣家に行かなきゃ」

「あれ、宴を避けるための口実じゃなかったの」

「違うわよ。ほんとに右大臣に呼ばれているの。また明日、来るからね」

「無理しなくて、いいよ。ぼくはけっこう、うまくやってるから」

弟君は、綺羅の憂鬱《ゆううつ》そうな表情に心を動かされ、気をひきたてるようにいった。

綺羅はちょっとびっくりして弟君を眺めた。

出仕するまでは、さんざん手を焼かせたのに、いざ出仕してみると、案外うまくいっているらしい。

それに引き比べて、自分は……と、綺羅は重いため息をつき、

「じゃ、またね」

と挨拶《あいさつ》もそこそこに、部屋を後にした。

結婚しても、うまくやれるという自信はとうにふっ飛び、毎日が憂鬱だった。

特に、最近の三の姫は本当に元気がなく、それがまた、心配や憂鬱のタネだった。

病気というふうでもなく、ただぼんやりとあらぬ方《かた》を眺めたり、そうかと思うとさめざめと

泣きだして、「綺羅さまなんて、大嫌い！」と喚《わめ》き散らしたり、なんとか気をまぎらわせようと、宮中でのことや友人たちの話をすると、突然まっ赤になってつっぷしてしまったりする。

なんとしても休暇をもらって、延期していた長谷詣《はせもう》でに連れて行ってあげるといっても、あれほど行きたがっていたのに、体を固くして、行きたくない、絶対行かない、家にいる、都にいるといい張って、泣き伏してしまう。

何がどうなっているのか、全くわからない。

〈生理で精神が不安定になってるってんなら、同じ女だからわかるけど、それも二、三カ月ぶっ通しとなるとねー。まさか、毎日、生理があるわけじゃあるまいし〉

実に不可解な三の姫の様子だった。

父の右大臣なども、最初は月のものの乱れによる不安定だなどと言っていたが、最近はさすがにそうともいえず、心配していた。

もっとも、どうしたことか、今日、内裏で顔を合わせると、はちきれんばかりの笑顔で「大切な話がある」といってきた。

きっと、よい療養地が見つかり、そこにしばらく三の姫をやろうという相談だろう。

転地療養の時は、今度こそ長期休暇をとり、きちんと付き添って行ってあげよう、などと思いながら、綺羅は右大臣家の門をくぐった。

綺羅を見るなり、右大臣は手をとらんばかりに、母屋《おもや》まで招き入れた。

さらに女房に命じて、酒やさかなをどんどん運ばせる。

「なにか、よほど良いことがあったようですね」

綺羅は面くらった。

よい転地先が見つかったにしては、異常なはしゃぎようである。

右大臣は顔じゅうを口にして、大笑いし、

「そうどすわ。これ以上、ええことなんか、ありまへん。普通、こういうことは三の姫付きの女房から、綺羅さんにお知らせせなあかんもんやけど、嬉しいて嬉しいて、わしからいわしてもらいます」

「はあ」

「綺羅さん、驚きないや。あんた、来年は父君どっせ」

「は……あ？」

「三の姫に、御《お》ややができはったんどす」

右大臣はじれったそうに、大声をはりあげていった。

綺羅は持っていた杯《さかずき》を、ぽろっと落とした。

酒が指貫《さしぬき》を濡《ぬ》らし、床に広がったが、綺羅は呆然《ぼうぜん》として、拭《ふ》くどころではない。

〈お、おお、御やや……御ややが――っ!?〉

綺羅は青ざめ、ともすればまっ白になる頭を叩《たた》いて、必死に考えた。

〈だ……って、だって、女同士じゃないの！　どど、どうして……!?〉

考えても考えても、まるでわからない。

右大臣は綺羅の異常な驚きようを見ても、

〈若いからな。自分はいつまでも子供のつもりでいてるのに、父になるいわれたら、そら嬉しいより先に、驚きまっさ。わしもそやった〉

などと勝手に納得し、

「最近、姫はずっと気分が不安定どしたやろ。あれも、このせいどしたんやわ。もう三カ月目に入ってるいうことどす」

「は……ま……あ……それは……」

綺羅は唾《つば》を飲み込み、

「な、なんといっていいか……、嬉しくて……言葉も見つかりません……」

まさに何をいっていいかわからない状態で、ようやくそれだけいうのがやっとだった。

右大臣は何度も頷き、

「そうどすやろ、そうどすやろ、まあ、こないにめでたいこと、そうめったにありまへん。長年つれ添うた夫婦でも、子はいつ授《さず》かるともわからん賜《たまわ》りもんやのに、こないに早《は》よ御ややをいただけたんも、みんな綺羅さんのおかげや。あんだけ、まめに通ってくれはったんやからな、これで、わが右大臣家も、実家の兄上さんとこも、安泰《あんたい》どっせ。姫なら后《きさい》がね、若君なら末は大臣や。ああ、嬉しいことどす。わしは幸せもんや。都一の婿さんもろて、そのうえ孫まででける。あちこちに加持祈禱《かじきとう》頼まなあきまへんな。寺社にも寄進して、そや、何より主上《おかみ》に奏上《そうじょう》せな。忙しくなりますえ、綺羅さん！」

右大臣は感情が昂《たかぶ》り、目には光るものさえある。

喜びに、すっかり酔いしれているのだ。

おかげで、綺羅の様子にさして不審を持たないのが、せめてもの幸いだった。

「と、ともかく、姫に会って来ましょう」

「おお、そないしとくれやす。ただ、これからは、産み月までは、あっちの方はこれまで通りちゅうわけにもいきまへんで。ちいとばかり、控えてもらわななりまへんけど……ま、ま、そないなことはおわかりどすな、オホホ」

右大臣の奇妙な笑い声を背に、綺羅は姫のところに行った。

綺羅が現れると、女房たちはにこにこ笑いながら、一斉におめでとうございますといい、静かに席をはずした。

身籠《みご》った若妻を見舞う夫という感動的な場面で、二人きりにしてあげようとの配慮からである。

部屋には、三の姫と腹心の女房の美濃《みの》、そして綺羅の三人きりだった。

三の姫は顔を袖《そで》で隠して、つっ伏している。

美濃はよくわからないながら、妊娠《にんしん》がはっきりしてからの姫のふさぎように、ただならぬものを感じて、おろおろしていた。

綺羅はようやく声を絞《しぼ》りだした。

「御ややができたのですって？」

「………」

「なんといっていいか……」

〈ほんとにもう、頭がめちゃくちゃだわ〉

綺羅は扇を開いたり閉じたりして、時間をかせぎ、考えをまとめよう、冷静になろうと努めたが、混乱するばかりである。

〈女同士に神仏が御ややを下さるはずはないから、つまり御ややを授かったってことは、三の姫は他の男と、秘密に結婚したってことよね。つまりは、女三《にょさん》の宮《みや》と柏木《かしわぎ》にしてやられた源氏《げんじ》と、あたしは同じ立場、寝盗《ねと》られ男ってことじゃないの！　寝盗られ男！　このあたしが⁉〉

ごく初歩的な性知識が欠落しているので、一所懸命《いっしょけんめい》に考えても、せいぜいこのくらいしかわからない。

「ごめんなさいっっ！」

三の姫は突然叫んで、わっと泣き伏した。

「ごめんなさい。ごめんなさい、わたくし、浮気しました！」

三の姫はわんわん泣きながら、告白した。

美濃はぎょっとなって立ち上がったものの、言葉が出てこない。

綺羅もまた、同様だった。

「浮気……」

「三日夜《みかよ》の餅《もち》を食べた人以外の人と、〝いろは〟して……」

美濃はまっ青になり、今にも泡《あわ》を吹かんばかりだが、綺羅にはわけがわからない。

綺羅はいまだに、〝いろは〟の意味がわからないのだ。

こういう非常事態の時に、なにも〝いろは〟だの何だのと、人の知らないことを持ち出してくることもないではないかと、綺羅はにわかに不快になった。

さては攪乱《かくらん》作戦で、この場を乗り切るつもりかとカッとなり、

「どうして、そんなことをしたのです」

といくぶん強い口調でいった。

これまで優しくされてばかりで、綺羅が怒ったのを見たことのなかった三の姫は、びくっと肩を震わせた。

「だって、だって、綺羅さまは教えてくれないし……誰も教えてくれないし……いけないことだって知らなかったんですもの」

「ともかく、その相手の男の人は誰？」

姫はいっそう肩を震わせ、いやいやというように頭を振った。

綺羅も意地になり、大声でいった。

「おいいなさい。相手は誰です。相手がいなきゃ、神仏も御ややを下さらないんだから」

「相手の方を聞いて、どうなさるの？」

三の姫は涙でくしゃくしゃになった顔を上げ、きっと綺羅を見た。

「どうって、一応、知らなければならないでしょう」

「いや！　決闘なさるんでしょ。子供の頃、小百合という乳兄妹《ちきょうだい》にいい寄った弾正尹宮《だんじょういんのみや》の若宮に、決闘を申しこんで、おかげで若宮が出家なさってしまわれたことは聞いています」

「あれは子供の頃のことです。それに若宮は、出家なんてしませんでした。単に清水《きよみず》に籠って、二週間出てこなかっただけですよ」

「ともかく、嫌です！　綺羅さまと決闘なんかして、あの方にもしものことがあったら、わたくしも生きてはいられません！」

三の姫はまた、わーっと泣き伏した。

綺羅は愕然《がくぜん》とした。

よもや世間知らずの子供っぽい三の姫が、こんなことをいいだすとは思ってもみなかったのだ。

美濃はようやくわれに返り、姫のもとに走り寄って、

「姫さま、姫さま、何てことをおっしゃるのです。初めての御懐妊《ごかいにん》で、気が昂《たかぶ》っていらっしゃるのですわ。ね？」

「違うわ、違うわ。わたくし、あの方が好きです。お優しくて、わたしのことをずっと思っていたとおっしゃいました」

「姫さま……」

美濃と綺羅は顔を見合わせた。

あまりにもきっぱりとした三の姫の言葉に、毒気を抜かれてしまったのである。

綺羅はつとめて穏《おだ》やかに、重ねて尋《たず》ねた。

「ね、何もしないから、おっしゃい。その人は誰なの？　いつ頃から、結婚してるの？」

三の姫はぐっと唇《くちびる》を噛《か》み、やがてこらえきれないように、

「たった一度だけですわ！　あれから、会っていません。会いに来てくれません。文《ふみ》もくれません。たった一度だけですわっ」

と叫んで、あとはもう言葉もなく、涙、涙の海だった。

右大臣家の三の姫懐妊のニュースは、今年の最後を飾る慶事《けいじ》として、宮廷内に歓迎された。

右大臣は手ばなしの喜びようで、世間に誇示《こじ》するように大々的に加持祈禱させ、世間の人々も、末は后《きさい》か大臣かと、生まれぬ先から囁《ささや》きあう。

綺羅は会う人ごとに、

「おめでとうございます」

「よう、おはげみやしたからなあ。その甲斐《かい》がありましたな」

などといわれた。

しかし、めでたいめでたいと騒いでいるのは、右大臣と世間の人ばかりで、綺羅や父君、弟君はそれどころではない。

ありうべからざる事態に、三人は茫然自失《ぼうぜんじしつ》の体《てい》で、しばらくは何も考えられなかった。

ようやくおちついて相談できるようになったのは、いよいよ年の瀬も押しつまったある日である。

左大臣家《さだいじんけ》では、いろいろと客の出入りも多いからというので、弟君のいる宣耀殿《せんようでん》に三人が顔を揃《そろ》えた。

「えらいこっちゃ。三の姫が別の男を通わすようなふしだらとは思わず、安心しとったのに。相手の男は、綺羅が三の姫に指一本触れていなかったことを、不審に思うとるやろ。下手《へた》に探られたら、身の破滅や」

左大臣は蒼白《そうはく》な顔で、ぶるぶると唇を震わせながらいう。

「どうして、あたしが三の姫に指一本触れてない、なんてわかるのよ」

綺羅が怪訝《けげん》そうにいうと、左大臣は舌打ちし、

「わかるに決まってるやないか。三の姫は未通娘《おぼこ》やろし、やることやったら、証拠があります。それとも、違ったんかいな。案外、ふしだらで、とっくに未通娘でなくなってたのかもしれへん。そんなら、まだ助かるんやけど」

「いや、三の姫の口から、結婚以来、一度もあっちの方がない……のが、ばれてるかもしれない」

弟君は遠慮がちながらも、深刻な表情でいう。

左大臣も重々しく頷き、

「それも考えられることや」

「会ったのは、一回きりだっていうのよね」

綺羅は、何やら思わせぶりなことを話している二人の間に、割って入った。

「一回きり、か。一回目なら、やることやるのに忙しいて、余計なこと話す暇《ひま》もないやろけど」

「ねえ、あたし、信じられないのよね。たった一回、男の人と夫婦になったくらいで、御ややを授かるものなのかしら」

「そら授かりますわな。何回やっても、ダメな夫婦ちゅうのもありますけどな。こないな時に、引き合いに出すのも恐れ多いけど、当今《とうぎん》さんなんか、あれだけの女御《にょうご》さんがたがいたはるのに、御子が一人もでけへん。因果《いんが》なこっちゃ。あちらさんは欲しいて欲しいてたまらんのに、できはらへん。こっちはいりもせんのに、たった一発でできるんやから」

「しかし、一回きりとなると、完全な遊びだね。どこのどいつだろ。ある程度、割り出すことはできないかな。今は、そろそろ四カ月目に入るんだろう。逆算すると、今年の八月の末頃かな」

「八月の末か。確かに、あの頃、綺羅はあんたの出仕仕度《じたく》の打ち合わせやら何やらで、右大臣家に行かん日も多かった。間男《まおとこ》ができるとしたら、その辺や」

父君と弟君があれこれと話すのを、綺羅はぽかんとして聞いていた。

どうも、二人の会話には、今ひとつ、自分の理解不可能な部分がある。

「ともかく、大事なのは世間の疑いを招かんこっちゃ。綺羅はこれまで通りに、振るまいや。相手の男の出方も見た方がええ。あんた、右大臣とこに、まめに通いや」

左大臣はそういい残し、年末で各荘園《しょうえん》から挨拶の客人が来ているからと、退出した。

「まめに通えってもねー」

二人きりになってから、綺羅はため息をついた。

「正直なとこ、三の姫を見るのが辛《つら》くってさ。三の姫も、事情を知ってる美濃も、すまなそうにあたしを見て、泣いてばかりだし」

「姉さまの腹立ちもわかるけど、ここはともかく、世間の……」

と弟君がいいかけるのを綺羅は扇を持ち上げて止めた。

「何も腹なんて立ててないわよ。同情してるの。もとをただせば、女のあたしと結婚したおかげで、こういうことになったのよ。あの世間知らずで、まるっきり子供だった姫が、あの方が死んだら生きていけない、なんていうんだもんね」

結婚以来、ずっと三の姫に負い目を持ってきたので、浮気したと聞いて、正直なところ、綺羅は不思議な解放感を味わっているのである。

ただ、三の姫が、その恋する人と結婚できないのが気の毒で、なんとかしてあげたいと思うのだった。

しかし、どんなに相手の男の名を尋ねても、相手の名をいえば、逆上した綺羅に殺されると思い込んでいる三の姫は、ガンとして口を割らない。

いっそのこと、三の姫にだけでも自分の秘密をばらしてしまおうかとも思うのだが、どこをどう伝わって、世間や帝の耳に届かないとも限らないと思うと決心がつかない。

〈世間はともかく、騙《だま》されていたと知った主上《おかみ》は、激怒するわ。そりゃそうよね。一家揃《そろ》って、宮廷をだまくらかしてたんだから。弟は情状《じょうじょう》酌量《しゃくりょう》の余地ありにしても、あたしとおもうさんは、不敬罪かなんかで流罪《るざい》よ。主上って、根暗で恨みが後をひくからな〉

進退極《きわ》まっている綺羅なのであった。

「なんとか、円満離婚して、三の姫と相手の男の人を結婚させてあげられないかしら」

弟君は眉をひそめた。

「当節、離婚なんて、相手が物《もの》の怪《け》憑《つ》きか、浮気の証拠を握ってるかしないと成立しないよ。一夫多妻制とはいえ、そこは厳しいからね。第一、三の姫の相手の男が、はたして本気なのかどうか、すこぶる怪《あや》しいとぼくは思うな。たった一度限りで、それから会いに行ってないし、文さえよこさないいんでしょう」

「ねえ、さっきもいったけど、あたし、どうも納得できないのよ」

綺羅は弟君ににじり寄った。

「一回だけ一回だけと、三の姫もおもうさんも、おまえまでが言うけどさ。神仏が相談して御ややを下さるのに、どうしてたった一回、夫婦になるくらいで御ややができるのかしら。神仏も、あんまり安易だと思うわ」

瞬間、弟君はばさりっと扇を取り落とした。

なんだか、今、信じられないことを聞いたような気がする。

弟君は恐る恐る、綺羅を見た。

綺羅は、至極《しごく》深刻な顔である。

弟君は、ごくり、と唾《つば》を飲みこんだ。

「綺……綺羅……綺羅……綺羅は……」

「きらきらと耳障《みみざわ》りね。一つでいいのよ」

「綺羅姉さま……ど、どうして子供が生まれるか……知らないの？」

「なあに、また、その話？　結婚前にもおもうさんやおまえに、さんざんいわれたわね。知ってるわよ。結婚した男女に、神仏が相談して、適当な時期に玉のように可愛《かわ》ゆい御ややを授けて下さるのよ。物語にも、そう書いてあるでしょ」

弟君は蒼白になった。

「そ、そ、それは、神仏から授かるというのは、ものの例えだよ……。やることをやれば、適当な時期も何もなく、それこそ適当にできるんだから」

「わけのわからないこと、いうのね。やることをやるって、何よ」

綺羅は怪訝《けげん》な表情で問う。

まさか、何も知らないのでは、と弟君は震えながら、

「じゃ、じゃあ聞くけど、夫婦になるってどういうことだと、姉さまは思ってるわけ？」

「夫婦になりますとお約束して、一つ布団《ふとん》で一緒に眠ることよ」

「わわ、わかってんじゃないか」

弟君はホッとして、

「そうだよ。その一つ布団で眠って……え……眠……」

言葉が途切れた。

「……眠るって……もしかして、おやすみなさいといって、すーすーねる、あの眠る、か」

「あたりまえでしょ。布団に入って体操する馬鹿がいますか。何いってんのよ、おまえ」

綺羅はあきれたように、弟君を見る。

弟君は真っ赤になった。

いよいよもって、綺羅にメシベとオシベの話をしなければならないのは、確実らしい。

〈だけど、なんだって、物知りの姉さまがあっちのことを知らないんだ？　ぼくなんて、それとなく、周りの女房たちの話を聞いてるうちに、わかっちゃったんだけどな〉

女房というものは、特に古参女房ともなると、寄るとさわると、

「うちの人は、フマラなんどすわ。だから、初めての時から、もう最高どしたえ」

「まー、にくい。うちの宿六《やどろく》のんは、赤んぼの小指みたいなもんや。こにょこにょ入ってきたかて、こそばいばっかや」

「そら、あんたのモンが開きすぎてんのやわ。引き締める体操したらどないやの」

と、顔が赤らむような話を、最初はぼそぼそと、そのうち普通の声でしゃべり合う。

籠りっきりで容易に部屋から出ることもなかった弟君は、そんな会話を聞くともなく聞いていたので、好むと好まざるとにかかわらず、すっかり耳年増になってしまっているのである。

しかし、綺羅は子供の頃から、一つところにじっとしておらず、女房たちのおしゃべりにな

ぞ湊《はな》も引っかけなかったので、何も知らないのは、案外そのせいかもしれない。

弟君は咳払《せきばら》いをした。

「つ、つまりね、姉さま。夫婦というのは、夫婦になりますと約束して、それだけでなれるというものではない。つまり……」

〈こ、困ったなァ、困った。何をどういっていいのか……〉

弟君は吹き出す汗を拭《ぬぐ》いながら、続けた。

「契《ちぎ》る、という言葉があります。夫婦の契りを結ぶ、というあれで、つまり、夫婦というのは、結ばれてこそ、天下晴れての夫婦となるのであって……」

「結ばれてって、何と何が結ぶの」

「そ、そう、そうだ、それだよ、つまり、男の……一部分と、女の……が、つまり、結ぶというか、いや、別に、縦《たて》結びとか横結びとか、ちょうちょ結びとかじゃなくて、え、と、くっつく……そうだ、早い話、くっつくんだな。接合する。そういうことなんだ……」

綺羅は目をみひらいた。どうも、よくわからない。

〈男の一部分と女の一部分がくっつく？　どこだろう。手か、足かな……。まさかね。そんなことでいちいち夫婦になってたら、袖すり合うも夫婦の縁、になるじゃないの……〉

「ともかく、三の姫はその相手の男と、とある部分がくっついて、御ややができたわけ？」

綺羅はまだ半信半疑で尋ねた。

「そう！　そうです。そこが重要です。くっつかなきゃ、子供はできない。しかし、一度くっついたら、できることもあるんです」

「じゃ、如来《にょらい》さまやら出雲《いずも》の神さまやらが相談して、御ややを下さるというのは嘘《うそ》なの？」

「そう。むごいようだけど、それはおとぎ話です」

綺羅は黙りこんだ。いわゆるカルチャーショックに陥《おちい》ったのだ。

弟君の説明が一見明解にみえて、実はかなり朦朧《もうろう》としているので、ますますわからない。

「あたし……どうも、まだよく……」

綺羅は心もとなげに、呟《つぶや》いた。

四　綺羅、妊娠!?

さて、三の姫の懐妊に慌《あわ》てているのは、左大臣《さだいじん》や綺羅《きら》だけではなかった。

当然ながら、張本人の宰 相 中将《さいしょうのちゅうじょう》も、いうにいわれぬ苦悩の中にいた。

たった一度、好奇心と意地で手折《たお》った花が、実を結んでしまったのだ。

しかもそれが、愛する男の妻《さい》なのである。

三の姫と一夜の契《ちぎ》りを結んで以来三カ月、綺羅を忘れよう、三の姫とのことも一時の過《あやま》ちと忘れてしまおうと、そればかりを考えて山荘籠《ごも》りをしたり、縁《ゆかり》の寺に籠ったりした。

しかし、綺羅への思いは断ちがたく、日々鬱々《うつうつ》として楽しまなかった。

そこに、このニュースである。

中将は人伝《ひとづ》てにそれを聞いた瞬間、眩暈《めまい》を起こし、あやうく倒れるところだった。

三の姫が懐妊したということは、つまり、綺羅が愛する妻に別の男がいたことを知ってしまったということである。

慈《いつく》しみ、いとおしんで、大人になる日を待ちわびていた姫を、他の男に盗《と》られ、なかんずく、妊娠《にんしん》させられたことに、綺羅はどれほどの衝撃を受けているか、相手の男をどれほど憎んでいるかと考えただけで、絶望感に打ちひしがれた。

内裏《だいり》で綺羅の顔を見るのが怖さに、物忌《ものいみ》だ行《ゆ》き触《ぶ》れだと称して、家に籠りきりのまま、年の終わりを迎えようとしていた。

そんなある日、

「知人に、どうしてもと頼まれたものですから」

と、供人《ともびと》の一人が文《ふみ》を持って来た。

「お返事を頂《いただ》きたいと、使いの者が外で待っております」

また、女だろうというように、供人はにやにや笑っている。

めっきり遊び歩きをしなくなったので、あちこちの恋人から、抗議の手紙がしきりと来るのである。

どうせまた、その一つだろうとうんざりしながら広げて、宰相中将は顔色を変えた。

右大臣家《うだいじんけ》の三の姫からなのである。

『乳姉妹《ちきようだい》の信頼できる美濃《みの》という侍女《じじよ》に、すべてを打ち明け、その者の勧《すす》めによって、このお手紙を書いております。

わたくしは子を身籠《みごも》り、はや四カ月となってしまいました。どなたの御子《みこ》であるかは、わたくし同様、おわかりのことと思います。

父は家をあげてお祝いし、綺羅中将《ちゆうじよう》さまは、わたくしを決してお責めにならず、体をいとうよう、おっしゃって下さいます。

わたくしは毎日、針のむしろに座り、血の涙を流しております。

哀《あわ》れに思《おぼ》し召《め》しなら、今一度、会いに来て下さいまし。

綺羅さまはあくまでお優しく、相手の方の名をお聞きになります。

そのお優しさに負けて、あなたさまの名を口にしてしまう前に、会って下さいまし。会って、勇気づけて下さいまし。

今夜、綺羅さまは参られません。

ひとすじに』

中将は一読して、胸をつかれた。

子ができなければ、ばれずにすんだ密通も、子ができたばかりに綺羅に知られてしまったのだ。

綺羅を前に、三の姫がどんな思いでいるかは想像にかたくない。

綺羅が責めずにいるというのも、姫にとっては、むしろ耐えられないことに違いない。

毎日が針のむしろで、血の涙を流しているというのが、あまりに哀れだった。

しかし、三の姫への哀れさと別に、最後の文章、『あなたの名を口にしてしまう前に』云々《うんぬん》にはぎょっとなった。

綺羅に知られてはならない！

宰相中将は立ちあがり、先刻の供人を呼んだ。

「使いの者がいるとか、いってたな」

「はい」

「わかった、と伝えろ。夜を待て、と」

「それだけですか」

「それだけで通じる」

「はい」

供人はにやっと笑って、走り去った。

宰相中将は夜を待って、わずかばかりの供人とともに、牛車《ぎっしゃ》で右大臣家の近くまで行った。

竹の繁みに車をひそませて、裏門の近くまで歩いて行くと、若い女房《にょうぼう》が夜にまぎれて、人待ち顔でうろうろしている。

宰相中将は咳払《せきばら》いをしながら、女房に近付き、

「美濃と申す者か」

と、声を落として尋《たず》ねた。

美濃ははじかれたように顔を上げ、

「さ、宰相中将さまですか」

といったなり、声をつまらせた。眼《め》が涙で潤《うる》んでくる。

浮気した、という爆弾宣言以来、右大臣や周りの者たちのお祭り気分とは裏腹に、いよいよ

沈みこみ、やつれていく三の姫を見ていると、今さら責めたり叱《しか》ったりするよりも、ともかく姫のために相手の男性と連絡をとりたいと、それぱかりに心を砕いていたのだ。

「姫さまは……、姫さまは、ただいま……」

涙まじりで話しだそうとする美濃を制して、宰相中将はきっぱりいった。

「しっ、人に見られてはまずい。ともかく、案内してくれ。綺羅は確かに来ないんだな」

「はい。年末で、実家の縁《ゆかり》の客人が多いとかで、ここ二、三日は実家泊まりでございます。右大臣さまも、風邪《かぜ》気味で、早くにお寝《やす》みになられました」

宰相中将は美濃に手引きされ、暗がりの中を歩いて行った。

人妻や他人の恋人との浮気はしなれているので、こういう場合、宰相中将はいやに物慣れて落ちついていられる。

足首を忍ばせ、三の姫の部屋に入ると、気配を察したのか、三の姫がふり返った。

宰相中将を見るなり、

「中将さま！」

と叫び、あとは涙で声にならない。

見れば四月《よつき》前とは別人のように、面《おも》やつれしている。

胸をつかれ、中将は三の姫の手をとった。

「悪かった。弁解のしようもない。一人で、心細かったろうね」

「口ではいえません。綺羅さまがお優しいだけに、苦しくて。ただ、ひとすじに、あの日の宰相中将さまを心に浮かべて、耐えてきました」

そう言って、三の姫はさめざめと泣いた。

以前はまるきり子供だったのに、いつのまに、こんなに大人っぽいことをいうようになったのかと、中将はたまらなく愛《いと》しくなった。

なにしろ根がプレイボーイなので、すぐにグッとくるのである。

「可哀《かわい》そうに。泣かないで。来たい来たいと思いながら、機会が見つからなかったのです。あなたの父君は右大臣、綺羅の父君は左大臣、この恋が露見《ろけん》したら、身の破滅なのですから」

「わたくしを連れて逃げて下さい。わたくしは、中将さまさえいれば、怖いことなどないわ」

「え、いや、しかし……」

宰相中将はうろたえ、口ごもった。

「き、綺羅の立場というものも……」

「綺羅さまは、わたくしをお好きではありませんもの。愛されていない方の形だけの妻《さい》でいるのには、もう耐えられませんわ」

「愛されていない？　しかし、綺羅はあれほどまめに、こちらに通って……」

「いいえ、きっと余所《よそ》に、好きな方がいらっしゃるのですわ。それを巧妙に隠しておいでなのですわ。でなければ、わたくしに何もしないでいるわけがありませんもの。わたくし嫌われているのですわ。わたくしは、あの方の秘めた恋の隠れみのなのだわ」

三の姫は真剣にいった。

まったく、女は弱し、されど恋する女は強し、である。

宰相中将は、はっとした。

そうかもしれない、と思ったのである。

だいたい、結婚していながら、指一本触れないなど、普通では考えられない。

とっさに、子供っぽい三の姫の成長を待っているのだ、それほど愛しているのだと思い、今までそれを信じてきたが、しかしそれよりは、綺羅に秘密の愛人がいると考えた方が、まだ自然だ。

だいたい、愛する妻を寝盗られ、なかんずく、妊娠までされながら、寝こむでもなく、いつも通りに出仕《しゅっし》しているのもおかしい。

そう思ったとたん、三の姫への愛着が湧《わ》いてきた。

なんといっても、三の姫の一途《いちず》な心に、すっかり打たれてしまったのである。

〈そういうことなら、俺が三の姫に通っても綺羅に対して、何ら後ろ暗いことはない。だいたい、妻にここまでいわせるようなのは、夫として失格だ〉

中将は三の姫を強く抱きしめた。

「姫、今すぐ、あなたを掠《かそ》び盗ることはできない。しかし、これからは必ず、あらん限りの方法で、あなたに会いに来ます。そのうち、綺羅と話し合い、あなたをわたしのものにできるかもしれない。それを待っていて下さい。辛《つら》いだろうけれど、ここはわたしを思って耐え忍び、健《すこ》やかな子を産んで下さい」

「中将さま、わたくしには、もう、中将さましかいません」

三の姫は涙ながらにいいい、二人は接吻《せっぷん》をかわした。

そのまま倒れ込もうとした、その時だった。

「大変ですわっ！」

美濃が飛びこんできたのである。

「お手水《ちょうず》に立たれた右大臣さまが、こちらで人の話し声がする、人の気配もするとおっしゃって、こちらにいらっしゃいます。早く、早く、中将さま、お帰り遊ばして」

宰相中将は舌打ちして、立ち上がった。

ここで見つかっては、まさしく身の破滅だ。

いいところで、必ず邪魔《じゃま》が入る。しかし、引き下がるしかない。

「姫、今日はこれで。必ず、必ずまた、参ります」

「待っていますわ」

三の姫は涙を拭《ふ》きながら、にこっとけなげに笑った。

宰相中将は妻戸《つまど》から滑り出て、美濃の手引きで庭を駆け抜け、間一髪《かんいっぱつ》、門を突破した。

右大臣は《は》三の姫の部屋を覗《のぞ》いたが、誰もいないのに安心し、

「姫も早よ、寝《やす》まなあかんで。体をおいといや」

といい置いて、寝殿《しんでん》の方に帰って行った。

西の対屋《たいのや》はしんと静まり返り、その中で、姫と美濃がこそこそと今の短い逢瀬《おうせ》を語り合う声

だけが漂った。

その時、三の姫の部屋の外にある立蔀《たてじとみ》の陰から、そっと忍び出て、門を抜ける人影があった。綺羅である。

宣耀殿《せんようでん》で弟君の尚侍《ないしのかみ》と長々と語り合い、女東宮《にょとうぐう》も引きとめるので梨壺《なしつぼ》でお話し相手を務めた綺羅は、夜も更《ふ》けた頃、内裏を退出した。

実家の左大臣家には、各荘園《しょうえん》の関係者が来ているし、一応左大臣家の嫡子《ちゃくし》としては、挨拶《あいさつ》をしなければならない。

右大臣家でも、三の姫の懐妊以来、すっかり自信を持ったのか、実家に帰っても嫌な顔をしなくなっているので、綺羅は安心して実家に向かっていた。

ところが、途中で宰相中将の車を見かけたのである。

たいそう急いでいる様子だが、方向は宰相中将の家とは正反対である。

〈病気がちで、最近は出仕も控えている中将が、どこへ行くのだろう。あちらは、右大臣家の方角だが……〉

もしや、という思いがひらめいたのは、この時である。

昼間、宣耀殿で弟君が、できたのは八月の末頃云々《うんぬん》といっていたのが、ふいに思い出された。

新しく得た知識によれば、八月の末、男Aのとある部分と、三の姫がくっついて、御《お》ややができたことになる。

八月の末といえば、宰相中将が右大臣家にやって来て、一夜、泊まっていた。

そういえば、三の姫の様子がおかしくなったのは、あの頃からである。

思い起こせば起こすほど、何もかもが怪《あや》しい気がして、綺羅は従者にいいつけて、宰相中将の後をつけさせた。

案《あん》の定《じょう》、宰相中将は右大臣家に忍び入り、三の姫の部屋に入った。

綺羅は二人のやりとりの一部始終を、しっかり見てとったのである。

〈やっぱり、宰相中将が相手だったんだ!〉

しかも二人のやりとりからいくと、途中経過はともかく、かなり愛し合っている様子だ。

あの世間知らずで、子供だとばかり思っていた三の姫が、わたくしを連れて逃げて、とまでいい切って、泣いていた。

プレイボーイの宰相中将のいうことは、話半分に割り引くとしても、三の姫が真剣なのは疑いようもなかった。

〈可哀そうに!〉

相手の男の正体がはっきりした今、綺羅はますます三の姫が気の毒になった。

〈なんとかして、あげたいわ。だけど、どうすりゃいいのか……〉

綺羅は考えこんでしまった。

綺羅にとって、生まれて以来の大凶年だった年も慌《あわ》ただしく終わり、新年を迎えても何かと忙しく、宰相中将となかなか会えないまま、日々が過ぎていった。

宰相中将も、そうそう家に籠ってばかりもいられず、出仕し始めていたが、どうも綺羅を避けている節《ふし》がある。

当然といえば当然で、綺羅としても、いざ宰相中将と面と向かっても、何といっていいのか、わからない。

まさか、わたしの妻《さい》をよろしく、ともいえないではないか。

そうこうしているうちに二月《きさらぎ》に入り、三の姫のお腹《なか》が急にせり出してきた。

綺羅は初めて見る現象に、すっかり頭に血が上ってしまい、これはのんびりしていられない、とにわかにあせりだした。

下手《へた》をしたら、今にもぱっかりとお腹が割れて、御《お》ややが生まれてきそうな感じである。

そういうと、右大臣や女房たちは大爆笑し、

「綺羅さんも、案外、知らんことがありますのやなあ。子供は十月十日《とつきとおか》経《た》たな、生まれてきまへんのやで」

というが、そんなにきっちりに生まれてくるなんて、おかしいではないか。

何かの拍子《ひょうし》に早まったり、個人差というものもあるはずである。

これは一日も早く、宰相中将と話をつけなくては、と綺羅も心を固めた。

一方、宰相中将も苦しんでいた。

三の姫は、日ごとに身籠った女の強さを発揮し始め、いつ綺麗と話し合ってくれるのかとせっつきだしたのだ。

もちろん、弱々しげに泣きながらの訴えではあるが、その底には、宰相中将に愛されているという自信と、子供まで身籠ったという居直りのようなものまで感じられ、中将は押され気味だった。

三の姫の腹心《ふくしん》の女房の美濃も、今や性根《しょうね》を据《す》えたのか、宰相中将を真実の夫のように扱い、せっせと三の姫との仲をとりもとうとする。

三の姫の手紙を持って、邸《やしき》の近くまで現れ、返事を書くまでは帰らないので、人目に立ってはまずいと、宰相中将はついつい返事を書いてしまい、今や三の姫との仲はどんどん深みにはまっていき、抜け出すに出せない状態なのである。

宰相中将のこれまでの恋の相手は、恋は遊びと割り切っている手練《てだ》れか、決して深追いしてこないプライドの高い女ばかりで、三の姫のようなのは初めてだった。

手を出したのが過《あやま》ちといえばそれまでだが、そのおかげで、最近は他の恋人たちとの交渉も途絶えがちである。

そのうえ、最近、どうも自分を見る綺羅の目が変わってきたような気がして、仕方ない。

よもや、間男《まおとこ》したのがばれたのかと思ってもみるのだが、しかし綺羅の態度には憎しみや怒りは感じられない。

むしろ、何かいいたげな、訴えるような愁《うれ》いを含んだものが感じられ、胸がときめいてしまう。

〈妻《さい》に男がいたと知って、にわかに女に夢を失ったんじゃ……。いやいや、そう自分に都合の良いことを考えちゃいけない。三の姫のいう通り、秘密の恋人の存在も考えてみなきゃ〉

などと、あれこれ思い悩んで、彼なりに忙しいのである。

「おや、宰相中将。宮中できみを見掛けるのも、久しぶりですね」

二月も半ばを越えたある日、兵部卿宮《ひょうぶきょうのみや》と車寄せでばったり出会った。例の両刀使いの達人である。

嫌なやつに会ったなと思っていると、

「最近、きみはとんと夜遊びをせぬそうだな」

「余計なお世話ですよ」

「しかし、恋人に寂《さび》しい思いをおさせするのは、遊び人としては失格ものですよ。亡き大納言《だいなごん》の綾子《あやこ》姫も、あなたには愛想《あいそう》が尽きた、どうせまた、他に新しい恋人ができたのだろうと嘆《なげ》かれて……」

「な、なに⁉　綾子が？」

綾子というのは、亡き大納言の娘で、宰相中将の恋人の一人である。

少々気の強いのが難だが、その分プライドが高いので、宰相中将があちこちで浮名を流しても、表立って嫉妬《しっと》はしない。

それをいいことに、宰相中将は新しい恋人ができると、つい綾子姫をないがしろにするが、しかし二、三カ月すると必ず戻る。

綾子姫も、それを承知しているけなげなところもあって、かなり古い仲だった。

「あ、綾子がなぜ、あなたにそのようなことを……」

兵部卿宮は扇《おうぎ》で口元を隠し、にやっと笑った。

「なんとも不粋《ぶすい》なことを。女が男に親密なことを話すなら、時は夜、ではありませんかな」

こういうことには勘《かん》の働く宰相中将は、自分の知らない間に、綾子姫と兵部卿宮ができてしまったのを悟った。

宰相中将と綾子姫の関係は、綺羅と三の姫のように、正式の仲人《なこうど》をたてて、天下にも知らしめた結婚とは違い、いわばどこまでも愛人関係なので、どちらが心移りしても仕方がないのだ。

それにもとをたどれば、三の姫のことにかかずらって、不義理を続けた結果で、綾子を責めるわけにもいかない。

それだけに、兵部卿宮にしてやられたという屈辱感《くつじょくかん》に、宰相中将は青ざめた。

女の一人くらい、盗られたからといって、どうということはないが、これは男のプライドの問題なのである。

「そ、それは、あなたも奇特なこと。あの気の強い女を相手にするとは。ご同情申し上げますよ」

「無理をなさるな。顔がひくついていますよ。美男もだいなしですな、ははは」

兵部卿宮は屈託《くつたく》なく笑い、しかしふと表情を改めた。

「しかし、わたしは不思議なのですよ。あなたほどの人が、こういう不手際《ふてぎわ》をやるなど。何かあったのですか？」

「あなたには、関係ないでしょう」

「そういえば、綺羅《きらの》中将も……」

「えっ！」

宰相中将はぎょっとして、息をのんだ。

なんでここに、綺羅の名が出て来るのか。

こいつは何か知っているのか、と青ざめた。

兵部卿宮はきらりと目を光らせ、

「愛妻が御懐妊なさったせいで、気がそぞろなのかもしれぬが、それにしても、もう六カ月目に入ろうという時期。それにしては、いささか、御様子がおかしいのが気になりましてね。注意して見ると、どうも綺羅どのは妙にあなたを意識しておられるらしい。お二人の間に何かあるのかと、勘ぐりたくもなりますよ」

なるほど、これがいいたくて、綾子のことなど持ち出してきたのかと、宰相もようやく納得した。

しかし、目利《めき》きの兵部卿宮が、「綺羅どのはあなたを意識しておられる」というからには、やはり綺羅が何かいいたげにしていると感じたのは、気のせいではなかったのだ。

宰相中将はにわかに元気づいた。

綺羅に比べたら、綾子の一人や二人、何だというのだ。いくらでも兵部卿宮にくれてやる。

「気になりますか。兵部卿宮」

「――いや」

宰相中将の挑発的な口調に、兵部卿宮はいささかムッとしたようだった。

「あなたはいつも、わたしを軽蔑《けいべつ》なさっておいでしたね。すみれ族の親玉とか何とか、おっしゃって。もちろん、いざとなれば、わたしはわたしにふさわしいやり方で、欲しいものはいただきますよ」

「ふ、ふ、ふさわしいやり方って……」

「気になりますか、宰相中将」

兵部卿宮は意味ありげ《げ》な流し目をくれて、すっと歩み去った。

宰相中将はまっ青になって、立ちつくした。

〈あいつ、近いうちに行動に出る気じゃないのか⁉〉

そう思うと、いても立ってもいられない。

なんといっても相手はその道のプロ、小柄《こがら》でなよやかな綺羅なら、自分程度でも充分押し倒せるくらいだが、兵部卿宮は自分を二回りも大柄にした美丈夫《びじょうふ》なのだ。

力では、完全に負ける。

〈まして俺は、自慢じゃないが、男はクドいたことがない。百戦練磨の兵部卿宮とは違う。と

どのつまり、何から何まで、兵部卿宮に負けてるんだ。勝つには唯《ただ》一つ、先手を打つことだ！〉

それまで悩んでいた三の姫のことなど、すっかり頭から飛び去ってしまい、宰相中将はなにがなんでも綺羅を自分のものにしてみせると、心に誓った。

それから三日ほど経《た》った夜、宿直《とのい》で偶然、綺羅と一緒になった。

〈よし、今夜だ。今夜しかない！〉

中将は決心した。

何があっても、今夜、ものにしてみせる！

その夜、宰相中将はわざわざ新調の宿直装束《しょうぞく》を取り寄せた。

新しい香を焚《た》き、灯台の芯《しん》もできるだけ短く切って、薄暗くした。

帝《みかど》の御用で、少し遅れて宿直所にやってきた綺羅は、一歩入って来るなり、

「やあ、いい香りがしますね。あなたの香ですか、中将」

といい、しかし気まずそうにそのまま黙りこんで、背を向けるようにして座った。

宰相中将は押し倒す気は充分にあるものの、その前に何かきっかけがないとどうにもならず、さりとて、男のクドき文句など思い浮かぶはずもなく、イライラと爪《つめ》を噛《か》んだ。

「え、と、あのね、中将、あなたに話があるんだ。前々から機会を待っていたんだけど、なかなか、その折がなくてね。今日は宿直が一緒だと知って、朝から落ちつかなかったよ」

「え？」

宰相中将の胸は轟《とどろ》いた。

なにしろ綺羅をものにすることしか考えていないので、三の姫のことなど思い出しもせず、もしや綺羅は自分の思いに気づいてくれたのではないかと、勝手に解釈したのだ。

「な、なんだい」

「三の姫のこと、なのです。こういえば、わかるだろうけど」

「さっ、三の姫⁉」

宰相中将は、さーっと血の気がひいた。

「なな、なんのことだろ」

「とぼけないで。わたしはすべて、知ってるんだから。それで……」

「いや、とぼけるも何も……」

「中将！」

綺羅はきっとなって宰相中将を睨《にら》みつけた。

「きみ、わたしは知ってるんです。何度もいわせないで下さい。もっとも、こういったからといって、あなたを無条件に責めているわけではない。あなたは、わたしの出仕以来の大切な親友だし、そのあなたを失うようなことは避けたいと思っています。それに、ここは何よりもまず、三の姫の幸せを第一に考えて……」

宰相中将はぴくりと肩を震わし、目を凝《こ》らして綺羅を見つめた。

強くいい過ぎたかな、と綺羅が少し怯《ひる》んだ時、中将は思いつめた低い声でいった。

「おまえにとって、俺はそれだけのものなのか？」

「は？」

「単なる親友に過ぎないのか」

「単なるって……、親友に単《たん》も複《ふく》もないじゃないですか」

宰相中将はついと綺羅のすぐ側《そば》まで、膝《ひざ》を進めた。

綺羅は反射的に後ろに膝行《いざ》った。

〈な、なんだ、やけにシリアスな顔して。三の姫のことがバレたので、どうにかなったんだろうか〉

「あの、中将、わたしは別に、このことを公《おおやけ》にするつもりはないので、落ちついて……」

「綺羅！」

「はいっ」

迫力ある宰相中将の声に、綺羅は思わず元気よく返事した。

「これまで押さえてきたが、もう忍ぶことには疲れた」

「そ、そりゃ、そうでしょう。あなたにはあなたの事情があったはずです。三の姫のことでは……」

「おまえが好きだ」

「へ」

綺羅は、ぽかんとした。

思えば、生まれてこの方、面と向かって恋の告白をされたことがないのだ。

最初は何をいわれているのか、わからなかった。

好きって……、中将があたしを好きだって？　だけど、それにしても……え、え……。

「えええ——っ‼　好きって、好……好き⁉　あなたが、あたしを⁉」

宰相中将は有無《うむ》をいわせず、手首を摑《つか》んだ。

綺羅はゾッとして、振り払った。

ようやく、中将の言葉の意味がのみ込め、と同時に体じゅうから血が引くのがわかった。

〈な、いったい、いつ女とばれたの⁉　やっぱり、三の姫のことで不審を買ったのかしら。どうしよう‼〉

「ちゅ、中将、これには、いろいろと理由《わけ》があるの。落ちつきましょう、落ちついて話を……」

綺羅は立つのも忘れ、座ったままでじりじりと後ろに退《しりぞ》きながら、必死になっていった。

「いや、話など無用のこと、すでに心を決めている。たとえ、人に奇《あや》しの恋と罵《ののし》られてもこの思いをとげるつもりだ」

「あや、あや、あ……奇しの恋っ！　奇しの恋っていうと、あなた……」

〈じゃ、あたしを男だと思ってるわけ⁉〉

綺羅は口から泡を吹く寸前だった。

女とばれなくてよかった、とはとても思えない。

〈な、な、なによっ。つまり、すみれってことじゃないの。冗談じゃないわっ。なんで女のあ

たしが、すみれの餌食《えじき》に……！〉

宰相中将は、今度は綺羅の肩を摑もうとする。

綺羅は手を振り回して防ぎ、部屋の隅まではって逃げた。

しかし宰相中将はじりじりと追い迫ってくる。こうなると、袋のねずみだった。

「中将、冷静になって！　禁中《きんちゅう》でこんな馬鹿な真似《まね》して、人に見咎《みとが》められたらどうすんの！

第一、三の姫のことはどうするのよっ」

驚きのあまり、すっかり女言葉に戻ってしまっているのだが、宰相中将は綺羅をものにすることだけしか考えておらず、異常に興奮しているので気づかない。

「あの夜、おまえへの気持ちを告白するつもりで、右大臣家に行ったんだ。もちろん、これはいい訳に過ぎないし、三の姫のことはなんとかする。だが今は、おまえのことしか考えられない」

宰相中将はあっという間に、綺羅の手首を摑み、ぐいと引き寄せて抱きすくめた。

なにしろ驚くべき力で、綺羅は抵抗しようにも、体にくい込むように巻きついている腕は、びくともしない。

綺羅は体をのけぞらせる一方、足をばたつかせて、したたか中将の足を踏んづけた。

「あいたっ！」

中将の腕がゆるんだ拍子に離れようとしたが、袍《ほう》の袖《そで》を摑まれ、引っぱられたので、ずてんと床にひっくり返った。

待ってましたとばかり、宰相中将は覆《おお》いかぶさるようにして、抱きしめてくる。

綺羅は総毛立ち、がたがたと震えてきた。

「ちょっと！　やめてってば！　落ちついてよ。落ちついて。馬鹿な真似しないで。地獄に落ちるわよ！」

宰相中将は綺羅のいうことなど、まるで耳に入っていない。

思っていた以上に力がなく、必死で抵抗しているのだろうが、女そのものか弱さで、一向に応《こた》えないのだ。

いける！　と思った瞬間、宰相中将は強引に接吻《せっぷん》した。

綺羅は身動きすることもままならず、せめてもと、思いっきり唇を嚙むのがやっとだった。

「いてっ！」

かなりの歯ごたえがあったと思った瞬間、宰相中将がぱっと身を離して、口を押さえた。

血がぽたぽたと流れ出ている。

「まいったな」

宰相中将は余裕を見せて、苦々しく笑った。

綺羅は女そのもののように力が弱かったし、その力も尽きてきたらしく、はあはあと肩で息をしている。

陥落《かんらく》まであと一押しだと思うと、唇の痛みなど感じなかった。

「逃げられないよ、綺羅。諦《あきら》めて、おとなしくしてくれ」

「だっだっだれが、おとなしくなんかするかっ」

綺羅はぼろぼろ涙を流しながら、はいずって逃げ、またも壁にへばりついた。

宰相中将はゆっくりと近づいてきて、逃げようとする綺羅の肩を押さえ、壁に押しつけた。

もうだめだ！　と綺羅は観念して目をつむった。

と、その時だった。

「燭《ともしび》を背《そむ》けては、共に憐《あわ》れむ深夜の月、花を踏んで……」

と高らかに詠《えい》ずる声が聞こえ、誰かが妻戸《つまど》の前で立ち止まる気配がしたのである。

宰相中将は、はっとして顔をあげた。

「――花を踏んで、同じく惜しむ少年の春」

そう詠《えい》じながら妻戸を引いたのは、兵部卿宮であった。

冠《こうぶり》など、とうにどこかにすっ飛び、髻《もとどり》もほどけて髪は肩に乱れかかり、袍の片袖はちぎれ、肩で息をして壁に張りついている綺羅と、ほぼ似たような宰相中将の様子に、兵部卿宮は懐紙《かいし》で口元を隠し、小さく笑った。

「ほう……これはこれは……。お邪魔、でしたかな」

その声にわれに返ったように綺羅は駆け出し、宰相中将の前をすり抜けた。

妻戸に手をかけて、きっと振り返り、

「すけべ！　えっち！　淫乱《いんらん》！　ホモ！　変態！　ゲイ！　すみれ！　色情魔‼」

ありったけの罵言《ばげん》を浴びせかけ、走り去った。

宰相中将は呆然として、座り込んだ。

せっかくの機会が、すんでのところでフイになったのである。

今度は綺羅も警戒するだろうし、となれば今夜のような機会は、二度とやって来ない。

それに、三の姫のことだ。

まさか綺羅が、三の姫の相手が自分だと知っていようとは……。

兵部卿宮が扇で宰相中将の肩を軽く叩いた。

「逃げられましたね。あなたが同好の士とは、知りませんでしたよ」

「——何しに来たんです」

「燭を背けては、共に憐れむ深夜の月、ですよ。綺羅どのが宿直と聞いて、月をさかなにしみじみと語り合いたいと思いましてね」

「見はからって来ましたね」

「それはいいがかりというものですよ。ただ宿直がお二人となると、いささか気になったのは事実ですが、しかし、いやはや」

兵部卿宮は、はっはっはっと高笑いした。


綺羅は驚く従者や牛飼童《うしかいわらわ》を尻目《しりめ》に牛車《ぎっしゃ》に駆けこんだ。

家に向かう牛車の中で、綺羅はただ一つのことしか頭になかった。

噛みついてやったとはいえ、しっかり唇と唇がくっついてしまった。

去年の末、宰相中将と三の姫の密会を見た時、二人がやっていたのと同じことを、自分は宰相中将とやってしまった。ということは……！

〈御ややができた！　御ややができてしまったんだわ、あたし！〉

歯をがちがちいわせながら、綺羅は熱に浮かされたように、心の中でそう呟《つぶや》き続けた。

五　春の別れ

「だめよ、尚侍《ないしのかみ》はここにいるの」

女東宮《にょとうぐう》はツンとしていった。

「里退《さとさ》がりは許しません。そんなに綺羅《きらの》中将《ちゅうじょう》が心配なら、小百合《さゆり》を帰らせて、容体《ようだい》を聞いてこさせればいいのです」

「しかし、女東宮、綺羅はわたくしのあね、あ、いや兄、この目で容体を……」

「ともかくだめ、絶対だめ！」

女東宮は癇癪《かんしゃく》をおこす寸前の金切り声で叫んだ。

女東宮付きの三位局《さんみのつぼね》や一条《いちじょう》が、しきりに、これ以上刺激せんといておくれやすというように、信号を送ってくる。

弟君はため息をつき、諦《あきら》めて退がった。

宣耀殿《せんようでん》に戻ると、小百合が待ちかねたように迎えた。

「いかがでございました、尚侍。里退がりの件は……」

「だめだった。しまいには癇癪をおこすし」

「まあ……」

小百合は情けなさそうに、肩を落とし、

「尚侍、この際、やはり、わたくしだけでもお邸《やしき》に帰らせて下さい。こうしている間も、綺羅さまが奇病に苦しんでいらっしゃるかと思うと……」

といって、涙ぐんだ。

さしもの気丈な小百合も、乳姉妹《ちきょうだい》で主人である綺羅の異変には、いてもたってもいられない思いを味わっていた。

いざとなると、弟君よりも綺羅をとるのは当然である。

弟君も、そういう小百合の気持ちは理解できる。

しかし、小百合が退がっては、自分の名代《みょうだい》を任《まか》せられるほどの女房もおらず、困るのは目に見えているので、あっさり里退がりを認めることはできないのだ。

「まったくもう、いったい姉さまの病名は何なんだ。おもうさんの話は一向に要領を得ないし、わけがわからないから、なおさら気になるじゃないか」

弟君はイライラと部屋の中を歩き回った。

事のおこりは一週間前、毎日御機嫌伺《ごきげんうかが》いに来る綺羅が、なんの連絡もなく来なかったことだった。

弟君はともかく、綺羅腹心《ふくしん》の小百合は寂《さび》しがり、と同時に不審を抱いた。

「そういえば、最近の綺羅さまは、ご様子が変でしたわ。三の姫の妊娠《にんしん》やら何やらで、いろいろ気疲れしていたにしても、そろそろ落ちついていい頃ですのに、いっそう考えこまれるふうで……。何かあったのかもしれません。尚侍が出仕《しゅつし》なさる時、必ず、毎日様子を見に行くからとお約束なさいました。綺羅さまは、いいかげんなことでお約束を破る方ではありません」

さすが乳姉妹というのは、ここまで心配してくれるのかと、弟君はいささか羨《うらや》ましくなるほどだった。

「でも、小百合、案外、例の……ほら、女の子の……せっ……生理とか……」

弟君は顔を赤らめ、口ごもりながらいうと、

「綺羅さまの予定日は、わたくしが存じてます。まだ十日ほど、ございます」

小百合はきっぱりいい、早速、邸の女房仲間に手紙を出した。

その返事が異例の早さで届き、弟君と小百合はパニックに陥《おちい》ったのである。

手紙によると、綺羅は昨夜、宿直《とのい》の役にありながら、突然邸に帰って来て、帰って来たと同時に、どっと床《とこ》に臥《ふ》してしまったというのだ。

ともかく尋常《じんじょう》ではない様子で、牛車《ぎっしゃ》から降りた綺羅の顔は、青いというより土気色《つちけいろ》で、迎えに出た女房たちが震え上がったほどだという。

床に臥しても、女房たちを近寄らせず、「やや……お……できた……おお……」などとわけのわからないことを口走り、がたがた震えながら天井《てんじょう》を睨《にら》んでいる、とも書いてあった。

手紙だけでは、つい悪い想像をしてしまいがちで、実はごく普通の風邪《かぜ》かもしれないと、弟君も小百合も気を落ちつけようとしたが、そこに父親、関白左大臣《かんぱくさだいじん》が参内《さんだい》してきて、手紙の通

りであることを証言した。

「そやがな。ほんまに、何ぞ悪いモンに中《あた》ったんやないかとも思うんやが、ともかく、まともやないわ。あんなん、初めてどっせ。綺羅は、赤ん坊の頃から病気ひとつしたことないのが取り柄《え》で、どこぞの病気がちの弟とは体の鍛《きた》え方がちゃいます。健康なモンに限って、大病にかかりやすいいうけど、あれ、当たっとるんやないか」

「なに呑気《のんき》なこと、おっしゃってるんです、お殿さま！　それで薬師《くすし》や僧は手配なさったのでしょうね!?」

小百合が気色《けしき》ばんで問いつめると、左大臣は苦りきって、

「それやがな。綺羅が、絶対嫌やいいやるのや。衣《ころも》を脱《ぬ》がなあかんわけやなし、脈をとったり、額《ひたい》なでたりするだけや、姫とばれる気遣《きづか》いはないいうても、泣いて嫌やいいやる」

「泣いて……？」

弟君と小百合は顔を見合わせた。

あの綺羅が泣くなど、世の中が引っくり返ってもあり得ないと思っていたのに……。

「こ、これは、ただ事ではありませんわ。あの綺羅さまが涙を流すなんて、眼病の一種かもしれません。奇病ですわ。今すぐ、薬師を手配し、加持祈禱《かじきとう》を手配して下さい、お殿さま！」

小百合に怒鳴られ、左大臣は帰って行ったが、翌日ふたたび参内して、

「妙な薬師など呼んだら、死んでやる、ただ、人に会いとないだけや、ほっといてくれいうんや。いや、あれもやっぱり、政子《まさこ》の子や。あれにきつういわれると、なんとのう恐ろしゅうて

な。火桶《ひおけ》を投げつけられるんやないかと、思わず部屋ん中を見回したで」

と心もとないことをいう。

弟君も小百合も、なまじ綺羅と離れているだけに心配で、せめて見舞いに邸に帰りたいと願ったのだが、女東宮は決して里退がりを認めないのである。

「尚侍《ないしのかみ》は、綺羅さまより女東宮を大切に思ってらっしゃるのですか？　たとえ女東宮のお怒りを買っても、無理にもお邸に帰ろうとはお思いになりませんの」

小百合は弟君を睨《にら》みつけた。

弟君はどぎまぎして、扇《おうぎ》を開いたり閉じたりしながら、

「し、しかしね、小百合、そんなことをすれば、お役ご免で降格、下手《へた》をすれば後宮《こうきゅう》追放で……」

「それこそ、もっけの幸いですわ。尚侍《ないしのかみ》は出仕を嫌って、さんざん綺羅さまを困らせてらっしゃいましたでしょ。出仕差し止め、おおいに結構じゃありませんか」

「……しかし……」

「綺羅さまはげっそりと頰《ほお》がやせるほど、尚侍出仕の準備に飛び回り、出仕してからは毎日こちらに来て下さって、尚侍のためにお心を砕いて下さっていたのに、尚侍はその姉弟愛《きょうだい》より、女東宮の御機嫌の方が大切だというのですね。なんという不人情でしょう。綺羅さまがお可哀《かわい》そうです！」

小百合はいいたいだけいうと、袖《そで》で顔を押さえて、自分の局《つぼね》に駆けだして行った。

綺羅の身を案ずるあまり、少々感情的になっているとはいえ、小百合のいうことはもっともで、弟君は座り込んでしまった。

確かに、姉の綺羅にはさんざん世話になっている。

その綺羅がわけのわからない奇病におかされ、床に臥しているのだ。

本当なら、何を置いても邸に駆けつけるべきである。

それなのに、どうして自分は女東宮の命令など無視して、駆けつけないのか。

小百合のいうように、じゃじゃ馬の女東宮を、姉よりも大切に思ってるからだろうか。

〈姉さまより、女東宮を……？　そそ、そうかな……。とすると、これが初恋っていうことになるのかしら、やっぱり……〉

弟君はぽっと頬を赤らめた。


弟君が初恋の感慨《かんがい》にひたっている頃、左大臣家の邸では、綺羅は絶体絶命のピンチに夜も眠れないほど苦悩していた。

女として生まれながら男として育ち、順調に出世したまではよかったが、結婚以来、その順《じゅん》風満帆《ぷうまんぱん》ぶりにも翳《かげ》りがさしてきた。

緊張の連続、三の姫への罪の意識、弟の出仕、さらには三の姫の懐妊と、これ以上の困難には会うまいと思うほどの悲惨な状態だったのに、ことここに至って、自分までが妊娠してしまったとは！　御《お》ややができてしばらくしたら、お腹《なか》が膨《ふく》らんでくるのは、三の姫を見ているので知っている。

いったい、いつ頃から膨れるものやら、よくわからないが、しかし直衣《のうし》姿で膨らんだ腹を隠しきれるものではないのは確かだ。

やがて人目につき、疑いを招き、主上《おかみ》にも問いつめられ、いっきに事が表沙汰《おもてざた》になってしまうだろう。

そうなったら、どうすればよいのか。

自分は自業自得《じごうじとく》と諦《あきら》めても、可哀そうなのは父と弟である。

父は失脚し、弟は女装の男君よと嘲《わら》笑われ、まともな人生を歩むこともできないのだ。

弟にもともと女装癖《へき》があるのならいざしらず、なまじ妙な母親を持ち、生まれた時いささか病弱だったというだけで、ああなっているのである。

自分の失態のせいで、二人を窮地《きゅうち》に陥《おとし》れることはできない。

ああ、どうすればよいのだろう。

いくら考えてみても出口はなく、八方塞《はっぽうふさ》がりだった。

誰かに相談しようにも、母の政子は当てにならないし、父君は三の姫の懐妊だけで頭はいっぱいである。

だいいち、この綺羅が妊娠したなど、恥ずかしくて、母にも父君にも何と切り出していいか、見当もつかない。

とすると……。

〈そうだわ！　あの子、どうかしら〉

ふいに綺羅は、弟君を思い出した。

三の姫が懐妊したと知った時も、呆《あき》れるばかりで五里霧中《ごりむちゅう》だった自分に比べ、弟はやたらと落ちついて、情況を分析《ぶんせき》しているではないか。

その大半は何を言っていたかわからなかったけれど、ともかく、御ややのでき方を教えてくれたのも、弟である。

〈あの子なら、御ややができた後も、もとに戻す方法とか、いろいろ知ってるかもしれないわ、やたら詳しそうだったし〉

寝こんで一週間目にして、やっと光明《こうみょう》が見えてきたようで、綺羅はにわかに元気づいた。

翌日、あまりの回復の早さに驚いている父君を、

「大丈夫よ。そう、びっくりしないで。たちの悪い風邪だったのよ。もう、ほんとに大丈夫」

となだめすかし、いつお腹が膨らんでくるのかわからないので、念入りに身仕度《みじたく》して出仕した。

さっそく、帝《みかど》のお召しがあった。

毎月、二、三日は必ず病気で実家籠《ごも》りする綺羅だったが、一週間というのは異例で、帝はずっとやきもきしていたのである。

伺候《しこう》した綺羅を見て、帝は驚いた。

本人はまるで気がついていないようだが、げっそりとやせ細り、小柄《こがら》でなよやかだった体が、一回りほども小さく、頼りな気に見えるのである。

「綺羅、あなた、病気は何なのだ？　見違えるほど細くなって……、別人のようではないか」

まさか妊娠しておりますともいえず、

「か、風邪のようでして……。でも、もう治りましたから」

「治ったなどと……」

帝は口ごもってしまった。

とても治ったようには見えない。

「とても見ていられない。今日はもういいから、帰ってはどうだ」

「いいえ！」

綺羅はあわてた。

こうなったからには、一刻も早く、弟に相談して、この心労から逃れたいのである。

ここで弟にも会えず、家に帰されては、ろくに飲まず食わずで寝たきりだったために体力が衰《おとろ》えている体にムチ打って、頑張って出仕した意味がない。

「病《やまい》に臥している間も、おと……いえ、尚侍《ないしのかみ》が心細い思いをしているのではないか、何かに怯《おび》えて気を失っているのではないかと、気が気ではありませんでした。尚侍に御挨拶《ごあいさつ》してからではなくては、家に帰るに帰れません」

突然お腹が膨らまないように、朝食を抜いて来ているので、しゃべるにも息切れがして、何度も息継ぎをしながらいう。

帝は、はっと胸を衝《つ》かれた。

明らかに病《や》み上がりとわかる身で、無理にも出仕したのは、妹姫の尚侍のためであったのかと、今さらながら綺羅の妹思いが心にしみた。

綺羅の妹思いにつけこんで、妹姫を無理矢理出仕させたのだが、そのせいで、綺羅は病の身でありながら参内したのだと思うと、自分がとてつもない悪人のような気がした。

「尚侍は相変わらず、女東宮とうまくやっているよ。会いに行ってやるといい」

「はい」

綺羅は飛ぶような思いで、宣耀殿に向かった。

綺羅が参内したという知らせに、朝から待ちわびていた小百合は、綺羅の姿が見えるなり、涙ぐんだ。

「綺羅さま、なんというやつれようですの。いったい、一週間もの間、何を食べてらしたんです。わたくしがお側《そば》にいれば、こんなにやつれさせはしなかったのに」

「大げさね、おまえ。それより、ちょっと弟と話があるのよ。二人きりにしてくれない？」

小百合は不満そうに口をとがらせたが、しぶしぶ退がった。

弟君は綺羅が幾分やせたとは思ったが、帝や小百合ほどには綺羅に執着《しゅうちゃく》していないので、綺羅の変化には気づかず、むしろ、さほどの大病でもなかったのかとホッとした。

「姉さま、お見舞いにも帰らず、ごめんなさい。女東宮が、わたくしと綺羅のどちらが大切なの、なんて駄々をこねちゃって」

「いいのよ。お見舞いに来られても、会うどころじゃなかったわ。それより、おまえに聞きたいことがあるのよ」

「なに？」

綺羅はついと弟君に近付き、声をひそめた。

「え、と、あのね。御ややのでき方なんだけど……」

「えっ！」

弟君はまっ赤になった。

また例の話を、しなきゃならないんだろうか。

いつぞやも、肝心《かんじん》なところで、それ以上はとてもいえなくてボカしてしまったが、もっと具体的にいえといわれたら、どうしよう。

「あ、あの、男の一部分と……その、女の……の話だけど、ぼくの口からは、あの……」

「ああ、それはいいの。もう、わかっちゃったから」

「わかった、の？　そう、よかった……」

何がよかったのか、よくわからないが、ともかく自分からいわなくてすんだと、弟君はホッとした。

「それよりね、できてしまった御ややのことなのよ。それ、なんとかできないのかしら」

「――なんとか？」

弟君の声が、幾分固くなった。

綺羅は頷《うなず》き、

「そうなの。つまり、御ややができる前にもどす方法とか、そういうの、おまえなら知ってるんじゃない？　いろいろ詳しそうだしさ、あはは、は」

てれくさいやら恥ずかしいやらで、笑いでごまかしながらいった。

ところが、どうしたものか、弟君はみるみる表情を固くし、あろうことか、怒りの形相《ぎょうそう》になってきた。

「姉さま！　あなた、なんてことを……！」

怒りのあまり、声が震えてくる。

「一週間寝てた時、そんなことを考えてたの⁉　見そこなったよ。それ、どういうことか知ってるの⁉　いくら保身のためとはいえ、いくら三の姫が憎いとはいえ、そんな非人間的なこと考えてたなんて！」

「非人間的って……」

「子供ができたってことは、お腹の中に生きてる赤ちゃんがいるんだよ。十月十日《とつきとおか》経《た》たなきゃ、生まれてこないとはいえ、お腹の中では赤ちゃんが生きて、育ってるんだ。姉さまは、その赤ちゃんを殺す方法を教えろといってるんだよ！」

「え！」

今度は綺羅が顔色を変える番だった。

御ややを殺す？

そんなことなど、考えてもみなかった。

ただ、御ややができる前にもどれる方法が、あればいいなと……。

「そんなの、あるわけないだろ。できちまったら、仕方ないんだよ。何いってんだよ、姉さま。カマトトぶるのも、いいかげんにしてよ」

弟君はきっぱりいった。

綺羅の心中を知れば、とてもこんな冷たいことはいえないのだが、知らないのだから仕方ない。

「できてしまったら、しようがない……の？」

「そう。母体が転ぶとか、重病にかかるとかすれば、そのせいで赤ちゃんは死んじゃうかもしれないけどね。結局、それは赤ちゃんを殺すことですよ。姉さま、三の姫をつきとばして、転ばせる気？　そんなことしたら、姉弟の縁を切るよ」

綺羅は弟君のいうことの後半など、聞いていなかった。

ただ、御ややをなくそうとすることは、御ややを殺すことだということだけが、はっきりと頭の中に刻まれた。

そんなことは、させられない、断じて！

このお腹の中で、御ややが生きてるってのが不思議だが、生きてる以上、大切にしなきゃならない。

ああ、でも、それではどうすればいいのか。

昨日に逆戻りではないか。

このまま腹が大きくなるのを、じっと待っていては、自分ばかりか父や弟にも迷惑がかかるのだ。

「姉さま、……泣いてるの？」

弟君はぎょっとした。

綺羅の目が光ったような気がしたのだ。

「ごめんなさい。いい過ぎたよ、ぼく」

「いいのよ、あたしが考えなしだったのよ。……おまえ、ここしばらくの間に、ぐっと男っぽくなっちゃったわね」

確かに、以前の弟君なら、綺羅を怒鳴りつけることなど、あり得なかった。

「男らしく……か。男らしい男が、こんな女装してるもんか」

弟君は憂鬱《ゆううつ》に呟《つぶや》いた。

「いつまで、こんな馬鹿なことをしてなきゃならないのかな。こんなカッコしてたんじゃや、好きな姫ができても、結婚なんて覚束《おぼつか》ないしさ」

「おまえ、そんなの、いるの？」

綺羅はびっくりした。

「あれー」と言って失神するしか能がないとばかり思っていた弟が、いつのまにか、そんなに大人になっていたのか。

三の姫といい、弟といい、どうしてこう、人は急に変わってしまうんだろう。

好きな人ができると、誰もかれもが変わってしまう。

〈あたし一人が進歩がないのね。好きな人がいないわけじゃないんだけどな……〉

そう思ったとたん、なぜか帝の顔が思い浮かび、綺羅は真っ赤になった。

その時、

「綺羅が参内してるって、本当? こちらに来てるって?」

といいながら、ざわざわという衣擦《きぬず》れの音とともに、女東宮が突然現れた。

先導の女房もなしに、女東宮が一人で現れたのに、綺羅はびっくりしたが、慣れているのか、
弟君は一向に慌《あわ》てたふうもなく、女東宮に上座《かみざ》を譲って下座《しもざ》に降りながら、

「また三位局《さんみのつぼね》どのの目を盗んで、抜け出して来られましたね」

と叱《しか》った。

女東宮はぺろっと舌を出し、

「いいのよ、それより綺羅、御病気はもういいの?」

「はい。女東宮さまにも、お気をかけていただいて、申しわけございませんでした」

「尚侍《ないしのかみ》を帰らせないで、ごめんね。でも、わたくし、尚侍がいないと寂しいんですもん」

「よろしいのですよ。女東宮は尚侍がお好きなのですね」

何気なくいったのだったが、女東宮はぱっと頰を赤らめた。

驚いて弟君を振り返ると、弟君も負けず劣らず、まっ赤になっている。

綺羅はピンときた。

〈あっきれた。弟の好きな姫って、女東宮だったの⁉　女東宮も、まんざらでもなくてらっしゃるみたいね。本当は男だって知ってらっしゃるのかしら〉

「そ、そうね。尚侍は嫌いじゃないわ。わ、わたくし、御用を思い出したの。戻るわ。綺羅、またいつか、双六《すごろく》しましょうね」

女東宮は赤い顔を袖で隠すようにして、あたふたと帰って行った。

弟君はまだまだ赤くなっている。

「や、やだな、姉さま。突然、妙なことといいだすんで、女東宮がびっくりしたじゃないか」

「あたしは何気なくいったのよ。女東宮はおまえが男だって知ってらっしゃるの」

「まさか」

弟君はぶすっとして答えた。

「普通の人なら、男が女装して尚侍になってると、思うわけないよ。やだやだ、こんな生活。こういっちゃなんだけど、姉さまが羨《うらや》ましいよ。男として世間に認められてるんだものね。そりゃ、いろいろ辛《つら》い思いもしてるだろうけど……」

弟君は深いため息をもらした。

その夜、邸に帰った綺羅は、またもあれこれと物思いに沈んだ。

お腹の中の御ややをもとに戻す方法は夢と潰《つい》えた。

このままでは、綺羅姉弟の秘密が表沙汰になるのを、待つばかりである。

しかし、弟はどうなるのか。

人並みの恋もし、男に戻る日を夢見ているのに、自分のまきぞえで、人々の嘲笑《ちょうしょう》にさらされ、都人《みやこびと》として生きることは、もはやできず、地方の荘園《しょうえん》でひっそりと暮らせれば、まだいい方である。

父君が失脚すれば、あちこちの荘園も没収、経済的な後ろ楯《だて》のない者が出家したところで、托鉢《たくはつ》でもしないことには食べてもいけない。

それもこれも、自分の妊娠が表沙汰になれば、だ。

〈でも、もし、あたしの妊娠が表沙汰にならなかったら……?〉

すべては、もとのままである。

父君はますます勢力を伸ばし、名実ともに宮廷一の実力者として、家名を栄えさせるだろう。

弟君も最近はやたら男らしくなっており、もはや東の夢乃《ゆめの》やその女房たちのヒスにも、負けはしないだろう。

情況さえ許せば、男に戻る日も来るだろう。

〈要は、あたしいかんなのよ。あたしさえ、うまくやれば……。あたしさえ……〉

綺羅はその夜、寝もやらず、じっと灯台の火をみつめて考え込んだ。

明くる日、綺羅はいつものように身仕度をして、出仕した。

そろそろ桜の宴《うたげ》の準備に、あちこちの役所は浮き立っており、綺羅は、珍しくあちこちの詰《つめ》所《しょ》に顔を出して、知人をみつけては話しかけたりした。

「結婚前の綺羅に戻ったようだね。昔はあちこちに顔を出して、才気ばしった歌なんかを詠《よ》みかけたり返したりして、遊んだものなのに、結婚以来、やたら右大臣家《うだいじんけ》にばかり行って、話しかけてもうわの空だったからな」

「子ができるんで、ようやく落ちついたんじゃないのか」

仲間たちは不思議に思いながらも、いいことだ、これで以前のように明るくて元気な綺羅に戻るだろう、と噂《うわさ》し合った。

綺羅はいつものように、宣耀殿に弟君を訪ねた。

待ちかねていた小百合が、一週間分の献立表を渡し、

「これを台所頭《だいどころがしら》の清《きよ》にお渡し下さい。昨夜、わたくしが寝ないで考えた、栄養満点の献立表ですわ。もう決して、そんなやつれた綺羅さまを見たくありません」

と居丈高《いたけだか》にいった時も、綺羅は反発するでもなく、

「ありがとう、小百合」

と素直に受けとった。

あまり素直すぎて、小百合は拍子抜《ひょうしぬ》けしたほどだった。

いつもだったら、「うるさいわね」とか「世話をやきすぎるのよ」とかいうはずなのである。

それどころか、

「おまえ、女房としては美人の部類だから、宮仕《みやづか》えなんかしてると、殿上人《てんじょうびと》と顔を合わせる機

会も多くて、いい寄られたりするだろうけど、うかつな奴《やつ》に引っかかっちゃだめよ。宰相中将《さいしようのちゆうじよう》なんて浮気者に引っかかったら、一生の損よ。おまえが悪い男に引っかかっても、あたしはもう、決闘するわけにもいかないんだから」

などと、妙なことをいいだす。

小百合は、まだ御病気が治っていないのかと不安になった。

綺羅は弟君にも、

「おまえは未来があるわ。勇気と才覚があれば、男に戻れるわよ。強く生きるのよ」

と思いつめたようにいう。

弟君は面くらい、

「強く生きる……って」

〈病って、何の病だったんだろう。発熱が続いて、脳がどうにかなったんじゃ……〉

と思ったりした。

綺羅はいつもより長く宣耀殿にいて、左大臣家から付いてきた女房たちを相手に、あれこれと話しかけては、笑い興《きよう》じた。

後日、小百合も弟君も、この時の綺羅の異常なはしゃぎぶりの意味を、よく考えればよかったと悔《く》やんだが、もちろん、後の祭りであった。

さて、綺羅は宣耀殿を辞《じ》して、麗景殿《れいけいでん》にも寄り、しばらく御無沙汰《ごぶさた》していたことを詫《わ》び、麗《れい》景殿女御《けいでんのにようご》と即興の歌をやりとりして遊んだ。

「御結婚以来、とんとこちらに来はらへんかったのに、今日はまあ、どないしはったんやろうか。いつになく華やかで、そのくせ、お寂しそうな御様子やったな」

綺羅が帰ってから、麗景殿女御は一人言をいった。

夜、綺羅は警備と称して、南庭《なんてい》をそぞろ歩いた。

紫宸殿《ししんでん》の東にある左近《さこん》の桜は、七分咲きである。

その桜をうっとりと見ているうちに、もうすぐの桜の宴《うたげ》が思い浮かんだ。

〈去年の宴には、笛の吹き手として召され、そのうえ、是非《ぜひ》にもと、舞《まい》をひとさし望まれたのだっけ。練習してないので冷や汗をかいたけど、まああの出来で、桜の枝を賜《たまわ》ったんだ。あーあ、あの頃があたしの絶頂期だったなあ。三の姫との噂が立つ直前でさ。主上の一番のお気に入りと、誰もが認めていて、あたしもそう思ってて、いつまでもそうだといいと思ってたもんね。わが世の春は、いづくにか去りぬ、といった心境だわ〉

春の夜らしく、辺りは朧《おぼ》ろに霞《かす》み、夜に浮かぶ桜の花明かりが、夢のように美しい。

こういう時期に、かの源氏《げんじ》は政敵である右大臣家《うだいじんけ》の六の姫、朧月夜《おぼろつきよのないしのかみ》 尚侍と仲良くなったのだ、確かに、春の夜は人を奇《あや》しい気持ちにさせると、綺羅はぼんやり桜を見あげた。

「朧月夜にしくものぞなき、か。まったくよねえ」

思わず呟いた時、

「そうおっしゃるのは、尚侍ですか」

応《こた》えるようにいいかけてきた者がいる。

綺羅は、またしつこい宰相中将が言い寄ってきたのかとぎょっとして、振り返り、鋭く誰何《すいか》した。

「誰っ！」

「怖いね、綺羅中将。怪《あや》しい者を誰何する役目とはいえ」

夜の中から現れたのは、なんと帝その人だった。

綺羅は驚いて、膝《ひざ》をついた。

「もう、退出したと思っていたが、まだいたの」

「はい、宴が近いので、あちこちの省と打ち合わせがありまして、遅くなりました。それより、恐れ多くも、主上《おかみ》御一人の夜歩きとお見受けしましたが、あまりにも危のうございます」

「春の朧夜《おぼろよ》に誘われた。綺羅は知らないだろうがね。わたしはたびたび、御忍びというのをやったものだよ。東宮時代はともかく、即位してからも、そっと内裏《だいり》を抜け出したりしたな。近《きん》侍《じ》の者が、知れたら首がとぶと怯《おび》えるのをせかして、嵯峨《さが》まで行ったこともある」

綺羅はぎくりとし、思わずしらず顔がほてってった。

思い起こせば、その北嵯峨で、すっ裸の自分と帝がばったり会ったのである。

あれから三年も経ったというのが、短いような、長いような気がして、綺羅はなんとなく心が騒いだ。

そうだ。

あの紫水晶の数珠《じゅず》、あれだけは持って行こう。いい思い出になる。

〈切羽詰《せっぱ》まったこういう時に、今さらながら思うのも何だけど、あたし、主上が好きだったんだわ。どうせ妊娠しなきゃならなかったのなら、主上の御ややならよかった。身を隠すにしても、好きな人の御ややを身籠ってる方が、まだしもロマンチックだもんね。あたしを男と思ってるすみれの御ややを身籠ってるなんて、ほんとに救われない〉

「その嵯峨で、美しい姫に会ったのだ。その姫が誰かは、もう知っているが、わたしは時々、あの姫は綺羅ではないかと思えて、しようがない」

綺羅はひやっとした。

思えるも何も、あれはまぎれもなく綺羅自身なのである。

春の朧夜、桜は七分、情緒纏綿《じょうちょてんめん》、ムード円満で、綺羅はあやうく、あれはわたくしですと口走りそうになり、あわてて言葉をのみこんだ。

「わたくしは男ですから……、姫にはなれません」

「そうだな。馬鹿なことをいった」

帝はため息まじりに呟いた。

綺羅は思わず顔をあげ、

「でも、時々、姫として育ちたかったと思います。今となっては、それも夢ですが……」

というが早いか、帝が驚いて何か問う先に、身を翻《ひるがえ》して走り去った。

そしてその夜から、綺羅は杳《よう》として消息を断ったのである。

六　夏の嵐――弟君の反乱

どこまでも降り続く長雨の音を聞きながら、尚侍《ないしのかみ》の弟君は憂鬱《ゆううつ》をまぎらわす手だてもなく、ぼんやりと脇息《きょうそく》に倚《よ》りかかっていた。

湿っぽくて髪はむしむしするし、長らくお陽《ひ》さまを見てないせいか、気は晴れないし、やりきれない。

それは女房たちも同様らしく、宣耀殿《せんようでん》はまるで荒屋《あれや》のようだった。

それは長々と続く五月雨《さみだれ》のせいとばかりはいえない。

二月に姿を消した綺羅の行方《ゆくえ》が、今もって、まったくわからないのである。

綺羅《きらのちゅうじょうしっそう》中将 失踪の知らせは、疾風《はやて》のように口から口へと伝えられ、内裏《だいり》は大混乱に陥《おちい》った。

まさに内裏大パニックである。

悪質な人身売買人による誘拐《ゆうかい》か、はたまた神隠しかと上を下への大騒ぎになったが、身の回りのものがきちんと整理され、文机《ふみづくえ》の上に、愛用していた名笛《めいてき》が二つに折られ、紙に包まれて置いてあった。

それは明らかに覚悟の失踪である。

人々は呆然《ぼうぜん》とした。

いったい、あの美にも才にも恵まれ、帝《みかど》の覚えもめでたい、恵まれすぎるほどに恵まれた若君は、何の愁《うれ》いあって失踪したのか。

愛する若妻との間には、子までなし、もうすぐ生まれるというのに。

もちろん、左大臣家《さだいじんけ》、右大臣家《うだいじんけ》から、それぞれ探索の手が放たれた。

都のすみずみ、縁《ゆかり》の寺、山荘、別荘、考え得るありとあらゆるところに手が伸びたが、しかしまったく、髪の一筋すら、見つけることはできなかったのである。

綺羅中将の行方確認は困難――の時点で、嵐にあった木々のように、ばたばたと人が寝込んだ。

まず、当然ながら、父君の関白《かんぱく》左大臣である。

三の姫の密通と懐妊だけでも、父君にとっては充分な心痛のタネだったのに、そこに綺羅の失踪が加わったのだから、力も尽きた思いだった。

次に、三の姫の父、綺羅の舅《しゅうと》の右大臣である。

なんといっても、三の姫は捨てられたも同然なのだ。

昨日まで当代一の婿《むこ》を取ったと羨《うらや》まれていたのに、一夜明けると、このありさまである。苦悩は深かった。

さらに、宰相中将《さいしょうのちゅうじょう》も倒れた。

自分が三の姫と密通したのみならず、そのうえ綺羅にもあらぬ振るまいを仕掛けたからに違いない。あのことですっかり俗世に見切りをつけ、どこか人目のつかないところで剃髪《ていはつ》してしまっているのではないかと、胸も焼けるような苦痛を味わっていた。

その他、密《ひそ》かに綺羅を恋《こ》い慕《した》っていた若い女房《にょうぼう》なども、先を競ってぶっ倒れた。

弟君はがっくりと肩を落とし、吐息《といき》した。

悔《く》やんでも悔やんでも取り返しがつかないが、それでも悔やまずにいられないのが、綺羅が最後に宣耀殿にやって来た日である。

明らかに、綺羅の様子はおかしかった。

どうして、あの時の綺羅の語らぬ苦悩を察してあげられなかったのか。

天にも地にも、たった一人の姉ではないか。

あの前日、子ができる前に戻す方法がないかと相談に来たのも、綺羅なりに精一杯考えた結果なのだろう。

子供のでき方さえ知らなかった綺羅なら、単純に、できる前に戻す方法があるなどと考えることも、あり得るではないか。

それなのに自分は、あんなに冷たい答え方をして、綺羅を傷つけてしまった。

思えば、十四歳で出仕《しゅっし》して以来、今日に至るまで、綺羅は一度として、人にものを相談したことがなかった。

宮仕《みやづか》えで辛《つら》いこともあったろうに、いつも一人で処理してきた。

その綺羅が、頼りない弟の自分に相談に来るなど、よほど思いつめていたのだろうに。

自分は、「男に戻りたい」だの「こんな生活は嫌だ」などと、自分の不満ばかりをぶつけていたのだ。

「ああ、ぼくさえしっかりしていれば……」

思わず呟《つぶや》いた時、人の気配がした。

顔をあげると、いつのまに伺候《しこう》したのか、小百合《さゆり》が側《そば》にいた。

泣きそうな顔で、弟君を睨《にら》んでいる。

「そうですわ、尚侍《ないしのかみ》。あなたさえ、しっかりして下さっていたら、真心をこめて綺羅さまの御相談にのって下さっていたら、こんなことにはならなかったのです」

小布を目に当て、はらはらと涙を流しながら、かみつくようにいう。

「御病気の時だって、そうでした。女東宮《にょとうぐう》を大切にするあまり、天にも地にも唯《ただ》一人の姉君を見捨てて、御見舞いにも帰らなかったではありませんか。綺羅さまは御結婚以来、愁いが深く、悩んでいらしたのに、お殿さまやあなたさまに心配はかけられないと、一人で耐えていらっしゃいました。その綺羅さまが、初めてあなたさまにご相談にいらした時、どうして、お優しくしてさしあげなかったのです。わたくしにさえ相談できぬことを、あなたさまなら解決できるとお思いになっていらしたのに……！」

小百合は、綺羅が失踪する前日、自分を退《さ》がらせて弟君と話し合ったことの中に、失踪の鍵《かぎ》が隠されていると思いこんでいるのだった。

事実はその通りで、妊娠する前に戻る方法はないと思い知らされ、失踪を決意したわけで、ヤマカンとはいえ、乳姉妹《ちきょうだい》の愛情はたいしたものである。

「だけどね、小百合。相談ったって、およそ馬鹿馬鹿しい話で、とても、あれが原因で失踪するとは……」

綺羅が、自分も妊娠していると思いこんでいたとは、知る由《よし》もない弟君だった。

小百合は、涙を拭《ぬぐ》いながら、

「それならそれで、ようございます。でも、綺羅さま失踪の今、どうして、そう、ぼけっとしていられますの？　どうして、ただ一人の弟君として、草の根を分けても姉君を捜そうという気概《きがい》を見せて下さいませんの。こういう事態になっても、まだ女東宮に執着《しゅうじゃく》しているのかと思うと、わたくしは、情けなくて、情けなくて！」

小百合はついに感極《かんきわ》まって、わーっと泣き伏してしまった。

痛いところを突かれただけに、弟君はいい返すこともできない。

弟たるもの、姉の一大事に腰を上げなくてどうすると自《みずか》ら思うのだが、しかし、どうすればいいのかとなると、漠然《ばくぜん》とし過ぎて見当がつかないのだ。

時々、ふっと、男に戻って姉を捜す旅に出ようかとも思うのだが、さすがに不安だった。

髪を切って男に戻り、首尾《しゅび》よく姉を捜しだした後、どうすればいいのか。

自分が髪を切った以上、女には戻れず、綺羅中将が二人という異常事態になってしまう。

綺羅が姫として通用するには、少なくみつもっても、数年間、髪が伸びるのを待たねばならないのだ。

第一、女東宮が自分の里退《さとさ》がりをそう簡単に許すとも思えない。

となると、自分も失踪しなければならないではないか。

姉の綺羅の失踪で、寝込んでしまった父君に、これ以上の心配はかけられない。

弟君もまた、八方塞《はっぽうふさ》がりなのである。

そこに、女東宮のお召しが告げられた。

これ以上、小百合に嫌味をいわれるのはたまらないので、これ幸いと伺候したが、気は晴れない。

梨壺《なしつぼ》に行くと、女東宮は浮かぬ顔で、サイコロをもてあそんでいた。

「尚侍《ないしのかみ》、ねえ、双六《すごろく》しない？」

「はあ……、あまり気がすすみません」

「貝合わせは？」

「いえ、どうも……」

「なによ、なによ、つまんない！　尚侍ったら、毎日むっつりしてばっかり、みんな、むっつりしてばっかり！」

女東宮はサイコロを放り出し、脇息に倚《よ》りかかった。

「そりゃ、綺羅中将の行方は、あいかわらず知れないし、この長雨の毎日、どこで雨しのぎをしてるのかと思うと、胸が痛むのもわかるけど」

「女東宮が、そう思われるのですか」

弟君はびっくりした。

もちろん女東宮は綺羅を好いていたが、それは美しい公達《きんだち》への好意ともいうべきもので、綺羅失踪に胸を痛めるほど親しいというほどでもなかったのだが。

女東宮は肩をすくめた。

「主上《おかみ》がそう仰《おお》せられたの。さきほど、いらっしゃったのよ。尚侍以上にむっつりとして、不《ふ》機《き》嫌《げん》でいらしたわ。あんなに不機嫌で、お怒りになっていた主上は、初めてよ」

「怒って……?」

弟君はわけがわからなかった。

もちろん、考えてみれば、宮廷に役目を持つ者が、その役をなげうって失踪したわけで宮廷を裏切ったといえないこともないが、それでお怒りになっているとすれば、綺羅があまりに可哀《かわい》そうである。

「お怒りになってとは、どういうことでしょう」

「三の姫のことよ、もちろん。許せないとおっしゃってたわ」

「?」

ますますわからない。

女東宮付きの一条《いちじょう》が、しきりに、

「これ、女東宮さん、そないなこと、尚侍さんにお知らせしたらあきまへん」

と小声で引き止めている。

「どういうことですか、それは」

弟君は一条たちの方を見た。

一条たちは口ごもって、俯《うつむ》いている。

女東宮はあっさりいった。

「やっぱり、尚侍は知らなかったのね。主上も、今日お知りになったそうだもの。三の姫は、綺羅でない男の人と仲良くなっていて、お腹《なか》の中の子も、その人の子だそうよ」

弟君は蒼白《そうはく》になった。

〈ば、ばれた⁉　三の姫が密通していたのがばれたのか⁉〉

「どうして、そのような……」

「昨夜、検非違使《けびいし》が盗賊取り締まりで出動してて、文《ふみ》が落ちてるのを見つけたのよ。使いの者が、落としたらしいのね。で、何気なく見たら、〝綺羅さまの行方も知れず〟といった文字があったのよ。行方不明の綺羅中将に関係があるらしいというので、内裏に届けられたんだって。それが、驚くじゃないの。三の姫から恋人に宛《あ》てた文で、それには、綺羅の失踪はわたくしたちのせいだとか、御《お》ややが生まれて、綺羅に似ていなかったら、わたくしたちの罪が露見《ろけん》するとか、綿々《めんめん》と書いてあったんだって」

「そ、それで、相手の男は⁉」

「それが、うまいことにというか、書いてなかったんだって。暗示するような言葉もなくて、わからないそうよ。今頃、京中は噂《うわさ》だらけで、引っくり返ってるはずだわ。主上は、妻に裏切られたので、若い綺羅はその屈辱《くつじょく》に耐えられず失踪したのだろうって、おっしゃってたわ」

女東宮はあっさりしたものだった。

一条や三位局《さんみのつぼね》がしきりに尚侍《ないしのかみ》を気遣《きづか》い、

「主上が、わたくしどもに仰せられたことを、女東宮が盗み聞きしはって……」

「わたくし、盗み聞きじゃないもん。ちゃんと、正々堂々と立ち聞きしたんだもん」

「せ、正々堂々と立ち聞きしはって……。主上は、こないなわけやから、尚侍さんの耳にも直《じき》に届くやろけど、いたわってやれと仰せられたんどすけど……、ほんまに、こないな形で知らしてもて、申しわけありまへん」

と頭を下げた。

「いえ、そのような。かえって、お気を遣わせて、申しわけなく思います」

三の姫の密通は前々から知っていたので、さほどショックではないものの、さすがに表沙汰《おもてざた》になったとなると、いい気持ちはしなかった。

〈噂になれば、三の姫も辛《つら》い立場だな〉

密通はまずいことには違いないが、夫の綺羅はなんといっても女で、夫婦の営みはないのである。

三の姫としても、優しくしてくれる公達《きんだち》が現れれば、心惹《ひ》かれるだろう。

それに、帝は、綺羅の失踪を、三の姫の密通のせいと断じているらしいが、そうではない。

綺羅はとっくに三の姫の密通を知っていて、三の姫のために何とかしてあげたいといっていたくらいだから、綺羅の失踪と三の姫の密通は、直接には関係ないはずである。

それなのに、こうなると、綺羅の失踪の原因までも、三の姫は負わされることになりそうだ。

〈ぼくら姉弟《きょうだい》に関《かか》わったばかりに、こんなことになって……。考えようによっちゃ、犠牲者だよな、お気の毒に……〉

弟君は考えに沈んだ。


弟君の考えた通り、三の姫の密通が動かぬ証拠とともに表沙汰になったとたん、三の姫は攻撃の矢表《やおもて》に立たされることになった。

綺羅は宮中の人気者だっただけに、その失踪は衝撃で、しかもそれが愛妻の密通のせいだったとなれば、憎まれるのも当然で、人々は寄るとさわると、

「人は見かけによらんもんや。世間知らずの子供子供した姫やいう話やったのに、よもや他の男を通わしやるとはなあ」

「も少し年をとれば、それはそれと、割り切れるもんやけど、綺羅さんは若かったし、カーッと頭に血ィがのぼったんやろな」

「若い時期に、こないな痛手受けると、人間、立ち直れまへん。どこぞで剃髪してはるんやないか」

「しかし、右大臣さんも監督不行き届きや。男はんが通ってるのを、気ィつかんかったもんかいな」

と噂しあった。

右大臣は面目《めんぼく》を失い、参内《さんだい》するのも心苦しいと、病《やまい》を口実に家に閉じ籠《こも》りきりで、三の姫を前に泣きくどき、怒り狂った。

「おまえのせいやで。ふしだらなおまえのせいで、わしは面目を失《な》くしたんや。あんだけ力を入れて、迎えた婿君どっせ。どこが不満だったんや。なんで、こない情けない、恥知らずな、浅ましいこと、しはったんや。なんでや。どこのどいつや。いうてみ。わしが引きずりだして成敗《せいばい》したる。どうせ、官位もない地下人《じげにん》やろ。そいつを成敗して、おまえを尼《あま》にする。それしか、詫《わ》びが立たへん。兄上さんにも、一生、顔が合わせられへん。尼にしたる！　勘当《かんどう》したる！」

興奮し、唇《くちびる》をぶるぶると震わせ、鬼のごとき形相《ぎょうそう》で叫ぶ右大臣を前に、三の姫はただただ泣きくずれ、震えるばかりだった。

しかし、何としても、相手の男の名をいわない。

それがまた右大臣の怒りに火を注ぎ、

「だいたい、美濃《みの》、おまえは何をやってたんや。姫の身近にいるおまえが、通って来る男を知らんわけないやろ。いや、ひょっとしたら、おまえが賂《まいない》もろて、男を手引きしたんやないのか」

「お殿さま、それはあんまりな……」

「何があんまりや。ほなら、なしてこないなことになったんや。おまえさえしっかり姫を守っとったら、こない恥さらしなことにはならんかったんやで」

美濃もがたがた震えながら、泣き伏すばかりである。

そもそも姫の密通がばれたのは、自分が宰相中将に届けるべき文を落としたせいであり、それを思うと、申し訳なさに生きた心地もしなかった。

そしてもう一人、生きた心地のしない者がいた。

もちろん、宰相中将である。

事態はいよいよ、切羽詰《せっぱつ》まっていた。

今日明日にも、三の姫の口から自分の名が告げられ、都中の非難の的《まと》になるかもしれないのだ。

どこに行っても、この一大スキャンダルの噂ばかりで、邸《やしき》から一歩外に出るのも恐ろしい宰相中将だったが、邸内にいても噂は忍び込んで来て、心安まらなかった。

特に、何かの折に、母君が、

「綺羅さんもお気の毒やけど、三の姫ちゅうお方もお気の毒や。浮気いうたかて、女一人でできるもんやない。邸の中にいる姫のとこに通う不埒者《ふらちもの》が悪いんどす。しかも、こない噂になって、女の身で、三の姫は死ぬほどの恥ずかしさを味わってはるはずや。そやのに、姫の恋人はわたしやと、名のりをあげる気配もない。ほんまの悪党は、相手の男どす」

と、優しい顔をしかめていった時は、胸が抉《えぐ》られた。

まったくその通りだと、さしもの浮気者の宰相中将も感じ入った。

もともと宰相中将はずる賢いわけではなく、単に軽薄で浮気なだけなのである。

今さら責任逃れをするつもりもない。

ただ、あまりにも事が大きくなったため、どうしていいかわからないのだ。

日々は重苦しく過ぎて行った。

雨は降り続き、都中が雨に降り込められ、時折、季節はずれの強風が吹き、今年の夏は不吉だと誰もが噂しあった。

そんなある日、風がひときわ強く、今にも雷《いかずち》でも鳴りそうなどしゃ降りの夜、眠れぬ思いのまま部屋に引き籠っていた宰相中将は、ふと人の気配に顔をあげた。

気のせいかなと俯《うつむ》きかけた時、西の方でピカッと稲光《いなびかり》がし、それに怯《おび》えるような「キャッ」という叫び声がした。

宰相中将は立ち上がり、勢いよく妻戸《つまど》を開けた。

失踪した綺羅が会いに来たのではないかと、とっさに思ったのである。

しかし眼の前にいたのは綺羅ではなく、濡《ぬ》れそぼった、お腹の大きい三の姫だった。

「三の姫、あなた、こんな夜に……」

「中将さま！」

三の姫は宰相中将にしがみつき、声をあげて泣きだした。

「おでいさん（父）が、おでいさんが、あ、尼にするといって、明日にも、ゆ、縁《ゆかり》の尼寺に行かされそうで、わ、わたくし……」

「尼に……」

右大臣としては、立場上、そうでもしなければ面目が立たないのだろうが、あまりにもむごすぎる。

しかし、そうなるのはたやすく想像できたのに、何の援助の手も差し伸べなかったのは自分なのだと、宰相中将は今さらながら、自分の身を恥じた。

「それにしても、こんな夜に、どうして一人で。美濃はどうしたのです」

「おでいさんに遠ざけられました。それに美濃は、頼りになりません。こうなっても助けに来てくれない中将さまは、もはや当てにならぬ、名うての遊び人だからなどと、馬鹿なことをいいだして……。美濃は嫌い。中将さまを悪くいう美濃は嫌いです！」

三の姫は泣きながらも、きっぱりいう。

乳姉妹で最も信頼している美濃でさえ、自分のために切り捨てるのかと、宰相中将は感動した。

〈そうだ、もう九カ月目、産み月まで間のない不自由な体で、雨や稲妻の中、俺に会いに来たのだ。俺を信じ、頼り切っているのだ！〉

西の空が再び光り、三の姫はいよいよ宰相中将にしがみつく。

宰相中将は愛《いと》しさでいっぱいになり、

「ともかく中に。そんな体で、この雨の中、なんて無茶をなさるんです。子供にもしものことがあったら……」

と、三の姫を部屋に入れようとした時、物音を不審に思ったらしい女房が、様子を見に現れ、三の姫を見て呆然《ぼうぜん》と立ちつくした。

「そ、そちらの姫は、どなたさんで……」

宰相中将は進退極まってしまった。

西の空が三度光り、ややあってドドーンというすさまじい雷が、近くで鳴った。

そのとたん、それまでの緊張の糸が切れたのか、宰相中将の腕にしがみついていた三の姫が、くずれ落ちるように倒れた。

「三の姫！　三の姫、お気を確かに！」

叫びながら額《ひたい》に手をやると、ものすごい熱である。

雨の中、産み月間近の身で無理をしたため、病になったのだろう。

さんざん苦しめたうえ、ここで死なせては悔やんでも悔やみきれない。

宰相中将は涙ぐみながら、三の姫の名を呼び、立ちつくしている女房を、

「楓《かえで》、なにをぼさっとつっ立ってる。俺の妻だ、早く部屋に運んで、薬師《くすし》を呼べ。早く、薬師を！」

と怒鳴りつけた。

遠くで、また、雷が鳴った。


ちょうどその頃、宣耀殿では、弟君が梨壺に伺候すべく、身支度《みじたく》をしていた。

稲妻が走ったとたん、後宮《こうきゆう》中の女房が一斉に悲鳴をあげ、うつらうつら眠っていた弟君は、稲妻よりもその悲鳴にぎょっとして飛び起きたぐらいである。

そのうちに雷が鳴り、後宮中が火がついたように悲鳴の渦《うず》となり、おちおち眠ってもいられず、ふと、女東宮が案じられた。

気が強いから、雷など平気かもしれないが、案外、怯《おび》えているかもしれない。

ようやく身支度を終え、十二単《じゅうにひとえ》を引きずって梨壺に駆け付けると、案《あん》の定《じょう》、宿直《とのい》の女房たちは互いに抱き合い、雷と競うがごとくの悲鳴をはり上げている。

その一人を摑《つか》まえ、

「東宮はどちらです⁉」

と尋ねると、

「あ、あ、ご、御寝所《ごしんじょ》どすわ。もうお寝《やす》みじゃ、あれ——っ‼」

ドドーンと大きな雷が鳴り響き、女房は死にもの狂いでしがみついてくる。

それをふりほどき、長袴《ながばかま》の裾《すそ》を踏んづけそうになりながら、御簾《みす》の中に飛びこんだ。

ところが、夜具の中に女東宮がいない。

「東宮！　女東宮はどちらにいらせられます！」

「こ……ここ……」

怯えがちの震え声がした。

声のする方を振り返ると、体を縮まらせた女東宮が、二階厨子《にかいずし》にしがみついて震えている。

日頃、わがままほうだいをいい、かつての綺羅の小型版のように走り回っている女東宮が、顔色を変えて震えているのがおかしくて、思わず笑いだしてしまった。

「いい格好ですね、東宮。日頃の元気さはどうなさいました」

「なな、な、なによ。意地がわっわっ、きゃっきゃあーっっ、光ったああっっ」

女東宮は転がるように二階厨子から離れ、弟君にしがみついた。

ゴロゴロという音が、上空で尾を引いている。

宿直の女房たちは恐れをなしたのか、

「尚侍さん、こちらの宿直をお願いしますわ。局《つぼね》の人たちが心配やよって、見て参ります」

と口実をつくり、少しでも人のたくさんいるところへと、局に逃げて行った。

「おやおや、宿直の者はみな、いなくなりました」

「ふん。あんな者たち、最初から当てにしてないわ。都合のいい時だけ、東宮東宮って。尚侍がここにいればいいので、ひ、ひいっっ」

女東宮はゴロゴロ聞こえるたびに叫んで、いよいよ弟君にしがみついた。

「ね、ね、どうしたのかしら。どうして、こんなひどい雷……」

「東宮がわがままばかりだから、天がお怒りになったのです」

「嫌！　怖い話しないでっ」

稲妻が断続的に何度も光り、庭の木は風に煽《あお》られ、雨が横なぐりに戸を打ち、すさまじいまでの季節はずれの夏の嵐となった。

弟君は、なんとも妙な気持ちになってきた。

今までの自分なら、まっさきに悲鳴をあげて失神するはずなのに、怯える女房を蹴散《けち》らして駆けつけるなど、我《われ》ながら信じられない。

　まして、震えあがっている女東宮を抱きしめているなど、これではまるで男そのものである。

　もっとも女東宮は、自分を女だと思っており、しかも自分は完全な女装姿で、外見は実に倒《とう》錯《さく》的ではあるが、しかし、抱き合っているのは確かだと、弟君は一人で感動していた。

「ちょ、ちょっと尚侍、きついわよ」

　女東宮が息苦しそうにいうので、弟君ははっとして、腕の力を抜いた。

「すごい力ね、尚侍。女の人じゃないみたい」

　女東宮は何度も深呼吸しながらいった。

　弟君はぎくりとするとともに、まったくふいに、今ここで、何もかもいえたら、どんなに気が楽だろうと思った。

　綺羅が失踪したのも、いろいろな事情があったにしろ、大本《おおもと》は、女が男のカッコをして世間を渡るという無理をしたからである。

　このままでは、自分もいつか、進退極まって、失踪しなければならないとも限らない。

　初恋の姫にぐらいは、真実のことをいっておきたい。

　これまでの鬱屈《うっくつ》に火がついたのか、夏の嵐の狂風に煽られたのか、気がつくと弟君は、

「では、女東宮、わたくしが男だったら、どうします」

と口に出していっていた。

　一瞬後、まずいことを口走ったと後悔したが、もはや遅く、女東宮はまじまじと弟君をみつ

めている。

「え、い、いや、その、ものの例えで……」

「尚侍《ないしのかみ》が男だったら？」

女東宮はにっこりと笑った。

「そうしたら、わたくし、尚侍の北《きた》の方《かた》になってあげてもいいんだけどな」

「ほ、ほんとですか⁉」

思いがけない女東宮の返事に、弟君は驚いた。

気味悪がられるか、一笑《いっしょう》に付《ふ》されるかのどちらかだと思っていたのだ。

「そうよ。そうしたら、東宮をやめられるし、物語みたいな北の方になれるわ。こんないいことないわ。尚侍は嫌いじゃないし」

女東宮はぽっと顔を赤らめた。

弟君はごくりと息をのんだ。

ここをおいて、告白する機会はない！

自分の秘密をばらせば、累《るい》は父君や姉の綺羅にも及ぶが、綺羅は行方不明であり、父君は寝こんだままである。

この状況を打開するには、小百合のいう通り、自分が動くしかないのであるが、女装姿ではどうにもならないのだ。これは、一《いち》か八《ばち》かの賭《か》けである。

女東宮が味方になってくれさえすればいい。そして、弟君にはその自信があった。

「女東宮、突然のことで、さぞ驚かれると思いますが……」

さすがに面と向かっていうのはためらわれ女東宮の耳元に口を寄せ、ぼそぼそと囁《ささや》いた。

女東宮は目をむいた。

「おっ、おっおお、おとこーっ!?　おとこですって!?　尚侍がっ!?」

「しー！　そう大声を出さずに驚いて下さい」

「う、う、う……」

「嘘《うそ》じゃありません。証拠といってても困るんですが……」

弟君は困ってしまった。

自分でいうのも何だが、そこいらの女など足元にも寄れない美女ぶりで、男だと信じろというほうが無理である。

女東宮は稲妻や雷の恐怖もふっとび、呆然と弟君をみつめた。

どう見ても尚侍は尚侍、後宮一の美人で後宮一の恥ずかしがりである。

それはもちろん、出仕当時の青白い頰《ほお》はいつのまにか血色がよくなり、体つきなども以前よりはしっかりしてきたような気はするが……。

しかし……とはいえ、尚侍とうりふたつの綺羅は、男ではないか。

顔が女っぽいといっても、当節、貴族的な優雅な公達はみな、女のように美しい。

女東宮は頭がこんぐらがってきた。

「でも尚侍……あなた……じゃ、オカマさんなの……？」

「どうして、そういう俗《ぞく》な言葉を知ってるんですか」

弟君は顔を赤らめた。

「断じて、そうじゃありません。これには事情があるのですよ」

「事情って、いったい……」

「知りたいですか？」

「それはそうよ。普通じゃ考えられないじゃないの。綺羅は、このこと知ってるの？　小百合は？　左大臣もグルなの？」

にわかに好奇心にめざめ、女東宮は顔を輝かせた。

まずかったかなと思いつつも、ここまで来たからには引き返すこともできない。

「教えてもいいですが、知ったからには、わたくしの北の方にならなければいけないんですよ」

「大切にしてくれるのなら、なってあげる」

「もちろん、大切にしますよ」

「それじゃ、早く教えて！　どうしてオカマのふりしてるの？　尚侍《ないしのかみ》、病気なの？」

オカマだの病気だのといいたい放だいいわれ、深く傷ついたが、弟君は思いきって話し始めた。

「いいですか？　誰にもいってはいけませんよ。しゃべってしまったら、綺羅もわたくしも、父の左大臣も、世間に顔向けがならず、出家するしかないんですから」

「わかってるわよ。早くいって！」

「実は……」

雷の音がうるさいのを幸い、弟君は小声でボソボソと話し続けた。

七　弟君の女御入内!?

さて、帝《みかど》である。

綺羅失踪《きらしっそう》に一番衝撃を受けているのは、左大臣《さだいじん》でもなく、右大臣《うだいじん》でもなく、実に帝であるかもしれなかった。

綺羅出仕《しゅっし》の時からして、帝は、失踪直前の綺羅に会っていた。

まして、帝は、特別の思い入れを持っていたのだから、無理もない。

あの時のはかなげな様子、綺羅の言葉の幾つかが、時が経《た》つにつれて、夢のように美しく帝の心に甦《よみがえ》ってくるのだ。

特に、「わたくしは男ですから、姫にはなれません。でも、時々、姫として育ちたかったと思います。今となっては、それも夢ですが……」という言葉は、意味深《いみしん》で、帝の心を震わせ続けた。

あれはどういう意味だったのだろう、もしや、わたしの気持ちを悟っていたのではないかなどと、埒《らち》もないことを考え、思わず苦笑してしまう。

自分の都合のいいことばかりを考えてしまう、あれは三の姫の裏切りに絶望して、寝盗《ねと》られた男という立場に嫌気がさし、つい口が滑ったのだろう。

しかし、あの綺羅が寝盗られ男とは……。

〈人とは、わからぬものだな。綺羅ほどの人に愛されて、三の姫はどこが不満だったのだろうか。しかも、よもや綺羅の大親友、宰相中将《さいしょうのちゅうじょう》と通じていようとは、思ってもみなかった〉

帝は、一月《ひとつき》ほど前の夏の嵐を思い出した。

稲妻《いなずま》が空を裂き、雷《いかずち》が轟《とどろ》く不気味な夜で、宿直《とのい》の者らが駆けつけ、魔除《まよ》けの言葉とともに弓《ゆ》弦打《づるう》ちをしている間も、こんな夜、綺羅はどこでどうしているのかと、落ちつかなかった。

翌日の殿上《てんじょう》の間《ま》は、妙に騒然として、殿上人らはあちこちに固まり、しきりに耳打ちしたり、驚いたり、頷《うなず》き合ったりしている。

昨日の不吉な天変の噂《うわさ》をしているのだろうか、それにしても騒々しいと、女房を覗《のぞ》きに行かせたところ、みな、綺羅《きらの》中将がどうの宰相中将がどうのと噂しているという。

綺羅の噂と聞くと、じっとしてもいられず、恋愛と学問以外には興味を持たず、一般的な噂にはすこぶる冷静な再従兄《はとこ》の兵部卿宮《ひょうぶきょうのみや》を召して、何事かと問いただしたところ、

「こういうことを、お耳に入れてよいか迷うのですが……」

と、飄々《ひょうひょう》と話しだした。

なんと昨夜、三の姫は家人の目を盗み、着のみ着のままで家を脱《ぬ》け出して、愛人のもとに走ったというのである。

「しかし、三の姫はすでに、産み月間近のはず。昨日の、あの嵐の中を……」

「恋する女性《によしよう》というのは、強うございますな」

「して、その相手は⁉」

兵部卿宮はなんとも奇妙な表情になり、困ったように咳払《せきばら》いした。

「意外といえば意外、あり得るといえば、これほどあり得る人はいないわけですが……、宰相中将どのでした」

「宰相中将⁉」

帝は絶句し、しばらくは口がきけなかった。

綺羅の一番の親友、華やかでいくぶん軽薄だが、しかしその人柄《ひとがら》の良さは誰もが認め、綺羅と並ぶ当代宮廷の花といわれる、あの青年が、親友の妻を寝盗ったというのだろうか。

「まあ、今にして思えば、あの華やかな御仁《ごじん》にしては、半年以上前から、山籠《ごも》りを繰り返したり、病気籠りをしたり、出仕も滞《とどこお》りがちでしたしね。しかし、わからないものですな。どうにも、わたくしなどには解《げ》せませんよ。綺羅中将に、あのような振るまいをしかけたのは、事の露見《ろけん》を恐れて、口を封じるつもりだったのか……」

兵部卿宮がブツブツいっていたが、帝は怒りのあまり、ろくに聞いていなかった。

「宰相中将の殿上の簡《ふだ》を削《けず》れ！　除籍する！」

帝は即座にいった。

殿上の簡を削るとは、とどのつまり、殿上を差し止めることである。

殿上を許されてこそ、殿上人と呼ばれ、一級の貴族と認められる社会で、殿上の差し止めは、非常な不名誉とされた。

宰相中将は除籍をも覚悟していたらしく、見苦しい弁解や嘆願《たんがん》などもせず、両親にも迷惑をかけたと、祖母ゆずりの都のはずれの小さな邸《やしき》に、三の姫とともに移り住み、邸に籠って謹慎《きんしん》した。

意外ともいえるその潔《いさぎよ》さに、人々は驚き、非難の出鼻をくじかれた形だった。

産み月間近の身で、嵐の中を宰相中将のもとに走った三の姫に対しても、それ以上は非難しにくい状態だった。

何より、宰相中将には除籍という最も不名誉な断が下され、三の姫は父、右大臣から勘当《かんどう》されている。

今さら追い打ちをかけるようなことをいわなくても、という雰囲気《ふんいき》の中で、

「まんざら、遊びだけちゅうのでもなかったんやろか」

「宰相中将も悪い奴《やつ》じゃないよな。ただちょっと、自制心がないばっかりに、こうなったんだよ」

「なんにしても、高《たこ》うついた恋愛沙汰《ざた》や。三の姫は勘当、宰相中将は除籍、綺羅中将は失踪、当代の一大醜聞《しゅうぶん》どっせ」

と、総じて同情的もしくは冷静な意見が、支配的となった。

なによりも、当の綺羅は失踪してしまっており、見つかる気配もなく、これ以上、当事者たちを責めても仕方がないという諦《あきら》めムードがあった。

〈確かに、今さら、宰相中将を責めたところで、綺羅が帰って来るとも思えない。むしろ、綺羅が行方《ゆくえ》を絶ったのは、こういう醜聞が表沙汰《おもてざた》になるのを嫌ったためかもしれないのだ〉

帝は思わし気《げ》に扇《おうぎ》を打った。

その音に、女房《にょうぼう》が現れ、

「お呼びでございますか」

と平伏する。

つれづれに打ったともいえず、うむ、とうなっていると、女房は気をきかして、

「ゆるゆると、宰相中将さんをお召しにならはりますか」

という。

「宰相中将は、今日が還殿上《かえりてんじょう》の初日だったね。来ているの」

そういうと、女房はびっくりしたように、

「まあ、主上《おかみ》、とうに殿上しはってます。さきのま、わたくしが申し上げに参りましたら、わかった、と抑《おお》せられましたのに」

と遠慮がちにいう。

帝には、まるで覚えがない。

たぶん、綺羅のことを思ってぼんやりしていて、うわの空だったのだろうと苦笑した。

「宰相中将もやきもきしているだろう。呼びなさい」

三の姫がつい先頃、無事に姫君を生み、この一大醜聞にひとつの決着をつけたのである。

まず右大臣が、孫可愛《かわい》さに三の姫の勘当を解いた。綺羅の子供ではないとはいえ、綺羅に縁の深い子だと思うと、帝も心がなごみ、右大臣宛《あて》に祝いの品々を届けた。

帝が姫の誕生を祝ったというので、遠慮していた人々も宰相中将のもとに祝いに駆けつける。そういう雰囲気の中で、帝は宰相中将の除籍を解いたのである。

しばらくして、宰相中将がゆるゆると伺候《しこう》した。

宰相中将を一目見た帝は、男はこうも変わるものかと、驚いて目をみひらいた。以前は華やかなだけに、どこか軽薄な感じがあり、才走《さいばし》っているだけに生意気なところがあった。

しかし、今は、人生最大ともいえる苦境の最中《さなか》にあって、みなも驚くような潔い態度をとり続けた者にふさわしい落ちつきと、深い苦悩の後の穏《おだ》やかさが感じられる。

さすがにやつれてはいるが、哀《あわ》れという感じではなかった。

「あなたも大変だったね、宰相中将。わたしも、一時《いっとき》の怒りにかられて、ずいぶん厳しい処置をしたが」

「いいえ、当然のことです。綺羅中将には、弁解しようもない仕打ちを致しました。綺羅の失踪は、すべてわたくしのせいです。邸に籠っております間、京中を騒がせたお詫《わ》びに、出家をも考えたのですが、三の姫や、これから生まれる子のことを思うと踏みきれず、今日まできました。勝手なようですが、今のわたくしには、三の姫をただ一人の人として、ひたすらに尽くすことが、綺羅への詫びになるかと思っております。もう、決して、馬鹿なふるまいは致しません」

涙を浮かべながら、訥々《とつとつ》と語る宰相中将に、帝も頷いた。

宰相中将は、綺羅が男の自分から求愛されたことにショックを受けて失踪したと思いこんでいる。

しかし綺羅の失踪で自分の情事がばれ、信用はガタ落ち、帝の逆鱗《げきりん》に触れて除籍されるという苛酷《かこく》な目にあい、奇《あや》しの恋はこりごりだと身に染《し》みていた。

これからは三の姫と睦《むつ》み合い、身を慎《つつし》もうと固く決心しているのである。

「あなたも反省しているようだ。あなたのような恵まれた人が、いっとき、世間や友人に爪弾《つまはじ》きにされ、苦しい思いをしたことだろう。ともかく、これからは三の姫と仲良くやることだ。右大臣や、綺羅の父君・左大臣どのにも、わたしからよくいっておこう」

中将が退《さ》がってから、帝の物思いはいや増した。

三の姫の密通にショックを受けて失踪した綺羅が、三の姫の無事出産を伝え聞いたら、どう思うであろう、いや、伝え聞くことなど果たしてあるのか、もしや、すでに露《つゆ》の命となり果てているのではないかと思うにつけて、不覚にも涙さえ浮かんでくる。

右大臣は、三の姫のことがあってからは、綺羅探索の手もゆるめたようだし、綺羅の父、左大臣もどうしたことか熱意がなく、

「あれは思いこんだら、梃《てこ》でも動かんところのある子ですのや。それに押されて、あれの好き

なようにやらしてきましたのが、やっぱり無理やったと思います。綺羅もぎりぎりまで踏んばったんやけど、もうだめやと見切って、行方知れずになったのやろし、それを探しだしたかて、もう今まで通りの無理な生活はさせられしまへん。いっそ、どこぞで、出家しててくれたらええ思います。最初から、出家さしといたら、こないな騒ぎにならしませなんだ。ただ無事だとわかれば、それでええのどす。無理に連れ戻すのは因業《いんごう》どすわ」

とはらはら涙を流しながらいうばかりだった。

それなりの探索はしているようだが、帝から見れば、まだまだ手ぬるい。

しかし帝の身であってみれば、一貴族の行方探索に陣頭指揮をとることもできない。

〈まったく、実の父があああなのだから、情けない。しかし、左大臣のいうとおり、綺羅は気性の激しい人だった。なまじな思いの失踪ではあるまい。とすると、行方を探ることは絶望なのだろうか。もう二度と、会うことはかなわないのだろうか……〉

そう思うと、いてもたってもいられず、帝は女東宮《にょとうぐう》のいる梨壺《なしつぼ》に行くことにした。

梨壺に行けば、綺羅の妹姫の尚侍《ないしのかみ》がいる。

相変わらず几帳《きちょう》を四方に立てかけ、ほとんど話しもしないが、まぎれもなく綺羅にそっくりな妹姫が側《そば》にいると思うと、帝の心は少しなごむのだった。

「え、主上が、また？」

先導の女房の報告に、女東宮は露骨《ろこつ》に嫌な顔をし、すぐ側にいる弟君と顔を見合わせた。

「最近、毎日のようにいらっしゃるのね。どなたに会うのが目的やら……」

「こ、これ、女東宮さん、そないにはしたないこと……」

几帳に隔《へだ》てられて、自分たちからはその姿が見えない弟君の方をチラチラ見ながら、三位《さんみの》局《つぼね》らが遠慮深げにたしなめる。

女東宮は肩をすくめ、

「仕方ないわ。早く几帳を尚侍《ないしのかみ》に立てかけなさい」

と命じた。

そして扇で口元を隠しながら、

「主上《おかみ》の目的は、もう、間違いなくあなたよ、尚侍」

と、弟君に嫌味を囁《ささや》いた。

「誰が見たって、当代一の美女ですもん。女冥利《みょうり》につきるでしょ、尚侍」

「勘弁《かんべん》してほしいよ。ぼくはまだ、素顔を主上に見られてないんだぜ」

すべてを話してある女東宮にだけは心を許し、弟君はボソボソと小声でいい返した。

実際、姉の綺羅の失踪という悲劇を除けば、綺羅があれほど気に病《や》んでいた三の姫も、うまく宰相中将と結婚して仲良くやっているようだし、自分もまた、女東宮にはすべてを打ち明け、日に日に男性復権の実感を噛《か》みしめて、それなりに幸福なはずなのだが、ここに翳《かげり》を落としているのが帝の存在だった。

綺羅が失踪した当初は、それほどでもなかったのに、三の姫と宰相中将の仲が露見し、と同時に綺羅の行方はもはや絶望だという諦めムードが満ち満ちてきたこの半月というもの、帝は毎日のように梨壺にやって来るようになったのだ。

女東宮にいわせると、

「そりゃあ、尚侍が出仕《しゅっし》するようになってから、主上は以前よりしげしげと梨壺にいらしてたわ。でも、特別に尚侍に興味を持ってらっしゃるふうもなくて、どっちかっていうと、綺羅中将とばかりお話ししていらしたでしょ。それが最近ったら、何かと尚侍に話しかけて、なかなかお帰り遊ばさないんだもの。噂にもなるわよ」

ということになる。

主上が例になく女東宮の御機嫌伺《ごきげんうかが》いにお出ましになるという噂は、後宮内《こうきゅう》ではつとに広まっており、後宮の女たちはみな、それと尚侍とを結びつけて考えていた。

おかげで、今まで至極《しごく》円満にいっていた女御《にょうご》がた付きの女房たちとも、微妙に気まずくなり、弟君が梨壺に伺候する時の几帳立ての行列を見る目も冷たくなってきている。

弟君にしてみれば、女東宮と秘密を分かち合い、いずれは結婚の合意まで得て、前途洋々だというのに、とんでもない噂が立っているものだと地団駄《じだんだ》を踏みたい気持ちだった。

もっとも以前なら、こういう噂が立ったと知っただけで失神するのは確実で、それを思えば、実に男らしくなったものでは、ある。

「おや、この暑さに、相変わらず十重《とえ》二十重《はたえ》に几帳を立てていますね」

帝は入って来るなり、女東宮への挨拶《あいさつ》もそこそこに、尚侍《ないしのかみ》に声をかけた。

控えている女房たちは、やっぱりね、というように目くばせをし合う。

女東宮も、今日という今日は頭に来たというように、

「主上はよほど尚侍がお気に入りのようですわね」

とツンケンした声で言い、すっくと立ち上がった。

「そんなに尚侍がお気に入りなら、お二人きりで話したいこともございますでしょう。わたくしたち、ご遠慮しますわ。さ、みんな、退がりなさい」

あっけにとられている尚侍に扇の陰でアカンベをして、女東宮はさっさと部屋を出て行ってしまった。

早い話が、やきもちなのである。

残された女房たちはおろおろと顔を見合わせ、しかし主人の女東宮が場所替えをした以上、つき従わざるを得ず、次々と立ち去った。

あっという間に、部屋には帝と尚侍の二人しかいなくなった。

弟君は舌打ちした。

〈あの、じゃじゃ馬め！〉

誰もいないところで、二人きりにされて、もし帝が自分にあらぬ振るまいをしかけてきたら、どうしたらいいのだ。

「どうしたのだろう。女東宮の御機嫌が優れぬようだが」

「はあ……」

「あなたも、気まぐれな女東宮のお守《も》りで大変だろう」

「はあ、いえ……」

言葉少ななのは、最近、気のせいか声が少し低くなったような感じがするからである。

「先刻、宰相中将が還昇《げんじょう》して、改めて綺羅にすまなく思うと申していました。三の姫も、生まれたばかりの姫君も健《すこ》やかなようですよ」

「はい……、おめでたいことで……」

「めでたいのかどうか知らないが……、綺羅はどこかで、姫君誕生の知らせを聞くことがあるだろうかと思うにつけて、悲しくてね」

「はい」

「あなたにも無理に出仕してもらったのに、今となっては、その甲斐《かい》もなくなってしまった……」

帝は一人言のように、ぼそりと呟《つぶや》いた。

〈え？〉

弟君は鋭くそれを聞きとがめた。

〈どういうことだろう〉

帝は弟君が隠れている几帳の方を、ちらと見て、自嘲的《じちょうてき》に笑った。

「おかしいでしょう。今だからいうけれど、わたしは綺羅が三の姫に夢中なのが、妬《ねた》ましくてね。綺羅が大切にしている妹姫が後宮に出仕すれば、右大臣家にばかりも行っていられないだろうと考えたのですよ」

　帝のしみじみした打ち明け話に、弟君はあっけにとられた。

〈じゃ、もしかして、主上は姉さまがお好きだったのか!?　だけど、主上は綺羅が女だなんて、ご存じないのだろう?　なのに、なんでまた……〉

「綺羅は失踪前夜、できるなら姫として育ちたかったといっていた。わたしの気持ちを知ってくれていたのだろうか」

〈綺羅が、主上にそんなことを!?〉

　弟君はますますもって驚いた。

「今頃、どこでどうしているのか……。嫌なことの多い都に帰りたくないなら、それでもよい。せめて無事でいるとだけでも知らせてくれないものだろうか」

　そういって深々とため息をつく帝の様子は、まことに憂《うれ》わし気《げ》で、哀れが深かった。

〈どうもはっきりしないけど、姉さまも主上が好きだったのかしら。主上が、姉さまを男と思って、それでお好きだってのは不気味だけど……〉

「あなたは、ほとんど何もしゃべりませんね。ほんとに恥ずかしがりでいらっしゃる。北嵯峨《きたさが》で初めて会った時の……」

　といいかけて、帝ははっとした。

　尚侍は北嵯峨で会った男が自分だとは知らないはずである。恥をかかせてはいけない。

帝はぼかしていうことにした。

「わたしは、あるところで、美しい姫に会いました。左大臣家の御子息が、その方に似ているというので、元服《げんぷく》出仕を急がせましたが、綺羅が北嵯峨の姫……いえ、とある姫にあまりによく似ているので、わたしはすっかり眩惑《げんわく》されてしまった……」

弟君に話すというより、自分自身に話しかけているような調子になっていた。

弟君はまったくもって、わけがわからない。

北嵯峨という地名が出たような気がするが、うちの北嵯峨の山荘と関係があるのだろうか。しかし、美しい姫と出会ったことを、何故《なぜ》、今ここで話しだすのだろう。

そのうえ、美しい姫と綺羅が似ているとは何の話だ。綺羅がその姫に似ているので、好きになったと、婉曲《えんきょく》に告白しているのか。

〈どうも根本的な認識の誤りがあるんじゃないのか。主上は、何をおっしゃりたいんだろう〉

しかし帝は弟君の困惑には一向に気づかず、一人で話し続けていた。

「あの時の姫君が綺羅であればいいと思うあまり、わたしは綺羅を女性のように見ていた節《ふし》がある。愚《おろ》かしいな。あの時の姫君はあなたで、わたしは綺羅を通して、あなたを見ていたことになるのだろうか……」

ふいに、帝は話すのを止《や》めた。

そのまま、いつまでたっても黙っている。

不審に思って、そっと几帳越しに覗《のぞ》くと、なんと、几帳越しに、じっと自分を見ているではないか。

あわてて首を引っ込めたものの、弟君は生きた心地がしなかった。

やがて、帝の立ち上がる衣擦《きぬず》れの音がした。

「――帰る」

何か気にさわったことがあったのかと思うほど、無愛想《ぶあいそう》にそういい捨てて、簀子縁《すのこえん》に降り立ち、すっすっすっと歩み去って行った。

入れ替わるように、女東宮が戻ってきた。

「ずいぶん長い間、しんみりとお話ししてたわね。なによ、尚侍《ないしのかみ》ったら、デレーッとして。浮気者、すけべ、おかまっ！」

「おか……」

弟君はため息をついた。

「そう喚《わめ》かないで下さい、女東宮。人に聞かれたら困る。誰もデレッとなどしていないよ」

「いいえ、していますわ！　ねえ、尚侍、いったい、いつ、男に戻って、わたくしを北《きた》の方《かた》にして下さるのよ」

「そう大声でいわないで」

「女房はみな、退がらせてあります」

女東宮の高姿勢に、弟君は冷や汗をかく思いだった。この分では、結婚しても、尻《しり》に敷かれるのは目に見えている……。

「ぼくだって、一日も早くそうしたいよ。でも、方法が見つからなくて……。しかし、主上が姉さまをお好きだとは知らなかったな」

「え、なに、なんの話？」

　好奇心の強い女東宮は、とびつくように尋《たず》ねた。

「主上が綺羅をお好きだって？　じゃ主上は綺羅が女だってこと、ご存じでいらしたのかしら」

　今や女東宮はすべてを知っていて、綺羅が実は女だということも知っている。もっともなかなか信用しようとせず、弟君は小百合《さゆり》をくどき落として、証言させたのだが。

「どうも、そこの辺りがあいまいだな。北嵯峨がどうのこうのと、ちんぷんかんぷんのことをおっしゃってたけど」

「北嵯峨？　あら、それ、主上が理想の姫君にお会いになったところよ。三年前だったかな、御忍《おしの》びで嵯峨の女院《にょういん》さまに会いに行かれたの。そこで、この世の人とも思えない清らかな姫にお会いになったんですって。御忍びから帰ってらして間もない頃、伺《うかが》った覚えがあるわ」

「主上のお話では、それがぼくということになってるらしいな、どうも」

「まあ！」

　女東宮はみるみる顔を強張《こわば》らせた。

「やっぱり尚侍は、おかまだったのね⁉　なんてことなの、嘘《うそ》つき！　北の方にしてくれるって言ったのに、嘘つき！」

「少しお黙んなさい、女東宮。あなたは下世話の言葉を知り過ぎる」

弟君は、めっと女東宮を叱《しか》りつけた。

ともかく、細かい枝葉《えだは》の部分はさておき、北嵯峨の姫君とやらが自分ではあり得ない以上、それは姉の綺羅のはずである。

それがどうしてこんぐらがったのか、よくわからない。

綺羅以外は、永遠にわからないだろう。

しかし、要は帝がはるか昔から綺羅が好きで、綺羅もまた、失踪直前に帝に残した言葉から察するところ、帝を好きだったらしい。

〈もしかして、姉さま、見こみのない主上への恋心に絶望して、失踪したのかな〉

あの綺羅が、そんなロマンチックな理由で失踪するというのが、ちと信じられないが、しかし、それが一番考えられる線かもしれない。

世人が言うような、愛妻の密通にショックを受けての失踪ではないのは、確かなのだから。

〈あの姫さまが、恋に絶望して、か。まだ少し信じられないけど、それ以外、思い当たらないしな。しかし、これも時の流れというか、運命ってわからないもんだな。あの姉さまが実らぬ恋に絶望して失踪か……〉

失踪自体は悲しむべきことだが、恋ゆえの失踪というのが意外なだけにおかしくて、弟君は思わず笑ってしまった。

その頃の帝の心中を知れば、とても笑うどころではないのであるが……。

清涼殿《せいりょうでん》に戻りながら、帝の心はいつになく騒ぎ、華やいでいた。

綺羅の思い出を、綺羅にうりふたつといわれる妹姫と語りたいと思って、しげしげと梨壺に通っていたのだが、今日ほど尚侍への興味をかきたてられたことはない。

綺羅がいた頃は、尚侍はあくまでもダシであって、目的ではなかった。

しかし、よく考えれば、尚侍はあの北嵯峨の姫君その人なのである。

綺羅がよく似ていた北嵯峨の姫君、北嵯峨の姫君によく似た綺羅……。

今となっては、誰が誰でどちらがどちらなのか、帝はよくわからなかった。

ただはっきりしているのは、綺羅と妹君はうりふたつのはずであり、妹姫は、あれほど心をときめかせた北嵯峨の姫君であるということだった。

〈綺羅はもう、帰って来ないかもしれない。その寂《さび》しさに、どうして耐えられるだろう。どうして、もう一人の綺羅を求めてはいけないわけがあるだろう。綺羅と三の姫の結婚話が出た時、わたしは本心を明かして、結婚を止めさせるべきだったのだ。それを躊躇《ちゅうちょ》していたために、綺羅は三の姫と結婚し、今回のような悲劇となったのだ。今度こそ、わたしは意志を通そう。わたしは何を望んでも許される身なのだ。まして尚侍は関白《かんぱく》左大臣家の姫、摂関家《せっかんけ》の姫として、后《きさい》にも立てる身分の方だ。恥ずかしがりであろうと、人見知りであろうと、かまうものか。あれほど案じられた後宮仕《づか》えも、うまくやっているのだ〉

清涼殿に帰りつく頃には、帝の心はすでに決まっていたのである。

数日後の御前会議《ごぜんかいぎ》で、まったく何の前触れもなく、尚侍《ないしのかみ》の女御入内《じゆだい》の件が帝自《みずか》ら提案された時、殿上人らは啞然《あぜん》としてしまった。

突然の話もさることながら、尚侍出仕を強く希望した時以上の意志の堅固さを見せつけ、反対する者あらば左遷《させん》も辞《じ》さずというような決意が仄見《ほのみ》えたのである。

反対意見らしいものを示したのは、驚くべきことに尚侍の父君、この話に狂喜すべきはずの左大臣ただひとりだった。

それも、

「しかし、それは、あんまり無茶なお話で……」

と言っただけで、主上《おかみ》に睨《にら》みつけられ、続《ただ》きがいえなくなってしまった。

かくして、尚侍の女御入内は決定され、直ちに期日選定に入るという急展開となったのであった。

尚侍の女御入内決定という驚くべきニュースを弟君に伝えたのは、左大臣ではなかった。

左大臣は、綺羅失踪でいいかげん弱っていた心臓が、この女御入内決定を機にいよいよガタつき、会議が終わると同時に倒れ、大納言《だいなごん》らに抱《かか》えられて退出したくらいで、とても宣耀殿《せんようでん》まで来られなかったのである。

宣耀殿まで来て、弟君に知らせたのは、他ならぬ帝自身だった。

顔色を変えて止める女東宮の横をすり抜け、小百合ら四十人の女房たちが決死の覚悟で立ちはだかるのを蹴散《けち》らし、帝は尚侍の部屋に突き進んだ。

帝のおでましの報告に、四方八方にありったけの几帳を立てかけ、弟君は身を固くして息をひそめていた。

あらぬ振るまいをしかけられたら、当て身でも何でもいいから逃げ切り、このまま後宮から抜け出して、邸に逃げ帰るつもりだった。

「尚侍、無礼を許されよ」

帝は女房たちの最後の砦《とりで》を突破して、現れた。

ゆったりと座るふうもなく、立ったままで、

「あなたの女御入内が決定しました。綺羅中将が失踪中のことでもあり、あなたの傷心《しょうしん》もわかりますが、一刻も早く実現することを願っています。それまで、決して早まったふるまいはしませんから、あなたも……」

と、帝は一歩近づいた。

弟君は息をのんだ。

「決して、早まった愚《おろ》かなことは、しないで下さい。もし、それをお約束して下さらないなら、わたしは入内まで待たず、今すぐにも、この几帳を取り除くよう命じます。わたしはそれを許される身だから」

有無《うむ》をいわせぬ命令だった。

「早まった愚かなこと」とは何を指すのか、弟君には見当もつかず、狐《きつね》につままれた思いだが、ともかく、何かを約束しなければ、この場で几帳が除かれ、素顔を見られてしまう。

なかんずく、それ以上の行為に及ばれたらと思うと恐怖で身の毛がよだった。

「お、お、お約束します。必ずお約束しますから！」

「決して、死を選んだりはしませんね」

「しし、し、しません！」

帝は安心したように頷き、

「入内する日を、楽しみにしています」

と言い残して、立ち去った。

弟君は緊張の糸が切れて、思わず知らず脇息《きょうそく》にしがみつき、久しぶりに失神寸前の感覚を味わった。

女東宮と小百合が、血相を変えて飛びこんできた。

「尚侍《ないしのかみ》、主上《おかみ》は何かしたの!? ね、何かされた!? 尚侍ったら」

「尚侍、主上はただならぬご様子でしたわ。もしや綺羅さまのことで、何か!?」

女東宮と小百合が先を競って話しかけてくるが、弟君は呆然《ぼうぜん》として、しばらくは何が何だかわからなかった。

ただ、まっ先に耳に飛びこんできたのは、女御入内が決定した云々《うんぬん》ということだった。

これはやはり、自分のことなのだろうか……。

〈このぼくが、女御……？〉

「女御ですって⁉　尚侍がっ」

女東宮と小百合は同時に叫び、ぼんやりと座りこけている弟君を置いて、それぞれに走り去った。

女東宮は主上に直接尋ねに行ったのであり、小百合は左大臣に問い合わせの文《ふみ》をしたために局《つぼね》に退がったのである。

その夜、梨壺は、遅くまで灯《ひ》がともっていた。

正気に戻った弟君と、女東宮、小百合の三人が額《ひたい》を寄せ、打開策を練っているのだ。

「主上もどうかしておられるわよ。主上は綺羅がお好きだったんでしょう。それがどうして、尚侍に関心を持つのよ」

「だから、北嵯峨で会ったとかいう姫君を、ぼくだと勘違《かんちが》いしてるんだって」

「北嵯峨でしたら、間違いなく綺羅さまですわ。裸で水浴びしてらして、わたくし、叱《しか》りつけましたもの」

「水浴び？　それじゃ違うんじゃない？　主上は清らかな姫だったとおっしゃってたわよ」

「ああもう、今は姉さまのことじゃなくて、ぼくの問題だよ、ぼくの」

弟君は苛々《いらいら》と怒鳴った。

「枝葉をとっぱらうと、ものごとは簡単なんだ。主上は姉さまがお好きだった。だけど姉さまはいない、だから姉さまにうりふたつのぼくに目をつけた。これだよ」

「で、どうするのよ、尚侍《ないしのかみ》。女御になるの？　女冥利《みょうり》につきるわねえ」

「馬鹿いうなって。姉さまと三の姫の結婚とはわけが違う。一発で男とばれて、身の破滅だよ。いよいよとなったら、姉さまの後を追って、失踪するしかない」

「この際、そうなさいませ、尚侍、いえ、若君」

小百合が断固としていう。

「そして綺羅さまをお探し下さいませ。わたくしもお供しますわ。ね、綺羅さまを探しましょう」

「何いってんのよ、小百合。尚侍まで失踪して、どうやって収めるつもり？　女御入内が決まりながら失踪だなんて、悪くしたら左大臣の失脚ものよ」

女東宮がなかなか鋭いことをいい、弟君もそれは認めた。

「それはそうだよ。しかし、失脚を恐れて、ぼんやり入内の日を待ってても、破滅が待ってる。前門の虎、後門の狼《おおかみ》だよ。この際、腹をくって、奇策に出るしかない」

「どうするの、尚侍」

「今、それを考えてる」

弟君は腕組みをして、考えに沈んだ。

このまま、宣耀殿にぼんやりといては、女御入内の日、つまりは破滅の日が来るのを待っているようなものだ。

どうせ破滅するのなら、できるだけのことはした方がよい。

まず、なによりも綺羅を見つけ出すことだ。

綺羅さえ見つけ出せば、うまくすれば自分と入れ替わることもできるではないか。

宮廷人なら誰でも、綺羅と接しており、自分が綺羅に化けても、「綺羅中将は以前と印象が全然違う」というような不審を買わないとは限らない。綺羅も髪の長さからいって、尚侍の自分に化《ば》けることには、かなりの問題がある。

しかし、それでもなお、この絶望的情況から脱するには、入れ替わるのが一番なのだ。

綺羅は女に戻り、自分は男に戻って、綺羅中将となるのが、一番よい。

そのためにも、綺羅の行方を捜さねばならない。

入れ替わり作戦は、ひとえに綺羅発見にかかっているのだ。

そして、自分が綺羅を自由に捜すためには……。

「よし、ぼくはひとまず退出する。女東宮から、主上に、ぼくの退出を認めるよう、働きかけてくれ」

「どうするのよ、尚侍、失踪するの？」

「いや、お経《きょう》を書く」

「お経⁉」

「つまり写経だな」

「写経……」

女東宮と小百合は、あっけにとられた。

この非常時に、何が写経なのか。

「兄の綺羅中将の無事を祈るための写経二十巻で、願かけをするとの名目で、三条邸《さんじょうてい》の一室に引き籠《こも》る。潔斎《けっさい》しての写経なので、俗世との連絡は一切断ち、人にも会わず、文《ふみ》もやりとりしない。小百合が身の回りの世話をして、食事などを運び込む。それは小百合が食べろよ。夜になれば明かりがともり、朝になれば消える。それも小百合の役目だな」

「ちょ、ちょっとお待ちになって下さい、若君。何のお話ですの」

小百合が面喰《めんく》らったようにいう。

弟君は舌打ちして、

「馬鹿だな。つまり、空蟬《うつせみ》の術だよ。衣服はあれども、中身はなし。ぼくは部屋に籠って写経してるとみせかけて、姉さまを捜しに出る」

「まあ！」

小百合はようやく理解し、頼もしげに弟君を見た。

女東宮がムッとしたように小百合を睨みつけ、弟君にくってかかった。

「尚侍、わたくしは何なのよ。わたくしは何も手伝わせてくれないの」

「とんでもない。宮廷内の情報をこまめに小百合に届けるんだ。小百合は、それをぼく宛《あて》に送ること。おもうさんは床《とこ》に臥《ふ》してて当てにならないし、頼りになるのは、この三人のチームワークだけだ、わかったね」

弟君の思いつめた言葉に、女東宮も小百合も表情を改め、互いに無言で頷きあった。

やがて四日後、弟君は小百合を連れて退出した。

三条邸の東北《ひがしきた》の対屋《たいのや》に籠り、小百合と細かい打ち合わせをした後、いよいよ髪を切って男の姿に戻ることになった。

「ほんとに、よろしゅうございますのね」

剃刀《かみそり》を持つ小百合が、震え声でいった。

さすがに十七年にわたって、伸ばし続けてきた髪を切るとなると、恐ろしい気がしてくる。

「後で後悔しても、遅うございますのよ」

「後悔なんかしないよ。ずっと願ってきたんだから」

「でも、東の夢乃《ゆめの》さまの許しも得ず……」

「平気だよ。今のぼくは、東のヒス軍団なんか怖くもない。この土壇場《どたんば》に来て、何をグズグズいってんだ、小百合」

「やっぱり、髪を切るとなりますと、女の身では辛《つら》くて……」

弟君は、今やもう、男に戻れる喜びに酔いしれているので、小百合の感傷がまるでわからない。

小百合は弟君に急《せ》かされて、思い切ってザクッと髪に刃を当てた。

長い髪が蛇《へび》のようにうねって落ち、小百合は不気味さにぶるっとした。

しかし弟君は、重い髪が少しずつなくなっていき、頭が軽くなってくるたびに、これまでの不自由さから解放されるようで、嬉《うれ》しくて仕方ない。

やがて短くなった髪で髻《もとどり》を結い、綺羅の衣裳《いしょう》の中から、さほど目立たない地味な色の直衣《のうし》を選んで着替えた。

「まあ……！」

髻を結い、立烏帽子《たてえぼし》をかぶり、直衣を着こなしてすっきりと立つ弟君に、小百合は感嘆《かんたん》した。

幼い頃から綺羅と共に育ってきた小百合でさえ、一瞬見間違えるほど、綺羅そっくりの直衣姿なのである。

さすがに綺羅腹心《ふくしん》の者として、どこか雰囲気が違うという見分け方はできるが、それもひどくあいまいで、これが綺羅中将だと強くいわれれば、そうかもしれないと思ってしまうほどだった。

「どう、小百合」

「すばらしいですわ、若君さま。生まれながらの男君さまですわ」

妙な誉《ほ》め言葉だが、弟君は嬉しかった。

「髪を切ったおかげで、身は軽いし、重たい十二単《じゅうにひとえ》を着なくてもいいし、身も心もはればれだよ。これから、おもうさんに会って来る」

涙ぐみながら切った髪をしまっている小百合を後に、弟君は父君のいる寝殿《しんでん》の方に行った。

父君の看病をしていた近江《おうみ》は、物音に気づいて振り返り、弟君を見るなり、

「綺羅さん！」

と叫び、転がるように近寄ってきて、指貫《さしぬき》にしがみついて泣きだした。

その騒ぎに、寝ていた父君はがばっと身を起こし、御簾《みす》を払いのけた。

「綺……綺……綺羅！　あんた、帰って来たんかっ」

「おもうさん、ぼくですよ。姉さまじゃありません」

「ぼく？　ぼくって何や。あんた、綺羅やないか」

「ぼくですったら。尚侍《ないしのかみ》です」

「な、なんやて？」

父君は絶句し、泣いていた近江はぴたりと泣きやみ、顔をあげた。

そのまま、数秒間、二人とも声を発さない。

やがて父君が、恐る恐る、

「ほんまに、綺羅やないのんか……」

「違います。よく見て下さいよ」

「見て下さい言うたかて、どう見たかて、綺羅やがや。……いや、そういえば、どことのう、違うような気もするけど……」

父君はさっと顔色を変えた。

「あんた、ほんまに若さんか!?」

「はい」

「はい、ちゅうて、なんでそないにアホなこと！　髪を切ってしもて、もう二度と尚侍に戻れへんやんかっ」

「戻るつもりもないですよ。だいたい女御入内なんて、できるわけないでしょ。いよいよとなったら、姉さまのように身を隠さなきゃならないというのに、戻れるも戻れないもないじゃないですか」

父君はあんぐりと口をあけたまま、弟君をみつめた。

まさか、何かあるたびにひっくり返り、失神するような息子から、こんなことをいわれるとは思ってもみなかったのだ。

「あんた、ほんまの若さんやろな。綺羅そっくりのもののいいようやんか……」

「こういう情況ですからね。人間、変わりますよ。それより、聞いて下さい」

弟君は手短に、綺羅を捜すために一大決心をして男に戻ったこと、このままでは女御入内は避けられず、いずれにしてももう女装は限界であることを説明した。

「そら、あんたのいうことはわかるで。せやけど……」

「ともかく、ここまできて、ぐずぐず悩んでても仕方ありません。行動あるのみです」

「行動あるのみて……」

父君はしみじみと弟君を眺めた。

「あんた、変わったなあ。なんや、逞《たくま》しい感じがする。あの、綺羅元服《げんぷく》の時に、あんたにこうなってほしかったわ。そしたら、今、こんな難儀《なんぎ》なめェにはあわんかったやろに」

それはそうだが、そうそううまくいかないのが、人の世の常である。

むしろ、こういう難局にぶつかったからこそ、きっかけができて本来の姿に戻れたわけで、今さらグチをこぼしたところでどうしようもないのだ。

弟君は肩をすくめ、

「ぼくは写経二十巻をやってることになってますからね。主上の御使いも、訪ねてくる人も、一切、部屋に近づけないで下さいよ。とりあえず一月《ひとつき》は、余裕があると思います。それまでには、なんとしても姉さまを見つけ出して、二人で今後のことを相談しますから」

ときっぱりいった。

八　ざ・ちぇんじ！

その一カ月後、京の都から離れた、宇治《うじ》の川の音が聞こえる小さな山荘で、弟君はぼんやりとうつけていた。

そこは女東宮《にょとうぐう》の母譲りの持ち物で、人目に立つほど豪華でもなく、さりとて見窄《みすぼ》らしくもない。人目を避けて休むにはちょうど良い山荘だった。

七月《ふみづき》に入ってすぐの頃は、まだまだ残暑が厳しく、弟君はその中を、わずか二人の供人《ともびと》とともに、噂《うわさ》に聞くまま、今日は播磨《はりま》に明日は近江《おうみ》にと足を伸ばしたものだった。

特に近江は、父君付きの女房《にょうぼう》の近江の故郷で、そこに隠れている可能性は大きいと期待していたのだが、結果は無駄足だった。

立ち寄った形跡さえ、ないのである。

次に、弟君は大和《やまと》入りし、吉野《よしの》や初瀬《はつせ》といった、失意の人や出家を望む人が行きそうなところを回ったが、そこにもいない。

これほど手がかりがないのは珍しいほど、綺羅《きら》の気配は完全に絶たれていたのである。

手探りで捜さなければならない困難に加えて、弟君は人目を避けて歩き回らねばならず、これにも苦労した。

なにしろ綺羅にそっくりなので、のこのこ歩いていると、

「あれ、左大臣家《さだいじんけ》の若さんやないか」

などと声をかけられてしまう。

吉野でも初瀬でも、詣《もう》でに来ていた都人に声をかけられ、あわてて隠れたものである。

そして今日という今日、弟君はいよいよ万策尽きた思いで、山荘の一室でぼんやりとしているのであった。

女東宮からは、この一カ月というもの、ひっきりなしに手紙が来ていたが、その中でもつい三日前に手元に届いた手紙は、弟君を深く悩ませた。弟君は、その手紙を取り上げてまた読み返した。


『尚侍《ないしのかみ》、お元気？

尚侍から文《ふみ》がもらえないのは仕方ないけれど、それでも寂《さび》しいです。

でも、下手《へた》に寂しい様子をしていると、主上《おかみ》が、尚侍を呼び戻そうなどといいだすので、おちおち寂しんでもいられないわ。

ところで尚侍、綺羅さまの行方《ゆくえ》はどうなの？　少しでも手がかりはあった？

これまで邸《やしき》や後宮《こうきゅう》に籠《こも》ってばかりで、ろくに歩いたこともない尚侍が、あちこちを歩き回っているのかと思うと、お気の毒で涙がこぼれます――』

弟君は思わず足をさすった。

実に女東宮の心配通り、無理な強行軍がたたり、ここ二、三日、足や腰が痺《しび》れてしようがないのである。

もちろん、弟君は馬に乗り、歩いているのは二人の供人だが、しかし生まれて初めて馬に乗る身には、歩くのと馬に乗るのとは、さして違わないくらいの苦役《くえき》なのだ。

とはいえ、あのじゃじゃ馬がこういう心遣《こころづか》いを見せるというのが嬉《うれ》しく、弟君はじんときた。離れているので、寂しさがいや増し、多少、女らしいしとやかさを身につけたのかもしれない。

弟君は続きを読んだ。


『ねえ尚侍、こんなこと書くのはなんですけど、すごく気になっちゃったので、思いきって書くわね。

実はわたくし、昨夜、つれづれに三位局《さんみのつぼね》に源氏物語《げんじものがたり》を読ませてたんだけど、浮舟《うきふね》が宇治の川原《かわら》をふらふら歩く話が、妙に身に染《し》みたの。浮舟はとうとう自殺しちゃって、わたくし、その続きが怖くて怖くて聴《き》いていられなかったわ。

ねえ、綺羅もどこかの川に飛びこんじゃったんじゃないかしら。縁起《えんぎ》でもない、と怒らないで。だって、あらゆる可能性を考えるべきだわ。

この際、少しシビアになって、自殺の名所巡りをして、綺羅によく似た死人《しびと》が上がってないかどうか、調べてみたらどう？

まず、手始めに、宇治の川原からお調べなさいませよ。折よく、あの近くには、わたくし所有の山荘もあるわ。そこで、宇治川から採《と》れる魚など食べ、今までの疲れを癒《いや》しながら、死人捜しをなさいませ』

弟君はため息をついて、手紙を置いた。

女というのは残酷というか無邪気《むじゃき》というか、よくもまあ、こんなことを思いつくとあきれたのが、一読した時の感想だった。

縁起がよくないし、物語の中の自殺した姫に感化されるなんて、あまりに子供っぽいではないか。

しかし、そう思いながらも、弟君は綺羅の自殺という考えを、笑い飛ばすことができなかった。

出家したにしろ、どこかに身を寄せているにしろ、これだけ捜したのだから、手がかりのひとつくらいあってもいいはずである。

それがないのは、女東宮のいうとおり、入水《じゆすい》でもしたのではないか、と考えずにはいられなかった。

綺羅の性格からいって、自殺はありそうもないのであるが、しかし、望みのない恋に絶望し、その勢いのおもむくまま、どぼん、ということがあり得ないわけでもない。

馬鹿げている、とは思いながら、京の都への帰り道でもあることだし、弟君は宇治に立ち寄った。

しかし、近頃上がった死人、とどのつまりが水死体の話を集めさせたが、どうも綺羅らしき者はいなかった。

それも当たりまえだ、綺羅は死んではいないのだとほっとする反面、しかし、こうして最悪の場合を想定してすら、行方が摑《つか》めないことに、弟君はすっかり気落ちしてしまったのであった。

木々や風はもう秋のもので、身を隠している者には辛《つら》い季節が近づいてきていた。

姉さまは、どこかの山の中で朽《く》ち果ててるのかもしれない。

弟君は弱気になって、ふっとそんなことを思い、そう思ったとたん、それが動かしがたい事実のような気がしてきて、胸が苦しくなってしまう。

今はもう、一カ月前の勇気と期待に溢《あふ》れた気持ちは薄れ、不安だけが心を覆《おお》っていた。

女東宮と同じように小百合《さゆり》も頻繁《ひんぱん》に手紙をよこしたが、それによれば、帝《みかど》の意を受けた命婦《みょうぶ》クラスの女房が、やたらと文を持って来たり、弟君の様子を窺《うかが》おうとしたりしているらしい。

今はまだいいが、これ以上長く籠《こも》っていると、不審を招き、帝も痺れを切らして勅使《ちょくし》（天皇の意を伝える正式の使者）を立てないとも限らない、そうなればごまかしようがないとも書いてあった。

体力的にも時間的にも、弟君はぎりぎりのところまで追いつめられているのである。

「まあまあ、若さん、そないにタメ息ばかりつかんと、そこいらを散歩しはったらどないだす。気分を変えなはれ。お帰りの頃には、おいしい魚料理、揃《そろ》えときます」

山荘番の老女は、弟君を女東宮の縁《ゆかり》のどこぞの宮様だと思っており、何かと気を遣う。

その心遣いを無にするのも悪いので、弟君は立ちあがった。

供人らを呼ぼうとしたが、部屋の近くまで行くと、ものすごい寝息がした。

これまでの疲れがどっと出て、昼寝しているのだろう。

弟君は一人で外に出た。

貴族の山荘などもあるが、ちょっとそれると、山々が重なり、実に森閑《しんかん》としている。

細い山道を歩いていると、ふっとした拍子《ひょうし》に庵《いおり》が現れ、都育ちで大邸宅や宮中しか知らない弟君にはおもしろかった。

名のある僧が、俗を避けて仏の道を極《きわ》めているのかもしれない。

山と水の景色に恵まれた宇治の里は、そういう僧の庵がよく似合う。

時々、山菜を摘《つ》んだ籠《かご》を頭に乗せた山の女《やまめ》とすれ違うのも、弟君は興味深かった。

左右が柴垣《しばがき》になっている小路《こみち》に出て、弟君はふと足を止めた。

何やら遠くで、女同士のいい争う声がする。

そちらの方を目当てにしたわけではなかったが、ゆるやかな坂になった小路を歩いていくうちに、自然、声が近くなってきた。

透けて倒れそうな小柴垣を廻《めぐ》らした向こうに、今にもくずれそうな草庵《そうあん》があった。

女たちの声は、どうもそこから聞こえてくるようである。

〈農家の庵か。それにしても、ひどいボロだな。倒れないのが不思議なくらいだ。しかし、いったい何を怒鳴り合っているんだろう〉

都育ちで、女が怒鳴り合うなどお目にかかったことのない弟君は、ひょいと小柴垣から隙見《すきみ》した。

「なにさ、こんな小魚ばかりじゃ、芋《いも》を一籠《ひとかご》まるまるってわけにゃいかないわ」

「ボるんじゃないよ、あんた。あたしを甘く見る気かい⁉　そんなやせこけた芋なんて、二籠でも少ないよ。どうやったら、そんな病気持ちみたいな芋ばっかり掘れるのか、教えてもらいたいもんだよ、芋娘！」

「な、な、なんてことというのよ。あんたが採《と》ってくる泥魚《どろざかな》なんて、芋一本分もありゃしないんだよ。それを、あたいが芋や塩に替えてやってんじゃないか」

「へっ、塩が聞いてあきれら。半分は砂じゃないかよ。それともなにか？　宇治の辺りじゃ砂を塩というのか」

「は、半分⁉　よ、よくもそんなことといえたもんだわね」

実にどうも、ものすごい修羅場《しゅらば》に出くわしたらしい、と弟君はあっけにとられた。

芋がどうのこうのというところを見ると、芋を争っているのだろうが、どうしてあんなもので、ここまで罵《のの》り合うのか、よくわからない。

しかし、どうみても芋娘の方が負けてるのは確かだった。

芋がどうの塩がどうのと叫びまくっている女の顔は見えないが、すごい迫力である。

「鮨《すし》をつくるには、砂まじりの塩じゃつくれないんだよ。あやうく、一桶分《ひとおけ》、ほかさなきゃならないところだったんだ。どうしてくれるんだよ、芋っ娘《いもこ》！」

「い、いも、いもっこ……、あ、あんた、いい気になるんじゃないよ。生臭坊主《なまぐさぼうず》の囲いもののくせして、生意気なっ」

「囲いものだって⁉　ちょいと！　汚いこというんじゃないよ。あたしを誰だと思ってんだ」

「宇治川の川底で、小魚を漁《あさ》ってるちゃちな川女《かわおんな》だろ。女の身で、男と張り合ったって、採れる魚なんてタカが知れてる。どうせ、男を釣りあげて、おまんま食ってんだろ、この遊《う》かれ女《め》が」

「遊かれ女だって⁉」

「おう、そうさ。ちょっとばかしきれいで、近所の若い衆にもてるからって、でかい態度をとらないでもらいたいわね、余所者《よそもん》のくせに。だいたいあんた、あたらきれいな面《つら》してるくせに、こんなとこに隠れて棲《す》んでるなんて、よっぽどやばいことしてんじゃないの、ふん」

「この、クソ女！　そのへらず口、閉じさせたるぞっ」

　怒鳴り声と一緒に、バシーンというすさまじい音がして、芋娘が、抱《かか》えていた籠ごと横っとびに吹っとんだ。

　ばらばらと、あたり一面に芋が転がり、芋娘はおんおん泣きながら芋を拾い集め、逃げるように走り去った。

〈すげえ女だなァ……。どういう魚採り女《うおとめ》だ〉

弟君は呆《あき》れ返って、思わず小柴垣から身をのり出した。

肩を覆うくらいの髪を、葦草《あしぐさ》か何かで無雑作に束ねていて、見るからに田舎女《いなか》だが、首筋や肩の線は意外なほど細く、雅《みやび》なものがある。

立ち姿もすっきりとしていて、背格好やさっきのいい合いのすさまじさからいって、かなり若いらしい。

と、人の気配を感じたのか、女が振り返った。

その女の顔を見たとたん、弟君は目をみひらき、あんぐりと口をあけた。

見覚えがある。

いささか水焼けして、肌が赤くなっているが、くっきりと美しく曲線を描いた眉《まゆ》、はしっこそうな目もと、すっきりした鼻筋、気の強そうな口もと――。

「姉さま!?　姉さまじゃないのかっ」

「――ということは、やっぱり、わが弟なの？　鏡見てるとしか思えないけど……」

女も驚いているらしく、恐る恐るいう。

「あんた、いえ、おまえ、何だって、そんなカッコしてるのよ。髪切っちゃって……」

「ね、姉さまこそ……！」

弟君は絶句した。

捜しに捜した姉が、京とは目と鼻の先の宇治の里にいたことが、信じられないやら、嬉しいやら、もう、何といっていいのかわからない。

ましして、こうもぴったりと、魚採り女になりきってるなど、論外である。

これなら、左大臣家の若君、綺羅中将《きらのちゅうじょう》を捜している人々の目に留《と》まるはずがない。

弟の自分が、こうして目《ま》のあたりにしても、まだ半信半疑なくらいなのだから。

「ま、立ち話もなんだわ。入んなさいよ。芋粥《いもがゆ》でもつくってあげるからさ」

ものもいえずに立ち尽くしている弟君に笑いかけて、綺羅はさっさと庵の中に入って行った。


「いったい、どういうことなんだ。聞きたいことはいろいろあるけど、まず第一に、どうして失踪したのか、それを聞かせてよ」

汚い土間に敷き物を敷くのももどかしく、弟君はせっかちに尋《たず》ねた。

「いやあ、そう、必死になって聞かれるといいにくいんだけどさ」

綺羅は椀《わん》に入れた芋粥を勧《すす》めながら、照れくさそうに首をすくめた。

「実は御《お》ややができちゃってさ。都にはいられないと、思いつめちゃったわけよ」

「御ややって、子……子、子供──っ‼」

弟君は声を引っくり返して叫び、ものの一分というもの、声が出なかった。

帝へのむくわれない恋に絶望して、というのは、確かにできすぎていたと自分でも思う。

それにしても、誰が綺羅に子供ができて、それで失踪したなどと考えるだろうか。

も⁉」

「宰相中将《さいしょうのちゅうじょう》の。まあ、いろいろと行き違いが……」

あの宰相中将かっ。右大臣《うだいじん》の三の姫と通じていた、あの宰相中将が姉さまと
弟君は口から泡《あわ》を吹き出さんばかりに仰天《ぎょうてん》し、わなわなと震えだした。

あの浮気な宰相中将は、どうやってか綺羅の秘密を知り、綺羅を手ごめにして、なかんずく
孕《はら》ませたというのか。

「許せん！　にっくき中将めっ、たたっ斬《き》ってやる！」

弟君は蒼白《そうはく》になって腰を浮かしたが、敷き物に滑って、あやうく転びそうになった。

「落ちつきなさいよ。そういうセリフって、まだ十年早いわよ。だいたい、結局は気のせい、
というか誤解だったんだから」

弟君は裾《すそ》についた泥《どろ》を払いながら、

「誤解ってどういうことだよ。結局、誤解をしてしまうような行為をされたわけだろ？」

勢いこんでいるので、恥ずかしさも吹っとび、露骨《ろこつ》に尋ねた。

「そりゃ……まあ、唇《くちびる》が触れて……さ……」

「唇って……、つまり……、でも、あの、それだけじゃないでしょ」

「それだけよ」

「それだけって、それで、どうして子供ができたと誤解するんだよ。おかしいじゃないか」

「だって、思いこんじゃったんだもんねー」

「もんねーって……、姉さま……」

弟君は唖然《あぜん》として、まじまじと綺羅をみつめた。

「まさか、姉さま、あなた……」

綺羅は咳払《せきばら》いし、気をそらすように芋粥をすすりながら、

「そうよ。だってさ、おまえも悪いのよ。とある部分と、とある部分がくっつくと御ややができるとかいったじゃない。だもんで、あたし、宰相中将と三の姫のあいびきを見ちゃって、その時、二人が唇をくっつけてたもんで、てっきり、あれをやると御ややができると思いこんじゃったんだわ」

「じゃったんだわ……って……」

「で、あの宰相中将が、奇《あや》しの恋といわれてもどうしたこうしたと喚《わめ》いて迫って来て、有無《うむ》をいわせず唇をくっつけてきたじゃない。こりゃてっきり、あたしにも御ややができたと、それはもう、切ないほどに悩んだわ」

　弟君はこめかみのあたりを押さえ、この、呆《あき》れるばかりの事の顚末《てんまつ》を黙って聞いていた。

　そもそも、自分がいいかげんな説明をしたのが悪いのだとはいえ、接吻《せっぷん》で子ができたと誤解するような人間が、よくもこれまで無事に宮仕《みやづか》えしてこれたものだと、感心を通りこして、ただただ呆然とするばかりである。

「で、誤解して、都を出て、すぐ、この宇治に来たわけなの？」

心を落ちつけるために芋粥をすすり、しばらく間を置いてから、弟君はようやく口を開いた。

「ま、そうなのよ。宇治の川原で、腹減ったなー、乾飯《かれいい》でも持ってくりゃ良かったとぼけーっとしてたら、急に後ろから、どっかの坊さんが抱きついてくるじゃない。なによ、すけべっ、と振り払おうとしたけど、その坊さん、あたしの袖《そで》をしつこく摑まえて、早まってはいけない、若い身空で身投げして何の花実が咲くものかと喚くのよ。揉《も》み合っているうちに川の中に転がり落ちるわ、水はしたたか飲むわで、あやうく死ぬとこだったわよ」

「死ぬとこって、姉さま、死ぬつもりで宇治に来たんじゃないの」

「んまあ！　冗談はよしのすけよ」

綺羅はけらけら笑って、手を振った。

「死ぬ気なんか、さらさらなかったわよ。どこか人知れないとこで御ややを産んで、母子《おやこ》二人で物売りでもして、雄々《おお》しく生きる決心だったんだから」

「そ、そうだよな。姉さまなら、どうしたって、身投げよりは物売りの方だよなあ」

弟君はいたく納得した。

綺羅はそうでなくてはならない。この根性があってこそ綺羅である。

綺羅を身投げ女と勘違《かんちが》いした僧は、たいそう恐縮して、いろいろと心をこめて事情を尋ねた。

綺羅も旅の恥はかき捨てとばかり、御ややができてしまったことなどをあらいざらい告白し、そこでその僧に自分の誤解を指摘されたわけだった。

「その時点で都に帰っても良かったんだけどさ。そのまま帰ったって、なんら事態は変わんないわけよね。今回は誤解ですんだけど、いつまた宰相中将が迫って来ないとも限んないしさ。なにより、もう、男のカッコするのがつくづく嫌になってたの。それで、くだんの坊さんが勧めてくれるまま、この庵に棲《す》みついて、まあ、ゆっくり今後のことを考えようと思ったわけよ。ここは坊さんの昔の庵なんだって」

「ふーん……」

弟君は大きく頷《うなず》いた。

なんのかんのいっても、いろいろ苦労したことには変わりないのだ。

都一《みやこいち》と謳《うた》われた美貌《びぼう》を粗末な衣《ころも》に包んで、山《やま》の女《め》と芋のことで口汚く罵《のの》り合うほど荒《すさ》んだ生活をしているのかと、涙まで浮かんでくる。

「苦労したんだね、姉さま」

「やっだわー、なに泣いてんのよ。まあ、けっこう楽しく暮らしてたわよ。宇治の網代漁《あじろりょう》といえば有名でしょ。人手が足らないから、けっこう重宝《ちょうほう》されてるわ。もうすぐ氷魚漁《ひおりょう》も始まるしさ。まあね、三の姫が姫君を産んだことも風の便りに聞いて、陰ながら喜んだしね。時々、主上《おかみ》……じゃなくて、いろんなこと思い出すと寂しかったけどさ」

「だけど、いつまでも、このままってわけにはいかないだろ。今後のこと、少しは考えなかったの？」

「そりゃ考えたわよ。でも、どうも暗くてね。どうしようもないわよ。今さら、綺羅中将として戻る気はないし」

弟君はついと膝《ひざ》を進めた。

「姉さま、ぼくもいろいろ考えたんだ。ぼくら、このままじゃいけないよ。それはわかるだろう」

「うん」

「ぼくら、入れ替わるんだ。ぼくが綺羅中将になり、姉さまが綺羅尚侍《ないしのかみ》になる。これしか、まともな人生を歩む道はないよ」

弟君の真剣な顔に、綺羅は頭《かぶり》を振った。

「無理よ。そりゃ、おまえはいいわ。その格好で、充分、綺羅中将として通じるわよ。あたし、鏡を見てるような気がするくらいだもの。でも、あたしはだめ、この髪だもの。だから、おまえだけでも、失踪した綺羅中将として都に戻りなさいよ。少なくともおまえは、まともな人生が送れるわよ。今度は綺羅尚侍が失踪したことにしてさ」

「だめだよ。綺羅尚侍は絶対必要なんだ」

「なんで」

弟君は迷ったあげく、告白した。

「綺羅尚侍は、近いうちに女御《にょうご》の宣旨《せんじ》を受けて、入内《じゅだい》することになってるんだ。入内を前に失踪したら、おもうさんの首が飛ぶんだよ」

「女御入内⁉」

綺羅はぎょっとした。

自分が都を去っている間に、そういう話が出ていたのか。

やっぱり帝は、最初からそれが目的で綺羅姫出仕《しゆつし》を勧めたのか。

いずれ、ほどよいところで、女御入内を切り出すつもりだったのだ。

なまじ尚侍を守っていた自分がいなくなったばかりに、これ幸いと女御の話を持ち出したに違いない。

なんという好色家、なんという不人情な方なのか。

自分は遠く都を離れ、思い出すのは帝のことばかりだったというのに！

「そんなの、放っときゃいいのよ。なんて浮気な方なんだろう。人がいなくなったとたんに、おまえに色目をつかうなんて」

「実際、困っちゃうんだよね、やたら思わせぶりなことおっしゃって」

弟君はにやにや笑った。

「ある所で清らかな姫に会ったとか、その姫にもう一度会いたくて、その姫に似ていると評判の綺羅の元服《げんぷく》出仕を急がせたとか、北嵯峨《きたさが》がどうとか」

「ちょ、ちょっと待った！」

綺羅は息をのんだ。

どういうことだ、それは。

「やたらあいまいないい方をなさるんだが、ともかく、ひとめ見て好きになった姫君と綺羅があんまり似ているから、つい、綺羅を女のように見ていた、ともおっしゃってたな」

「ひとめ見て好きになった姫君って、もしかして……、あたしかしら」

「知らないよ。ぼくには覚えのないことばかりだもの。姫さま、覚えはないの？　女東宮の話によると、主上は三年前、北嵯峨で清らかな姫に会い、あれこそ理想だとおっしゃって、北嵯峨の姫君と呼んでらっしゃるそうだ」

「北嵯峨の姫君……清らかな姫……」

どうも、そこがわからない。

北嵯峨といえば、自分のこと以外考えられない。確かに帝と会っている。

しかし、あの出会い方で、どうして清らかな姫だの、理想だのといえるのだろうか。

「だけど……、やっぱり、あたしかな。とすると主上は……」

とたんに体じゅうが熱くなり、頰《ほお》も耳も赤くなった。

なんだ。そういうことだったのか。

「わ、わかっただろ、姉さま。こういう情況だから、ぼくらがうまく入れ替われば、すべては解決するんだよ」

「それはそうだけど」

にわかに入れ替わり作戦に心が動き出した綺羅だったが、しかし声は重かった。

弟は今すぐにでも男に戻れる強みがあるから、いかにも簡単に「入れ替われば、すべてが解決する」と嬉々《きき》としていうが、しかし、自分はどうなるのか。

一日に一寸も髪が伸びてくれるならいざしらず、とてもじゃないが尚侍《ないしのかみ》に化《ば》けられるものでもない。

「それはそうだよな……」

弟君も、その困難さは認めた。

「ともかく、ここじゃ落ちつかないしさ。山荘に戻って、考え直そうよ」

「山荘？　うちは宇治に山荘なんて持ってないでしょ」

「女東宮の持ち家なんだ」

「女東宮の？　――ふうん。おまえもやり手なのねえ」

綺羅は庵の整理をし、わずかな身の回りの物を持って、弟君の後について行った。

山荘の近くに行くと、供人二人が心配顔でウロウロしており、弟君を見つけて駆け寄って来た。

「案じとりましたで。どこ行ってはったんどすか。都から文が……やや、なんだ、女」

供人は綺羅を見て、顔をしかめた。

「女、ここはお前みたいなモンが、来るとことちゃう。さっさと去《い》ね」

汚いものを追い払うように、手でしっしっと追いやろうとする。

弟君が慌《あわ》てて、

「いいんだ。この人は大切な客なんだ」

といい、綺羅の手を引っぱって山荘の中に駆けこんだ。

「若さんも酔狂《すいきょう》やな。なんぼなんでも、あない小汚い遊《う》かれ女《め》を引っぱり込まんでも」

「いや。なかなかのべっぴんやったで。泥で汚れとったけど、素《もと》はええはずや。若さんも目が高い」

供人らがボソボソと話しているのがおかしくて、綺羅と弟君は顔を見合わせて笑った。

部屋に入ると、女東宮からの手紙が来ていた。

弟君がざっと読み、苦笑しながら綺羅に見せた。


『尚侍、綺羅に似た死人《しびと》は見つかった？　――』


冒頭の一行に綺羅はぎくっとして、思わず弟君を睨《にら》みつけた。

二人の恋人は、失踪した自分をさかなに、どんな話をしてるんだ。

弟君はごめんというように首をすくめた。


『どちらにしても、いよいよ時間切れよ、尚侍。

主上《おかみ》が、尚侍の写経二十巻に疑いをおもちになり始めたのよ。長すぎるというわけよね。

それに、尚侍が女御入内を嫌って馬鹿な真似《まね》をするのじゃないかと、異常なくらい気にしてらっしゃるのよ。なんでも北嵯峨で会った姫君は、むりやり結婚させられそうになり、それを嫌って入水《じゅすい》しかけてたんだって。ロマンチックね。

そういうわけで、今度も尚侍が入水とか首を吊《つ》るとかするんじゃないかと、それはもうご心配なさってて、今日明日にも呼び戻そうとなさるのを、わたくしが必死に押さえているのよ。

この際、綺羅探索は諦《あきら》めるべきよ。

そして、せめてあなただけでも、社会復帰できるよう尽力《じんりょく》して下さい。

それについて、わたくし、ひらめいたことがあるの。

わたくしと綺羅中将が恋仲だったことにするのよ。

でも、わたくしは女東宮だし、綺羅には妻《さい》がいて、しかもその妻は他の男と仲良くしてる。それに絶望して、失踪したことにするの。

でも、妻の三の姫は収まるところに収まったし、わたくしへの恋心止《や》みがたく、ひとめ、わたくしに会ってから出家しようと、都に戻って来て発見される。

ちょうど、時は嵐で、わたくしは後宮を抜け出して、あなたのもとに走り、ともに死にましょうと、物語のような場面を演じるのよ。

もちろん、死んだら元も子もないから、ちゃんと小百合か誰かと段取りして、止めてもらうけれどね。

ここまでやれば、三の姫と宰相中将のように、そんなに非難されないまま、すんなり仲が認められるんじゃないかしら。

わたくしは勘当《かんどう》の代わりに東宮を廃《はい》されるかもしれないけど、それこそ願ったりだし、あなたもせいぜいが一時除籍されるだけだわ。

ね？　いいアイデアでしょう。これしかないわよ。早く帰ってらして。そして、このアイデアについて、詳しく相談しましょう。

水死した綺羅にはお気の毒だけど、でも、これもあなたを男に戻さんとする姉君のお志《こころざし》かもしれなくてよ。ありがたくお受けしましょうよ。

繰り返しますが、時間がありません。一刻も早い御帰京を――』


綺羅はため息をついた。

「水死した綺羅には気の毒だけど、か。まったくよねえ。よくもまあ、ここまであたしを無視した計画が立てられるもんだわ。三の姫といい、恋する女ってのは迫力あるわね」

「ま、ま、悪くとらないでよね。女東宮はぼくの身を案じてくれてるんだし」

弟君はなんとも弁解のしようがなく、顔を赤らめて俯《うつむ》いた。

「時間もないし、女東宮もあせってるんだよ。主上が妙な心配をなさってるようだし」

「妙な心配か……」

〈つくづく、例のあたしの口からでまかせを信じこんでらっしゃるんだわ〉

綺羅はふと考えこんだ。

そうだ。

帝は、尚侍は昔、意に染まぬ結婚を嫌って入水したと思いこんでいる。それを利用できないものか……。

「姉さま、怒っちゃったの?」

あまりに長い間、綺羅が黙っているので、弟君は恐る恐るいった。

綺羅は顔をあげた。

「――うまくいきそうだわ。やれそうな気がする。失敗しても尼寺に行きゃいいんだし。これ以外、女に戻る方法はないんだから、あたしも覚悟を決めた。あたしはやるわよ!」

綺羅は弟君を近くに呼び寄せ、ボソボソと耳打ちした。

その夜遅く、京の三条にある左大臣家に、やつした感じの目立たない網代車《あじろぐるま》が入り、市女笠《いちめがさ》に枲垂衣《むしのたれぎぬ》で顔も姿も隠したいわくあり気《げ》な女性が、そっと降り立ち、滑るように東北《ひがしきた》の対屋《たいのや》に入った。

それから三日後、綺羅姫は帝の再三のお召しを拒《こば》みきれず、写経二十巻の半ばにして、志を折り、再出仕した。

しかし、長い精進潔斎《しょうじんけっさい》の生活のためか、写経二十巻の志半ばにして諦めたためか、たいそう元気がなく、部屋に籠《こも》りきりで、女東宮も御前に召すのを遠慮するほどだった。

「尚侍さんが、写経二十巻の半ばで、出仕しはったそうどすな」

政務も一段落して寛《くつろ》いでいた時、側《そば》に控えていた大納言《だいなごん》がふと思い出したようにいった。

帝は物憂《う》く顔をくもらせ、

「わたしも、せっかくの願掛けに水をさすつもりはないが、あまりに長すぎるし、いろいろと心配だったものだから、性急《せい》に呼びつけてしまった」

と後ろめたい思いで呟《つぶや》いた。

大納言は首を振り、

「いやいや、こう申しては何だすけど、いくら写経しても、綺羅中将さんはもう、望み薄やないか思いますわ。尚侍さんは、新女御にならはる方やのに、慣れんお籠り生活で体こわしたら、えらいことどす。お呼びにならはったんは正解どすわ」

と気をひきたてるようにいう。

帝は寂しく笑った。

人が何気なく綺羅の名を口にすると、帝はなんともいえない複雑な思いにとらわれ、あれほど強く望んだにもかかわらず、尚侍の女御入内を愚《おろ》かなことだと後悔するのだった。

夜も更け、明日は宣耀殿《せんようでん》に行ってみようと思いながら、夜御殿《よんのおとど》に入り、うつらうつらと寝入りかけた時、何やら人の足音が入り乱れ、と同時に声高な話し声が近づいて来た。

かなりの騒がしさである。

帝は袿《うちぎ》を引き被《かぶ》り、孫廂《まごひさし》に出た。

「何事だ、この騒々しさは！」

そこに、宿直《とのい》の公達《きんだち》に押しとどめられながら、女東宮付きの女房、三位局と一条《いちじょう》が駆けつけてきて、手をついた。

「大変でございます。東宮さんはすっかり興奮しはって、手がつけられしまへん。尚侍さんが、尚侍さんが……」

「尚侍がどうかしたのか」

三位局らはわっと泣き伏した。

困惑のあまり、何をどういっていいのかわからないという様子である。

「おいたわしゅうて、とても、とても女のわたくしどもの口からは……！　なんちゅう恐ろしいことどすのや。物《もの》の怪《け》のしわざどすわ。おいたわしい！」

要領を得ない女房の泣き言に業《ごう》を煮《に》やし、帝は「梨壺《なしつぼ》に参る」といいおいて、女東宮のいる梨壺に駆けつけた。

梨壺の近くまで行くと、人のざわめきや泣き声がひときわ高い。

何事が起こったのかと、帝は胸が轟《とどろ》いた。

「東宮！　女東宮は御無事か!?　どこにおられる」

「主上！」

女東宮が走り出て、帝にしがみついた。

「大変だわ。とんでもないことが起こったの。わたくしの不注意でした。どうしていいのかわかりません」

そう言って、おいおいと声をあげて泣く。

帝はもう、わけがわからなかった。

「どうしたのだ。いったい何が起こったのか、はっきりおいいなさい」

「尚侍《ないしのかみ》ですわ。尚侍が、どうしても女御になるのは嫌と言って、尼《あま》になると決心して……」

「尼⁉」

帝はさっと青ざめた。

「そんなことは、わたしが許さない。第一、綺羅中将の行方が知れぬ今、綺羅姫は左大臣にとってはたった一人の姫君ではないか。尼になど、左大臣が許すわけがない」

「いいえ、遅うございましたわ。わたくしたちに反対されると思ったのか、たった今、お一人で、ばっさりと髪をお切りになってしまったのですわ」

「な……！」

「今、宣耀殿の一室にお籠《こ》めして、小百合らに見張らせています。とても興奮していらして、このままでは髪はおろか、お命まで絶ちかねない様子で……」

「愚かなことを！」

「尚侍を尼になど、させたくありません。主上、なんとかして下さい」

「なんとかといわれても……、ともかく、このことは外に洩《も》れないようになさい。わたくしは尚侍に会って来る」

見送る女東宮が奇妙な笑みを浮かべているとも知らず、帝は宣耀殿に急いだ。

女房たちが恐ろしいものを見たように、袖で顔を覆い、あちこちに打ち伏している。

帝が進もうとするのに気づき、小百合が引き止めにかかったが、帝は非常時だからと振り切って、御簾《みす》をとっぱらい、中に入った。

几帳《きちょう》の陰に、尚侍らしき人影があった。

ふと、視界のすみに黒いものが入った。

見ると、髪箱に、切ったばかりらしい長い黒い髪が、無数の蛇《へび》のようにうねって収められている。


普通より多めの豊かな髪の量で、それを惜し気もなく、しかもたった一人で切ってしまったという尚侍の激しさに、帝は呆然《ぼうぜん》とした。

と同時に、一瞬のうちに、北嵯峨でのことが思い出された。

〈そうだ。尚侍は、こういう人だったのだ。意に染まぬ結婚を嫌って、入水までした人だ。尼になろうとして、髪を切るぐらい、平気でできる人なのだ〉

帝は何といってよいものか、言葉もなく立ちつくした。ようやく、

「尚侍、あなたは、なんという……」

と声をふり絞った。

「こんなふうになさる前に、なぜ、わたしにいって下さいませんでしたか。こんな無情なことを……。残された父君や母君の気持ちはどうなるのです」

「お許し下さい。わたくしには、これしか方法がなかったのですわ」

張りつめた声が、几帳の陰から聞こえた。

その瞬間、帝は雷《いかずち》に打たれたようにびくりとした。

これが、尚侍《ないしのかみ》の声だったろうか。

いや、もちろん、そうに違いない。なんといっても、目の前にいる本人が、話しているのだから。

もともと尚侍はめったにしゃべらず、どれが尚侍の声とはっきりわかっているわけでもない。しかし……しかし、かすかに尻上《しりあ》がりの、澄んだこの声は、ある人のものに、あまりに似ている。

兄妹《きょうだい》なのだから、似ていてあたりまえだと思いながら、帝は動揺を抑《おさ》えることができなかった。

「どうして、入内をそんなにお厭《いと》いになるのですか。どなたか、思いかわした方がいたのですか?」

「……はい、思う方がおります……」

綺羅は震えながらいった。

この次に、この入れ替わり劇の成否がかかっていると思うと、さすがに日頃の気丈さも吹っ飛び、体の底から震えが湧《わ》きあがってくる。

なにしろ、人間二人のこれからの人生がかかっているのだ。

「思う人がいる……? それは……」

帝は口ごもった。

恥ずかしがりで、極端な人見知りをする人が、どこで男を見、思いをかわすというのか。

どう考えても、その場限りのいい逃れとしか思えない。その場限りのいい逃れをいうほど、女御になるのを嫌っているのかと、帝は妙にプライドを傷つけられた思いがした。

「あなたは出仕前、邸《やしき》に籠りきりで、一歩も外に出たことがなかったと聞いています。それで、いつ、思い合う人と出会ったのですか。見えすいた嘘《うそ》をいってまで、それほどに入内をお厭いか」

「——たった一度、北嵯峨に参ったことがございました。死を覚悟して……」

「え⁉」

「そこで、お会いした公達のことが忘れられません。死を覚悟したわたくしに、生きよと仰《おお》せられました。その一言で、わたくしは救われました。その時以来、わたくしはずっと、その方をお慕《した》いしておりました」

「そんな……、そ、その者の名は……」

「存じません。ただ、紫水晶の数珠《じゅず》を下さいました。それを頼りに、今日まで生きて参りました。その方でなければ、嫌です。わたくしを、尼にさせて下さいませ」

「………」

帝は驚きのあまり、すぐには何も考えられない。

北嵯峨で会った公達とは、自分である。

では、北嵯峨の姫君は、ずっと、自分を恋《こ》い慕って、人目に触れないよう、つつましく暮らしてきたのだろうか。

しかし、それにしても、この声は綺羅そのものだ。

帝は一歩踏み出し、

「尚侍《ないしのかみ》、非常の時だ。無礼を許せ」

と几帳を払いのけた。

尚侍に化けた綺羅が、袖で顔を覆うより早く、帝の手が袖を摑《つか》み、灯《あか》りの方に顔を向けさせた。

「綺羅……！」

帝は呆然とした。

長い髪をばっさりと肩まで切った女は、さぞ痛々しかろうという予想を裏切り、綺羅尚侍はとても愛らしく、可憐《かれん》だった。

しかし、何よりも、尼剃《あまそ》ぎした黒髪にふちどられた白い顔は、綺羅とうりふたつ、いや、綺羅そのものだったのである。

入れ替わっている綺羅本人なのだから、似ているのも当たりまえではあった。

「これほど似ていたとは……」

帝は、尚侍が恥ずかしがり屋だという綺羅中将の言葉を真に受け、近寄らないという約束を律気《りちぎ》に守り、これまで一度も尚侍の素顔を見たことがなかったのを、しみじみ悔《く》いた。

一方の綺羅は、ここでうまくやらなければ、すべてがおじゃんになるという緊張感で頭に血がのぼり、帝の顔を見たとたん、その緊張の糸がぷつんと切れて、実に見事に、これ以上はな

いというほど自然に、

「あ」

と叫んで、気を失うことができたのだった。

「やったわねー、綺羅尚侍」

八月《はづき》も過ぎ、九月《ながつき》に入り、吹きわたる風もめっきり冷たくなったある日、梨壺では女東宮と綺羅、小百合の三人が人払いして集まっていた。

「短い髪で尚侍とすり替わるために、尼になるといって切ったことにするなんて、よくも考えついたものだわ、綺羅。あなたって、昔から抜けめがなかったもんね。あの時の女房たちの驚いた顔ったら！」

女東宮は楽しそうに、声をひそめて笑った。

女東宮はここしばらく、物思いのあまり病気になって寝こんでいることになっているので、大声を出すことができないのである。

「三位局や一条なんか、未《いま》だに綺羅が何か無茶をやるんじゃないかと怯《おび》えてるもんね。おとなしい人に限って、突然、何をやらはるかわかりまへんなあ、なんていってさ」

「うちの女房たちも、綺羅さまが何かやるんじゃないかと、入れ替わり立ち替わり見張りに来ますわ」

小百合も相槌《あいづち》を打った。

綺羅が尚侍《ないしのかみ》になりすまして再出仕したことは、女東宮と小百合以外の誰も知らず、左大臣家からついて来た四十人の女房たちも、みな、もとのままの尚侍だと思っている。

尼になるといって一人で髪を切ったのも、尚侍その人だと思っており、自分たちが近くにいながら、こんな無茶をさせてしまったとたいそう気に病《や》み、左大臣に申しわけがたたないと悔やんでいるのである。

「この一カ月、様子を見たけど、誰も不審を持ってないみたいじゃない？　綺羅」

「なんといいましても、主上《おかみ》御自身がまるで疑ってらっしゃいませんものね。殿方のわりにロマンチックでいらっしゃって、運命的な巡り合わせにすっかり喜んでいらっしゃって」

小百合が意味ありげにいうのを、綺羅は満足げに聞いていた。

実際、こんなにうまくいくとは、自分でも思っていなかった。

尚侍が綺羅そっくり、というより綺羅そのものなのにすっかり度胆《どぎも》を抜かれた帝は、北嵯峨での感動がにわかにぶり返し、これこそ求めていた姫だと思いこんで、連日宣耀殿に通い、綺羅をクドいているのであった。

綺羅中将への奇《あや》しい思いも、実はあなたの俤《おもかげ》を重ねていたのだと、綺羅本人に向かっていっているのだから、その滑稽《こっけい》さは限りもなく、几帳の陰で聞いている綺羅は吹き出すのをこらえるのに必死で、とても返事をするどころではない。

綺羅の断髪を外に洩れないよう厳戒体制を敷き、切り落とした髪——実は、弟君が切った髪である——で髢《かもじ》を作らせたのも帝本人である。

つまり、今、綺羅は精巧な付け髪をしてごまかしているわけである。

さすがに付け髪で入内するのは体裁《ていさい》が悪いので、多少伸びるまで入内は待とうといってくれているのも、帝であった。

つまり、綺羅に関しての入れ替わり作戦は、みごとに成功したのである。

後は、いつ、どういうふうにして、綺羅中将になりすました弟君が帰ってくるか、だった。

弟君が帰ってこなければ、本当の意味での入れ替わり完了とはいえないのである。

今日、女東宮のもとに綺羅と小百合が集まっているのも、そのためだった。

「遅いわねえ、今、何刻《どき》？　午《うま》の刻？　そろそろ左大臣から、主上に御報告があっていい頃じゃない。尚侍、じゃない、もう綺羅中将なのね、綺羅中将は昨夜のうちに三条邸に戻ってるんでしょう」

女東宮は心配そうにブツブツいった。

綺羅がみごとに尚侍に収まった以上、女東宮の関心は、愛する弟君に向けられていた。

「もう、そろそろだと思いますわ。女東宮、そうピンシャンしていてはいけませんよ。第一報がきたら……」

「わかってるわよ。これから先は、わたくしいかんにかかってるんですもの。うまくやるわ」

「あ、来たんじゃございません⁉」

小百合が耳ざとく、足音を聞きつけた。

女房の衣擦《きぬず》れの音が、しだいに近づいてくる。

女東宮はあわてて夜具にもぐり込み、衾《ふすま》を引き被った。

綺羅と小百合も御簾《みす》の外に出て、姿勢正しく正座した。

そこに三位局が駆け付けてきて、

「尚侍《ないしのかみ》はん、大事な話がありますのや。ちと、こちらへ」

と強張《こわば》った表情でいう。

綺羅は体をずらして、三位局の方を向き、扇《おうぎ》で女東宮の方を避けるようにしていった。

「何ですか？　女東宮の御容体でしたら、典薬頭《てんやくのかみ》に……」

「いえ、それやないのどす。綺羅中将さんのことどすのや。綺羅中将さんが昨夜、お帰りになったそうどす」

「んまあ！　わが兄上さま、綺羅中将が⁉」

綺羅はばさりと扇を落として、叫んだ。

三位局はぎょっとして、

「し、しぃーっ、女東宮さんに聞かれたらえらいことどす。盗み聞きのお上手な方やから。それがなんでも、女東宮さんにひとめ会《お》うて出家するとえらい興奮してはるそうどすのや。今、殿上《てんじょう》の間はその話でもちきりどす。じきに主上もおいで遊ばしますやろ。せやけど、これ、どないなことやろか。綺羅中将さんと女東宮さんは、なんぞあったんどすか？　女東宮さんが綺羅中将の失踪に関《かか》わってるとなると、わたくしらの責任は……」

「綺羅中将がお帰りになったんですって!?」

女東宮が小袖に単姿《ひとえ》で、御簾の中から飛び出してきた。

「綺羅中将がお帰りになった!?　ああ、わたくしに会うためだわ。わたくしを置いていなくなるはずはないと思っていたわ。早く、早く綺羅中将さまをここへ連れて来て！　いいえ、わたくしが会いに行きます！　わたくしがこれから」

「お静まり遊ばして、女東宮さま！　お静まり遊ばして！　小百合、女東宮を！」

綺羅と小百合が女東宮を押さえつけ、三位局が顔色を変えておろおろしているところに、一条が先導で帝のおでましを告げた。

女東宮はいよいよ暴れまわり、押さえる綺羅と小百合はあちこちに引っかき傷をつくった。

「どうした騒ぎだ、これは」

やってきた帝が驚いていうが早いか、

「主上！」

女東宮は綺羅を振りきって、帝の足元に泣き伏してしまった。

「綺羅中将が出家するなら、わたくしも尼になります！　綺羅中将をお咎《とが》めになるなら、わたくし、死にます。わたくし、わたくし、わあっっ」

さすがの綺羅も小百合も顔を見合わせて苦笑するほどのクサイ芝居である。

しかし、何も知らぬ帝は唖然《あぜん》として立ち尽くすばかりだった。

ともかくも、お静まり遊ばして、と女房総出で落ちつかせ、綺羅と小百合は命からがら宣耀殿に逃げ帰った。

「いくらなんでも、やりすぎじゃございませんかしら。疑われては元も子もありませんのに。女東宮さまも程度というものを考えていただきませんと」

暴れる女東宮に顔をぶたれた小百合は、ふてくされて文句をいう。

「やれやれ、ようやく女東宮も落ちつかれた」

しばらくして、帝がぐったりと疲れた様子で宣耀殿に顔を出した。

「あなたは怪我《けが》をしませんでしたか、尚侍《ないしのかみ》。わたしは手を引っかかれた。しかし驚いたな。あの女東宮が、あれほど取り乱すとは。いや、もともと暴れん坊ではあったが、よもや恋愛問題であのように……」

よほど驚いているらしく、しきりに首をひねっている。

「どう考えても、信じられない。あの綺羅中将と女東宮が、わりない仲であったとは……。興奮している女東宮の話をとりまとめると、尚侍が出仕して以来、綺羅が毎日のように伺候《しこう》するので親しくなった、ということらしいが……、あなた、気がついていましたか」

「い、いいえ、一向に」

声を発すると吹き出しそうになるので、それを我慢していると声が震える。

それをどう解釈したものか、帝はしきりに頷き、

「そうだろうね。あなたも驚いただろうな。しかし、わたしはもっと驚いている。綺羅が失踪しても少しも慌《あわ》てず、あなたと双六《すごろく》ばかりしていた女東宮が、まさか」

と考え込むふうだった。

綺羅が失踪してからも、女東宮はピンシャンしていたのだから、これは痛い。

小百合は、だからやり過ぎはいけないというのに、というように顔をしかめた。

綺羅は咳払《せきばら》いをしてから、

「恐れながら、綺羅の失踪は自分のせいだと思うにつけても、何も語らず失踪した綺羅の名誉のために、じっと耐え忍んでいらしたのでは」

「じっと耐え忍んで、ねえ。どうも女東宮はそういう性格ではないのだが」

「女は恋をすると、変わりますわ。三の姫のように」

「それはそうだ。なよやかにか弱い方も、いざとなると自分の髪をお切りになるくらいだからね」

帝は嫌味っぽくいって、笑った。

どうやら女東宮の過剰《かじよう》演技をうまくごまかせたらしいので、綺羅はホッとした。

「しかし、どうしたものか。綺羅中将が帰って来たことは喜ばしいが、こうなると、どういう態度で接していいものか……」

「主上は綺羅をたいそう、お気に召していらっしゃいましたし……」

扇の陰で小百合と目くばせしながら、にやにや笑っていうと、帝はあわてて、

「あ、いや、あれは、む、昔のことですよ。それも、あなたに似ているからと思えばこそですよ」

と、弁解にこれ努める。

綺羅は首をすくめた。

〈やれやれ、単純というか、調子がよくていらっしゃる。ま、だからこそ、何も疑わずに信じて下さって、こちらとしては有難《ありがた》いけど〉

「ところで、都を捨てて失踪したわが兄に、お咎《とが》めはあるのでしょうか」

「いや、重大な失策をおかしたわけではないからね。ただ、あれだけ都を騒がした手前、本人が辛《つら》いだろうね。落ちついた頃を待って、出仕を促《うなが》してみよう。あなたも会いたいでしょうし」

「――都育ちの人が都を離れ、諸国を流浪《るろう》し、死ぬほどの苦しい思いをしたことでしょう。以前とは、面差《おもざ》しも何もかも、変わっているかもしれませんね」

ここが一番の弱点なので、綺羅は注意深く、窺《うかが》うようにいった。

かつて自分は、多くの貴族と接していた。

勘《かん》のいい人の中には、帰って来た綺羅は以前と微妙に雰囲気《ふんいき》が違う、と思うかもしれない。

それに弟君は、男としての出仕経験がない。

その予備勉強のために、一カ月余、宇治の山荘に籠っていたわけであるが、いざ出仕してみれば、いろいろとボロを出す恐れは充分ある。

他の貴族はともかく、帝に疑いをもたれては困るのである。

「宮廷の約束事なども、すっかり心もとなくなっているかもしれませんわ。お可哀《かわい》そうなお兄さま。都を離れているうちに、鄙者《ひなもの》に成り果てたと爪弾《つまはじ》きされるのが目に見えるようですわ、よよよ」

物憂《ものう》く打ち伏して嘆《なげ》く綺羅尚侍《ないしのかみ》に、帝はおろおろと、

「つまらぬことをお気になさる。綺羅中将は綺羅中将。いかに外見は変わって見えても、そんなことはたいしたことではない。あの宰相中将も、例の事件の後は、ずいぶんと面変《おもが》わりしていた。若い公達は、ある事を境に見違えるほど変わるものです。そんなことで、鄙《ひな》びたなどといわせはしませんよ」

と、しきりに機嫌《きげん》をとる。

すっかり綺羅尚侍に入れこんでいるので、帰って来た綺羅中将の様子が、以前と少しぐらい違っていようと、それにはあまり興味がなく、ただ尚侍がそれを気に病《や》むのが可哀そうだった。

まだ少し信じられないが、綺羅中将と女東宮の恋仲がはっきりした以上、今さら、奇《あや》しの恋云々《うんぬん》を蒸し返すのも馬鹿馬鹿しい。目の前には、ちゃんと自分の望んだ綺羅がいるのだから。

しかし、女東宮との仲は、どうしたものだろう。

仮にも東宮の位《くらい》にいる者が、臣下とこういう噂が立ったとなると、頭の固い貴族の中には、だから女東宮は好ましくないのだ、男皇子《おとこみこ》を是非《ぜひ》、という例の話を再燃させる者もいるだろう。梅壺女御《うめつぼのにょうご》たちがそれを受けて、また争いだして……——。

帝はどっと疲れが出てきた。

「何をお案じですの？」

帝がいやに深々とため息をついたので、綺羅は心配になった。

まだ何か、疑われるような点が残っているのだろうか。

「あのう、弟のことで……」

「弟？」

「え、い、いえ、兄ですわ。兄と女東宮さまのこと、お認めになっては下さいませんの」

「いや、今すぐにも認めてあげたいですよ。女東宮はもともと東宮を嫌がっておいでだったし、東宮を降りれば、皇妹の久宮《ながのみや》として、御結婚するのに何の障《さわ》りもない。ただ、そのためには、わたしの皇子が必要なのだが」

帝は思わせぶりに口ごもり、

「皇子を産んでいただきたい方は、未《いま》だに入内をしぶっておられるし、綺羅中将の恋も前途多難なのではないですか」

と、扇で顔を隠している綺羅を、ちらりと見た。

綺羅はそっと一人笑いを洩らした。

弟も綺羅中将として帰って来たし、確かに女東宮と結婚するまでにはまた一騒動あるだろうが、ともかくうまくいきそうな気配である。

いろいろあったが、綺羅姉弟の数奇な運命も、結局、行きつくところはめでたしめでたしの物語と同じになるようだ。

〈これで、あたしが男皇子を産めば万々歳だけど、こればっかりはわからないわねえ。とりあえずは、うまく入れ替われただけでも良しとしなくっちゃ〉

「男皇子ですか？　そのうち、如来《にょらい》さまと出雲《いずも》の神さまが御相談して、ほどよき時に、玉のような健《すこ》やかな御《お》ややを下さいますわよ」

綺羅がすまして答えるのを、帝はなんという純真な娘だろうと感激して微笑《ほほえ》み、部屋の隅におとなしく控えていた小百合は、こらえきれずに吹き出し、お腹《なか》を抱《かか》えて笑い転げたのだった。

少女小説家を殺せ！　1

1

その決心は、珍しく平和な朝から始まった。

平和な朝。というのかお昼近く。

なんたって、あの火村彩子《ひむらさいこ》センセが朝から上機嫌《じょうきげん》で、トーストをつくってくれたぐらいなんだから、これが平和でなくて何だろう。

もっともあたしは夢見が悪くて、コーヒーもろくに喉《のど》を通らなかった。

「あたしはね、米子《よねこ》。自分がこれまで小説を書いてきて、こんなに恐ろしいと思ったことはないわ」

彩子センセは頰《ほお》を上気させて、視線をうっとりと宙にさまよわせた。

「何が恐ろしいか、わかる?」

「はあ。センセの才能が恐ろしいんでしょ」

あたしはうんざりしながら言った。

彩子センセは出鼻をくじかれたので、むっとして、あたしを睨《にら》んだ。

いつもなら、「何が恐ろしいか、わかる?」「いいえ、何ですか」「あたしの才能よ！　あたしは自分自身の才能がこわいのよっ」といった順番で、気勢をあげるのである。

あたしも、いつもなら彩子センセがヒステリーを起こすのを押さえるためにも、黙ってるんだけど、寝不足のせいもあって、とてもじゃないけど相手をする気になれない。

「ま、そうよ。あたしは自分の才能が恐ろしくなったのよ。米子もなかなか、わかってきてるじゃない」

彩子センセはす早く態勢をたてなおした。

ふん。

わかりもするわよ。

小説を書き終わるたんびに一人で盛りあがって、「自分の才能がこわいっ」「やった！　世紀の大傑作よっ」と喚《わめ》き散らすんじゃないの。

「今回の『青い炎はただ、無』こそは、あたしの畢生《ひっせい》の大作よ」

「センセ、前に『ゲマルツォ城の五頭竜』を書いた時も、畢生の大作って言ってたけど」

「あれも畢生の大作よ」

「畢生って、生涯をかけたって意味でしょ。一生に、そう何作も畢生の大作があるってのも、思えば妙な話ですよね」

「『ゲマルツォ城の五頭竜』は、二十三年と三カ月の生涯をかけた大作。こっちの『青い炎はただ、無』は二十三年と四カ月の生涯をかけた大作なのよ。文句あんの⁉」

「いえ、その……」

「ぐずぐずと、人の感動に水差さないでよ。あたしは今、心は空想の荒野を駆け抜け、思念《しねん》は〝人生、いかに生くべきか〟といった深遠なテーマに到達してんだから」

「…………」

あたしは黙り込んだ。

昨夜、彩子センセは例によって小説を書きあげ、例によって、あたしに無理やり読ませた。

それが『青い炎はただ、無』っていう、例によって例のごとく、わけのわからんファンタジーで、それを読まされたばっかりに夜中じゅう悪夢にうなされて、ろくに眠れなかったのである。

なんでも、人間の怒りや憎しみといったマイナス感情は、赤い炎になって、人間が眠ったり気絶したりしてる時に、思うさま跳梁《ちょうりょう》する。

赤い炎は人の心を悪に染め、環境を少しずつ破壊していく。

人間は、それに気づかない。

ところがどっこい、やっぱり、そういう炎が特別に見える能力の少年がいて、でもその少年は、幼い頃の病気のせいで口がきけず、全身もマヒしていて、動けない。

ある時は病院のベッドの上、ある時は車イスに寝かされながら、ミノル少年は赤い炎が徐々に増えて、あたりを燃えあがらせていくのを、ただ、じっとみつめているしかないのである。

温厚な病院長、優しい看護婦も全身が赤い炎に包まれている時があって、ミノル少年の哀《かな》しみは深い。

愛するママが、食事や運動のたびにミノル少年の体を抱きあげたり、動かしたりする。けれど、なかなかミノル少年の体は動かない。そんな時、ボッという音とともにママの全身が、赤い炎に包まれる。

ミノル少年はそういう時にも、耐えがたい悲しみを感じる。

哀しくて、悲しくて、どうしようもない日々の中で、ふと、ミノル少年は新しい、これまで見たことのない青い炎を見る。

周囲が赤く燃えている時、どこからともなく青い炎が現れ、赤い炎とぶつかり、鎮火《ちんか》する。

だがしかし、その後、赤い炎のかわりに青い炎があたりを燃えあがらせ続けて、すべてを凍らせてゆく。

赤い炎が人間の心を悪に染めるのなら、青い炎は善でも悪でもない絶望感、無力感を人に植えつけてゆく。

どちらにしても救いのない現実をただ、みつめるしか術《すべ》のなかったミノル少年は、ある日、息をひきとる。

すると、同じ病院に入院していた少年が、運ばれていくミノル少年の死体を見て、

「あ、体じゅう青く燃えてる！」

と叫ぶ。

全身マヒのミノル少年は、ついに鏡で見ることができなかったけれど、彼の体はいつも青い炎に包まれていた。青い炎の正体は、ミノル少年の深い悲しみだったのである——。

救いがないっちゃ、あまりにも救いがない話で、これをこ汚い彩子センセの字で読まされた後、ずぅぅんと落ち込んだ。

気色《きしょく》の悪い話だから嫌な予感がしたけど、心配してた通り、その夜、夢の中でまっ赤な炎に追っかけられて、えらくうなされてしまった。

赤い炎だの青い炎だのと、やけに単純なだけに、妙な迫力があるんだよね。

薄気味の悪い話だったわよ、ほんと。

「この『青い炎はただ、無』はね。これまでのあたしになかったテーマ、怒りや憎しみをも覆《おお》いつくす、この世で最も恐ろしいものは絶望、悲しみの果てにある絶望だという問題提起なのよ」

彩子センセは興奮した口調で、どん、とテーブルを叩いた。

「実にスルドイ、新しい視点だわ」

「〝絶望は愚《おろ》か者の結論なり〟って、ラジオの身の上相談でよく言ってましたけどね」

すっかりどっちらけてぶつぶつ言うと、センセの顔色が少し変わった。

あたしは黙り込んだ。

「赤い炎はすべてを燃えつくし、青い炎はそれを鎮火するけれども、一方ではすべてを凍らせてしまう。この対比の美学！　すばらしい着想よ。われながら惚《ほ》れ惚《ぼ》れする」

「赤は暖色で、青は寒色ですもんね。五歳の幼稚園児でも考えつきますよ」

思わず言ってしまって、はっとした。

紅茶を飲んでた彩子センセの手が止まった。目が底光りしている。

「米子。あんた、何か言いたいことがあるんじゃない⁉ はっきり言ったらどうなの」

「い、え、別に、何も。ただ、いつもの彩子センセの荒唐無《こうとうむ》け……いや、ハチャハチャ、いや、そのう、つまり、明日に向かって撃てみたいな能天気、いえ、そうじゃなくて、つまり楽天性がないもんだから、少し、びっくりしてるん、です」

あ！　疲れる。彩子センセを相手にしてると、言葉を選ばなきゃならなくて。

一貫性がまるでなくて、能天気にお話が進むとは、さすがに言えないもんね。

ところが彩子センセは何を思ったのか、にんまりと笑った。

「米子の言いたいこともわかるわ。つまりカタルシスが味わえない、鬱屈《うっくつ》した感情がパーッと晴れないってことでしょ」

「カ、カタルシス……」

あたしは呆然として、目をみひらいた。

眠気もぶっとぶわよ、センセと話してると。

あの変てこな話の、どこをどう押したら、カタルシスなんて高級な言葉が出てくるんだろ。

「あんた、カタルシスの意味も知らないの」

「知ってますけど、カタルシスとこの小説、なんか関係あるんですか」

「カタルシスが味わえないのも当然よ」

彩子センセは、あたしの言葉を無視して続けた。

「つまりね。そこを狙《ねら》ったのよ。読み終わった後の、どうにもならない寂寥感《せきりょうかん》てやつをね。今回はあたし、悲劇的な結末、カタストロフを試みたわけ」

「…………」

「つまりね。あたしも少しばかり悟ったのよ。どうも日本てのは、脳天気じゃ受けないのよね。カルイ文化全盛とか言っても、案外、日本じゃ昔から、ムツカシイ、人生のなんたるかを鋭くエグるものの方が、重いだの何だの言われて、格が上なのよ。だからあたしもいっぱつ、ここいらでぐーんと格調のあるものを書きたかったんだ」

「で、あの『青い炎はただ、無』って、格調高いんですか」

「あったりまえじゃない。あれ以上、高くなったら、空飛ぶわよ。『――ミノルの深い悲しみの荒野には、希望の家もなく、明かりのともる窓辺もない。寂々《せきせき》たる絶望の海は、夜ごと荒れ狂い、無力な帆船《はんせん》を呑《の》み込んでゆくのであった』なんてところ、実に象徴的で、格調高いじゃないの」

「でも、そのすぐあとで、『ぽぽっと赤い炎が燃えあがって、ミノルはぎゃっと叫んだ』って続くの、おかしいと思いません？」

「そこが、今ふうで、ナウいんじゃないの」

センセはふっふっふっと不敵に笑った。

「格調高すぎると、今ひとつ、若い読者がついてこれないからね。これも読者サービスよ。あたしもプロ意識にめざめてさ」

「読者サービス……あれが……」

　あたしは口ごもった。

「そ、それにあの、ミノル少年て口がきけないのに、なんで、ぎゃっと叫べるんですか」

「あ、そうだったっけ」

　センセは首をひねった。

　とはいえ、さしてこたえてないらしく、平然と続ける。

「そこはやっぱり、ぎゃっと叫ばないと、ミノルの驚きが表現できないのよ、うん」

「だけど、設定は設定だし」

「そんな細かいとこは、どうでもいいのよ。要はミノルが驚いたんだから」

「センセの小説って、一貫性とか構成が、まるでないからなァ」

　言うまい言うまいと思っても、ついつい口をついて出てしまった。

　妙な気配を憎じて目をあげると、センセがぶるぶる震えている。あたしは息を飲んだ。

「いらいらするわね、あんたって。一貫性がなんだってのよ。妙なとこばっかこだわって、強迫神経症なんじゃないの。あんた、ハムレットって知ってる!?」

「はあ。一応、英文科ですから」

「ハムレットって、まるで一貫性のない性格してるじゃない。復讐する復讐すると見得《みえ》切ってたかと思うと、次の場で、まだうじうじ悩んでて、マザ・コンだもんで、王妃に迫って訳のわからんこと言うしさ。人間、あれが本来の姿よ。その場その場で、つじつまがあってりゃいいんだ」

「でも、やっぱり小説は構成が……」

「小説は構成で書くんじゃない！　日本語で書くのよっっ」

センセはきっぱり言い切った。

「やっぱり、あんたには理解できないのね。自分が理解できないものを、なんだかんだと言って否定するのは、教養のない人間のすることよ。そこへいくと、さすが編集者はえらいわ」

「編集者というと……」

「細田《ほそだ》さんよ。グズで頼りなく見えても、さすが集学社《しゅうがくしゃ》という一流出版社に入っただけの知性はあるわ。そういや、出身大学は慶応《けいおう》なんだって。やっぱり、育ちのいい大学を出てる人は違うわよ。稲刈り大学の文学部出身とは違うって」

稲刈り大学というのは、かの英名高い某私立大学のことで、彩子センセはあすこの大学を毛嫌いしてる。

それというのも、以前の担当さんだった青木《あおき》っていう編集者さんがそこの出身で、青木さんがセンセの小説を買ってなかったという、ただそれだけの理由なのだ。

あたしは、青木さんに小説を見る目があったと、心密《ひそ》かに某私立大学を尊敬している。

「細田さんがどうかしたんですか」

「小説が書きあがって、あんたに読ました後、細田さんに電話して、夜っぴいて朗読《ろうどく》して聞かせたのよ」

あたしはげげっと唸《うな》って、コーヒーを吹き出した。

夜っぴいて、あの薄気味悪い小説を朗読して聞かせた……？

「細田さんたら、途中で感極《かんきわ》まっちゃって、泣きだしたんだからね」

「……そりゃ、泣くでしょうね……」

「『そんな素晴らしい力作を書いてくれて、ほんとうに……ぼくは……』と言ったまんま、絶句しちゃってさ。やっぱり、慶応ボーイはえらいっ！　小説家にとって、すべてを理解してくれる編集者こそ、宝よ。命よ。たとえ九十九人の人にソッポ向かれても、たったひとりの真の理解者がいてくれるのなら、小説家の本望よーっ！」

彩子センセは眼をキラキラさせ、唾《つば》を飛ばして雄叫《おたけ》びをあげた。

なるほど。

朝から機嫌がよかったのは、そのせいか。

細田さんがセンセの小説に感極まって泣いたと、例によって自分の都合のいいように想像して、浮かれてたんだ。

あまりのメチャクチャぶりに絶句して、かといって「つまらない」とでも言おうもんなら、電話線を伝ってでも襲いに来そうな彩子センセの気迫に負けて、泣きだした——とは思わないわけよね、当然。

もっとも、あたしだって、それを指摘する勇気なんかありゃしない。

せっかく機嫌がいいんだもんね。調子合わせとくに限る。

「ほんとに、細田さんは立派な人よ。うんうん」

「そうよ。あたしも細田さんという理解者がいる限り、くじけることなく頑張るわ！　この『青い炎はただ、無』、いつの号に載っけてくれるんだろ。まさかボツってことは……ないだろうな……」

自分で言った〝ボツ〟の言葉に反応して、彩子センセの顔がひくひくっと痙攣《けいれん》した。ったく、始末におえないというか何というか、盛りあがるのも自分勝手なら、落ち込むのも自分勝手なんだから、やってられない。

「米子。あんた、これ、ボ……採用にならないと思う？」

「さ、さあ。細田さんに聞いてみたら？　あ、あたし、もう大学行かなきゃ」

話がヤバイ方向に来たので、あたしは本を抱えて立ち上がり、アパートを飛び出した。

駅まで一気に駆け抜けて、券売機のところで一息ついた。

彩子センセの相手をしてると、いつ何時《なんどき》、センセが怒りだすかしれないので、心臓に悪い。普通の人なら、何が原因で怒りだすかわかるもんなのに、彩子センセの場合、それがわからない。

センセにはセンセの理由があるらしいけど、あたしら善良な一般人には、ほとんど謎である。だから、ちょっとした気配にもビクついて、逃げ出す態勢をとらなきゃならない。毎日が戦場よ、まったく。

2

あたしの唯一の安息《あんそく》の場、大学に着くなり、どっと疲れが出た。自主休講して、学生食堂に行った。

紙コップにココアを入れてきて、一口飲み、ふーっとため息をついた。

そろそろ、限界みたいな気がする。

火村彩子《ひむらさいこ》センセに悩ませ続けられる毎日に、いいかげん体力も気力も尽きかけてるわよ。

毎日毎日悔《く》やんでるけど、それでも悔やみ足りないのが、なんで火村彩子にかかわったかってことだわ。

今を去る一年ほど前、あたしは純朴《じゅんぼく》な受験生だった。

偶然、書店で手に取った『月刊Jr.ノベルス』という、若い人向けの小説誌が、あたしの人生をくるわせたのだ。

その『月刊Jr.ノベルス』が主催してるナントカいう賞の佳作に入ってたのが、火村彩子という人だったのである。

あの頃から、わけのわからんオドロオドロしいファンタジーを書いてたっけ。

ちょうどその頃、失恋したてだったあたしは、ついつい火村彩子宛《あ》てにファンレターを出してしまった。

ファンレターといっても、内容は、あたしの恋の顚末記《てんまつき》だった。

恋する乙女《おとめ》の告白癖《へき》が、つい、そうさせたのよ。笑ったっていいわよーっ、くそっ。

相手は見知らぬ人だし、小説家のはしくれなら、あたしの切ない気持ちを察してくれるかもしれない、なんて夢見てたのよ。

もっとも手紙を出したきり、妙にスッキリして、それきり忘れてしまっていた。

そして今年の四月、晴れて大都会の東京の某私立大学に合格を決めて、浮き浮き気分で上京した。

ところが、そこに、かの火村彩子センセが押しかけてきたのである。

生活苦にまみれて、アパート代をため込んでたセンセは、上京して文学修業するのを虎視《こし》眈々《たんたん》とうかがい、あたしが大学入学で上京するのを今か今かと待ちかまえていたという。

あたしが土地成金の娘だと知り、たかる気だったのである。

もちろん、あたしは敢然《かんぜん》と拒絶した。したはず……しようと思ったんだけどねえ……。

テキは、あたしの手紙をネタにして、脅《おど》しにかかってきたのであった。

前にも言った通り、手紙にはあたしの恋の顚末記を書いた。

特に、初恋の相手、笠原仲彦《かさはらのぶひこ》クンに恋心を打ち明けて、ふられるところは圧巻《あっかん》で、

『カレは黙って、あたしのほっぺたにキスして、そして、〝ごめんな、つきあってんの、いるんだ〟と、ムゴイお言葉を言ったのでした。それがカレの優しさだっての、わかるんだけど、やっぱり悲しかったです』

なーんぞと、バカ正直に書いた。

ほんと、あたしってバカよ。

それだけならまだしも、つい筆が滑ったというかセンチメンタリズムに酔ったというか、どうせなら思い出に、一夜をトモにしたかった、というようなことまで書いちまったのである！

恐ろしきは筆の滑り、乙女の純情。

もっと恐ろしいのは、その純情をネタに脅す火村彩子よ。

まさかコピーしてばらまくことはないだろうと思うのは、どこまでも常識人、良識ある人間に通用する判断で、火村彩子って人には常識が通用しない。

あの人がコピーしてばらまくというからには、ほんとにやりそうなのである。

あんなものが親や友人たちにばらまかれたら、あたしは十年は故郷の土を踏めない。

これから先、花の恋愛をして素敵な恋人ができたって、春は遠いわよ。

なんせ、〝一夜をトモにしたい〟云々《うんぬん》と書いてあるんだから。

かくして、あたしは脅しに屈して、ファンタジー作家の卵の火村彩子の、小パトロンにならされてしまった。

あたしも人がいいというか、北国の田舎《いなか》育ちで逆境に強いというか、なってしまったことは仕方ない、人ひとりくらいの生活はなんとか見てあげてもいいわよ。

なんたって、温泉土地成金の一人娘だもんね。

センセを同居させて、食糧をあてがうくらいは、これも運命と諦《あきら》める。

だけど諦めきれないのが、毎日毎日、あの火村彩子の相手をしなきゃならないってことよ。今日なんか、実にまともで、おとなしい方だったけど、何か事があると本性が出て、猛《たけ》りくるうんだから。

出版社にアピールするためにも上京をあせってたらしいけど、あんなハチャメチャな小説書いてる限り、アピールしたって無理なのよ。

だいたい、『宮本武蔵《みやもとむさし》』を読んで、あたしの使命はファンタジーだっ！　とピピッときたというんだけど、そこからしてもう、普通じゃない。

『月刊Jr.ノベルス』に載《の》ってた『火花の葬祭』という佳作受賞作を読んで、ファンレターを書いたのはあたしと、大阪在住のファンタジーマニアの会社員、ふたりっきりだったという。

あたしは小説読んでファンレター書いたわけじゃないけど、その会社員はかなり熱心に読んで、あれこれと感想を書いてきたらしい。

どうせたかるんなら、志《こころざし》を同じくする、理解ある人の方に行きゃよかったのよ。なのに、

「だってさ。その人、やれファンタジーの約束事がどうだの、ル・グィンを読んだかだの、最近流行のヒロイックなんたら批判だのと、わけのわからんことばっか書いてあったのよ。自慢じゃないが、この火村彩子、かつて一度も、ファンタジーを読んだことなんかないっ！　あたしがファンタジーだと思って書けば、それがファンタジーなのよ。既成《きせい》の概念にとらわれない、自由な発想が必要なんだ」

とムチャクチャなことを言った。

ファンタジーに関して、ろくな基礎知識もないもんで、ファンタジーマニアにびびったというのが真実なのだ。

なんで、ああいう人格破綻者《はたんしゃ》に見込まれてしまったのか、ほんとにもう……。

所帯やつれも極まって、最近のあたしは、とてもピチピチの女子大生には見えないわよ。

気のせいか、明正《めいせい》学院大のキャンパス内でも、あたしひとりが浮いてる気がする。

齢《よわい》十九歳にして、人生の夢も希望も失った心境だわよ。

「朝倉《あさくら》さん、悩み事？」

ひとりぶつぶつ言いながら、しみじみココアをすすってると、誰かが肩を叩《たた》いた。

ふり返ると、水上京子《みなかみきょうこ》さんが立っていた。

国文科の人だけど、美学概論《がいろん》で一緒なので、週に一度は顔を合わせてる人である。

細面《ほそおもて》で色白な美人なんだけど、妙に世俗を超越したような雰囲気《ふんいき》があって、仲間内で遊んでるのを見たことがない。

いつもひとりで、図書館や学食の隅で本を読んでいるという、時代錯誤《さくご》な大学生である。

「隣、座っていい？」

「え、どうぞ」

「よかった。わたし、朝倉さんと話してみたいと、前々から思ってたのよ。でも、いつも忙しそうだったから」

「家に、病人抱《かか》えてるもんで……」

あたしは、もごもごと言った。

そうよね。

火村彩子って、あれはもう、誇大妄想狂《こだいもうそうきょう》の病人よ。

「まあ、ご病気の方、いるの？」

水上さんは気の毒そうに、眉《まゆ》をひそめた。

「そうなの。時々、暴れだすもんで、世話するのが大変で……」

「大変ねえ。お察しするわ。朝倉さんて、いつも何か、悩み事を抱えてるようなところがあったもの。そういう事情があったのね」

ひとりで納得して、ふむふむと頷《うなず》いている。

やっぱりあたし、他人には悩める乙女に見えるんだわ。どうも最近、あたしを見る人の目が、少しおかしいと思った。

根暗なのが一番嫌われる現代学生社会で、〝悩む〟なんて一番罪悪だというのにィ。

あたしの人生、これでいいんだろうか。

彩子センセというおんぶオバケを背負って、あたしは三年以上も暗黒の学生生活を送るんだろうか。

それやこれや考えると、思わず涙ぐんじゃう。くすん。

「朝倉さん、どうかしたの。ねえ、なにか辛《つら》いことがあるんじゃない？　わたしにできることなら、力になりたいわ」

水上京子さんは熱心に言った。

ありがたい人だわ。

この世には、あの彩子センセみたいな、人に迷惑をかけなきゃ生きていけない人間もいれば、こういう仏さまみたいな人もいるんだ。辛《つら》い生活送ってるせいか、心にしみるわ。

「人にはそれぞれ、辛い、苦しいことがあるものね。それをすべて理解することはできなくても、わかりたいと思う気持ちだけは持ちつづけたいの。でないと、人間は、あまりに孤独だわ。悩みを打ちあけてくれない？」

じーんときてしまって、「実は……」と話しかけた時、ぐいっと後ろから腕を掴《つか》まれた。

「米子《よねこ》。どうしたのよ、アクセント学サボッて。代返《だいへん》しといてやったけどさ」

同じ英文のヨーコだった。

「ちょっと話があるんだ。来てよ。あ、水上さん、米子、借りるね」

あっけにとられてるうちに、腕をぐいぐい引っぱられて、違うテーブルに連れ去られてしまった。

水上京子さんは、ちょっとムッとして、席を立って、学食を出て行った。

「どしたのよ、ヨーコ。なんか急用？　水上さん、怒っちゃったみたいよ。失礼じゃない」

強引に話に割ってきたってカンジで、水上さんが怒るのも当然だった。

ヨーコは肩をすくめた。

「何言ってんの。助けてあげたんじゃない。あんたって真面目《まじめ》にガッコ来るわりには、さっさと帰っちゃうんもんで、キャンパス内のことにはてんで疎《うと》いんだから。水上さんといえば、〝百人斬《ぎ》りのお京〟で有名な人よ」

「え、百人斬り……」

も、もしかして、百合族《ゆりぞく》とか、あっちの……方面の猛者《モサ》なんだろか……。

「あんな美人で、若いってのに、何が美しくて宗教にかぶれてるのか知らないけどさ。新興宗教ってのも、ファッションのひとつかね」

ヨーコはため息をついて、苦笑した。

「〝こころの兄弟教団〟とかいう新興宗教の、青年部長なんだってさ。うちの学内だけで、百人はオーバーだけど数十人入信させて、それでいっきに教団内で昇格したって強者《つわもの》なのよ」

「じゃ、悩みを打ちあけてってのは……」

あたしはがっくりときた。

あれ、布教活動の一環なのか。

しかし、「すべてを理解するのは不可能でも、わかりたいという気持ちは持ちたい」だの「孤独すぎるわ」だのと、妙に心にしみ入るセリフの数々だったなー。

「そこが、手なのよ。世の中、人知れず悩んでる人も多いらしいしさ。悩みをなくして幸せになりましょうと言われりゃ、ころりとくるわよ。あんたって、いつも人生に疲れてるカンジだし、優柔不断《ゆうじゆうふだん》だからね。一発で入信すると、目をつけられたんじゃない？」

あたしはまたまた、がっくりきた。

あたしって、誘ったらすぐ宗教に入りそうなほど、人生に疲れて見えるんだろうか。

いや、宗教を信じて、今の、この生活から逃れられるもんなら、神さまキリストさま仏さま、みんなひっくるめて信じるわよ。

だけど、こればっかりは宗教に頼っても駄目なんだ。

キリストだろうがデカルトだろうが、あたしの悩みを解決できるとは思えないわ。

火村彩子をあたしの生活から排除しない限り、あたしの幸福なんかあり得ないのよ。

かといって、その〝こころのナントカ教団〟の教祖さまが、センセを駆逐《くちく》してくれるとは、とうてい思えない。

「あんた、今日はまた一段と、疲れてるみたいね」

ヨーコはふーっとタバコの輪を吹きあげて、おもしろそうに言った。

「せっかく念願がかなって上京したってのに、原宿《はらじゅく》に行ったこともないんじゃない？」

「原宿どころか、今はもう、平隠無事に故郷の白老《しらおい》町に帰りたいわよ」

「あら、じゃ、あんたが後援してる小説家のオバサン、どうなるの」

「えっ！」

あたしはぎょっとなって、思わず持っていた紙コップを握りつぶした。

な、なんで知ってんだ。

「火村彩子センセのこと、し、知ってるの？」

「うん、確か、そーゆー名前だっけ」

か。

ヨーコはあっさり頷いた。

あたしは呆然《ぼうぜん》とした。

どうしてヨーコが彩子センセを知ってるんだろう。彩子センセ、あたしの知らないとこで強盗傷害なんかやって、新聞沙汰《ざた》になってたんだろうか。

「どうして知ってるのよ」

「だって、会ったんだもん」

「え？」

「半月ほど前、あんた風邪《かぜ》で、三日ばかし来なかったことがあったでしょ」

「うん」

あたしは地方出身者で、おまけに彩子センセにとっ憑《つ》かれているので、入学以来、ろくに親しい人ができず、遊びにも行けない。

それに彩子センセから逃れられる、唯一《ゆいいつ》、確実な場所が大学だもんで、かなり真面目に出席している。

最近の遊び気分いっぱいの大学生の中にあって、あたしみたいなのも珍しいと、教授に可愛《かわい》がられてるくらいなのだ。

そのあたしが、確かに半月ほど前、三日ばかり自主休講を続けた。風邪で熱を出して、寝込んだのである。

日頃、あれほど面倒を見てあげてるというのに、彩子センセはあたしの額《ひたい》のタオルひとつ取っ替えてくれず、どこかに出かけっぱなしだった。

「その三日間、米子の代わりに、ナントカって小説家の卵だって人が来てさ」

「ええーっっ！」

「知らないの？　あんたが、欠席になるのはまだしも、講義を受けられないのはつらいとか何とか言うもんで、そのオバサンが代わりに聴講に来たって話だったけど」

「そんな馬鹿な……」

あたしは混乱して、口ごもった。

「そ、その人、こう、頰《ほお》のあたりの肉がなくて、のら猫みたいに眼つきが悪くて、白いというより、病的に青白い肌した……？」

「そうよ。なんだ、やっぱり知ってるじゃない」

ほんとに彩子センセだ。

彩子センセは、これまで食生活がなくて瘦《や》せこけてて、眼つきは性格そのままに悪くて、おてんと様に背を向けて生活してるので肌が青白いのである。

彩子センセったら、どういう魂胆《こんたん》でキャンパスに出没したんだろ。

「その小説家が聴講して、ノートとって、帰ってからあんたに教えるって言ってさ。ふつう聴講って、手続きが大変じゃない。だけどどの教授もえらく感激してさ。どの講義もフリーパスで、三日間通ってたわね。あんたの欠席もチャラになって、どの課目も出席になってるはずよ。

学生課の遠藤《えんどう》さんが言ってたもん。近頃、めったにない美談だもんね」

「美談……」

「その小説家が、おもしろい人でさ。月刊なんたらって小説誌十冊くらい持ってきて、みんなに読めとか言って配ってんの。手描きビラも持っててさ。才能ある作家を応援しよう、編集部に火村彩子の小説を載《の》っけるよう、リクエスト葉書を出そうなんて書いてあってさ。おっかしーの、あはははは」

「…………」

「おもしろいから、いろいろ話聞いちゃった。米子、小説家の卵のパトロンやってんだって？　さすが北海道の大地主の一人娘、やることがすごいって、学内じゅうの評判になってるわよ」

「…………」

「ほら、英文Bクラスの製薬会社の娘、いるじゃん。お灸《きゅう》かなんかで当てて、がばがば儲《もう》かってる大岡《おおおか》さん。成城学園《せいじょうがくえん》から、まっ赤なポルシェすっ飛ばしてくる、嫌味な女よ。あのコ、やれヨット買ったの専用テニスコートがどうのと騒ぎまくって、エラぶってたけど、この話聞いて以来、すっかりナリひそめてさ。やっぱ、パトロンってのはすごいわよ」

「…………」

「美男のタレント志望かなんかに入れあげて、本人はせっせとスナック勤めするってのは、けっこうあるけどさ。さすがに、何の見返りもないのに、援助するってとこがシブイっ。北海道人て、やることが雄大よ。あたしたちとは人種が違うって、尊敬と羨望《せんぼう》のマトよ」

「……………」

「ま、そのぶん、住む世界が違うって敬遠《けいえん》するコも多いらしいけどさ。あたしはソンケーの方だから、心配しないでよ」

「…………」

あたしは今にも椅子《いす》から転げ落ちそうになるのを、ぐっと足を踏んばって、必死に耐えていた。

何か言おうにも、言葉が出てこない。

そうか。そういうわけで、最近、あたしが学内で妙に浮きあがってたのか！

みんな、あたしを、小説家の卵を後援してる物好き娘と見てたのか。し、し、しかも、火村彩子なんていう、どうしようもない人間の後援者って……！

おちつかなくっちゃと思っても、怒りがふつふつと湧いてくる。

全身が怒りに満ち満ちちゃって、もう、まっ赤《か》っ赤《か》な炎よ。

なんだって、あの彩子センセは、あたしの唯一の安息場まで荒らすのよっ。

そりゃ、ろくでもない小説書いてんだもの、内容じゃどうしようもなくて、せめて人海作戦でなんとかしようって気持ちもわかるわよ。

いつ採用になるかわかんないもんで、みんなに編集部宛てにリクエスト葉書を出させようってのも、わかんないわけでもないわ。

だけど、そんなの、どっかの中学校の前にでも立って、ビラ配ってりゃいいじゃない。

なんで、あたしの、最も人間らしい場所まで侵略すんのよ。そんなの、罪悪よーっっ。

「米子。あんた、どうしたのよ。ぶつぶつ言って」

「ヨーコ、彩子センセ、いや、その彩子って女、他に何か言ってなかった⁉」

「え、そ、そうねえ」

日頃、おとなしいあたしが形相《ぎょうそう》を変えてるもんで、ヨーコも一瞬、口ごもった。

「そういや、そのうち本が出たら、米子に注文取らせるから、みんな買ってねーって喚《わめ》いてたわよ。キャンパスのド真ン中で。えらく受けてたわね。なんか、最近の小説家って、ストリートパフォーマンスまですんのね。ああいうひょうきんな人と同居してる朝倉米子って、どういう人だなんて、法学部の方でも噂になったみたいだけど」

言いながら、彩子センセのパフォーマンスぶりを思い出したのか、ぶーっと吹き出した。

あたしは立ち上がった。

何がショックといって、あの火村彩子と同居してるってことで、あたしまで同じ種類の人間に思われたのが大打撃だった。

今まで実直に生きてきて、耐えがたきを耐え、忍びがたきを忍んで、ただひたすら平凡に、静かに、争いを起こさず生きることを信条にしてきたのに、よりによって、あの火村彩子と同じ人間に見られるなんて！

同居してるったって、向こうが一方的に押しかけてきて、あたしなんか部屋の隅で、呼吸するにもセンセの顔を窺《うかが》ってるのよ。

なのに、なんでなのよーっっ。

「あ、米子。次の社会学までサボんの？　あたし、代返を頼みたかったのにィ」

ヨーコが呼び止めるのもかまわず、あたしは学食を飛び出した。

なんとかしなきゃいけない。

今の今まで、あたしが彩子センセの横暴《おうぼう》に耐えられたのも、たったひとつの避難所のガッコがあったからよ。

でも、今となっては、ここも彩子センセの毒気が侵入してるのだ。

センセ。

窮鼠《きゅうそ》、猫を嚙《か》むって知ってる⁉

追いつめられた一般人の恨《うら》みを、甘くみるんじゃないわよ。

ロシア革命が起こったのだって、主義主張なんてのは後からくっついただけで、もとは飢《う》えた民衆の恨みつらみだったんだからね。

「あ、朝倉さん」

怒りのあまり手が震えて、なかなかロッカーの鍵《かぎ》が開かずに、ロッカーの扉をがちゃがちゃさせてると、百人斬りのお京さんがスッと現れた。

「さっきは、お話を邪魔されて残念だったわね。あの続きを……」

「今は、それどころじゃないのよ」

勢いがついてるので怒鳴りつけてしまったけど、さすが宗教を信じてる人は太っ腹というか、驚いた様子もなかった。

「たいそう心を乱してるみたいね。いけないわ。心の平安を得られなくては、真に生きることはできないのよ」

「ほんとうに、その通りよ」

あたしは実感をこめて、きっぱり言った。

心の平安を得ない限り、真の人生はあり得ないのだわ。

そして、あの火村彩子を駆逐《くちく》しない限り、あたしに平安は訪れないのよ。

「頼もしいわ。もう、わたしたちは理解の糸口をみつけたのも同じよ。わたし、悩んでいる人を見ると、ほっておけない性質《たち》なの。これ、どうぞ。苦しいこと、耐えられないことがあったら、いつでも連絡して。二十四時間、わたしたち兄弟の教団は、あなたのために門を開いておくわ」

百人斬りのお京さんは、あたしに小さな名刺を押しつけて、スッと立ち去った。

自宅か教団かのTEL番号らしいのが、手書きしてある。

あたしはそれを、ぐっと握りつぶした。

今、あたしに必要なのは、神や仏や兄弟の助けじゃなく、彩子センセに体当たりする勇気よ。

今すぐ、センセに心入れ《いりよく》かえてもらうか、さもなきゃ出てってもらうか、どっちかにする！

赤い炎の威力《いりよく》は凄《すさ》まじく、あたしはいつになく気力を漲《みなぎ》らせて、川崎《かわさき》のアパートまで飛んで帰った。

どういう順序でセンセに話を切り出そうか、ドアの前で一瞬迷ったけど、当たって砕けろとばかり、えいっとドアを開けた。

開けた瞬間、何かが飛んできてあたしの頬《ほお》をかすり、ドアに当たって砕けた。

見ると、わが家で一番大きいオードブル皿である。

こなごなに砕けて、辺りに飛び散った。

こんなもの、頭にでも当たってたら、何針も縫う大怪我《おおけが》である。

センセ、まさかあたしの気迫を何かで察して、先制攻撃をかけてきたんじゃ……。

「あら、米子。なによ、行ったたと思ったら、すぐ戻って来たの」

彩子センセが顔をまっ赤にして、鬼のような形相《ぎょうそう》で出てきた。

「ちょうどよかったわ。聞いてよっ。今さっき、恐怖の鞭女《むちおんな》、富士奈見子《ふじなみこ》から電話があってさ。今日の会議で、あいつの短編が採用になるって決まったんだって。担当から知らせが来るなり、あの女、あたしんとこに電話をよこして自慢すんのよっ。ちっくしょーっっ、あんなSM小説のどこがいいんだっ」

富士奈見子さんていうのは、彩子センセとご同様、『月刊Jr.ノベルス』にかかわってる小説家の卵である。

他にも、関根由子《せきねゆうこ》さんとか都《みやこ》エリさん、男性の津川久緒《つがわひさお》さんとか、何人かライバルらしき人もいるんだけど、今までのいろんな行きがかり上、センセは富士奈見子さんを一番嫌っているのだ。

「あ、あ、あんな女の小説を採用するなんて、絶対おかしいわよ。細田《ほそだ》は何やってんだ。担当作家のために身を挺《てい》して戦い、会議で熱弁をふるい、ページをぶんどるのが編集者の仕事じゃないの。それを、それをーっっ！」

彩子センセは身もよじらんばかりに絶叫して、今にも悶死《もんし》しそうな雰囲気だった。

個人的に恨みのある富士さんに先を越されたのが、何よりも屈辱《くつじょく》らしい。

このまま悶死してくれるんじゃないかと、玄関口で立ちつくしてたあたしは、一瞬期待したほどだった。

「あたしの『青い炎はただ、無』の話を聞いときながら、感涙《かんるい》を浮かべながら、よくもよくもよくも、細田めっ。事情いかんでは半殺しよ。米子、外に立って、細田が来るのを見張ってな」

「見張るって、あの……」

「富士奈見子からの電話をぶった切るなり、細田に電話したのよ。すぐ編集部へ行くと息まいたら、ここまで来るってさ」

あたしは心の中で、細田さんのために十字を切った。

可哀《かわい》そうに、編集部に来られちゃ、いつ乱闘騒ぎになるかわかんないもんで、泣く泣く川崎まで来るんだ。

かつて編集部で、センセと富士さんが乱闘騒ぎを起こして以来、何かというと細田さんは川崎まで足を運ぶのである。気の毒な人よ、細田さんも。彩子センセにかかわったばっかりに。

もっとも富士さんを担当してる青木さんも同じだろうし、他の少女小説家を担当してる編集さん、みんな気の毒よね。

「米子！　ぶつぶつ言ってないで、外に出て見張ってなって。逃がすんじゃないわよ」

「セ、センセ、お話があるのよ」

「なによっ」

憤怒《ふんぬ》の形相凄《すさ》まじく、全身から湯気さえ立ちのぼってきそうな気配に、あたしは唾《つば》を飲み込んだ。

今までの気迫と決心など、どこへやら。ただ、ひたすらおっかない。

「あの、センセ。あたしのガッコに行って……」

「ガッコがどうしたって!?」

「ガッガッコに行って、リクエスト葉書とか、あの、本が出たら注文取りが、あの……」

「リクエスト葉書……！」

彩子センセの額《ひたい》に、ピッと青筋が浮きあがった。

何か新たに怒りの原因が見つかったらしく、次の瞬間、「ちっくしょーっ!!」と叫んで、玄関と居間のしきりのアコーディオンカーテンを蹴っとばした。

カーテンが大きくしなって、上に取りつけてあったレールがはずれ、カーテンがレールごとドサッと落ちてきた。

あたしは何度も唾を飲み込み、後ろ手でドアノブを握って、身の危険を感じたら、すぐに外に飛び出す態勢に入った。

「あんたの大学の人間て、まるで文学を理解しないのね、米子。少しは編集部宛てに、火村彩子の小説を載っけろって葉書、出したの⁉　せっかく編集部に行って、売れ残りの『月刊Jr.ノベルス』をくすねてきて、無料で配ってやったってのに、どういうざまよ、これは。それもこれも、あんたに人望がないからじゃないの！」

「そんな無茶苦茶な……」

「そうよ。富士奈見子に先を越されたのは、あんたの努力が足りないからよ。あたしに心酔《しんすい》してる弟子なら、富士奈見子の腕の一本や二本、へし折っといでっっ」

叫びながら何か（たぶん玄関先にある花びん）を掴んだのを目にするや、間一髪、あたしは外に飛び出してドアを閉めた。

重たい花びんがドアにぶつかって、砕けたようだった。

あー、こここここわいっっ。

ドアって、外から鍵かけても、中から出るぶんにはフリーなんだっけ。

追いかけて来られちゃ困るので、思わず走りだしたものの、どこをどう行っていいのかもわからない。

走りながら、涙が出てきた。くすん。

あの火村彩子を追い出すなんて、とても無理よー。

名前を呼ばれたような気がして、ふと立ち止まって振り返った。

電信柱の陰から、そろそろと細田さんが現れた。細田さんも、まっ青である。

「ほ、細田さん……！」

「あっ、あさくらさぁん」

細田さんは今にも泣きだしそうな、情けない声を出した。

あたしたちは思わず駆け寄り、互いの安否《あんぴ》を気づかうように、がっしと手を取り合って泣きむせんだ。

3

「ともかく、このままでは身がもちませんよ、ぼくは」

ふたり、もつれ合うように目についた喫茶店に駆け込み、注文したアメリカンをまるでホットウィスキーか何かのように一気に飲んでから、細田《ほそだ》さんは息も絶え絶えに言った。

アパートの近くまで来たものの、センセの電話の様子では無事ではいられないと恐怖にかられて、部屋を訪ねる勇気もないまま、近くをうろうろしていたらしい。

「だって、冷静に考えて下さいよ。朝倉《あさくら》さんも例の『青い炎はただ、無』とかいうの、読まされたんでしょ」

「読まされました」

「あんなの、活字にできっこないですよ。『ミノルは微動《びどう》だにせず、教王護国寺《きょうおうごこくじ》の不動明王《ふどうみょうおう》の火焔光《かえんこう》のごとく、音も匂《にお》いもなく、ただ静かに燃えさかる赤い炎をみつめた』なんていうけど、仮にもファンタジーに、なんで教王護国寺なんていう固有名詞が出てくるんですか」

「知りませんよ、あたしに聞かれても。昔、修学旅行で京都に行って、えらく感銘を受けたんじゃないですか。さもなきゃ、以前、富士《ふじ》さんにリアリティがないとかなんとか言われたので、根にもってるとか」

「その後で、『炎はあっというまに、ぱっぱと辺りに飛び散って、それを見てミノルはガーンとショックを受けた』と続くんですからね。なんで、火焔光のごとく云々《うんぬん》と気張ったあとで、ガーンとショックを受けなきゃならないんですかね。ものごとには統一ってことがあるでしょう。火村《ひむら》さんの日本語感覚って、どっかで分裂してんじゃないのかな」

「なにはさておいても、日本語には自信があるようですよ。小説は構成で書くんじゃない、日本語で書くんだって断言してましたもん」

細田さんは奇妙な顔をして、黙り込んでしまった。

アメリカンのお替わりを頼んでから、恨《うら》みがましく上目づかいに、あたしを睨《にら》んだ。

「冷たいんですね。朝倉さん。ぼくら、同じ被害者どうしじゃありませんか」

甘ったれんじゃないわよ、もう。誰のおかげで、センセが猛《たけ》り狂ったと思うんだ。

初めの頃こそ、センセへの恐怖感という共通点があって、思わず手に手を取って泣き合ったけど、おちつくなりクドクドとグチばっかりこぼしちゃって、嫌になってくる。

「言いたかないけど、昨夜、細田さんが例の作品の朗読聞いて、泣いたんですってね。力作書いてくれて嬉《うれ》しいとか何とか、調子のいいこと言ったそうじゃないですか。それですっかり盛りあがってたもんだから、反動も大きいんですよ。しかも先を越したのが、あの怨敵《おんてき》、富士奈《な》見子《みこ》さんですからね。細田さんもわが身が可愛《かわい》かったら、よもやセンセのためにページを取れとまで言わないけど、せめて富士さんの採用を邪魔するとか何とか、手は打てなかったんですか」

言いながら、およそ人間性の失われてる発言だと、われながらコワかった。

本来のあたしは良識のある、心優しい乙女《おとめ》のはずなのに、どんどん彩子《さいこ》センセに感化されてってるみたいだ。

細田さんは目を潤《うる》ませて、

「そうは言うけど、ぼくの身にもなってくださいよ。夜中にじゃんと電話が鳴って、寝ぼけながら受話器を取ったとたん、『畢生《ひっせい》の大作、いっちょあがりィ！』とか叫ばれて、冷静になれる人がいたら、顔を拝《おが》みたいもんだ。こっちの都合も聞かず、延々四十五分、朗読し始めるんですからね。それが流麗《りゅうれい》な文章なら、そこそこ耳に快《こころよ》くて聞き流せもするけど、聞き流すに流せない悪文だもんで、いちいち耳にひっかかって、妙に残るんです。途中でトイレに行きたくなっても動けず、膀胱炎《ぼうこうえん》になるかと思った」

「ボーコー……」

「そのうちだんだん、一流出版社に入ったぼくが、何の因果《いんが》で、こんな拷問《ごうもん》にあわなきゃならないんだと泣けてきて……。そうしたら間髪《かんはつ》いれず、『細田さん、よくぞあたしの真価を、この作品の本質をわかってくれましたっ！』とか、耳元でがなりたてるんだもんな。今さら、何と言い訳しろっていうんです。ああでも言わなきゃ、火村彩子さんのことだ、電話線伝ってでも、嚙《か》みつきますよ」

「それはわかります、しみじみ」

「富士さんのことにしたって、彼女の担当は青木《あおき》だけど、青木も必死なんだ。富士さんで、あの火村さんをひっぱたける稀有《けう》な人ですからね。恐ろしいって点じゃ、どっこいどっこいですよ。それに、一週間ほど前、マージャンで青木に三万ばかり借りができてて、会議の間じゅう、『富士さんの採用に肩入れしたら、帳消し帳消し』と囁《ささや》くもんで、つい……買収《ばいしゅう》に負けて……」

細田さんは、ずずっと鼻をすすりあげた。

あたしは深く、タメ息をついた。

青木さんは青木さんで、富士さん相手に、いろいろ奮戦してるのね。

少女小説家どもを担当してる編集者って、みんな身の危険を感じて必死なんだ。

いやいや、今は他人のこと考えてる場合じゃないわ。何はともあれ、わが身の安全のことを一番に考えなくちゃ。

こういう自分勝手な考え方も、本来のあたしの性格じゃないのに、極限状況はすべてを変えてしまう。くすん。

「ともかく細田さん、火村彩子をなんとかしないと、遠からずあたしたち、頭に花びんかオードブル皿が当たって脳挫傷《のうざしょう》、さもなきゃ恐怖感が極まって心臓マヒ、どっちにしても死に至る病《やまい》ですよ」

「その通りです」

細田さんは身を震わせながら、頷《うなず》いた。

「火村さんも才能がからっきしないわりに、パワーだけはあるんだから始末におえませんよ。あれで小説さえ書かなきゃ、まだいい人……でもないけど……」

「人格が破綻《はたん》してるんだもん、何やったって駄目です」

あたしは絶望からくる開き直りで、きっぱり言った。

この頃になると、火村彩子をなんとか駆逐《くちく》しない限り、あたしの平安はないという確信がますます固まっていた。

帰るなりオードブル皿投げつけられて、アコーディオンカーテンをぶっ壊す破壊力を見せつけられちゃ、一縷《いちる》の希望も断ち切られてしまうわよ。

「なんかこう、病気になってくれるとか、右手がふ、複雑骨折とか……なんないもんですかね……」

「手が折れたら、口述《こうじゅつ》筆記であたしに書かせますよ、あの人は」

「そっか。いや、なに、ともかく火村さんが小説書くのを止めてさえくれたら、ぼくとの縁は切れるわけだし、それ以上は望みません、ぼくは。死んでくれると嬉しいけど、さすがにそれは法外な望みかなあ」

細田さんも利己主義の極地である。

けれど今のあたしは、それを咎《とが》めるつもりもない。あたしだって、わが身の安全第一なんだから。

「交通事故とか、工事現場の下を歩いてて上から鉄骨が落ちてくるとか……」

「細田さん。万が一の事故に期待してちゃ、問題は解決しないわ。ここはひとつ、お互いに腹を据《す》えて積極的な手を打たないと」

「えっ！　じゃ、ぼっぼくらで殺すんですか⁉」

細田さんが上ずった声で叫び、店内じゅうの視線を集めた。

ウェイトレスがささっとやってきて、コップに水をつぎ足しながら、胡散臭《うさんくさ》そうにあたしたちをじろじろ観察する。

尋常《じんじょう》ならざる様子のふたりが、額《ひたい》を寄せてヒソヒソ話し込み、あげくに「殺す」なんて叫んだので、疑ってるみたいだ。

この近辺で殺人事件が起こったら、あたしたち、まっ先にしょっぴかれるだろうな。

あたしは細田さんを睨みつけて、テーブルを指で叩《たた》いた。

「落ちついてくださいよ、細田さん。何も殺すとまでは言ってないでしょ。でも、そうね。小説家、火村彩子を殺すって意味じゃ、それも正しいわ。どんな手を使ってもいいから、センセのあのパワーを小説から他に移させるんですよ。そうすりゃ細田さんも縁が切れるし、あたしも、少なくとも不採用のたびに荒れくるうってこともなくて助かるわ。うまくイモ掘りとか菊づくりとか、そっちの方面に執念持ってくれたら、一発で北海道に戻ってくれるんだけどな。

絵画に執念持って、富士山《ふじさん》のふもとで山籠《やまごも》りしてくれないかしら」

「画壇《がだん》の人たち、気の毒に……」

細田さんはぶつぶつ呟き、

「しかし、小説を断念させるったって、どうすりゃいいんです」

「細田さん、編集者でしょ。作家を育てるコツみたいなのないんですか。それと逆のことして、つぶせばいいんですよ」

あたしももう、人間性がどうのこうのと言ってられる段階ではなく、そら恐ろしい言葉がポンポン出てくる。

「いや、そりゃあ、この世界では誉《ほ》め殺すって言葉があって、誉めて誉めて誉めまくると、向こうが慢心して自滅するってことはありますけどね。火村さんて、誉める前から慢心してますから。これ以上誉めたって、よくぞあたしの真価をわかってくれましたと喚《わめ》くのが、せいぜいですよ」

「反対に、けなしまくるってのは……無理ね、身が危うい……」

「あー、なんか、一夜明けると、火村さんが憑《つ》きものが落ちたように、人が変わってるってことはないもんですかねえ」

どこまでも他力本願の細田さんは、ねちこく、事故や偶然に頼ろうとする。

「細田さん、いいかげんに……」

「いや、朝倉さんはそう言いますが、ぼくの友人に、そういうのがいるんですよ。ともかく血の気が多くて、何かっちゃ人と喧嘩《けんか》してた奴《やつ》が、ある日突然、仏教にのめっちゃいましてね。なまじ血の気が多いから、カーッと仏に燃えちゃって、性格上、空海《くうかい》に惹《ひ》かれたとか言って、高野山《こうやさん》に入っていろいろ修行してますけどね。そういう猪突豨勇《ちょとつきゆう》の奴が、一度仏と思い込むと他のものが見えなくなって、修行三昧《ざんまい》ですよ。宗教には何かこう、血を騒がすもんがあるんですかね」

「……宗教……」

「この場合、憑きものが落ちたというより、神懸《かみがか》りになったと言った方がいいけど、火村さんなんかいいんじゃないかな。ちょっとおだてたら、あたしは神の生まれ変わりだ、ぐらいは突っ走りますよ。あのノリだもん」

「だけど宗教って、悩める人が生きる道を求めて、入信するもんでしょ？　センセは……」

「そういう人もいますが、案外、感情の起伏《きふく》の激しい、気の強い人の方がころっと信じます。もともと仏みたいな人は、仏にすがる必要もないわけでね。人一倍、煩悩《ぼんのう》の激しい人が、きっかけがあって仏門に入るってのが多いみたいですよ」

「彩子センセも、煩悩だけは凄《すご》いからなあ」

言いながら、すばやく考えを巡らせたあたしは、無意識のうちにもポケットをまさぐっていた。

確かに、細田さんの言うことには一理ある。

宗教史をひもといても、傑出《けっしゅつ》した宗教家って、けっこう血の気が多くて、入信前はムチャクチャやってたりするものね。

さすがに彩子センセが傑出した宗教家になるとは、天地が引っくり返っても思わないけど、しかし話のもっていき方しだいではうまくのせられるかもしれない。

ポケットの中には、かの百人斬《ぎ》りのお京《きょう》さんがくれた、名刺がねじ込んであるし……。

4

美学概論《がいろん》の桃山《ももやま》教授は、白髪をかきあげながら、ご本を閉じた。

教室から出がけに、戸口近くにいたあたしににっこりと笑いかけて、

「相変わらず、きみは熱心にノートを取っていたね。朝倉《あさくら》くんを見てると、学生のあるべき姿を思って、心が洗われるようです」

と言葉をかけてくれた。

あたしは首をすくめて、無言で頭を下げた。

なんたって、三週ぶっ通しで美学を休んでくれてる百人斬りのお京《きょう》さんのために、完璧《かんぺき》なノートを取っとかなきゃ申し訳ない。だから、いつもにもまして、せっせとノートを取ってるのである。

学生課のコピーコーナーに行って、ノートのコピーを取り、学食に行った。

お昼の三色どんぶりを食べた後、ぼうっとしてると、お京さんが入ってくるのが見えた。

あたしはあわてて立ち上がり、深々と頭を下げて、お京さんを迎えた。

「布教活動、ごくろうさまです」

イスを引いて、急いで紙コップのコーヒーを買ってくる。

いくら尽くしても、尽くし足りない感謝の表れである。

「いやだわ、朝倉さん。そんなに恐縮しないで」

お京さんは笑いながら、あたしの差し出すコーヒーとコピーノートを受け取った。

「これは、どこまでもわたし自身の喜びのために、やってることだもの」

「そうは言っても、講義はほとんどパスなんでしょ。あたしが代返《だいへん》したりノート取れるのは、一般教養の美学だけだしねえ。国文科の方に潜《もぐ》り込めればいいんだけど」

「いいの。わたしの〝兄弟〟が、ちゃんとやってくれてるから」

さすが学内の数十人を入信させただけあって、青年部長の貫禄《かんろく》がある。

あたしは今さらながら、惚《ほ》れ惚《ぼ》れしてお京さんを眺めた。

あの恐怖の日、思い立ったが吉日《きちじつ》とばかり、すぐに喫茶店から名刺に書いてあるＴＥＬ番号に電話したのである。

そこは、こころの兄弟教団の東京支部とかで、応対した人も親切で、すぐに水上京子《みなかみきようこ》に連絡を取りましょうと言ってくれた。

大学にいるはずのお京さんにどういう連絡をとったのか、その方法はさだかではないものの、小一時間もすると、喫茶店の外でバリバリバリバリッというバイクの爆音がした。

すわ、暴走族のでいりか！　と店外に飛び出すと、お京さんが四〇〇ＣＣのバイクの後部から降りるとこだった。

なんと、もと暴走族の信者の助けを借りて、すっ飛んできたというのである。

その熱意にすっかり感激して、これはいけるかもしれないと直感した。

ごちゃごちゃ言うより、その目で見せた方が手っ取り早いと、お京さんをアパートに案内した。

曙《あけぼの》コーポの一〇一号室内部は、まさに台風一過《いっか》の惨状《さんじょう》だった。その部屋の中にぽつんとひとり、怒りがまだ収まらず、かといって体力負けしてゼイゼイと肩で息してるセンセがいた。

「このありさま、見て。彩子《さいこ》センセがやったのよ。あんまり苦悩が深くて、思わずやったの（と、とりあえず言っとこう）。あたしよりも、今一番、救いが必要なのはあの人なのよ」

お京さんの耳元で囁《ささや》くと、彼女の頰《ほお》に生き生きと赤味がさした。

眼は使命感に燃えたち、口元は決意が漲《みなぎ》っていた。

あとは彼女に任《まか》せて、あたしはアパートを抜け出し、傷心の細田《ほそだ》さんとふたりで近くの向ケ丘《むこうがおか》遊園に行って、一日じゅうブランコに乗って童心を甦《よみがえ》らせていたのだった。

夜遅く家に戻ると、お京さんは帰った後だった。

彩子センセはあたしを見るなり、

「米子《よねこ》、お客さんにお茶も出さずに、どこ行ってたのよ」

と叱《しか》りとばして、お京さんを誉め始めた。

「世の中には、ちゃんとものごとをわかる人がいるのよ。あの水上さんて人、よくできた人だわ。才能があるにもかかわらず、それを認めない社会に生きる苦悩について、あたしたち、意見が一致してね。あたしの傑作を読ましてあげたら、途中で涙をこぼすのよ。細田のウソ泣きと違って、心底感動して、是非《ぜひ》、これのコピーをほしい、祈禱会《きとうかい》の教本にしたいって言うの。わかる人には、わかるのよ」

眼《め》を輝かして、とうとうとくっちゃべるのであった。

お京さんも布教活動のためとはいえ、あんなもん読まされて泣き真似《まね》しなきゃならないとは可哀《かわい》そうに、とあたしは密《ひそ》かに同情した。

ところが翌日、大学で会ったお京さんはけっこうマジで感動していて、

「確かに、何が何だかわからないところも少し……あの、たくさんあったけど、でも、テーマはよくわかったわ。ほんとうに、怒りや憎しみの炎はすべてを焼きつくし、悲しみと絶望の炎は、すべてを凍らせてしまうんですものね。やはり希望、生きる勇気をもたなければいけないわ。でないと、ああいう薄気味の悪い世界になってしまうという、反面教師になるわ、あの読み物は」

と、いやに力強く言った。

信心深い人の考えることはよくわからんけど、ともかく一致点があったのはいいことだった。

「確かに、あの火村《ひむら》さんて方は煩悩《ぼんのう》がありすぎて、荒廃《こうはい》した生活を送ってるようだけど、ああいう人を見ると、わたしも燃えるの。必ず更生《こうせい》させてみせるわ、朝倉さん。迷える兄弟を紹介

してくれてありがとう」

とまで感謝されたくらいである。

　あれからというもの、お京さんは毎日のように川崎のアパートに通い、彩子センセと話し込んでいる。

なんだかトントン拍子《びょうし》にいきすぎてコワイくらいだけど、ここ二十日《はつか》あまりの間に、彩子センセは目に見えて黙り込み、何かを沈思《ちんし》してる風情《ふぜい》なのだった。

時折、お京さんが置いていったパンフレットを読んでは、ブツブツと暗記している。

様子をうかがうつもりで、

「彩子センセ、妙に入れ込まない方がいいわよ。何事も根《こん》をつめるとよくないわ」

と言うと、ムッとして、

「あんたも、少しは敬虔《けいけん》な気持ちになって、一緒に〝明日への言葉〟を暗記したらどうなのよ。水上さんと出会えたのは、あたしの生涯《しょうがい》の転機になるかもしれないんだからね」

と決めつけた。

これまでにも、二、三度、お京さんに連れられて支部の集会に行ってるみたいである。

もちろん、あれからまだ一度も、暴力沙汰《ざた》は起こってない。思わず身が縮むような罵声怒号《ばせいどごう》のたぐいも、ない。

それもこれもお京さんのおかげと思うと、どう拝《おが》んでいいかわからないくらいだった。

「お京さん、気を悪くしないでほしいんだけど、これも感謝の表れとして、受け取って下さい。

故郷《くに》の母さんに、世のため人のために寄付したいと言ったら、ポンと出してくれたの。うち成金で、今のとこ、けっこう気前がいいもんだから」

あたしはバッグから、封筒入りの十万円を出して、テーブルの上に置いた。

三日前、母さんに電話して、非常に有意義《ゆうぃぎ》なことに寄付したいと言ったら、

「あ、アフリカかい。そりゃいいことよ。うちも新聞社から頼まれてねえ」

と、さすが成金らしい鷹揚《おうよう》さで言って、十万円振り込んでくれたのである。

何事もお金で解決すると思われたくないけど、あの火村彩子の調教代と思えば、これくらいは当然だという気がするもんね。

お京さんは両手を合わせて、

「お金めあてでは、もちろんないけど、ありがたいお志《こころざし》です。尊《とうと》い布教に役立たせていただきます」

と静かに言った。

あー、清らかな心になってくなー。

「そうそう、火村さんの信心もいちじるしくて、どの兄弟よりも教義を早く覚えてくれてね。あんまり熱心なので、少し時期が早いけど、淡路島《あわじしま》にある本部にお連れしようと思うの。これは大変、名誉なことよ」

「まあ、本部に」

本部がどこにあって、そこに行くのがどういう意味かわからないけど、ともかく彩子センセ

の信心が極まってるのはありがたいことだった。

淡路島だかどこだかには申し訳ないけど、彩子センセが本部に行ったまんま、そこに居《い》ついてくれないだろうかと、あたしはふと夢見たりした。

実に幸福な心で午後の講義を終え、アパートに帰った。

センセははや、ボストンバッグにいろいろ詰めてるとこだった。

「彩子センセ、本部に行くんだって？」

「そうなのよ、米子。待ちに待ってたかいがあったわ。あたしも頑張るわよ」

センセは喜びに溢《あふ》れた笑顔で、あたしの手を取った。

「なんか待ちきれなくて、荷物つくってたの。あたしもいろいろ試行錯誤《しこうさくご》を繰り返してきたけど、今度は間違いない線だわ」

センセの眼は希望に輝き、こころなしか潤《うる》んでるみたいで、これがあの、何かっちゃ喚《わめ》き散らして器物破損《きぶつはそん》していた人かと、あたしも涙ぐみたくなってくる。

やっぱり宗教って、迷える人間を救うためにあって意義深いんだわ。

「センセ、信心一途《いちず》にはげんで、現代のマリアと仰《あお》がれる人になって下さいね」

「マリアかァ。そっかー、そうね、それだわ。すごく、いい。ファンタジー界のマリア誕生！このキャッチフレーズで決まったね」

彩子センセは感激にうち震えて、ぶつぶつ言った。

「センセ、ファンタジー界のマリアって、あの……」

「いやー、米子。あんたってほんと、さすがあたしの心酔者《しんすいしゃ》、後援者、支持者、愛読者だけあるわ。次から次へと新しいアイディア出してくれて、感謝してるわよ」

センセはあたしの言うことを無視して、バンバンと背中を叩き、上機嫌《じょうきげん》だった。

「最初に、あのわけのわからん辛気臭《しんきくさ》い女を連れてきた時は、カッとなったけどさ。話を聞けば、こころの兄弟教団て、聞いたことないわりには全国十二万の信者がいるっていうじゃないの。十二万よ！　将来、あたしの処女出版の本が出た時、十二万部は固いと思ったら泣けちゃったわよ」

「処女……出版……？」

「おまけに毎月、こころの兄弟通信ていう小冊子《しょうさつし》出してるっていうしね。これが十五万部刷ってんだって。うまいこと編集部に取り入って、布教エッセイかなんか書かしてもらったらばっちりじゃん。あ、宗教団体って、編集部って言わないんだっけ？　ま、何でもいいけどね」

「あの、彩子センセ……」

「あたしもさ、米子の大学行って宣伝活動したものの、どうも大学生って駄目ね。ポリシーないぶん、なかなか摑《つか》みどころなくてさ。その点、信じる者は救われる。何かひとつ信じてる人って、一致団結するじゃない。同じ信者のためなら、『月刊Jr.ノベルス』の編集部にリクエスト葉書出すくらい、いくらでもやってくれるわよ。こっちの方がよっぽど確実だもんね。米子、あんたのヨミは正しい」

「たっ正しいって、あたしはなにも……」

「ふっふっふ。富士奈見子《ふじなみこ》め、今に吠《ほ》え面《づら》かかしてやっからなーっ」

こみあげる闘争心を押さえられないらしくて、センセは天井に向かってVサインを掲《かか》げた。

あたしはおちつこうとして、何度も額《ひたい》の汗を拭《ぬぐ》った。脈拍《みゃくはく》が異常に速くなってきた。

どっかに、何かの食い違いがあるのよ。それはそうなんだけど、これはいったい……。

「富士奈見子っ、てめえのSM小説に、あたしの宗教ファンタジーが負けてたまっか。こっちには神さまがついてんだからなっ。十二万の神さまだぞ。へっへっへっ。あれ……」

十二万十二万と呟《つぶや》いて笑みくずれたかと思うと、ふとマジになって、深く考え込む顔になり、うーむと唸《うな》った。

ほとんど自分の世界に飛んじゃってて、あたしなんか目に入ってないみたいだ。

「こころの兄弟教団て、キリスト系だっけ、仏教だっけ、神道《しんとう》だっけ。なんでもいいけど、せっかく本部に行くってのに、下手《へた》なこと言って心証害《しんしょう》しちゃマズイわ。あたしが教団公認作家になるか否《いな》かの瀬戸際《せとぎわ》、勝負をかける時だもんね。ドジんないようにしなきゃ。えっとパンフ、パンフは、と……」

ガサゴソとボストンの底を、ひっかき回し始めた。思わず襟《えり》をただしたくなるほど、真剣この上ない表情である。

あたしはそろそろ後ずさりして、いち、にの、さんで外に飛び出した。

よろよろとよろけながら喫茶店に入り、頭を抱《かか》えた。

あたしは、水上京子さんにとんでもないことしたんだわ。

あの、神も仏もない火村彩子を、お京さんの教団に送り込む手伝いをしちゃったんだ。あの彩子センセが、ああいう野心で乗り込んでいく限り、こころのなんとか教団は遠からず瓦解《がかい》よー。どうしよう……。

かといって、今さらお京さんに事情を説明して、彩子センセを教団から締め出すよう頼んだら……それが彩子センセの耳に入ったら……。

十二万部をフイにしたと猛《たけ》りくるって、あたしを小突《こづ》き回すに決まってる。それぱっかりは、やだ。

お京さん、勘弁して！

例の十万円、せめて迷惑料と思って受けとって下さい。成金の娘とさげすまれても、いい。後日、また母さんに、いくらかお金送ってもらうから、それで許して下さい。

あたしは心の中で、教団の冥福《めいふく》を祈ってから、気を取り直して立ち上がり、カウンター横のピンク電話に近付いた。

細田《ほそだ》さんを呼び出さなきゃ。

宗教じゃダメだったけど、これで引っ込むもんか。

これから悩まされるであろうお京さんとその兄弟たちのためにも、細田さんとあたしの身の安全のためにも、彩子センセに二度と小説書かせるもんか。ますます決心は固まった。

次の手で、必ず殺《や》ってやる！

少女小説家を殺せ！ 2

1

それは一本の電話で、始まった。

電話のベルが鳴って数分後、彩子《さいこ》センセはまっ青になって、あたしの部屋に駆け込んできて、なんと泣き伏してしまったのである！


「朝倉《あさくら》さん、こっちこっち」

待ち合わせの喫茶店に入ると、隅の方で声がした。

見ると、関根由子《せきねゆうこ》さんがにこにこと笑っていた。

美人とはお世辞にもいえない顔立ちだけど、笑っているせいか可愛《かわい》らしく見える。

「どうも」

軽く頭を下げて、関根さんの向かいに座ったものの、なんだか妙な気分だった。

「呼び出して、ごめんなさい」

関根さんは申し訳なさそうに言った。

「昨夜《ゆうべ》、火村《ひむら》さん、どうだった？　あたしの電話のあと、椅子《いす》振り回さなかった？」

「いいえ。泣き伏しました」

あたしは昨夜を思い出して、少し興奮気味に言った。

実際、信じられないことだった。

隣の洋室で電話のベルが鳴った時は、てっきり『月刊Jr.ノベルス』の細田《ほそだ》さんからに違いないと思った。

彩子センセは書き散らした小説もどきを、せっせと細田さんに送りつけている。

送りつけられる細田さんこそ、いい迷惑だけど、それは編集者として、きちんと役目をまっとうしなきゃならない。

つまり、読んだけどちょっと……という不採用《ボツ》を、身の危険を感じながら、連絡するわけである。

その連絡が来ると、彩子センセは猛《たけ》りくるい、「ちっくしょーっ」だの何だの言いながら受話器を叩《たた》きつけ、それでも足りずにあたしの部屋に飛び込んできて、

「あたしの小説の良さがわからないようじゃ、細田なんか生きてる価値もないわ。あいつはね、高校時代の失恋が尾を引いて、いまだにまともに女の人と口きけないのよ。母性本能を刺激するタイプだとかなんとか自認してるけど。もの好きなバーの女に言い寄られて、いよいよ一夜をって時、自身喪失《そうしつ》して、実はボク、不能で……とか何とか言って逃げ出したって軟弱者なんだぞ。あんなやつに、あんなやつに、あたしの小説がわかってたまるかーっっ」

などなどと、およそ小説と関係ないことを喚《わめ》き散らすのだ。

それが昂《こう》じると、コタツテーブルは引っくり返すわ、ゴミ箱は蹴っとばすわの家庭内暴力に至る。

今回もそのパターンになるに違いない、だからこそ、一刻も早くなんとか追い出さなきゃと思いつつも、とりあえずはどうしようもない。

身をすくませて、きたるべき暴言暴力に耐える覚悟でいたら、彩子センセはしばらくして、やっぱりあたしの部屋に来た。

来たは来たんだけれど、いつもと様子が違う。

まるで幽霊でも見たような顔つきで、すぐには、ものも言えないありさまだった。

「センセ、故郷《くに》のご両親がどうかしたの」

性格狂暴な彩子センセが、ここまで青ざめるからには、よほどのことに違いないと思って言ってみた。

はたして、故郷のご両親がどうかしたくらいで、唯我独尊《ゆいがどくそん》が服着て走り回ってるごとき彩子センセが、そこまで青ざめるかどうか疑問だったけど、それ以外、思いつかなかった。それぐらい、センセの様子は尋常《じんじょう》ではなかったのだ。

センセはきっとなって、

「うちのおふくろさんもおやじさんも、生命保険はちゃんと掛けてるわよ。馬鹿なこと言わないでよ」

と、今ひとつピントのはずれたことを怒鳴ったかと思うと、次の瞬間、うわーっっと泣き伏してしまったのである。

瀕死《ひんし》のトドみたいに、「おっおっおっ。うえっ、うえっ、うえっっ」としゃくりあげるばかりで、わけがわからない。

ただ、その様子から単なるボツ連絡ではないというのは、察せられた。

さらに、

「くそー、くそー、関根め。ロマンス由子めっ。殺してやる。殺してやるぅぅぅ」

という呻《うめ》き声が聴《き》き取れるに及んで、電話の主《ぬし》は関根由子さんだというのは、わかった。

だけど、それ以外はまるでわからなくて、昨夜はまんじりともしなかったのである。

明けて今日、またも関根さんから電話があり、今度はあたしに用事があるという。

彩子センセの尋常ならざる様子に、すっかり興味をそそられてたあたしは、すぐさまＯＫしたのだった。

「まあ、そおぉ、あの火村彩子さんが泣いちゃったの。ふふふ」

関根さんは運ばれてきたコーヒーを啜《すす》りながら、楽しそうに笑った。

関根由子さんというのも、彩子センセのご同業、恐怖の少女小説家の卵である。

『月刊Jr.ノベルス』で、数少ないページをセンセと争ってるという点では、ライバルといえる。

何カ月か前、『月刊Jr.ノベルス』で新鋭競作という企画がもちあがった時、彩子センセを始め、この関根由子さんやセンセの怨敵《おんてき》の富士奈見子《ふじなみこ》さんなどが入り乱れて、大乱闘を演じたことがあった。

彩子センセほどの狂暴性はないが、根は同じ小説家の卵、信用してはならない。

あたしは隙《すき》を見せずに、関根さんを見た。

「あのう、いったいセンセに何を言ったんですか」

なにはともあれ、それが知りたかった。

関根さんは肩をすくめて、

「ふふん。近々、あたしの本が出るのよ。それをお知らせしたの。発奮《はっぷん》する材料になるかと思って」

「関根さんの本が⁉」

あたしは呆然《ぼうぜん》とした。

関根さんはすましている。関根さんの小説は前に一度、読んだことがあった。

女主人公が突然、颪の嵐にあって運命的な恋に落ち、軽井沢《かるいざわ》とか湘南《しょうなん》とか横浜《よこはま》とか、そういう場所で気のきいたセリフを言い、最後には絶対確実なハッピーエンドというラブ・ロマンスである。

こう言っちゃナニだけど、彩子センセのハチャハチャさすらいファンタジーと、大差ない代《しろ》物《もの》で、とどのつまり、レベルとしては彩子センセと同じといっていい。

彩子センセと同じようなものが、本になる……。

どうも今ひとつ、信じられない。

「それ、どっから出るんですか。それとも自費出版とか」

「自費出版じゃないわよ。これ見て」

関根さんは、バッグから新書判サイズの本を出した。

タイトルは『その愛は突然に』とある。一目見て、若い人向けのロマンス小説だというのはわかった。

「最近、ロマンス小説が調子いいでしょう。で、大手スーパーがこの手の本を出すために、子会社の小さい出版社つくって、新しく出したばっかかの本なのよ。ラブ・ルネッサンスシリーズっての」

「ラブ・ルネッサンス……シリーズ」

「そ。似たようなシリーズはいくつもあるけど、後発で出すからには新しい目玉ってのが必要でしょ。宣伝コピーは、〝日本の四季を背景に、日本女性のためのロマンス誕生〟っていうの。当然、外国の女流作家じゃなくて、日本の作家が書くわけよ。新人の、これから伸びてゆく若手女流よ。勉強にもなるわ」

「そうかあ」

なるほど。

こういうシリーズの本だったら、関根さんにお声がかかるのも、まあ、わからないでもない。

新シリーズの本となると、玉石混淆《ぎょくせきこんこう》で、ともかく書き手の頭かずが揃《そろ》えばいい式かもしれないし。

なにより、関根さんが一番書きたがってるものだもんね。

「おめでとうございます、関根さん」

「ありがと。あたしも頑張るわ。書き手のテーマと、書く場所がこれほど一致した仕事なんて、めったにないものね。ふっふっふ。嬉《うれ》しくて、富士奈見子や都《みやこ》エリなんかにも電話して自慢してやったけど、そうか、火村さんが一番過敏に反応したわけね」

「それで、センセ、あんなにショック受けてたのか」

それにしても、どうも釈然としなかった。

そりゃ、『月刊Jr.ノベルス』で数ページをぶんどり、載《の》るか載らないかで大騒ぎしてる彩子センセだから、ライバルが本を出すとなりゃショックはショックかもしれないけど、モノが違うんだし、あんなに泣き伏すこともないと思うんだけどな。

そう言うと、関根さんはあきれたように、

「わかってないわね、朝倉さん。ものを書いてる人間にとって、自分の名前が載った本が出る、それが店頭に並ぶってのは、生きてる喜びそのものよ。まして初めての本となれば、なおさらだわ。あの火村さんじゃ、あたしを妬《ねた》んで、悶死《もんし》したって不思議はないわよ」

それは、そうかもしれない。

あたしはもの書きじゃないけど、そういう感情ってのはあるかもしれないなあ。

彩子センセが悶死か。

悶死してくれりゃありがたいけど、そういう企《たくら》みはもたないようにしよう。

裏切られた後のショックが大きいもんね。

あたしはため息をついて、立ち上がった。

関根さんにはおめでたいことだけど、それが原因で彩子センセがここしばらく、ずっとヒステリーを起こすと思うとやり切れない。

「ともかく、おめでとうございました。頑張って、いいもの書いて下さいね。じゃ、あたしはこれで」

「あら、ちょっと待ってよ。朝倉さんを呼び出したのは、別の用事というか頼み事があるからなのよ」

「頼み事？」

「そう。ま、座ってよ」

関根さんはあたしの腕を引いて、座らせた。ごほんと咳払《せきばら》いして、

「実はさ、ちらっと聞いた話だけど、朝倉さんて、火村さんの遠縁てわけでもないんだって？無理やり転がり込まれて、居候《いそうろう》させてるっていうじゃない」

「え、まあ、そうですけど……」

「よく、あんな人、追い出さないと感心してるんだけど、もう一人、置いてくれる気ない？」

2

「あ、米子《よねこ》、お帰り。待ってたのよ」

アパートに帰ると、ソファにふんぞり返って夕刊を読んでた彩子《さいこ》センセが、意気込んで言った。

「どうせ、お腹《なか》すいたんでしょ。今、作りますっ」

むしゃくしゃしていたので言い返して、あたしは台所に立った。

くそー。

人のことを家政婦ぐらいにしか見てない彩子センセも彩子センセだけど、あの関根《せきね》もひどいもんだ。

人を呼び出して、本が出るだの何だのとさんざっぱら自慢しといて、最後に何を言いだすかと思えば、居候《いそうろう》させてくれとくるではないか。

「実はさ。ラブ・ルネッサンスの依頼がきて、あたしの処女出版なんだから力《りき》入れなきゃと思って、あり金はたいて香港《ホンコン》まで取材旅行して来たのよ。満足して、意欲満々で帰ってきてみれば、預金はゼロで、アパートの追い出しくっちゃってさ。なに、ほんの一カ月くらいでいいの。実は一カ月後に、人に貸したお金が戻ってくるのよ。だから、それまででいいから置いてくれない？　あたしの処女出版つったって、住むとこに住んで執筆しないことには、話にもならないわ」

そう言って、他人にお金を貸したという借用書まで見せた。

「ね、大林森也《おおばやしもりや》、金百万円也、確かでしょ」

「他人に百万円貸して……どうして、自分はすってんてんなんですか」

金額のあまりの多さに驚いて、思わず言うと、とたんに関根さんの顔色が変わり、

「ちくしょー。あいつ、あたしと結婚するとか言って、ちょいちょい金をせびって遊興費に当ててたのよ。一流商社マンのくせして、なんてやつなんだ」

「そ、それじゃ結婚詐欺《さぎ》……」

「ふん。あたしも、一度や二度ならいざしらず、そうそう騙《だま》されるもんですか。貸したお金はいちいち借用書取って、ついでにテキの上司の住所や名前も押さえてあんのよ。結婚するか、上司にバラしてほしいか迫ったら、積立預金の満期日に必ず返すって念書《ねんしょ》入れたわ」

あまりに凄《すさ》まじい話に呆然《ぼうぜん》としていると、ふと関根さんもわれに返ったらしくて、照れくさそうに苦笑いして、

「ね。だから一カ月後には、テキは必ず返すはずなのよ。向こうも出世に響くから、絶対に返すわ。それまで、お願い。一カ月、居候させて！」

両手を合わせて、拝《おが》んだのである。

もちろん、あたしは即座に断った。

関根さんの窮状《きゅうじょう》もわかるけど、一カ月どころか一日だって、少女小説家なんか居候させたく

もない。

ただでさえ、狂暴な虎を飼ってて、なんとかそいつを駆逐《くちく》しようと知恵を絞《しぼ》り、これといった妙案も浮かばず悶々《もんもん》としてるって時に、これ以上の厄介者《やっかいもの》なんか、まっぴらご免よ。

「ねえ、米子ォ」

彩子センセが、じれったそうに言った。

「今、ハンバーグ作ってますって」

「そんなの、どうでもいいわよ。関根由子の話、なんだったの」

「え」

苛々《いらいら》した声にふり返ると、彩子センセは探るように、あたしを睨《にら》んでいた。

「隠したって駄目よ。関根由子の電話、盗み聞きしてたんだから。どっかで会う約束してたでしょ」

有無《うむ》を言わせぬ調子で言う。

盗み聞きというのがいかにも彩子センセらしくて、怒る気にもなれない。

「どんな話だったのよ。あいつ、何しゃべって自慢したの」

「別に。本のこととか、そういう話でした」

とたんに彩子センセの顔が蒼白《そうはく》になり、目の下の辺りがひくひくと痙攣《けいれん》した。

よほど、関根さんの処女出版が悔《くや》しいらしい。関根さんの言った通り、こういうのはあたしにはわからない。もの書きの生理みたいなもんなんだと、今さらながら驚いてしまう。

「ふ、ふん。たらたら自慢しくさって。ラブ・ルネッサンスがなんだってんだ。今度からあいつのこと、ルネ由子と呼んでやるっ」

「そのルネ由子さんが、うちに居候させてくれって言ったんですよね」

「なんだってえ⁉」

またまた、彩子センセの形相《ぎょうそう》が変わった。

あたしはしまったと、あわてて口を押さえた。

いつもだったら、彩子センセのヒステリーを起こさせないよう、細心の注意を払い、よけいなことは言わないはずなんだけど、ついつい〝ルネ由子〟のあだ名がおかしくて、気がゆるんでしまった。

「ちょっと、米子、あんた、まさか！」

「いや、断りましたよ。彩子センセ、おちついて。その場ですぐ断ったわ」

「ほんと⁉」

「もちろんよ」

必死になってこくこく頷《うなず》くと、彩子センセは憤然《ふんぜん》として、肩で大息をついた。

「当然よ。あんなやつが同じ屋根の下にいたんじゃ、こっちは神経逆なでされて、たまったもんじゃないわ。こっちは傑作《けっさく》を書きながら、わずかな掲載ページももらえないって時に、なんであんな女が本を出せるんだ。ふん、ラブ・ルネッサンスがどうしたっていうのよ。そんなもの、自費出版してやるとか何とか言われて、お金を騙し取られるのがせいぜいよ」

「そんなこともないんじゃないかなあ。ラブ・ルネッサンスシリーズで、もう発売中のも見せてもらったし、あれはガセじゃないと思うけど」

思わず本音を言うと、彩子センセの顔が怒りで真っ赤になった。

「米子、あんた、いったい、どっちの味方なのよ！」

彩子センセの手が灰皿に伸び、あたしがす早く玄関の方に逃げ出した時、折よくインター・ホーンが鳴った。

救われた思いで、ドアをあけると、なんと関根さんが立っていた。

「関根さん」

「お願い。断られちゃったけど、実はもう、追い出されてるのよ。荷物は、もとのアパートの両隣に預けてあるけどさ。原稿用紙と身ひとつ、一カ月でいいのよ。お願い！」

「今は、それどころじゃ……」

おたおたしていると、声を聴きつけたのか、形相の変わった彩子センセが背後から現れた。

「ルネ由子！　何しに来たのよ。とっとと帰んな。出もしない本のことで、ここまで来て自慢しようってのっ」

「あら、出ますよ」

関根さんはきっぱりと言った。

彩子センセは灰皿を摑《つか》んだ手を、ぶるぶる震わせた。投げつけようにも、手が怒りのためか硬直して、動かせないみたいだ。

困る。

こんなところで、以前のように乱闘起こされたらどうすんだ。

「ふん。自慢してられるのも今のうちよ。後で吠《ほ》え面《づら》かくな。あんたのロマンスくずれが本になるもんなら、あたしなんか、すぐにも筆を折ったげるわよ」

「あーら、いいの、そんなこと言って」

「いくらだって言えるわよ」

「じゃ、賭《か》けましょうか」

「えっ！」

彩子センセとあたしが、同時に叫んだ。

関根さんはふふんと鼻で笑って、

「もともと火村《ひむら》さんて目障《めざわ》りだったしね。小説書くの諦《あきら》めて北海道に帰って、イモ掘りでもしてた方がいいと前々から思ってたのよ」

さ、賛成！　ほんとに、そのとーり！

「あたしの処女出版がほんとに実現したら、火村さん、小説家諦めて北海道に帰る？　それだけ言いたいほうだい言っといて、言いっ放しってこともないでしょう。ね、朝倉《あさくら》さん、あなた証人になるわよね」

「その賭け、のった！　証人になるっ」

われを忘れて叫んでしまい、はっと気がつくと、彩子センセがどす黒い顔で、目ん玉も飛び

出さんばかりに、あたしを睨みつけている。関根さんは平然と、

「どうなの、火村さん」

「ふん。いいいいいくらだって賭けたげるわよ」

「じゃ、あたし、一カ月、ここに置いてもらうわ。いいわね」

関根さんは根の暗い、陰湿な笑みを浮かべて彩子センセを睨みつけ、ふと表情を柔らげてあたしを見た。

「ほんとに一カ月で出るからね。ちゃんと念書も入れるわ。あ、そうだ。火村さんにも念書入れといてもらいなさいよ。関根由子の本が処女出版されたら、作家を断念して故郷に帰りますって。この人、口約束だけじゃ怪《あや》しいから」

さすが何度も結婚詐欺まがいにあい、年季をつんでるロマンス作家は違うと、あたしは唸《うな》った。

ふと見ると、彩子センセは追いつめられた鼠《ねずみ》のように、全身をひくひくと硬直させ、失神寸前といった体《てい》だった。

3

「じゃ、うまくしたら、火村彩子《ひむらさいこ》さん、小説家は諦《あきら》めて、北海道に帰るかもしれないんですか」

細田《ほそだ》さんは中腰になって、叫んだ。

テーブルがゆれてコップの水がこぼれるのも、ウエイトレスが胡散臭《うさんくさ》そうに振り返るのも、かまってられないという興奮ぶりである。

まあ、気持ちはわかる。

たまりにたまったボツ原稿をなんとか引き取ってもらおうと、決死の覚悟で電話をかけてみれば、電話口に出たのは執筆快調で上機嫌《じょうきげん》のルネ由子《ゆうこ》さん。

何事ならんと、半信半疑であたしを呼び出してみれば、彩子センセが北海道に帰るかもしれないという朗報《ろうほう》だものね。

これまでさんざん彩子センセに悩まされてきたんだから、これで興奮するなって方が無理よ。

「しん、し、信じられないなあ、関根《せきね》さんと、勢いとはいえ、そんな賭けをしてくれたなんて。ぼくはこれまで、賭けはマージャンしかしたことないけど、世の中、賭けも必要ですよ」

目に涙まで浮かべて、しみじみ言う。

あたしも頷《うなず》いて、

「唯一《ゆいいつ》の不安材料は、ほんとにルネ由《ゆう》、いや関根さんの本が出るかってことなんですけど、大丈夫みたいですよ」

なんといってもそこが肝心なので、ルネ由子さんがわがアパートに転がり込んだ夜、二人きりになった時、念を押した。

「ほんとに、ほんとのほんとに、本、出るんでしょうね」

「まっかしときなさいって」

ルネ由子さんは、バッグの中から紙切れを出した。例の借用書とは別口の紙切れである。

「ほら、この署名んとこ、早見啓介《はやみけいすけ》ってあるでしょ。ラブ・ルネッサンスシリーズの企画下請《したう》け会社みたいなとこの、社長の弟なのよ。社長ったって、従業員二、三人くらいのもんだろうけどさ。それ知って、脅《おど》しかけてやったんだ。やつには五十八万円ばかし、やられてんのよ。でも、お金渡す時の証拠写真やテープ取ってあるから、テキも身動きとれなくてさ」

言ってるうちに興奮してきたのか、ぶるぶると唇《くちびる》を震わせながら、

「あのやろう、妻子持ちなの隠して、あたしから小遣《こづか》い銭《せん》、せびり取ってたのよ。くそっ、よっぽど家に乗り込んでやろうかと思ったけど……」

と絶句した。

もっともあたしの目を気にして、すぐ気を取り直し、

「ま、こういうわけだから、啓介もびびってさ。出来がよければ十四や二十四なら、兄貴に泣きついてなんとかしてもらうから、ともかく穏便《おんびん》にって泣いて頼むのよ。ふん、ざまぁみゃがれ！　騙《だま》されても、タダで起きるもんか」

と鼻息も荒く笑い飛ばしたのである。

あんまり凄絶《せいぜつ》な話で、ろくに返事もできなかったけど、ともかく本が出るのはほんとらしい。

「凄《すご》い経験してますよね、関根さんも」

あたしの話を聞いて、細田さんはため息をついた。

「まあ、どう見間違えても美人てわけにはいかない人だけど、どうも頭がロマンスしてるから、

すぐ騙されるんでしょうかね」

「ロマンスしてるわりには、証拠写真だテープだ念書だと、かなり現実的ですけどね」

きっと騙され慣れしてるのだろう。

ともあれ、ルネ由子さんのそういう過去のおかげで、彩子センセが駆逐《くちく》されるかもしれないのだ。ありがたいことよ。

転がり込んできてから二週間あまり経《た》つけど、気合いが入ってるせいか、かなり順調に書いてるみたいだ。

対照的なのが彩子センセで、近くでずいずい書かれると気があせるらしいところにもってきて、もしかしたらほんとに本になるかもしれないという不安に駆られるらしく、青ざめている。

ルネ由子さんはあたしの四畳半で書いてるんだけど、ちょろちょろと六畳洋室から出て来て、覗《のぞ》き見しては、

「気が散るわねえ。邪魔《じゃま》する気なの」

とルネ由子さんに叱《しか》られ、唇をかみしめてすごすごと洋室に戻って行く。

ヒステリーを起こすに起こせない、追いつめられた状況みたいだった。

「朝倉《あさくら》さん、ぼくらの春は近いですよ」

細田さんはあたしの手を取った。

「関根さんがいいもの書いて本を出してくれたら、火村さんは北海道に帰るのかあ。ああ、夢みたいだぁ」

た。

涙ぐみながら言う。

あたしもにこにこ笑って同感の意を示してたけど、ふと引っかかるものがあった。

うっとりと夢見心地で煙草《たばこ》を吹きあげていた細田さんも、徐々に、少しずつ、表情を曇《くも》らせた。

「しかし」

ややあって、細田さんはぽつりと言った。

「いくら、そのなんたら啓介が社長だかの弟だからって、出来そこないのハシにも棒にもかからん小説を、本にしてもらうってわけにもいきませんよ。ロマンス小説だろうと何だろうと、出版は文化事業の一面があるわけだし……」

さすが編集者だけあって、いざとなると理念が出てくる。

あたしはそこまで堅く考えないけど、でも、やっぱり心配になってきた。

あのルネ由子さん、ちゃんと人がお金払って読もうとするようなもの、書けるのかしら。

本が出るの、彩子センセが出て行くかもしれないのと、そっちの方ばっかり気をとられてたけど、大丈夫かな。

「ま、だ、だいじょぶでしょ。はは、そこまで気にしたら、せっかくの喜びが帳消しになるし」

細田さんはもごもご言ったけど、あたしの不安は消えない。

喫茶店を出て細田さんと別れ、アパートに戻ってみると、ルネ由子さんは四畳半で、相変わらずせっせとペンを動かしていた。

あたしは遠慮がちに、

「あのう、由子さん。書いてる途中でナンだけど、何枚か読ませていただけます？」

失礼かとは思ったけど、なんといっても出来が不安なので、言ってみた。

嫌がられるかと覚悟してたら、ルネ由子さんはあっさり、

「もちろん、いいわよ。あたしの処女出版の第一号読者ってわけよね」

と快《こころよ》く承知してくれた。

「恐れ入ります」

押しいただいて、ぱらぱらと読んでみる。

題名は『炎のごとく燃えて、京都《きょうと》に』と書いてあった。

あたしは首をひねった。

「あのう、長くありません、これ」

「ああ、それね。こういう小説って、炎とか燃えるとか使うと、縁起《えんぎ》がいいのよ」

「縁起が……？」

「それに、地名も入ってる方がいいの。なんといっても外国ならパリよ。それとスペイン。ポルトガルはちょっともたついてて今ひとつだけど、首都のリスボンはばっちりね。イギリスは、地方の名前だといいのがあるわよ。東欧圏は全体に、異国ふうで、しかも冬っぽいでしょ。耐える恋、障害のある悲恋に似合う国名が多くて、いいもんよ」

ルネ由子さんは考え込むふうで、真剣に言う。

「そういうもんですか」

「そ。『白いロシアのおもかげに似て』とか『モスクワ慕情《ぼじょう》』とか、ムードあるでしょ」

「モスクワ慕情、ねえ……」

ムードがあるとは、とても思えない。

「ま、中近東、アジアとなると、これまたロマンスの宝庫よ。イスタンブールだの、モロッコだのって古典的なのはさておいて、今、注目はアジアね。シンガポールなんて響きもいいでしょう? インドは、やっぱり地方名がいいわ。『ガンジスに誓った恋』とかも、いい題名よね」

そうだろうか。疑問だという気がするけど。

「日本では、なんといっても京都なのよ。これはもう、不動の地位ね。『京都の恋』じゃイメージ湧《わ》くけど、『奈良の恋』じゃ、目に浮かぶのは大仏さまだもんね。イメージって大切よ。それと金沢《かなざわ》ってのも……」

「あっあの、由子さん、あたし、読ませていただきます」

いつまで聞いててもキリがないので遮《さえぎ》ったけど、暗雲《あんうん》たちこめる雰囲気《ふんいき》になってきた。

大丈夫なんだろうか。

『——響子《きょうこ》は、暗い海をみつめていた。』

「あのう、由子さん」

「なに」

「響子って、以前の小説でも使ってませんでしたっけ」

「あら、よく知ってるわね。どうもね、ロマンスのヒロインの日本名って、これでなかなか難しいのよ。響子、玲子《れいこ》、波津子《はつこ》、優子《ゆうこ》、瑠璃子《るりこ》、可奈子《かなこ》、絵里子《えりこ》、綾子《あやこ》、麗子《れいこ》とか、手持ちの名前が底ついちゃって。ロマンス小説って、なんといってもヒロイン造型が難しくて、名前もひと苦労よ。ついマンネリしちゃう」

「男の人の方が難しいんじゃないですか」

「そりゃもちろんだけど、ヒロインも難しいの。下手《へた》に現代的な娘でも駄目なのよ。勝気《かちき》で行動的に見えても、実は情が細やかというのでないとね。とすると、片仮名の名前ってまず駄目ね。軽すぎて。〝子〟はついた方がいいのよ。これは絶対よ。おちついていて、芯《しん》があるというイメージなのね。それに……」

「あ、あの、原稿読みます」

だ、だいじょうぶよね……。

『――響子は暗い海をみつめていた
潤《うる》んだ目に、白いヨットの影が過《よぎ》ったような気がした。

「ヨットが見えたわ。白い帆の」

「え、冬の海に」

「あれは、貴方《あなた》とコートダジュールで見たヨットに似ているわ。白い蝶のようだった」』

「あのう、由子さん」

「なに」

さすがのルネ由子さんも、再三邪魔されるのがうっとうしいのか、ムッとしてふり返った。

「由子さん、フランスに行ったことあるんですか。この前、香港《ホンコン》て言ってたような気がするんだけど」

「そ。香港が初めての海外旅行よ。貯《た》め込んでるお金も、次から次へと騙し取られて……」

苦い過去を思い出したのか、ちょっと黙った。

しかし、すぐ気分を盛り返して、

「ま、香港もいいとこだったけどね。フランスに行くには少しばかり、資金が足りなかったのよ」

「なんか、あちこち読ませていただくと、コートダジュールとかモンマルトルとか、サン・ジャックがどうたらとか、いろいろ出てきてるようですけど」

「まあ、それはいいじゃない。香港行ったおかげで、外国の雰囲気も摑《つか》めたし」

フランスと香港では、いくら外国といっても、少し違うんじゃないだろうか。

ルネ由子さんは不愉快《ふゆかい》そうに、肩を寄せた。

「なにか、あれね、朝倉さんてあげ足とりの批評家みたいなとこ、あるのね」

「いえ、そういうわけでも……」

「ううん、米子《よねこ》はそういうとこ、あるわよ！」

突然、背後で怒鳴り声がしたので振り返ると、彩子センセが怨霊《おんりょう》のごとく立っていた。

ここしばらく疎外《そがい》されてるひがみと心労が重なり、ぞっとする悪相である。

「あんたはね、米子。強迫神経症よ。あたしの原稿読むたんびに、ごちゃごちゃ細かいこと言うじゃないの。少し反省したら、どう!?」

憎々し気《げ》に言い捨てて、ぷいっと自分の洋室に引っ込んだ。

鬱憤《うっぷん》の晴らしようがないので、あたしに八ツ当たりしてるみたいだ。

ルネ由子さんは肩をすくめた。

「気にすることないわよ。なんとか口出ししたくて、周りをちょろちょろするので困るわ。だけど、朝倉さんも静かに読んでよね」

そ、そうよね。

彩子センセを追っぱらえる、千載一遇《せんざいいちぐう》のチャンスを与えてくれてるルネ由子さんの作品に、ごちゃごちゃ言うなんて、考えてみりゃ失礼よ。

今度からは、黙って読もう。

『……響子は目をつむった。

燃える瞼《まぶた》の裏に、あの日が甦《よみがえ》る。

姉の葬儀の日。

黒い葬列の中に、ただ一人、浩一《こういち》は薄いフラノのブルーのジャケットをはおっていた。乱れた黒髪は櫛《くし》も入っておらず、ぽつぽつと無精髭《ぶしょうひげ》がまばらにあった。訃報《ふほう》を受け取って、すぐに飛行機に飛び乗り、機中では一睡《いっすい》もしなかったに違いない。

人々は不作法な闖入者《ちんにゅうしゃ》を、眉《まゆ》をひそめて眺めていた。

浩一はおもむろに、胸のポケットから濃いブルーのサングラスを抜き出して、かけた。傾きかけた陽《ひ》の光を反射して、サングラスは一瞬、鈍《にぶ》く輝いた。

あの人は泣いているわ、と響子は思った。

あの、コートダジュールの海にも似た、深い濃いブルーのサングラスの奥で、あの人の瞳《ひとみ》は濡《ぬ》れているはず。

駆け寄って、愛していたの、と問いたい。

胸を突くような痛みの中で、響子は身震いしながら思った。

けれど、それが姉のためなのか、自分のためなのか、もはやわからなかった。

けぶるような雨が降りだし、辺りにはいつしか練乳《れんにゅう》色の靄《もや》が立ちこめていた。

遠くの港に停泊中の豪華客船が、霧笛《むてき》を鳴らした。恋に悩む女のため息にも似て、それは長く、切なく尾を引いて、響子の心を引き裂いた。

あれは、気をつけろというシグナルだった。この恋には迷いが多く、行方《ゆくえ》も定まらぬ頼りない航海そのものだという、警告の合図だった。けれど、愛の船出は止められない。

「響子さん、もう帰りましょう」

に感じていた――』

慎《しん》が響子の肩を押した。

嵯峨野《さがの》はいつしか、薄青く夕暮れていた。

響子は自分が、逃れられない運命の恋の投網《とあみ》にからみ取られてしまったのを、その時、すで

うう……んんん、うー……。

ムードだけは、いちおう、あることはあるような気がしないでもないけど、舞台はいったいどこなんだろ。

フランスのわきゃないし、京都っちゃ京都だけど、京都の嵯峨野から遠くの港って、どこだ。大阪湾だろうか。まさか。

フランスと京都を結ぶ、運命の恋の投網……。愛の船出に、コートダジュールふうサングラス。

大丈夫だよ、ねえ。

一抹《まつ》、二抹、三抹の不安が……。

4

膨《ふく》らむ不安をよそに、ルネ由子《ゆうこ》さんは快調にペンを飛ばして、第一稿が出来あがった。

ちょうど、百万円を貸してた男の積立預金満期日を過ぎた頃で（しかし、過去の女に返金を迫られても、預金満期日まで待たすってのが凄《すご》い）、お金を取り返しがてら、ラブ・ルネッサンスの担当編集者さんに原稿を渡してくると言って、意気揚々《ようよう》と出かけて行った。

原稿完成を祝う意味で、あたしはペッパーステーキの用意をすることにした。

鼻唄まじりにサラダをつくってると、

「っさいわねえ、米子《よねこ》！　ルネ由子の言うことが当てになるもんか。本が出るかどうかなんて、わかりゃしないのよ」

洋室に閉じこもってた彩子《さいこ》センセが、ドアを開ける音も荒々しく飛び出して来て、わめいた。ルネ由子さんがわがアパートに転がり込んで以来、彩子センセの憔悴《しょうすい》ぶりは見るも無惨で、今や目の下に隈《くま》ができてるくらいである。

「ふん。第一稿を斜め読みされて、ドブに捨てられるってこともあるんだ。こんなに遅いのが、いい証拠よ。今まで、さんざん大口叩《たた》いてたものの、第一稿読まれてボツになって、帰るに帰れないんじゃないの」

落ちくぼんだ目をぎらぎらさせて、言いたいことだけ言うと、また洋室に閉じこもった。元来が攻撃型の人間なのに、ルネ由子さんの処女出版という葵《あおい》の御紋《ごもん》を鼻先に突きつけられ、グウの音《ね》も出ない日々が続いていたせいか、憎まれ口も熱がこもってる。

彩子センセの最期《さいご》のあがきだとは思うものの、あたしも少し、不安は残っていた。やっぱり、コートダジュールに似たサングラスってのは、まずかったんじゃないだろうか。

壁時計を見たり、サラダをまぜっ返したりして時間をつぶしてると、夜も七時を回った頃、ようやくルネ由子さんが帰って来た。

顔を見るなり、第一稿の感触はＯＫだったというのがわかった。

「由子さん、原稿、どうだった？」

意気込んで尋《たず》ねると、

「ん、ばっちり。数箇所、直したりとか、場所がよくわからないとこがあって、はっきりさせるとか、幾つか書き直しが出たけど、『基本的に、ＯＫです』の言質《げんち》取ったわよ！」

「え、ほんと……」

おめでとうを言おうとした時、洋室のドアがバタンと開いて、彩子センセがぬうっと現れた。表情が強張《こわば》り、すぐには言葉も出ないみたいだ。震え声で、

「それ、ほんとなの、由子さん」

ようやく、絞《しぼ》り出すように言う。

「ほんとよ。喜んでよ、火村《ひむら》さん」

「よかったー」

彩子センセは一気に力が抜けたように、へなへなとその場に座り込んだ。

「あー、心臓に悪いっちゃないわ。だいたい、あたしは自分のことは自分でやる人間で、他人の出来いかんで運命が左右されるってのは苦手なのよ。由子さんが書いてる間じゅう、気が気じゃなかったわ」

猫なで声で、やけに優しい口調でルネ由子さんに言った。

センセの豹変《ひょうへん》ぶりの意味がよくわからず、あたしは目をぱちくりさせた。

「あの、彩子センセ。由子さんの本が出たら、センセ、小説家諦《あきら》めて、北海道に帰るんじゃ……」

「なに寝言を言ってんのよ。由子さんの本が出たら、あたしが編集部に紹介してもらって、あたしの本を出してもらうに決まってんじゃないの」

「え、だって念書《ねんしょ》が……。由子さんの本が出たら、ここを出て行くって念書が……」

あたしは肌身離さず、お守りみたいに持っていた、希望の星の念書をポケットから取り出してみせた。

ルネ由子さんが笑いながら取りあげて、

「念書って、たとえば裁判沙汰《ざた》とか、出るとこ出れば、そこそこ有効かもしれないけどね。朝《あさ》倉《くら》さん、これ裁判所に持って出る？」

「え、由子さん、あなた……」

「あたしが男から念書取る時は、経験上、少し高くついても弁護士立ち会いとかにしてるの。最近はそれくらいしなきゃ、いざ家裁って時も、テキに腕のいい弁護士つくとオジャンなのよ。世の中、そんなに甘くないって」

念書はルネ由子さんの手から、彩子センセの手に渡り、彩子センセは口笛を吹きながらビリビリ破って捨てた。

まさか、二人、つるんでたんじゃ……。

ルネ由子さんは肩をすくめた。

「ん。だって、どうしても一カ月、どっかに居候《いそうろう》しなきゃならなかったんだもの。だけど富士《ふじ》奈見子《なみこ》は親元暮らしで転がり込みようがないし、都《みやこ》エリには死んでも頭下げたくないし、そうなると残るは火村さんだものね。交換条件に、あたしの原稿がうまく通ったら、一応、編集部に紹介するってことでさ。ま、採用されるされないは、火村さんの原稿の出来いかんだし、そんなに不正でもないわよ。ね、火村さん」

「そうよねえ」

ルネ由子さんと彩子センセは顔を見合わせて、深く頷《うなず》き合っている。

そんな馬鹿な……。

「だって彩子センセ、最初、あんなにルネ由子さんの居候に反対してて」

彩子センセはけろりとして、

「ふふ。米子も最近いやに反抗的でしょ。実際、由子さんが居候を申し込んだ時、断ったっていうじゃない。あの後すぐ、彼女が電話よこして交換条件を出してきてさ。あたしがその場で、米子が喜んで居候を認めるよう策を練ったってわけ。あたしも役者よねえ。われながら惚《ほ》れ惚《ぼ》れする」

じゃあ、最初にルネ由子さんの居候の話をした時、「ラブ・ルネッサンスがどうしたってんだ」とか怒りくるってたのは、みんな嘘。お芝居だったたっての……。

「さあて。朝倉さん、あたしお風呂《ふろ》、先にいただくね。ここ二、三日不眠不休で、汗っぽいしさ。あ、今日、ちゃんとお金取り返して、その足で不動産屋行ってアパート決めてきたわ。明日にも出ていくからね。今まで、どうもありがと。ちゃんと約束守るでしょ、あたしって」

ルネ由子さんは上機嫌《じょうきげん》で、ドアの向こうの洗面所に消えて行った。

呆然《ぼうぜん》としていると、彩子センセの舌打ちが聞こえた。

「ふん。いい気になっちゃってさ。よくも、あんな女の第一稿でＯＫが出たもんだわよ」

――え。

「なにが処女出版だろ。浮かれっぱなしで憎らしいっちゃ、ないわ」

ルネ由子さんがいた時とは、うって変わって、いかにもセンセらしいセリフだった。

「あのう、センセ」

「米子も、あの女には腹に据《す》えかねるところもあるだろうけど、まあ、これもあたしの処女出版のためよ。我慢して。あたしも先を越された悔《くや》しさを噛《か》みしめつつ、あいつを居候させる策を練ったんだからさ。何事も、あたしの処女出版のためよ」

「…………」

何が真実で、何が真実でないのか、どこからどこまでが芝居なのか、よくわからない。

ううん。もともと彩子センセには、真実なんてないのよ。その場その場の人だもん。

だけど、わかってることがひとつある。

センセはうまくすれば本が出るかもしれない可能性を手にして、一方のあたしは、相も変わらずセンセに居《い》すわられっ放しってことよ。これだけは、今のとこ確かなのよ。

「センセ。ラブ・ルネッサンスにファンタジー書いて、どうするんですか」

最後の力をふり絞って、精一杯の皮肉をこめて言ってやると、彩子センセは自信たっぷりに笑った。

「今、ロマンスの世界にラブ・ファンタジーの新しい風！　これで決まりじゃないの。頑張ってからねー！」

あたしは眩暈《めまい》を覚えて、椅子《いす》に座り込んだ。

こんな人間を相手に、あたしは最後まで闘えるんだろうか……。

クララ白書 番外編
お姉さまたちの日々

1

桂木《かつらぎ》しのぶ。中等科三年生になったばかりの十四歳。クララ舎に入ったばかりでもある。

百五十センチに毛のはえた寸づまり。ぷくぷくした頬《ほ》っぺたや、ちんまい手。

何が楽しいんだか、ころころきゃいきゃい笑ってばかりで、足が小さいのか注意力散漫なのか平衡《へいこう》感覚がずれてるのか、やたらトロくて、すぐコケる。

あ、ほら、またコケた。

叱《しか》りながら助け起こしてるのは、編入生の紺野蒔子《こんのまきこ》って子だ。

超美人で、あたしら高等科の一部じゃそこそこ騒がれてるけど、あの手のコは年下の子に慕《した》われるタイプで、妹《エス》にしようってタイプじゃないな。

妹なら断然……あ、またコケた。

しっかし、目かくし鬼をやってて、鬼ならいざしらず、単に逃げるだけなのにどうしてああもコロコロずっこけられるんだろう。

あ、こっちに気がついた。手を振ってる。

ふふ。か、かあいい……。

「将来は幼女誘拐犯か猥褻罪《わいせつざい》でとっ捕まるわよ、虹子《にじこ》さん」

突然、耳元で囁《ささや》かれ、ぎょっとしてふり返ると加藤白路《かとうしろじ》が立っていた。

「なによ、誘拐犯だの猥褻だのって」

「中等科の子たちを見る虹子の目って、異常だもの。ロリ・コンの男っていうのはわかるけど、ロリ・コンの女ってのも珍しいわね」

「やらしい言い方しないでよ。初々《ういうい》しい下級生を導《みちび》く上級生のまなざしで見てんのよ」

「どこに導くんでしょうね。ふふふ。秘密の花園だったりして」

白路はにっこりと天使のごとき微笑を浮かべて、ぐっさりとイヤミを言った。

ったく、なんちゅう女だ。

これが下級生に〝清らなる椿姫《つばきひめ》〟と呼ばれて憧《あこが》れられてるってんだから、世の中も甘いもんだわよね。猫っかぶりめ。

白路はひょいと窓から中庭を見下ろした。

「ああ、いるいる、しのちゃんが。なんというか可愛《かわい》いわねえ、顔じゃなくて雰囲気《ふんいき》が。虹子がしのちゃんみたいな子をいい子する気持ち、わかるわよ。ああいう単純な平凡さに憧れてるんでしょう」

「そのものズバリよ。妙な友達もつと疲れてさ」

イヤミ言ってやったけど、わかってるんだかわかってないんだか、知らん顔して中庭で目かくし鬼やってるしのちゃんたちをぼんやり見ている。

その横顔を見てると、まさに〝清らなる椿姫〟ってのは当たってるんだけどね。きれいだし、清純そのものだし。

あたしが徳心《とくしん》学園の中等科に入ったとき、まっさきに目についたのが白路だった。

まあ、なにはさておいても美しいし、物腰はあくまで優しくしとやかで、しゃべる声は鈴《すず》を転がすごとく清やかで、その神聖な犯すべからざる清純さのために、シスターたちでさえアイドル視したというくらいだ。

同時に入学した高城濃子《たかぎのうこ》もやたら騒がれてたけど、なんといってもロリ・コンのあたし、男役よりは娘役に目がいくのも当然だった。

いいと思ったものは、すぐ手に入れる性格だったから（こういう言い方、誤解を招くな）、時を置かず白路と友達になり、白路と幼友達だという濃子とも仲よくなり、つい一年前までは徳心中等科、花のトリオとして名をはせたもんだった。

高等科に進級して、高等科の中心となる五年生となった今、当然、高等科、花のトリオになるはずなんだけど、はっきり言って、それはもうご免こうむりたい心境よ。

「ところで虹子。生徒会副会長の大滝《おおたき》さんが、今度の男子高校との交歓会、ぜひ出てほしいって頼んだの、断ったんだって」

「断ったわよ、もちろん。あたしは役員じゃないし、あたしがしゃしゃり出ると会長の成田《なりた》さんの顔潰《つぶ》すじゃない」

「成田さんて悪い人じゃないけど、器《うつわ》が小さいと思うのよねえ。今年の二月の役員改選で、当然虹子が出馬すると思ってたんだけれど。中等科で役員やって、高等科でも役員やると独裁色が強くなるって虹子の判断も、わからないわけじゃないけど」

「会長職って、しみじみ重責よ。中等科のときは生徒会長とクララ舎長を兼任して、胃がねじれそうな毎日だったわ。今はただ、平穏な日々を望むのみよ」

「徳心て名だたる名門校、言葉換《か》えればお嬢さん校で、あたしたちを見る外部の目って独特だものね。虹子も苦労が多かったと思うわ、ほんとに」

白路はいやに悟《さと》ったような同情口調で言った。

人ごとみたいに言うな、人ごとみたいに！　だれとだれのおかげで苦労が絶えなかったと思ってんだ。

今だって、あらゆる学園関係の公的役職から解放されてるってのに、あたしを悩ましてるのはあんたたちなんだぞ、加藤白路。

と、教室内がざわめいた。

お昼休みで、みんなてんでに好き勝手してるはずなのに、この一様《いちよう》のタメ息はなんだと思って振り返ると、案の定、濃子のご登場だった。

スカートをまとわりつかせながら、ひょこひょこと不器用そうに教室に入って来る。

百七十二センチの長身（ほんとは百七十四はありそうだけど、彼女のなけなしの女としてのプライドが、サバを読ましてる）。

異様なハスキーボイス。

彼女がマニッシュな服装してしゃべってると、姿形といい声といい、もうほとんど美少年にしか見えないという恐るべき人だ。

女としてのプライドから髪を長く伸ばしてるんで、あんな長髪の男はいないってわけで、なんとか女の面目《めんぼく》保ってるけど、それでも髪をひっつめに束ねてるときに正面から見ると、男も女もすっとぶ奇妙な中性ぶりだ。

女子校にひとりやふたり、この手の人はいるもんだけど、高城濃子の場合、あまりにもできすぎている。

市内の女子校という女子校にその名が轟《とどろ》き渡ってるのも仕方ないんだよね。ついでに男どもに目をつけられるのも。

この美貌《びぼう》のおかげで、友人たるあたしもいろいろ苦労させられてきた。

「虹子ォ。困ったことができたんだけど」

「またか。男に追っかけられてんならまだましだけど、女となるとお手上げよ。仲介に入ってカミソリで切られかけたこともあるんだ。女ってのは怖いわよ」

「今回はそれじゃない」

濃子は赤くなってもごもご言った。

「おとといの日曜、地下街歩いてたら、ガンとばされたのよ」

「へええ。あんた、不良にガンつけられるタイプじゃないのに」

意外な気がして見返すと、濃子は肩をすくめた。

「それが、どうもよくわからないのよね。徳心の高城か、なんて言われてさ。どうして、あたしだってわかったんだろう」

「あんたはそこにいるだけで目立つのよ。それで？」

「この前、会えると思ったんだけどな、大将にそう伝えろよって言うの。これ、どういう意味だと思う？　二日間考えたあげく、大将って虹子のことじゃないかと思うんだけど」

ふむ。

そりゃあ、濃子と白路とあたしは徳心を代表するスター。その中でも頭脳明晰《めいせき》にして、いちばんまともなあたしがリーダー格ってのは、他校の連中の一致した見解だろうけど。

「それ、どこの女子校なの」

「女子校じゃないの。男よ。私服着てたけど、持ってたスポーツバッグは光陽《こうよう》マークが入ってた」

「光陽って、あの無宗教の男子校？」

無宗教の、と言うあたりが我《われ》ながら徳心に毒されてるな。

「光陽の男が、〝この前、会えると思ったんだけどな。大将にそう伝えろ〟って言ったの？　なんだ、それは」

「そう、それでわけがわかんなくて、二日間考えて……」

「二日間はもういいわよ。あんたってほんと、でかい図体《ずうたい》にふさわしくトロいんだから」

イライラして叱《しか》りとばすと、濃子はしょぼんと肩を落とし、教室じゅうが殺気立った。

濃子にきついこと言うと、お取り巻きが殺気立って、さすがのあたしも身の危険を感じてしまうんだよね。

「もっと詳しく言ってごらんよ」

「詳しくったって、それだけなのよ。あっけにとられてるうちに、さっさと歩いていっちゃったから」

濃子は相変わらず、ぼうっとして言った。

このボケッ！　と罵《ののし》りたいのをこらえて、腕組みした。どういうことなんだろ。

「光陽って、最近よく耳にする名前だけど」

「耳にして当然よ」

黙って話を聞いてた白路が口をはさんだ。

「例の問題が起こってる相手校じゃない」

「え」

鋭敏なあたしのカンに、何かひっかかった。

例の問題が起こってる相手校。そこの生徒が、

「この前、会えると思ってたんだけどな。大将に伝えろよ」

と言っていた。

まさか、アレとコレにかかわりがあるんじゃ……。

考え過ぎだとは思うものの、一度気になりだすとしようがないので、放課後、生徒会室に顔

を出した。

新会長の成田さんは早々に帰ってしまったらしくて、副会長の大滝さん以下がせっせとガリ切りやコピーとりをやっていた。

「ねえ、光陽高校の件なんだけど、ちょっと情報くれる?」

声をかけると、大滝さんが気軽に話してくれた。

「なあに、わが高等科と姉弟校になりたいって申し入れのこと?」

「役員じゃないから、そういうことに首つっ込まないようにして、噂《うわさ》も聞き流してたんだけどさ。そういう話、ほんとに来てるわけ?」

「そう。なんせ、向こうの会長さん、磯村《いそむら》っていうなかなかのハンサムなんだけど、この磯村氏がやけに情熱燃やしてんのよね。光陽は新設校で生徒会も動き出したばかりだから、ぜひノウハウを教えてもらいたいとか何とか言ってきたのが二月改選直後で、新学期になってからやたら接触してきて、ついに姉弟校の申し入れってわけ。はっきり言って押され気味なのよ、徳《う》心《ち》は」

「シスターたちが承知するはずないって、突っぱねてないの?」

「向こうも、やり手なのよね」

大滝さんは困ったように笑った。

「徳心は生徒会の権限が大きいし、生徒会同士が姉弟校の名のりをあげて交流するぶんには、支障《ししょう》がないはずだと迫ってくるのよ。言っちゃなんだけど、あちらはできて十年足らずの新設男子校、しかも噂じゃ理事長は受験予備校を経営してる実業家とかで、徳心《うち》とは格が違うと思うんだけどさ」

「だったら、ぴしゃりと断りゃいいじゃない」

「そこが新会長の成田さんの力不足なとこよ。向こうは押しの一手だし、大学受験予備校がバックにあるせいかどうかしらないけど、大学合格率が高い受験校ってことでけっこう売り出してるしで、成田さんも心を動かしてるの。さすがに、あたしたちや、虹子たち実力者の反発を予想して、強行するってことはなさそうだけど」

「確か、今までに何回か、生徒会同士で交歓会やったわよね」

〝この前、会えると思ったんだけどな〟って意味ありげなセリフ、もしかして、その交歓会に引っかけてたんじゃないかって気がする。

大滝さんはうなずいた。

「今んとこ、二回ぐらいね。でも、次の交歓会には虹子たちにも出てもらいたいのよ、ほんとに。オブザーバーとか何とかって名目でさ。で、きっぱり決着つけたいの。大きな声じゃ言えないけど、やっぱり成田さんじゃ駄目なのよ。向こうの会長さんも、ほんとは陰の生徒会長ってことで相沢《あいざわ》女史が実権持ってんだろ、なんてあたしに言ったぐらいよ。有名人ね、虹子。あ、これ成田さんに内緒ね」

「それはもちろんだけど……」

あたしはいよいよ確信に近いものを感じて、うっすらと青ざめた。

「向こうの会長、あたしのこと知ってるのは確実みたいね」

「そりゃそうでしょ。陰の生徒会長なんて言うくらいじゃね。磯村氏って、ほんと、切れ者って感じのハンサムよ。新設校の悲しさで、今ひとつ伝統なり何なりがないってのを気にして、学校のためにひと肌もふた肌も脱ごうって感じで。徳心と姉弟校になりたいっていうのも、そうなれば市内の私立高校群でそれなりの注目を集めるって計算があるみたい。オトコ虹子女史ばりの策士《さくし》ね、あれは」

大滝さんは冗談ぽく言って、笑った。

のん気に笑ってる場合じゃないわよ。

そういう切れ者が打算ずくめで徳心と姉弟校になりたいと執着《しゅうちゃく》してるんなら、たぶん手段は選ばないんじゃないかな。かなりダーティーな手を使って、この話を進めようとするんじゃ……。あたしなら、そうする。

め、めまいがしてきた。

もしかして、あの写真、光陽高校の会長みずからの陰謀《いんぼう》じゃあ……！

2

それは八枚の写真だった。

やけに麗《うるわ》しい化粧美人が大学生ふうの男と薄野《すすきの》のホテル街に入る一枚目。そのものズバリのホテルに入る二枚目。ホテルからひとりで飛び出して来る三枚目。地下鉄に乗る四枚目。降りる五枚目。徳心《とくしん》の近くを歩く六枚目。寄宿舎の前の七枚目。アグネスの非常階段をのぼってゆく八枚目。

名なしの封筒で送られてきたそれは、二重の意味であたしの心臓を五秒は止めた。

ともかく、アグネス舎のだれかが寄宿舎破りをしてたってことで、アグネス新舎長たるあたしの面目《めんぼく》がない。

もっとも、それぐらいはたいした問題じゃなかった。軟派じゃなくても寄宿舎破りぐらいはする現実なのだ。

いちばんズーンときたのは、写真の女が白路《しろじ》に間違いないってことだったのだ。

隠し撮《ど》りのため、正面から撮ったのは一枚もなく、ホテルから飛び出してくるスナップもブレて、しかもうつむきがちだったりするので顔はわからない。

だけど、背格好からいって間違いなく、白路なのだ。長いつき合いの親友が断言するのだから、間違いない。

このときのあたしの衝撃たるや、筆舌《ひつぜつ》に尽くしがたかった。

誤解のないように言っとくけど、白路が寄宿舎破りをして、わけのわからん男とホテルに入ったってことでショックを受けたんじゃない。

親友として恥をしのんでぶっちゃけるけど、あいつだったらやりそうなことだと妙に納得できたところが怖いくらいで、そんなのは瑣末事《さまつごと》だった。

要はそれを写真に撮られたってことなのだ。これは天地がひっくり返るくらいの重大事だった。

白路の胸ぐらをつかまえて、

「このボケッ。遊ぶんなら遊ぶで、ドジらんように遊ばんかっ」

と怒鳴りつけたいのをグッとこらえて、隠密裡《おんみつり》に処理しなきゃ、思い悩む日々だった。

なんとしてもネガを奪い取って隠密裡に処理しなきゃ、徳心に傷がつく。

こう言っちゃなんだけど、頭のいい人間の常として、あたしはかなり徹底した個人主義の人間である。

人が何をしようと、その人の自由だ、その代わり責任もその人が負うべきだというのが根本的な考え方で、軟派のお姉さんが夜遊びしようと退学になろうと、同情はするけど仕方ないことだと思ってる。

しかし、白路は困るのだ。

白路がここまでスターになったのは、もともとスター性アイドル性があったからだけど、それは陰であたしが煽《あお》ったせいもあったのである、実は。

女子校のような集団では生徒会長のような硬派のリーダー、スケ番さんのような軟派のリーダー、軟派硬派を乗り越えた憧《あこが》れの花のスターたちがうちそろって、初めて統制《とうせい》がとれるのだ。

将来は自民党の幹事長になれるんじゃないかと我《われ》ながら感心するほどの知略《ちりゃく》でもって、あたしは中等科生徒会長を務《つと》めあげ、高等科に進んでからも自分の思惑《おもわく》どおり、学園が一定の秩序を保っていることに深い満足を覚えていた。

　愛校心ていうのかどうかしらないけど、このあたしのいる限り、徳心を乱したり傷をつけたりはしないぞというのが、あたしのひそかな決意であり、プライドなのだ。

それなのに、徳心でも一、二を競うスターの白路のスキャンダルが表沙汰《おもてざた》になったら、学園はどうなるのか。

中等科生は夢乱れて動揺するだろうし、高等科生だってショックは大きい。

この、この、このあたしが丹精こめて作りあげ維持してきた学園の平和は、なきも等しくなるのだ！

なんとかしなくちゃと決心は固くしても、当の送り主はわからず、写真を送りつけて来たっきり何の行動も起こさない。

もしかしたら徳心内部の人間で、白路の人気をねたんでる者のしわざかとも思ってみたけど、まがりなりにも徳心の子たちがあたしにこういう挑戦的なことをするはずがない。

外部の人間だろうか、目的は何だろうか、どう対処できるのかと、そればかりを考えてきた。

そして、今、明らかになりつつある光陽《こうよう》高校の生徒会長の存在。

もし、写真の送り主がわが校との姉弟校に執着してる磯村《いそむら》って会長なら、まずい取引材料を握られてることになる。

白路のアホッ！　だから、あんたの友人、やめたいのよ。

「新設校だけに設備は最新なんですよ。体育館は空調付きで、バスケットなどの器具はすべてコンピューターでセットできます」

磯村会長がそう言いながらボタンを押すやいなや、天井《てんじょう》からボードが降りてきた。

うちの成田《なりた》会長以下、役員全員がほうっとため息をついて見とれた。

けれど、オブザーバーとして交歓会《こうかんかい》に出てきたあたしは、それどころじゃなかった。

磯村茂志《しげし》という会長に紹介されるなり、ピンときた。

写真の送り主は、この会長に間違いない。

あたしを見るなり、もったいぶった不敵な笑《え》みを浮かべたせいもあったけど、なによりひと目見て曲者《くせもの》だとわかる知性の冴《さ》えた顔をしていた。

「えーと、この次はどこへ案内しようかな。どこ見たいですか」

「部室がすべて完備されてるって話でしたけど」

よしゃいいのに成田さんが乗り気になって、いそいそ言う。

磯村会長以下の役員がぞろぞろ移動するのを見すまして、

「わたし、お庭を見学させていただきます」

と言って、さっさと中庭に出た。

花壇を眺めながらブラブラしてると、案《あん》の定《じょう》、五分ほどして磯村会長が戻って来た。

「ようやく出てきたね、本命が。あの成田って会長じゃラチがあかなくて、イライラしてたよ。庭でも案内しようか」

公《おおやけ》の言葉遣《づか》いも消えて、やけに親しげに言う。やな感じだ。

「けっこうよ。ズバリ聞くけど、ネガ交換の条件は？」

磯村氏はあっけにとられたように目をみはって、やがてクスクス笑いだした。

「せっかちだな、はっきりしてていいけど。要するに、おたくさんとこと姉弟高になりたいわけだ」

やっぱりね。

校内を案内されているとき、部活で残ってた生徒たちが見慣れぬ女集団を珍しそうに見て、

「あれ、徳心生か。磯村、本気でやる気かな。冗談半分の公約かと思ってたけど」

「あいつ、やり手だからな」

なんてヒソヒソ言ってたし、その前から予想はしてたんだけどさ。

「なんでそう、うちとの姉弟校ってのに固執《こしつ》するのよ」

「わかってるんじゃないのかな。うちは新設校で、私立群の中じゃ今ひとつ、パッとしないからね。男子校はうちのほかに三校あるけど、伝統があるのなんのとエラぶっててたまんないよな。その点、おたくのとこと姉弟校になれば、やつらの鼻もあかせるわけだ。未《いま》だかつて徳心と姉弟校になった男子校はないし、おたくの学校、付加価値が高いから」

こともなげに言うとこが、なかなかの手腕を感じさせる。

ほんとに、かなりの切れ者みたいだ。

こんなのに致命的な弱み握られて、それでおめおめ姉弟校にならされるなんて、たまったも

んじゃないわよ、くっそー。

「それに、ぼくが会長に立候補したときの公約に、市内随一《ずいいち》の名門女子校と姉弟校になってみせますとタンカ切っちゃってさ」

　磯村氏は思い出し笑いしながら、続けた。

「冗談は冗談だったけど、対立候補だったやつらがうるさくてさ。やいやい言うし、実行力あるとこ見せないと黙りそうもなくてね」

　一見単純でばかばかしい理由だけど、案外こういう個人的な功名心てのがいちばんやっかいなのだ。

　言ってみりゃ徳心の平和を守りたいっていうのだって、愛校心からというよりは、あたし自身のプライドの問題だったりするんだし。うーむ。

「ほかのことで手打つ気ない？　わが校一の美人と半年ぐらいつき合わせてあげるわよ。男冥《みょう》利《り》につきると思うけど」

「美人のGFもつよりは、そういう美人の多い学校と姉弟校にさせた手腕を認められるほうが、男のメンツが立つんだよね」

　磯村氏はクスクス笑った。

　こいつ、喰《く》えないやつだ。

「わが校は門外不出のお嬢さん校なのよ。男子校と姉弟校同然の交流を生徒会が率先してやったりしたら、シスターたち、ひっくり返るわ」

「けど、おたくんとこ生徒会の権限、大きいんだろ。ましてきみ、陰の生徒会長じゃないか」
「そういうヤクザっぽい言い方、やめてよね。今は政界から引退して、一般人よ」
「ま、言い方はどうでもいいけど。ともかく、きみがひとこと言ってくれれば、うまく収まると思ってるんだ。きみ、良心的な元生徒会長だし、生徒の不行状をバラされたくないだろ」
「あの写真、ガセじゃないでしょうね」
「うちの写真部の連中が、夜の高校生をフォーカス、なんてテーマで薄野《すすきの》にくり出したんだってさ。女子高生らしいのがホテル街に行くんで、あとつけて連写してたら、すぐ出て来たんで、おもしろがって追跡レポしてるうちに徳心寄宿舎に辿《たど》りついたってわけだ。そいつら泡《あわ》吹いてたぜ。よもや徳心の生徒がそういうことやるとは思ってなかったってさ。おもしろがるより先に、夢を壊されたって憤慨《ふんがい》してた」

むむむ。

その反応をいちばん恐れているのよ、あたしは。

関係ない他校の生徒でさえ、それだもの。徳心の生徒がどれほど狂うか、想像するだに恐ろしい。

白路の人気の失墜《しっつい》は、あたしのこれまでの実績の失墜。それを見過ごすことはできないのよ。

「ここが思案《しあん》のしどころだね、相沢《あいざわ》さん」

あたしが青ざめて黙り込んでいるのを、磯村会長は満足そうに眺めながら言った。

なんとかしなくちゃ。

そうよ、こと白路に関しちゃ、この手の問題は何度もあった。

そのたびに試験の前日だろうと、帰省の準備をしてた長期休暇の前日だろうと、知恵を絞《しぼ》って東奔西走《とうほんせいそう》したもんだ。

その苦闘の日々に心身ともに疲れたもんで、高等科に進級しても生徒会入りもせず、せいぜいがアクネス舎長の役職ひとつで満足してたのだ。中等科に次いで高等科の会長をやれば独裁色が強まるなんてのは、会長の煩《わずら》わしさから逃れる口実にすぎない。

「少し考えさせてもらうわ」

ゆっくりとそう言いながら、次に打つ手をあれこれ考え始めていた。中等科のころの苦闘の日々が甦《よみがえ》りそうで、またためまいがした。

3

「ふーむ。白路《しろじ》はまたやっちまったか」

写真を見せられるなり、濃子《のうこ》は唸《うな》った。

「ともかく常識がないというか、現実感覚が妙に抜けてるとこあるからね、あいつは。思い起こせば小学一年のとき、行方不明《ゆくえ》になってね。当時、やたらと誘拐《ゆうかい》がはやってて、すわ誘拐かと学校側も家でも色めき立ったのよ。折も折、白路からたどたどしい電話があって、怖いよう怖いようなんて言うわけ。警察犬までくり出して大捜索してたら、ひょっこり学校の縁の下から出てくるんだからね。それも言うにことかいて、朝礼で知らない人についてっちゃいけませんと注意されてるうちに妄想《もうそう》たくましくして、学校の帰り道に誘拐されたらどうしようと悩んでるうちに、怖くなって学校を出られなくなったってんだから。なまじ可愛《かわい》いもんで、先生たちも警察の人も毒気抜かれて、純真な子供のやったことだってんで収まったけど、あのときから、親友としては不吉なものを予感してたのよ」

「今さら昔の話聞いたところで、心は落ちつかないわよ。最初にああいう人間だとわかってたら、親友の契《ちぎ》りは結ばなかったな」

あたしはタメ息まじりに言った。

クララ時代、寄宿舎破りをしたまんま朝になっても戻らず、クララ舎長の特権で点呼《てんこ》も何もかもごまかしながら心は千々《ちぢ》に乱れてると、夕方ちゃっかり帰って来て、

「ディスコで知り合った知らない人の身の上話聞いてるうちに、すこく心を打たれちゃったの。で、一緒に駆け落ちする約束してきたんだけど、よく考えたら妙な話よねえ」

と天使の微笑《ほほえ》みで言うんだから。

よく考えなくたって妙な話よ。

いちばんまずいのは、白路が身の上話を聞いてる間じゅう、心底本気で同情して、「そうね、ふたりで逃げましょうか」と熱心に言ったであろうってことだ。

ところが、さすがに我《われ》に返るとおかしいかなと常識が出てきて、それっきり忘れてしまう。

おかげで駆け落ちをすっぽかされた受験地獄の悩める予備校生が、ノイローゼ気味なのも手

伝って刃物握りしめて現れちまった。

あたしはわずか十五歳にして、相手の男の子の両親に連絡するわ、その両親を口八丁でまるめ込んで事情をごまかすわ、相手の男の子を説得するわで、ひと苦労だった。しかも、寄宿舎や学園にばれないように気を遣《つか》わなきゃいけなかった。

それとか、地下街歩いてるときにほかの女子校のスケ番ふうなのにガン飛ばされて、物陰に連れ込まれてカツアゲされそうになったと平然と言う。

まさかとは思うものの、ばらされちゃ困るから、そのスケ番さんに菓子折のひとつも持って挨拶《あいさつ》に行きもした。あのときは生きた心地もしなかったわよ。

「今回のいちばんまずいところは、証拠写真を撮《と》られてることよ。なんとしても奪取《だっしゅ》しなきゃ」

あたしが決然として言うと、濃子は肩をすくめた。

「似たようなこと、あったわね。あいつ、めっぽうお酒に弱くて、ビール一杯で夢心地に飛んじゃってさ。気がついたら生徒手帳も学園バッジもなくなってて、二、三日したら不良グループから恐喝《きょうかつ》が入っちゃったっけ」

あのときは不良グループの中の女の子ひとりを濃子が色仕掛けで陥落《かんらく》させて、生徒手帳とバッジのありかを聞き出し、あたしがリーダー格の子の家に忍び込んで盗み出したんだった。

まったく、思い出せば出すだけ、腹が立ってくるな。白路の脳天気！

あたしたちが裏で死ぬほどの苦労をしてるってのに、白路本人は相も変わらず優雅に校内をうろつき回って、下級生の憧《あこが》れをかき立ててるだけなんだから。

「この際、そのナントカって男子校と姉弟校になったら？　ネガさえ取り戻したら、一年くらい交流して、あとはほっぽっときゃいいのよ」

「駄目よ。あの会長、ひと筋縄《すじなわ》じゃいきそうもないわ。第一、写真で脅《おど》されてあたしが動いたなんて、プライドが許さない」

「で、虹子《にじこ》のプライドが許さないばっかりに、あたしはまた色仕掛けでだれか落とすのか」

濃子はうんざりしたように顔をしかめた。

あたしは首を振った。

「今回はそれも駄目よ。あんた、向こうの磯村《いそむら》会長に面割《メン》れてるからね。写真部室に忍び込むか、磯村会長宅に忍び込んで、やつを眠らせてるうちに家捜《やさが》しするか、どっちかしかない。あんた、髪切って学生服着て、写真部室に忍び込む気、ない？」

「冗談はよして」

いつものたのたしてるわりには、さすがに顔色を変えて遮《さえぎ》った。

「髪まで切っちゃあ、女と見られる可能性がなくなるわ。デパートの女性用化粧室に入るたびに悲鳴あげられるのは、たくさんよ」

その手の屈辱《くつじょく》の思い出があるのか、ぶるぶる震えてる。屈折してるのよね、この人も。

幼少時、白路に憧れて積極的に友達になったってのも、裏を返せば、女の子コンプレックスが原因にほかならない。

その憧れの純真少女が厄介《やっかい》のタネになるなんて、思ってもみなかったろうな。

「ともかく、あたしも知略《ちりやく》の限りを尽くして考えた。今度の交歓会が、また向こうの学校であるのよ。そのとき、あたしが遅れていって、写真部室を捜すわ。人に見つかっても見学ですとごまかせるでしょ。一方、交歓会までに、大滝《おおたき》さんに頻繁《ひんぱん》に磯村の自宅に電話をかけさせる。なるべくお母さんあたりが出そうなときをねらってね。徳心《とくしん》学園生徒会の副会長ですと名のって印象づけておく」

そして交歓会当日、濃子が大滝さんの名前を名のって、磯村家を訪れる。生徒会同士の話し合いをする予定だったとか何とか言って。

お母さんにしてみれば初耳の話でも、さすがに追い返しはしないだろう。

家の中に入れてもらえればしめたもの、磯村の部屋で待たせてもらうよう口八丁でまるめ込んで、やつの部屋を捜し回る。

「この機を逃すと、向こうも警戒するだろうから、絶対にこのとき、どっちかでネガを見つけなきゃならないわよ」

「しかし、どちらでもない第三の場所にあったらどうするの」

濃子はあくまでも気乗りしないようすだった。外見コンプレックスから、極度に人見知り癖《ぐせ》がついていて、知らない人と会ったり話したりするのが大嫌いな人なのだ。

「そこまで大がかりに隠してないと思うのよ。写真で徳心《うち》を脅《おど》してるなんて人に知られたらまずいから、あんまり他人を抱き込んでないんじゃないかな。写真部室にもやつの部屋にもないとすりゃ、本人が身につけてるぐらいよ。いざとなったら闇討《やみう》ちにかけて、取り返してやる」

「面倒だなァ。磯村とかいう人を締《し》めあげりゃいいのに」

「だれが締めあげるのよ」

あたしはムッとして濃子を睨《にら》みつけた。

「あんたが締めあげてくれるの？」

「冗談！　あたしってこんな体格してるから誤解されるけど、腕っぷしはからきし駄目なんだから」

「あたしも頭脳戦以外は駄目よ。ともかく、締めあげる締めあげないって話はよそう。過去を思い出していやな気分になるから」

あたしと濃子は目交《ま》ぜしてタメ息をつき合った。

自宅通学生で、この件の相談のために放課後アグネスに呼びつけられていた濃子は、のろのろと立ち上がって帰ると言った。

玄関まで送って行くために部屋を出たけど、すれ違うアグネス舎生は濃子の姿を見ると立ち止まって見とれた。

「あ、虹子《にじこ》さん」

クララ舎に続くドアを開けると、しのちゃんやほかの子がたむろして、うろうろしていた。

あたしを見るなり駆け寄ったものの、濃子を見て、顔をまっ赤にして絶句してる。

可愛いもんじゃないの。そうよ。女子校の生徒は、こうあるべきなのよ。

「どうしたの」

上級生らしく、いと厳《おごそ》かに声をかけると、しのちゃんは我《われ》に返って、顔を赤らめながらもつかえつかえ言いだした。

「白路さんと玄関で会ったんですけど、血相変えて飛び出してったんです。事務室の前を通ったら、シスター・アンジェラが白路さんは外出届けも出さずに出て行ったとお冠《かんむり》だったんですよ。あの白路さんが、そういうことなさるなんて、ただごとじゃない気がして。何かあったんでしょうか」

しのちゃんは心底、心配してるみたいだった。

あたしはしのちゃんとは別の意味で不安に駆られ、思わず濃子を振り返った。

「まさか立ち聞きされたんじゃ……」

万事にとろい濃子が、ブツブツとつぶやいた。

あたしはまっ青になった。

あり得ることだ。

あたしと濃子の話を立ち聞きしたのかもしれない。そして、そして……。

「しのちゃん、白路、何か言ってなかった？」

「え？　えーと、そうですね。なんということかしら、話をつけなくてはならないわとは、そんなようなことブツブツ……」

「濃子、急ごう！」

あたしと濃子は脱兎《だっと》のごとく駆けだした。

まずいですよ。絶対、まずい。

立ち聞きしてたとしたら、白路自身で話をつけに行ったことは十分考えられる。そんなことにならないために、写真が送られてきても白路を問いつめず、磯村会長の申し出も知らせず、すべてひとりで（濃子も巻き込んで）処理しようとしてたんじゃないの。

あたしが白路を恐れてる大本《おおもと》は、ときどき寄宿舎破りをすることでも、常識にはずれた事態を招くことでもなく、実にあの子の過激な性格なんだから。

場合が場合なので、ふたりワリカンでタクシーをすっ飛ばし、光陽高校の校門前に横づけした。

4

校舎ん中に駆け込むと、すれ違う男子生徒がみんなふり返ったけど、交歓会《こうかんかい》で二、三度徳心《とくしん》生《せい》を見慣れてるせいか、さほど驚かれなかった。

「あ、ちょっと！」

すれ違いかけた男の子を、腕を摑《つか》んで引き戻した。

確か前の交歓会で見た顔だ。書記かなんかだった気がする。

「徳心の会長さんじゃないか。なんだい」

「会長代理よ。それはどうでもいいわ。白路《しろじ》、いや、徳心の生徒で超美人、見なかった」

「見たよ」

男の子はにんまり笑った。

「美人だったなあ。おたくんとこの生徒会関係者って、次から次へと美人が出てくるんだな。生徒会関係の者ですけどと現れたときは、おれ、思わず唾《つば》のみ込んだよ」

「どこにいるのよ」

「生徒会室。磯村《いそむら》に話があるっていうんで、おれたち下っぱは遠慮したんだ」

あたしは最後まで聞かないうちに、生徒会室に走った。

ドアを開けると――その最中だった。

「いけないわねえ、そういうの恐喝《きょうかつ》っていうのよ、磯村さん」

「そ、そ、それは……」

「えーと、〇・五ミリの五センチ針もあったっけ。これは絹《きぬ》を縫《ぬ》うときに使う針で、滑《すべ》りがいいのよ」

「ちょ、ちょっと待ってってって！」

「白路！　早まっちゃ駄目よっ」

あたしは思わず叫んだ。

と同時に異様な雰囲気《ふんいき》を感じてふり返ると、さっきの書記の子が青ざめてたちつくしていた。

あたしたちのようすがおかしいのに好奇心を刺激されて、ついて来たらしい。

やばいとこ見られた！

あたしと目が合うと、書記は我《われ》に返ったらしく、足音も高く逃げ出した。

「濃子《のうこ》！　追っかけて色仕掛けで口をふさぎなっ」

濃子はうんざりした顔でうなずきながらも、大股《おおまた》で走りだした。

あたしはドアを後ろ手に閉めて、鍵《かぎ》をかけた。

睨《にら》みつけてやっても、白路は、にっこりと笑うばかりだった。

「白路！　あんたって、少しはまともな判断できないの。あんたのイメージを守るためにどれほど苦労してると思ってるのよ」

「だって、隠し撮りしてたなんて、人間性をあんまり無視してるんだもの」

白路の上品な口から、「人間性を無視してる」なんて聞くたびに人間不信に陥《おちい》るんだよなァ、もう。

「隠し撮《ど》りされるようなことする、あんたも悪いのよ」

「あれだって、カフェでカクテル一杯いただいただけよ。それで気がついたら、あんなところに連れ込まれたんだもの。でも、何事もなかったのよ、もちろん」

「あたりまえでしょ。あたしゃ連れ込んだ男に同情するわよ。爪《つめ》やすりで目こすって逃げてきたんじゃないでしょうね」

「そんなことしないわ」

白路は美しい顔をかすかにしかめて、眉《まゆ》を寄せた。

「爪切りで頬《ほお》の肉、ぽっちり切っただけよ」

げえっという呻《うめ》き声がしたので、そちらを見ると、磯村会長が真っ青になって床にへたり込んでいた。

顔に縦横無尽《じゅうおうむじん》に赤いかき傷が入ってる。

「ねえ、磯村氏。やばいことされなかった？　大丈夫？」

「や、やや、やばいことって……」

「この子、激すると見境《みさかい》ないのよ。悪い子じゃないんだけど、子供特有の残酷さというか、生命の尊厳が今ひとつわかってないとこがあって……」

妙な弁解だと思うと、どうも声に張りがない。

「針でひっかかれたぐらいなら大丈夫よね」

なにはともあれ外傷はそれくらいだろうと思ってホッとしてると、

「なにが針で引っかかれたぐらい、だ。あんなもの振り回して、何かあったらどうすんだよっ。あんたんとこ、こんなスケ番置いといて平気なのか」

「あら、あたしはそういう身分ではないわよ」

白路がむっとして口出しするのもうとましくて、あたしは一歩前に進み出た。

「この子怒らせないほうがいいわよ。前に不良にカツアゲされかかったとき、持ってた花鋏《はなばさみ》振り回して、髪は切るわ傷は負わせるわで、大変だったんだから」

表沙汰《おもてざた》になるのを防ぐために菓子折さげて見舞いに行ったら、あんなお嬢さんみたいのにやられたと知れたら恥かくから黙っててくれと逆に頼まれ、ホッとしたもんだった。

不良だの暴力だのとはちょっと違うと思うんだけど、なにしろほっとくと何しでかすかわからない麗人《れいじん》なんだ。

「ところで、ネガは？」

気を取り直して、少しきつい顔で磯村会長を睨みつけると、彼は相変わらず真っ青のまま憮《ぶ》然《ぜん》として唸《うな》った。

「とっくにそっちの女に取りあげられてるよ。さっさと帰ってくれ。顔も見たくない」

「で、姉弟校の件だけど」

「取り下げるよ。その女見るたびに、針で脅《おど》された屈辱《くつじょく》思い出すなんてまっぴらだ。頼むから、さっさと帰ってくれって」

涙声で哀願《あいがん》するのも気の毒で、あたしは白路の手を引っぱって生徒会室を出た。

げんなりした顔で、濃子が壁に寄っかかっていた。

「うまく口ふさいだ？」

「押し倒して約束させたわよ。なんの因果《いんが》で、この年で男を誘惑《ゆうわく》しなきゃなんないの？　しかもあの子、あたしより背が低いのよ」

白路がぷっと吹き出し、あたしたちに睨《にら》まれて黙り込んだ。

ともかく、あたしと白路は外出届けなしで寄宿舎を飛び出して来てるので、なにはさておいても帰らなきゃならない。

濃子とふたり、白路に言いたいことは山ほどあるけど、すべては明日のことにして、濃子と別れ、あたしたちは寄宿舎に帰った。

　帰る道みち、

「頼むから、こう、おとなしくしててくれないかな」

「あら、あたし、おとなしいでしょう？　うるさくないわよ」

「そりゃそうだけど」

　確かに、うるさくはないのよね。けど、そういう単純な問題じゃないんだよな。

「あんたはクララのみならず、アグネス、全学園の憧《あこが》れなんだしさ。あんたの正体知ったら、あの純真なしのちゃんだって、やけにあんたに入れ込んでる紺野《こんの》さんだって、逃げ出すわよ」

「あたし、何かした？　そりゃあ、寄宿舎を抜け出すのは規則破りだけど、虹子《にじこ》もときどきやるでしょう？　濃子たちとマージャンやるために」

「あたしは純粋にマージャンやってるんで、駆け落ちの約束したりはしないわよ」

「ああ、あれね」

　白路は息も絶え絶えふうに、タメ息をついた。

「話を聞いているうちに、とても気の毒になっちゃって。あたし、少し感情が豊かすぎるわね」

　勝手にほざいてろ、お馬鹿。

　寄宿舎に戻ると、シスター・アンジェラとクララ舎生が、それぞれにあたしたちを待っていた。

「白路さんのお友達が急病で倒れたと知らせが入って、あとさきも考えず飛び出してしまったそうです。本人も反省しております」

いかめしい表情をつくって、もごもご言うと、シスター・アンジェラは深くうなずいた。

「そうでしたか。わたくしも白路さんやあなたのようなかたが規則を破られるからには、何かあると思っていました。本来なら反省書を書いていただくところですが、事情が事情です。免除いたしましょう。ところで、お友達のお加減、いかがでしたの」

「はあ……、なんですか、転んだとかで、あちこち傷をつくっておりました。でも、大きいものではないので」

苦しい言い訳をして部屋に行こうとすると、白路が廊下《ろうか》で下級生に囲まれてるのが目に入った。

「何かあったんですか。ようすが変だったから、心配してたんです」

「なんでもないのよ。ほんとに気にしないでね」

にっこりと微笑《ほほえ》む顔は、まさに〝清らなる椿姫《つばきひめ》〟なんだけどねえ。

「なにタメ息ついてんですか、虹子さん」

後ろから肩を叩《たた》かれ、ふり返るとクララ舎長の有馬《ありま》さんが立っていた。

「あんたたち中等科は問題がないみたいで、いいわね。あんたも、中等科生徒会長の三巻《みまき》女史も楽でしょう」

「とんでもない。中途入舎した二年生のこととか、いろいろ問題が多いんですよ」

そういうもんかしらね。あたしから見ると、平和そのものに見えるけど。

「虹子さんたちこそ、高等科は足並みがそろっててうらやましいって三巻とよく話してるんですよ。徳心の歴史の中でも、今くらいスターが打ちそろって、虹子さんみたいなリーダーもいて華やかなときはないって。しーのなんか、最初はブツブツ言ってたけど、今じゃ、こんないいときに寄宿に入れてよかったって浮かれてます」

あたしは曖昧《あいまい》に笑って、部屋に戻った。

いいとき、か。

しのちゃんみたいな単純な目には、いいとこばっかりしか映らないけど、これでも裏に回るといろいろ大変なのよねえ。

ま、あの子だってこの年になれば、いろいろ悟《さと》ると思うけど。いや、案外悟りもせず、浮かれっぱなしってこともありうるな、あのキャラクターじゃ。

どっちにしろ、学園も寄宿舎も平和なんだから、どうでもいいけどさ。

あー、それにしても疲れた……。

《初出一覧》

『月の輝く夜に』…一九九〇年Cobalt10月号に掲載された同タイトル作品に、二〇〇五年Cobalt2月号掲載時、加筆したものです。

『ざ・ちぇんじ！』…一九八三年コバルト文庫1月刊・2月刊にて、前編・後編として出版された作品を一九九六年三月に単行本2冊として刊行。このたび収めたものはこの単行本を底本としております。

『少女小説家を殺せ！』…一九八三年コバルト文庫11月刊として発表された『少女小説家は死なない！』の続編として、一九八五年Cobalt春の号・夏の号に読み切り連載されたものです。

『クララ白書 番外編　お姉さまたちの日々』…一九八〇～一九八三年にわたってコバルト文庫から刊行された『クララ白書』（全2巻、続編の『アグネス白書』全2巻）の番外編。一九八五年Cobalt冬の号に、映画化記念の短編として掲載されたものです。

★これらの作品はフィクションです。実在の人物・団体・事件などにはいっさい関係ありません。作品中一部、飲酒・喫煙などに関する表記がありますが、未成年の飲酒・喫煙は法律で禁止されています。そのほか、現在では呼称が変わっている表現が出てきますが、作品の成立した時代背景を考慮して、また故人となられた著者のオリジナリティーを尊重して、底本のまま収録しています。

ひむろ・さえこ
本名・碓井小恵子（うすいさえこ）。藤女子大学国文学科卒。『さようならアルルカン』で集英社の青春小説新人賞に佳作入選。コバルト文庫『なんて素敵にジャパネスク』シリーズ、『銀の海　金の大地 1～11』などがある。そのほか『いもうと物語』『海がきこえる』など著書多数。2008年6月逝去。

月の輝く夜に／ざ・ちぇんじ！

COBALT-SERIES

2012年9月10日　第1刷発行
2021年8月16日　第6刷発行

★定価はカバーに表示してあります

著　者　氷室冴子
発行者　北畠輝幸
発行所　株式会社 集英社
〒101－8050
東京都千代田区一ツ橋2―5―10
電話　【編集部】03-3230-6268
【読者係】03-3230-6080
【販売部】03-3230-6393（書店専用）

印刷所　株式会社美松堂
中央精版印刷株式会社

ISBN978-4-08-601668-1 C0193